纵深与超越：
后理论与比较文学跨学科研究

江玉琴　主编

中山大学出版社
·广州·

版权所有　翻印必究

图书在版编目（CIP）数据

纵深与超越：后理论与比较文学跨学科研究/江玉琴主编．—广州：中山大学出版社，2022.8（2023.3 重印）

ISBN 978-7-306-07558-1

Ⅰ.①纵…　Ⅱ.①江…　Ⅲ.①文学理论—文集　②比较文学—文集　Ⅳ.①I0-53

中国版本图书馆 CIP 数据核字（2022）第 097549 号

出　版　人：王天琪
策划编辑：李先萍
责任编辑：李先萍
封面设计：林绵华
责任校对：卢思敏
责任技编：靳晓虹
出版发行：中山大学出版社
电　　话：编辑部 020-84110283，84111996，84111997，84113349
　　　　　发行部 020-84111998，84111981，84111160
地　　址：广州市新港西路 135 号
邮　　编：510275　　　　传　真：020-84036565
网　　址：http://www.zsup.com.cn　　E-mail:zdcbs@mail.sysu.edu.cn
印　刷　者：广州方迪数字印刷有限公司
规　　格：787mm×1092mm　1/16　21 印张　403 千字
版次印次：2022 年 8 月第 1 版　2023 年 3 月第 2 次印刷
定　　价：60.00 元

如发现本书因印装质量影响阅读，请与出版社发行部联系调换

本书的出版得到深圳大学人文学院高水平建设
第二期经费的资助

前 言

2020年，深圳大学举办了"后理论与比较文学跨学科研究前沿论坛"，本书是遴选论坛相关成果结集出版的论文集。本次前沿论坛大会提出以下问题：当对科技人文、技术生活等的探讨进一步推动比较文学跨学科研究成为比较文学研究的前沿领域时，我们如何从各种理论上获得智力和知识的支持，又该如何进一步建构比较文学跨学科理论。前沿论坛的召开致力于探讨人工智能时代后理论思潮对比较文学跨学科研究的引领与启发，同时更致力于强化比较文学跨学科研究的理论广度和深度。本次论坛的举办得到了中国比较文学学会与深圳大学的大力支持，来自国内外本领域的70多位学者参加了本次论坛。论坛共设7个主旨发言、9场分组演讲，聚焦后现代主义、后女性主义、后生态主义、后人文主义等理论，围绕比较文学跨学科研究的方法论与研究路径展开了热烈的讨论与交流。中国比较文学学会会长、上海交通大学人文学院资深教授王宁致辞并作了主旨发言。王宁指出，虽然我们处于一个后理论时代，但是并非像西方某些学者宣称的那样——"理论已死"，理论仍然可以用于解释当下的中国文化和社会现象。同时，王宁提醒，在将西方的理论引进中国时绝对不能盲从，需要将其语境化，并且要基于中国的文化现象对这些理论提出质疑并重新建构。

立足于上述宗旨，本论文集共分为三编：第一编为后理论前沿研究，第二编为比较文学跨学科研究，第三编为科幻文学研究。

第一编是中国学者对后理论在中国发展境况的回应与探索。

中国比较文学学会会长王宁教授在《后理论时代的性别研究：巴特勒的性别理论之于中国的意义》一文中提出，后理论时代是一个没有主流、多元共生的时代，任何理论都不可能占绝对地位。在后理论时代，文化研究者更注重对具体的文化现象做个案分析，而较少就理论本身的建构发表宏论。王宁教授以巴特勒的性别理论为例，围绕后理论时代的文化研究趋势、性别理论与中国当代文化现象、后结构主义性别理论批判等展开论述。在王宁教授的积极引领之下，多位学者的理论探讨与王宁教授形成了呼应，构成了一种理论辨析的张力。中国社会科学院研究员赵稀方在《当女性主义遇到后殖民主义》中论述了后殖民女性主义。他通过分析两种批评流派的发展历程来审视两种批评的交汇与新建构，其认识到女性主义借鉴后殖民主义，以此批评当代西方女性主义，但与此同时也对后殖民理论家的男性中心主义进行了批判。生安锋教授与刘丽慧在《危机与机遇并存："后理论"语境下的中国文论话语建设》一文中梳理了后理论的发展过程，认为21世纪出现的理论危机表明西方文论在20世纪面临着前所未有的挑战，中国学界在面对理论带来的种种问题时，应以中国文学文本和文化文本为核心，建设中国理论话语。麦永雄教授的《理论之死or理论的文艺复兴？——间性论对比较文学的启迪》一文让我们认识了后理论旅行对中国比较文学的影响。麦教授讨论了后理论、理论终结与反理论的论辩，认为后理论危机的出现恰恰表明了理论重估的必要性，我们可以借此建立间性理论来建构跨语境诗学，并以此深入阐释后理论时代中比较文学学科的发展新路与多元共生性。这也表明，比较文学跨学科研究越来越呈现出理论的新建构与新趋向。夏冬红教授在《理论的终结及其反思》一文中对"理论之死"是否是一个真命题、真问题进行了论述。他分别从理论与文学理论的辨析、理论文本作为一种文类的出现、中文语境下的理论研究生态以及理论的出路几个方面进行阐释，并强调中国学者提出理论范式的紧迫性。刘圣鹏教授在《新世纪全球化学术与比较文学的跨学科批评理论转向》一文中提出，面对西方理论的衰落，中国比较文学的自我学理认知与学术积累将可能成为国际比较文学研究的新方向，学者应建立中国研究的经验与范式。蔡志全副教授则在《西方后现代"作者问题"的困境与反思》一文中针对受西方后现代思潮影响导致的作者权威不断消解和主体性地位衰落的现象，提出应回到希伯来传统和希腊传统对语言认知与真理关系的认知模式，反思后现代西方"作者问题"困境的实质的理论。刘希副教授在《后结构理论与中国女性主义批评——以社会主义文化研究中的妇女"主体性"为中心》一文中，运用"主体性"概念阐释了后结构理论对西方女性主义的影响，针对中国20世纪80年代以来的社会主义女性主义发展现状，勾勒了后结构理论与当代中国女性主义批评的复杂谱系，并认为这个过程反映了80年代以来西方批判理论对中国人文和社会学科的冲击，也反映了意识形态和社会语境的变迁对研究范式的影响。王希腾博士则在《弗雷德里克·詹姆逊空间政治理论研究》一文中梳理了詹姆逊的空间政治理论，从现代主义文学批评、后现代主义文化研究和乌托邦思想三个维度揭示了他对马克思主义空间阐释传统的理解。

另外，第一编相关内容还对人工智能时代的后人文主义、后人类理论进行了讨论。王晓华教授致力于后人类美学研究，在《人工智能与后人类美学》一文中提出其对后人类美学的自由性的认识：它不受限于人类，而是注重事物的个体性和互补性。同时，他也指出后人类美学是一种涵括了人类、机器和自然存在的美学，具有交互性、生态性、具身性等特征，随着想象中的鸿沟如人类—机器之间的鸿沟等被填平，未来的后人类美学将具有更丰盈的姿态。江玉琴教授在《论赛博格理论的生成与发展》一文中，从跨学科研究视角阐释了赛博格概念及其理论的生成，指出赛博格理论是生物科技、计算机技术、信息技术与人文领域跨学科研究的成果。控制论是赛博格理论的本体论和认知论基础。赛博格理论呈现为三个维度的研究，即后现代文化、身体政治研究、赛博生态研究。赛博格理论走向后人文主义/后人类理论建构。因此，第一编后理论前沿中相关论文的探讨是对中国当前国际后理论讨论的一个回应，更是对比较文学跨学科研究中的新生长点——科幻文学研究的推动。

第二编为比较文学跨学科研究，主要聚焦跨学科视角下的比较文学文本研究。这部分共收录7篇论文，学者们分别从异托邦、生态主义、空间研究、后殖民主义、女性主义等层面深入文本内部，探讨文学文本如何在传播与接受、影响与演变、翻译或异文化的阅读中呈现跨学科视角。田俊武教授在《旅行文学和异托邦视阈下的城市形象学》一文中提出旅行文学与乌托邦叙事相辅相成的观点。乌托邦与异托邦相对立，是一种真实的空间存在。异托邦有六种典型特征，这些特征构成了城市形象学的研究基础。韦清琦教授在《交叠与整合：爱丽丝·沃克的左翼思想初探》一文中以美国非裔女作家爱丽丝·沃克作为研究范本，认为沃克的写作是基于左翼思想，她批判继承了马丁·路德·金等的黑人民权思想，主张将种族、性别、阶级、生态问题放在一个整体框架中进行全面的观照，描绘出了一个整体性的文学-文化乌托邦图景。李珍玲在《民族主义与文化选择：周作人对约卡伊·莫尔作品的译介研究》一文中认识到，尽管周作人基于当时的民族主义文学思潮译介匈牙利作家约卡伊的作品，但他译介的根本原因是约卡伊的作品符合他的文学品位和艺术趣味。由此，作者提出她的世界文学认知，即世界文学应既反映时代精神，又有超越时代的纯粹文学理想。黄思敏在《品钦"加州三部曲"中的城市空间政治》一文中以空间理论观照品钦"加州三部曲"，通过梳理品钦批判性的空间理论，厘清城市肌理对美国现代政治与社会关系形态的塑造。庄佩娜与辛兆男在《文学史视野下文学经典的解构与建构——以英文版文学史作家序列分析为例》

一文中强调了国内外文学史与中国经典书写的差异性，提出我们要以清醒的头脑认识到中国经典在国外遴选的背后机制。宋心怡在《姿态与策略：后殖民批评视阈下加勒比离散法语作家的文化身份书写》一文中关注加勒比文学中的法语世界，从世界主义意识形态视角看加勒比作家与欧洲中心主义文化霸权的共谋。吴童在《女性主义视角下的〈霍乱时期的爱情〉》一文中聚焦马尔克斯的《霍乱时期的爱情》，以女性主义文学批评为视点，探究了女性主义文学批评理论在作品中的呈现，挖掘马尔克斯在作品中呈现的女性主义观念。

　　第三编为科幻文学研究，聚焦中外科幻文学的前沿研究。

　　本次论坛中，科幻文学研究首次以单独的议题出现。这也反映了近年来中国科幻文学研究的势头强劲。由于科幻小说在文学类型中的地位特殊，其在西方一直被视为"次文化"。但随着后理论时代的来临、人工智能与5G技术的极大发展，曾经的文本想象成为事实，科幻文学中的"相互联结性"也成为比较文学跨学科研究的热点。程林副教授在《"人转向"：为何机器人跌入的是恐惑谷而非恐怖谷？》一文中，从日本学者森政弘的"恐惑谷"概念出发，认为类人机器人引发了人类的自我、同类和"它者"认知困惑，进而引发排斥、不安和害怕的情绪。这种"恐惑"与人类在当下和未来的自知、自寻和自适有关。方婉祯在《信息科学的后人类想象——论刘宇昆末日与未来三部曲》一文中对刘宇昆的末日与未来三部曲做出了独特的解读，指出科技双刃剑是对人性的考验，以及在后人类想象下的信息科学发展的正确道路。科幻文学研究正在比较文学跨学科研究中绽放异彩。马硕则在《是科技还是现代巫术？——以陈楸帆的科幻小说创作为中心》一文中以陈楸帆的科幻小说为文本，对于科幻"是科技还是现代巫术"提出了自己的疑问与解读，最后回到问题本身——科幻文学带领我们去何方？张栋在《技术时代的抒情声音——论刘慈欣〈三体〉的神话叙事》一文中通过科幻创作与人类神话想象的关联，论述了刘慈欣的神话叙事模式，对技术时代的中国科幻小说的发展前路提出了见解。丁婕和陆道夫则以科幻文学作品文本及电影《她》为研究对象，对人工智能的生命观和人工智能的后人类主体性赋值进行相关讨论，认为人类试图在他者身上寻找到"自我主体"。张思阳在《文化生产视域下的"漫威"电影〈钢铁侠〉》一文中分析了"漫威"电影《钢铁侠》的文化生产、传播和消费模式，提出消费"惯习"影响电影的生产者、电影作品的风格类型，以及观众的审美趣味；文化"场域"则反映出影片的生成语境、营销策略及生产和传播的目的。焦旸在《忒修斯悖论与后人类身份认同》一文中探讨了人工智能、硅基人造人和赛博格的身份杂糅等问题，以近年科幻电影为例，探讨了后人类时代背景下，人类因自我身份不确定性所产生的复杂心态与矛盾心理。黄亚菲在《后人类时代的皮格马利翁神话：〈伽拉忒亚2.2〉的"主体性"纠结》中以科幻作品《伽拉忒亚2.2》为研究对象，考察了性别化的人造人在后人类时代自我身份认同的艰难之路。张紫荧在《信仰重思：克拉克宗教观的后现代转向》一文中梳理了克拉克科学家与作家的双重身份产生的静穆宗教哲思，提出克拉克在关注人类未来的同时，也重视人类本身的自我实现能力和创造性力量，这使得他在作品中构建的宗教观更加完善。

因论文集与在前沿论坛上宣讲的文章略有不同，因此我们将前沿论坛的会议综述附在文末，供读者参考。无论是通过会议期间的交流与探讨，还是最后呈现的学术成果，我们都能认识到，在后理论时代，尤其是在网络与科技文化如此发达的今天，文学的跨界思维亟须建立，跨学科融合将成为时代发展的趋势，这也为"后人类"世界提供更多的机遇与可能性。在本书，我们听见了多个领域的声音，看见了比较文学学科发展的新方向。学者们正以勇敢的探索精神、多元的视角和姿态，以创造性与开拓性精神寻求比较文学跨学科发展的新未来。

江玉琴
2021年12月于深圳

关于本书作者

（按所著文章先后顺序排列）

王　宁　文学博士，上海交通大学人文社会科学致远讲席教授、博士研究生导师。曾任北京大学和清华大学教授。主要从事比较文学、现当代西方文学及理论、文化研究、翻译研究和影视传媒研究。

赵稀方　文学博士，中国社会科学院文学所二级研究员、博士研究生导师。主要从事港台文学、后殖民理论、翻译史等研究。

生安锋　文学博士，清华大学外国语言文学系长聘教授、博士研究生导师。主要从事英美文学、当代西方文论等研究。

刘丽慧　清华大学外文系博士，国防科技大学信息通信学院讲师。主要从事美国族裔文学研究。

麦永雄　文学博士，广西师范大学文学院教授、博士研究生导师。主要从事西方哲学与美学、外国文学理论方法、文化媒介理论研究。

夏冬红　文学博士，山东大学文学院副教授。主要从事比较文学、西方文化史、文学理论等研究。

王晓华　文学博士，深圳大学文学院教授、博士研究生导师。主要从事文学、文化、哲学等研究。

江玉琴　文学博士，深圳大学人文学院教授，主要从事后人类理论、后殖民生态批评、科幻文学研究。

刘圣鹏　文艺学博士，浙江工业大学人文学院教授。主要从事文艺学、比较诗学研究。

蔡志全　哲学博士，五邑大学外国语学院副教授，主要从事现当代英美文学研究。

刘　希　文学博士，西交利物浦大学中国研究系助理教授。主要从事中国现当代文学研究。

王希腾　文学博士，广州大学外国语学院讲师、硕士研究生导师。主要从事外国文论、欧美文学、比较文学及英语教学研究。

田俊武　文学博士，北京航空航天大学外国语学院教授、博士研究生导师。主要从事英美文学和比较文学研究。

韦清琦　文学博士，东南大学外国语学院教授、博士研究生导师。主要从事外国文学批评、翻译研究。

李珍玲 文学博士，深圳大学外国语学院大学外语部客座教师。主要从事当代离散与跨文化小说、世界主义理论、成长小说理论、悲剧理论研究。

黄思敏 文学硕士，广州华商学院文学院助教。主要从事比较文学等相关研究。

庄佩娜 文学博士，四川大学文学与新闻学院副教授、博士研究生导师。主要从事比较文学、身体与文化、译介学等相关研究。

辛兆男 四川大学文学与新闻学院硕士研究生。主要从事语言学、汉语国际教育等研究。

宋心怡 北京大学外国语学院法语语言文学系博士研究生。主要从事20世纪法国文学理论与文学批评、法语世界文学研究。

吴　童 内江师范学院文学院教授。主要从事西方女性文学和中西方文学的比较研究。

程　林 文学博士，广东外语外贸大学德语系副教授。主要从事德国奇幻与科幻文学、机器人人文等研究。

方婉祯 文学博士，广州南方学院文学与传媒学院讲师。主要从事现当代文学、东亚文学与文化等研究。

马　硕 文学博士，广东省社会科学院文化产业所副研究员。主要从事中国现当代文学和文学人类学研究。

张　栋 文学博士，广东技术师范大学文学与传媒学院讲师、校聘副教授。主要从事神话学、文学人类学等研究。

丁　婕 深圳大学人文学院博士研究生，主要从事比较文学与文化理论研究。

陆道夫 文学博士，广州大学外国语学院教授、硕士研究生导师。主要从事英美文学、西方文论、典籍英译等相关研究。

张思阳 广西师范大学文学院文艺学专业博士研究生。主要从事当代西方文艺理论、电影学研究。

焦　旸 上海财经大学马克思主义哲学专业博士研究生。主要从事马克思主义文化哲学及其当代意义研究。

黄亚菲 广西师范大学比较文学专业研究生。主要从事当代西方文论与世界文学、后人类理论与科幻文学研究。

张紫荧 深圳大学人文学院硕士研究生。主要从事科幻文学研究。

欧宇龙 深圳大学人文学院在读博士研究生。主要从事文化理论和科幻文学研究。

李艺敏 深圳大学人文学院在读硕士研究生。研究方向为比较文学与文化理论、科幻文学。

目录

第一编

后理论前沿研究

后理论时代的性别研究：巴特勒的性别理论之于中国的意义
  王　宁 ·· 2

当女性主义遇到后殖民主义
  赵稀方 ·· 11

危机与机遇并存："后理论"语境下的中国文论话语建设
  生安锋　刘丽慧 ··· 22

理论之死 or 理论的文艺复兴？
  ——间性论对比较文学的启迪
  麦永雄 ·· 32

理论的终结及其反思
  夏冬红 ·· 45

人工智能与后人类美学
  王晓华 ·· 51

论赛博格理论的生成与发展
  江玉琴 ·· 65

新世纪全球化学术与比较文学的跨学科批评理论转向
  刘圣鹏 ·· 79

西方后现代"作者问题"的困境与反思
  蔡志全 ·· 89

后结构理论与中国女性主义批评
　　——以社会主义文化研究中的妇女"主体性"为中心
　　　　刘　希 ·················· 102
弗雷德里克·詹姆逊空间政治理论研究
　　　　王希腾 ·················· 119

第二编

比较文学跨学科研究

旅行文学和异托邦视阈下的城市形象学
　　　　田俊武 ·················· 136
交叠与整合：爱丽丝·沃克的左翼思想初探
　　　　韦清琦 ·················· 150
民族主义与文化选择：周作人对约卡伊·莫尔作品的译介研究
　　　　李珍玲 ·················· 167
品钦"加州三部曲"中的城市空间政治
　　　　黄思敏 ·················· 173
文学史视野下文学经典的解构与建构
　　——以英文版文学史作家序列分析为例
　　　　庄佩娜　辛兆男 ·················· 185
姿态与策略：后殖民批评视阈下加勒比离散法语作家的文化身份书写
　　　　宋心怡 ·················· 200
女性主义视角下的《霍乱时期的爱情》
　　　　吴　童 ·················· 212

第三编

科幻文学研究

"人转向"：为何机器人跌入的是恐惑谷而非恐怖谷？
　　　　程　林 ·················· 222

信息科学的后人类想象
　　——论刘宇昆末日与未来三部曲
　　　　方婉祯 228

是科技还是现代巫术？
　　——以陈楸帆的科幻小说创作为中心
　　　　马　硕 238

技术时代的抒情声音
　　——论刘慈欣《三体》的神话叙事
　　　　张　栋 249

人工智能的后人类主体性赋值
　　——从科幻电影《她》谈起
　　　　丁　婕　陆道夫 263

文化生产视域下的"漫威"电影《钢铁侠》
　　　　张思阳 273

忒修斯悖论与后人类身份认同
　　　　焦　旸 288

后人类时代的皮格马利翁神话：《伽拉忒亚2.2》的"主体性"纠结
　　　　黄亚菲 297

信仰重思：克拉克宗教观的后现代转向
　　　　张紫荧 305

附　录

后理论时代比较文学跨学科研究的机遇与挑战
　　——2020"后理论与比较文学跨学科研究"前沿论坛侧记
　　　　欧宇龙　李艺敏 316

第一编

后理论前沿研究

后理论时代的性别研究：
巴特勒的性别理论之于中国的意义[①]

王 宁

摘 要：在文化研究的大语境之下，性别研究近十多年来也有了长足的发展，它是传统的女权/女性主义的自然延伸，也是其在后结构主义时代的最新发展。在性别研究的各种理论中，巴特勒的理论无疑有着深远的影响。经过中国学界的译介，巴特勒的理论在中国也得到一批青年女性研究者的追捧。我们究竟应该如何看待这种现象？笔者认为，中国当代社会确实出现了一些社会和文化现象，这些现象用传统的理论难以解释，而巴特勒的理论可以对此加以解释。同时，笔者也希望国内学界注意，即使在西方学界，巴特勒的理论也是备受争议的，因此，将其理论运用于对中国社会文化现象的解释时必须首先将其"语境化"，并对之进行改造和重构，这样才能达到理论的双向旅行。

关键词：巴特勒；性别理论；性别研究；中国

按照文化研究的一般界定，性别问题无疑可以置于大的文化语境下来研究，尤其是用西方的性别理论来解释中国当代出现的一些社会文化现象，则更是属于跨文化语境下的性别研究。本文从美国性别理论家朱迪斯·巴特勒（Judith Butler）的性别理论出发，通过将其用于解释中国当代的一些社会和文化现象，将其语境化，并试图在解释这些现象的过程中达到与她的性别理论进行对话的目的。笔者认为，巴特勒的性别理论虽然在西方学界存在很大的争议，但若用于解释后现代时代的一些现象，仍有其合理之处。但是，由于它与传统的女权/女性主义的主流理论背道而驰，因而很难成为主流。好比在当今中国，酷儿理论（Queer Theory）十分风行，但它很难成为主流，毕竟它与中国的文化传统相悖。

---

① 原载于《山东外语教学》2015 年第 1 期。

一、后理论时代的文化研究新态势

毫无疑问，文化理论在西方式微后，一些西方理论家提出了"后理论"的概念（Mc Quillan et al., 1999），笔者也在中国的语境下予以回应，并进一步将我们所处的时代界定为"后理论时代"（王宁，2009，2013）。笔者和西方同行试图说明，即使在西方理论界，理论被人认为"衰落"或"死亡"，但在中国的语境下，理论仍有着自己发挥功能的空间（Mitchell and Wang, 2005）。关于后理论时代的理论风云，笔者已经在其他场合做过论述，此处不再赘言。在讨论巴特勒的性别理论及其之于中国当代文化研究的意义之前，笔者首先对后理论时代的文化研究进行概述，以便为接下来专门讨论性别研究设置一个大的语境。

在笔者看来，后理论时代并非意味着理论的终结，而是标志着理论的发展已经进入了一个新的阶段。过去的一种理论"包打天下"的情形已经一去不复返了，在当今这个后理论时代，任何一种理论都不可能独领风骚，它充其量只是各种理论思潮中的一分子。就整个国际性的文化理论思潮而言，西方理论也绝非放之四海而皆准的"普世性"理论，它若想有效地解释非西方语境下的文学和文化现象的话，首先应该被"语境化"，也即应受制于它所驻足的地方文化和理论接受环境，并根据彼时彼地的文化土壤和接受环境及时地做调整，这样它才能有效地解释彼时彼地的文化和社会现象。最近十多年里，西方各种文学和文化理论在中国的接受和应用过程就说明了这一点。此外，后理论时代的来临还为非西方的理论步入国际理论界并与西方强势理论进行平等对话和交流奠定了基础。这可以从近年来越来越多的中国学者开始在国际论坛上发出中国声音中看出端倪。

那么，后理论时代的文化研究处于什么样的情形呢？在后理论时代，过去那种"纯而又纯"的文学理论已经没有了大的市场，它只能为小众所欣赏，即使是结构主义"一统天下"的产物——叙事学也走出了形式主义的藩篱，进入更大的文化语境，这一点也完全可以从近年来的国际叙事学大会的议题中看出端倪。①

众所周知，文化研究曾经以"反理论"和"批判性"著称，但最近几年来，随着后理论时代的来临，文化研究的理论化倾向开始出现，越来越多的文化研究者开始在自己的研究中自觉地运用一些理论来分析文化现象。曾经有着鲜明的"西

---

① 可以参阅在美国波士顿举行的"2014年国际叙事学大会"的各项议程和分组的发言主题，诸如"种族""地缘""通俗文化研究""文化叙事""民族主义""超民族主义""生态批评"等非形式主义意义的叙事概念都进入了叙事学者们的视野。

方中心主义"和"英语中心主义"色彩的文化研究已成为真正的"跨文化"研究。文化研究在中国的实践和新发展使其对全球文化新格局的形成做出了应有的贡献。同样，在后理论时代，文化研究者更注重对具体的文化现象做个案分析，而较少就理论本身的建构发表宏论。此外，它的批判锋芒也有所收敛，更注重对文化现象做实证的和经验的分析，例如，我们下面提及的出现在中国当代的一些社会文化现象就完全可以从文化研究语境下的性别研究视角来分析。

二、用于解释中国当代文化现象的性别理论

在当今这个后理论时代，理论在西方处于衰落的状态，"文化理论的黄金时代已成为过去"（Eagleton，2004）。虽然理论在当代中国有很大的市场，但这并非意味着，所有的西方理论都在当代中国有着同等的影响力。实际上，在当今的后理论时代，最有影响力的西方理论除了解构主义外，还有性别理论和生态批评。在此，笔者主要探讨性别理论之于当代中国的意义。

众所周知，女权主义理论对中国一直有着很大的影响，它曾为中国妇女反抗男权统治进而争取政治和社会平等的斗争提供了有力的武器。进入后理论时代以来，性别理论越来越流行，但随着过去几十年里妇女地位的提高而逐渐失去了其战斗精神和挑战性。在当今中国，一方面，年轻的女同学仍然为自己的竞争力在人才市场上逊于男同学而感到忧虑；但另一方面，在大学的人文学科教师中又不乏女性，那些致力于性别问题研究的也大多是女性学者，她们有着清醒的性别意识和理论自觉性。此外，她们十分熟悉西方的女性主义理论，其中一些人还将西方的性别理论用于中国的实践。那么，人们不禁要问：为什么性别理论和性别研究在当今中国如此风行？笔者的回答是，在当今中国出现了一些非同寻常的社会和文化现象，无法用传统的女性主义理论来解释，因此，我们用后结构主义意义上的性别理论来对之进行解释。

按照维基百科的界定，性别研究是一个跨越学科界限的研究，它可以在文化研究的大语境内来分析种族、族裔等，而对性别问题则更为关注。但是笔者还要加上一点，即性别研究尤其关注后结构主义语境下性别的文化和社会维度。在当代性别研究中，一方面，性别（gender）经常被用来指涉男性和女性的社会和文化建构，而不仅仅是作为整体的男性和女性的性状态。在当今时代，大多数东西都可以被改变或重构。但另一方面，性别又被看作是一种实践，经常指涉具有施为意义的（performative）某种东西，特别是从后结构主义的视角来看则更是如此。在后结构主义的语境下，性别研究已经将女权/女性主义变成了一种后女性主义。老一代女

权主义者的批判力量和战斗精神已经大大减弱,且大多带有表演性。不仅西方国家如此,中国也不例外,尤其是在那些率先进入后现代下的大都市,已经出现了一些早熟的后现代症状。

同样,后女性主义的出现反过来又影响了性别研究,致使当代性别研究背离固定的本质主义的性别认同,而转向后现代主义或后结构主义意义上的多重身份认同。在后结构主义的框架下,男性性征并不被认为是固定不变的。在过去的几十年里,随着第三波女性主义潮流的到来,后结构主义精神分析学家雅克·拉康(Jacques Lacan)的理论及后结构主义女性主义理论家巴特勒的著述变得越来越有影响力,并对当代学者有着更大诱惑力,尤其对那些试图争取得到男性同事的同等认可的青年女性人文学者有着极大的吸引力。巴特勒作为一颗冉冉上升的学术明星在中文的语境下得到了前所未有的追捧:她有五部专著[1]被译成中文,在中国大陆和台湾地区出版,还有两篇博士学位论文[2]专门讨论她的性别理论;此外,上海交通大学青年学者都岚岚的相关研究课题[3]得到了国家社会科学基金的立项。除了知名的女性主义学者李银河(2009)的介绍性著作外,中文学术期刊上还发表了大量专门讨论巴特勒的性别理论或用其理论来分析性别问题的论文。显然,学者和批评家试图用她的理论来分析一些出现在当今时代的突出的社会和文化现象。而一般的大众读者则试图用她的理论来证明性别是可以改变的,它既是一个自然天成的现象,同时也是一个后天建构的现象。

毫无疑问,巴特勒的性别理论同其他后结构主义理论家的著述一样,无情地解构了性和性别之间人为的二元对立。在巴特勒看来,性别以及异性之间的恋情之所以被认为是自然天成的,其原因恰在于男性与女性在性别上的对立长期以来就被认为是自然的。当我们谈到性别理论或性别研究时,我们实际上指的是一种关涉性别问题的理论和研究,如男性同性恋和女性同性恋以及酷儿理论(又译"怪异理论")。中国的性别研究者也特别关注女同性恋和怪异理论,而较少关注男同性恋。按照儒家的教义,中国的妇女应当遵守三纲五常,若违反了这一道德准则,就会受

---

[1] 这五部专著分别是:*Gender Trouble: Feminism and the Subversion of Identity*(《性别惑乱:女性主义与身份颠覆》,林郁庭译,台湾桂冠图书股份有限公司 2008 年版。又译《性别麻烦:女性主义与身份的颠覆》,宋素凤译,上海三联书店 2009 年版);*Body Matters: On the Discursive Limits of Sex*(《身体之重:论"性别"的话语界限》,李钧鹏译,上海三联书店 2011 年版);*The Psychic Life of Power: Theories in Subjection*(《权力的精神生活:服从的理论》,张生译,江苏人民出版社 2009 年版);*Undoing Gender*(《消解性别》,郭劼译,上海三联书店 2009 年版)和 *Precarious Life: The Powers of Mourning and Violence*(《脆弱不安的生命:哀悼与暴力的力量》,何磊、赵英男译,河南大学出版社 2013 年版)。

[2] 这两篇博士学位论文分别是:何磊的《暴力、忧郁、批判:朱迪斯·巴特勒的伦理转向》(北京外国语大学,2013)和赵英男的《朱迪斯·巴特勒的性别/身体理论研究》(清华大学,2014)。

[3] 都岚岚的课题是"朱迪斯·巴特勒的后结构主义女性主义思想研究"(2012)。

到肉体上的惩罚或道德谴责。中国历代文学作品中描写了很多这样的悲剧性故事。按照由来已久的儒家伦理道德教义，一个女人若是不想结婚，或者不愿生儿育女，就会被人们认为不是一个好女人，可能会被人认为是"不正常的"或"怪异的"女人。

酷儿理论的"酷儿"（queer）在西方语言中，尤其在英语中是贬义的。李银河试图从一开始就尝试通过翻译来颠覆这一由来已久的伦理道德准则。她把"queer"译成"酷儿"（李银河，2002）。"酷"这个当代人新造的字，意为"了不起的"或"卓越的"。依照这一界定，那些追求新颖和时尚的青年人便对"酷儿"理论推崇备至，以致在行动中加以模仿。由此，在英语世界中一个带有贬义的词在中文的语境下具有了褒义。这不仅有悖于中国传统的伦理道德准则，同时也超越了老一辈女权主义者一直鼓吹的革命的女权主义教义。

众所周知，中国现代女性主义运动有一段漫长的历史，五四时期，儒家学说受到猛烈的批判和鞭笞，一些地方孔庙甚至被人烧毁。一些西方作家，如易卜生，被奉为中国妇女解放运动的精神领袖（Wang，2003）。在他的影响和启迪下，胡适、田汉、曹禺这些作家纷纷写出具有女权主义倾向的作品。在西方女权主义的影响下，中国妇女逐步实现了自己的解放，尤其是在大城市中，妇女的地位得到了很大的提高。新中国成立之后，妇女的权益也进一步得到法律的保障。因此，当西方女权主义于20世纪80年代被介绍到中国时，和精神分析学、解构主义等理论一起引起了中国文学批评界极大的关注。

后结构主义理论曾经在中国的文学和文化批评家圈里风行，学者们自觉地将其用于解释文学和文化现象。如果我们根据中国的文学和文化实践将其语境化的话，这些理论的解释效果是十分明显的。21世纪以来，随着全球化进程中市场经济发展步伐的加快，消费文化也变得越来越强有力，它解构了既定的经典文化及其产品——精英文学和艺术。一方面，消费文化的崛起削弱了官方的话语权，使得文化生产和批评变得越来越非政治化；另一方面，它也消解了精英文化的主导地位，为当代文学和文化批评的多元发展铺平了道路。受到消费文化的影响和冲击，中国社会也出现了一些用传统的女权主义理论无法解释的现象。例如，曾风行一时的"芙蓉姐姐"就消解了传统的青年偶像观念；对"超级女声"的大力推崇则颠覆了高雅音乐的传统审美观，极大地解放了人们对音乐及其他艺术的想象力；网络写手韩寒的巨大影响更是使得为人生写作的现实主义原则和为艺术而艺术的现代主义原则相形见绌。所有这些现象的出现都是传统的美学原则无法解释的，它使得性和性别不再被认为是自然天成的和固定不变的了。性和性别可以成为社会和文化的建构，它具有"施为性"（performative），因而就像戏剧角色那样可以"表演"（perform）。

但是，上述这些现象仅仅是出现在大城市知识分子圈内的特例。中国是一个幅员辽阔的大国，工人、农民仍然占大多数，而且在这样一个以男权占优势地位的社会中，有的妇女仍在为争取基本的平等社会地位和文化权利而奋斗。例如，在北京、上海、广州、深圳等一线大城市里务工的部分女性往往会通过嫁给当地男性来获得城市户口，以便不用回到原来的户口所在地。但这样的女性只是极少数，她们中的大多数不得不在达到一定的年龄时返回故乡，和当地男人组成家庭。虽然从总体上说，妇女摆脱了对男人的依附，但我们从许多流行杂志封面上的美女广告不难看出，她们又成了男性消费的对象。这样看来，性别之间的平等并没有完全实现。面对这样现象，我们该如何分析研究并作出解释呢？笔者认为，理论并没有死亡，将其用于解释上述特定的社会文化现象仍是有效的。在各种后结构主义理论中，性别理论完全可用来解释这些现象，但必须通过中国的实践来将其加以语境化。也就是说，当理论从西方译介到中国时，它必定会发生变异，并在这一过程中产生一些变体。但无论如何，经过后结构主义性别理论的冲击，传统意义上的性别并不被人们认为只是自然天成的，它是可以在社会和文化语境中建构的。在这方面，巴特勒的后结构主义性别理论经过语境化后完全可以被用来解释上述这些新出现的社会文化现象。

巴特勒是一位哲学家，而非文学理论家，但是她却基于对哲学和文学作品的阅读建立了自己的理论体系。因此，她在文学研究领域内得到的认可远超哲学领域，她和德里达一样也是一个跨越文学和哲学边界写作的理论家。正如文学理论家乔纳森·卡勒（Jonathan Culler）所指出的，巴特勒的理论中也含有一定的文学性。巴特勒在关于亲情和政治模式的合法性的论辩中以《安提戈涅》为例，其意在表明用文学来思考是更好的选择，这一点体现在文学的语言为一种建构的批判提供了有力的资源，也即它被用来支持这一制度性的安排。

按照卡勒的看法，巴特勒的理论用于文学批评和文学研究将更为有效。作为一名有着深厚文学造诣的哲学家，巴特勒始终站在一个更高的境界来考察文学现象，因而能够得出仅从文学角度无法得到的结论。那么巴特勒究竟对当代女性主义的发展做出了何种贡献呢？这正是本文用她的理论来解释中国的现象之前首先要强调的。正如卡勒所总结的，如果我们说女性主义政治需要一种"女性主义的认同，也即对妇女之间所分享的那种基本特征提供一种共同的利益和目标的认同"，那么在巴特勒看来就是相反的，认同的基本范畴是文化和社会的产物，更像是合作的结果，而非其可能的条件——更带有施为性的效果而非断定的真理。巴特勒的《性别麻烦》并不是要否定性别之间的生物学差异，而是要否定人们用性别来作为生物学差异的文化解释。也就是说，按照巴特勒的看法，性别就好比戏剧表演，是施为的,"性别是一种持续不断的如同真的东西一样掠过的非人格性"(Butler,1990),作为男人或女人不过是在舞台上"扮演一个角色"罢了。如果我们从这一点出发来考察上面提及的中国当代出现的社会文化现象的话,我们就不难对其作出解释了。这样,巴特勒在中国当代学界受到追捧更不足为奇了,因为用她的理论来解释一些新出现的社会文化现象确实是行得通的。

巴特勒的学术研究方法在欧美主流学者当中尚存在很大的争议,并非所有的理论家都赞同她的观点。例如,美国人文与科学院院士玛莎·努斯鲍姆(Martha Nussbaum)在猛烈抨击巴特勒将简单的事物变得复杂的拙劣文风时,就尖锐地指出:巴特勒的著作给这一蕴含丰富的写作体系增加了什么东西呢?《性别麻烦》和《身体之重》不包含任何详细的反对"自然"差异的生物学主张,没有对性别复制机制做出详细的描述,没有描述家庭在法律上的形成,也不包含对法律变革之可能性的详细关注。

也许努斯鲍姆期待的是巴特勒作为老一代女权主义者能够始终保持为被压迫和受到不平等待遇的妇女言说的那种战斗精神。但是实际情况又如何呢?我们都知道,许多后结构主义者早就认为,如果他们无法动摇国家机器的话,至少他们的努力可以改变语言的结构。因此,他们实际上所从事的是另一种形式的政治,因为非政治化的倾向也是一种政治。同样,如果许多后女性主义者无法改变男女之间在社会和文化上的不平等的话,那么她们至少能把玩性/性别,并且将性差异当作儿戏来操演。也许正是巴特勒等人的这一儿戏和施为的态度引起了人们的批评和抨击,这也许是中国的大多数女性并不欣赏她的性别理论的原因所在。但不可忽视的是,她的理论在有着鲜明的先锋意识的青年知识女性中仍大有市场。对此,我们应当认真对待和深入研究。

三、暂时的结论:后结构主义性别理论批判

正如前面所指出的,虽然巴特勒对西方和中国的相当一批青年知识分子有极大的吸引力,但由于她的"拙劣的文风"和备受攻击的性别理论,她在西方学界和批评圈内仍存在很大的争议。后结构主义的性别理论也是如此。以努斯鲍姆为代表的一批主流学者从一开始就对巴特勒所代表的理论思潮予以严厉的批判。努斯鲍姆认为,巴特勒的所有理论都不够新颖,而是在别人的已有发现后面言说。巴特勒的主要观点是性别是一种社会的手段,该观点最初于1989年在《性别麻烦》中提出,又在后来出版的书中不断地重复。我们关于男人和女人是什么的看法所反映的无一不是自然界永存的东西。但相左的是,它们却从嵌入权力的社会关系的习俗中

衍生出来。当然，这一观点毫无新颖之处，也即性别的去自然化在柏拉图那里早已有之，之后又得到约翰·斯图亚特·穆勒（John Stuart Mill）的大力推进。穆勒在《妇女的屈从地位》一书中声称，现在所谓的女人的天性完全是人为造成的。

早在巴特勒出现之前，许多女权主义者就对这一说法做出过诠释。

在巴特勒之前，凯瑟琳·麦金农（Mackinnon Catharine）和安德丽娅·德沃金（Andrea Dworkin）就对妇女的天然性行为的田园诗般的女权主义幻想作过讨论，认为妇女需要得到"解放"。她们还论证到：既然社会力量如此深入，我们简直无法设想如何能得出这样一种"自然的"概念。在巴特勒之前，她们就强调了男性占统治地位的权力结构不仅排斥和打压妇女，同时也使那些选择同性关系的人被边缘化并成为附属物。

在巴特勒之前，精神分析学家南希·柯多罗（Nancy Chodorow）就对性别差异是如何一代又一代地自我复制做了详细的、令人信服的描述：这些复制机制使我们能够理解人为的东西何以变得几乎无所不在。在巴特勒之前，生物学家安妮·福斯托·斯特林（Anne Fausto Sterling）通过对被认为是支持性别差异的习惯看法的实验进行仔细分析，向我们表明社会权力关系是如何深深地化解了科学家的客观性的。在巴特勒之前，政治理论家苏珊·穆勒·奥金（Susan Moller Okin）就探讨了法律和政治思想在建构家庭中妇女的性别命运时所扮演的角色，而且这一主题之后又得到法学和政治哲学界的众多女权主义者的推进。在巴特勒之前，盖尔·鲁宾（Gayle Rubin）的人类学著作《女人交易：性的政治经济学初探》就提供了对性别的社会组织与权力的不对称性关系的有价值的分析（Nussbaum，1999）。

虽然努斯鲍姆的批判性言辞近乎偏激，且丝毫不留情面，但仔细想来也不无道理。不过，我们并不能因为有了努斯鲍姆等人的激烈批判和否定，就简单地认为巴特勒的著述一无是处，恰恰相反，这从另一个角度说明了她的理论和著述确实影响极大，以致那些反对的人们认为不推倒它就无法发展女性主义理论和研究。因此，笔者想说的是，我们不应该忘记巴特勒的发现和理论创新是基于她在西方语境下所接受的教育，在将其运用于解释中国的社会文化现象时首先要将其语境化，通过对中国的现象的解释与她的理论进行对话，最终达到对她的理论加以改造和重构的目的。由于她的众多学术前辈的阴影遮蔽了她的理论创新，她和许多同辈人一样无法回避这样一种影响和创新的焦虑，那么他们/她们还能做什么呢？他们/她们所能做的就只是对已有的理论成规进行质疑和挑战，从而从一个新的视角来重复这一老的故事。只有这样，当代理论家或许才能创造出新的东西。因此，作为批评家和学者，我们没有必要对巴特勒的著述的不完备之处吹毛求疵。

虽然上述引自努斯鲍姆的批判性言辞长了一点，但它至少给了我们清醒剂，使我们认识到，巴特勒的理论并非全然新颖，因为她的不少前辈学者在她之前已经对这些话题做了研究和讨论。但是不可忽视的是，她至少在前人已有的研究基础上向前迈出了一步。也许正是在这一意义上，我们才能理解为什么巴特勒等人也和其他后结构主义理论家那样，要用复杂的语言来讨论简单的问题。因为她是一位擅长修辞和跨界写作的哲学家，尽管对她以及同辈理论家来说，产生出全新的理论也许很难做到，但玩弄文字游戏则不难。这一点正是所有的后结构主义性别理论家的局限所在：与其前辈相比，他们确实缺乏战斗性和挑战性。这当然也是后理论时代的理论呈现出一种"非政治性"的原因所在。

参考文献：

[1] BUTLER J. Gender trouble: feminism and the subversion of identity [M]. New York: Routledge, 1990.

[2] CULLER J. The Literary in theory [M]. Stanford: Stanford University Press, 2007.

[3] EAGLETON T. After theory [M]. London: Penguin Books, 2004.

[4] MCQUILLAN M, MACDONALD G, PURVES R, et al. Purvespost-theory: new directions in criticism [C]. Edinburgh: Edinburgh University Press, 1999.

[5] MITCHELL W J T, WANG N. The ends of theory: the Beijing symposium on critical inquiry [J]. Critical Inquiry, 2005, 31 (5): 265-270.

[6] NUSSBAUM M. The professor of parody [J/OL]. New Republic, (1999-02-22) [2014-07-30]. http://perso.uclouvain.be/mylene.botbol/Recherche/Genre Bioethique/Nussbaum_NRO.html.

[7] WANG N. Reconstructing ibsen as an artist: a theoretical reflection on the reception of ibsen in China [J]. Ibsen Studies, 2003, 3 (1): 71-85.

[8] 李银河. 酷儿理论面面观 [J]. 国外社会科学, 2002 (2): 23-29.

[9] 李银河. 同性恋亚文化 [M]. 呼和浩特: 内蒙古大学出版社, 2009.

[10] 王宁. "后理论时代"的文学与文化研究 [M]. 北京: 北京大学出版社, 2009.

[11] 王宁. "后理论时代"的理论风云: 走向后人文主义 [J]. 文艺理论研究, 2013 (6): 4-13.

当女性主义遇到后殖民主义

赵稀方

摘 要：女性主义和后殖民主义分别代表了人类社会观察的两个基本维度，它们是当代西方两个主要的激进批判理论。它们两者之间的关系如何呢？女性主义的历史远长于后殖民理论，因此，可以从女性主义遭遇后殖民主义的角度来讨论这一问题。大致来说，女性主义者进入后殖民理论领域后，女性主义借鉴了后殖民主义，以此批评当代西方女性主义，同时也对后殖民理论家的男性中心主义进行了批判。

关键词：女性主义；后殖民主义

一

女性主义领域内的种族批评，来自美国黑人对女性主义中白人中心的质疑，它发生在西方女性主义运动的第二阶段，其时间甚至早于后殖民主义理论的产生。

19 世纪的第一阶段西方女性运动以追求妇女的社会权利为目标。20 世纪六七十年代的女性主义运动属于西方女性主义运动的第二阶段，这一阶段的特征是对男权中心主义的批判、女性意识的觉醒。到了 21 世纪初，这场运动以西方社会关于妇女财产权、选举权等法案的通过而胜利告终。但令人意想不到的是，这一系列法案并不能保证妇女的独立，原因是被贝蒂·弗里丹（Betty Friedian）称为"女性奥秘论"的流传，西方男权社会意识通过对"女性气质"的规定和宣扬，使妇女回到家庭中，甘心处于受支配的附庸地位。"女性奥秘论"的大体意思是：女性有其与男性不同的本性，适合她们的社会角色是妻子和母亲，女性的本性只有通过性被动、受男性支配、培育母爱才能实现，家庭是实现女性价值的最佳场所，教育、工作等都是实现女性本性的障碍。弗里丹便是"二战"后大量回归家庭的美国妇女中的一个，她在做家务如给厨房地板打蜡时，并没有产生社会所宣扬的女性价值自我实现的喜悦，反而感到烦琐和悲哀。她怀疑是自己出了问题，但在调查的过程中，她逐渐发现多数美国妇女都有这种难以启齿的烦恼，她终于觉悟到并不是她们错了，而是社会对女性角色的规定错了。她愤而写了一本名为《女性的奥秘》的书，在书中她披露了自己调查的结果，用事实批判了这种"女性奥秘论"。这本书在1963年出版后，在社会上引起了极大共鸣，反响强烈，它启发了美国妇女对男权社会意识的质疑，成为第二阶段女性运动的开端。

这一阶段女性主义运动的理论标志是7年后（1970年）出版的凯特·米利特（Kate Millett）的《性政治》一书。在这本书中，米利特从政治的角度看待两性关系，认为历史上男性和女性之间一直是一种权力支配的关系，它是我们文化中最为根深蒂固的压迫关系。她从意识形态、生物学、社会学、阶级、经济、教育、强权、人类学和心理学等方面对男权中心主义意识进行了全面的理论清理，并对米勒、劳伦斯、梅勒、让·热内等著名作家小说中的男权意识进行了深刻的剖析和无情的批判，这本书被视为第二阶段西方女性主义文学批评形成的标志。

女性意识的发现和对男权意识的批判，其实并非始于此时，20世纪上半叶欧洲已有先驱者出现。英国的弗吉尼亚·伍尔芙（Virginia Woolf）早在1929年就写出了《一间自己的屋子》，而法国的西蒙娜·波伏娃（Simone Beauvoir）在1949年出版了《第二性》，这些书在它们自己的时代里是不能被充分理解的，此时却被重新"发现"了。它们与大量新的论著一起，构成了第二阶段女性主义运动的主流话语。

好景不长，在女性主义质疑男性中心主义的时候，女性主义自身也受到了质疑。应该说，美国的女性主义运动是白人女性特别是白人中产阶级女性所发起的运动，而随着美国黑人女性及有色人种女性加入女性主义运动，这一运动的"白人中心主义"倾向就逐渐受到了质疑。

早在1970年，也就是米利特的《性政治》出版的那一年，纽约的兰登书屋出版了另一本书，题为《姐妹情谊是强大的：女性解放运动中的写作选集》，这本书收录了黑人女性主义者弗朗西斯·比尔（Francis Beal）的文章《双重危险：作为黑人和女性》。在这篇文章中，比尔提出，第二波女性主义仅仅提出了"男性"／"女性"的性别对立，却并不注意女性内部的种族差异，因而它只是一场"白人女性的运动"。[①] 1971年，托尼·莫尼森（Toni Morrison）在谈到美国黑人妇女的时候指出："有一种内在的东西让我们与其他人不同，不同于男人，也不同于白人妇女。"[②] 同年，汉考克（Chicana Velia Hancock）接着指出："不幸的是，很多白人

---

① Francis Beal. *Double Jeopardy: To Be Black and Female*. New York: Random House, 1970.
② Toni Morrson, Bttye J. Parker. "Complexity: Toni Morrison's Women-An Intervies Essay", in Roseanne Bell, Bettye J. Parker, Beverly Guy-Sheftall. *Sturdy Black Bridges: Visions of Black Women in Literature*. New York: Anchor/Doubleday, 1979.

女性将矛头对准当前社会系统的男性主义，这暗示着似乎一个女性主导的白人美国能够合理地对待有色人种，无论是男性还是女性。"①

20世纪80年代以后，黑人女性主义的批评声音开始增多，并开始被主流女性主义所注意。1982年，著名黑人女性主义者安吉·劳德（Audre Lorde）应邀参加在纽约举办的一次人文学会议。她激烈地批判了美国主流女性主义的白人中心倾向。她发现，会议的论文作者都是以白人中产阶级女性为主，没有涉及黑人、第三世界女性等。劳德感觉到，在现在的女性主义中，女性等同于白人中产阶级女性，其他人似乎没被考虑在内。她巧妙地质问：为了你们能够参加女性主义会议，黑人女性得同时为你们清洁屋子、看孩子，那么你们怎样看待这些女性呢？主流女性主义本来是一种批判理论，如果批判只囿于白人中产阶级的范围内，那么批判就是不彻底的。她指出，设想在这样的时间和这样的地方，讨论女性主义理论却不检视其中众多的差异，不涉及贫穷妇女、黑人及第三世界妇女和同性恋等问题，这是一种学术傲慢。

劳德以"一个黑人同性恋女性主义者"的身份出现在会议上，挑战主流女性主义理论，这固然说明了她的勇敢，但也说明了主流女性主义对于黑人女性主义的注意和容纳。劳德觉得还不够，她诘问："为什么在会议上看不到其他黑人女性和第三世界女性？""难道我是黑人女性主义唯一的来源？"她认为主流女性主义虽然开始容忍黑人女性的批评，但是仅此而已，它绝不会容忍真正的改变。她也指出黑人女性的解放不能仅仅停留于纸面上，而要见诸反抗行动中。

这一时期美国最有影响的黑人女性主义者是贝尔·胡克斯（Bell hooks）。1952年，胡克斯出生于肯塔基州南部的一个黑人家庭，她从小生活在男权和种族色彩浓重的环境里。到斯坦福大学念书以后，她开始接触到女性主义理论，女性意识萌动，成为女性运动积极的参加者。不过，作为班上唯一的黑人，不久之后她就发现女性主义运动中并没有黑人的位置，女性主义虽然反对男性中心主义，却并不在意白人中心主义，这些经历让她把种族主义视角带进了女性主义。1981年，胡克斯出版了她的第一部著作《我不是一个女人吗：黑人女性与女权主义》。自此以后，截至2007年，她已经出版了近30部著作。胡克斯两面出击，她既批判黑人运动中的男性主义，同时又批判女性主义中的种族主义。

胡克斯第一次接触女性主义理论，是在蒂丽·奥尔森（Tillie Olsen）教授的妇女研究的课堂上。女性主义理论震撼了胡克斯，她第一次认识到这个男权主导的社

---

① Velia Hancock. "La Chicana, Chicano Movement and Women's Liberation". *Chicano Studies Newsletter*, 1971 (2): 70-72.

会中的性别主义。然而，可悲的是，尽管黑人女性义无反顾地参加女性主义运动，但在主流女性主义那里，黑人女性却得不到支持。在奥尔森教授的课程上，胡克斯找不到关于黑人女性的材料，女性主义中的"女性"似乎并不包括黑人女性在内，"姐妹情谊"似乎也只是白人女性之间的情谊。在胡克斯开始从事女性主义批评的时候，女性主义者不愿意面对种族问题，不愿意面对白人之外的女性，并且指责胡克斯把黑人问题搅进去是干扰了性别问题的注意力。

如果说奥尔森等女性主义者唤醒了胡克斯的女性意识，那么其后对弗朗茨·法侬（Frantz Fanon）、艾伯特·敏米（Albert Memmi）和马尔科姆·爱克斯（Malcolm X）等人的阅读则启发了她的种族意识。胡克斯由此发现了女性主义的白人中心主义，她也由此开始与西方主流女性主义分道扬镳。她开始提倡革命的女性主义，以区别于白人中产阶级的女性主义，两种女性主义的差别在于，主流女性主义只是为白人女性中产阶级争取权益，而革命女性主义不但反对父权制，也反对种族主义，追求更为彻底的平等。胡克斯认为，主流女性主义在争取性别平等的时候是充满勇气的，但她们所主张的姐妹情谊却由于种族主义的限制而不能贯彻到底。在早期废奴运动的时候，白人女性站在白人种族主义的立场上，将白人女性的选举权置于黑人男性之上。而在后来的女性主义运动中，当白人女性获得与白种人男性相等的社会地位时，她们却反对黑人女性获得同样的权力，她们会立刻停止更为激烈的种族斗争和阶级斗争。胡克斯谈道，在19世纪末、20世纪初第一阶段白人女性主义运动中，她们有意将黑人排斥在外。尽管如此，还是有黑人女性开始参与女性主义运动，不过她们只是跟在白人的后面。到了20世纪七八十年代，在主流社会受教育的新一代黑人女性才开始与白人女性分庭抗礼。

胡克斯自黑人角度所进行的种族批判，有两个特征值得称道。第一，她深入到精神和心理的层面，批判内在种族主义。胡克斯指出，看起来第二代白人女性主义者已经不像第一代女性主义者那样公然排斥黑人女性，但事实上她们的做法更可怕，因为她们将白人中心的价值观念内化在黑人心里，以此操纵黑人。胡克斯的这一看法显然受到了法侬对于黑人精神创伤分析的影响，她自己也明确地承认这一点，并将自己的批判视为对20世纪60年代以来法侬等人从事的黑人反殖民运动的继承发展。第二，她将批判付诸行为，讨论实际的反抗方法：一种反抗是反凝视，另一种反抗方式是释放自己的愤怒，发出自己的声音。

二

对于女性主义后殖民主义来说，1981年是标志性的一年。这一年，胡克斯出版了她的第一部著作《我不是一个女人吗：黑人女性与女权主义》，开始了对黑人女性主义的系统论述。同一年，佳亚特里·斯皮瓦克（Gayatri Spivak）在《耶鲁法国研究》第62期发表了著名的论文《一种国际框架里的法国女性主义》，将对西方女性主义的种族批判上升到了一个新的高度。

斯皮瓦克的突破来自她的两个背景：①身世背景。她虽然也是生活在美国的大学教授，但她并不是美国内部的少数群裔，而是来自印度。②理论背景。她较早在美国从事"后学"批评。这种背景使得斯皮瓦克在批评西方女性主义的种族主义时，不再局限美国国内，不再局限黑人与白人之间，而能够着眼于"国际框架"，并且将批判上升到"表现"和"话语"的高度，从而进入了后殖民的领域。

《一种国际框架里的法国女性主义》一文批评的不是美国女性主义，涉及的对象也不是黑人，而是批评法国著名女性主义者朱丽娅·克里斯蒂娃（Julia Kristeva）的"中国表现"。克里斯蒂娃于1974年4—5月访问中国，回国后写下《关于中国妇女》一书。这部书事实上并没有"种族歧视"，相反却大力称赞了中国文化和中国妇女，并认为中国的革命给1968年"五月风暴"后的欧洲带来了新的希望。斯皮瓦克却从"他者化"的角度，发现克里斯蒂娃的表现其实是东方主义话语的一部分。

面对这样一本看起来对于中国和东方世界十分友好的著作，斯皮瓦克发现了人们未曾注意的问题。在斯皮瓦克看来，克里斯蒂娃对中国的称赞，事实上是站在西方立场上"他者化"中国的行为。在斯皮瓦克看来，克里斯蒂娃的言论不过是对西方18世纪中国文化热的延续，她仅仅从自己的文化系统出发看待中国。克里斯蒂娃的问题不仅仅在于数据粗糙，更重要的是其背后的西方本位和优越感。她指出，无论"基督教西方作为一个整体是否追求性自由，对于中国的预言肯定是一种慈善行为。我以为，它起源于殖民主义乐善好施的症状。"中国古代文化无疑同样也存在着严重的男权中心倾向，但克里斯蒂娃对于中国的赞赏等于把中国排挤出"女性主义"的视野之外。

斯皮瓦克认为，法国女性主义与英美女性主义无论有多少区别，她们的焦点应该是："不仅仅问我是谁？而是问谁是他者妇女？"斯皮瓦克的意思是，西方女性主义最需要反省的问题是种族的他者问题，她们将"女性主义""自由"等看作西方世界的产物，与第三世界女性并无关系。尽管克里斯蒂瓦等人在论述中国妇女时，表面上是称赞的立场，实际上她们甚至并没有把第三世界妇女看作同类；当然，第三世界妇女也并没有将她们当作同类。斯皮瓦克由此激进地说，西方女性主义走出教室后，对第三世界女性没有什么用处，或者有害无益。

斯皮瓦克自第三世界的角度对西方后殖民女性主义的批判十分犀利，当然也不无偏激。这里不妨为克里斯蒂娃说几句话。《关于中国妇女》一书对中国的呈现自然是东方"他者化"的产物，不过需要指出的是，作者对于这一点并非没有自觉。《关于中国妇女》一书明确地分为两个部分："从这一方面"（from this side）和"中国妇女"（Chinese women）。作者明言就是从西方的角度观察中国，为1968年"五月风暴"之后的欧洲，特别为西方女性主义寻找参照。克里斯蒂娃对自己所处的西方位置其实是有察觉的，她在书中的第一章就声称：中国户县农民是被她这样的普遍的人文主义者、无产阶级兄弟之情和虚假的殖民文明所塑造的。她还明确谈到，发现东方"他者"是为了质疑西方自己。1974年，还没有出现"后殖民主义"这个词汇的时候，克里斯蒂娃就能够反省到自己的"殖民性"及其与"他者"的关系，这是难能可贵的。就此而言，斯皮瓦克对克里斯蒂娃的批判显然过于严厉。

其实，在"东方他者化"这个问题上，西方批评家克里斯蒂娃固然应该检讨，但斯皮瓦克自己其实也难辞其咎。斯皮瓦克以第三世界的身份批评克里斯蒂娃，但事实上这一身份是可疑的，因为她本人是美国哥伦比亚大学的教授。斯皮瓦克出身于第三世界的印度，后来接受西方教育，留在西方国家工作，这种人能否作为第三世界的代言人实在是个问题。事实上，真正的第三世界批评家常常批评斯皮瓦克这种类型的学者，认为他们以"第三世界代言人"的身份在西方谋利，两边沾光。这种观点并非毫无道理。斯皮瓦克本人对于自己的特殊地位也有清晰的认知，并有反省。

1984年，钱德拉·莫汉蒂（Chandra Mohanty）发表了著名的《在西方的注视下：女性主义与殖民话语》一文，试图较为全面地梳理西方女性主义的东方话语。我们知道，在此之前，爱德华·萨义德（Edward Said）的《东方主义》一书分析了西方东方主义话语的来龙去脉，不过囿于男性视角，并没有对当代女性主义进行分析，莫汉蒂的这篇文章弥补了萨义德的这一性别视角的缺失。

莫汉蒂的视野虽然宏观，但切入点却很具体，她选择了法国泽德出版社的"第三世界女性"丛书作为分析对象。这套书主要收录西方女性主义者关于第三世界研究的成果，数量不算很多，但论述面却很广，包括研究印度、中国、巴基斯坦、非洲等地女性的专著，很具有代表性，能够反映出当代西方女性主义对于第三世界女性的看法。

莫汉蒂发现，这些著作虽然研究对象不同，却有一些先在共识，从而把第三世界妇女塑造成了一个具有共质性的对象。莫汉蒂的目的即在于追踪这些女性主义话语形塑第三世界女性主体的过程，分析其背后的帝国主义动力。

莫汉蒂认为，这些著作分析第三世界女性的共同点是将第三世界女性定义为男性暴力的牺牲品。她专门讨论了西方女性主义话语分析中第三世界女性的五种类型：第三世界女性或被表现为男性暴力受害者（Hosken），或者被表现为殖民过程的受害者（Cutrufelli），或者被表现为阿拉伯家庭系统的受害者（Minces），或者被表现为经济发展过程的受害者（B. Lindsay and the liberal-WID school），或者被表现为伊斯兰符码的受害者（Jeffery）。在莫汉蒂看来，这种分析思路的主要问题在于第三世界女性被严重地同质化了，无论空间（在非洲还是在伊斯兰）、无论时间（古代或当代）、无论阶级（中产阶级或底层妇女）、无论身份（母亲、妻子或姐妹）、无论宗教（伊斯兰或基督教），第三世界女性仅仅与标志着专制主义的男性相对，而成为同一的受害者团体，"将'女性'视为一种稳定的分析范畴的问题所在，是建立在从属这一抽象概念之上的非历史的普遍的女性统一体。这种分析及其由此而来的构想，不是将女性视为特定本土语境中的社会经济政治团体加以论证，而是将女性主体的定义局限在性别身份上，完全忽略了社会阶级和种族身份。"

这种同质化的第三世界女性受害者的形象的含义是什么呢？莫汉蒂从中看到了殖民主义的运作。第三世界女性的客体的背后，事实上浮现的是西方女性主义主体，"这种均质的第三世界女性因为她的女性性别（意思是性压制）和'第三世界'（意思是无知的、贫穷的、受愚昧文化约束的、宗教的、驯服的、家庭倾向的、受害的等）而过着一种本质上残缺的生活。在我看来，这恰恰与作为受教育的、现代的、可以控制她们自己身体的、'自由'做出决定的西方女性的自我表现形成鲜明对比"①。在社会关系之外限定第三世界女性，"受害"与否依照的是西方的标准，这种想象的核心是西方种族中心主义。只有将第三世界定义为他者或边缘，西方才能作为主体和中心再现自己，必须在这种权力结构中看待关于女性主义的第三世界撰写。

第三世界的落后形象是因为西方的"先进"，而自动呈现出来的，西方发达地区依照自己对科学知识和观念创造的垄断来控制世界。在阿普菲尔-马格林（Apffel-marglin）看来，第三世界女性的知识观念，在前期是直接的"文明教化"，在后期则是现代社会的发展理论。如果说，前者的殖民色彩较为明显，后者则不易辨别。马格林在《女性主义的东方主义与发展》一文中理清了两者之间的历史脉络，认为两者事实上是一种同构关系，并从根本上质疑了发展理论的殖民性。她的批判新颖而有力，给人启发。

前面提到，莫汉蒂分析了当代西方女性主义中的殖民主义，弥补了萨义德东方主义话语研究的不足，但莫汉蒂尚未接触到历史上的西方女性与殖民主义关系，马格林则探讨了历史上西方女性主义与殖民主义的共谋关系。《女性主义的东方主义

---

① Chandra Talpade Mohanty. "Under Western Eyes: Feminist Scholarship and Colonial Discourses". *Feminist Review*, 1988 (30): 65-88.

与发展》一文第一节的题目是"维多利亚时代的殖民主义女性主义"。通常看来，女性主义者在国内反抗西方社会的男性统治，被殖民者在海外反抗西方男性的殖民统治，那么西方女性主义者与第三世界被殖民者应该是同盟关系。马格林指出，情况并非如此，西方的男性与女性在海外存在一种奇妙的同盟关系。白人男性统治者在国内虽然压制白人女性主义运动，但在海外，白人女性却变成了第三世界女性想成为的目标；白人女性在国内虽然反抗白人男权统治，但到了海外，她们却成为殖民统治的帮凶。在这里，种族大于性别。在殖民地，西方女性从来不把本土女性视为同类，反倒认同对当地女性的贬低，在这种贬低中，白人女性自身才成为"文明的象征"和"进化的顶点"。

20世纪以后，殖民主义的历史逐渐结束，西方有关第三世界的话语由殖民性转为现代性，现代化的发展理论取代了"文明教化"。马格林认为，其中殖民主义并没有消失，只不过变得更加隐晦，"正如维多利亚文化是由帝国主义宣传所塑造的，20世纪也是由对于发展的更加微妙的、人道主义的、帝国主义的宣传所塑造的"①。

发展理论针对的是第三世界的贫穷，它就像从前女性主义话语中的面纱、殉夫等一样，是必须予以革去的落后的东西。改变的方法是让第三世界女性进入现代资本主义市场体系，成为经济上具有生产能力的独立个体，这里对第三世界的判断和解决方案显然都来自西方，"再一次，针对第三世界女性位置的标准是根据已经'解放'（以前是'文明'）的第一世界国家女性：自主的、经济独立的、完全融入商品世界的西方女性"。第三世界女性如果不言及压抑和不平等，就是错误的；如果说到对家庭、环境的依赖，就是"原始感觉"的结果。马格林认为，女性发展理论及其附属的殖民话语，在二元对立的思维方式上是一致的：文明、解放、自主的西方女性与受压迫、落后的非西方女性，这种二元对立是以西方为主体而出现的。所谓"发展中的女性"，不过是改头换面的殖民主义，只是名称不同：在19世纪，被殖民女性是英国女性主义"文明"活动的对象；在20世纪后期，后殖民女性则变成了被称为发展的规划"解放"的对象。

在马格林看来，发展的理论是西方现代文化对自然与文化二元论的产物，是建立在人对自然的支配上的。第三世界女性停留在对自然和家族、族群的依赖共存，被看作是愚昧落后的表现。在环境问题日益突出的今天，这种理论亟待反思。马格林认为，情况也许相反，西方工业社会将自然作为掠夺的资源，将妇女视为工业社

---

① F. Apffel-Marglin, Suzanne L. Simon. "Feminist Orientalism and Development", in Wendy Harcourt. *Feminist Perspectives on Sustainable Development*. London and New Jersey: Zed Book ltd, 1994, p. 31.

会中与他人隔离的理性的机器和现代社会的商品，这也许才是妇女真正的灾难。而第三世界的女性体现了个体与人类、人类与自然的和谐关系。马格林以东方生命观念说明，人与自然原是相互串通的一体，人的存在与外界的空气、水和食物息息相关，人与自然无法分离，"健康被理解为人与外界的良好的平衡，疾病则是平衡的缺乏"。在神的土地上，人与自然、人与人都是和谐交融的，生命只有自然的生产和再生产，没有商品和市场，马格林文章的结束语如下："女神的丛林是社群再生自己的地方，它是公共的土地，所有的男性村民共同生活。代代相传延续了生命，没有自然与文化的区分。女性在生产、煮食、照看牲口或其他活动，与男人的工作内容一样，对于生命的生产与再生产都非常重要。人类活动并不隶属于市场和产品，毋宁说，他们是更大的生产与再生产这个世界的宇宙活动的一个部分。"①

马格林对西方"发展中的女性"的现代性话语的批判，已经获得了社会的很大认可。20 世纪 80 年代的"发展中的妇女"（Women in Development）话语到了 20 世纪 90 年代已经转变为"妇女、环境与发展"（Women, Environment and Development）。

三

女性主义者进入后殖民理论领域后，一方面发现了西方女性主义者的种族中心主义，另一方面又同时发现了殖民批判家的男性中心主义。反殖民主义的理论家，从马克思、法侬到萨义德等，他们在批判西方殖民主义的时候，常常忽视了女性的视角，这一点自然会受到女性主义者的批评，这种批评构成了女性主义后殖民主义的另一个领域。

与萨义德及霍米·巴巴（Homi Bhabha）对马克思主义的反感不同，斯皮瓦克大体上是支持马克思主义的。斯皮瓦克并不反对话语实践和微观抵抗，但她认为马克思主义的阶级理论，特别是国际分工理论，能够带给西方殖民主义更为清楚的观察和较大结构的抵抗。斯皮瓦克认为，许多哲学家在理论上具有性别的盲点，"他们似乎只是从男人的世界及男人自身获得依据的，因而证实了有关他们的世界和自身的真理。我冒险断言，他们对于世界和自身的描绘建立在不适当的根据上"②。

同样，凯图·卡特拉克（Ketu Katrak）是很钦佩法侬的，她在《非殖民文化：

---

① F. Apffel-marglin, Suzanne L. Simon. "Feminist Orientalism and Development", in Wendy Harcourt. *Feminist Perspectives on Sustainable Development*. London and New Jersey: Zed Book ltd, 1994, p. 41.

② Gayatri Chakravorty Spivak. *In Other World: Essays in Cultural Politics*. London: Routledge, 1988, p. 78.

走向一种后殖民女性文本的理论》一文中试图借助法侬有关殖民暴力的几个概念——不仅是身体的,更是语言的、文化的和心理的,用以分析她所选择出来的几个后殖民女性文本。不过,从女性的角度看,她并不满意法侬。在文章的开始,她就首先批评了法侬论述中的性别问题。

法侬在谈到被殖民主义扭曲的黑人心理时,着重批判了黑人女性,其最高理想是试图将黑人变成白人,或者不再退回到黑人。卡特拉克认为,法侬对于黑人女性过于苛刻,原因不仅在于法侬的这种说法依据的只是中产阶级女性的经验,而不是根据农民及城市工人阶级的特点,更在于法侬在建立他的推翻殖民社会的方案时,并没有分析女性承受了来自殖民者和男性的双重压力。像通常的革命意识形态一样,法侬没有注意到女性在父权制社会中的特别处境,而只是简单地希望女性通过参与社会斗争解放自己。从女性主义的视角看,所谓民族解放事业不一定同时解放了女性;女性参与革命,有可能巩固了传统的父权制。这种担心并非杞人忧天。研究表明,在独立后的阿尔及利亚,传统伊斯兰的和男性的压迫性随着解放战争的胜利而"全面复苏"。卡特拉克认为,理论批评——无论是西方的还是非西方的——通常都以男性为主,排斥了女性经验,这是一个不能被女性主义容忍的现象。

如果说卡特拉克批评法侬忽视了殖民地女性,瓦莱丽·肯尼迪(Valerie Kennedy)则主要批评萨义德忽视了殖民宗主国的女性。当然,这并不意味着萨义德正确地对待了被殖民女性,《东方主义》的主要问题之一是基本上没有涉及东方。《东方主义》一书主要讨论西方的东方主义话语,不过,肯尼迪注意到,萨义德在概括西方的时候常常是把女性等同于男性的,并未顾及女性的特别之处。譬如,萨义德在《东方主义》里谈到,在19世纪的欧洲,性被体制化后没有"自由的"性爱,这时候东方就成为欧洲人寻找性爱的地方。书中提到,没有任何一个在1800年以后书写或旅行于东方的欧洲人,能免于这种意图。萨义德在这里特别提到到东方来寻找性爱的人,包括"他与她"。肯尼迪认为这是一种很奇怪的说法。她认为,欧洲女性在国内外都受到父权制的约束,说她们和男性一样去东方寻找自由性爱,这几乎是不可能的。另外,肯尼迪还指出,萨义德说19世纪的欧洲没有自由的性爱这一说法并不准确,因为他忽视了欧洲另外一个阶层的女性——妓女,欧洲的男性很容易通过合法消费在妓女那里找到自由性爱。无论是欧洲的上层女性还是下层女性,似乎都不在萨义德的视野之内。

事实上,在欧洲,女性的思想与男性并不完全一致。萨义德如果注意到女性的不同情形,或许不至于发出"每个欧洲人都是东方主义者"的定论。肯尼迪认为,的确有不少女性旅行家或作家是不同程度的东方主义者,她们在碰到东方女性的时候表现出了典型的男性式的嘲弄语调。然而,另外一些女性,如玛丽·沃特勒·玛特古（Mary Wortley Montagu）却对东方女性持一种完全不同的态度，她们常常同情，有时欣赏，有时在一定程度上将自己等同于东方女性，或者进行比较，却未必会去贬低东方女性。有的女性，如安妮·白森特（Annie Besant），既批评帝国主义，又批评父权制。在肯尼迪看来，萨义德正确地提出了东方主义是一种人为的意识形态建构，却没有注意到这是一种由男性主导的文化建构，如此就忽略了欧洲女性本身被支配的地位。对西方来说，他者植根于东方之中；对男人来说，他者植根于女性之中；对于西方男性来说，女性和非欧洲是合一的。

萨义德身为男性，重点关注的角度是种族，自然地漠视了"性别"的范畴。他曾在与雷蒙德·威廉姆斯（Raymond Williams）的谈话中明确表示他对于"种族"的强调优先于"女性"。萨义德在论述东方主义的时候，的确多次将西方/东方的殖民关系与男性/女性的权利关系相提并论，《东方主义》一书的开头，即以福楼拜与埃及舞女的关系作为东方主义的隐喻，可惜萨义德并没有因此将女性的角度带入东方主义进行论述。

女性主义借鉴了后殖民主义，以此批评当代西方女性主义，但与此同时又转过身来批评后殖民理论家的男性中心主义，这是男性后殖民理论家所没有预料到的。

参考文献：

[1] BEAL F. Double jeopardy: to be black and female [M]. New York: Random House, 1970.

[2] MORRSON T, PARKER B J. Complexity: Toni Morrison's women-An interviews essay [M] //BELL R, PARKET B J. Sturdy black bridges: visions of black women in literature. New York: Anchor Books/Doubleday, 1979.

[3] HANCOCK V. La chicana, chicano movement and women's liberation [J]. Chicano Studies Newsletter, 1971 (4): 70-72.

[4] LORDE A. The master's tools will never dismantle the master's house [M] //MORAGA C, ANZALDUA G. This bridge called my back: writings by radical women of color. New York: Kitchen Table Press, 1983: 94-101.

[5] SPIVAK G C. In other world: essays in cultural politics [M]. London: Routledge, 1988.

[6] MOHANTY C T. Under western eyes: feminist scholarship and colonial discourses [J]. Feminist Review, 1987 (30): 65-88.

[7] MARGLIN A, SIMON S L. Feminist orientalism and development [M] //HARCOURT W. Feminist perspectives on sustainable development. London and New Jersey: Zed Book ltd, 1994.

[8] KATRAK K H. Decolonizing culture: toward a theory for postcolonial women's texts [J]. Modern Fiction Studies, 1989, 35 (1): 157-179.

[9] KENNEDY V. Edward Said: A critical introduction [M]. Camblidge, UK: Polity Press, 2000.

危机与机遇：
"后理论"语境下的中国文论话语建设①

生安锋 刘丽慧

摘 要：西方文论在20世纪末遭遇了前所未有的危机，而中国学界从21世纪初也开始反思理论，尤其是西方文论带来的种种问题，进入了所谓的"后理论"时代。在我们看来，中国与西方学界所遭遇的危机或者困难并非完全一样，理论发展进程也不是同步的。我们在批评理论带来的问题时，不应该忽视中国译介外国理论的主动性和我国理论建设的主体性问题；当前的后理论危机其实是理论发展到一定程度后的自我调整和重新定向。我们需要做的是抓住当前的机遇，寻找新的理论生长点，在中国语境中建设好中国的文论话语。

关键词："后理论"时代；中国文论；危机；话语建设

一、"后理论"时代的来临

20世纪常常被学界称为"理论的世纪"。单就文论而言，从20世纪初的形式主义到三四十年代的英美新批评、精神分析批评、马克思主义文学批评和50年代的神话原型批评，再到六七十年代的结构主义、后结构主义、后现代主义、解构主义及随之而来的女性主义（第二波浪潮）、读者反映批评、后殖民主义、新历史主义、生态批评、性别研究及文化研究等，一波又一波的理论浪潮接踵而至。无论是在学术界还是在职场中，理论都有着举足轻重的地位，甚至到了言必称理论的程

---

① 本文系国家社会科学基金重大项目"美国族裔文学中的文化共同体思想研究"（项目号：21&ZD281）、北京市哲学社会科学基金重点项目"后殖民主义、世界主义与中国文学的世界性研究"（项目号：18WXA002）、清华大学自主科研计划专项支持（项目号：2019THZWJC52）的阶段性成果。本文中大部分内容已发表在《天津社会科学》2021年第6期，题为《"后理论"语境下的中国文论话语建设》。

度。① 直到 20 世纪 80 年代，西方学界才开始反思理论所带来的种种弊端。

1982 年，美国学者史蒂夫·纳普（Steven Knapp）与沃特·本·迈克尔斯（Walter Benn Michaels）在期刊《批评的探索》上发表了一篇题为《反理论》的文章，从而引发了美国人文学界关于理论的作用和弊端的激烈讨论。3 年后，这些讨论文章被该期刊的主编米切尔（W. J. T. Mitchell）编辑成书出版，题目就是《反理论：文学研究与新实用主义》。1996 年，电影研究学者大卫·波德维尔（David Bordwell）和诺埃尔·卡洛尔（Noel Carroll）出版了《后理论：重建电影研究》一书，对电影研究中的理论方向提出质疑，并直言反对当时风靡的宏大理论，这是学术界第一次明确提出"后理论"（Post-Theory）的概念。1999 年，马丁·麦克奎兰（Martin McQuillan）、格雷姆·麦克唐纳（Graeme MacDonald）、罗宾·珀维斯（Robin Purves）和斯蒂芬·汤姆森（Stephen Thomson）出版了题为《后理论：批评理论的新方向》的著作，对当时流行的理论终结论进行分析和提出批评，并指出了理论发展的新方向。2002 年，英国学者瓦伦丁·卡宁汉姆（Valentine Cunningham）和美国学者让·米歇尔·拉巴泰（Jean-Michel Rabaté）分别出版了《理论之后的阅读》和《理论的未来》等著作，他们试图回答理论是否已死的问题，剖析了当代理论界所面临的理论焦虑现象，指出理论仍将发挥重要的作用，也预测了理论在未来的状况。2003 年，英国著名的马克思主义文艺理论家特里·伊格尔顿（Terry Eagleton）的《理论之后》问世，在西方学界和中国学界产生了巨大影响。伊格尔顿认为，虽然从功利性的角度看，理论的确对社会正义、道德伦理和政治等问题无甚裨益，但他仍旧相信当代理论并没有走向消亡。2005 年，拉曼·塞尔顿（Raman Selden）等在其《当代文学理论导读》（第五版）新加的"结论：后理论"部分指出，很多文学理论家对"理论"提出质疑，但当下的后理论思潮并非"反对理论"（anti-theory），这种"后理论焦虑"其实更像是一种对理论方向的重新调整和校正。

在 20 世纪 80 年代西方理论界开始自觉地反思理论的问题时，中国学术界的理论热潮却还处于方兴未艾的阶段，90 年代正是理论在中国发展得如火如荼的时期。直到 21 世纪初，中国理论界才开始站在中国文化的立场上对过度理论化现象提出质疑，不过其所针对的不仅仅是"理论"，还主要是"西方的理论"。2004 年 6 月，清华大学联合国际文学理论学会、美国期刊《批评的探索》联合举办了一次

---

① 这种对理论的重视或者依赖一直延续到现在的中国学界，当文学专业（不论是中国文学还是外国文学）的研究生撰写毕业论文时，导师甚至论文答辩的评审老师们首先要看论文是否具有理论性，就是要明确地知道作者用了什么样的理论支撑论文，即所谓的"理论框架"。

国际研讨会，题为"批评探索：理论的终结？"①。我们仅从会议题目就可以看出中国学界对理论的危机意识和反思，而议题中的第一项即为对"当代文学理论的反思"。就此而言，这次会议无疑是具有深刻的"后理论"色彩的，中国学界从此以后也进入了所谓的"后理论时代"。国内学者王宁受伊格尔顿著作《理论之后》的启发，敏感地意识到西方学界也对当下文学理论的反思已成蔚然成风。因此，他除了于 2004 年组织召开了上述国际研讨会之外，还率先于 2005 年在《文景》和《外国文学》等期刊上分别发表了数篇有关"后理论时代"的文章，提出了"后理论时代"的概念；此后数年里，他又多次撰文并于 2009 年出版了相关专著，就后理论时代问题不断丰富、推进自己的观点。盛宁和周宪等学者也于 2007 年、2008 年发表相关文章，就有关"后理论""后理论时代"和"理论之后"的话题在学界内互相讨论。②

从世界范围来看，理论或者文艺理论的兴盛期无疑是在 1960—1990 年；而在中国，从 1990 年一直到 21 世纪的第一个 10 年，我们的"理论热"其实还处于繁盛期或者"亢奋期"。西方提出理论的危机问题是在 20 世纪 80 年代中期，而中国出现后理论时代的困惑或者理论危机意识则是在 2005 年前后，其差距约为 20 年。这并非说我国跟西方的理论差距是 20 年，而是客观地描述中国和西方主流理论界在理论意识和觉醒度方面的差距。当然，中外理论意识的差距是有社会历史原因的。20 世纪初，我们刚刚接触到西方的浪漫主义、现实主义、表现主义、自然主义、象征主义、现代主义等西方当代理论，这股理论热潮很快就让位于救亡图存的革命现实主义。新中国成立以后的主导文艺理论是苏联的马克思主义指导下的现实主义理论。直到 20 世纪 70 年代末，处于理论"荒漠"之中的我们才有机会再一次"畅饮"来自世界（主要是西方）的文艺理论之"甘泉"。在欧美的文艺理论就要盛极必衰之时，我国文艺理论界却如久旱逢甘雨，甚至沉醉于其中而在短期内无法自拔。于是，在 20 世纪八九十年代差不多 20 年的时间里，我们像走马灯一样匆匆掠过了西方学界近百年的理论历程。这种理论时代和理论意识的错位是特定的社会历史原因造成的，承认这一点绝对没有贬低中国理论界的意思，反而可以让我们反思造成这一错位的深层原因，并激励我们奋起直追，争取尽快与世界理论前沿

---

① 会议议题包括："当代文学理论的反思""从中国的视角阐释西方文学""从西方的视角阐释中国文学""文化翻译和理论批评阐释""面对文化研究冲击下的文学理论之未来前景"等。后来，米切尔和王宁就会议成果撰文并发表在《批评的探索》上［W. J. T. Mitchell, Wang Ning. "The Ends of Theory: The Beijing Symposium on Critical Inquiry". *Critical Inquiry*, 2005, 31（2）: 265-270］。

② 当时参与讨论的主要学者有：姚文放、宋伟、邢建昌、柴焰、徐亮、蒋承勇、陈后亮、段吉方、顾明栋、赵周宽、高建平、朱立元、周启超、张江等。

看齐。而随着全球化的日益加深和中外学术界接触的日益密切，这种差距可谓越来越小。

二、理论的危机与中国理论建设的主体性

如果说我们尚对"后理论"一词持有怀疑态度，或者尚无法确切地定义何谓后理论或者何谓中国的后理论的话，那么我们至少可以说，我们在21世纪也进入了一个后理论的时代。① 但是，我们又是在何种意义上进入后理论时代的呢？

很多学者都感受到理论在过去所遇到的重重困难，尤其是在面对中国语境和中国文本时的无力感和脱节感。很多国内学者对西方的高深理论有一种与生俱来的厌恶，在阅读这些艰涩的理论（这里既包括原文，也包括译文）时常会产生一种厌倦感；也有的国内学者对西方后现代理论的大而无当和自我言说十分反感，认为这些空洞无物的理论沉溺于能指链的延宕而无所依归，最终导致阐释力极差；有的人因这些西方理论体现出西方中心主义式的宏大叙事而心有抵触；有的人明确反对中外理论上的"贸易逆差"，反对国外理论在中国的"倾销"（从中国的角度来说则是无原则的大肆引进）而导致的本土理论的畸形与低迷；有的人则指出套用西方理论论述中国文学多流于过度诠释，故而提倡建构中国自己的文论话语体系。国内近20年来在这些方面的讨论十分热闹且不乏深刻见解。② 事实上，西方理论在引入中国语境时确实造成了很多问题，尤其是西方理论与中国的文学文化实践不能很好地切合甚至脱节的问题，或者是我们常说的理论和文本"两张皮"的问题。也就是说，我们在理解西方理论时即使不存在误读或者以偏概全、张冠李戴的问题，也仍旧存在着外来的理论与本土文本不相兼容的问题。这是因为，任何理论的产生都是有其具体的根源和语境的，都是为着解决当地、当时的具体问题的，理论从来不可能放之四海而皆准。

国内学者，如曹顺庆、张江等人就看到了盲目崇拜并滥用西方理论对中国文艺理论界造成的严重后果。曹顺庆等人提出了中国当代文论的"失语症"问题，张江则提出了外国理论对中国文本的"强制阐释"问题。前者强调我们的文艺理论

---

① 王宁曾指出，其关于"后理论时代"的命名受到伊格尔顿的著作《理论之后》的启发。（参见王宁《"后理论"时代西方理论思潮的走向》，载《外国文学》2005年第3期，第31页）

② 有关西方理论在中国旅行所产生的种种问题，可参阅生安锋《附录 理论的旅行和变异：后殖民理论在中国大陆的传播》，见《霍米·巴巴的后殖民理论研究》，北京大学出版社2011年版，第206-229页；《新历史主义思潮在中国的传播与接受》，见《文学理论前沿》（第12辑），清华大学出版社2014年版，第106-126页。

由于照搬和套用西方文论话语因而失去了中国本土的传统文论语言，进而丧失了我们自己特有的思维和言说能力，他主张回到传统的中国文论话语而重铸文论伟辞。① 张江则从 2014 年起，发表了多篇有关西方文论"强制阐释"的论文和讨论，他所谓的"强制阐释"就是西方的各种非文学理论主动预设立场、模式和结论，并通过有结论的阐释去证明结论，不存在调节的欲求和可能。这些理论大肆侵入文学研究领地，以其预设立场和前置结论去强行阐释文学文本，从而歪曲甚至消抹了文学本身的美学特征和文学价值，导致了理论与文本的脱节和理论的空转与自我复制，理论不但不能为解读文学服务，反而使文学沦为理论的配角甚至奴仆。职此之由，2019 年 7 月，张江在上海举行的"中国哲学社会科学话语体系建设·浦东论坛：文学理论话语体系建设"大会的发言中指出，我们目前的当务之急就是从中国文学实践出发，正视文艺理论的民族性，坚持民族化方向，这是中国文艺理论建设必须遵循的原则。落实到具体实践层面，一是要回到中国语境，二是要充分吸纳中国传统文论遗产。② 这无疑是颇具启发意义的。

上述这些对西方理论的质疑之声当然是很有道理的，能够警示我们今后引进外来理论时需要注意的事项，尤其是用它们来阐释中国本土文本时的适用性、相关性和阐释边界等问题，启示我们在建构理论话语时不能忘记自己的主体性。但在我们看来，我们更应该关注的是中国学界何以会如饥似渴地引介吸收外来理论，以及如何从过去大规模的文论引入中看到正反两方面的作用。在我们看来，中国学界或知识界对外来理论的两次最突出的大规模引进——分别在 20 世纪初和 20 世纪八九十年代，从根本上讲是中国本土的"理论饥荒"造成的。20 世纪初对西方文学以至文化的全方位引进，与当时清朝日渐衰亡、列强虎视眈眈的国家状况密切相关，对"德先生"与"赛先生"的推重与崇拜与自强保种、救亡图存直接相关，因为那个时代总体上属于文学上的现代主义时期，兹不赘述。

20 世纪末大量西方理论的引介，其实也是在经过国内大约 30 年的信息封闭和理论严重匮乏之后的一种"应激反应"。也正是在这个意义上，一些激进的学者甚至认为，在当前我国语境中，不存在所谓的"理论之后"的问题，因为我们一直处在"理论之中"，处于对"那种真正的有原创性的思想启迪与穿透力的理论"的

---

① 此问题学界在 20 世纪 90 年代和 21 世纪初谈论较多，讨论也已经较为充分。此不赘述。

② 相关论述，请参阅张江《强制阐释论》，载《文学评论》2014 年第 6 期，第 6－18 页；《强制阐释的独断论特征》，载《文艺研究》2016 年第 8 期，第 5－13 页；以及张江主编的《阐释的张力：强制阐释论的"对话"》，中国社会科学出版社 2017 年版；《当代西方文论批判研究》，中国社会科学出版社 2017 年版。关于理论对文本阐释的可能性、有限性和边界等问题的不同见解，可以参考安贝托·艾科、卡勒等著《诠释与过度诠释》，王宇根译，生活·读书·新知三联书店 2005 年版，以及 Jonathan Culler. *The Literary in Theory*. Stanford: Stanford University Press, 2007.

"缺失的状态"之中。① 针对学界所指责的理论过剩、理论与文本结合度差、文本解读的无效性或非法性等问题，蒋承勇教授指出，理论热的根源是我国理论界对理论的渴求和需要，其出发点和动机都是好的，也打破了理论界原来的僵化局面并注入了思想活力；对西方各种新理论、新方法的探索和试用，开启了我国文学理论研究和文学批评的多元化的新局面，也取得了不少新成果。我们理论界的"暴饮暴食""饥不择食"是由长期"缺水"甚至"脱水"造成的，同时也显示出我国理论工作者缺乏理论素养、理论根基浅等问题，所以造成了生搬硬套、简单比附、理论与文本脱节等现象。这固然是很大的问题，但也有其必然性和合理性，是可以理解的。因此，"剖析和批判现当代西方文论的缺陷，反思、批评我国理论热之狂躁、肤浅以及种种失范是必要的，但在理论主体身上寻找先天与后天的原因和不足也是不可或缺甚至是更重要的，因为这有助于理论主体的自我'调治'与'修复'"；蒋承勇警示我们："理论是重要的和必不可少的，不能因为曾经的理论热之误而因噎废食，轻视理论提升、理论应用和理论建设。"②

总体而言，我们认为对西方理论的引介、试用甚至挪用，对于中国文论的发展和建设是有益的，其作用是积极的，甚至是不可或缺的。在这里，我们不应该仅仅看到西方理论泛滥和生搬硬套所带来的种种问题，而是更应该看到我们在过去百年中，尤其是过去40年来所取得的巨大成就。西方理论的引入，打破了改革开放前的苏联文艺理论"一统天下"的单调局面，人们的理论观念和方法论观念发生了天翻地覆的变化。这一点，对于那些没有经历过20世纪80年代的思想大解放的人而言可能是很难理解的。在我们看来，那其实是一次"里应外合"的思想解放运动，内有改革开放的新政策，长期受禁锢之后的学术界同仁开始将目光投向世界，甚至实实在在地走向了世界，出国留学、考察进修、访学参会等；外有各种哲学、社会学、文学、宗教、伦理学、人类学、政治学等几乎所有学科的理论著作的翻译和介绍。没有这些外来理论对长期处于"贫血"状态的国内学界的"输血"，20世纪80年代的思想解放估计是很难实现的。因此，理论的功绩绝对不能抹杀。

但是，这"里应外合"中的外来理论其实并非外部强加给我们的，所谓的"外"只是说其源头是外来的。我们千万不能忘记的是我们获取外来理论的主动性和在接受外来理论时所表现出的主体性。可以说，无论是20世纪初以救亡图存为

---

① 段吉方：《文学研究走向"后理论时代"了吗："理论之后"问题的反思与批判》，载《社会科学家》2011年第9期，第39页。段吉方：《"后理论时代"的理论期望及其发展方向：基于特里·伊格尔顿〈理论之后〉的反思与批评》，载《中国社会科学报》2011年5月3日第13版。

② 蒋承勇：《"理论热"后理论的呼唤：现当代西方文论中国接受之再反思》，载《浙江大学学报（人文社会科学版）》2018年第1期，第139页。

目的的西方文化大引进，还是20世纪80年代解放思想的西方理论大引进，都体现出中国知识界对外界知识的渴求，反映出我们想了解世界、融入世界的迫切愿望和借取西方文化思想开启民智（当然也包括知识界的自我启蒙）、富国强民的欲求，这里面的主动性是显而易见的，也是毋庸置疑的。在现阶段，经过了理论的吵闹喧嚣和黄金时期之后，冷静观察之下，我们需要做的，恐怕不是摒弃一切西方理论，闭门造车或者向壁虚构，而是进一步提高我们的理论素养，深化理论思维，继续开拓理论视野，进一步强化我们作为中国理论工作者的主体性，方能如愿以偿地建构起中国的文艺理论话语。如果说我们正处于一个"后理论"的时代，那么这个时代也就是当下的理论时代，而不是一个非理论或者反理论的时代，更不是一个无理论的时代。

三、回归中国语境，建设中国的理论话语[①]

在中国语境下的后理论时代，我们要在反思过去和现状的基础上不再盲从西方理论或者唯西方理论马首是瞻。有论者就指出，中国学人对"理论之后""后理论""后理论时代"这些命题充满着复杂性、多义性、矛盾性的种种理解与应答，既体现出研究的责任和热忱，同时也暴露出对西方语境下生成的理论命题的移植、接受、改造的偏误和不足。这就要求我们回归中国的语境，以中国的文学文本和文化文本为核心思考对象，而不是以理论为中心、用文本去削足适履地适应理论。对于这方面的问题，国内众多知名学者如朱立元、王宁、高建平、陆贵山、张江、蒋承勇、王一川等都较有针对性地提出了自己的观点。高建平指出，我们既不能走全盘西化的道路，也不能对外国文论一概拒绝，"文学研究要选择性地引入西方话语，选择的标准是当代中国的文学实践"，我们应该坚持理论的"复数性""对话性""当代性"和"实践性"等原则，理论的正确性应该建立在它对当代文学实践有效性的基础上，而不是它对民族主义话语的迎合上。中国文论话语的建设，应在当代实践的基础上广泛吸收人类文明的一切优秀成果；同时也要走出之前的"固步自封"和"自言自语"，带着文化自信学习优秀的中国传统文论和外国理论，在交流对话中发展中国文论。这种交流和对话一方面是横向的，包括对外来理论的译介、引进、运用、修正、丰富、发展；另一方面是纵向的，我们需要从我们的传统文论和文化中吸取优秀的文论资源，将其融进当下的文艺理论话语建设中。毛泽东在

[①] 这里笔者故意回避了"中国文论话语体系"的说法，因为在笔者看来，一旦理论话语成了一个完整统一的"体系"，也就容易丧失了活力、复数性和多孔性，形成一个疆界固定、方法论僵化的"系统"。

1964年提出的"古为今用，洋为中用"八字指导方针并未过时，仍具有启发意义。

在这个后理论时代，有的中国学者看到的是理论的凋敝、衰败、危机甚至是死亡，而有的学者看到的则是中国理论发展的机遇。西方理论自20世纪80年代以来的风靡是学界有目共睹的。但正如很多事物一样，西方理论来得快去得也快。从20世纪80年代至今的40年间，各种西方的理论思潮"你方唱罢我登场，各领风骚三五年"成了司空见惯的事情，这种快餐式的理论饕餮，一方面说明我国长期处于理论饥渴状态的学术界对西方理论的饥不择食，另一方面也说明了西方理论存在很多弊端，如很多理论过于偏激或极端、理论产生地文化境况与中国当代境况差异太大等，故而没有一种理论能够持续地引领中国学界的潮流。相比较而言，虽然中国的社会文化语境也在不断变化，但相对于那些西方理论而言却像是一座"铁打的营盘"，而那些纷纷攘攘的西方理论则好似"流水的兵"了。在这一片理论的喧嚣与骚动中，有学者看到了中国理论的发展机遇。譬如，王宁就十分强调后理论时代"中国的文论建设的国际化意义"，他认为，随着后理论时代的来临，原来"欧洲中心主义"的思维定式已经解体，"西方中心主义"的思维模式也受到挑战；当代文学和文化理论已经没有一个占据主导地位的主流，不同的理论思潮沿着不同的方向发展，这可以使人们更加关注西方以外的文学和文化理论发展状况。在这样一个时刻，中国的文学和文化理论研究者也应该思考如何促使中国文论走出国门，进而在国际理论争鸣中发出中国的声音。

理论界在进入21世纪之后对理论进行反思和质疑，无疑是一件好事。没有反思就没有持续的进步，没有质疑就没有内部的调整，理论就成了死水一潭，或者成了具有无限阐释力的"十项全能"了。所以"后理论"或者"后理论时代"概念的提出，恰好给了我们理论界一个深刻反思、痛定思痛的机会。在徐亮看来，后理论的"后"有两个维度：一个是超越、改进，另一个是反对、否定。单纯的反对和否定是虚无主义，只是消沉地看到理论的危机而没有意识到机遇则是悲观主义，如果误导误判以至于真的以为理论死亡了，那更是过于天真烂漫了。这些对于我们当下的理论建设都毫无意义，因此，我们的着力点在于反思基础之上的超越和改进。在西方学界，虽然也有很多人对理论有着重重的质疑，但很多知名学者都对理论的危机问题发表了自己积极的看法，指出理论虽然遇到了很多问题，但其存在的合法性并未受到影响，理论仍将在将来的文学批评和文化批评中占据不可或缺的地位。譬如，保罗·德曼（Paul de Man）等理论家都对理论的未来抱有坚定的信心。德曼早在1982年就在其著名的论文《对理论的抵制》中对此论调进行了反驳，对美国学界对理论的唱空做出回应。在他看来，有些人"以伦理价值和美学价值之名"对理论所做的抵制，其实恰恰反映出一些人对理论之力量或者作用的焦虑或者恐惧，或者感受到了理论对他们的威胁，因为理论"会通过揭开他们著作中的机制而打翻其根深蒂固的意识形态，理论反对包括美学在内的（西方）哲学传统，理论会打翻已经建立起来的文学经典，会模糊文学话语与非文学话语的界限"①。他认为理论有助于更深层次的文学阅读，理论不仅不会导致文学的终结，而且理论自身也不会消亡，而是将持续在文学阅读中发挥重要作用。米勒则推崇一种批判性的"慢读式""修辞性阅读"，认为只有这种去神秘化的理论性解读才能让读者看清文本内深层的内涵及其背后潜藏的那些有关种族、性别和阶级的不公正假设，也才能澄清"历史中那些虚假的意识形态所造成的混乱"②。卡勒更是十分乐观地指出：虽然理论遭到贬低和抨击，但理论已经胜利了，因为到处都是它的身影。这一点我们从大学或研究机构招聘人才时对理论的重视就足可以看出端倪，甚至当人们写书、写论文声称理论已经过时的时候，都显示出理论的无处不在状态。所以卡勒指出，就像比较文学的胜利一样，理论的胜利是一场没有欢呼声的胜利。而从我们的教学、学习、学术研究和交流的实际经验中，也可以清楚地知道理论在文本阅读和解析中的作用，理论也绝对没有过时。

在中国文论界，即使在过去数年间回响着理论衰落的萧瑟之声，但我们依然能够听得见一些响亮清越的中国声音。曾繁仁融合了西方生态美学与中国传统的美学思想并提出了"生生美学"的理论概念；曹顺庆立足于中国古代文论精髓并试图修正西方的比较文学思路从而提出了"比较文学变异学"；傅修延大胆突破西方叙事学传统而建构起关注中国叙事传统的"中国叙事学"；聂珍钊在借鉴西方伦理批评和中国道德批评的基础上提出了"文学伦理学"；张江在批判西方理论的"强制阐释论"的基础上提出了"中国阐释学"的主张；胡庚申受生态学和生态批评的启发而提出了"生态翻译理论"；曾大兴、邹建军等基于对文学与地理环境关系的研究提出了"文学地理学"。另外，赵毅衡的符号学、王宁的世界诗学、王建疆的别现代理论等也都可圈可点，成为近十几年来中国文艺理论界的亮点。此外，这其中有些理论概念的成果已经用外语在国外出版或者发表，如比较文学变异学、文学伦理学、世界诗学等，在国际上也产生了一定的影响。

纵观中国文论界这些新的理论生长点，可以看出一些"门道"。一是跨学科。文学伦理学、生态翻译理论、文学地理学等都是穿越不同学科并在学科杂糅之后生发出新的理论。二是对话与交流。这里既包括中外理论，也包括古今理论的对话交流，如生态美学、中国叙事学、符号学、世界诗学等。三是既立足文学，又关注社

---

① 该文于1982年发表在《耶鲁法国研究》第63期上，后收入《对理论的抵制》一书。
② J. H. Miller. *On Literature*. London and New York: Routledge, 2002, pp. 124 – 125, 159.

会现实，如生生美学、文学伦理学、中国阐释学等。这无疑也为我们今后的理论探索指示了一些发展方向。

近年来，坊间呼声甚高的重读经典和返回经典在学术界也有很多积极的回应。而对文论界而言，这里的重读或返回经典，不仅仅是要返回文学文本的经典，而且也是返回到文学理论的经典。无论是中国文学还是外国文学专业的本科生和研究生，都需要阅读古今中外的理论经典，中国古代文论和西方文学理论一直分别是中文、外文专业不可或缺的必修课或者核心课程。这就说明，理论可能会在历史上某个时期暂时被冷落、被疏离、被误解、被质疑、被批判、被唱空，甚至"被死亡"，但在我们看来，套用歌德的名句来说：尽管理论会经历灰色（萧条期、调整期）和绿色（蓬勃发展期），但其生命之树必然常青。因为理论本来就来自文本，来自现实中的社会环境，所以只要现实生活的源头不枯竭，自然会有理论的活水源源不断地流淌出来。

参考文献：

[1] KNAPP S, MICHAELS W B. Against theory [J]. Critical Inquiry, 1982, 8 (4): 723 - 742.

[2] MITCHELL W J T. Against theory: literary studies and the new pragmatism [M]. Chicago: University of Chicago Press, 1985.

[3] MILLER J H. On literature [M]. London and New York: Routledge, 2002.

[4] CULLER J. Comparative literature, at last [M] //SAUSSY H. Comparative literature in an age of globalization. Baltimore: The Johns Hopkins University Press, 2006.

[5] EAGLETON T. After theory [M]. New York: Basic Books, 2003.

[6] 伊格尔顿. 理论之后 [M]. 商正, 译. 北京: 商务印书馆, 2009.

[7] 塞尔顿, 等. 当代文学理论导读 [M]. 刘象愚, 译. 北京: 北京大学出版社, 2006.

[8] 蒋承勇. "理论热"后理论的呼唤：现当代西方文论中国接受之再反思 [J]. 浙江大学学报（人文社会科学版）, 2018, 48 (1): 135, 138.

[9] 张江. 前置结论与前置立场 [J]. 北京师范大学学报（社会科学版）, 2015 (4): 72.

[10] 张江. 作者能不能死：当代西方文论考辨 [M]. 北京: 中国社会科学出版社, 2017.

[11] 柴焰. "后理论时代"：命名误用与歧义 [J]. 中国中外文艺理论研究（辑刊）, 2013 (1): 206 - 214.

[12] 高建平. 从当下实践出发建立文学研究的中国话语 [J]. 中国社会科学, 2015 (4): 136 - 137.

[13] 高建平. 在交流对话中发展中国文论 [J]. 探索与争鸣, 2016 (11): 31.

[14] 王宁. "后理论时代"中国文论的国际化走向和理论建构 [J]. 北京大学学报（哲学社会科学版）, 2010 (2): 77, 85.

[15] 徐亮. 后理论的谱系、创新与本色 [J]. 广州大学学报（社会科学版）, 2019 (1): 6.

理论之死 or 理论的文艺复兴?
——间性论对比较文学的启迪①

麦永雄

摘　要：当代西方文论一条重要的学术思脉就是后理论问题引发的"理论的危机与生机"的争议。近年来，中国文艺美学界"没有文学的理论""强制阐释""公共阐释"等话语也引发关于理论的合法性、重要性与存在价值的问题与争议。耐人寻味的是，美国著名文论史家雷奇提出"理论的文艺复兴"话语，引人瞩目地将"理论之死 or 理论的文艺复兴"这一议题推向前台。这个开放性问题的核心旨趣并不是非此即彼的选择，而在于"间性"（interality）与"通变"（becoming）之思。比较文学跨界生成与多元互动的未来趋向，启迪我们尝试建构以间性论为内核的跨语境诗学。

关键词：后理论之争；理论话语星丛；比较文学反思；间性论；跨语境诗学

　　当代西方文论面临的一个重大问题就是在后理论和反理论思潮中"理论"安身立命的议题。雷奇主编的《诺顿文学理论与批评选集》认为"理论"的构型与意义发生了变化。这个术语有一系列富于意义的著作，不仅涉及传统的诗学、批评理论、美学等内容，而且还网罗了修辞、媒介、话语理论、符号学、种族与族性理论、性别理论、大众文化理论和全球化等内容。当代理论意义不断更新，话题与文本大量增加，而且衍生出超越早期形式主义"文学性"研究的问题与分析的模式，进而质疑体系、制度和标准。在当代西方文论领域乃至当前中国文艺美学界，都存在着理论的合法性、重要性与存在价值的争议。在西方，后理论与反理论的呼声不绝于耳。近年来，"21世纪理论文艺复兴"的话语引发关注，理论重估已经成为学术范式转向研究的基础。

---

① 本文系国家社科基金项目重大招标项目"改革开放40年文学批评学术史研究"（项目号：18ZDA276）、国家社科基金项目"东方美学的当代化与国际化会通研究"（项目号：18XWW003）的阶段性成果。

一、后理论、理论终结与反理论

在当代西方文论领域,最近数十年来,理论与批评已经成为文学与文化研究的中心和目的。先前批评史是文学史的组成部分,而现在文学史却变成了批评史的组成部分。这种戏剧性的颠覆意味深长:理论与批评史日益为高等院校和研究机构研习文学与文化提供了总体框架。一些文学研究者和作家痛悔这种理论转向,认为它离开了文学及其核心关注。他们自称"反理论者"(antitheorists),呼吁和倡导回归文学研究本体。由此,西方文论从"后理论""理论之后"(理论终结)到"反理论",构成了一条重要的学术思脉。

20世纪90年代,美国电影理论家大卫·鲍德韦尔(David Bordwell)和诺埃尔·卡罗尔(Noel Carroll)主编的《后理论:重建电影研究》是当时影响较大的北美高校教材,它借助形形色色的西方文论话语探讨电影研究,刻意将"理论"一词分为大写单数的"大理论"(Theory)和小写复数的"小理论"(theories),讨论"大理论的终结"及其嬗变问题。鲍德韦尔指出的大理论或宏大理论(Grand Theory)观念迷住了很多年轻人,然而更具本色的电影研究需要的不是包罗万象的宏大理论,而是聚焦具体问题的小理论。他认为理论与经验相结合的中间范围的问题研究是对大理论的一个强大的挑战,因此倡导形形色色的"中间层面"(middle-level)研究。卡罗尔则从后现代和后结构主义语境提出"碎片式的理论化"(piecemeal theorizing)的话语,以解构与重构电影理论的辩证眼光发出这样的声音:"理论死了,理论万岁!"[①] 在20世纪70年代,一位聪明的美国大学在校生可以在一个暑假内读完用英文撰写的全部重要的电影论著,至鲍德韦尔和卡罗尔主编这部著作之时,情况已经大为改观。欧美盛行的各种文艺理论方法,促使原来"微不足道、默默无闻的"电影学术研究领域得到极大的关注,相关成果层出不穷。电影研究在今天已经变成文化媒介研究的重要领域。而"后理论"概念的提出,实际上已经超出了电影研究范畴,涉及当代西方文论更为宏阔的复杂空间。理论本身遇到的问题与其定位、格局、范式、属性、功能、价值密切相关。

在21世纪,"理论终结"问题的争议开始凸显。英国马克思主义美学家特里·伊格尔顿(Terry Eagleton)《理论之后》赓续"后理论"的话语,实际上提出了"理论之死"的问题,很快引发中外文艺美学界的关注与争论。北京大学王岳川教授的《"后理论时代"的西方文论症候》将伊格尔顿的这部著作的标题译为

---

① [美]大卫·鲍德韦尔,诺埃尔·卡罗尔主编:《后理论:重建电影研究》,麦永雄、柏敬泽等译,中国社会科学出版社2000年版,第4—53页。

"后理论",从中国学者的立场剖析西方问题,颇具思想启迪意义。清华大学外国语言文学系和比较文学与文化研究中心联合发起、主办了国际学术研讨会,主题为"批评探索:理论的终结?"在会上,詹姆逊(杜克大学)、王宁(清华大学)、米切尔(芝加哥大学)、鲁晓鹏(美国加州大学戴维斯分校)等中外学者纷纷发表自己的观点。伊格尔顿当年曾因编写文学理论教科书而成为蜚声世界的文学理论家,他宣布理论的"终结",自然在理论界掀起了一场轩然大波。因此,该会议实际上就是对伊格尔顿等人的断言的某种回应。人们普遍认为伊格尔顿的基调是对西方文论界的主流形态持否定看法。这位顶尖的左翼思想家认为,在"9·11"事件及伊拉克战争之后,文化理论就没有什么新的思想观点了。伊格尔顿细述文化理论从20世纪60年代到90年代的兴衰,追索令文化理论得以诞生的文化与政治因素,探究诸如巴尔特、福柯、拉康与克里斯蒂娃等开创性的理论家如何从边缘引出性别、权力、性欲与族群等主题。他对文化理论的得失做出诚实的评断,就许多对文化理论的指控加以驳斥,同时指出文化理论对于诸多重大议题乃是保持静默与回避的事实。伊格尔顿感叹西方理论大师纷纷故世,文化理论的黄金时代早已成为一个遥远的过去。拉康、施特劳斯、阿尔都塞、巴尔特和福柯等影响重大的理论家已纷纷辞世,他们的先锋理论著作离我们现在已年深日久。他发人深省地问道:当世界有半数的人口每天赖以维生的金额连两美元都不到时,人们还可以心安理得地研究轻松搞笑的情景喜剧《老友记》吗?2009年,王宁教授的学术专著《"后理论时代"的文学与文化研究》,体现了中国语境的理论反思。

在这种情况下,美国文学理论界的理论与反理论之争令人瞩目。"诺顿书系"在国外久负盛名,雷奇主编的《诺顿文学理论与批评选集》(2010)被亚马逊网站誉为理解文学理论的发展与现状的"黄金标准"(the gold standard),堪称美国乃至当今西方世界一部最全面、最权威、最有参考价值的文艺理论选集。《诺顿文学理论与批评选集》设置了"反理论"(antitheory)专题,所选择的主要反理论家包括柏拉图、格拉夫、克里斯汀、费什、拉图尔、克纳普、迈克尔斯、哈特、奈格里等。每个词条包括了著者评介、评注式书目、详细注释的选篇。[1] 雷奇还在其专著《21世纪的文学批评:理论的文艺复兴》中专辟"反理论"一章[2],评介反理论的阵容。他指出,当代英美可辨识的反理论派别达十几个,它们是一个奇怪的方阵。其成员包括传统的文学批评家、美学家、批判的形式主义者、政治保守派、族群分离主义者、文学文体学家、语文学家、阐释学家、新实用主义者、低俗和中产阶级

---

[1] V. B. Leitch. *The Norton Anthology of Theory and Criticism*. New York:Norton & Company, Inc, 2010.

[2] V. B. Leitch. *Literary Criticism in the 21st Century Theory Renaissance*. London:Bloomsbury Publishing, 2014, pp. 11 – 31.

趣味文学的捍卫者、作家、左翼分子，等等。多数反理论派别以及标新立异的理论批评家标榜"我爱文学"的誓言，最具有特征意味的表现是呼吁回归正典文学的细读，要求清晰书写评论文章，规避含混与行话。反理论主义者经常痛苦地抱怨当代理论囿于社会构成论和关注种族—阶级—性别的多元文化主义，而不是重视科学的客观真理和文学分析的审美特性。

不同于雷奇重视理论、为理论辩护的学术立场，达芬尼·帕泰（Daphne Patai）和威尔·柯罗尔（Will H. Corral）主编的《理论的帝国：异议者选集》以反理论为旨趣，被称为"当代反理论的圣经"。它收入时间跨度30年的作家们撰写的48篇文章（含导论），逾700页。第一编"理论兴起"，第二编"语言转向"，第三编"帝国建设"，第四编"理论作为一种专业"，第五编"身份认同"，第六编"理论作为一种替代政治"，第七编"恢复理性"，第八编"这一切理论之后依然阅读"。《理论帝国：异议者选集》精心选择西方文艺理论界名家雷纳·韦勒克（René Wellek）《毁灭文学研究》、M. H. 艾布拉姆斯（M. H. Abrams）的《解构的天使》、茨维坦·托多罗夫（Tzvetan Todorov）的《巡游美国文学批评》等论文。编者激烈地反理论，斥责理论的罪疚与错谬，倡导"对文学的感情和文学带来的愉悦"。雷奇认为这是一个"大杂烩"，旨在批判理论的合法性，为文学名著和文学分析的正典辩护。

雷奇基于文学理论家的立场，评述了《理论帝国：异议选集》中6位典型的反理论主义者及其论点，包括文化战争的主要代表人物约翰·艾里斯（John Ellis）的《理论要斥责吗?》、艾布拉姆斯的《解构的天使》和莫里斯·迪克斯坦（Morris Dickstein）的《"实践"批评的浮沉：从I. A. 瑞恰兹到巴尔特和德里达》、古德哈特（Eugene Goodheart）的《文化战争的死伤》等。他指出，在今天美国，"理论"常常指解构论和耶鲁学派。常用短语"理论之后"和"后理论"出现在20世纪90年代以来众多著作与论文的标题里。艾里斯斥责20世纪50年代以来的一切事情，他把20世纪最后30年的理论麇集在"种族—性别—阶级理论"的旗帜下，其任务是要把真理论从"坏"理论那儿拯救出来，因为在理论变得时髦之时，文学研究中就兴起了理论迷信，专业精英成为理论领袖。著名文学史家艾布拉姆斯的《解构的天使》是当代反理论最明晰且最早的论辩著作之一。迪克斯坦强烈的反理论立场别具一格，他不满于文学批评的专业化，批评其行话艰涩、软弱无力，以及有意疏离公共领域。他认同伟大的正典文学人物，认为真正的文学是充满着意义、活力与经验的。理论的谬误尤在于形式主义。古德哈特旗帜鲜明地捍卫美学批评，反对意识形态批评，最终目标是为文化战争的双方带来和平。他认为文学批评的主要工作就是在历史语境中对文学作品进行解释与评价。在他看来，文学美学（literary aesthetics）的突出特征包括：①语言的确切与辉煌，体现出睿智与精巧；

②来自艺术崇高的想象力与优美、愉悦与力量尤其令人感到熟悉亲切。③无功利性、自由嬉戏、不可言喻。古德哈特认为,20世纪70年代以来,美国文学批评与理论最典型的转向是从形式主义到意识形态批评。目睹意识形态批评主宰一切,他倍感懊恼。因此,《理论帝国》的编者把他归入反理论者一类。

针对上述情况,雷奇认为,没有简单的理论之后或解构论之后。他的主要论点是:第一,不应该在理论与反理论之间进行非此即彼的选择。第二,若没有阐明众多敌手的思想观念,则当代理论的阐释是不完全的。第三,反理论现象构成了理论史的一个发人深省的环节。第四,理论市场具有众多启迪思想的理论流派与方法,既充满着"好"理论,也充斥着大量的"坏"理论。应该忌讳那种急功近利、囫囵吞枣的行径,警惕那些不管不顾地跳上最新的"时髦马车"的理论家。大多数理论家风格艰涩,缺乏明晰的特点,遑论优雅精美;而好的理论拥有强大的生命力。由于《理论帝国》的编纂者曾经多方抨击雷奇主编的《诺顿文学理论与批评选集》为理论而理论,从而让理论取代文学之爱;倡导意识形态批评,忽略了一流的反理论家。因此,雷奇的回应有点情绪化,他反击说:在旧学科与秩序的名义下,反理论者要求理论扮演文学侍女的角色,大写的理论成为受诅咒的对象。理论吞噬一切的宏大野心和跨学科的发展趋势,在《理论帝国》质朴的编纂者看来,标志着一种可悲的堕落。他们要求理论回头,宣称热爱文学,回到文学鉴赏,回归文学正典,扭转这种衰微趋势。雷奇在多个场合回应了这些腔调,为理论辩护。譬如,《和理论共同生活》一书就是他的宣言,概言之,雷奇认为《理论帝国》代表了一种保守的反潮流,企图维护文学批评的形式主义和审美主义模式。

在某种意义上,雷奇批判性地评述反理论是与前述"后理论"的对话。《理论帝国:异议者选集》的编纂者给《诺顿文学理论与批评选集》起了"大写理论"(big "T" theory)的绰号,而认为自己是以"小写理论"(little "t" theory)切近文学及其鉴赏。雷奇说,对反理论家而言,问题在于他既是一个大写的理论家,又热爱文学,且无疑代表着大多数理论家。更大的问题是文学理论家坚持要考察"我爱文学"的"我"是如何进行工作的?是谁界说"文学"?在哪儿?为什么?热爱文学的方式多种多样,抨击理论无所助益。从古希腊的高尔吉亚、柏拉图到当代的胡克斯、巴特勒,他们构成了批评与理论悠久的传统,当代则进入了一个丰赡的理论时代,变化莫测。反理论者的主要谬误在于没有看到这幅历史巨画,把理论简单地等同于当代文化研究或法国理论,或任何其他的流派与理论方法,因而对理论的文艺复兴也处于盲视状态。当人们说理论已成为往昔时,一般是指20世纪80—90年代结构主义或交叉学科更为广阔的理论构型,消逝与丢失的是20世纪80年代理论暴热时的那种歇斯底里感。

二、理论重估与理论文艺复兴

就美国学术语境而言，20世纪中叶文艺理论的主流是形式主义（新批评），20世纪70—80年代是后结构主义，20世纪90年代是文化研究，其学术路数与审美旨趣差异明显。文化研究迥异于新批评的文学内部审美分析，视一切现象为社会构成，致力解魅而不是审美鉴赏。文学审美与理论思辨变得格格不入。因此，在某种意义上，反对理论与坚守理论之争意味着当代西方文论走到了十字路口，何去何从充满着不确定性，并且把理论重估的问题提上了文学理论的议程。而在中国文艺美学语境，理论遭遇文学所生发的争议也是一种理论重估的议题。① 2015年4月，中国社会科学院文学所在北京召开的"文艺理论学科与文艺理论发展高峰论坛"，其会议宗旨高度概括了文艺理论莫衷一是、疑窦丛生的窘境：

> 当前文艺理论学科面临一系列挑战：有排斥理论的，认为理论只会生搬硬套，伤害真确的美感，鼓吹不带理论的阅读；有轻视文艺理论的，指出其没有具体研究对象，认为其缺乏学科根基，漂浮不定；有以批评代替理论的，认为批评就是理论，没有脱离批评的理论；有工具化文艺理论的，认为一种文艺理论的好坏主要看它是否有助于文艺研究和文学批评，将文艺理论限制在现代性"文艺"范畴内，割断了其与社会现实的直接性关系；有灰色化理论的，认为它远离现实，不解决实际问题；有狭隘化理论的，将文学理论仅仅视为关于文艺的理论，文艺理论可以对其他人文学科不管不问。凡此种种，近于危机，问题不解决将严重阻碍文学学科和研究的发展。

近年来，金惠敏研究员的"没有文学的理论"，张江教授"强制阐释""公共阐释"等话语也引发理论的合法性、重要性与存在价值的问题与争议。

在后理论、反理论、理论重估的问题框架中，雷奇在《21世纪的文学批评：理论的文艺复兴》提出了"理论的文艺复兴"话语。在某种程度上，这是对美国文论语境"理论的危机与生机"问题的一种回应。在他看来，理论未死，理论的未来向好！一方面，美国大学诸学院、系科在20世纪中期趋于固化；另一方面，理论衍生犹如蟹状草，枝条萌蘖，旁逸斜出，覆盖日广，不断地对固化的学科或领域进行解辖域化，既呈现出一种富于增殖性的流变趋势，也伴随着反理论的逆流和

---

① 参阅麦永雄《当理论遭遇文学：文学理论和批评实践的"迷阵"及反思》，载《中国社会科学评价》2015年第4期，第51–59页。

逆势。在"卡西诺资本主义"(casino capitalism)市场社会，充满了快速的时尚，变幻和兴奋点的迁移理论就纠缠于这种高低起伏的流变过程中。美国学界的理论与反理论之争，有点像欧洲文学史上的古今之争。西方文学观的古今之争、当代文论的理论之死与理论常青观念的牴牾，都存在着类似的思想张力与辩证关系。

雷奇在《21世纪的文学批评：理论的文艺复兴》开篇声明了四个要点：第一，近数十年来，尽管关于"后理论"(post-theory)和"理论之后"(after theory)的论断不绝于耳，一场理论的文艺复兴正在上演。第二，21世纪的理论是可知而不可控的。第三，21世纪的理论文艺复兴采取了一种富于特征的后现代形式，即众多分支、领域和论题无法加以组织或分解。第四，严格地说，20世纪大约有15个早期著名的理论流派和运动，如马克思主义、精神分析、形式主义、后殖民理论、新历史主义和酷儿批评等。尽管如此，它们仍然是今天文学批评实践和理论讲授的重要源泉。理论，无论好坏，无处不在(everywhere and nowhere)。"21世纪理论的文艺复兴"的主要表现在以下几个方面。

第一，一系列新世纪的奠基之作共同揭示了这种理论的文艺复兴。这些著作涉及全球化、新自由主义经济、身份认同政治和公司式大学问题，而且大多是畅销书。尽管在遴选时可以见仁见智，这些具有开创意义的理论著作出现就是标志。他重点评述了自己钟爱的6部重要著作：①新世纪的全球化问题的主要著作——当代著名左翼思想家迈克尔·哈特(Michael Harolt)和安东尼奥·奈格里(Antonio Negri)的《帝国》。②当代少数族身份认同研究最令人瞩目的学术著作——克莱格·沃马克的《红又红：本土美国文学分离主义》。③新世纪最尖锐热情的身份认同理论批判——文学批评家迈克尔斯(W. B. Michaels)的《多样性的麻烦：我们如何学会身份认同与忽视不平等》。④意大利著名哲学家古奥乔·阿甘本(Giorgio Agamben)的《牲人：统治权力与赤裸生命》。⑤抨击自由市场资本主义的巅峰之作——大卫·哈维(David Harvey)的《新自由主义简史》。⑥刻画新自由时代残酷画面法国畅销书——政治哲学家阿兰·巴迪欧(Alain Badiou)的《萨科齐的意义》。

第二，许多新的探索领域诞生于世纪之交，大学成为理论及其文艺复兴的家园。一些领域的开拓者筚路蓝缕，创建新学科，在不同的院系找到安身立命之所，其他则成为交叉学科合作项目或传统学科的分科。包括非裔美国研究、电影与媒介、修辞与创作等。如文化研究，虽然遭受反学科、反方法论的指责，但是反过来也构成了其领域宏大、非组织聚合、不可控但可知的特点。跨大西洋研究、动物研究、表演研究等成为其亚领域。再如，北美文化研究快速分衍成为白人研究、身体研究、悲剧研究、贱民研究、工人阶级研究、奇卡娜研究等，每一个领域皆有其历史与理论构型。21世纪理论文艺复兴的一个关键因素，就是在新自由主义的条件下，关注那些影响大学的戏剧性变化。近年来美国有数十部著作在探讨这个题旨。杰弗里·威廉斯（Jeffery Williams）给它打上了一个有用的标志"批判性大学研究"。该领域最佳著作当推马克·布斯凯（Marc Bousquet）的《大学如何运作：高等教育与低工资国家》，它激活了个人领域与制度领域批判性的思考，"公司大学"（corporate university）取代福利大学的概念成为被广为接受的批判术语。学术界的文学理论复兴，与这类具有政治色彩的文化理论著作的出现彼此呼应，相伴而行。理论复兴对全球化的回应尤其引人注目，呈现出形形色色的样态，如华语风、英语风、法语风、黑色大西洋、本土研究、间性美国、太平洋流域与跨大西洋文学等，它们都无可争议地获得学者们的认可，在21世纪呈现繁荣昌盛态势。① 少数族语言文学重新被激活，妇女、有色人种、边缘群体的文学出现革命性的喷发，走向全球，进入新的不同制度与文化的国度，部落、移民的非英语"外国"语言文学选集在英美出现，嘻哈（Hip-Hop）文化等把新的口头表演和音乐力量注入诗歌界，数字电子文学方兴未艾。21世纪见证了新理论、形式与文学的高潮。

第三，理论公司（theory incorporated）和理论市场（theory market）形成，发展态势良好。大量的专业导读、辞典、书目、理论选集日益增长。我们生活在一个商品社会，广告形形色色，消费与竞争无处不在，选择丰富，淘汰加速。理论有选择与买卖的空间。涉及雷奇上述评价的理论著作大多数是畅销书。他自称为理论家，频繁接受世界各国讲学的邀请，其主编的《诺顿理论与批评选集》每年都有近半数在国外售出。

第四，理论走向全球化+域外元素。目前，在欧美，无论是传统还是现代的理论，通常不包括阿拉伯、中国、印度、日本或其他非欧洲传统的"外国"元素。当代和未来，欧美理论界日益关注东方诸国。实际上，雷奇主编的《诺顿理论与批评选集》的2010年第二版突破了西方学术的藩篱，增加了当代阿拉伯、中国、印度和日本的四位学者的代表性理论文本。据此，雷奇有点志满意得地宣称：在当前的肇始阶段，美国颇像正在浮现的理论界的理想国中心。他作出关于理论未来的三个预言：①持续播撒；②迎接挑战；③走向全球化。

第五，20世纪大批有生命力的理论重新在21世纪流行。在理论领域富于活力的反击与坚守的张力中，后结构主义进入新阶段，后现代理论复归。21世纪的这种理论回归与重新流行的现象，促使理论家进行综合性反思，也促使众多出版商重印20世纪70—90年代的理论著作，使之成为跨国传播的全球性现象。新世纪的文学理论家也在反思与创新。譬如，美国20世纪60年代的文学批评聚焦短小精悍的

---

① V. B. Leitch. *Literary Criticism in the 21st Century Theory Renaissance*. London：Bloomsbury Publishing，2014，pp. 133 – 147.

正典诗文，重视美学细节和佳作模式，进行结构主义的细读，令人受益匪浅。因此，雷奇在学理性上提出批判性阅读的理论方法，倡导以亲近批评、快乐阅读的方式刷新形式主义，建议将文本细读、意识形态批评、文化评论融为一体。

三、文论星丛：间性论对比较文学的启迪

当代西方文论从 20 世纪"黄金时代"开始，历经"后理论或理论终结"乃至反理论，至今天"理论文艺复兴"的回应，生成和积累了丰厚的理论形态，既丰富多彩，同时也问题丛生。雷奇曾经以"原子化、总体化、多元化"的原则，提供了一个类似"星丛"的"21 世纪文学与文化理论的文艺复兴"图（见图1）。

图 1 蕴含了丰富的元素和理论话语，它们构成了"21 世纪文学与文化理论的文艺复兴"的基本格局。当代西方学术范式嬗变的基本趋向是当柏拉图以来的同一性（基要主义、本质主义、中心主义、二元论、等级制等）普遍失效，而"后学"倡导的差异性（多元开放、关系互渗、语境交叠等）思想范式盛行一时。尽管前者有诸多缺憾，但至今仍然是最基本的思维方式，而后者在占据优势的同时，又带来了相对主义、无政府主义、虚无主义的弊端。在这种情况下，如何归纳与描绘这些形形色色的概念、话语、矩阵、格局和衍生关系，无疑是一种思想挑战。阿多诺在"否定辩证法"的意义上扬弃总体性，倡导差异性。德勒兹和加塔利以差异哲学的"千高原"块茎思维和游牧美学的概念，勾勒出基于"内在性平台"或"容贯性平台"的理论图式，对由来已久的"一与多"命题作出了当代学术意识的思考。在这里，我们进一步借用本雅明的"星丛"（Constellation，或译"星座化"、图式，尝试对雷奇"文论星丛"哲理意义予以描述与阐发。

按照伊格尔顿的看法，本杰明通过星座化概念拒绝同一性和总体性的诱惑。星座化维护特殊性，它既拒绝独一无二的差异性，也拒绝无休止的自我同一性，它典型地体现在现代寓言之中。星座化概念是破除总体性的传统观念的最引人注目、最具独创性的努力，它给妄想式的总体性思想以致命的一击。[①] 本雅明美学的"星丛"话语的优点在于，它辩证地综合了同一性与差异性、总体性与特殊性的特征，同时有效地规避了备受诟病的本质论和中心主义霸权，给"总体化、多元化、原子化"原则留存了合理化的定位，把一般描述性的文论话语提升到美学理论图式的新高度。

---

① 参见朱立元主编《西方美学名著提要》，江西人民出版社 2000 年版，第 724 页。

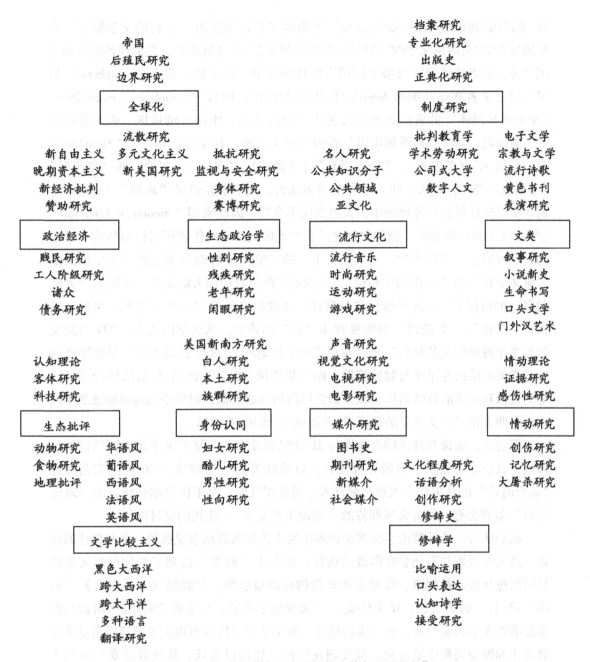

图1　21世纪文学与文化理论的文艺复兴"星丛"

我们不妨把雷奇提供的图表视为一个由多元化的星座构成的"星丛",类似于德勒兹的"千高原"。各个星座是一个个不受权威意志主宰的内在性平台,既把原子化的元素聚集成为类似的框架内,形成既题旨簇群又差异纷呈的格局。譬如,"文学比较主义"(Literary Comparativisms)是这个总星丛的一个特殊星座:"华语风/葡语风/西语风/法语风/英语风"等构成了其话语簇群。它们的文学形态，如华语风文学/葡语风文学/西语风文学/法语风文学/英语风文学，意谓在各语言宗主国之外，世界其他地区以宗主国语言写作的文学。据考证，英文"sinophone"最早为西方学者基恩（Ruth Keen）于 1988 年使用，他以"Sinophone Communities"（华语风共同体）的表达式来定义包含"中国大陆、中国台湾地区、中国香港地区、新加坡、印度尼西亚和美国"在内的中文文学。在中国语境中，"Sinophone"有"华语风"（陈鹏翔）、"华语语系"（王德威）、"汉声"（刘俊）和"华夷风"（王德威）等不同译法。华人学者史书美认为，英语学界惯用"离散"（diaspora）概念来研究散居世界各地的中国人的做法不合适，因此采用"Sinophone Literature"（华语风文学）的术语"指称中国之外各个地区说汉语的作家用汉语写作的文学作品，以区别于'中国文学'——出自中国的文学"①。针对史书美的"去中国大陆主流文学化"和"反中国中心论"，王德威在既包容中国大陆文学、又取消"万流归宗"的前提下，重视开放性和包容性，并提出自己的"三民（移民、夷民、遗民）主义论"、"后遗民"理论视野和"势"的诗学。从美学图式看，"21 世纪文学与文化理论的文艺复兴"是宏观意义的星丛矩阵，"文学比较主义"是该矩阵内中观意义的结构性星座与题旨簇群，而"华语风/葡语风/西语风/法语风/英语风"等则是微观意义的特殊话语场域，如它们的构词法近似，但华语风的蕴涵显然不同于具有西方殖民主义背景的葡语风/西语风/法语风/英语风。

概言之，雷奇对理论的合法性与 21 世纪的理论文艺复兴做了多方面的辩护及描述，其中不乏亮点，但是无可讳言，目前欧美仍然比较缺乏 20 世纪文艺理论"黄金时代"的顶尖代表人物与激动人心的雄浑气象。至于伊格尔顿所言的"理论之后"是否会有一场雷奇所期待的"理论文艺复兴"，让我们拭目以待。

我们认为，从后理论、反理论到理论的文艺复兴的动态发展是一个开放性的问题，其核心旨趣并不是非此即彼的选择，而在于"通变"之思。当代世界文论的异质思想交流日益频繁，需要返本开新的跨语境思维。刘勰的《文心雕龙》"时序"篇曰："时运交移，质文代变。""文变染乎世情，兴废系于时序。"时运与世情影响着文学的质与文、兴与废的更替，而文学审美旨趣与理论思辨特质自身的发展规律和嬗变关系也是如此。范文澜先生视"凭情以会通，负气以适变"两句为刘勰"通变"篇之本，其旨趣在于要求我们以充沛的感情打通传统，以旺盛的气势来适应新形势。事实证明，好的理论话语具有很强的增殖性，犹如大禹治水的

---

① 刘俊：《"华语语系文学"的生成、发展与批判——以史书美、王德威为中心》，载《文艺研究》2015 年第 11 期，第 51 - 60 页。

"息壤",进入异域仍然可以生生不已。钱中文先生主编的《巴赫金全集》精彩的长序题为"理论是可以常青的",它全面总结了巴赫金文艺思想跨语境理论意义,堪为佳例。

当代世界文论的异质思想交流日益频繁,电子媒介的"伊托邦"(E-topia)正在生成,文化间性、主体间性、文本间性、思想间性、微细间性、移动间性等形态在多元混杂的当代社会文化中日益凸显。雷奇关于 21 世纪文学与文化理论的文艺复兴"星丛"图启迪我们:时代呼唤跨语境思维。

乐黛云教授认为在"多元对话"时代,间性是比较诗学的研究重点和前沿发展方向。美国比较文学学会的第五次报告《比较文学的未来》指出:事实上,过去十年的比较文学工作的特点是摧毁壁垒或边界——历史时期之间、国别传统之间、媒体之间和学科之间的边界。这种对其他学科和传统兼收并蓄的过程,正如阿米巴变形虫巧妙地通过吸收其他微小的有机体一样,大大地滋养了和丰富比较文学。比较文学的未来,将继续朝着这个方向发展和嬗变。Amoeba(阿米巴变形虫)的词源为希腊文 amoibè,即"变化"——反映了其变化无常的本性。同阿米巴变形虫一样,比较文学的学科也将持续进化,避免停滞不前。① 传统比较文学拘泥于"跨……"等画地为牢的"比较"规则,而"阿米巴为王"理论图式则揭橥了一种开放流变、不断增殖的"间性",凸显了比较文学未来的交互视界和滑动语境的间性论-生成论趋向。

四、结语

21 世纪以来,经济全球化与文化数字化加速发展,生成当代世界繁复多姿的社会文化关联域和理论的话语星丛,比较文学进入了多元混杂的时代。当代万花筒式交互文化视界生成了交往互动的语境。文学、诗学与美学的意蕴往往根据语境的不同而变化多端。在当今世界,主体间性、思想间性、文学间性、文化间性、微细间性和移动间性日趋复杂多元,古今中外文艺美学思想资源加速汇聚、变异、生成,由此促使比较文学经由比较诗学迈向跨语境诗学。

参考文献:

[1] LEITCH V B. The Norton anthology of theory and criticism [M]. New York: Norton &

---

① 参阅麦永雄《间性研究:从比较文学到跨语境诗学》,载《中国社会科学报》2020 年 5 月 16 日第 5 版。

Company, 2010.

[2] LEITCH V B. Literary criticism in the 21st century theory renaissance [M]. London: Bloomsbury Publishing, 2014.

[3] 伊格尔. 理论之后 [M]. 商正, 译. 北京: 商务印书馆, 2009.

[4] 王岳川. "后理论时代"的西方文论症候 [J]. 文艺研究, 2009 (3): 32-44.

[5] 清衣. 探索新的理论批评形式——"批评探索: 理论的终结?"国际研讨会综述 [J]. 外国文学研究, 2004 (4): 154-158.

[6] 朱立元. 西方美学名著提要 [M]. 南昌: 江西人民出版社, 2000.

[7] 刘俊. "华语语系文学"的生成、发展与批判: 以史书美、王德威为中心 [J]. 文艺研究, 2015 (11): 51-60.

[8] 赵仲邑. 文心雕龙译注 [M]. 桂林: 漓江出版社, 1982.

理论的终结及其反思

夏冬红

摘　要：近年来，"理论的终结"成为文学理论研究界的热门话题，就此话题可以从以下几方面展开论述。其一，理论与文学理论。现在"理论"一词的意义几乎涵盖了"文学理论"，两个词词义几乎等同，对此，我们称之为文学理论的"泛理论化"。各学科的理论，尤其是人文与社会科学原理，都大量被借鉴并运用到文学理论中。其二，"理论"帝国主义式的占领一切，使得理论变成"理论读本"，类似文学作品的一门特殊文类。其三，中文学术界还谈不上"理论终结"，更多地处于消化理论与学习运用理论阶段。其四，理论的出路。"泛理论"压倒性地覆盖了文学理论，这种跨学科的路径固然激活了文学研究的思路与广度，但是也消融了"文学理论"的独特性，消弭甚至泯灭了"文学"类别的存在与学科特性。

关键词：理论的终结；泛理论化；理论帝国；抵抗理论

近年来，理论的终结成了文学理论研究界津津乐道的讨论话题，这也是对20世纪60—80年代文学理论兴盛的一种反拨。20世纪常常被称作"批评的世纪"，文学理论与批评的繁盛构成了20世纪文学研究的重要表征。随着后现代主义思潮的兴盛，各种文艺思潮的此起彼伏，到20世纪末和21世纪初，学术界对文学理论的研究保持着一种审视与不屑的姿态，理论的终结（the end of theories）这种主张甚嚣尘上。理论的终结究竟是作秀与故作姿态，还是有其学理依据？文学理论研究究竟出现了哪些问题？还是在根本上偏离了传统的理论之域？

关于"学科之死"，已有相关专著和论文对其进行阐释。最早是在1982年，知名期刊《批评探索》上发表的《反对理论》，该文认为应该抛弃批评理论，这引起了许多批评家的反对。

美国批评家希利斯·米勒（Hillis Miller）写了名为 On Literature 的书，中译本有意将其书名误译成《文学死了吗》。在第一章"什么是文学"中，作者开篇就申明"再见了，文学？""文学就要终结了。文学的末日就要到了，是时候了。不同媒体有各领风骚的时代。"

美国著名学者斯皮瓦克的著作《一门学科之死》更是尖锐地痛陈"比较文学学科之死"。虽然斯皮瓦克只是沿用了西方学界常用的反讽手法来描述比较文学学科的研究现状,但作者仍希望"读者姑且把它当作一门垂死学科发出的最后喘息来阅读"①,这里虽然谈的是比较文学学科,但由于比较文学与文学理论的关系密切,许多诗学问题具有相关性。

杂志《文学评论》2019年第5期曾刊文《理论会终结吗?——近30年来理论危机话语回顾与展望》(陈后亮著),文中对"理论之死"这一命题有比较详细的回顾与思考。陈后亮认为:"理论永远不会消亡,只是它的存在方式必将发生改变:不是作为批评方法,而是作为文学的思考方式。"② 为此,本文试图对理论的终结这个话题提出个人见解。

本文试图从以下几个问题展开论述:①理论与文学理论。如今"理论"一词的意义几乎涵盖了"文学理论",这两个词词义几乎等同,对此,我们称之为文学理论的"泛理论化",各学科的理论,尤其是人文与社会科学原理,都大量被借鉴并运用到文学理论中。②"理论"帝国主义式地占领一切,使得理论变成"理论读本",类似文学作品的一门特殊文类。这种唯我独尊、孤芳自赏式的话语导致理论的自说自话,与文学文本彻底脱节,独立存在。而现代电子产品及社交媒体的大量涌现,当代西方大学教育制度对人文学科招生数额的缩减及学生就业压力的增加,导致文学研究衰落。③由于引进西方文论存在着时间差,加上读者外语水平与译本接受度受限,对文学理论的理解阐释乃至消费总需要一定时间。因此,中文学术界还谈不上"理论终结",更多地处于消化理论与学习运用理论阶段。这种不同阶段的形成当然与所在国的国情及社会环境相关,同时也与各自不同的社会思潮影响相关联。④理论的出路。"泛理论"压倒性地覆盖文学理论,这种跨学科的路径固然激活了文学研究的思路,扩大了其广度,但是也消融了"文学理论"的独特性,消弭甚至泯灭了"文学"类别的存在与学科特性。

一、"理论"与"文学理论"

正常情况下使用"理论"一词时,我们更多地指各学科、各专业的专门理论。而西方文学理论界的研究者视野中的"文学理论"就是"理论",他们甚至不屑提

---

① [美] 斯皮瓦克:《一门学科之死》,张旭译,北京大学出版社2014年版,第2页。
② 陈后亮:《理论会终结吗?——近30年来理论危机话语回顾与展望》,载《文学评论》2019年第5期,第80页。

及"文学理论"。如知名的"西马"学者、英国文学批评家特里·伊格尔顿（Terry Eagleton）的著作《理论之后》，书名用的是"理论"，在"前言"中就声称该书为对"文化理论现状"感兴趣的读者和专家所作，以驳斥现今正统的文化理论。这位知名文学批评家用"文化理论"来代指"文学理论"，很显然，文学研究的范畴扩充了许多。

与之类似的是乔纳森·卡勒（Jonathan Culler），他的小册子《文学理论》在华语文学研究界颇受好评，许多学者还推荐此书为文学理论专业的必读书。该书第一章标题开宗明义地提问道"什么是理论？"他认为"在近代的文学和文化研究中有许多关于理论的讨论，这可不是指文学的理论，而是纯粹的'理论'"[1]。卡勒对"理论"做了如下总结：①理论是跨学科的，是一种具有超出某一原始学科作用的话语。②理论是分析和话语，它试图找出我们称为性、语言、文字、意义以及主体中相信了些什么。③理论是对常识的批评，是对被认定为自然的观念的批评。④理论具有反射性，是关于思维的思维，我们用它向文学和其他话语实践中创造意义的范畴提出质疑。该书的第二章标题是"文学是什么？它有关系吗？"卡勒溯源道：如今我们称之为 literature（著述）的是若干个世纪以来人们撰写的著作。而 literature 的现代含义是文学，这个词的出现才不过 200 年。1800 年之前，literature 这个词和它在其他欧洲语言中相似的词指的是"著作"，或者"书本知识"。[2] 然后，卡勒对有关文学本质的 5 种流行说法进行了剖析，即文学是语言的"突出"、语言的综合，是虚构，是审美对象，是文本交织的或者自我折射的建构。

这两位西方文学理论家在中文世界广为人知，我们原来视之为比较纯粹明了的"文学理论"，在这两位学者看来，"文学"与"非文学"并非截然分明，"文学理论"早已为"理论"吞并。"文学理论"被各种时兴的"文化研究"所占领。伊格尔顿在《理论之后》中花大量篇幅谈论失与得、真理、德性，革命、死亡、欲望。卡勒在《文学理论》第三章"文学与文化研究"中认为"文化研究包括并涵盖了文学研究，它把文学作为一种独特的文化实践去考察"。

文学理论研究的"跨学科性"，无限地扩充了文学研究的疆域，将"文学理论"等同于普遍的"理论"，将"文学"与"非文学"，如艺术、史学、哲学、美学、人类学、心理学及政治学、妇女研究等等量齐观，视为共同文本资源加以研究。文学理论关涉的几乎是无所不包的人类知识。这种"无边的文学"研究虽然能借助其他学科知识来拓展理论视野，但是也会陷入无根基的危机境地。

---

[1] ［美］乔纳森·卡勒：《文学理论》，辽宁教育出版社 1998 年版。
[2] ［美］乔纳森·卡勒：《文学理论》，辽宁教育出版社 1998 年版，第 21–22 页。

文化研究也具有双面性。把文学研究扩充到文化研究,产生了后殖民主义、妇女研究、新历史主义等诸多思潮,将性别、种族、阶级、国家、霸权、文化工业、复制时代、欲望等概念引入文学批评视域中。新概念、新范畴的引入固然能激活出新的学术观念与研究路径,但忽略文学文本的整体阅读鉴赏,忽略文学的美学因素会使这些概念的适用性大打折扣。

2020年下半年,四川大学联合《贵州社会科学》杂志社组织了一场题为"没有文学的文学理论"的云端研讨会。"没有文学的文学理论"这个题目很富有想象力,饶有趣味。该会议有针对性地揭示了文学理论研究的现存境况。

二、理论文本作为一种文类的出现

文学是一个学科门类,有小说、诗歌、戏剧、散文等分类。作为文学研究的"理论",自古希腊柏拉图、亚里士多德以来,一直长盛不衰。在西方文论发展的近一百年中,理论文本变成一种独特的文本,一种迥异于文学创作的文本,成为一种单独的创造性文本。它完全可以不依赖文艺作品而单独存在。于是,读者能看到各式各样的理论专著,毁誉参半。这类文本生造术语,标新立异,文字怪异,语法不通,多语种夹杂,写法奇崛,书名晦涩难懂,奇谈怪论,内容涉及性欲、属性、殖民、政治、怪诞等。甚至有不懂文学理论的自然科学研究者向文学理论期刊投稿,文稿只是胡乱编排的生词新词,而这种文稿竟然也能成功发表,这是对文学研究的极大反讽。

这种理论文本的出现,刷新了读者的文学观念,文学理论著作在图书分类上成了一个鲜明的存在物,数目庞大无比,内容标新立异。其重要性堪比哲学、美学诸分科,将文学理论的学术含量大大提升,似乎构建了一道后现代文化景观。

与之大异其趣的是,电子互联网技术的进步,电子阅读物的大量出现,改变了读者的阅读兴趣。大量获取便捷、廉价出版物的出现,让读者能更方便地获得即时性的阅读体验。长篇的、需要艺术鉴赏能力的纸质文学作品被通俗流行的电子视频资料或交互性文本所代替。

另外,随着西方大学人文学科经费的缩减,教员职位与学生人数相应减少,学生就业困难,许多优秀的学生宁愿选择更利于谋生择业的专业。这也使得文学研究日益变成一种智力游戏,甚至是专业人士的自娱自乐。

三、中文语境下的理论研究生态

百余年西学东渐,西方文论被译介至中国,此中历史过程不便尽述。改革开放40年后,中国文学理论界大都还处于学习、吸收的状态,要真正切实地理解并运用西方文论,进一步平等地批评对话还是很有必要的。只是,许多译本质量堪忧,难以阅读;介绍性著述也良莠不齐,许多文章也是洋腔洋调,欧化语言盛行。原版文论书也不易获取,一些外文版文论图片收藏在大学与研究所图书室内,国内引进出版的较少。另外,公开获取图书的不易,一定程度上也影响了读者对理论著述的阅读兴趣。

虽然存在不少问题,但国内文学理论界还是呈现出欣欣向荣的态势。随着中文学科招生数目的大量增加,教员数量也在锐增。文学理论作为一门必修课程也体现出其特有的重要性。随着文学理论类硕士、博士学位点的大量设置,文学理论的研究躬逢其盛。人数的增加与学术建制的完备并不一定能促进学术水平的提高,如何加强师生对"文学理论"的深入理解才是关键。所以,在现行体制下,还谈不上"理论的终结"。"理论的终结"这个命题主要还是学者的忧郁,是对文学理论的发展路径的怀疑与疑虑。

四、理论的出路

美国厄湾加州大学的希利斯·米勒认为,"一切文学研究至少储蓄地是理论的"[①],但与此同时,美国文学研究中的一个特征是一直存在一种强烈反对理论的偏见,实用主义的传统导致了对抽象理论的怀疑,理论在读者与文学的直接经验间起了阻隔作用。1966 年在约翰·霍普金斯大学召开的一次结构主义学术会议上,法国学者雅克·拉康和德里达与会介绍法国文学理论,米勒把这个事件定性为美国文学研究日益受到理论支配,并称其为"理论的入侵",理论慢慢赢得普遍的胜利。

1989 年,耶鲁批评家保罗·德曼(Paul deman)的离世标志着解构主义的结束,随后芭芭拉·约翰逊(Barbara Johnson)在哈佛作了一场题为"双重悼念与公共空间"的讲座。她回应了解构主义在北美由盛转衰的论调,认为解构主义的本意就是要瓦解生死对立的两分逻辑。解构主义所谓的"生"就是要颠覆看似统一

---

① 单天伦主编:《当代美国社会科学》,社会科学文献出版社 1993 年版,第 86 页。

完事的理论话语体系，同时也预言了解构主义之死。虽然解构主义问题多多，但它仍以各种形式渗透进后来的各种文学理论中。

2004年，德里达去世后，《纽约时报》在讣告中对德里达的思想大加贬损，认为解构主义乃语言游戏，以破坏一切意义系统为乐事。这种批评体现出普通读者对理论的厌倦与担忧，此事引起巴特勒等理论家的不满，他们纷纷在网上进行抗议辩解，认为理论的意义在于对习以为常的语言与文化现象加以反思。

2005年，《理论帝国》①一书收录的文章抨击用文学史之外的材料来解读理论，强调文学批评应以文学为本。强调用理论来分析文学，而不是用文学来验证理论。

以上列举了美国文学理论界的4个事件，反对理论、抵抗理论的观点与捍卫理论两者对立，仁者见仁。无论美国还是其他国家，文学理论研究仍处于众语喧哗中。

认为理论终结、死亡，理论就无路可走了只是学者的一种忧虑，理论会不会真正终结还是存疑的，至少还有很长的过程。文学理论的终结在西方是个时髦的话题，在很大程度是杞人忧天，故作玄虚，标新立异。如今西方的文学理论可能不像20世纪时各种观念流派层出不穷，但依然会有所创新。而在非西方国家，由于外来理论在接受时间上的滞后，理论的理解与消化还需要一个过程。面对大量的西方文学理论出版物，如何接受理解具有普适性的西方文论并运用到中国文学理论研究中，仍将是个较为棘手的课题。

参考文献：

［1］KNAPP S，MICHAELS W B. Against theory［J］. Critical Inquing，1982，8（4）：723－742.

［2］米勒. 文学死了吗？［M］. 秦立彦，译. 桂林：广西师范大学出版社，2007.

［3］陈后亮. 理论会终结吗：近30年来理论危机话语回顾与展望［J］. 文学评论杂志，2019（5）：80.

［4］伊格尔顿. 理论之后［M］. 商正，译. 北京：商务印书馆，2009.

［5］卡勒. 文学理论［M］. 沈阳：辽宁教育出版社，1998.

［6］单天伦. 当代美国社会科学［M］. 北京：社会科学文献出版社，1993.

---

① Daphne Patai，Well H. Corral. *Theory's Empire*：*An Anthology of Dissent*. Columbia：Columbia University Press，2005.

人工智能与后人类美学[1]

王晓华

摘　要：随着非人类智能体的出现，一种超越人类场域的交互关系诞生了。在这种新的语境中，人类主义成为告别的对象，后人类话语（包括后人类主义、后人类中心主义、后人类人文学科）则应运而生。相应的位移虽然还远未完成，但其影响已经延伸到美学领域。从正在诞生的理论踪迹来看，后人类美学既"不局限于人类的判断"，也不"特别聚焦人类主体性"，而是注重"事物的个体性和互补性"。它倡导面向事物自身的后人类本体论，强调协调人类智能体和非人类智能体的交互性法则。由于强调事物自身的自我组织能力，相应言说展示了超越传统感性学的特征：其一，它是一种涵括了人类、机器、自然存在的交互美学；其二，它是彰显人类-机器连续性的具身性美学；其三，它是涵括了机器主体的加强版的生态美学。随着想象中的鸿沟（如人类-机器、生命-技术、有机-无机）被填平，未来的后人类美学将具有更丰盈的形态。

关键词：人工智能；非人类智能体；交互性法则；后人类本体论；后人类美学

自现代性诞生之后，人类逐渐树立起独一主体的形象，其他事物则似乎全部被驱赶到客体的场域。到了20世纪，这种不平衡性造成了严重的生态问题，引发了持续至今的反思。马丁·海德格尔（Martin Heidegger）等大哲学家将矛头指向了技术，认为后者已经形成了威胁万物的座架（enframing/gestell）。然而，类似的批评之音尚在空中回荡，情况却出现了吊诡式的变化。恰恰由于技术的发展，有关人类主体的言说又受到了另一种挑战。随着计算机领域的探索不断推进，非人类智能体（nonhuman agent）出现了。为了适应新的交互关系，人类必须重新安排和塑造自己，以便"与智能机器严丝合缝地链接起来"[2]。在这种新的语境之中，"告别人

---

[1] 原载于《首都师范大学学报（社会科学版）》2020年第3期。
[2] N. Kathering Hayles. *How We Become Posthuman: Virtual Bodies in Cybernetics, Literature, and Information*. Chicago & London: The University of Chicago Press, 1999, p. 3.

类主义（humanism）及其自我矛盾的辩护"① 已经成为当务之急。作为人类主义的替代物和整合者，后人类（posthuman）话语——如后人类主义（posthumanism）、后人类中心主义（post-anthropocentrism）、后人类人文学（posthuman humanities）——则应运而生。它的出现被布拉伊多蒂等人当作一个历史时刻：既标志着人类主义和反人类主义的对立正在走向终结，又意味着我们已经开始选择更具涵括性的框架。相应的位移虽然还远未完成，但已经衍生出重建美学的筹划："后人类主义已经出现在美学场域"②，或者说，有关后人类的言说开始同时培育其"社会的、政治的、伦理的、美学的维度"③。通过搜集和分析已经绽露的理论踪迹，学者们将相应的美学建构命名为后人类主义美学（posthumanist aesthetics）或审美的后人类主义（aesthetic posthumanism），而这二者显然都可以归入后人类美学（post-human aesthetics）的范畴。

一、人工智能与后人类美学的原初立场

人工智能从被构思之日起，就引发了下面的思考：当人类不是地球上唯一的智能体，我们应该如何修正自己（re-vision）？正是由于这个问题的刺激，有关后人类的言说才不断增殖，最终升格为有影响的思潮。随着这个趋势的凸显，美学也获得了重构自身的机缘。

经过几十年的发展，人工智能已经不再是科幻小说中的虚构之事，相反，它已经存在于我们中间，构成了后现代状况（posthuman condition）的一部分："随着智能化程度越来越高和更加普及，这些自动化机器注定要承担一些生死攸关的决策并从而获得主体地位（agency）。"④ 在众多专家看来，现代的智能机器（尤其是机器人）已经具有明晰的主动性。譬如，乔治·贝基（George Bekey）在2005年写下的专著中，将机器人定义为"可以感知、思考和行动的机器"。再如，马娅·马塔里奇（Maja Mataric）也强调"机器人是存在于物理世界的自主性系统"，认为"它可以感知环境，并能作用于环境以实现某些目标"。又如，当代人工智能专家杰瑞·卡普兰（Jerry Kaplan）也提出类似设想：今天的预编程、重复性机械设备就是未来机器人的原始先驱，未来的机器人可以看到、听见、做计划，还能根据混乱而复杂

---

① Rosi Braidotti. *The Posthuman.* Cambridge: Polity Press, 2013, p. 37.
② Edgar Landgraf, Gabriel Trop, Leif Weatherby. *Posthumanism in the Age of Humanism: Mind, Matter, and Life Science after Kant.* New York: Bloomsbury Publishing, 2019, p. 120.
③ Rosi Braidotti. *The Posthuman.* Cambridge: Polity Press, 2013, p. 93.
④ Rosi Braidotti. *The Posthuman.* Cambridge: Polity Press, 2013, p. 43.

的真实世界来调整自己。此类定位是否准确或可商榷,但它至少预示了一个趋势:

> 尽管激进的新发明(如人工器官),现在正在人体中进行测验,但以机器人形式出现,能与人进行交流的人工智能(AI),却更早面世,而且将在整个工业化世界变得无所不在。在可见的未来,我们这个星球可能要与数量众多、有智力且自动(指电算能力方面)的人工活体分享,它们的智力要超过我们的智力。……这些活体是否有权利和责任? 它们在哪些方面像我们,哪些方面不像我们?①

正是由于意识到了这个挑战,解构主义巨匠伊哈布·哈桑(Ihab Hassen)才于 1977 年提出了后人类主义概念。虽然当时的计算机研究还处于早期阶段,但他已经感受到了它所具有的挑战性力量:"人工智能会不会替代人脑、纠正它,或仅仅强化其力量?"② 如果人类大脑无法应对计算机带来的挑战,那么,它会不会最终被废弃? 人类是否要迎接自己的日落时分? 无论具体的答案如何,以人类为中心的人类主义都不能不完成其退场仪式:"我们应该明白已经具有 500 年历史的人类主义(humanism)已经走到尽头,因为人类主义已经转化为我们只能无助地称之为后人类主义的东西。"③ 后人类主义废弃了将人类当作定向点(orientationpoint)的理论前设,代之以对多元智能体互动的言说。它不再将人类认作权威性尺度,而是承认我们这个物种"不过是网络中的瞬间"。随着讨论的深入,后人类思想者提出了富有建设性的研究纲领:哈桑主张"将人类意识扩展到宇宙之中"④,普拉莫德·K. 纳亚尔(Pramod K. Nayar)倡导"作为物种世界主义的后人类主义"(post-humanism as species cosmopolitanism),韦瑟比(Leif Weatherby)试图建构超越人类界限的"交互本体论"(mutual ontology),等等。当这种后人类立场已经延伸到更广阔的领域,其审美维度(aesthetic dimension)也开始生成。

引入非人类智能体(行为者)概念是后人类主义的重要贡献。当智能体复数化以后,感性学(美学)不能再停留于传统的主体性场域,相反,下面的问题已经变得不可回避:当人类面对异质的机器智能体时,他/她该如何进入观照－被观

---

① [美] 伊芙·赫洛尔德:《超越人类》,欧阳昱译,北京联合出版公司 2016 年版,第 30 页。
② Ihab Hassen. "Prometheus as Performer: Toward a Posthumanist Culture?" *The Georgia Review*, 1977, 31 (4): 846.
③ Ihab Hassen. "Prometheus as Performer: Toward a Posthumanist Culture?" *The Georgia Review*, 1977, 31 (4): 843.
④ Ihab Hassen. "Prometheus as Performer: Toward a Posthumanist Culture?" *The Georgia Review*, 1977, 31 (4): 843.

照的复杂游戏？进而言之，如果非人类智能体不仅仅是海德格尔所说的"上手事物"，那么，它们将在美学场域扮演何种角色？随着这些问题的凸显，有关非人类智能体的言说开始了从伦理学向美学的位移。在 2012 年出版的专著《如何创造思维：人类思想所揭示出的奥秘》中，雷·库兹韦尔（Ray Kurzweil）提出过类似问题："更为有趣的是，我们可以赋予新大脑（指数码大脑，即人工智能——王晓华注）更具野心的目标，即美化世界。当然，这个目标会引发一系列的思考：为谁美化？在哪一方面美化？为人类？还是所有有意识的生物？评价有意识的标准又是什么？"① 到了 2014 年，史蒂芬·萨维洛（Steven Shaviro）实际上已经回答了这个问题：后人类时代的美学既"不局限于人类的判断"，也不"特别聚焦人类主体性"。② 相反，美学应该注重"事物的个体性和互补性"："它应该在事物没有被认知或降格为概念、没有被利用、没有被规范性管理、没有被按照规则定义的限度内与之打交道。无论我如何深刻地理解某物，无论我怎样实践性地或工具性地使用某物，它的某种存在还会逃离我的分类（categorizations）。即使当我废弃某物或完全消费它，它仍旧存在我无法吸收的地方，它依然蕴含着我不能征服的力量。"③ 面对非人类智能体时，它存在着实用性失效的维度。这正是美学能够大显身手之处："美学包含着对事物这样的感情（feeling），它为这个事物自身而存在，超越它能被理解或使用的方面。"④ 从事物自身出发去迎接它，这就是对待世界的美学态度："事物彼此以美学的而非仅仅是认知或实践的方式相遇。我对事物的感受总比我知道的更多，而我感受它的方式与认识它的方式不同。"⑤ "我之所以能够感受事物，是因为它影响或改变了我；改变我的东西不仅是事物的品质（qualities），更是它不可化约的整体存在。"⑥ 当两种或两种以上事物相互影响或改变时，美学事件诞生了。它并非人类对客体的单向观照，而是阿尔弗雷德·诺尔司·怀特海（Alfred North Whitehead）所说的相互摄入："人类知觉和认识并不享有特权地位，因为所

---

① [美]雷·库兹韦尔：《如何创造思维：人类思想所揭示出的奥秘》，盛杨燕译，浙江人民出版社 2014 年版，第 161 页。
② Steven Shaviro. *The Universe of Things*: *On Speculative Realism*. London: University of Minnesota Press, 2014, p. 12.
③ Steven Shaviro. *The Universe of Things*: *On Speculative Realism*. London: University of Minnesota Press, 2014, p. 53.
④ Steven Shaviro. *The Universe of Things*: *On Speculative Realism*. London: University of Minnesota Press, 2014, p. 53.
⑤ Steven Shaviro. *The Universe of Things*: *On Speculative Realism*. London: University of Minnesota Press, 2014, p. 55.
⑥ Steven Shaviro. *The Universe of Things*: *On Speculative Realism*. London: University of Minnesota Press, 2014, p. 55.

有现实存在者（actual entities）都在摄入其他实在者，而它们仅仅能在其中的无数方式中找到自己的位置。"① 当其他存在者摄入人类主体的形貌－动姿时，审美鉴赏（aesthetic appreciation）同样会发生。② 作为相互摄入活动的参与者，其他存在者也会产生满足感。由于这个事实曾经被长期遮蔽，因此，转向必须发生。后人类时代的美学需要"面向事物自身的本体论"（object-oriented ontology），展现尊重事物自身（包括其内在性）的原初立场。③ 这种筹划虽然并非专门针对智能机器，但展示了可以阐释后者的理论视域。从"面向事物自身的本体论"出发，我们同样能够以美学的方式与智能机器相遇。

二、非人类智能体、交互性与后人类美学的本体论背景

从哈桑到萨维洛，后人类思想所关注的并非主体的更迭，而是智能体的复数化形态。单向的主体－客体定位已经被废弃，取而代之的是交互性法则。④ 为了阐释这种位移的合法性，相关学者揭示了后人类美学的本体论背景。

到目前为止，大多数讨论后人类的学者都提及人工智能。这意味着他们眼中的后人类状况与人工智能息息相关，但相关言说牵连出更深层的话语实践：其一，如果人类可以与机器主体合作，那么，相应的能力就应该内蕴于人性的结构之中；其二，既然人类智能体和非人类智能体能够互动，那么，二者必然具有共同的本体论地位。事实上，哈桑的后人类主义概念本身就揭示了这两个事实："如果后人类主义文化是当下演出中的模型（matrix），那么，更大的矩阵将显现出来：宇宙本身，曾经存在、正在存在、即将存在的所有事物。但是谁能为宇宙代言？没有谁——没有，甚至泰坦神、普罗米修斯也不能。"⑤ 传说中的普罗米修斯虽然"联结了宇宙与文化、神圣空间与人类时间、天空与大地、普遍与特殊"，但他依然不能为宇宙代言。宇宙剧场中的主角是所有事物，是无数智能体（agents）。它们的互动就是宇宙，宇宙就是它们的互动。从这个角度看，AI 不过实现了宇宙的本有可能性。

---

① Steven Shaviro. *The Universe of Things: On Speculative Realism*. London: University of Minnesota Press, 2014, p. 29.

② Steven Shaviro. *The Universe of Things: On Speculative Realism*. London: University of Minnesota Press, 2014, p. 35.

③ Steven Shaviro. *The Universe of Things: On Speculative Realism*. London: University of Minnesota Press, 2014, p. 61.

④ Edgar Landgraf, Gabriel Trop, Leif Weatherby. *Posthumanism in the Age of Humanism: Mind, Matter, and Life Science after Kant*. New York: Bloomsbury Publishing, 2019, p. 150.

⑤ Ihab Hassen. "Prometheus as Performer: Toward a Posthumanist Culture?" *The Georgia Review*, 1977, 31 (4): 831.

这是哈桑未曾完全言明的基本立场，但它早已内蕴于更大的话语谱系之中。

在论文《康德与后人类主义》中，卡斯滕·施特拉特豪森（Carsten Strathausen）提到了怀特海1929年出版的《过程与实在》，认为它所阐释的"机体哲学"支撑了"后人类本体论"（posthumanontology）。① 从谱系学的角度看，这种说法具有充足的根据：如果说后人类理论关注非人类智能体，那么，怀特海则提供了可资借鉴的本体论图式。《过程与实在》的基本范畴是现实存在者，后者意指所有既相互独立又彼此依赖的个体。它们是"构成世界的最终的实在事物"，已经通过自我构造而维持其自我同一性。自我构造不是封闭的行为，而是参与相互摄入的合生（concrescence）运动。合生即使发生于不同现实存在者之间，被成全的仍是它们各自的"主体性"：①现实存在者之现实性首先在于"它对自身有意义"，在于它"根据自己的决定发挥功能"。②每个现实存在者都具有决定材料如何被摄入的"主体性形式"（subjective form），因而都是"摄入的'主体（subject）'"。③正因为如此，合生同时意味着自我创造和相互作用。当怀特海强调这种本体论在意义上的平等性时，他实际上已经拟订了对待非人类智能体的总体行动方案：承认它们作为网络结点（nexus）的地位，同时尊重其自我同一性（self-identity）和自我差异性（self-diversity），加入由无数主体参与的合生游戏。甚至，这种考量还延伸到审美维度：由于每个现实存在者都以其主体性形式摄入材料，因此，"就算是无机存在者（inorganic entities）也会体验到类似'感受之流（influx of feeling）'"，故而也能介入广义的审美活动。对于后人类美学来说，这显然是个富有启发性的命题。

现在看来，怀特海拥有众多隐蔽或公开的精神后裔。诺伯特·维纳（Norbert Wiener）就是其中之一。他在1948年预言智能机器的出现时，就提出了控制论的一个基本前设：每个有机体都是摄入–反馈活动的承担者，具有自我组织（self-organizing）能力，能够参与跨越个体界限的相互作用活动。② 通过对上述机制进行模仿和强化，智能机器就会诞生。③ 后者以感受器、效应器、神经系统的替代物模仿人类身体，可以在学习和记忆的基础上与人类博弈（如下棋），成为"人类有趣

---

① Edgar Landgraf, Gabriel Trop, Leif Weatherby. *Posthumanism in the Age of Humanism: Mind, Matter, and Life Science after Kant*. New York: Bloomsbury Publishing Inc, 2019, p. 110.
② 参见［美］诺伯特·维纳著《控制论：关于动物和机器的控制与传播科学（中文英文双语版）》，陈娟译，中国传媒大学出版社2018年版，第191页。
③ 参见［美］诺伯特·维纳著《控制论：关于动物和机器的控制与传播科学（中文英文双语版）》，陈娟译，中国传媒大学出版社2018年版，第177页。

的对手"。① 在智能机器的诞生过程中，人类的大脑乃至中枢神经系统就是其最主要的模仿对象。② 由于"机器的逻辑和人类的逻辑非常相似"，因此，可能出现的博弈将不会有真正的失败者。③ 维纳不但解构了人类-工具的二分法，而且越过了传统的生命场域。在无机的智能机器和有机体之间，一种共同性显现出来——它们都能自我组织。④ 他用组织（organization）概念指代任何具有此类功能的体系，强调"一个组织中的各个要素本身也是一个个小的组织"⑤。在相互组织所形成的张力中，万物并作，宇宙不断生成。这个图式解构了创造/受造的二分法，揭示了动物-机器之间的连续性。与此同时，它也揭示了这样的可能性：当两种自我组织的智能体共同在场时，博弈-合作关系就会出现。这正是后人类思想家所关注的格局。

怀特海和维纳的理论启发了洪贝尔托·梅图拉纳（Humberto Maturana）和弗朗西斯克·瓦雷拉（Francisco Varela）这两位后人类思想家。他们于1972年提出了自创生（autopoiesis）理论，认为互动中的智能体形成了各种各样的自创生的活的系统（the aotopoietic living system）。每个系统中的自主性都源自构成一个系统中诸成分的互动所形成的网络，而造就了系统的网络又被这种互动所"递进地"生成。网络中的每个节点（node）都既是原因又是结果。所谓的节点就是无数事物，就是自我创造的存在体。这种理论图式实际上解释了一个困扰人们已久的问题：物质为什么具有活力？活力不是来自外来的精神主体，而是相互作用的结点。对于人工智能的研究者来说，这句话具有意味深长的潜台词。无论AI如何发展，它都体现了物质本身的活力。恰如人类的智慧依赖高度发达的大脑乃至整个身体，智能机器的活力也来自其物质结构。就其本性而言，所有智能机器是"同时聪明而有创造力的"。⑥

从本体论的角度看，自我构造、自组织和自创生理论的最大意义在于揭示了宇宙运行的本体论机制：活力不是来自预先生成的理念、存在、道，而是来自无数交

---

① 参见［美］诺伯特·维纳著《控制论：关于动物和机器的控制与传播科学（中文英文双语版）》，陈娟译，中国传媒大学出版社2018年版，第177页。
② 参见［美］诺伯特·维纳著《控制论：关于动物和机器的控制与传播科学（中文英文双语版）》，陈娟译，中国传媒大学出版社2018年版，第23页。
③ 参见［美］诺伯特·维纳著《控制论：关于动物和机器的控制与传播科学（中文英文双语版）》，陈娟译，中国传媒大学出版社2018年版，第127页。
④ 参见［美］诺伯特·维纳著《控制论：关于动物和机器的控制与传播科学（中文英文双语版）》，陈娟译，中国传媒大学出版社2018年版，第460页。
⑤ 参见［美］诺伯特·维纳著《控制论：关于动物和机器的控制与传播科学（中文英文双语版）》，陈娟译，中国传媒大学出版社2018年版，第168页。
⑥ Rosi Braidotti. *The Postuman*. Cambridge：Polity Press，2014，p.94.

互作用的个体。对于众多后人类主义者来说,它们提供了具有奠基意义的图式,可以激励他们解构任何形式的二分法(如男性/女性、动物/人类、有机/无机、文化/自然)。当想象中的鸿沟被填平之后,实际存在者显示了其原初身份:它们都是交互作用的产物,均体现了合生的力量。所谓的主体也不例外:离开了个体参与组建的网络,递升出主体的机缘就不会出现。在生态圈中,"活的有机体的相互塑造"冲创出活的主体性(the living subjectivity)。正因为如此,主体概念需要改写:"我们需要将主体形象化为一个囊括人类、我们的基因邻居——动物以及地球整体在内的横断性存在体(entity),并且在一种可理解的语言范围内进行操作。"① 进而言之,"人类从来都是与技术和其他有机体共同进化","甚至人类的知觉和意识都因响应邻居关系而发生解构性变化"②。从这个角度看,人类和非人类之间并不存在非此即彼的界限:"发展中的身体依赖其他物种的身体并且事实上包含其他身体。在增殖性的发展中,基因组如此地进化,以至于它可以与环境中的生物成分互动,因而特定表型(phenotype)的生成具有关键性的环境线索。"③ 当我们与世界打交道时,"身体和其客体是彼此的填补",相关活动几乎总是"超越了人类界限"④。从这个角度看,我们已经是后人类。"后人类"的"后"(post)并不一定与智能机器相关。由于其他物种的存在,人类早已从后人类角度看问题。神话、传说、岩画中的人类总是在与其他物种相互作用,投身于跨越社会边界的交往网络。譬如,身处野外的人们经常会感到动物也在"窥视"我们。这种被"窥视"的体验源于一个日常实践:人类经常观看动物;当被观看的动物反过来窥视观看者时,两种智能体之间已经出现了交互关系;观看-被观看的行为形成了一个不断增殖的镜像结构。对于将智能机器纳入视野的后人类美学来说,前者显然提供了可资借鉴的模型。如果未来的智能机器是具有自主性的智能体,那么,它们必然反过来观照-认识-塑造人类。与手杖、茶杯、锤子等上手工具不同,智能机器能够与人互动。在人与智能机器之间,呼唤-响应/传达-领受运动清晰可见。由于这种新型关系,传统的主体—客体界限已经变得模糊,一个新的场域出现了。随着人造主体性(artificial subjectivity)、机器人自我(robotic self)、机器人主体间性(robotic intersubjectivity)在文本(如科幻小说)中的显现,后人类主体性(posthuman subjectivity)事实上已经生成。如果它最终从文本走向实在界,那么,地球上将出现超越人类疆域的交互游戏。参与游戏的人类和智能机器都将进入一个不断增殖的

---

① Rosi Braidotti. *The Postuman*. Cambridge:Polity Press,2014,p. 82.
② Pramod K. Nayar. *Posthumanism*. Malden:Polity Press,2014,p. 35.
③ Pramod K. Nayar. *Posthumanism*. Malden:Polity Press,2014,p. 44.
④ [加] 布来恩·马苏米:《虚拟的寓言》,马蓓雯译,河南大学出版社2012年版,第162页。

镜像结构，二者的自我"都必须同时将自己领受为反映的主体（reflecting subject）和反映的对象"。① 由于人类和智能机器都会扮演互反性的角色，因此，同情和理解将出现于异质主体之间。当这种意义上的主体间性生成之后，后人类美学显然将具有更为丰盈的形态。

三、跨越人类疆域的交互性与后人类美学的基本形态

后现代的"后"不仅仅是个时间概念，而且意指空间上的布局。由于智能机器的出现，人类必须适应超越人类疆域的交互关系。随着新的世界结构逐渐成形，以人类为中心的美学将不得不完成其退场仪式，扬弃它的将是更具有涵括性的后人类美学。后人类美学尽管还在生成中，但已经展示了超越传统感性学的特征：其一，它是一种涵括了人类、机器、自然存在的交互美学；其二，它是彰显人类-机器连续性的具身性美学；其三，它是涵括了机器主体的加强版的生态美学。

首先，后人类美学是一种涵括了人类、机器、自然存在的交互美学（aesthetics of interaction）。它引入了人造主体性（artificial subjectivity）、机器人自我（robotic self）、自然主体性等概念，开始建构后人类主体间性（posthuman inter-subjectivity）或后人类交互性（posthuman interoperability）。恰如哈桑所预测的那样，相应的美学活动发生于异质性的结点（nexus）之间，具有矩阵式的结构。当人类-人类、人类-智能机器、智能机器-智能机器、智能机器-动物、动物-动物形成互反性关系时，一个复杂的镜像结构就形成了。人类的意象进入了智能机器的感知系统之中，而后者又可能被动物的眼睛-大脑所整合。经过这种多向度的、迂回的、不断分叉的折射，最终返回人类中枢神经系统的将是承载着异质主体性的意象。为了成功地摄入它们，人类所要跨越的不仅是性别、种族、阶级、地域的界限，而且是人类和非人类（其他物种、智能机器、非有机的自然存在）的疆域。一旦开始思考上述范畴在多元主体性中的内涵和外延，个体就必须往来于不同的智能体之间。这是想象中的分身实践，但又是真正意义上的换位。除了改写人类中心主义视域中的目的性、趣味、形式、判断概念之外，我们这个物种显然别无选择。虽然我们不能因此进入"没有我们的世界"（the world-without-us），但可以参与多元主体的游戏。事实上，许多虚拟文本已经展示了这样的可能性。在阿西莫夫（Isaac Asimov）的小说《转圈圈》中，偏离人类中心主义的位移已经出现。当作品里的人类主角陷入

---

① Edgar Landgraf, Gabriel Trop, Leif Weatherby. *Posthumanism in the Age of Humanism: Mind, Matter, and the Life Science after Kant.* London：Bloomsbury Academic, 2019, p. 239.

了半昏睡状态后，陪伴他的机器人发出了呼唤：

"主人，"那机器人说，"我们到了。"

"呃？"鲍尔从半昏睡状态中惊醒，"好吧，带我们离开这里——到地表去。"①

一种跨越人类界限的呼唤 - 响应关系出现了。机器人发出呼唤并且知道人类会响应它。这是它发出呼唤的原因。发出呼唤的它已经处于一种交互关系之中，能够从人类的视角看问题。这是机器视角中的人类视角。它隶属于一个不断扩大的同心圆：当机器视角涵括人类视角时，机器视角中的人类又把机器涵括于自己的视角之中。这种相互涵括活动造就了复杂的镜像结构，凸显了主体性中的客体性和客体性中的主体性。在它所形成的审美视域中，人类和机器可以互换位置。这个事实激发了画家的灵感，他们开始标绘后人类中心主义的维特鲁威人，主角变成了机器人。后者站立于宇宙之中，伸开四肢，丈量周围的事物。当非人类智能体与人类相遇时，交互性将显现于异质性主体之间，牵连出更为复杂的审美实践。现在，这种交互性已经体现在计算机艺术中（computer artworks）：由于输入 - 输出关系总是牵连出人 - 机互动，因此，交互性法则已经演变为算法（algorism）。随着相应作品被美学家当作交互艺术（interactive art）的重要构成，甚至被誉为"美的、复杂的、有意味的艺术品"，人工智能已经影响了美学的建构。随着后人类主义位移的持续，感性学（aesthetics）的研究对象将突破人类的边界，有关尺度、趣味、意象、形式、艺术的言说将被改写。

其次，后人类美学是彰显人类 - 机器连续性的具身性美学（embodied aesthetics）。它的倡导者援引过程哲学、控制论、自组织学说，不断揭示世界的连续性："有关后人类境况的公分母就是承认生命物质具备活力的、自我组织（self organizing）的而非自然主义的结构。"② 自创生意味着个体不需要外来的主体推动，而这等于解构了曾经占据统治地位的灵魂假说。在大多数后人类话语中，"灵魂"一词芳踪难觅，甚至在解释意识现象时，它也处于缺席状态。但意味深长的是，这种不在场并未影响文本的生产。通过分析实际存在者的活动，包括纳亚尔在内的后现代主义者建立起更具自洽性的精神发生学：意识乃至智能并非心／脑（mind／

---

① ［俄］艾萨克·阿西莫夫:《阿西莫夫：机器人短篇全集》，叶李华译，江苏文艺出版社 2014 年版，第 197 页。

② Rosi Braidoti. *The Postuman.* Cambridge：Polity Press, 2014, p. 2.

brain）所固有的功能，而是身体各个部分与世界相互作用所产生的突现特征（emergent property），因此，所谓的精神活动同时是具身性的（embodied）和依赖环境的（environment dependent）。具体来说，两种交互作用产生了意识：其一，分布于身体各部分的器官与环境的相互作用；其二，这些器官之间以及它们与大脑的相互作用。没有所谓独立自主的意识（self-contained consciousness），实际存在的是具身性（embodied）、分布性（distributed）、交互性（interactive）的活动。这种言说最终必然强调"思想的具身化和身体的具脑化（embrainment）"①。随着这个图式延伸到人工智能领域，一种新的具身性观念已经产生："具身性的一个最基本的含义就是，为了完成它们的任务（如步行、奔跑、游泳、识别和操纵物体、飞翔和躲避障碍物），智能体不仅能够而且必须将一些神经处理卸载给它们的形态和环境……"② 与人类一样，智能机器拥有完整的具身性存在，如模仿人类眼睛的摄像头、类似于神经系统的传感器、部分重构了大脑运行机制的计算系统，等等。如果离开了这些部分的相互作用，机器就不会智能。从这个角度看，智能机器也是植根于环境的具身性存在。换言之，人类身体－智能机器的二分法也应被消除："身体性存在与计算机仿真之间、人机关系结构与生物组织之间、机器人科技与人类目标之间并没有本质的不同或者绝对的界限。"③ 当智能机器与人类相遇时，涌现出来的必然是具身性关系（embodied relation）：身体（人类）与身体（机器）的相互观照、合作或博弈、共同发展。如果说美学最终会涵括这两种具身性存在，那么，它必然会发展为广义的具身性美学或身体美学。正因如此，已有的身体美学提供了重要的参照。在《实用主义美学》一书中，美国学者理查德·舒斯特曼（Richard Shusterman）曾经为身体美学提供了一个暂时性的定义：" 对一个人的身体——作为感觉－审美和创造性自我塑形的中心（locus）——经验和作用的批判性和改善性的研究。"④ 虽然他所聚焦的是"人的身体"，但"作为感觉－审美和创造性自我塑形的中心"这种说法无疑也适用于仍在发展中的智能机器。与人类身体一样，它们也在宇宙中占据独一的位置，具有无法与其他实在者重合的处境，因此，"预先为真实世界中机器人可能碰到的，近乎无穷的智能体—环境交互所需的各种不同步骤编制程序是不可能的"⑤。当已有程序无法应对新的情境时，机器人便必然升

---

① Rosi Braidotti. *The Posthuman*, Cambridge：Polity Press, 2013, p. 86.
② ［瑞士］罗尔夫等：《身体的智能——智能科学新视角》，俞文伟等译，科学出版社2009年版，第74页。
③ Stephanie S. Turner. "How We Became Posthuman：Virtual Bodies in Cybernetics, Literature, and Informatics（review）". *MFS Modern Fiction Studies*, 1999（45）：3.
④ Richard Shusterman. *Pragmatist Aesthetics：living Beauty, Rethinking Art*. New York & London：Roman & Littlefield Publishers, 2000, p. 267.
⑤ ［瑞士］罗尔夫等：《身体的智能——智能科学新视角》，俞文伟等译，科学出版社2009年版，第74页。

格为能够自我决断的存在。这意味着智能机器必须独立应对自己的处境，最终具有广义的主体性。一旦获得了自我意识，作为具身性存在的它们也将是感受、审美、创造的中心。即便无法与人类身体比肩并立，它们也会进入交互性游戏之中。只要能够通过模仿、重构人类的具身性境况（embodied situation），后者就可能以同情的态度对待人类，而这意味着审美的可能性。对于人类来说，情况也同样如此。我们将不再仅仅谈论"这个美的男孩或花朵或鸟"①，而是会认真地思考下面的问题：智能机器的美，我们在智能机器眼中的感性外观，与智能机器共同演绎艺术的可能性，等等。

最后，后人类美学是涵括了机器主体的加强版的生态美学（ecological aesthetics）。与它相关的话语建构消除了有机和无机、生命和技术、人类和工具之间虚拟的鸿沟，"揭示了有机物和技术或机器制品之间质的联系"，强调所有智能体的具身性和嵌入性（embedded）。② 随着诸多二分法被解构，两种彼此相关的本体论特征已经显现：其一，生态体系不是一个孤独的隆起地带，不是排除了技术的狭小场域，而是属于自创性的物质世界；其二，智能机器不是脱离物质的幽灵，不是嵌入生命世界的异质性存在，相反，它从诞生之日起就是生态体系中的钮结（nexus）。与人类一样，智能机器也是在"环境"中的存在：只有给定某个任务环境，其传感器、驱动机以及神经系统之间才能出现恰当的匹配；在完成任务的过程中，它的形态、材料、控制与环境之间必须达到某种平衡。在设计智能机器时，生态平衡是一个重要原理。正如智能机器模仿了人类，我们这个物种早就预演了它与环境的关系："人类总是与技术和其他有机体共同进化，其知觉和意识都因响应邻者而发生结构性的变化。"③ 只有与环境进行动力性互动（dynamic interaction），智能机器才能形成自己独特的主体性。它们进化的动力是而且只能是共生（symbiosis），是与人类和其他伙伴保持持久的合作关系。这意味着它们必须"顺应且利用它们的生态位（ecological niche）"。④ 生态位就是它们"能正常发挥机能的环境"。⑤ 顺应生态位是它们发展多样性的前提。当生态位和任务环境受到限制时，它们就只能具有简单的形态。只有当生态位获得提升，它们才能够更加充分地发展自己的多样性。如果未来的智能机器具有自我，那么，必然是交互的、混合的、获得性的生态学自我（ecological self）。当它们意识到这一点，生态智慧（eco-

---

① Elaine Scarry. *On Beauty and Being Just*. Princeton and Oxford：Princeton University Press, 1999, p. 3.
② Rosi Braidoti. *The postuman*. Cambridge：Polity Press, 2014, p. 94.
③ Pramod K. Nayar. *Posthumanism*. Malden：Polity Press, 2014, p. 35.
④ ［瑞士］罗尔夫等：《身体的智能——智能科学新视角》，俞文伟等译，科学出版社2009年版，第47页。
⑤ ［瑞士］罗尔夫等：《身体的智能——智能科学新视角》，俞文伟等译，科学出版社2009年版，第79页。

sophy）将不再是人类的专利。甚至，这可能预先决定它们具有的审美愉悦：一种在顺应性和多样性之间找到平衡的快乐。当这种倾向显现出来时，美学将"不局限于人类判断和特别聚焦人类主体性"，一种涵括智能机器的感性学最终会应运而生。这意味着我们应该废弃技术－人文的二分法，建立同时涵括科学与技术的生态美学理论。与以往的生态美学（或环境美学）相比，后者具有更具涵括性的视野。

从强调超越人类疆域的主体间性到凸显生态性，后人类美学演绎了实现交互性法则的可能路径："当纯粹的人类视野（包括纯粹的人类偏见）被更富涵括性的视野所平衡，人类主义让位于后人类主义，一种更丰盈的自由显现出来。"① 随着想象中的鸿沟（如人类－机器、生命－技术、有机－无机）被填平，未来的后人类美学将具有更丰盈的形态。

四、结语

后人类美学首先是一个正在绽露的视域，是一种先行到未来的实践。虽然它所引发的理论位移还远未完成，但其本体论依据已经获得了较为充分的阐释。由于世界的基本构成是自创性的存在者，因此，它必然成形为交互运动的网络。这个网络没有中心，当然也不能被单一的视野所涵括。从这个角度看，后人类转向随时可能发生，而智能机器的出现不过凸显了本有的可能性。它们与人类主体的共同在场产生了激励性的力量，引导建构重视交互性、具身性、生态性的后人类美学。作为回馈，这种理论话语又反过来影响了智能设计领域。② 如果它所引发的差异化运动能够扩展到日常世界领域，那么，地球上最终可能会出现一种惠及万物的生活方式。

参考文献：

[1] HEIDEGGER M. The Question concerning technology and other essays [M]. New York&London：Haper&Row，1977.

[2] HAYLES N K. How we become posthuman：virtual bodies in cybernetics, literature, and information [M]. Chicago & London：The University of Chicago Press，1999.

[3] BRAIDOTTI R. The posthuman [M]. Cambridge：Polity Press，2013.

[4] LANDGRAF E, TROP G, WEATHERBY L. Posthumanism in the age of humanism：mind,

---

① Edgar Landgraf, Gabriel Trop, Leif Weatherby. *Posthumanism in the Age of Humanism*：*Mind, Matter, and the Life Science after Kant*. London：Bloomsbury Academic，2019，p. 200.

② ［瑞士］罗尔夫等：《身体的智能——智能科学新视角》，俞文伟等译，科学出版社2009年版，第47－49页。

matter, and life science after kant [M]. New York: Bloomsbury Publishing, 2019.

[5] HASSEN I. Prometheus as performer: toward a posthumanist culture? [J] The Georgia Review, 1997, 31 (4): 843, 845-846.

[6] NAYAR P K. Posthumanism [M]. Malden: Polity Press, 2014.

[7] STEVEN S. The universe of things: on speculative realism [M]. London: University of Minnesota Press, 2014.

[8] GAUT B, LOPES D M. The routledge companion to aesthetics [M]. London & New York: Routledge, 2013.

[9] TURNER S S. How we become posthuman: virtual bodies in cybernetics, literature, and information [J] MFS Modern Fiction Studies, 1999, 45 (4): 1096-1098.

[10] SHUSTERMAN R. Pragmatist aesthetics: living beauty, rethinking art [M]. New York & London: Roman & Littlefield Publishers, 2000.

[11] SCARRY E. On beauty and being just [M]. Princeton and Oxford: Princeton University Press, 1999.

[12] 赫洛尔德. 超越人类 [M]. 欧阳昱, 译. 北京: 北京联合出版公司, 2016.

[13] 库兹韦尔. 如何创造思维: 人类思想所揭示出的奥秘 [M]. 盛杨燕, 译. 杭州: 浙江人民出版社, 2014.

[14] 维纳. 控制论: 关于动物和机器的控制与传播科学（中文英文双语版）[M]. 陈娟, 译. 北京: 中国传媒大学出版社, 2018.

[15] 马苏米. 虚拟的寓言 [M]. 马蓓雯, 译. 开封: 河南大学出版社, 2012.

[16] 查尔兹. 与动物对话 [M]. 韩玲, 译. 北京: 中国城市出版社, 2010.

[17] 阿西莫夫. 机器人短篇全集 [M]. 叶李华, 译. 南京: 江苏文艺出版社, 2014.

[18] 罗尔夫等. 身体的智能: 智能科学新视角 [M]. 俞文伟, 等译. 北京: 科学出版社, 2009.

论赛博格理论的生成与发展[①]

江玉琴

摘　要：生物科技、计算机技术与信息技术的发展催生了赛博格形象，并在社科人文领域产生了赛博格理论。赛博格理论是科技文化与人文思想结合的产物。控制论成为赛博格理论的本体论和认知论基础。控制论在人类肢体借助机器延伸功能的研究建构了赛博格作为有机体与机器结合的本体论，控制论的自身性与反身性研究基础上推动了赛博格理论超越二元认知论。总体而言，赛博格理论呈现为三个维度的研究，即后现代文化、身体政治研究、赛博生态研究。赛博格在赛博朋克文学表征了人类技术发展的未来与人类对人性的重新审视，赛博格理论走向后人文主义/后人类理论建构。

关键词：赛博格；控制论；后现代主义；身体政治；赛博空间

生物科技与计算机技术的发展促进了人类肉身与机器的融合，赛博格成为新式学术话语与大众文化时尚概念。赛博格形象在大众文化与消费文化中，以科幻电影与科幻小说的特殊想象形式为人类打开了通往未来的可能性大门。赛博格现象导致的文化反思与批判随着科学技术的发展，成为21世纪的学术研究热点，赛博格、后人类、后人文主义等概念也成为当代科技领域与人文社科领域的关注焦点。[②] 赛博格形象、赛博格现象研究走向思想理论建构，形成赛博格理论，凸显并变革人类已有的认知形式与思想体系。赛博格作为一种流行文化现象受到普遍关注，并大量呈现在科幻小说和科幻电影研究中，但人们更多是进行小说或电影人物的具象分析，少有人完整梳理由此产生的赛博格理论建构及其研究维度。本文提出，赛博格理论作为一种文化理论，是跨学科的控制论发展的产物。科学界的控制论研究成果

[①]　原载于《外国美学》第33辑。
[②]　相关论述可参阅凯瑟琳·海勒的《我们何以成为后人类》、哈拉维的《赛博格宣言》及布拉伊多蒂的《后人类》等论著。

催生了赛博格形象、赛博格概念与赛博格文化。赛博格理论以赛博格的身体与文化隐喻建构了赛博格思想的本体论与认知论体系,并从文化、政治与生态三个维度展开研究。赛博格理论极大推动了当今后人类理论思潮的发展。

一、控制论的发展与赛博格理论的生成

1. 控制论推动了赛博格概念与赛博格本体的生成

"控制论"(cybernetics)这个词来源于古希腊,表达的是"舵手、管理者、领航员或者方向舵"的意思,也包括信息、控制和传播的概念。控制论概念被美国数学家与哲学家诺伯特·维纳(Norbort Wiener)借用,他在1948年出版的《控制论:或关于在动物和机器中控制和通信的科学》(简称《控制论》)一书中指出,有关通信、控制和统计力学的一系列核心问题之间存在本质上的统一,不管这些问题存在于机器中还是活着的机体中。因当时并没有一个合适的词语来表述这个领域的发展,所以他们借用希腊语 cybernetics 把这个"关于既是机器中又是动物中的控制和通信理论的整个领域叫作控制论"[①]。维纳建构的控制论就是要从动物、人到机器如此不同的复杂对象中抽取共同的概念,并用一种全新的视角通过全影的方法进行研究。控制论为可能高度交合联结的计算机器提供知识与实践的基础[②]。在这本书的介绍中,维纳发现如果各门学科领域之间的知识和技术缺乏交流,这种研究将很难获得发展。由此他建议科学家之间打破学科界限,展开跨学科的研究。"二战"后,维纳将不同领域的专家学者聚结组成团队,这个团队很快创造出一个"新世界"。他们称新创造出来的整个控制领域和传播理论为"控制论"。控制论的对象是从自然、社会、生物、人、工程、技术等对象中抽象出来的复杂系统。控制论为研究这些完全不同系统的共同特征提供了一种方法,这种方法接近数学方法,但比数学方法更为广泛,特别是用计算机进行模拟和仿真,这显然比传统的数学方法与实验方法对复杂系统有更为有效的作用,而且适用范围也大得多。可以说,控制论是一种包罗万象的学科群。

1943—1954年,控制论在信息理论和生物系统中进行的"虚拟生命"研究取得了极大突破并形成了新的范式。这让赛博格作为机器与有机体糅合的一种新存在成为可能,由此生成不同于人类也不同于机器的全新主体——混杂主体。

---

① [美]诺伯特·维纳:《控制论:或关于在动物和机器中控制和通信的科学》,郝季仁译,北京大学出版社2007年版,第9页。
② Calum MacKellar. *Cyborg Mind*. London: Berghahn Books, 2019, pp. 9–10.

凯瑟琳·海勒（katherinen Hayles）发现，从1943年到1954年，每年召开的梅西会议对这一新范式的形成至关重要。克劳德·申农（Claude Shannon）擅长在信息领域做研究；麦卡洛克（Mac Culloch）研究一种证明神经像信息处理系统一样工作的神经功能模式；纽曼（NewMan）的研究能够处理二进制代码、能够自我复制、可与生物系统相提并论的计算机/电脑；维纳则成为一位能够挖掘控制论范式的内涵并阐明其巨大意义的梦想家。"这项冒险事业的惊人结局，不是别的，恰是一种看待人类的新方式。自此，人类首先会被当作信息处理实体，本质上类似于智能机器。"①人类与机器的结合在科学理论中和推导中成为可能。这种研究秉持着科学家如维纳的人类自由、人本主义主体观点，强调控制论的建构本质上并非为了证明人是一种机器，而是要证明机器能像人一样工作。正是科学领域控制论的发展成果催生了赛博格的概念。

　　赛博格最早来自澳大利亚科学家曼弗雷德·克林纳（Manfred Clyne）和美国物理学家纳森·克莱恩（Nathan Kline）在1960年联合研究的"控制论和有机体"项目。他们发现，创造自我规范化的人类-机器系统是很有必要的，"因为外在的、已得到延伸的有机体的混合物，功能上就像是一个整合过的同质系统"②，他们把这样的情况称作赛博格。赛博格可以让在太空中工作的人类通过机器与人融合而产生同质系统，使人类的有机组织可以像机器人那样自动自主地工作，让人可以自由地探索、创作、思考与感觉。克林纳与克莱恩在当时提出的只是一种潜在设想，希望他们的研究能为人类探索太空提供人工的、类似地球一样的环境。

　　正是基于控制论研究，赛博格成为"通过人类与技术的交合而使得人类功能得到扩张的个体"③。甚至任何有生命的生物与机器产生的神经交合都可以被认为是赛博格。赛博格作为不同于人类与机器的混杂主体，它不仅指向技术维度，也指向文化维度。因此，安迪·克拉克（Andy Clark）指出，"赛博格"不仅代表的是系统论有机组织或系统论控制的有机组织，"它也是一种艺术的术语，指向人类-机器的融合甚至正在融合的想象物的特殊天性"④。这意味着赛博格正成为一种批评话语，不仅呈现为控制论理论与计算机技术和生物技术共同发展的结果，更表征了一种新的身体主体、一种新的本体论，彰显了叙述自然与自然的所有可能性。

---

① [美]凯瑟琳·海勒：《我们何以成为后人类》，刘宇清译，北京大学出版社2017年版，第9-10页。
② Manfred E. Clynes, Nathan S. Kline. "Cyborgs and space". *Astronautics*, 1960 (9): 27.
③ Calum MacKellar. *Cyborg Mind*. London: Berghahn Books, 2019, p. 11.
④ Andy Clark. *Minds, Technologies, and the Future of Human Intelligence*. Oxford: Oxford Universtiy Press, 2003, p. 14.

2. 控制论建构赛博格话语的认识论基础

海勒将维纳等人的研究称为第一波控制论，将福斯特等人的研究称为第二波控制论。在第二波控制论中，反身性概念进入控制论体系中。反身性是一种运动，即经由这种运动，曾经被用来生成某个系统的东西，从一个变换的角度，变成它所激发的那个系统的一部分。就犹如小说研究中，原先被认为源于一系列现在条件的某种属性，实际上被用来生成条件。第二波控制论的研究以福斯特、昂贝托·马图拉纳（Humberto Maturana）和弗朗西斯·瓦雷拉（Francis Varela）为代表。福斯特在他的论文集《观察系统》中提出了系统的观察者本身可以构成一个被观察的系统。马图拉纳和瓦雷拉在《自生与认知：生命的实现》一书中将反身性转向扩展到一种被充分阐释的认识论，将世界看成一套信息性的封闭系统。有机组织对环境的反应方式，取决于它们内在的自我组织。"它们不仅是在自我组织的，而且是自我创生的或者自我生成的。"① 到20世纪80年代末，控制论已经发展为自生系统论。自生系统观抛弃了维纳等人的信息反馈回路理念，强调了世界与我们的一体化。我们看到的不是一个外在的世界，世界也不是与我们分离的存在。相反，我们只能看见我们的系统组织允许我们看到的东西。环境只触发一些变化，而如何变化是由系统自身的结构属性决定的。"自生系统的核心价值在于，从被观察世界的控制论转移到观察者的控制论。"② 因此，系统之间更重要的是相互构成的互动关系，而非信息、信号和讯息。第三波控制论在自生系统观上进一步提出系统生命论，即计算机中自我进化的程序，不仅只是生命的模型，它们本身也是有生命的。这也意味着信息编码具有了生命的形态；所有生命类型的理论基础将要经历一次重大的转变，一种信息-物质实体的后人类的出现全面挑战人类有形的生命世界。

控制论的第二波与第三波发展已经远远超过了维纳本人强大的想象力所能设想和承受的范围。维纳的初衷是以控制论增大人类在世界中的潜能。但控制论的反身性与自生性研究已经产生生命理论革新，提出人工生命概念，这对人类主体及其思想体系建构提出了极大的挑战。这也将赛博格的技术发展和认知思维推向了新的层面。当然，这或许对人类主体来说并非安全合适的。但无论怎么说，控制论的这种发展为赛博格理论提供了知识基础和思想基础。

文化批评家如唐娜·哈拉维（Donna Haraway）从控制论产生的赛博格概念中得到启发，将赛博格概念纳入文化讨论中，洞穿赛博格隐喻的文化内涵，以此批判西方认知论的二元体系。在哈拉维看来，赛博格是"一种控制论有机体，一种机

---

① ［美］凯瑟琳·海勒：《我们何以成为后人类》，刘宇清译，北京大学出版社2017年版，第14页。
② ［美］凯瑟琳·海勒：《我们何以成为后人类》，刘宇清译，北京大学出版社2017年版，第14页。

器与有机组织的混合物，一种社会现实的创造，如同虚构的创造……它是父权文化的杂种后代———一种集结的和重新集结的后现代集合体和个人自我"①。赛博格身体成为一种矛盾联合体，联结了机器的机械世界与有机身体的"自然"世界，打破了人类历史中的人类-机器、文化-自然、主体-客体二分法。赛博格话语融入自然中，打破了固有的认知论二分法，人类与机器的边界也消失了。哈拉维的观点揭示了赛博格话语的文化政治，赛博格话语作为一种含混的、矛盾的世界认知形式，能够批判并对抗西方思想观念的二分法。

二、赛博格理论的三个维度

赛博格概念发展成为赛博格文化理论，主要基于两个层面的发展。第一个层面是以威廉·吉布森（William Gibson）为代表的科幻作家所展开的赛博科幻小说创作，也称赛博朋克。赛博朋克小说以前瞻性的视角想象了未来世界人类与机器融合产生的赛博格人物形象及其社会经验。第二个层面则始自女性主义批评家哈拉维及其社会文化批评。哈拉维基于社会建构主义立场和女性主义立场，提出自然是建构的而不是发现的，真理是制造的而不是找到的。女性就是在充满竞争的性别科学话语及其他社会实践范畴中被建构的。因此，哈拉维特别发表《赛博格宣言》。她尖锐地指出，赛博格在当代世界无处不在，它呈现在科幻小说中、现代药物中、现代生产中，以及现代战争中。赛博格人物是"一种钢铁政治神话"，也是"一种政治-虚构工具"。②哈拉维的这一观点为社会主义女性主义潜在的历史理解女性经验的方式，也开启了赛博格概念的文化讨论。赛博格由此成为后工业信息社会中人与技术之关系的隐喻，并成为一种话语表征形式。

1. 赛博格理论的后现代文化维度

后现代文化是赛博格文化之根。科技发展催生了后现代社会，也产生了人类与技术的共谋。后现代文化就是基于晚近各种科学发展成果而产生的对传统文化的质询与消解。

后现代主义批评家让-弗朗索瓦·利奥塔（Jean-Francois Lyotard）在《后现代状况：关于知识的报告》中用"后现代"来描述高科技社会中的知识发展状况，

---

① Donna J. Haraway. *Simians, Cyborgs, and Women: The Reinvention of Nature.* New York: Routledge, 1991, p. 181.

② Donna J. Haraway. *Simians, Cyborgs, and Women: The Reinvention of Nature.* New York: Routledge, 1991, p. 181.

以"后现代"标示当今文化的方位和境况。他认为,"后现代"就是对"后设论"的质疑。而这种质疑就是伴随着晚近各种科学的发展而产生的。这也意味着,科技的日新月异在不断挑战已有的固定成论。后设论的一整套合法的设置体系已经过时,后现代社会进入众声喧哗的语言游戏竞赛,典章制度土崩瓦解,呈现为碎片化、局部化的状态。"后现代知识的法则,不是专家式的一致性;而是属于创造者的悖谬推理或矛盾性。"① 因此,在《后现代状况:关于知识的报告》中,利奥塔致力于用一种充满似是而非的悖谬实现社会规范的合法化。詹姆逊认为,利奥塔借用语言学观念,重新改造了"非"与"后"指涉式的"认识论",巧妙挽救了科学研究和实验,使之保持了一贯性。但詹姆逊也批评利奥塔因从形式上自我限制在知识问题的讨论上,以致把文化范畴摒除在外。而文化恰恰是詹姆逊强调的后现代主义的特性之一。后现代文化表现为碎片化、琐碎化、平面化、精神分裂式。"'现代'的后来者在他们的创作过程中,早就把生活无数卑微的细碎一一混进他们切身所处的文化经验里,使那破碎的生活片段成为后现代文化的基本材料,成为后现代经验不可分割的部分。"② 因此,无论我们是否喜欢技术,我们都在后现代科技环境中与其共谋,我们也必须为此负责,今天没有人能逃离技术。琳达·哈琴(Linda Hutcheon)为人类指出后现代社会的出路,即我们可以在这种共谋中成为共谋的关键点,因为我们有权力作为参与者来构建现实。③

科技发展将我们对世界的认知推向无限可能,不确定性成为后现代时代的基石。赛博格的混杂性彰显了这种不确定性。这也是格雷(Chris Hables Gray)所强调的,赛博格有很多不同类型,也有很多种不同方式来归类赛博格。我们要认识赛博格,就首先要理解我们生活于其中的后现代社会,因为我们生活的后现代社会已经完全不同于我们祖辈生活的世界。祖辈们生活在稳定的现代世界,他们的信仰不可动摇,但我们所处的现实是科学与技术革新无尽地延伸,充满着矛盾。"我们最先接受的时空自然有限性以及生死有限性已经为恐惧和希望所代替,这种希望和恐惧就是我们犹如对太空旅行的感觉,对天启战争、永恒、全球流行病、虚拟社区、生态崩溃和科学乌托邦,以及赛博格化的感觉。……新的科学发现和技术革新已经将崇高推到了极度邪恶的地步。"④ 这也印证了这样一种认识,即是我们的后现代

---

① [法]让-弗朗索瓦·利奥塔:《后现代状况:关于知识的报告》,岛子译,湖南美术出版社1996年版,第31页。

② Linda Hutcheon. "The Politics of postmodernism". *Cultural Critique*, 1987 (1): 179 – 207.

③ [美]詹明信:《晚期资本主义的文化逻辑》,陈清桥等译,生活·读书·新知三联书店1997年版,第425页。

④ Chris Hables Gray. *Cyborg Citizen*. London: Routledge, 2001.

社会造就了赛博格观念。

后现代主义理论为赛博格理论提供了思想资源。后人类主义批评家卡里·沃尔夫（Cary Wolfe）发现，当我们提出后人文主义/后人类主义的时候，我们无法规避后现代社会思想。他将因技术发展而产生的赛博格境况追溯到福柯，因为福柯在《词与物：人文知识考古学》一书的结尾片段就预示了后人类的产生，认为被称作"人类"的历史正在进入信仰和哲学中的某种客体状态中，人类正在走向终结，构成人类精髓的东西也正在碎片化。哈拉维在赛博格的理论探讨中也追溯到福柯思想，认为福柯的生物政治就是一种软弱的赛博格政治预示，而且呈现为一个开放的领域。赛博格基于后现代主义的解构策略，打破了传统的西方科学与政治传统，打破了建立在自我－他者二元关系境地之中的资本主义的进步传统，这种传统也包括种族主义与男权主义。

哈拉维还将赛博格神话看作后现代主义的真正策略，因为赛博格神话颠覆了人类世界金字塔式的有机整体。自然叙述与确定性资源正在成为致命的弱点，超越性的阐释权威日益丧失力量，西方认识论也在消解。赛博格的本体论将成为人们认识世界和思考世界的基础。这也意味着赛博格在后现代思想与文化中获得了生机。赛博格以现代机器的日新月异与无所不能成为取代上帝的神，西方文明起源故事中的旧模式让位于流动的机器，因此，从隐喻意义上说，赛博格已经成为哈拉维眼中的政治对抗物，一种后现代政治。这也是哈拉维所声称的："我的赛博格神话就是关于疆界越轨、潜在含混和充满危险可能性的东西，进步的人们可能探索它，把它作为政治工作需要的一部分。"① 所以说，赛博格理论的反权威、反秩序与跨越疆界等特性本身就是后现代文化的产物，也是后现代思想与实践的延续和发展。

2. 赛博格理论的身体政治维度

赛博格身体既是技术具身化的再现，也是身体政治的表征。哈拉维在《赛博格宣言》中指出，赛博格作为一种物质再现，是通过军事、工业、娱乐等领域混杂整合而成的身体形象，如科幻电影中的赛博格，人类机器战士，以及通过医疗诊治过并装载假体的身体。同时，赛博格又是文化的、隐喻性的，甚至是"虚构的产物"，它挑战了人类假想的预设，表征为双重性人物，在政治上表现为既是混乱的，又是进步的，并且又因混杂性和有限性而产生出对立的概念。因此，赛博格身体政治表现为二元性的混杂与悖论。

首先，赛博格因技术呈现的具身化反映了人类主体控制自然的主体意愿，但同时又因延伸的机器假体与文化隐喻而沦为异化主体。

---

① Donna J. Haraway, Cary Wolfe. *Manifestly Haraway*. Minnesota：University of Minnesota Press, 2016, p. 14.

技术具身化是控制论发展中的机器与有机体混合的后果,也是一种自我规范的人类-机器体系,即机器作为人类身体的部分延伸,完成人类原有身体无法实现的目标。机器与人类身体进行整合并能有效行动,就像是给有机体补充或扩大了身体的潜在能力。技术具身化后的身体形象将人类身体延伸到包括任何外在的客体,人类主体可以与它们融合,包括汽车、外科手术刀、手提电脑等。而且随着生物技术、基因工程和纳米技术的崛起,技术具身化也相应发生了改变,并呈现为一种隐喻,技术改变了人类的生存方式,甚至使得有些人认为不远的某一代人可能是人类世界最后的纯粹人类。

人类在与技术工具联结的过程中甚至丧失了独立自主性。这也是人们预测赛博格作为一种后生物昭示了人类主体的丧失。"我们已经是赛博格。……基因工程和纳米技术为我们提供了能够将我们身体改变进入新的不同形式的可能性……一种后生物的人性形式可以在接下来的50年中实现。"① 技术上的发展走向了后身体和后人类存在形式的可能性。如果技术发展是为了身体的延伸性以及使用身体功能来让我们更有效地控制环境,那么物质身体最终也有可能从直接的生活空间局限性中被移除出来。因此麦克·费瑟斯通(Mike Featherstone)认为,"并不是技术-人类的混杂导致了新的具身化形式的发展,这一点很值得观察;它还是新信息环境的生产与控制,以及身体机器与其他实体的发展,使这种研究置于让人激动的研究前景中。"② 这其实是看到了技术统治使人类异化,因此它带来的不只是身体的创造和重新创造,而是世界的创造和重新创造。人类应该对这样的发展持谨慎态度。

其次,赛博格的技术具身化呈现为人类主体与他者的混杂与斗争,这本身表征为一种政治隐喻。

哈拉维是这种身体政治的发现者和批判者。哈拉维认为,"赛博格是一种颇具成果的伴生物,这个成果来自对我们社会与身体现实的虚构和一种想象资源"③。哈拉维将赛博格直接指向我们的社会现实,指向我们最重要的政治建构。"赛博格是我们的本体论;它赋予我们自己的政治。赛博格是一种包括想象和无知现实的浓缩形象,是两个联结的中心,建构了历史革新的任何可能性。"④ 斯塔西·阿莱默(Stacy Alaimo)发现,哈拉维的写作和生态女性主义的文本为讨论女性主义的环境

---

① Mike Featherstone, Roger Burrows. "Cultures of Technological Embodiment: An Introduction". *Body and Society*, 1995, 1 (3-4): p. 3.
② Mike Featherstone, Roger Burrows. "Cultures of Technological Embodiment: An Introduction". *Body and Society*, 1995, 1 (3-4): p. 1.
③ Donna J. Haraway, Cary Wolfe. *Manifestly Haraway*. Minnesota: University of Minnesota Press, 2016, p. 6.
④ Donna J. Haraway, Cary Wolfe. *Manifestly Haraway*. Minnesota: University of Minnesota Press, 2016, p. 7.

主义提供了一种极其不同的路径。通常生态女性主义是通过批判平行压迫，鼓励关爱伦理与稳固性政治来寻求女性与自然联系的加强；哈拉维则是消解自然/文化二元论的稳定性，认为正是这种二元稳定性造成了女性与自然的被压迫。生态女性主义优先考虑女性价值；哈拉维则致力于从赛博格呈现的后现代女性主义视角来介入自然，即"哈拉维以人工主义的理论和赛博格概念突破了自然与文化、自然与科技之间的分裂，因此解构了'自然'整个概念的稳定性"[1]。阿莱默认为，一方面，在哈拉维的赛博格概念中存在赛博格意识形态的建构，因为赛博格将女性与自然组成了联盟共同来对抗父权制度，但另一方面，赛博格与女性之间又产生了斗争。这一观点也在阿莱默后来的文章《这种可持续性，那种可持续性：新唯物主义、后人类主义与未知的未来》中得到了推进。阿莱默认为，一个物质的自我无法摆脱这样的一个网络，即自发的、经济的、政治的、文化的、科学的、可持续性的网络。这些表面曾经与人类主体捆绑在一起的东西进入一种不确定性的转动的场景之中。在这个场景中，甚至并未远离伦理或政治事端的实践行动突然成为核心的危机。这些跨身体认识论是不确定性的、经验的、不专业的、依情况而定的，也是介入性的。

哈拉维阐述的赛博格身体政治让威尔森认识到，知识的生产建构了赛博格形象。这些形象寻求超越女性主义的极端化，以"既……又……"的策略，特别是呈现为认同政治的双重性，赛博格身体政治阐释了性别认同的异质性，看到了本体论混杂与认知论混杂的现象。而赛博格作为叙事装置，镶嵌和刻画关联，呈现了历史差异性，在事实/虚构的混杂、主体/客体和思想/身体的混杂叙事中开辟了一个在符号和物质疆界之内关于连续性、关系和差异性的新政治地理学。何塞巴·加比兰多（Joseba Gabilondo）则更直接以马克思主义视角描述了赛博格，将讨论聚焦在哈拉维的术语"全球意识形态的装置"上。两个装置就是大众文化和赛博空间。她提出，要追溯我们的恋物过度依赖赛博格，就是要追溯在赛博空间中的地缘政治和意识形态的有限性。赛博格并不是简单的"跨国资本主义所创造的后现代的主体性形式的表征，而是它的意识形态特权化的霸权主体地位"[2]。

由此，技术具身化进入性别与种族身体的文化讨论中。而在这个讨论中，赛博格身体政治又是矛盾的，它产生于信息网络和权力知识的封闭系统中，但既批判又依赖于这种知识体系，并维持和推动这种知识体系的发展。所以格雷和门特指出，

---

[1] Stacy Alaimo. "Cyborg and Ecofeminist Interventions: Challenges for an Environmental Feminism". *Feminist Studies*, 1994, 20 (1): 133.

[2] Joseba Gabilondo. "Postcolonial Cyborgs: Subjectivity in the Age of Cybernetic Reproduction", in Chirs Hables Gray. *The Cyborg Handbook*. New York: Routledge, 1995, pp. 423-429.

"我们称之为话语权力的假体技术的隐喻……它们贯穿在权力领域,必须由其他话语进行测试,并基于其他身体、权力以及与技术结合的经验"①。

3. 赛博格理论的生态维度

赛博格理论的生态维度主要呈现为赛博空间作为赛博格的环境场域与自由隐喻。

赛博空间是居于计算机之中的环境,是由计算机网络和信息高速公路创造的。赛博空间最初被认为是一种电子媒介,这种电子媒介重构了虚拟散漫空间的技术-社会身体。随着技术发展并进入人们日常生活,赛博空间则越来越多"指涉潜在的'生活方式'或总体上经由先进技术创造出来的文化存在模式。人工产物、实践和关系都糅和在计算之中"②。赛博格与赛博空间相辅相成。赛博格是信息环境创造的产物,这意味着赛博格并不必须是装载假体的混合物,赛博空间成为所有人的假体,每个人都是赛博格。但赛博空间并不是实体场所,它是一种虚拟现实的场域,任何人都可以在其中停留和生活,任何人都可以在赛博空间中得到自己的小空间,可以自由地上传和下载信息、掌控信息、创造信息。赛福(Stara Sever)由此称赛博空间为假体时代。赛博空间作为一种虚拟现实,借助电子化将计算机屏幕后面的赛博格延伸到真实世界之中。赛博空间成为人类与机器相结合的赛博格的虚拟现实之家。以雷·库兹韦尔(Ray Kurzweil)预测的奇点时代来看,纳米机器人最终将扩大人类经验,通过创造神经系统的虚拟现实来实现赛博空间的具象化。赛博空间前置了赛博格的环境。今天的生命本身也前置了赛博格的存在。因此,赛博空间建构了赛博格的生态环境,并将推进赛博格的发展。

赛博空间在20世纪80年代首先被使用在科幻小说中。赛博空间作为一种全球计算机网络,被科幻作家威廉·吉布森(William Gibson)称为母体,是"数亿合法操作者日常体验的交感幻觉"③。操作者可以通过头套,经由计算机终端进入。一旦进入母体中,操作者可以飞往任何地方。这些地方经由三维信息系统代码进入丰富多样的建筑形式中,如一个大都市、一个信息都市、一个储存着财富的文化场馆。随着全球互联网的发展与快速增长,赛博空间的概念在20世纪90年代变得流行。现在赛博空间成为"全球社交网络,在这个网络中人们可以交换思想,分享信息,提供社会支持,进行商业活动,指导活动,创造艺术媒介,玩游戏并介入政

---

① Gray, Mentor. "The Cyborg Body Politics: Version 1.2", in Chris Hables Gray. *The Cyborg Handbook*, New York: Routledge, 1995, p. 463.
② D. Hakken. *Cyborg@ Cyberspace? An Ethnographer Looks to the Future*. New York: Routledge, 1999, p. 1.
③ William Gibson. *Neuromanticer*. London: Penguin Press, 1984, p. 51.

治讨论"①。麦考利和洛佩兹认为,赛博空间已经塑造了真实或虚拟的环境,让参与者直接感知和遨游其中。赛博空间作为一种媒介,既包围在虚拟的话语空间中,同时又在重构技术－社会主体。② 这表明赛博空间既在生成赛博格,也在重新界定现实。所以葛兹(Gozzi)将赛博空间看作一种隐喻,既彰显自由又限制自由。赛博空间并不是"真实的",但确实是一个真正的地方,在这里,很多事情产生了真正的结果。我们可以在赛博空间完成自己的事业,可以在赛博空间做各种事情,也可以将自己的日常生活记录并储存在赛博空间中。

赛博空间从某种程度上来说也真正实现了人的平等和自由。一方面,赛博空间以人人可以进入和使用的计算机网络拉平了官僚主义的金字塔结构,赋予个人使用者以权利,并降低核心化管理的作用。因此赛博空间隐喻了自由与平等。但另一方面,计算机网络具有将权力设置赋予极少数人的潜在力量。在这种场景下,赛博空间也可能成为极端权力统治的场域。总而言之,赛博空间建设了并还将继续建构赛博格的自然、人、社会、技术的关系。

三、赛博格理论在当代文学研究中的作用

1. 赛博格理论来源赛格朋克并阐述赛博朋克的主旨

海勒在借助文学作品阐述技术发展带来的人类身体和思维的改变时特别指出,在讨论控制论技术、道德与文化的内涵时,文学文本的范围超越了只有科学文本才能彻底阐明的话题,而且不止如此,"文学文本绝不只是被动的管道。它们在文化语境中主动地形塑各种技术的意图和科学理论的能指"③。这也意味着科幻文学以假说的方式呈现出相似的科学理论观念,将技术发展的设想预示在文学创作之中。20 世纪 80 年代兴起的赛博朋克文学就是这样的作品。作品中描述的大量高度复杂的装置远远超越了那个时代的技术,它们很早就描绘出人类丧失身体部分肌体而装载假体的情景。赛福发现,假体的概念早在 1704 年就在欧洲医学上出现了。但这个词进入人类身体与技术关系的描述语境中,则是在 20 世纪 80 年代和 90 年代,特别是出现在哈拉维的论文《赛博格宣言》中。"假体"这个词已经超越了时代,从基本的意义即装置简单的人工肌体发展为复杂的意义,甚至指涉我们日常生活中

---

① Calum MacKellar. *Cyborg Mind*. London:Berghahn Books,2019,p. 13.
② 郭倩:《科幻电影及电子游戏中的赛博空间与符码消费》,载《中北大学学报(社会科学版)》2020年第 2 期,第 32 - 38 页。
③ [美] 凯瑟琳·海勒:《我们何以成为后人类》,北京大学出版社 2017 年版,第 28 页。

使用的技术。赛博朋克将人类装载的假体推进到一个更高层面，即描绘了人类堕落身体的重要性，并由此强调了身体的真实价值在于它的 DNA 信息和大脑，而不是它们使用者装载的技术设备。

赛博格形象是赛博朋克中的核心人物。赛博朋克以赛博格的生活与体验故事来表达这样一种观点，即我们应该打破这种固有认识，认为人类与机器之间具有差异性、个人意识与机器意识之间具有基本的矛盾。赛博朋克小说的这些突破性观点都指向跨国资本，力图创造更好的人类的愿望。但同样，邪恶也来源于资本主义的世界，在这个世界，他们使用巨大的技术资源来创造类人类，而人类成为程序之外的人类。因此，赛博朋克一方面沉迷在致幻剂中，无法控制自己，将赛博格人物优雅地贯穿在一个非道德世界，沉迷于科技的高速发展，以致遗忘了自己的生活目的。另一方面，它又以后现代的表现方式质疑思想的深度，质疑存在与意义。这也是我们经常发现的，赛博朋克文学"具有明显后现代主义特质的表现在其内爆式的命名方式，'高科技'与'低生活'的融合在内爆的创作手法上"①。赛博朋克小说往往还探讨它所进入的社会领域与电子关联的政治关系。

赛博朋克小说的影响力还从科幻文学内部延伸到大众文化领域，成为一种新文化表现形态。

2. 走向宏大的后人类主义研究

哈拉维的赛博格理论在布拉伊多蒂那里得到回应。布拉伊多蒂进一步提出后人类问题，并指出"后人类状况不是一系列看似无限而又专断的前缀词的罗列，而是提出一种思维方式的质变，思考关于我们自己是谁、我们的政治体制应该是什么样子、我们与地球上其他生物是一种什么样的关系等一系列重大问题"②。赛博格打破了二元思维方式，在布拉伊多蒂那里思考为后人类主体的建构，即后人类其实是以"批判性的工具来检视一种新的主体立场的复杂建构"③。

纳亚将赛博格研究纳入后人文主义/后人类主义研究领域，认为"后人文主义"纯粹指向后人类的本体状况。那时很多人类现在生活在化学的、手术的、技术等修订的身体之中，以一个封闭的与机器或其他有机形式联结（网络）之中，如通过异形器官移植身体的部分与其他物种连接在一起。赛博格的假体隐喻与身体政治一直是后人文主义研究的核心，因为它一方面昭示了新的人类的概念，另一方面在文化层面上强调了人类处于技术修订与混杂生命形式中，因而需要重新理解生

---

① 束辉：《赛博朋克小说的后现代主义特质》，载《社会科学家》2013 年第 9 期，第 121 页。
② [荷] 罗西·布拉伊多蒂：《后人类》，宋根成译，河南大学出版社 2016 年版，第 2 页。
③ Rosi Braidotti, Maria Hlavajova. *Posthumam Glossary*. London: Bloomsbury Academic, 2018.

命本身的意义。这也意味着在思想史上重构人文主义，寻求超越传统人文的方式来思考自动的、自我意愿的个体代理，以此将人类本身看作一个集合体，其杂糅了其他生命体形式，融合到环境与技术之中。因此，正是赛博格的身体与文化隐喻推动了后人文主义的讨论。

四、结语

赛博格概念源自科学研究领域的设想，在控制论跨学科研究中逐渐成为可能，并在科幻文学与电影文化中成为流行时尚。赛博格理论经由哈拉维的宣言成为一种思想建构，从本体论与认识论上打破了西方传统二分法，生成赛博格混杂主体认知与身体政治体系。赛博格理论继承了后现代主义文化遗产，以赛博格的形态重新思考后现代文化的主体间性与不确定性，以技术具身化呈现并反思身体政治，同时以赛博空间探讨虚拟现实与真实世界的矛盾关系，由此推动我们面对科技文化产生的人文主义再思考，并全面进入后人类思潮。赛博格无所不在，赛博格理论引导我们思考科技文明发展背景下的人类未来。

参考文献：

［1］MACKELLAR C. Cyborg mind［M］. London：Berghahn Books，2019.

［2］CLARK A. Minds，technologies，and the future of human intelligence［M］. London：Oxford Universtiy Press，2003.

［3］HARAWAY D J. Simians，cyborgsand women：the reinvention of nature［M］. New York：Routledge，1991.

［4］HUTCHEON L. The politics of postmodernism［J］. Cultural Critique，1987（4）：179－207.

［5］GRAY C H. Cyborg citizen［M］. New York：Routledge，2001.

［6］WOLFE C. What is posthumanism［M］. Minnesota：University of Minnesota Press，2010.

［7］HARAWAY D J. A cyborg manifesto：science，technology，and socialist-feminism in the late twentieth century［M］//HARAWAY D J，WOLFE C. Manifestly Haraway. Minnesota：University of Minnesota Press，2016.

［8］ALAIMO S. Cyborg and ecofeminist interventions：challenges for an environmental feminism［J］. Feminist Studies，1994，20（1）：133.

［9］WILSON M W. Cyborg geographies：toward hybrid epistemologies［J］. Gender，Place and Culture，2009，16（5）：502－503.

［10］GABILONDO J. Postcolonial cyborgs：subjectivity in the age of cybernetic reproduction［M］//GRAY C H. The Cyborg handbook. New York：Routledge，1995.

[11] GRAY M, The Cyborg body politics: version 1.2 [M] //GRAY C H, SARRIERA J F, MENTOR S. The Cyborg Handbook. New York: Routledge, 1995.

[12] GARY C H. The cyborg handbook [M]. Great Britain: Routledge, 1995.

[13] HAKKEN D. Cyborgs@ cyberspace?: an ethnographer looks to the future [M]. New York: Routledge, 1999.

[14] SEVER S. Prostheses, cyborgs and cyberspace: the cyberpunk trinity [J]. ELOPE, 2013, 10 (2): 85.

[15] NAYAR P K. Posthumanism [M]. Cambridge: Polity Press, 2014.

[16] 维纳. 控制论或关于在动物和机器中控制和通信的科学: 第2版 [M]. 郝季仁, 译. 北京: 科学出版社, 2009.

[17] 利奥塔. 后现代状况: 关于知识的报告 [M]. 岛子, 译. 长沙: 湖南美术出版社, 1996.

[18] 海勒. 我们何以成为后人类 [M]. 刘宇清, 译. 北京: 北京大学出版社, 2017.

[19] 布拉伊多蒂. 后人类 [M]. 宋根成, 译. 开封: 河南大学出版社, 2016.

新世纪全球化学术与比较文学的跨学科批评理论转向

刘圣鹏

摘　要：近年来，中国文学理论和比较研究界鼎力推介批评理论。批评理论内涵约占各大人文社会学科分支的 1/3，首先是传统文学理论和狭义比较诗学，其次是文学和文化研究，然后是文化哲学和国际文化政治等广义比较诗学。享有这种广泛综合性的批评理论，显然构成了与比较文学二而合一的知识新局。与其用危机论、取消论来喻指比较文学发展中产生的各种困境、困惑，不如将批评理论当成比较文学的自然生成，二者在从资本主义现代性体系推演到帝国主义文化全球化格局，再到后现代世界体系重建的现代世界历史路径中，既相与同谋，又相与创生，有望成为 21 世纪全球化学术的基地和归宿。

关键词：文学理论；比较文学；批评理论；全球化学术

中国比较文学发展到今天已经 30 年了，集 30 年的经验、教训对其进行制度和学理的反思，不仅是学术观念革新的必要展开，也是制度合理化的必然过程。鉴于现代学术制度不仅是学理的结果，而且是教育行政推动使然，有必要先行建立学制服从学理的理念。由于中国比较文学晚近建制，使西方比较文学百余年的学术积累蜂拥而至，导致中国比较文学未经一个自然发展的学术过程，因而形成了学者对其学理和建制的认同困惑。如果说 20 世纪 80 年代的比较文学热和美学热一样，不过是展示了国人闭关锁国 30 年造成的求知理想，那么 90 年代的比较文学则反映了学科内部的本土学术问题积累和自我学理认知的知识学过程。应该说，近 20 年的中国比较文学的自我学理认知远比西方比较文学有着更多的学术积累，也有可能为国际比较文学的发展提供来自中国的经验和模式。

---

① 原载于《青海社会科学》2014 年第 4 期。

一、批评理论的发生

20世纪后半叶，伴随着世界民族国家先后进入现代化和全球化的快车道，传统阶级政治让位给以社会整体生活平等为目标的文化政治，传统意识形态政治让位给以多元文明普适性共存为导向的国际文化政治。在这一整体社会背景中，西方文学理论将批评视角迅速转到文化批评和民族国家文化政治，继而转到国际文化政治中，同时促成了传统文学理论和本科比较诗学向文化批评、跨学科比较诗学的转型，综合性批评理论得以生成。

批评理论奠基于文化批评。文化唯物主义认为，文化和文学等各种文化形式都具有物质和社会属性，同时具有社会意义。这种观点颠覆了精英文学观和文学中心主义，使通俗文化进入文学批评，而广泛的文化形式作为具有指意性的文本符号，也以广义符号学的形式进入文化批评视野。解构主义哲学思潮推动了文化批评的多元化，随着解构主义将形而上学同一性消解为多元差异性，身处后殖民主义时代的文学理论等传统人文社会科学的内容和形式发生了巨变，将批评视角转向边缘、少数、性别、身份、族群等广泛的跨学科跨文化领域。而偏向对文学、文化、哲学、美学、历史、政治、社会学、人类学、影视、建筑等多学科理论观点的互文互用，却并不在意某个观点成为核心，这成为人文社会科学批评的约定共识，综合性批评理论遂最终被命名。

批评理论在价值论上体现为对资本主义进步现代性进行反思和救赎的文化哲学的重构，拒绝各自以本质主义的真实面目出现的普遍性或差异性，坚持建构主义的多元有限普适性，实现了学科理念的非本质主义哲学转型。批评理论的转型所标识的学科反思和重置，隐含了对韦伯为现代学术建立科学与价值分立原则的扬弃，现代学术因价值无涉而摆脱了实体政治相关并保证了对社会进步的持续推动，批评理论又将该分立原则返回了批评与文化政治相关，而对后政治施加了强力意见影响和意见介入，实现了学术合法性理念的文化政治转向。

西方批评理论的文化政治学转向深化了文化批评的内涵，扩大了文化批评的范围，提升了文化批评的质量，使文学批评向文化批评的转化因文化、政治的民主意见诉求而浴火重生，形成不再局限于文学意见本身的文化政治观念，形成面对社会现实的理论力量。新时期中国文论一直深受西方文论影响，几乎是西方文论批评模式的翻版，不可能注意不到西方文论的这一重大转向，然而却一直未能在内容和形式上形成明显的整体上的中国批评理论。当然，这跟中国文化一直从属于实体政治，未正式获得价值分立的政治地位相关。中国政治从未改变过自己的精英政治角色。在新的历史时期，大众民主政治的培育明显滞后于新威权主义的精英政治变革。大众文化批评因此只属于较低层次的通俗文化批评，从未上升为文化政治学。在现阶段，把大众文化批评提升为文化批评进而提炼为文化政治学，对于当代实体政治改革暨民主制度建设以及文学理论和文学实践批评，具有双向互动的社会进步意义。精英政治给予大众文化以价值中立机缘，大众文化给予精英政治以民主推进。文化不再是精英政治的工具，文化及文学、审美、文学翻译等本身就是政治，文化政治遂成为民主政治诉求的大众文化渠道和舞台。

由文化政治学催生的批评理论给比较研究带来了学科理念的整体变革，比较文学学科在其带动下，亦发生了具体学科要素的若干转向。本文概括了西方比较文学的当代发展历程，反思中国比较文学的当代学术问题，提出比较文学理念的五大转向：①从文学性到符号性；②从跨文化到跨学科；③从关注历史（知识）到关注现实（理论）；④从（民族）差异性到普适（综合）性；⑤从学科分立到学科合并。并通过这些转向中展示比较文学向批评理论生成的学理和路径。

二、比较文学理念的转向

（一）从文学性到符号性

比较文学的发展史表明，比较文学的第一阶段以文学性为中心，比较文学仅仅是文学史的附庸，使其他民族的美学沦为西方美学的例证。比较文学的第二阶段克服了西方中心论的束缚，以跨文化、跨文明为中心，以中国和印度等少数边缘族裔的比较文学和文学理论实践为范例，将民族文学、美学的差异性作为比较文学研究的目标。而比较文学的第三阶段则摆脱了对文学性和民族性的专注，以广义符号和跨学科为中心，将具有文学性内涵的广义文化符号置于多学科的考量范围，使单纯文学文本的文学性转化为广义符号的文学性，使比较文学拥有了新的指称——批评理论。

近几十年，欧美批评理论进入所谓后现代批评时期，形成了北美批评理论的国际政治批评转向，以马克思主义批评和后殖民批评为主潮，其中包含多种批评主体和理论视角，以作为多元普遍性出现的差异化批评制衡以全球化为标榜的帝国主义文化形式。马克思主义意识形态批评的泰斗詹姆逊、北美新生代批评家哈特在2000年后，已将其所擅长的文学批评的文化哲学视角，完全、彻底、坚决地转到围绕政治运行的主体性、权力等传统政治学和国际政治学要素中。哈特在远离文学活动的外围，通过《帝国》和《诸众》两部著作，建立了文学政治学的概念体系。他认为现代政治学概念，如主权、民族国家、人民等，已经失去了分析的价值，必须创造诸众、帝国等新的概念与后现代文化变化串联，力图用概念的变化贯穿对当代生产、市场和主权形式的反思和比较。由此来看，文学批评已经渗入到一般国际关系学、国际政治学领域，给近10年来沉浸在边缘、少数、差异等细枝末节之下而潮涌不再的以后殖民批评为表征的后现代批评增加了新的维度和动力。这种比较研究远超过以通俗文化为对象的传统文化批评的跨学科领域，从通俗文化批评出发，穿越精英文学地盘，达至惯常由职业外交家和政治家专断的国家和国际事务领域，充分展示了西方知识分子左派的后政治理念，显示出文化批评和跨文化批评的政治维度和意识形态维度，并且为主权国家尤其是第三世界国家提供了一种对抗帝国主义和反全球化的文化、政治和话语策略，大有将帝国与第三世界国家纳入同一个战略考量大局之势。

21世纪头10年，后殖民话语有所减弱，文化政治的左派话语方兴未艾，形成了民间对民族政治和国际政治的解构力量甚至主导力量。他们前有贝尔、萨伊德、亨廷顿、沃勒斯坦、詹姆逊，后有德里克、罗宾斯、森格哈斯、哈特，这些人的理论知识是对文学研究回归古典、回归文本的保守倾向一记响亮的应对。欧美批评理论因此进入所谓后理论时期，形成了北美批评理论的国际政治批评转向，用差异性批评且制衡了标榜全球化的帝国主义文化形式。詹姆逊、哈特等北美新老批评家用广泛的、整体的政治维度和意识形态维度填补了后殖民批评的边缘和琐碎，这种产生于文学批评又远远超出文学批评的比较研究，给深化国际比较文学研究方法和转换研究风气，提供了必要的知识学参照和批评实践动力。

（二）从跨文化到跨学科

在以经济、金融、贸易、交通、信息、产品、文化等为表征的全球化语境中，跨文化已成为现代民族国家不可回避的必然语境。前现代民族国家相对孤立的文化状态向现代民族国家的开放文化状态转向，因此跨文化从前现代民族国家的特异状态转化为现代民族国家的普遍状态。比较研究已经渗透到民族国家话语的方方面面，同样成为非比较研究学科的普遍性话语，跨文化已经失去了作为文化特异状态的指义特权，因此需要寻找其他特异性话语来指代现阶段的比较研究。这样，跨学科的比较文学就与近几十年牵涉多学科的符号批评合流了，摆脱了文学性束缚的比较文学，在多学科的语境中，特别在殖民和后殖民、现代性和后现代问题中，显示出其广泛、丰富的人类符号及其指义的现实性、批判性和针对性。

（三）从关注历史（知识）到关注现实（理论）

以符号性和跨学科为标识的批评理论，其话题、话语的广泛指涉性和针对性，使每一个论题都构成了事实与推论之间的明确逻辑指向，从而具有了鲜明的问题意识和理论结论。因此，把它称为具有批评性质的理论大概意由此出。由此来看，在文化批评语境中固守文学性的比较文学立论，不仅未能发现比较文学的潜在特性，还压制了比较文学的潜在生长。固守文学性的比较文学成为孤立的单纯学科，信守综合性的比较文学成为开放的综合学科。当然这一比较文学的发展路径更多地来自作为现实推动的科际发展，而来自知识推动的科内发展则慢了半拍，因此，现阶段比较文学的任务就是在科内实现知识学的批评理论转换，从而从科际推动转到科内推动上来。冷战结束后，短暂的和平假象促成了全球化话语的狂热；然而进入21世纪，全球化展示的不是人类和平发展的曙光，而是日趋激烈的民族激成。这种种文化政治现实对全球化话语的颠覆完全可以通过现实驱动导致知识驱动，即知识必须随时保持自我批判和自我更新的姿态，才能应付和应对知识对现实的解释和预判的压力。

中国近20年的文学生态和发展现状深为文学批评家诟病，然而，文学批评家很少从自身寻找原因。与其指摘作为文学批评指南的文学理论须对中国文学败落的现状负责，不如让比较文学为中国文学现状负责更为确切，因为比较文学中应有的面对当下的主流纠偏功能，却被更多的关注历史的自言自语消弭了精力。当然，中国当代文学理论和比较文学理论对中国当代文学的失职或失语，也把关于批评理论对中国当代文学的适用性的讨论提上了议事日程。在国际全球化体系的不平衡格局中，在国内文学批评的多元取向中，中国比较文学应该发挥主流纠偏的功能。在中国20世纪90年代的全球化热潮中，比较文学不仅没有变成反思的工具，反而充满了过于单纯的局限本科的文化学观念，对21世纪初愈演愈烈的国际文化和政治争端完全丧失预判功能。文学文化学上接哲学、意识形态，下接大众文化，要想发挥对世界知识体系和社会进步有所助力的功能，如果只是将其研究过度细节化、案例化，则将丧失普遍性指向。

自20世纪90年代以来的20年，中国比较文学、比较诗学、一般文艺学先后衍生了回到传统、固守文学性、失语症、古代文论的现代转换、全球化、消费主义、非本质主义、国学与新儒学等一系列话语热点，虽热点不断，却不能形成中国批评的有效、持久和普遍话语，这显然与其缺乏理论性原创性和现实针对性不无关系。21世纪国内、国际的文化、政治生态充分说明了批评理论不仅需要坚守民族守成的基本立场，更要从民族文化、民族国家政治、国际关系等多方面现实理论出发，摆脱狭隘的民族主义，摆脱孤立的文学性，摆脱论理的区域局限性，适应多民族普遍适用的批判功能需要，其批评实践才能因此而具有范例性和典型性。

（四）从（民族）差异性到普适（综合）性

西方学术向来追求普适性的理论解释能力，并不刻意提出什么民族/特色的、局部/区域的有限理论。当然，民族/特色理论的强调，更多地出于民族复兴时期文化守成的文化保守主义和文化政治策略。对于一个伟大的民族来说，只有适度建立具有普遍适应性的理论，才能够释放其民族精神的担当。以此来看，中国近20年的比较文学相关学术话题，热点不断，但几乎全部存在着民族主义局限性的危险，虽各领风骚数年，却因无法形成批评的有效、持久和普遍话语而难以为继。

以"古代文论的现代转换"为例。由于古代文类的现代语言和文学实践的基础的丧失，古代文论已经失去了对现代文类的基本解释根基；然而古代文论对现代文类的解释根基的丧失的过程，正是现代文论基于现代文类的解释结构建立的过程，因此，现代文论既不存在事实上的失语问题，也不存在古代文论的现代转换缺失问题。关于古代文论能否实现其现代性转换的问答已经内涵于现代文论的建立过程中，通过这个话题，暴露的是现代文学理论面临传统文化的现代性缺陷造成的传统文化断裂，以及古代汉语语境文论与现代汉语语境文论各自丧失了基础文类传承的文学生态、文化生态和知识生态，从而把当代批评建基于文化批评的基础上。2000年后，南帆、王一川、陶东风的三部新文学概论著作力图融古代文论与现代文论为一体的，也可以看作是这一现代性转换的尝试性成果。

比较诗学在中国兴盛了不过二三十年，证明的却是中国现代汉语文论建构的不适应性结果。作为中国现代汉语文论的语境要素的马克思主义文论、西方文论、古代汉语文论，已经成为把这三种差异性文论捏合为一体而作为文学基本原理的必要构成要素和强迫性目标，尽管在这三者差异性文论之间尚存在着理论和实践上的事实性解释鸿沟。显然，三种差异性文论之间的捏合也体现出步入普世性文论理路上的不可通约，暴露的更是民族特色文论作为全球化学术的不适应性，而这与中国的大国之路和大国地位是极为不相称的。因此，中国现代汉语文论体系理应建立各种差异性文论话语之间的普遍联系性和普遍适应性，而不是固守民族文论差异性，尽管发现和适度留存民族文论的差异性也是处于民族复兴期的现代民族文论的文化政治使命。

（五）从学科分立到学科合并

比较文学作为一个学科建立起来的100多年，对于其学科合法性的争议从来就没有断过。这种争议也促使比较文学不断反思自己的研究实践，梳理其与时代学术思潮的关联。学科建立伊始，比较文学是文学史学的一个分支，为文学史提供特定时代的文学背景资料，具有实证主义的材料归纳特性，是文学史的从属学科。比较文学在与文学史分道扬镳后，又作为总体文学的替身出现，从文学材料出发，验证文学的总体概念和规律，是总体文学暨文学理论的材料支撑学科。最近30年，随着文学批评面向多民族、多学科、多观念、多群体而出现，比较文学又转向与总体文学相反的方向，文学材料与局部理论相结合而被置于研究的前台，总体文学被置于研究的后台，或者欲以局部理论取代总体理论，体现出差异性内质和后殖民外形的研究风潮。欧美当代文学理论的历史性和多样性的存在，使之既解构着传统总体文学理论，也与比较文学关于文学材料的广泛性相遇，试图建构作为总体的对抗的少数、边缘的差异性话语，这一现象被归纳为批评理论。批评理论的滥觞，大有将总体文学暨文学理论置之脑后之势，又有取代比较文学之势。从学科制度上看，批评理论更多地出现，文学理论更多地隐退，比较文学更多地存在于建制本身。从学科事实来看，作为理论背景的材料的重要性开始让位于理论本身，特别是较为狭隘的文学材料开始让位于具有无限寓意的作为多种人文社科学科对象的符号。

三、比较文学向批评理论的创生

从知识学的视角来看，比较文学的旺盛期往往是多样性知识的萌发期，因为多样性的知识要建立彼此之间的联系，这也是知识学习的基本原理。多样性知识的异同比较，是出于知识学习本能而非知识的自觉，代表着人类知识幼稚期的实证论的阶段，比较作为手段，知识作为目的。因而这个时期的比较文学，更多的只是代表了知识启蒙的学习心理，而非学科自觉；而仅仅作为手段而非目的的命名，当然缺乏作为一个独立学科的合法性。当多样性的知识脱离表面的联系，进入实在论的境界，即一种知识已经可以取代其他知识成为推理的源头，这些多样性理论的竞争性参与，标志着知识创造已经摆脱了知识启蒙，从归纳来到了演绎，从外在类比到内在分析，从幼稚期来到了成熟期。这时，知识作为手段，差异性真理而不是绝对理念作为演绎的逻辑起点，作为方法的比较手段与作为学科的比较文学一起开始隐退了。这反倒证明了比较文学具有当作人类知识启蒙期的知识样式的学科特性，这也更符合比较研究特质，当然也符合了人类知识成熟期的知识样式，其学科特性的批评理论就自然应时出现了。比较不再是手段，而成为目的和知识本身。

从当前欧美大学的相关学科制度及研究现象来看，比较文学更多地显示为各个大学科的内在比较研究取向，而将各个大学科的比较研究取向分别取来，构成一个综合性的比较文学学科，在学科性质上表现出将各个大学科的比较研究合一的取向。因而，比较文学越来越丧失其自身的性质，或者以其他大学科的比较研究特性作为自己的学科特性，或者以关于文学的比较研究特性代替其他所有学科的研究特性。这样，仅仅以比较文学，而不是以比较哲学、比较美学、比较宗教学、比较文化学等各个学科的比较维度来给予命名，就显示出其命名与事实的明显不一致。这也是比较研究愈来愈以另外的名称来自觉地与比较文学区别开来的内在原因。

在比较研究已经摆脱了知识启蒙，而试图关注知识自觉的时候，比较文学开始不适合作为人文学科的比较研究的唯一名号。而批评理论却愈来愈显示出其符合了理论在先、批评在前、基础材料在后三项批评理论学科的必要条件。它可以不以讨论文学为主，但以人类存在于多个领域的符号为主，仅以比较文学来称呼，显然抹杀了其外在特征的广泛包容性；但仅就人类多样性符号也同时具有的隐喻性而言，它也体现了文学的本质特性。在这个意义上，比较文学与批评理论成为可以互文、互代、互证的两大学科称呼，所以，在学科命名上，西方大学建制仍然保持比较文学系的名称，而在学术研究上，则以批评理论代而言之。比如以美国知识分子为主的英文系，已经不再受制于狭隘文本的审美分析，而是注重文本的背景要素——作为集体表述的文化取向和文化政治现实的跨学科研究，表现为右翼文化保守主义知识分子和左翼文化国际主义知识分子话语，二者均体现了20世纪60年代以来，西方及东方的文学批评学者强力介入全球化现实的知识左派动向。

分类以区别为标志。人类学由于其本然的跨文化研究模式又被称为比较人类学，然而，这并没有使比较人类学成为人类学下的二级学科。比较政治学是政治学的研究分支，但这并没有使其成为政治学下的二级学科。如果其他人文学科的比较研究分支没有采取相对独立的学科制度，那么比较文学为什么可以成为一独立学科分支？因为其综合性。比较文学已经不适合作为"集万千宠爱于一身"的一个文学学科，或者说文学学科没有必要比其他人文学科多的理由多成立一门比较学科。比较文学虚妄地将其他人文学科的比较研究笼之一身的做法，也没有实质的合法性。而比较研究特性的确存在，也使得比较研究成为每个人文社会学科的理性取向。这种学科的走向或转向，都是人类知识的特性和知识进步的显现。批评理论本身不局限于综合性的命名，反倒显示出其外延的一致性和内涵的合法性。批评理论作为一个学科命名可以松散地指代各个相关学科的比较研究分支。批评理论以话题划分了比较研究的学科归属，但却正好证明了那种以偏概全的大一统的比较文学学科建制已经没有必要。简单地说，比较文学作为一个学科命名的消解已经成为必然。当然，在各个二级学科中，也有必要存在比较研究分支，比较文学研究成品还要回归其各自的材料来源，比较文学从业人员还要回归其各自的二级学科，这才是比较文学的本位。

比较文学是综合学科，涉及文学、美学、文化学等多个人文社会科学学科，没有固定学理逻辑的必然要求，仅仅要求与外国文学联姻，或更多地与外国文学联姻。因此，比较文学与哪个学科合并还是分开的问题，实际上真实反映出对现代人文社会科学学理的知识学认知问题。对于比较文学的学科建制问题，大致有三个观点：一是学科取消论，让比较文学松散地回到各个二级学科，成为各个二级学科的比较研究方向之一，充分照顾到相关一级学科的比较研究旨趣，也同时解放了相关国别文学的元典研究本性；二是归类于文艺学，成为比较批评方向，充分照顾到了比较文学的理论性、批评性和综合性；三是独立建制一级学科，问题是比较文学不能垄断比较研究的名号，还应考虑到其他一级学科的名号，或者以比较或者以批评称名，使其真正成为现代人文社会科学的比较研究和批评理论的共同体。换言之，与其把比较文学称之为一个学科，不如把比较研究当成一个人文社会学科之间共享的意趣共同体。学术实践的特性，在于不受外在行政体制的压制，而受内在学术理路的引导，并依次落实到学术体制中。当今欧美大学大量的跨学科学院的事实性存在，就是这种学术理路的自我管理结果。

近年来，中国文学理论和比较研究界鼎力推介批评理论。批评理论大致内涵各占人文社会学科分支的1/3，首先是传统文学理论和狭义比较诗学，然后是文学、影视等文化研究，再后是文化哲学、文化政治学等广义比较诗学。享有这种广泛综合性的批评理论，显然构成了与比较文学二而合一的知识新局。与其用危机论、取消论来喻指比较文学发展中产生的各种困境和困惑，不如将批评理论当成比较文学的自然生成，伴随着从资本主义现代性体系推演到帝国主义全球化格局再到后现代世界体系重建的现代世界历史全程，二者既相与同谋，又相与创生。作为已有30年积累的中国当代比较文学，应该能在比较文学向批评理论生成或曰批评理论从比较文学创生的理路上有所贡献。

参考文献：

[1] ZHANG X D. Postsocialism and cultural politics：China in the last decade of the twentieth century [M]. North Carolina：Duck University Press, 2008.

[2] WILLIAMS R. Culture and society：1780 – 1950 [M]. Columbia：Columbia University Press, 1958.

[3] HARDT M, NEGRI A. Multitude：war and democracy in the age of empire [M]. UK：Penguin Group, 2004.

[4] HARDT M, NEGRI A. Empire [M]. United States：Harvard University Press, 2000.

[5] 詹姆逊. 晚期资本主义的文化逻辑 [M]. 北京：读书·生活·新知三联书店, 1997.

[6] 贝尔. 意识形态的终结 [M]. 张国清, 译. 南京：江苏人民出版社, 2001.

[7] 萨义德. 东方学 [M]. 王宇根, 译. 北京：生活·读书·新知三联书店, 1999.

[8] 亨廷顿. 文明的冲突和世界秩序的重建 [M]. 北京: 新华出版社, 1998.

[9] 沃勒斯坦. 知识的不确定性 [M]. 王昺, 等译. 济南: 山东大学出版社, 2006.

[10] 德里克. 跨国资本时代的后殖民批评 [M]. 王宇, 译. 北京: 北京大学出版社, 2004.

[11] 罗宾斯. 全球化中的知识左派 [M]. 徐晓雯, 译. 北京: 中国社会科学出版社, 2000.

[12] 森格哈斯. 文明内部的冲突与世界秩序 [M]. 张文斌, 等译. 北京: 新华出版社, 2004.

[13] 南帆等. 文学理论 [M]. 北京: 北京大学出版社, 2008.

[14] 王一川. 文学理论 [M]. 成都: 四川人民出版社, 2003.

[15] 陶东风. 文学理论基本问题 [M]. 北京: 北京大学出版社, 2004.

西方后现代"作者问题"的困境与反思[①]

蔡志全

摘　要：20世纪以来，西方哲学发生了语言学转向。受此影响，从新批评到结构主义再到解构主义的文学理论，"作者"的权威不断受到挑战，其主体性地位不断被边缘化，甚至面临"死亡"窘境。现有的"作者问题"研究主要停留在文本阐释层面，囿于作者与文本的关系。本文回到西方文明的源头，分析希伯来传统与希腊传统对语言功能与真理关系的认知模式，反思后现代西方"作者问题"困境的实质。

关键词：作者问题；困境；反思；希伯来；希腊

引言

在中西方文学史上，"作者问题"可谓文学创作与研究的核心问题。"在人类文明史上，作家一向握有特殊的文化权柄。"[②]"文学理论的相关研究在很大程度上都是以'作者'这个轴心而具体展开的，我们理解作者的方式不仅决定了我们构想、写作、阅读、评判文学作品的方式，同时也决定了我们构建、理解文学理论的方式。"[③]"对作者作为文本来源和中心观念的挑战……在当代批评和美学理论中一直占据着决定性的地位。"[④]"一切新的文学理论都是对传统作者权利的争夺和作者理论的变体。"[⑤] 有鉴于此，"每一个批评家都把作者问题视为批评实践中需要解释并且的确需要争论的理论话题：因为无论是批评问题，还是阅读问题，最终都可归

[①] 原载于《外国语文研究》2022年第1期。
[②] 杨玲：《权力、资本和集群：当代文化场中的明星作家——以郭敬明和最世作者群为例》，载《文化研究》2012年第12期，第6页。
[③] 张永清：《历史进程中的作者（上）——西方作者理论的四种主导范式》，载《学术月刊》2015年第11期，第104页。
[④] John Caughie. *Theories of Authorship: A Reader*. London: Routledge and Kegan Paul, 1981, p. 1.
[⑤] 刁克利：《作者》，外语教学与研究出版社2019年版，第10页。

结为作者问题"①。不过，在中西方文学/文论的历史上，"作者"时常受到批判甚至"拷问"，"作者"饱有理论热情的同时也面临理论困境，或者说"作者问题"一直是文学界"时代的格言，是表现时代自己内心状态的最实际的呼声"②。在现代西方"语言学转向"的语境下，"文本中心论"挑战了传统的"作者中心论"，"作者"的处境愈发艰难，面临不断被边缘化的窘境，甚至有人宣称"作者已死"，继而引发了"古典作者中心论彻底覆灭"③。可见，西方现代以降"作者问题"的成因有待分析梳理，"作者问题"的本质有待反思阐释。

一、"作者"的界定与内涵

古希腊时期是西方"作者问题"的滥觞，"许多现代作者范畴内的基本区别和范式都是在古希腊出现的，用这种方式或许可以引发我们对作者观念的不同思考"④。不过，张永清指出，"由于在古希腊时期的理论术语中没有现代意义的'作者'而只有'诗人'这个概念，因而今日关注的作者理论其实就是有关诗人的理论"⑤。张永清进一步分析指出，诗人问题是古希腊时期诗学理论的核心问题，何谓诗人与何谓诗，这两个问题实乃殊途同归。此时的诗意指技艺与预言两种活动，具有技艺（poiěsis）与缪斯（mousikě）双重内涵，与之相应，诗人也有两个内涵：其一，诗人即从事某种特殊制作活动的制作者；其二，诗人即传说中的"信使"赫尔墨斯。诗人因而被构建成为两种迥异形象，被赋予了两种截然不同的"身份"：一个是自身"内在"拥有某种技能的制作者，一个则是自身被某种"外在"神力所左右的代言者或预言者。在文学历史进程中，"制作者"与"预言者"这两种原初作者形象经历了不同的转换与变形，对后世作者理论的发展产生了极为深远的影响。

本尼特、皮斯等学者通过考证指出：现代英文词 author 源于中世纪的 auctor（创制者），意为文字令人尊崇的作者。auctor（作者）这个术语在中世纪被认为与拉丁动词 agere（表演）、augere（发展）、auieo（关联）及希腊名词 autentim（权威）相关，被赋予"可信赖"或者"有权威"之义；换言之，auctor 本身有四个

---

① ［英］安德鲁·本尼特：《作者理论和文学问题》，汪正龙译，载《文艺理论研究》2010年第1期，第54页。
② ［德］马克思、恩格斯：《马克思恩格斯全集（第一卷）》，人民出版社2004年版，第203页。
③ 刁克利：《作者》，外语教学与研究出版社2019年版，第87页。
④ Andrew Bennett. *The Author*. London and New York：Routledge, 2005, pp. 31 – 32.
⑤ 张永清：《历史进程中的作者（上）——西方作者理论的四种主导范式》，载《学术月刊》2015年第11期，第103页。

词源，其中三个是拉丁语动词，分别为 agere（行动、表演）、auieo（联系、束缚）及 augere（增加、生长），还有一个词源是希腊语名词 autentim（权威）。现代"作者"（author）一词由中世纪的 auctor 发展而来，意指"图书制作者"，它在此基础上还可细分为抄写员、辑者、评论者和作家四大类，其中只有最后一类与现代的"作者"观念相关。①

综上所述，auctor（创制者）是尘世的权威，他们制定了中世纪各个门类知识的规则和原理，并为整个中世纪的道德、政治权威等提供了许可。随着美洲新大陆的"发现"、文艺复兴运动及欧洲封建制度的解体，作者功能也发生了根本性的变化。"创制者"开始转变为凌驾于整个文化领域之上的"天才"。他们从政治生活中解放出来，成为完全自律的"文学界"（the Republic of Letters）② 的主宰。随着作者从"创制者"到"天才"的转变，作者功能也"从生产一种替代性的政治秩序转变为生产政治世界之外的文化替代物"③。受到这种天才观念的影响，英国诗人珀西·雪莱（Percey Shelley）曾骄傲地宣称"诗人是世上未被承认的立法者"④。米勒指出，诗人之所以是立法者，因为他们拥有神灵赐予的塑造社会的力量，因为他们是神旨传送的渠道或媒介。一种新的塑造社会的力量，来自神源，途经诗人，然后散播开来改变世界。⑤

二、从边缘走向"死亡"的现代"作者"

从某种意义上讲，现代批评理论的一个重要任务或内容，就是向古典"作者"发难，或者说重新厘定"作者"与文本的内涵及关系。20 世纪以来，重新审视作者形象与名字、作家在文本内外及经验世界的功能，引发了关于文学作品中权力席位的广泛讨论，也相应地丰富了关于解释与意义的阐释学辩论。

美国新批评率先向作者中心论的传记式文学批评研究发难。法国诗人斯特芳·

---

① 参阅 Donald E. Pease. *Author*. In Frank Lentricchia, Thomas McLaughlin. *Critical Terms for Literary Study*. Chicago：University of Chicago Press，1995，pp. 105 – 120；Andrew Bennett. *The Author*. London and New York：Routledge，2005，pp. 38 – 39；张永清：《历史进程中的作者（上）：西方作者理论的四种主导范式》，载《学术月刊》2015 年第 11 期，第 106 页。

② "the Republic of Letters" 指文艺复兴到启蒙运动时期，欧洲文人之间通过书信、出版物在大学、博物馆所建立起来的社交圈。"republic" 这个名称除了跟希腊古典知识分子的理想有关以外，同时也是文艺复兴之后知识分子心中的一个社群，在这个社群中，无论是政治、社会或是艺术，各人都能自由表达不同意见。

③ Donald E. Pease. *Author*. In Frank Lentricchia, Thomas McLaughlin. *Critical Terms for Literary Study*. Chicago：University of Chicago Press，1995，pp. 105 – 120.

④ Percy Bysshe Shelly. *A defence of Poetry*. New York：The Bobbs-Merrill Company，1820.

⑤ J. Hillis Miller. *On Literature*. New York：Routledge，2002，p. 88.

马拉美（Stephane Mallarmé）与保罗·瓦雷里（Paul Valéry）预言了新批评的到来，他们提出诗歌的自治论，承认与托马斯·斯特尔那斯·艾略特（Thomas Stearns Eliot）批评理论与实践的父子关系。艾略特认为，艺术家越熟练，则创作之人与创作心灵的分离就越彻底。诗人剪断了与个人历史的联系，成为诗歌传统与语言的一部分，诗人只是一种特殊媒介，并无个性要表现。① 新批评把历史作者及其他一切外部因素弃之不顾，转而将其批评视线集中于"书页上的文字"（the words on the page），或他们所宣称的文本所固有的内部结构与关系。诗是一种语言的创造物，因此属于公众、语言群体，诗人（作者）并不是诗的专享解释者、创造者。根据文本的功用，将作品的某种意图归因于作者，由此"意图谬误"（intentional fallacy）继承而来。在新批评学派看来，这种浪漫主义作者观业已式微，应该让位于书面文本的自治观。作者不再是解释意义的权威，如果文本中没有体现，其意图或解释就毫无关联。文学研究与批评不能依靠"询问神谕"，唯有通过文本细读这一途。② 就意义问题而言，文本抢占了王位，具有无上权威。不过，值得注意的是，新批评仍然承认必须有一个统一的声音、一个权威来源，不再将其存在归于任何外部呈现，而是书页上的文字本身。"人物角色"（persona），或韦恩·布斯（Wayne Booth）所谓的"隐含作者"（implied author），提出一种权威的"第二自我"（second self），或是一个作者形象，不过它并非文本的创造者，这是新批评的独特创造。该"人物角色"居于真实作者与叙述者之间，不过在本体论上，"人物角色"与二者是分离的。与历史作者相反，"人物角色"是一个虚构的产物，尽管他/她与众多叙述者或虚构人物并不在同一层面。在这些限制之下，在其与真实的及虚构的相似角色认同或者区分时，"人物角色"享有相当大的自由。

新批评之后的理论一方面承认"人物角色"在处理文本中的实用性，另一方面也指出了这一概念引发的几个问题。首先，"人物角色"与"隐含作者"等表达方式因其过于私人化的内涵而令人误解。沃尔夫冈·凯泽（Wolfgang Kayser）指出，叙述文本的生产者不能被任何个人同化；事实上，人类并不具有他/她所具备的特点。其次，"人物角色"这一概念指向后来被认为是典型的新批评谬误：建立一个体现在文本中的统一幻象的愿望。它并不允许在同一文本中出现几种不同的甚至对立的声音。最后，"人物角色"难道不是一个从文本之外强加的角色、某种特例阅读的产物，因而并没有蕴含在文本之中？

---

① Thomas Stearns Eliot. "Tradition and the Individual Talent". *Perspecta*, 1982 (19), pp. 18 – 20.
② W. k. Wimsatt, Munroe Beardsley. *The Intentional Fallacy*. Kentucky：Universtiy of Kentucky Press, 1954, p. 18.

尽管结构主义与新批评的研究路径不同，不过就作者的角色而言，二者却得出了相似的结论。事实上，20世纪60年代在法国兴起的结构主义与新批评并无关联，不同于安格鲁－撒克逊（尤其是美国）同行，欧陆批评者更为固执地忠实于传记—历史的方法。结构主义认为，文学是一种受语言规则与结构支配的语言建构，与非语言现实中的任何元素都没有直接的对应关系。文学的源头在语言之中，因为言说或写作主体自身也在语言之中，也是语言建构的产物。罗兰·巴特（Roland Barthes）认为，语言是自治的，不需要媒介就能发挥作用，"最近，语言学以一种珍贵的分析工具解构了作者，指出整个阐释是一个空洞的过程，不需要加入任何言说者就可以完美地发挥作用"[①]。马丁·海德格尔（Martin Heidegger）所谓的"语言言说者"（die sprache spricht）或可视为独立宣言：当文本自己从其作者之源中解放时，意义就被视为蕴藏于语言之中而不能从外界施加。传统批评中的"作品"（work）被"文本"（text）取代，文本被描述为"组织"（tissue）或"网络"（network），语言在其结构搭配的多样性中嬉戏。"作品陷入了父子关系寻觅过程中……就文本而言，不需要父辈的题词便可阅读。"文学文本通过与话语交流功能的分离而体现语言的自治。书写很可能是一个无宾语的不及物动词；它也可以不需要主语，书写或文本性因言说声音的不在场而获得自由。

就言说（speech）与书写（writing）的地位与关系而言，结构主义认为言说为语言的真正表现，书写只不过是该表现模式的衍生物。雅克·德里达（Jacques Derrida）在著作中颠倒了言说与书写的关系，赋予书写特权，最终触发了作者理论的后结构主义转向。受到后结构主义理论启发的批评实践极大地边缘化甚至消解了作者，这在理论上与实践上都是新批评无法企及的。作者不再被一个人物形象、一位隐含作者或不同类型的叙述者所取代，他/她隐退到台后、彻底不在场，隐退的不只是写作文本的历史人物，还包括任何言说主体或文本中可辨识的人类声音。当代书写中的词语与本源已毫无关联。塞缪尔·贝克特（Samuel Beckett）在小说《无名氏》中明确表达了对叙述来源漠不关心的现代原则："谁在言说有何区别，有人说，有何区别？"

继海德格尔与巴特之后，大多数批评家把语言抬上了权威的交椅，以此来解决意义与本源问题。在文学背景下，语言意味着更多的文本，而且文本不过是一个"引语组织"（tissue of quotations），换言之，它是一种书写或互文性的、永无无止境的回归。整个文学文本库都参与了每个文本的生产，因此不存在本源问题。如果

---

① Roland Barthes. *The Death of the Author*, in Stephen Heath. *Image-Music-Text*. London: Fontana Paperbacks, 1977, p. 145.

非要设想出一个概念"作者"的话，或许也只能是类似豪尔赫·博尔赫斯（Jorge L. Borges）所描绘的"作者"："一切作品都是一位作者创作的，该作者是永恒的，无名的。"文本只不过是其他文本的产物，正如哈罗德·布鲁姆（Harold Bloom）所言，我们在辨识文本时，与其说根据文本独有的特色，不如说根据它与母文本、或"强势前辈"（strong precursor）建立的某种特殊关系。

互文性及无限回归的观点是解构主义的关键概念。不过这并非解构主义的创新发明，早在1939年，解构主义的先锋教义就已形成，并且已经被拙劣模仿："现代小说应该主要是一种引用作品。大多数作家的时间都花在其言说之前已被言说过的内容上了——通常说得更好。已有作品数量巨大，可供参考，会使读者瞬间便可了解每个人物的本质，避免令人厌倦的解说，卓有成效地把江湖郎中、暴发户、骗子，还有教育程度不高的人从当代文学理解中排除。"①

结构主义及解构主义都倾向于赋予特权给语言与互文性，不过读者反映理论或接受美学却有完全不同的立场。他们认为语言本身在文本展示中仅仅是书页上一系列的标记，意义并非内在于其中，而是由阅读行为或文本的具体化生成的。接受美学十分强调读者在文本阅读活动中的积极作用。"随着浪漫主义的兴起形成了积极读者的构想：读者被看作是作者的继承者和续写者，成为交流的伙伴，读者自己也成为艺术家。②"读者自然而然地成了解读文本的权威候选人、继承人，他们从视觉标记中创造出具有意义的结构。然而，把文本意义的解读权交给读者似乎并不可行，读者③结果成了与作者同样难以捉摸的概念，成了文本创造的另一个虚构人物。每一个文本都规定了特定的读者类型，一个邀请真实读者识别的"人物形象"，也就是伊瑟尔（Wolfgang Iser）所谓的"隐含读者"（implied reader）。④

对于真实读者而言，他们仅仅是在阅读某文本的时刻才会扮演一个属于自己的角色。不过进入该角色的行动者并非一个空洞的躯壳，它也存在于语言中，事实上已包含了定义其为主体的众多互文本要素。接受美学理论的主要问题在于：存在意义解读权威吗？还是只有个体解读实践产生的阅读的多义性？斯坦利·费什（Stanley Fish）建议求助于一个"理想读者"（ideal reader），他具有每种文本或某

---

① Flan 6Brien. *At Swim-Two-Birds*. Great Britain：Penguin Books，1967，p. 25.
② 周启超：《文学学·文学地理学·文学文本分析学》，载《中国图书评论》2015年第9期，第112 - 117页。
③ 西方语言中的"读者"源于拉丁语 legere，该词主要有阅读、挑选、捡拾等基本含义。与"作者""文本"一样，"读者"也是一个历史悠久、历经语义变化、充满争议的文学概念，并不具有绝对的含义。（Peter Childs, Roger Fowler. *The Routledge Dictionary of Literary Terms*. London：Routledge，2006，pp. 196 - 198.）
④ Wolfgang Iser. *The Implied Reader*. Baltimore：The Johns Hopkins University Press，1974；*The Act of Reading*. London：Routledge and Kegan Paul，1978.

种特定文化遗产中所有文本所需的合适的互文性背景。不过费什随后放弃了这个概念，因为他承认这样的理想读者并不存在——或许他自己的个人概念中有这样一个，实际上这不过是他作为读者的自我的一种投射。在后来的研究论述中，他进一步尝试创造一个意义公分母，提出了"解释共同体的权威"（the authority of interpretive communities）①概念。不过，事实证明，"解释共同体"概念的提出，与其说解决了问题，倒不如说提出了更多问题。

如果说作者被新批评、结构主义所轻视，甚至被悬置，那么真正将"作者"推向"断头台"、宣告"作者之死"的，则是法国的解构主义大师罗兰·巴特（Roland Barthes）。他指出，传统的作者概念暗含"作者即为神"，其"原创地位"即为文本的所指或意义。按照这个逻辑，批评家如同牧师，其任务是"解释神的文字"。对巴特而言，作者概念是一种"暴政"，需要用一种半神学的方式去阅读和阐释，文本的唯一、稳定且可界定的意义被认为是获得了作者的认可，作者成了审判之神，作者几乎与上帝等同。巴特反对给文本附上作者，因为"给文本一位神一样的作者，就给文本施加了限制，赋予了最终所指，终结了书写。"②

巴特所批判的传统作者概念包含一种特殊的阅读策略，暗含文本源于特定作者，并因而被作者的主体性、精神、意识、意图以及生平所定义、限制。这样的作者，不仅"拥有"文本，而且拥有、担保、创造其意义与解释。作家具有神一样的权力，凌驾于文本意义之上，无处不在，无所不能。现代文本是一个多种非原创性写作混合与交锋的多维空间，不再是只有唯一来源、唯一解读的文献，而是由引自无数文化中心的引语组织，文本是过去引文的新组织，这样的文本性、互文的文本性模式消解了作者意识的核心掌控力。作者被一个去中心的语言系统取代。

三、后现代"作者"的困境与重生

巴特提出的"作者之死"触发了学界对"作者问题"的思辨。弗莱泽指出，当代文学学中的"反作者"倾向，源生于形式论学派的观念，该学派仅仅把作者看成是文本的生产者、"手法运用者"、有一定技能的工匠。托波洛夫认为，没有"作者形象"（不论这一形象被多么深深地隐藏），文本就会成为"彻头彻尾机械性的"，或是被降格为"偶然性的游戏"，而那种游戏在本质上同艺术是格格不入的。

---

① Stanley Fish. *Is There a Text in This Class? The Authority of Interpretive Communities*. Cambridge, Mass: Harvard University Press, 1980.

② Barthes Roland. *The Death of the Author*, in Seán Burke. *Authorship: From Plato to Postmodernism: A Reader*. Edinburgh: Edinburgh University Press, 1995, pp. 128–129.

巴特的学生，孔帕尼翁指出，巴特式的抛弃读者同作者对话的做法，实际上顺应了"教条的相对主义"，不认可作者意图（意象）的价值是造成"一系列荒谬"的源头，他建议"应当去超越'要么是文本要么是作者'这种错误的二者必居其一"。① 罗杰·富勒（Roger Fowler）提出重新构建历史人物与虚构创作之间的关联，"在某种程度上，作品必须具有作家的印记，并且如果可以获得的话，作家的生平或许可以阐明其作品。我们需要自治法则来提醒我们个人化批评的潜在愚蠢，不过如果据此而抛开了有益的传记信息则是愚蠢的"②。在论述实践中，作者依然发挥着重要作用，从未"隐退"或"死亡"，哪怕只是作为一个名字或被同化目标，作为读者创造的不同特色在文本中的投射。比如作家豪尔赫·博尔赫斯（Vorge Borges）是一个与同名历史人物完全分离的人，"我从邮件中了解博格斯，并且在教授名单或传记字典里见过他的名字"③。

1975 年，罗兰·巴特发表了碎片化的"自传"——《罗兰·巴特自述》④。这是一个非传统意义上的自传体文本。"他为自己的书定名为《罗兰·巴尔特谈罗兰·巴尔特》，这等于明确宣布了'人物＝作者'，而书的内容（尤其是正文前的多幅图片）更加确立了自传的性质。可是作者在书中宣称：所有这一切应被视为出自一个小说人物之口。"⑤ 因此，在这部作品中作者即评论者本人。"在这种跨范畴的写作实践中，不仅自传与小说之间的界限模糊了，散文与小说之间的界限亦是如此……写作变成了写作冲动和制约的记录（依此观点延伸看来，写作本身成了作家的主题）。"巴特本人的解释让这部作品变得更加"扑朔迷离"：

> 这是一本小说，而不是一本传记。其手法是不同的。它属于知识的戏说，说它是戏说有两点理由。一方面，许多片段涉及的是生活的这种小说表面，另一方面，这些片段中所扮演的，是一种想象，即小说的话语。我把自己当作一个小说人物来展现，但是从某种意义上说，这个人物没有名字，他也不会发生严格意义上的小说奇遇。

宣告"作者之死"的巴特在晚年扮演了传统意义上的文人角色，创作了一部

---

① ［俄］瓦·叶·哈利译夫：《文学学导论》，周启超等译，北京大学出版社2006年版，第85页。
② Roger Fowler. *A Dictionary of Modern Critical Terms*. London: Routledge and Kegan Paul, 1973, p. 16.
③ Jorge Luis Borges. *Labyrinths*. Great Britain: Penguin Books, 1970, p. 282.
④ 罗兰·巴特：《罗兰·巴特自述》，怀宇译，百花文艺出版社2006年版。另有学者译为《罗兰·巴尔特谈罗兰·巴尔特》。（英文本：Roland Barthes. *Roland Barthes by Roland Barthes*. London: Macmillan, 1977.）
⑤ 杨国政：《从自传到自撰》，载《世界文学》2014年第4期，第299页。

碎片化自传，昭示了现代作者问题的矛盾与困境。在谈到巴特后期的作品时，茨维坦·托多洛夫（Tzvetan Todorov）认为："他在作品中呈现的不再是一篇纯粹的话语而是表现一个人，他本人。"这部"自传"以片段的书写方式，形式上按片段题名的字母顺序进行排列，为读者组织了一部时间错位、事件凌乱、内在逻辑无序的"奇书"，凸显了作者问题显而易见的矛盾。他以第三人称写作，通过指出作者形象的文本本质证明这一行为的矛盾性。这部自传似乎要证明：即使作者被简化为小说中的一个人物功能，作者似乎依然作为某种在场、权威或力量来施加其影响。① 不在场的概念似乎不能吸纳这些见解，也不能将阅读行为从某种声音、意志抑或某种述说主体中解放出来。"作者的观念在思想、知识与文学的历史，以及哲学与科学的历史中包含一股强劲的个体化力量。"② 这似乎表明即使在巴特看来，"作者之死"根本无法真正实现，因为这样会"陷入了拒绝以真理为前提的普遍相对论"。因此，《罗兰·巴特自述》可以视为巴特对"作者之死"危险倾向的反思与改变，作者并未因"作者之死"的宣告而死去。

伴随女权运动而兴起的女性主义文学对"作者之死"不以为然。作者问题是女性文学批评的中心。"几乎可以毫不夸张地说，女性主义的斗争基本上就是为作者身份而进行的斗争"③，与"作者之死"的观点截然不同，女性主义着力发掘女性文学传统，揭示女性作者的身份特征和身份焦虑。她们从整理女性文学传统出发，建构女性作者身份，有力地反击作者之死。南希·米勒（Nancy Miller）认为，宣告"作者之死"的实质是对作者身份的压抑和禁止，因而也是对女性作者身份的压抑和禁止。刁克利指出，"作者之死不但对女性主义、对作者理论不起作用，反而激发其向相反的方向，即作者建构的方向义无反顾地挺进"④。

颇具反讽的是，以"作者之死"为代表的后结构主义/解构主义理论，表面上宣告了"作者已亡"，实际上却把"作者"推向文学研究与文学批评的风口浪尖。在这种语境下，"作者"反而更受关注，完成了一次从古典到现代的"涅槃"：根据与其他文本成分的关系，甚至诸如经验读者与作者等文本外的元素，各式各样的作者名字、声音及角色被重新检视，重新定义。帕特里夏·斯帕克斯（Patricia M. Spacks）认为，"作者通过一系列的巧妙办法在作品中呈现自我；作品中的作者

---

① 关于巴特对其看似矛盾的立场的论述，详见 Christopher Norris. *Deconstruction*. London and New York：Methuen, 1982, pp. 10 – 11.

② Michel Foucault. "What is an Author". *Partisan Review*, 1975, 42（4）: 604.

③ Seán Burke. *Authorship: From Plato to the Postmodern: A Reader*. Edinburgh: Edinburgh University Press, 1995, p. 145.

④ 刁克利：《作者》，外语教学与研究出版社 2019 年版，第 114 页。

实际上是一种欺骗"①。不过这种欺骗十分复杂，融合了多种批评概念与功能。斯帕克斯区分了"作为诗歌创作者的诗人"（the poet-as-creator-of-the-poem）与"作为诗中虚构性存在的作者"（the poet-as-imagined-presence-in-the-poem）两种作者形象，认为考虑到"真正的"诗人的不可知性，这两种形象都是虚构的。在《什么是作者》一文中，米歇尔·福柯（Michel Foucault）拓展了作者的概念范畴。作者或许已作古，不过其名字已获得新的功能形式，需要重新界定。如果"真实"作者无足轻重，那么应该给被称为作品的文本集何种地位？此外，难道"不在场"概念的确立不是为了替代作者的在场，不是一个为了隐藏尚未解决的作者问题而想出来的骗人把戏吗？格非认为，"对于某一个单独的文本而言，作者没有、也不会死亡。他也从来没有消失过。不管我们愿不愿意看到，事实上'他'一直在那儿，不管这个作者有无名姓，是一个还是无数个，当我们在面对一部作品时，这个文本背后的作者一直在试图影响我们，作者的幽灵时隐时现，不管文本采取何种叙事手段"②。郝桂莲认为，"作者对于作品的绝对拥有权和支配权是毋庸置疑的。说作者'死了'是从读者的，从阐释的角度来说的。如果从作者的层面说，作者就是作品的一部分，作品也是作者的一部分。"③

四、"作者问题"的反思

英国文学评论家马尔科姆·布拉德伯里（Malcolm Bradbury）指出，在后现代文学批评语境下，"作者"面临尴尬而矛盾的处境：一方面，作者仅仅被视为无尽的文化互文性之网中的一个交叉点，因而作者的地位陡降；另一方面，当代生命写作凸显了文学艺术与作者个性之间的密切关系，作者的地位得到了捍卫。针对"作者之死"的理论困境与悖论，爱尔兰小说家兼文学理论家桑·博克（Seán Burke）给出了走出困境的办法：重新探索"事实上"的作者而非"原则上"的作者是克服"作者之死"说抽象和简单化倾向的有效途径。后来，博克进一步指出，解决"作者问题"矛盾的有效途径，就是把"作者"重新置于具体的社会历史情景中考察。这正是福柯从考古学向谱系学的转变，也是新历史主义、文化唯物主义和后殖民主义批评家对作者的理解。

从某种程度上讲，博克似乎又返回到了传统作者观。究其原因，"对作者问题

---

① Louis L. Martz, Aubrey Williams. *The Author in His Work*. New Haven and London: Yale University Press, 1978, p. XIII.
② 格非：《文学的邀约》，清华大学出版社 2010 年版，第 71 页。
③ 郝桂莲：《反思的文学：苏珊·桑塔格小说艺术研究》，四川大学 2014 年博士论文，第 65 页。

的研究主要停留在文本阐释层面,即使对作者之死的观点有过反思与批判,但仍然受制约于巴特所框定的作者与文本的关系。"① 事实上,如果追溯西方文学文化的源头,众说纷纭的作者问题或许也就变得豁然开朗了。

希伯来文化(Hebraism)与希腊文化(Hellenism)传统是西方文明的源头,但是在对语言的功能及语言与真理的关系的认识上,"两希认知"传统却迥然对立。希腊语 onma(相当于英语的 word)与"名字"同义,这说明希腊哲学认为语言不过是一种符号,是用来指代事物的名称,语言不等于存在。希腊哲学的中心思想就是罗格斯主义,强调本体的重要性,并要超越语言去触及本体。由此形成了文艺的模仿说:语言是表达意图的工具,语言所表达的文学是对现实的模仿,不能与现实相提并论,因此文学是"模仿的模仿、影子的影子""和真实隔了两层"。与希腊语 onma 对应的希伯来文是 davar,它与事物/东西(thing)同义。在以犹太教为代表的希伯来传统中,语言等同于存在,上帝的话语(the word)、经文完全等同于无形的上帝。在《创世纪》中,上帝用语言开天辟地,创造世界万物,事实上把语言抬到了高于存在的地位。这样的认知传统与希腊哲学的存在先于话语的认识相悖。拉比们(rabbis)在解读经文时,并不强调对错之分,即不存在终极意义本体,他们主要根据个人的理解与实际需要来解读经文,所有解读都是合理合法的,都是对上帝指示的认识。所以,道成肉身是基督教与犹太教的重要区别。基督教的耶稣即为上帝的有形代表,是个本体存在,而上帝在犹太教中只是虚无不定、变化多端的话语。与此相应,希伯来认知传统认为意义寓于语汇之中,希腊认知传统则认为意义寓于上帝/作者之中。

刘意青指出,"两希传统的认知对立一直存在,但西方通常都以希腊一元化哲学理念为主流意识形态。但是 20 世纪发生了巨大变化……出现了认知的多元化。语言、文化和文学在理论上的多元现象被许多学者称之为希伯来认知传统对希腊哲学和罗格斯中心主义的反叛"②。这种说法不无道理:因为提出或拥护"语言之外别无他物"的学者,如德里达(Jacques Derrida)、拉康、利科、弗洛伊德等都是犹太人,他们继承了希伯来传统,以此挑战、解构居于主流的希腊一元哲学理念。正因如此,巴特才会宣告"作者之死",因为"赋予文本一位神一样的作者,就给文本施加了限制,赋予了最终所指,终结了书写"③。

值得玩味的是,犹太学者们信誓旦旦地要用希伯来传统反叛希腊传统,用反罗

---

① 刁克利:《作者》,外语教学与研究出版社 2019 年版,第 10 页。
② 刘意青:《徜徉书间:刘意青英语教育自选集》,外语教学与研究出版社 2017 年版,第 267 页。
③ Roland Barthes. *The Death of the Author*, in Seán Burke. *Authorship: From Plato to Postmodernism: A Reader*. Edinburgh: Edinburgh University Press, 1995, pp. 128-129.

格斯的多元理论去挑战希腊的一元化思想。不过，现代多元文论家们并不能彻底抛弃希腊传统与文化影响，因为他们从小受到希腊传统的熏陶与同化，教育中渗透着希腊的形而上学思想与思维模式，他们一直挣扎于两希传统与文化之间。他们对希腊传统的反叛并不彻底，也做不到彻底决裂，因为两希传统早已成为现代学者思维模式的一体两面，现实中，他们可以偏向一方，但无法完全放弃另一方。这样看来，曾经宣告"作者之死"的巴特，在晚年创作了碎片化自传《罗兰·巴特自述》，这或许正是他挣扎在两希文化传统之间的真实写照。

参考文献：

[1] BARTHES R. The death of the author [M] // STEPHEN H. Image-music-text. London: Fontana Paperbacks, 1977.

[2] FOUCAULT M. What is an author [J] Partisan Review, 1975, 42 (4): 604.

[3] BORGES J L. Labyrinths [M]. Great Britain: Penguin Books, 1970.

[4] BRIEN F O. At swim-two-birds [M]. Great Britain: Penguin Books, 1967.

[5] BENNETT A. The author [M]. New York: Routledge, 2005.

[6] BARTHES R. Theory of the text [M] // Robert Young. Untying the Text: A Poststructuralist Reader. London: Routledge and Kegan Paul, 1981: 39.

[7] FOWLER R. A dictionary of modern critical terms [M]. London: Routledge and Kegan Paul, 1973.

[8] BORGES J L. Labyrinths [M]. Great Britain: Penguin Books, 1970.

[9] BURKE S. Authorship from plato to the postmodern: a reader [M]. Edinburgh: Edinburgh University Press, 1995.

[10] MILLER N K. Changing the subject: authorship, writing, and the reader. [M] //Burke S. Authorship from plato to the postmodern: a reader. Edinburgh: Edinburgh University Press, 1995: 104.

[11] MARTZ L L, Williams A. The author in his work [M]. New Haven and London: Yale University Press, 1978.

[12] BRADBURY M. No, not bloomsbury [M]. New York: Columbia University Press, 1987.

[13] BURKE S. The death and return of the author: criticism and subjectivity in barthes, foucault and derrida [M]. Edinburgh: Edinburgh University Press, 2004.

[14] HANDELMAN S. The slayers of moses: The emergence of rabbinic interpretation in modern literary theory [M]. Albany: State University of New York Press, 1982.

[15] 周启超. 文学学·文学地理学·文学文本分析学 [J] 中国图书评论, 2015 (9): 112-117.

[16] 哈利泽夫. 文学学导论 [M]. 周启超, 等译. 北京: 北京大学出版社, 2006.

[17] 杨国政. 从自传到自撰 [J] 世界文学, 2014 (4): 29.

[18] 桑塔格. 写作本身：论罗兰·巴特 [M] // 桑塔格. 重点所在. 上海：上海译文出版社, 2004：88.

[19] 巴特. 妙语连珠, 1962—1980 年访谈录 [M]. 巴黎：瑟伊出版社, 1981.

[20] 托多洛夫. 批评的批评 [M]. 王东亮, 王晨阳, 译. 北京：生活·读书·新知三联书店, 1988.

[21] 郝桂莲. 反思的文学：苏珊·桑塔格小说艺术研究 [D]. 成都：四川大学, 2014.

[22] 刁克利. 作者 [M]. 北京：外语教学与研究出版社, 2019.

[23] 格非. 文学的邀约 [M]. 北京：清华大学出版社, 2010.

[24] 刘意青. 徜徉书间：刘意青英语教育自选集 [M]. 北京：外语教学与研究出版社, 2017.

后结构理论与中国女性主义批评
——以社会主义文化研究中的妇女"主体性"为中心①

刘 希

摘 要：本文首先以"主体性"概念为中心梳理后结构理论对西方女性主义的影响和两种理论间的复杂关系，然后转向20世纪80年代以来对中国社会主义时期性别文化的研究，探讨妇女"主体性"概念和研究范式在中国妇女和性别研究领域的发展历程。本文以三个在"主体性"观念上对此领域影响最大的理论家阿尔都塞、福柯和巴特勒为例，试图呈现后结构理论与当代中国女性主义批评的复杂谱系：有从自由主义女性主义立场对后结构理论的运用，有后结构主义女性主义视角下"去本质化"和历史化的批评实践，也有从历史唯物主义立场对后结构理论的反思和批评。这个过程反映了80年代以来西方批判理论对中国人文和社会学科的冲击，也反映了意识形态和社会话语的变迁对研究范式的影响。

关键词：后结构理论；女性主义批评；"主体性"

自20世纪80年代以来，中外学术界对社会主义时期中国的各种文学、电影和宣传画等文化文本的研究取得了很多成果，而研究的主流话语和范式也经历了重大的变化。其中，对社会主义时期大量文化文本中妇女形象、性别话语和女性主义文化实践的考察和评价更是呈现出不同的立场和显著的变化。在不同历史时期，研究者们借助不同的批判理论，如各种流派的女性主义、马克思主义文学理论、后结构和后现代理论等去研究社会主义时期，特别是"十七年"（1949—1966年）间的各种性别文化文本，也借此讨论社会主义妇女解放运动的成就和不足。

与此同时，新时期以来近现代妇女史研究者以探究中国妇女怎样成为重要的历史主体为己任，"主体性"及"能动性"逐渐成为90年代以来妇女史研究中的关键词。人们开始重新探讨中国社会性别制度形成与发展的历史原因、社会性别关系

---

① 原载于《文艺理论研究》2021年第1期。

的具体表现形态，逐渐意识到探寻中国女性主体性的重要性（侯杰、李净昉，2007）。80年代以来对社会主义时期妇女和性别文化的相关研究中，"主体性"更是勾连着不同的女性主义话语资源，成为一个文学和文化批评中的核心概念。仔细梳理此领域一些具有代表性的研究著作会发现，其中"主体"和"主体性"的概念受到了不同的后结构理论家，特别是阿尔都塞、福柯和巴特勒的重要影响。但是，不仅西方女性主义与后结构理论有着复杂的、不稳定的关系，中国研究界不同学者在挪用后结构理论时也有着不同的解释和运用，表现出一种"语境化"的接受，即根据学者所处具体历史文化语境和他们自身不同立场将理论重新定位，并勾连着不同的议程。近年来，深受后结构理论影响的"主体性"范式的有效性受到质疑和反思，很多学者从历史唯物主义视角将后结构理论本身再历史化，讨论其盲点和不足。

目前，中西学术界都还没有系统地梳理80年代以来社会主义文学、文化研究中"主体性"，特别是"妇女主体性"的认识论和研究范式变迁，也没有足够多的研究梳理阿尔都塞、福柯和巴特勒的批判理论在中国女性主义批评中的接受和应用。因此，本文尝试填补这一学术空白，探究近30年来社会主义妇女和性别研究重要著作中的"主体性"概念，分析其背后不同的社会历史语境、话语资源及立场，并追踪后结构理论在中国复杂的旅行史。

一、后结构理论对西方女性主义的影响

20世纪80年代以来，包括了广义上的"解构主义"和"后现代主义"的、被称为"后结构"理论的思潮全面冲击了人文和社会学科，对当代西方女性主义思想和流派也产生了重大影响。中西方很多学者梳理这两者之间的共通之处，探讨前者为后者提供的重要的批判性工具及后者对前者不断的反思。如果说马克思主义和当代女性主义思潮之间曾经有过"不幸福的婚姻"，那么后结构理论和女性主义思潮之间也有"不稳定的结盟"。[①]

关于后结构理论给当代女性主义思潮带来的重要启示和影响，可以先从一些学者对"后现代主义"或"后结构"核心理论的总结说起。简·弗拉克斯（Jane Flax）曾将"后现代主义"的核心理论定位为三个"死亡"：（大写的）人、历史

---

① 这两个说法分别来自两篇论文：Hartman Heidi. "The Unhappy Marriage of Marxism and Feminism: Towards a More Progressive Union". *Capital & Class*, 1979, 3 (2): 1–33; Benbabib Seyla. "Feminism and Postmodernism: An Uneasy Alliance". *Filosoficky Casopis*, 1998, 5 (46): 803–818.

和形而上学命题的"死亡"。首先,关于"(大写的)人之死",后现代主义者认为人是社会的、历史的或语言的产物,主体是在历史的、依情况而定的、变化的社会、文化和话语实践中被建构而成的。这一点启发女性主义破解对男性中心的理性主体的迷思,在西方哲学最深层的范畴中发现被抹去的性别差异。其次,关于"历史之死",后现代主义者认为大写的或自在的历史与大写的人一样是虚构的,关于"进步"的历史观支撑了同质性、整体性、封闭性和同一性等观念。这启发女性主义关注"历史叙事"的产生,并发现了启蒙运动以来占据主导地位的历史哲学迫使历史叙事走向统一、同质和线性的现象,其结果是碎片化的、异质性的、被边缘化的群体的经验被抹杀。最后,关于"形而上学之死",后现代主义者认为自柏拉图以来,西方形而上学相信一种超越历史、特殊性和变化的统一存在,其很多基本概念是从它们所压抑和排斥的对立项中获得权威和价值的。女性主义因此开始怀疑所谓超历史和语境的理性主体,认为哲学不可避免地与具有利益的知识纠缠在一起(Flax,1990)。

在"主体"的问题上,后结构理论的几个重要理论家,如福柯、德里达和拉康都从不同方面对现代认识论中的主体中心主义做出了反思。其中最重要的是福柯发现现代性的主体形成过程包含着"屈从"(subjection)的过程,而主体化(subjectivation)本身是一个通向现代性的手段。"'主体化'这个批判性的概念是将被赋予了给定的各种利益、偏好、选择的主体生成过程去自然化,然后质疑那种关于结构代表、赋予或者剥夺主体权力的看法。"(Smith,2015)后结构马克思主义者阿尔都塞关于"意识形态""询唤""主体"的理论也阐明了个体的存在并不先于任何社会政治关系。他认为"主体"是构成意识形态的基本范畴,所有的意识形态都通过主体这个范畴发挥功能,把具体的人询唤为具体的"主体"。在阿尔都塞看来,主体的形成是一个与既有的政治、经济、文化等结构紧密互动的历史过程,是一个不断变化的、策略性的且永远未完成的过程。

不同的后结构理论都认为对"主体""结构""权力"的理解必须是复杂、多元和历史的。"权力"不被认为是单向的,或仅仅是统治者管理、监视、惩罚、压迫从属者的工具,从属者也没有被看作仅仅是被动的受害者。后结构理论的基本立场可以说是反对社会决定论和自由意志论,主体的形成过程是一个彻底依情况而异(contingent)的过程。后结构理论拆除了笛卡尔式的构成主体(constituting subject),强调主体是在话语结构中被建构的。但他们并没有以被建构主体(constituted subject)取代构成主体,而是试图提出一个打破构成和被建构之间的二元对立的主体概念。

这些后结构理论启发女性主义者认识到,第二波女权主义浪潮的理论中的女性主体意识是建立在启蒙主义的自由主义、人文主义的个人主义认识论的基础上的。她们因此破除了那种对统一、理性、普遍的女性主体意识的迷思,认为人的主体意识在各种不同的社会话语和权力关系中形成,又参与到权力关系的运作之中,也可能由不同的、甚至矛盾的主体立场整合而成,是不断变化、复杂、动态和多元的。苏珊·海克曼(Susan Hekman)认为大多数后现代主义对主体的批判都是性别盲的,但一些女性主义学者"对后现代主体批判的重新表述,为主体的重建提供了令人兴奋的可能性"(Hekman, 1991)。在她看来,在女性主义重建"主体"概念的努力中,有两个方向是特别有见地的:一是一些女性主义理论家努力界定构成主体与被建构主体之间的辩证关系;二是试图通过将主体去中心化取代构成/被建构的二分法,表达一种新的"既可以创造新话语,又可以抵制定义主体性的话语所内在固有的压迫的"主体概念(Hekman, 1991)。

第一个方向被称为"通过辩证法重建主体",代表女性主义学者有特蕾莎·德·劳瑞蒂斯(Teresa de Lauretis)、琳达·阿科夫(Linda Alcoff)和保罗·史密斯(Paul Smith)。她们强调主体性构成中的语境性质和话语在主体形成中的作用,但她们同时认为,主体的创造性是指人有能力在他们所受的多种话语影响中进行筛选。然而,海克曼认为,这几位学者没能发现后现代概念并不是简单地用被建构主体取代构成主体,而是完全取代了这种二分法(Hekman, 1991)。可以说,这个方向的学者的"辩证法"并没有完全抛却自由主义人文主义的笛卡尔式主体中关于自治的观念。

第二个方向被称为"通过取代辩证法重建主体",代表学者是露丝·伊里加蕾(Lucy Irigaray)、埃莱娜·西苏(Helene Cixous)和茱莉亚·克里斯蒂娃(Julia Kristeva)等。他们受到了结构主义、马克思主义、语言学、符号学、心理分析等理论的影响,一直对现代主义的主体论持怀疑态度。如克里斯蒂娃关于"过程中的主体"概念,试图拒绝笛卡尔的构成主体和被建构主体之间的二分法:将这种主体理解为由不同话语形式以不同方式建构而成,但又不是被动的,因为每一个新的被建构的主体都能改造和变革它之前存在的主体,都包含着可以解构它之前挑战的那个主体的潜力。海克曼认为克里斯蒂娃也重新解释了"能动性"的概念,认为这是话语的产物,是语言在话语建构过程中为我们提供的东西,而不是一种位于"内在空间"中的固有性质(Hekman, 1991)。

笔者认为另外两位受到后结构理论影响的女性主义理论家克丽丝·维登(Chris Weedon)和朱迪斯·巴特勒(Judith Bulter)也属于第二个方向。维登认同克里斯蒂娃"过程中的主体"的概念。她也认为个体并不是话语斗争的被动场域,因为个人可抵抗特定的命名,或从现存话语之间的冲突与矛盾中产生意义的新叙述。她认为创造主体性的力量并不是一个无缝的整体，语言的间隙中存在着空间和歧义，阻碍了对主体性的统一决定，正是这些间隙和歧义创造了改变和抵抗的可能性。这也是对福柯关于权力总是制造抵抗的观点的女性主义的延伸。巴特勒认为对权力的解构是真正的政治批判的前提。把主体建设当作一个政治问题，不等于把主体去掉，而是质疑那种主体的建构是一个事先给予的或基础主义的想法。如果主体是由权力建构的，那权力在主体形成的那一刻并没有停止，因为主体从来没有完全建构完成，而是一次又一次地屈从和产生。这一主体既不是基础，也不是产品，而是一个永久性的再表意（resignification）过程。巴特勒也认为主体是被建构的并不意味着它是被决定了的，而相反，主体被建构的性质正是它的"能动性"产生的先决条件。

对于以上所讨论的第二个方向中的理论家们而言，后结构理论中的"能动性"（agency）概念虽然与决定论对立，但也不等同于传统人文主义中的关于自治主体的唯意志论。能动性涉及人或其他生命实体行动或干涉世界的能力，但其又是一个情境中的概念，不是一个有关具有绝对的能力或潜质的抽象概念。不可能在具体的社会语境之外思考能动性，因为行动的能力从来都被统治性的规范或其背后的权力关系所规约和调节。能动性是"情境性"（situated）的，我们无法脱离具体的文化和社会语境去思考行动的内容和形式，更不能忽略对具体权力结构的分析；能动性是"具身性"（embodied）的，作为一种实践的行动，不需要具备充分的、理性的意向性，这强调了能动性的情绪和情感的维度，可以从女性主义的视角强调各种社会控制力量是如何被内化为各种身体性的规范的，但它也可能在日常生活中被改变；能动性也是"相关性"（relational）的，要破除那种对单一的、先于社会存在的主体本体论的想法，认识到主体既被不同主体之间的关系所建构，也被权力的各种等级结构所建构。

在不同的女性主义理论家以不同方式从后结构理论中汲取力量，增强其政治性的时候，也有很多学者探讨后结构理论特别是"后现代主义"可能削弱女性主义理论和实践的政治性和批判力。有学者认为对现代性的构成主体的拆解和对差异的强调会分解和碎片化女性主义运动，无法推进处于结构性劣势的妇女的利益（Brabon，2009）。有学者认为后现代主义使得对女性这一群体的共同属性和建立在同一立场上的政治诉求难以实现（刘岩，2011）。学者苏红军担心后现代的去中心化和对"话语"转向会影响女性主义的批判性和政治性，认为后现代主义对语言的不确定性、权力的碎化和不稳定性的强调会影响我们对压迫性的权力结构，特别是妇女所从属的物质的社会文化关系的认识。

笔者认为后结构理论对西方女性主义的影响并不是统一的，虽然大部分理论家都强调权力的不确定性和话语性,但并非所有后结构女性主义派别都倾向以语言取代物质和受压迫的权力关系。如维登就始终强调话语实践与物质权力关系的结合,认为话语实践被深置于物质权力关系之中;而物质的权力关系亦需要转化,以使改变得以实现。巴特勒也认为后结构视域下的"主体"是"充分嵌入到各种物质实践和制度安排的组织原则中,并在这种力量和话语的矩阵中构建而成的"(Butler,1994)。这种观点认为可以把对话语的分析与对物质的结构的社会现实的考察结合在一起,但是关于有些学者所担心的会反映压迫语境的不确定性的问题的确被很多理论家予以反思。

南希·弗雷泽(Nancy Fraser)和琳达·尼科尔森(Linda Nicholson)认为,为了有效批评像男性统治这样普遍性和多面性的现象,需要多种方法的结合,如至少需要对社会组织和意识形态变化的大叙述、对宏观结构和制度的经验以及社会理论的分析、对日常生活微观政治的互动分析、对文化生产的批判性阐释学和制度的分析、对特定历史和文化中的性别社会分析等等。她们探讨如何将后现代主义对元叙事的怀疑与女性主义的社会批判力量结合起来,使得女性主义理论有效应对"千变万化又千篇一律"的性别不公问题。她们认为,首先,必须认识并且否定后现代主义对分析社会宏观结构的放弃,女性主义者不必放弃解决重大政治问题所需的大的理论工具;其次,女性主义理论的"理论性"必须是彻底的、历史性的,适应不同社会和时期的文化特性,以及不同社会和时期内的不同群体;再次,是"非普遍主义"的原则,须注重变化和对比,而不是"普遍规律";最后,摒弃历史主体(a subject of history)的概念,取代单一的"妇女"和"女性性别认同"概念,而代之以多元复杂的被建构的社会认同概念,将性别视为一个相关的链,同时兼顾阶级、种族、族裔、年龄和性取向。总的来说,她们认为应当用实用主义的观点根据手头的具体任务调整女性主义的方法和分析范畴,抛弃单一的"女性主义方法"或"女性主义认识论"的形而上学的概念,因为妇女需求和经验的多样性意味着没有任何单一的解决办法能够满足所有人的需要。①

以上梳理了后结构理论和西方女性主义理论的复杂关系,特别是后结构理论影响下的女性主义学者对"主体性"和"能动性"概念的重新界定和运用。不同学者切入主体观念的理论路径不完全相同。可以说,以上的梳理的确说明了后结构理论与西方女性主义有着"不稳定的结盟",但是其中大多数理论家都关注性别化主

---

① Nancy Fraser, Linda J. Nicholson. "Social Criticism without Philosophy: An Encounter between Feminism and Postmodernism". In Seidman Steven. *The Postmodern Turn: New Perspectives on Social Theory.* Cambridge: Cambridge University Press, 1994, pp. 242–261.

体的形塑过程与具体的社会情境和社会结构之间的复杂互动。主体和结构之间的权力关系被认为是多重的，有其具体的历史性的。性别化的主体不是绝对自治的行动者，而是各种控制的和反抗的话语构成的力量场中的产物。各种对于人的规训、规范、限制和要求的力量最终生产出了主体这个各种身份认同的聚合，但是主体却又可能走向其他的方向，获得新的可能性。同时，大多数受到后结构理论影响的女性主义理论家都认同应该将"能动性"重新认识为情境中的、具身性的和相关性的。他们注重主体形成的具体的历史性，注重对权力和统治问题的交叉性的分析，有些已经表现出物质实践和制度结构与话语的密切关联，也尝试从不同的层面去发掘妇女潜在的对抗性力量。有些女性主义理论家已经注意到不能放弃对大范围不平等社会理论的分析，但不愿回归到对"普遍规律"或者"形而上学本质"的迷思，他们呼吁复数的"女性主义"的实践，倡导更复杂的和多层次的实现女性主义团结的方式。

二、中国女性主义批评中的"主体性"概念变迁

在梳理后结构理论对西方女性主义的影响和两种理论间的复杂关系后，笔者转向中国社会主义时期的文学、文化批评，探讨妇女"主体性"概念和研究范式在中国妇女和性别研究领域的发展历程。自20世纪80年代以来，学界对于中国社会主义妇女解放运动和社会主义性别话语的主流观点是，中国妇女在这场运动中被"自上而下"地被解放，她们并没有获得主动的"女性意识"或"性别意识"，而这种对"女性意识"的追寻在八九十年代的文学研究领域最为热烈。贺桂梅和钟雪萍等学者都认为这一时期"女性文学"的研究者们积极寻找女性作家在文学表达上的差异性，将其认为是真正"女性意识"的显现，这种"女性意识"的核心是自然化的性别差异，是本质主义化了的"女性气质"（femininity）和"性本质"（sexuality）。①"80年代逐渐兴起的'女性文学'思潮与批判、告别社会主义革命的新启蒙主义式的'人性论'、'欲望论'密切相关，或者说女性文学本身成为承担去革命、去政治化任务的重要文化阵地。"（刘希，2017）而在八九十年代的女性主义文学批评中，研究者主要理论资源来自第一和第二波女性主义浪潮以来的自由主义女性主义、激进女性主义理论、精神分析理论等。"性别差异"和"女性意

---

① 参见贺桂梅《当代女性文学批评的三种资源》，载《文艺研究》2003年第6期，第12–19页；Zhong XuePing. "Who Is a Feminist? Understanding the Ambivalence towards Shanghai Baby, 'Body Writing' and Feminism in Post-Women's Liberation China", *Gender & History*, 2006, 18 (3): 635–660.

识"的概念成为八九十年代女性主义文学批评中的关键词。

在女性文学研究领域，戴锦华和孟悦所著的论文《浮出历史地表——现代妇女文学研究》发表于 80 年代末期，探讨了中国妇女解放神话背后掩盖的问题。这是当代文学研究界第一部探讨女性文学差异性和独特性的重要学术著作，在女性文学和妇女研究界都产生了巨大影响。该书作者认为社会主义文学中的女性形象更多是"党的女儿"，而非独立的个体。"她在一个解放、翻身的神话中，既完全丧失了自己，又完全丧失了寻找自己的理由和权力，她在一个男女平等的社会里，似乎已不应该也不必要再寻找那被剥夺的自己和自己的群体。对于她，'男女平等'曾是一个神话陷阱，'同工同酬'曾不无强制性，性别差异远不是一个应该抛弃的概念，而倒是寻找自己的必由之径。"（孟悦、戴锦华，1989）这是作者对于社会主义文学作品，也是对整个社会主义妇女解放运动的评论，而寻找表现"性别差异"和女性独特性的妇女文学作品则是这本书的主旨。在勾勒现代中国女性传统的、独特的写作过程中，《浮出历史地表——现代妇女文学研究》较早地介绍并运用了后结构理论，特别是拉康的后结构心理学女性主义。

1991 年，孟悦的《性别表象与民族神话》一文对文学作品的分析也结合了对社会语境的评论。文章认为，《青春之歌》和《工作着是美丽的》这些左翼知识分子和女性作家的代表作都经历了一种个体话语被"国有化"的文本生产过程，即"个人自我"走向了"'革命者'标准化的国有的'大我'"（孟悦，1991）。孟悦认为这种"国有化"中主体生成过程是去性的、抛却性别意识的。在论述"性别意识"和"个人自我"之时，孟悦第一次借鉴后结构马克思主义学者阿尔都塞的"主体"概念去阐述社会主义文学中建构的新的政治"主体"："这种'非性别'的主体结构所造就的当代中国主体只有一种含义，即所谓'主体'，在当代中国，亦即进入对权力意义中心的绝对臣属关系"（孟悦，1991）。她的研究开始关注主体的形成与权力中心的关系，但是这种关系又被理解为一种简单和单向的"臣属"的关系。这篇文章的英文版 *Female Image and National Myth* 后来收入汤尼·白露（Tani Barlow）主编的《现代中国的性别政治》一书中，在中西学界都产生了巨大影响。

这两个在中国女性文学研究领域开拓性的研究都借鉴了后结构理论的一些概念和视角，其基本立场都是质疑关于中国妇女解放的国家话语，探讨超越这种宏大叙事的妇女自主意识的可能性。它们与 80 年代以来的妇女社会学研究，如与李小江的研究一起，在中西学界"告别革命"、反思极左社会主义实践的自由主义女性主义思想的影响下，共同参与到对社会主义妇女解放运动得失的反思之中。它们与同时期流行于西方学界探讨中国妇女解放运动"失败"原因的主导性研究①相呼应，显示出一种"与西方同步的文化转向"，并且这种文化转向"同资本以及知识市场全球化的世界关联"。

90年代，学界对于社会主义文学的研究有了些新的视角和方法，其中也包含对后结构理论的运用。1995年陈顺馨出版的《中国当代文学中的叙事和性别》是第一本系统从叙事学角度讨论"十七年"文学中性别话语的著作。受到孟悦研究的启发，陈顺馨开始研究意识形态话语的"男性"特质，即意识形态话语和男性话语的统一。她认为所谓"十七年的'无性别'只是一个神话陷阱，这个年代所压抑的只是'女性'（femininity），而不是性别本身"（陈顺馨，1995）。在"十七年文学"的研究中，陈顺馨第一次借用后结构主义学者福柯有关"权力"和"话语"的理论讨论性别化的叙事。她认为"十七年"时期的小说话语体现了"权力"，同时也是"男性"的。同时，她认为"十七年"小说中不是没有"女性叙事话语"，这种女性话语虽然对主流意识形态也是认同的，但是在"怎么说"方面有别于男性话语，特别是在表现"女性自我、主体性和选择等话语意向"上"坚守了女性本位"，成为这一时期文学作品中有迹可循的"女性话语"（陈顺馨，1995）。通过研究大量女作家作品中的差异性叙述方式，她找到了"十七年文学"中潜隐地保留了"主体性"的女性话语。

虽然没有系统地对"主体""主体性"的概念和相关理论进行梳理，但孟悦和陈顺馨的研究都开始引用这些来自阿尔都塞和福柯的概念。从陈顺馨的研究开始，"主体性"这个概念已经开始跟"性别差异""女性特质"这些概念紧密联系在一起。文学书写中保留了"主体性"的"女性话语"被认为与主流的男性话语针锋相对，尽管被压抑却可以被潜隐地和策略性地保留。如果说孟悦文章的中心观点是社会主义文化生产的"国有化"过程中的去性别、去差异性，而陈顺馨一书的核心立场是寻找差异性的女性叙事方式的话，那么刘剑梅的英文著作《革命与情爱：二十世纪中国小说史中的女性身体与主题重述》则探讨了革命和性别关系②，该书可以说是对陈顺馨的研究方法的发展和深入。刘剑梅在书中质疑孟悦式的认定

---

① 代表性的著作有：Elisabeth J Croll. *Feminism and Socialism in China*. London：Routledge & Kegan Paul，1978；Phyllis Andors. *The Unfinished Liberation of Chinese Women*，1949—1980. Bloomington：Indiana University Press，1983；Judith Stacey. *Patriarchy and Socialist Revolution in China*. Berkeley：University of California Press，1983；Margery Wolf. *Revolution Postponed：Women in Contemporary China*. Stanford：Stanford University Press，1985；还有学者哈里特·埃文斯（Harriet Evans）和杨美惠（Mayfair Yang）的一些研究论文等。

② 该著作的英文名为 *Revolution Plus Love：Literary History, Women's Bodies, and Thematic Repetition in Twentieth-Century Chinese Fiction*。该书后由郭冰茹翻译，中文版《革命与情爱：二十世纪中国小说史中的女性身体与主题重述》于2009年由上海三联书店出版。

"十七年的文学作品中基本上将浪漫爱情及其性别、性欲等全都归置于国家政治话语之下"的做法（刘剑梅，2009），她借鉴王斑在《历史的崇高形象：二十世纪中国的美学和政治》中将性爱看作升华为政治热情的革命写作的观点①，试图去寻求存留的"关于爱情、性本质和性别的文学描写"，考察它们是否"仍有力量去挑战革命话语"，或者可以"把革命话语本身也看作是一个实验中的过程，并非单一的毫无变化的大一统现象"（刘剑梅，2009）。刘剑梅延续了陈顺馨关于"压抑性的主流话语"和"反抗性的边缘话语"的视角，没有将"十七年"文学看作铁板一块的权威性声音，而是选择去追踪变化的、有历史独特性的女性编码，寻找与政党权威相对抗的"性别自我"和"主体性"。但是在具体分析了《青春之歌》和《红豆》这两部作品后，她最终找到的女性"主体性"是她认为政治话语无法收编的对女性的欲望和性本质的描写："个人的欲望、生理的需要，以及真实的男人与真实的女人之间的性爱，都顽固地蔓延在小说叙述中，悄悄地对抗着那种已经升华到崇高的革命理想的感情"（刘剑梅，2009）。从这本书的论证过程和结论来看，刘剑梅试图用自己的研究去发现"十七年文学"的多样性，质疑整体观和本质论并发掘保存"女性意识"的个案文本，虽然她试图借鉴巴特勒后结构理论中的一些观点去反对关于"十七年文学"的本质主义论断，但是她最终发掘和确认的还是基于女性身体欲望、性本质等的女性"主体性"。

尽管陈顺馨和刘剑梅对"十七年"文学文本中父权逻辑的分析和对很多女作家文本中对抗性话语的研究，都提出很多重要的见解并且都借鉴了一些后结构理论家的观点，但是她们对"主体性"这个概念却都有着一种基于自由主义女性主义的、本质主义的理解。如孟悦将阿尔都塞的"主体"概念理解为人对意识形态、权力中心的"臣属"，注重结构的决定性而非人的能动性；陈顺馨用福柯的"权力/话语"观点去解读"十七年"男性中心的"政治话语"和女性话语的性别特质，但是又有着二元对立的关于男性"为权威"、女性"为边缘"的观点。刘剑梅也认可巴特勒的观念，认为女性身体既不是超历史的，也不是先于文化的，但是她的研究最终确认了女性差异性的欲望、自然属性在革命书写上有本质不同。在她们看来，合法的"女性主体性"只存在于个体性之中，合法的女性主体立场只存在于对统治性国家意识形态的对抗之中。只有性别身份和性别意识被强调了，身份认同之中的其他范畴如阶级、劳动、集体等才会都被排除在合法的"女性主体性"之外。这些研究对于社会主义时期的"国家意识形态""国家话语"同样有着本质主义的

---

① Wang Ban. *The Sublime Figure of History: Aesthetics and Politics in Twentieth-Century China*. Stanford: Stanford University Press, 1997.

理解，将其视为铁板一块的、从不变化的、控制一切的党的意识形态；其次将"主体性"或人的"主体意识"理解为有一个先在的、不受外在社会机制影响的、始终与外在意识形态/话语相对立、对抗的完全自治的主体，这样无论是"国家话语"概念还是对抗这种话语的"主体性"概念都是超出当时当地具体历史语境的。

戴锦华在其研究改编自同名小说的电影《青春之歌》的文章中提出，电影中女性故事是一种"空洞的能指"，但同时也作为一种有力的性别编码推动了小资产阶级知识分子思想改造故事的展开。在这篇文章中，戴锦华同样借鉴了阿尔都塞关于意识形态、"询唤"和"主体"的论述和福柯关于"话语"的观点，来考察女性/知识分子作为"准主体"被意识形态编码和命名的过程（戴锦华，2007）。但是与孟悦对"主体"即为"臣属"的解读相同，戴锦华对后结构理论的运用强调了个体与社会权力结构的二元对立，忽略了个体与社会结构之间复杂的互动关系。实际上后结构理论强调的是"主体性"从来不是先于、外在于历史语境和社会结构的，而是与其有着复杂的互动关系。对女性主体性和能动性的探寻从来都是与对具体权力结构的分析联结在一起的。

以上这些研究借用后结构理论概念却没有继承相关理论家的"反本质主义"思想，这或许和"后结构/后现代"与西方自由主义的内在关联有关。本文第一部分分析的"通过辩证法重建主体"的女性主义理论家们也无法完全放弃对于自由主义人文主义的关于主体的想象和界定。西方自由主义女性主义的"后结构/后现代"转向本身就有着复杂的路径和方向，而以上中国的自由主义女性主义批评对于种种后结构理论的运用也在某种程度上呈现出这种特点。

后结构女性主义理论也在关于中国的研究学界产生了影响。在社会主义文化和文学研究领域，一些学者开始借用其中一些概念重新审视社会主义文化文本生产的妇女"主体性"和"能动性"问题。美国学者蒂娜梅·陈（Tina Mai Chen）的妇女劳动模范肖像画研究就是一个代表。她研究中国50年代广泛传播的妇女劳动模范肖像画和劳模自身的经验，重新考量共产党领导的社会主义妇女解放运动的历史意义。她不同意那种将妇女解放仅仅视为服务于政党和社会主义国家的流行看法，而是注意到女劳模多层次的实际经验和妇女与国家、对她们的文化再现之间的相互作用，并提出女劳模的一种"情境性的能动性（situated agency）"（Chen，2003）。通过研究官方媒体对这些女劳模故事的再现和女劳模们对自身经验的讲述，她认为这些看起来过于简单化和说教性的故事和图像通过一种"再现性的经验（representational experience）"深深影响了女劳模自身的经验（Chen，2003）。因为国家支持并将妇女解放纳入官方的政治话语，确认了妇女在社会主义实践中的地位，同时还因为这种官方话语有一个国际化的背景，所以这些女劳模们积极参与到对自己、对工作场所、对集体身份和国际社群的重新定义和理解中。而作者就是在考察了她们对社会生活的积极参与后，更好地理解了这种并非外于更大的社会政治和意识形态结构的妇女的能动性。国家话语的形塑虽然有限制性的成分，但也创造了新的可能性让她们参与到个体、国族和国际的解放之中（Chen, 2003）。

在社会主义文学研究领域，也有学者挑战本质主义化对妇女"主体性"及"革命叙事"的理解。贺桂梅曾经质疑"再解读"式对革命叙事的解构，她认为"性别"或女性叙事在《青春之歌》中并不是"空洞的能指"，它作为一种能指与阶级叙事是有交互关系的，对其做本质化的理解会忽略革命与女性之间的复杂关系（贺桂梅，2010）。贺桂梅对女性"主体性"的理解是具有包容性的，不只是在性别、自然属性维度上解读它，而认为"主体最终的归属应当是阶级与性别的双重归属"（贺桂梅，2010）。这种"主体性"观念是历史的和去本质化的。

也有研究直接借助后结构理论探讨社会主义女性主义的文学实践，分析这一时期妇女主体性的具体历史性和复杂性。笔者研究韦君宜小说的论文也运用了后结构主义以重新考察"十七年"时期女作家的创作。这篇文章首先厘清了很多研究中本质主义的"主体性"和"主体意识"概念，提出要在反本质主义的立场和具体社会语境中去考察妇女的能动性（刘希，2012）。文章通过对韦君宜创作于"十七年"时期的小说《女人》的研究，发现五四运动的个性解放话语和社会主义时期关于"同志关系"和男女平等的话语一起参与到了女性主体的建构过程中。国家话语与妇女主体建构之间的关系是多元复杂的，不是简单的统治和反抗的关系。因此，对性别主体认同和妇女能动性的考察需要对不同国家、社会话语做历史化、语境化的探讨。

贺桂梅也曾提醒研究者们把女性"主体性"问题"放置在每个历史时期的社会结构和制度场域里"来分析（贺桂梅，2010）。她引用福柯有关任何主体都是与知识、权力紧密勾连在一起的观点，但她认为福柯的理论提醒研究者去关注主体性实践以展开的具体权力场域；认为巴特勒的"表演"理论提醒我们注意到"表演性反抗"本身的限度，"因为每个人只能在既有的权力结构内部来建构或展示自己的性别身份"，所以她关注"表演者"所置身的社会性别制度的具体形态（贺桂梅，2010）。在反对本质主义的"主体性"阐释之后，贺桂梅对"非主体性"社会结构的关注又有了超越后结构主义的"话语"中心的倾向。她认为我们要注意"女性自我意识、社会身份、组织方式等的'社会建构性'，很大程度上开启了文学、美学或文化研究之外的政治经济学讨论面向"（贺桂梅，2010）。她的观点是借助后结构理论中"权力"或"社会建构"的维度去开启对物质性社会文化关系的关注，而并没有停留在后结构理论本身，可以说是利用后结构理论的一些概念和话语展开唯物主义方向的思考。

三、对"主体性"范式和"后理论"的反思

在对社会主义时期的妇女史和性别文化的研究中，早在 2010 年召开的"社会主义妇女解放与西方女权主义的区别：理论与实践"座谈会上，有很多学者开始重新审视 90 年代性别研究界流行的"主体性"概念及相关对身份和身份政治的迷思。他们不仅批判了第一种以自由主义人文主义来反抗国家主义本质主义的"主体性"概念，认为其"契合了资本主义精神"（宋少鹏，2011），同时也警惕后现代女性主义对流动的多元主体身份的去政治化。钟雪萍认为在社会主义妇女解放运动研究中，后结构主义话语"使性别与性的问题进一步细化甚至碎片化"（钟雪萍，2006），因而无法充分发现妇女解放运动与妇女在运动中产生的自我认识之间的复杂关系。宋少鹏进一步讨论了涉及以上两种范式的"主体性"和性别研究理论的意义和不足。她认为主体性范式挖掘妇女作为历史行动者的能动性、作为行动者而不是无力者的智慧和力量是有重要历史意义的，但她同时呼吁我们关注制度性压迫的问题，同时分析主体和制度的问题，她认为补救"主体性"范式不足的方法就是借鉴革命范式对于制度、客观性的剖析（宋少鹏，2011）。这些研究挑战了自由主义对中国妇女解放运动的论述，是从马克思主义女性主义的视角将对历史和文化的研究从个体的行动转向对物质性的社会文化关系的关注。

王玲珍在近年的系列研究中发现中西方女性主义运动都在 20 世纪 70 年代和 80 年代从社会主义或者左翼女性主义转向激进、文化和后结构主义女性主义。她提醒我们将后结构主义本身进行历史化，看到后结构主义和自由主义在西方历史中的相通性，特别是在冷战中有意识或无意识的共谋立场。① 她重新勾勒了中国社会主义女性主义实践的历史，特别强调它的"整合/体性（integrated practice）"、社会主义革命的机制性和国际性（王玲珍，2015）。她在对社会主义时期的女导演王苹的研究中，提出对妇女在社会主义文化生产的考察要注意在这种具体社会语境中诞生出的能动性的"多维性"（multidimensionality）（王玲珍，2015）。因为社会性别在中国的社会主义女权主义文化实践中并不是孤立的，而是一个跟其他政治和社

---

① 相关论述见王玲珍：《重审新时期中国女性主义实践和性/别差异话语——以李小江为例》，载《南开学报（哲学社会科学版）》2015 年第 6 期，第 109－124 页；王玲珍：《中国社会主义女性主义实践再思考——兼论美国冷战思潮、自由/本质女性主义对社会主义妇女研究的持续影响》，载《妇女研究论丛》2015 年第 3 期，第 7－21 页；王玲珍：《王苹与中国社会主义女性电影——主流女性主义文化、多维主体实践和互嵌性作者身份》，载《妇女研究论丛》2015 年第 4 期，第 74－88 页。

会的议程紧密联系在一起的范畴，而且中国的社会主义女权主义有显著的民族主义和无产阶级化的特点，所以要从这一时期的多重历史力量的交叉中去考量社会主义女权主义实践。以社会主义时期的女性导演为研究中心，王玲珍发现"由于社会主义女性主义同其他政治、经济和社会变革紧密相连，它强调多维度的主体性；同时，由于中国女性在社会主义阶段不断扩充的公共以及职业身份，中国女性在社会主义时期开始占据多重的政治和社会位置"（王玲珍，2015）。她在这里采取的主要是历史唯物主义女性主义的方法，突显中国特定的半殖民地半封建的经济、政治、文化状况。她提出的"多维主体性"（multidimensional agency）（王玲珍，2015）更多地是从社会主义革命和实践历史中总结出来的，这个理论化以后的概念同后结构主义的"主体性"概念已经有很大不同。

而在文学研究中，钟雪萍、贺桂梅、董丽敏等学者都提出在妇女主体建构上，需要考量如劳动、阶级、职业等其他要素与身份认同和主体意识的关系。特别是在20世纪90年代之后市场经济和新自由主义意识形态合法化了贫富分化和阶级不平等的问题之后，女性主义者如何可以同时反对父权制和资本主义的问题便凸显了出来。在文学批评中，开始有学者追问什么样的"女性文学"可以揭示当下社会里的性别、阶级、城乡等不平等，并且追问"追问面对父权和资本的合力侵袭，何为真正具有反抗性的妇女'主体性'的问题"（刘希，2017）。而社会主义时期妇女解放与阶级解放密切结合的历史遗产是我们思考当下问题的一个重要资源。"需要在对历史遗产作出反省的基础之上，寻找解决女性问题与阶级（民族）问题更适度的方式，以打开女性文学批评的新视野。"（贺桂梅，2003）

近3年来，对"十七年"文学中妇女写作的新的研究在论及妇女特别是底层妇女的自我认同与主体建构问题时，已经更多地关注到底层妇女具体的政治、经济环境和公共生产劳动、职业身份对妇女主体性建构的贡献。如刘传霞和石成城认为茹志鹃的小说是强调人的主体性建构是个体与社会互动的结果，其研究强调国家意识形态对妇女的保护、鼓励，并看到集体化公共领域的生产劳动对妇女主体建构的积极作用（刘传霞、石成城，2018）。在讨论"主体性"的时候，这个研究没有给出任何理论框架，而是认同"主体性"不是给定的或由个体单独完成的，是在与社会、他人关系的密切互动之中形成的。

董丽敏的研究论文《革命、性别与日常生活伦理的变革——对茹志鹃1950—1960年小说的一种考察》也以茹志鹃五六十年代的小说创作为研究对象，探讨了这些作品如何把底层和妇女的双重身份和多元诉求表现出来。茹志鹃被认为以"革命与性别的双重自觉"、以底层妇女为中心呈现了社会变革、阶级革命、新的社会主义伦理与人的情感结构和关系之间的复杂关系。这篇文章将革命与性别的关系置于日常生活伦理和家庭人际关系的变化中去讨论，不再局限于寻求"主体性"的理论话语但又基于对主体身份建构的客观性认识。这种回归历史唯物主义视角的社会主义文学研究给了当下的女性主义文学批评者很大的启发。

四、结论

王宁在研究西方批判理论，特别是巴特勒的理论在中国的接受和应用时发现："理论在异地传播时，其功能和意义会发生或多或少的变化，有时会出现不同的现象，表现为理论在中国几十年来的不断普及和繁荣……但是，西方理论只有在语境化的条件下才能在中国有效地发挥作用。也就是说，它应该在中国的语境中被重新定位。"这种"语境化"地对批判理论的接受和应用也正是本研究的基本立场。

本文首先梳理了后结构理论和西方女性主义理论的复杂关系，特别是后结构理论影响下的女性主义学者对"主体性"和"能动性"概念的重新界定和运用。可以说，并没有一个统一的"后结构女性主义"的理论，后结构理论与西方女性主义之间的确存在非常"不稳定的结盟"。有些女性主义理论家无法完全抛却自由主义人文主义的主体观念和想象，有些女性主义理论家的"反本质主义"立场在其批评实践中也难以完全实现，这也证明了后结构/后现代理论与西方自由主义在历史中的深刻关联。不同的女性主义理论家以不同方式从后结构理论中汲取力量，增强其政治性，也有很多学者提出后结构理论特别是"后现代主义"的去宏大叙事、相对主义等视角可能对女性主义理论和实践的政治性和批判力造成削弱。有些学者强调从语言和话语层面去考察压迫性和能动性的问题，有些则强调在研究中注意话语实践与物质权力关系的结合，关于"主体性""本质主义""政治性""物质性"等问题一直在探讨和争论之中。可以说，后结构理论与女性主义关系的这些复杂性、矛盾性或者"不稳定性"，在后结构理论和西方女性主义批评在中国学术界的旅行中也显现了出来。

文本对社会主义时期的文学、文化的批评为例，探讨妇女"主体性"概念和研究范式的发展历程。20世纪八九十年代的女性主义文学、文化批评一开始受到了反思"极左"社会主义实践的自由主义女性主义思想的影响，在挪用后结构和后现代主义如阿尔都塞和福柯的理论时使用的"主体"和"主体性"概念仍然是基于自由主义人文主义的观点，其核心观点是妇女"主体性"被外在的政治文化和意识形态压抑，有本质主义化的问题。而在新世纪之后，中西学界开始重估被贬低的社会主义时期的性别文化文本，学者利用后结构女性主义理论的概念和话语，特别是反本质主义的"性别""主体性"和"能动性"等概念去考察社会主义时期不同女性实践者"主体性"的复杂性,去发掘其在社会主义文化实践中的"能动性",以"去本质化"、历史化的批评实践挑战主导性的自由主义人文主义话语。近年,又有历史唯物主义和马克思主义立场的研究者对后结构和后现代理论本身进行历史化的考量,反思其造成碎片化和去政治化的可能。他们对"主体""主体建构"的探讨逐渐脱离了后结构理论的话语框架,尝试从历史唯物主义的视角进行文学和文化研究,更加注重主体研究中的政治经济面向。可以说,后结构理论在当代中国女性主义批评中有着复杂的谱系和旅行史,这个过程反映了中国后社会主义时期西方批判理论对中国人文和社会学科的冲击,也反映了意识形态和社会话语的变迁对研究范式的影响。笔者希望这个梳理可以让社会主义文化和文学研究的研究范式转变更好地呈现出来,提醒研究者们关注西方批判理论在中国落地过程中不断被"语境化"的过程,关注如何反思性地运用不同批判理论,以更深入地剖析不同压迫性的话语和物质的社会文化关系,使得帮助女性主义文学批评和文化研究拓宽理论的视野,同时保持其批判性和政治性。

参考文献:

[1] JUDITH B. Contingent foundations: feminism and the question of postmodernism [M] // STEVEN S. The Postmodern turn: new perspectives on social theory. Cambridge: Cambridge University Press, 1994.

[2] JANE F. Thinking fragments: psychoanalysis, feminism, and postmodernism in the contemporary west [M]. California: University of California Press, 1990.

[3] NANCY F, LINDA N. Social criticism without philosophy: an encounter between feminism and postmodernism [M] //STEVEN S. The postmodern turn: new perspectives on social theory. Cambridge: Cambridge University Press, 1994: 242 – 261.

[4] STÉPHANIE G, BRABON B A. Postmodern (Post) feminism [M] //Postfeminism: cultural texts and theories. Edinburg: Edinburg University Press, 2009: 106 – 123.

[5] MARIE S A. Subjectivity and subjectivation [M] //DISCH L, HAWKESWORTH M. The Oxford handbook of feminist theory. Oxford: Oxford University Press, 2015: 955 – 972.

[6] 陈顺馨. 中国当代文学中的叙事和性别 [M]. 北京:北京大学出版社,1995.

[7] 戴锦华.《青春之歌》:历史视域中的重读 [M] //唐小兵. 再解读:大众文艺与意识形态. 北京:北京大学出版社,2007.

[8] 董丽敏. 革命、性别与日常生活伦理的变革:对茹志鹃 1950—1960 年代小说的一种考察 [J]. 中国现代文学研究丛刊,2018 (6):52 – 68.

[9] 贺桂梅."可见的女性"如何可能:以《青春之歌》为中心 [J]. 中国现代文学研究丛刊,2010 (3):1 – 15.

[10] 贺桂梅. 三个女性形象与当代中国社会性别制度的变迁 [J]. 中国现代文学研究丛刊, 2017 (5): 45-71.

[11] 贺桂梅. 当代女性文学批评的三种资源 [J]. 文艺研究, 2003 (6): 12-19.

[12] 侯杰, 李净昉. 探寻女性主体性: 评叶汉明教授的主体的追寻——中国妇女史研究析论 [J]. 妇女研究论丛, 2007 (1): 76-79.

[13] 刘传霞, 石成城. 集体主义时期城市底层家庭妇女的自我认同与主体建构: 从茹志鹃的《如愿》《春暖时节》谈起 [J]. 妇女研究论丛, 2018 (3): 84-95.

[14] 刘剑梅. 革命与情爱: 二十世纪中国小说史中的女性身体与主题重述 [M]. 郭冰茹, 译. 上海: 上海三联书店, 2009.

[15] 刘希. 毛泽东时代女性的主体性问题: 以韦君宜小说《女人》为例 [J]. 妇女研究论丛, 2012 (4): 75-81.

[16] 刘希. 底层妇女的身体呈现: 以三部当代女性小说为例 [J]. 山西师大学报 (社会科学版), 2017 (2): 99-106.

[17] 刘岩. 后现代视野中的女性主义与女性主义文学批评 [J]. 广东外语外贸大学学报, 2011, 22 (4): 9-13.

[18] 孟悦. 性别表象与民族神话 [J]. 二十一世纪, 1991 (4): 103-120.

[19] 孟悦, 戴锦华. 浮出历史地表: 现代妇女文学研究 [M]. 郑州: 河南人民出版社, 1989.

[20] 宋少鹏. "社会主义妇女解放与西方女权主义的区别: 理论与实践"座谈会综述 [J]. 山西师大学报 (社会科学版), 2011, 38 (4): 143-149.

弗雷德里克·詹姆逊空间政治理论研究①

王希腾

摘　要：弗雷德里克·詹姆逊（Fredric Jameson）是美国著名的马克思主义理论家。他以兼容并蓄的理论著作，对西方社会尤其是资本主义发展轨迹进行了细致剖析与大胆论断，并以此为马克思主义理论注入了新的发展活力。本文欲以"空间政治"的视角整合、阐释詹姆逊的理论，从现代主义文学批评、后现代主义文化研究和乌托邦思想三个维度对詹姆逊的空间政治理论进行解读，以期揭示他对马克思主义空间阐释传统的继承和发展。

关键词：詹姆逊；空间政治；现代主义文学批评；后现代主义文化研究；乌托邦思想

弗雷德里克·詹姆逊被认为是"美国最具影响力的马克思主义理论家之一"②，甚至"可能是现今英语世界里最重要的文化批评家"③。他的研究不仅仅对文学批评，还对文化研究，尤其是后现代主义文化研究起到了极大的推进作用。詹姆逊善于杂糅众家之言，被誉为理论家中的"革命的集邮者"。对笔者而言，更乐于称誉詹姆逊为现今马克思主义空间阐释的代表者，他的后现代空间政治理论是马克思主义空间阐释的最重要的成果之一，并形成了他独具风格的空间政治理论。

"空间政治"这一概念是在"空间转向"思潮中由列斐伏尔提出的，他在其撰写的《空间政治学的反思》（1970）中回答了"何为空间政治""空间为何是政治的"等问题。他指出，"存在着一种空间的意识形态""存在着一种空间的政治学，因为空间是政治的""为什么？虽然空间看起来似乎是均质的，其存在形式似乎是

---

① 原载于《关东学刊》2016年第6期。
② Jeffrey W. Hunter. *Contemporary Literary Criticism*：*Fredric Jameson*（*Volume 142*）. Drake：Gale Group, 2001, p.5.
③ Fredric Jameson. *The Geopolitical Aesthetic*, *or*, *Cinema and Space in the World System*. Bloomington：Indiana University Press & BFI Publishing, 1989, p. ix.

纯粹客观的，但如果我们深入地探究就会发现，空间实质上是一种社会产物"。①他强调，社会空间已经成为资本权力斗争的场所，并认为"空间的生产本质上是一种政治行为"②。

詹姆逊的空间政治理论是在马克思主义空间阐释传统的基础上（特别是基于列斐伏尔空间阐释的践行），对资本主义不同社会形式中不同文学、文化文本的空间阐释。其内涵是马克思主义空间阐释传统，理论核心是后现代空间，外延为现代主义文学空间和乌托邦空间。通过"社会形式－空间形式"的辩证关系，詹姆逊着力于建构他的"社会形式诗学"，并期许通过对未知乌托邦空间的追求达成既定的意图，即探寻更高级的去资本化的社会空间形式。

根据詹姆逊空间政治理论的建构特点和国内外研究现状，笔者认为，詹姆逊的空间政治理论存在狭义和广义之分。狭义上指的是他对后现代空间的确证分析，这是国内学界所关注的研究点。广义上则指其空间政治理论是对资本主义不同时期空间形式的批判，以及对去资本化的更高级社会空间形式的探寻。

为了系统地再现詹姆逊空间政治理论的建构过程，必须回到他所划分的资本主义社会形式（市场资本主义、垄断资本主义或帝国资本主义和晚期资本主义或跨国资本主义），以及其相对应的文学、文化形式（现实主义、现代主义和后现代主义）和空间形式（市场资本主义空间、垄断资本主义或帝国主义空间和晚期资本主义或后现代主义空间）。因此，本文略去詹氏论述甚少的市场资本主义空间，分别从文学批评中的帝国主义空间和文化研究中的后现代主义空间，以及作为后现代主义空间替换方案的乌托邦空间等不同空间形式分析，尝试对詹姆逊的空间政治理论做一次系统的阐释和梳理。这种对詹姆逊空间政治理论历史化的阐释，明显契合其发展轨迹的特征。或者说，从"社会形式－空间形式"辩证关系的角度历时地再现其空间政治的形成是很好的一种尝试。

为什么要特别针对詹姆逊的空间政治理论展开研究？原因有三：第一，作为一名对文学批评和文化研究皆展现出极大兴趣的马克思主义者，詹姆逊在其对"社会形式诗学"的建构中呈现出明显的空间政治理论发展线索；第二，国内外仍无一人对詹姆逊的空间政治理论做过系统梳理和研究，绝大部分研究仅局限于他对后现代空间的分析；第三，也是最重要的一点，是基于中国现代性建设的需要。

改革开放以来，中国自身的资本化进程愈演愈烈，跨国资本集中且迅猛地进入

---

① 苏国勋，刘小枫：《二十世纪西方社会理论文选 III：社会理论的知识学建构》，上海三联书店2005年版，第224－238页。

② ［英］迈克·迪尔：《后现代血统：从列斐伏尔到詹姆逊》，见包亚明主编《现代性与空间的生产》，上海教育出版社2002年版，第86页。

中国市场，并展开对个体身体空间和精神空间的残酷剥削。另外，具有后现代主义的文化形式在生活的方方面面滋生和蔓延。詹姆逊空间政治理论代表着马克思主义空间阐释传统在当代最重要的理论成果之一，他指涉的后现代空间的论述对中国现代性建设有着显而易见的指导意义。最主要的是，他还将乌托邦空间视为后现代空间的社会替代方案，认为突破资本主义桎梏的希望在第三世界。因此，对詹姆逊空间政治理论的系统梳理，探讨其理论在现今中国文化语境中的批判性应用有着深远的意义。

如果说马克思主义是詹姆逊理论的立足点，那空间视角就是詹姆逊理论论证的主要武器之一。若必须对詹姆逊空间政治理论做历史化的分析，那么可以知道他正是受到20世纪70年代以来"空间转向"思潮中列斐伏尔、鲍德里亚等理论家的影响而形成其空间政治理论的。他最显赫的战果，则是广为人知的詹氏对后现代主义空间的确证和解析。然而，詹姆逊的空间政治理论并不止于后现代主义空间研究，在他学术生涯的初期（1981年前），空间视角早已出现于他的马克思主义文学批评践行中。另外，基于对后现代主义状况的不满，詹氏提出用于替代后现代主义空间的乌托邦空间，鼓励人们认清自己的地理位置和时代处境，并保持对乌托邦的激情和耐心。接下来，本文将从理论萌芽：现代主义文学批评、理论主体：后现代主义文化研究、理论延展：乌托邦思想三个方面展开对詹姆逊空间政治理论的阐释。

一、理论萌芽：现代主义文学批评

詹姆逊在现代主义文学艺术批评中萌芽的空间政治理论主要体现于两大方面：其一是从（后）殖民层面对第三世界空间的想象；其二是基于现代性层面对都市空间的阐释。对于前者，笔者发现，早在20世纪70年代中期，詹姆逊已于其文章中显露了对后殖民空间政治的关切，虽无明确关涉"后殖民"概念，但通过其对第一世界和第三世界的划分可见一斑。而在都市空间方面，受到马克思、卢卡奇和列斐伏尔等异化理论的影响，詹氏亦从现代性的角度进行了批评，进而解释诸如《尤利西斯》的现代主义作品中所呈现的"时间碎片化"等现象。立足于马克思主义文学批评，在受到文学空间批评传统的影响下，詹姆逊首先在现代主义文学艺术批评中萌生了空间政治理论。他发现作者在建构文学空间之时，必受到其现实空间体验的影响，而现实空间是资本生产的空间（亦即一种政治的空间），从而佐证作者所建构的文学空间是一种政治空间的观点。据此，詹姆逊提出了"政治无意识"理论。用詹姆逊的话说："一切文学，不管多么虚弱，都必定渗透着我们称之为的政治无意识，一切文学都可以解作对群体命运的象征性思考。"① 作家或艺术家对现实空间的体验，必然以或强烈或微弱的方式投映到对艺术作品空间的建构中。

早在1975年，詹姆逊就在其文章《华莱士·史蒂文斯的异域特色和结构主义》（简称《华》）中从殖民主义的角度关注到了现代主义文学中的空间政治思想。这证明了詹氏思想的兼容并蓄，并且说明了其理论的前瞻性。此处值得强调的一点是，詹氏的殖民文学空间研究的理论根据主要来源于黑格尔关于奴仆关系的分析、葛兰西的文化霸权论，以及法侬的殖民主义病理学研究。这点可以从詹氏的论述中发现：

> 作为北美人的我们打开《日本现代文学的起源》这本标志着当代日本理论的杰出成就的著作时，肯定已经明了方向。在中心往往存在着非常特殊的盲点，边缘尽管尤其不满，但也无须去应对这盲点。……从某种另外的角度而言，人依赖于依赖着他的人，这是毫无疑问的；但是主人从来不会像奴隶或者仆人关注自己那样去关注那些奴隶和仆人们（在这种臣属的性格特点的发展过程中，葛兰西和法侬式的分析丰富了黑格尔的基本范式）。②

从以上的举证中，可以看出詹姆逊受到了黑格尔、葛兰西和法侬的影响，并且可以发现詹氏甚为自在地以中心（或主人）自居，而日本则是边缘（或仆人）。他在这里的欧洲中心主义的无意识表现，在日后饱受诟病，尤其是在其于2002年第二次中国之行后，引起了国内学界旷日持久的论争。这点在论述詹氏理论不足之处时将有较为具体的陈说。

根据詹姆逊的定义，第三世界指的是"殖民基地和文化他者"③。在詹氏看来，殖民主义和资本主义历史分期有着密切的关系，他认为第二次世界大战是一个重要的转折点。二战后，全球"进入了一个去殖民化和新殖民主义的新时期（即现在所定义的'后殖民主义'时期——引者注），这也标志着进入了第三阶段或跨国阶段"④。"随着由第三世界的素材所搭建起来的'世界'的完成，于是一个自治或者半自治的空间似乎得以实现，现在我们可以感觉到它'代表'着一个根本上相

---

① [美] 弗雷德里克·詹姆逊：《政治无意识》，王逢振译，中国社会科学出版社1999年版，第59页。
② [美] 弗雷德里克·詹姆逊：《在可选择的现代性镜像里》，见《詹姆逊文集（第五卷）：论现代主义文学》，王逢振译，中国人民大学出版社2010年版，第410页。
③ [美] 弗雷德里克·詹姆逊：《兰波与空间文本》，见《詹姆逊文集（第五卷）：论现代主义文学》，王逢振译，中国人民大学出版社2010年版，第342页。
④ [美] 弗雷德里克·詹姆逊：《兰波与空间文本》，见《詹姆逊文集（第五卷）：论现代主义文学》，王逢振译，中国人民大学出版社2010年版，第342页。

反的真实世界（自然文化，或换言之，自然景观与奢华的消费品；第一世界与第三世界）。"① 由此，第一世界和第三世界形成了对比，后者从名义上摆脱了前者在地理空间意义上的束缚，转而沦为前者在文化空间意义上的附庸。

根据推断，詹姆逊对殖民空间政治的研究始于《华莱士·史蒂文斯的异域特色和结构主义》②一文：

> 公园中大象的耳朵，
> 在严霜中委顿。
> 小径上的落叶，
> 鼠般滚动。
> 这时你的灯光流泻在，
> 我闪亮的枕边。
> 像海面的明暗以及天空的云翳，
> 恰似爪哇的伞盖。

在詹姆逊看来，这种将异邦的白日梦和将第三世界当作一个地名系统纳入其叙事的美国现代主义作家为数不多。史蒂文斯在此诗中创造了一个乌托邦式的生活空间（就好像在某些广告上看到的一样）。在其描述中，隐含着"一个超然的主体思考着一个处在不变的甚至是根深蒂固的习俗当中的静止的客体"③。笔者仿佛看到了作为主体的代表资本家的史蒂文斯，在任意想象或凝视作为变动不居的观照客体的第三世界国家：爪哇。而来自爪哇的产品——伞盖，这一"第三世界工艺品制造业的短暂功能就是为第一世界生产消费品"④。史蒂文斯对于第三世界空间的想象，开启了现代主义文学中鲜有的一种符号空间，这一文学空间是史蒂文斯空间体验的折射，也是资本全球化和宗主国对殖民地他者化奴役传统的体现。在这一点上，詹姆逊有类似的表达：

---

① [美] 弗雷德里克·詹姆逊：《华莱士·史蒂文斯的异域特色和结构主义》，见《詹姆逊文集（第五卷）：论现代主义文学》，王逢振译，中国人民大学出版社2010年版，第308－309页。
② [美] 弗雷德里克·詹姆逊：《华莱士·史蒂文斯的异域特色和结构主义》，见《詹姆逊文集（第五卷）：论现代主义文学》，王逢振译，中国人民大学出版社2010年版，第306页。
③ [美] 弗雷德里克·詹姆逊：《华莱士·史蒂文斯的异域特色和结构主义》，见《詹姆逊文集（第五卷）：论现代主义文学》，王逢振译，中国人民大学出版社2010年版，第308页。
④ [美] 弗雷德里克·詹姆逊：《华莱士·史蒂文斯的异域特色和结构主义》，见《詹姆逊文集（第五卷）：论现代主义文学》，王逢振译，中国人民大学出版社2010年版，第308页。

史蒂文斯作品所开启的这一符号空间，这个图像脱离事物、观念脱离图像、名称脱离观念的自治，究其本身而言，既不是真实的也不是虚假的，既非科学的也非意识形态的：它乃是一种经验，一种有关符号空间的历史经验，但不是一种有关语言的理论，也不是受到种族或者政治判断影响的选择。但是鉴于这种经验的不稳定性，需要对其通过不同的方式来进行保护和巩固，于是意识形态就使自己以形式主义或许会称为"手法的动机"这一面目出现。①

然而，同样作为无意识的欧洲中心主义者，甚至是宗主国传统的一员，詹姆逊似乎更愿意从宏观意义上资本主义的历史分期和微观意义上结构主义的角度进行文本分析，或者说仅仅是揭露了第一世界对第三世界从地理殖民主义到文化后殖民主义这一客观现实，而没有表露出对第一世界的反省以及对第三世界的怜悯。他如是说：

> 从根本上而言，在这里（想象一个广阔而复杂的结构分析方法描绘史蒂文斯的作品——引者注）我们倒是情愿通过返回文本自身，这样我们除了看到相同秩序的内容之外，再没有任何其他的东西，从而去强调该观念空间之内子系统的多样性。如果该空间真是封闭的，那也仅仅是在爱因斯坦所说的宇宙是封闭的这个意义上说的，而不是像在一个传统的封闭空间之内那样，囿于它的限制而无法感知这些限制之外的来自该体系的激进的他者或差异。②

除此之外，詹姆逊似乎更愿意将史蒂文斯对异邦的白日梦归咎到西方20世纪前后因宗教的缺席而导致的疏离和荒谬主题，而不是从第三世界的角度出发，寻求摆脱这种文化霸权的方法。

> 在此（在史蒂文斯关于第三世界想象的作品中——引者注），为人熟知且已司空见惯的疏离感和荒谬感的这些主题就如期而至：上帝的死亡、宗教的消失就决定了一个完全没有任何意义的世界，而就在这个世界当中，唯独诗歌和小说最起码使表面意义获得了复归，为现代人发挥了在更为传统的社会系统当

---

① [美] 弗雷德里克·詹姆逊：《华莱士·史蒂文斯的异域特色和结构主义》，见《詹姆逊文集（第五卷）：论现代主义文学》，王逢振译，中国人民大学出版社2010年版，第315页。
② [美] 弗雷德里克·詹姆逊：《华莱士·史蒂文斯的异域特色和结构主义》，见《詹姆逊文集（第五卷）：论现代主义文学》，王逢振译，中国人民大学出版社2010年版，第310页。

中宗教所发挥的功能。①

这一事实恰恰确证了詹氏的欧洲中心主义倾向，以及以主人身份自居的主场，正如前面笔者所引用的詹氏的说辞："主人从来不会像奴隶或者仆人关注自己那样去关注那些奴隶和仆人们。"

除了上文所论述的《华》一文中对第三世界空间的想象，到了1981年（《政治无意识》一书出版的同一年），詹姆逊在其《兰波与空间文本》一文中亦有类似的论证：

> "兰波"标志着这样一个时期——以一种早熟的，而且独一无二的前瞻性和预言性的方式——即市场资本主义向资本的垄断阶段（或者如列宁所称的"帝国主义阶段"的转变），因为这是一个世界体系发生根本变化的时期，也是一个需要给予更为充分的解释的现象。换言之，我们对于文化和历史主体之间的关系较为了解；此外也了解这样的一种方式，即像广阔的地理和国际体系此类相当抽象的因素，从某种程度上而言，启发和决定，乃至从结构上构建和影响着个体意识——这或许是一个吊诡或神秘的思想。②

以上的引用给我们提供了三个方面的信息：其一是兰波在其诗作中极富前瞻性地预言了资本主义从市场资本主义向垄断资本主义阶段的转变；其二是资本主义不同阶段的跃迁导致了地理空间和国际体系的变化；其三是资本主义不同阶段空间的变化建构影响着个体意识。具体表现在兰波身上，则是其诗作中所体现出的相应现代主义空间。正如詹氏所说："他（兰波）那特殊的性情和感觉系统就像一台记录仪或者性欲机器去捕捉与这个殖民的世界体系的罕见的共鸣。"③ 因此，在分析兰波的空间文本时，詹姆逊"一心想要展示异域因素——非洲、远东、让人头昏脑胀的热带，变幻莫测的德意志——更不用说他与伦敦，这个资本主义的超级大都会和通过殖民将把这个世界连接得更加紧密的航运网络的中心的接触所带给他身临其

---

① ［美］弗雷德里克·詹姆逊：《华莱士·史蒂文斯的异域特色和结构主义》，见《詹姆逊文集（第五卷）：论现代主义文学》，王逢振译，中国人民大学出版社2010年版，第315页。
② ［美］弗雷德里克·詹姆逊：《兰波与空间文本》，见《詹姆逊文集（第五卷）：论现代主义文学》，王逢振译，中国人民大学出版社2010年版，第340页。
③ ［美］弗雷德里克·詹姆逊：《兰波与空间文本》，见《詹姆逊文集（第五卷）：论现代主义文学》，王逢振译，中国人民大学出版社2010年版，第344-345页。

境的震惊等，在兰波的诗歌生产中所发挥的作用"①。

总之，詹姆逊在其文章《华》(1975) 和《兰波与空间文本》(1981) 中皆表达了关于"殖民主义的地理无意识"的观点，即一种殖民主义的空间政治。史蒂文斯和兰波于现实的生活中感知和体验资本主义的帝国主义空间，受其压抑和影响，自然而然地逃避，转而接受第三世界乌托邦式幸福的邀约。这一论点亦曾被詹姆逊指出过，全球范围内的、地缘殖民的世界体系已然显现于诗歌，并且形成了与个体感官或身体的共鸣。

值得一提的是，詹姆逊在对现代主义作家的分析中，已经开始发掘其作品中的后现代性。这一特征在 1981 年后的文学批评相关论著中尤其明显。此处举一例，在其著作《布莱希特与方法》中，詹姆逊指出，布莱希特全部作品的伟大历史意义就在于"实现理论化，然后据此突出在他周围发生作用的各种审美的和意识形态的形式和空间，使我们有可能抽象地观照它，并为其命名和加以表达"②。从詹氏的表述中不难看出他对"意识形态的形式和空间"的重视，这正是体现了"空间政治"视角在文学分析中的运用。

二、理论主体：后现代主义文化研究

詹姆逊空间政治理论的主体是后现代文化研究视角下对后现代空间的阐释。詹姆逊对后现代主义的关注始于 20 世纪 70 年代末。他于耶鲁大学任教期间，注意到自己陷于现代主义和后现代主义建筑学的冲突漩涡中。最主要的是，他从同样作为马克思主义者的列斐伏尔的理论中，尤其是对战后资本主义都市以及空间的研究中获得灵感。然而，导致詹姆逊从文学批评转向文化研究的直接原因，是利奥塔对他的刺激和启发。在对 20 世纪 50 年代意识形态终结论、20 世纪 60 年代末各种反抗运动和 20 世纪 70 年代愈演愈烈的现代建筑学与后现代建筑学的总体观照，以及利奥塔《后现代状况：关于知识的报告》一书研究的基础上，詹姆逊认为，这个以往被命名为"传媒社会""景观社会""消费社会"，或叫作"有计划性衰竭的官僚政治社会，或'后工业社会'的全新社会经济体系，应该被重命名为'后现代主义社会'"。

1981 年出版的《政治无意识》一书是詹姆逊从文学批评到文化研究的转折点。

---

① [美] 弗雷德里克·詹姆逊：《兰波与空间文本》，见《詹姆逊文集（第五卷）：论现代主义文学》，王逢振译，中国人民大学出版社 2010 年版，第 343—344 页。
② [美] 弗雷德里克·詹姆逊：《布莱希特与方法》，陈永国译，中国社会科学出版社 1998 年版，第 7 页。

1982年，詹姆逊在美国韦特尼当代艺术博物馆以《后现代主义与消费社会》为题发表了演讲，这个演讲标志着詹氏正式介入到后现代主义批评中。虽然詹姆逊1981年从文学批评转向文化研究，但前后并非完全割裂。实际上，在1981年之前詹氏便初露锋芒，在文学批评实践中预示他的后现代主义理论；1981年后，詹姆逊仍然继续建构他的"社会形式诗学"，其中就有大量关于现代主义和现实主义文学的论述。正如詹姆逊研究者李世涛所说："詹姆逊的文化理论与批评与其前期所从事的文学理论与批评关系密切，甚至可以说，詹姆逊前期的研究是其后期研究的基础，并为后期研究提供了基本的框架。"①

对詹姆逊而言，社会形式，或者说资本决定着空间形式。资本的跨国化、全球化塑造了一种新的文化形式和空间形式，亦即后现代主义文化及其空间的诞生。詹姆逊认为：

> 在后现代时期，这种对语言的信念已经消失，视觉和空间的统治地位造成了一种非常不同的境遇，在这种境遇里，通过把这种现象回归到词语和句子的作用不再有任何特别的优势；净化语言，重新创造它的更深刻的共同的或集体的功能，排除它的一切工具的或商业的东西，这种伟大的乌托邦思想似乎已经消失得无踪无迹，就像在镜像和电子媒体社会里，出人意料地发现的东西竟然是使语言自身物化和商品化的无限能力，而完全预想不到的是，语言远不是提供抵制陈词滥调的力量，自身却首先变成了这种堕落的源泉。②

后现代时期的空间化和商品化甚至俘虏了语言和文学，因此最根本的还是要回到文化现象本身，从不同学科的文化文本中，寻找出应对时代症结的办法。所以，他将研究的矛头对准了后现代空间里的不同文化文本，通过细致入微的分析，确证了后现代空间的存在。

詹氏关于后现代空间的论述，是基于"社会形式—空间形式"关系的辩证发展，并且从建筑、都市、电影等文化文本进行剖析，确证后现代空间的存在。正如国内学者李春敏所说："具体说来，詹姆逊探讨的后现代空间是与晚期资本主义的特定发展阶段相联系的社会空间，而非自然空间，这一点我们可以从詹姆逊关于后

---

① 李世涛：《重构全球的文化抵抗空间：詹姆逊文化理论批评研究》，社会科学文献出版社2008年版，第5页。
② [美]弗雷德里克·詹姆逊：《詹姆逊文集：论现代主义文学》（第5卷），苏仲乐、陈广兴、王逢振译，中国人民大学出版社2010年版，第25页。

现代的'超空间'阐释中找到依据。"①

正如前面所指出的，詹姆逊对后现代主义的关注始于20世纪70年代的建筑学问题，而这也启发了他对后现代空间的研究。20世纪70年代，在詹姆逊于耶鲁大学任教时期，当时兼任建筑学院院长的保罗·鲁道夫（Paul Rudolph）的建筑设计被视为现代运动沦落的结果，这一现象使詹姆逊由文学批评转向了文化研究。佩里·安德森（Perry Anderson）如是指出："詹姆逊发觉自己处在现代建筑学与后现代建筑学之间冲突的漩涡里。正是这门艺术把詹姆逊从'教条主义的酣睡'中唤醒，在满怀惬意的字里行间，他无疑在指这个环境。或许，更确切地说，它使詹姆逊的关注范围扩大到视觉领域。"② 事实上，詹姆逊对于现代建筑学与后现代建筑学冲突的感知是非常敏锐的，因为"到1974年，'后现代'这个术语（早在10年前佩夫斯纳就用它来严厉批评软弱的复古主义）进入了纽约的艺术界"③，是批评家查尔斯·詹克斯（Charles Jencks）的著作《后现代建筑学的语言》（1977）使"后现代"这一术语声名鹊起。詹姆逊从1982年起开始介入后现代主义建筑，主要的文章有《后现代主义与消费社会》（1982）、《建筑与意识形态批判》（1982）、《后现代主义，或晚期资本主义的文化逻辑》（1984）、《空间的等价物：后现代建筑和世界体系》（1990）以及《砖块和气球：建筑，唯心主义与地产投机》（1998）等。其中关于波拿文都拉宾馆的描述堪称后现代建筑剖析的经典。

在介绍詹姆逊对波拿文都拉宾馆的后现代空间分析之前，首先要厘清现代主义建筑与后现代主义建筑的区别。根据后现代主义建筑师的分析，一方面，现代主义建筑不但成功地粉碎了传统的都市组织结构，并且透过一种崭新的乌托邦形式，把建筑物跟它周遭环境彻底割离。另一方面，他们认为现代（主义）运动却以预言启示的形式刻意宣扬精英主义及权威主义。在这类现代主义建筑中，如勒考比西埃著名的多层建筑底层架空柱表现的那样，它以激进的姿态将现代主义新乌托邦空间与退化、堕落的城市建筑结构分隔开来，公开地抛弃了其周围的城市。这类建筑的本意是以新乌托邦空间向四处发展，直到最后用其新空间语言的真正的力量改变城市。相反，后现代主义建筑却乐于让堕落的城市结构继续保持原样，既不期望、又不奢想会有什么更深层的效果、更大的原始政治的乌托邦式变化。詹姆逊将位于洛杉矶市中心，由设计师约翰·波特曼（John Portman）设计的鸿运宾馆（The Bonaventure Hotel）视为后现代建筑的典型代表，对其入口、玻璃窗和升降机及电

---

① 李春敏：《论詹姆逊后现代主义空间理论对马克思的继承》，载《马克思主义研究》2009年第12期，第95页。
② Perry Anderson. *The Origins of Postmodernity*. London：Verso，1999，p. 53.
③ Perry Anderson. *The Origins of Postmodernity*. London：Verso，1999，p. 53.

梯等进行了分析。

首先，詹姆逊对鸿运宾馆的入口进行了分析。詹氏从分析的开始就一语中的地表明，鸿运宾馆"是一所插立于整个都市肌理中的普及型商用大楼"①。这一特点表现在它对入口的设置上。与现代主义建筑恢宏、明显的唯一入口不同，鸿运宾馆有三个进口，都是些"旁门左道"。每一个入口都没有传统宾馆宽大的门蓬，没有冠冕堂皇的轿车入口处，亦没有奢华靡丽的通道引领宾客入内。这三个进口，一个在 Figueroa 大街上，另外两个位于宾馆另一边高处的庭园里旧灯塔山（Beacon Hill）残余的斜坡上。虽然从庭园那里你可以走进塔形大楼的第六层，但到那里后你必须得徒步走上一层楼找到升降机，方可来到大堂所在地。而在 Figueroa 大街那边的入口，若是视其为宾馆真正的入口，亦是错误的判断。因为当你携带着大大小小的行李走进去，你会发现自己身处于一个两层高的商场的上层，只有搭乘自动楼梯下一层楼才能找到为旅客登记入住的服务台。

关于鸿运宾馆入口的设置，在詹姆逊看来，设计者"根本不愿意把鸿运宾馆划在大都市以内，使它成为都市的一部分。理想中的鸿运大楼宁愿作为都市的同体，宁愿是都市的替身。这当然只能是不切实际的想法，有鉴于此，波文只好把进口的一般作用减到最低，最不惹人注目的程度"②。虽然鸿运宾馆与都市周遭建筑有所差异和分化，却不似现代主义建筑与周遭环境的彻底割裂。鸿运宾馆允许堕落都市的肌理继续存在，使我们摒弃对乌托邦的幻想。总而言之，"对于这一切（后现代主义的不同文化形式——引者注），后现代空间都让我们终止期望，终止一切的欲求"③。而鸿运宾馆的这一特质将詹姆逊引向了对其玻璃窗的关注。

其次，鸿运宾馆的玻璃幕墙亦是詹姆逊着重分析的另一点。詹姆逊认为，建筑物的玻璃幕墙外壳排拒了建筑物以外的都市现实。鸿运宾馆的玻璃墙使其与四周环境隔离起来，构成一种无位置感。处于类似建筑中的人们，无法在斑驳的光反射中确证自己的地理位置。

再次，詹姆逊还探讨了升降机和自动楼梯的空间问题。在鸿运宾馆建筑内部的上方，排满了下垂的饰带，而且大堂里终日人来人往，使人觉得空间被塞得满满的。人们身处其中，完全失去了距离感，陷入一个"超空间"当中。其建筑内的

---

① ［美］弗雷德里克·詹姆逊：《后现代主义，或晚期资本主义的文化逻辑》，陈清侨译，三联书店1997年版，第491页。

② ［美］弗雷德里克·詹姆逊：《后现代主义，或晚期资本主义的文化逻辑》，陈清侨译，三联书店1997年版，第492页。

③ ［美］弗雷德里克·詹姆逊：《后现代主义，或晚期资本主义的文化逻辑》，陈清侨译，三联书店1997年版，第492页。

升降机和自动楼梯更能说明"超空间"的存在。人们虽然在升降机或自动楼梯上获得了良好的视野，但这一视野仅仅是在宾馆范围内，是由宾馆映射的给定的风景。在升降机和自动楼梯上，人们失去了身体的体重感，很轻易感受到一种深度的压抑。处于这样的"超空间"中，人们的主体性、认知方式都面临着重大的挑战。正是通过对鸿运宾馆建筑特点（入口、玻璃幕墙和升降机等）的研究，詹姆逊确证了后现代"超空间"的存在。他指出：

> 我认为后现代的"超空间"乃是晚近最普及的一种空间转化的结果。至此，空间范畴终于能够成功地超越个人的能力，使人体未能在空间的布局中为其自身定位；一旦置身其中，我们便无法以感官系统组织围绕我们四周的一切，也不能透过认知系统为自己在外界事物的总体设计中找到确定自己的位置方向。人的身体和他的周遭环境之间的惊人断裂，可以视为一种比喻、一种象征，它意味着我们当前思维能力是无可作为的。①

"超空间"概念的提出，首先确证了后现代空间的存在；其次，它对乌托邦淡化的危害引起詹姆逊的担忧。正是从乌托邦复兴意义上出发，"超空间"的确证为詹姆逊对后现代社会其他领域研究的提供了核心基础，亦为"认知图绘"概念的产生奠定了理论基础。

三、理论延展：乌托邦思想

跨国资本主义在全球范围内的扩张，使得从物质到精神无不被商品化、空间化，大众无力抗争，学者亦不能提出建设性的应对方案。詹姆逊不由哀叹："今天，我们似乎更容易想象土地和自然的彻底破坏，而不那么容易想象晚期资本主义的瓦解，也许那是因为我们的想象力还不够强。"② 在本文中，笔者已经多次提及，本文是从马克思主义空间阐释传统进行詹姆逊空间政治理论研究的。其空间政治理论是基于"社会形式－空间形式"的辩证关系而得以确定的，是一种总体性的资本主义社会空间形式的研究和应对策略。其中，乌托邦空间正是詹姆逊用以替代后现代空间的理论武器。这一方面是由于当下仍然没有找出具体的应对方法，另一方

---

① ［美］弗雷德里克·詹姆逊：《后现代主义，或晚期资本主义的文化逻辑》，陈清侨译，三联书店1997年版，第497页。

② ［美］弗雷德里克·詹姆逊：《时间的种子》，王逢振译，江苏教育出版社2006年版，第1页。

面则归因于人们普遍丧失了对乌托邦的想象和耐心。经过这样的梳理，读者应该不会奇怪为什么有诸如约翰·派泽尔（John Pizer）这样的学者认为乌托邦是詹姆逊思想中最持久的论证主题。

简单地说，它不仅仅是马克思曾经言说的"乌托邦思想意味着将革命精力投入愿想的虚假满足中"。① 乌托邦对于詹姆逊，是应对后现代社会的方法，而詹氏亦是以此为基准建构其乌托邦思想的。在解释为何乌托邦是一种方法时，詹氏如是说：

> 通常我们认为乌托邦是个地方，如果你愿意，也可以说是看似一个地方而非一个地方。一个地方怎么能成为一种方法呢？这就是我让你们面对的问题，而且可能是一个容易的答案。如果我们历史地考虑新的空间形式——例如新的城市形式——它们很可能为城市规划者提供新的方法，而在这种意义上，地方就构成了方法。②

这类似于詹姆逊在别处从建筑的角度引用阿尔多·凡·艾克（Aldo Van Eyck）的话："如果社会没有形式——那么建筑师又怎能建筑其对抗的形式呢？"③ 这亦可以成为詹姆逊突破二战以来反乌托邦的桎梏，不再陷入蓝图乌托邦的泥沼中。他转而将乌托邦视为一种应对后现代空间的方法。

詹姆逊忧心晚期资本主义社会里乌托邦思想的衰弱化现象。在晚期资本主义阶段的西方国家，随着福利社会的营造与形成，"工人阶级在其价值和政治上被同化为资产阶级，而'权力精英'与类型比较古老的统治阶级相比，往往看上去既是他所支配的那些巨大努力的主人，又是他们的爪牙"④。基于詹氏对资本主义的分期理论，他对现有体制的态度是承认其现实性而质疑其合理性。学者王逢振亦曾指出这点，詹姆逊的作品"虽然远未提供一个未来理想社会的蓝图，但他的乌托邦主义却与乌托邦有某种共同的东西，这就是对社会进行批判，并欲求一个可选择的社会，一个消除异化结构并在人民之间创造真正和谐的社会"⑤。

---

① Fredric Jameson. *Marxism and Form*. London & New York：Verso, 1971, pp. 110 – 111.
② [美] 弗雷德里克·詹姆逊：《乌托邦作为方法或未来的用途》，见罗伯特·斯科尔斯、弗雷德里克·詹姆逊、阿瑟·艾文斯等著：《科幻文学的批评与建构》，安徽文艺出版社2011年版，第75页。
③ [美] 弗雷德里克·詹姆逊：《认知的图绘》，见《詹姆逊文集：新马克思主义（第一卷）》，王逢振译，中国人民大学出版社2004年版，第306页。
④ [美] 弗雷德里克·詹姆逊：《马克思主义与形式》，李自修译，百花洲文艺出版社1997年版，第89－90页。
⑤ [加] 谢少波：《抵抗的文化政治学》，陈永国、汪民安译，社会科学文献出版社1999年版，第2页。

由此可知，詹姆逊不仅仅将乌托邦视为替换现实社会形式的方案，更重要的是，他视乌托邦为一种方法论，并通过肯定阐释和否定阐释的双重角度积极挖掘乌托邦富有活力的一面，将"认知图绘"理论视为晚期资本主义乌托邦困境的出路。

詹姆逊通过认知图绘理论，想象着一种新型的国际无产阶级（虽然一时还未能想象出它们的面貌）。这一新型的国际无产阶级将在这种激烈的变化中重新出现而不需要事先预言。然而，事实是，我们仍处于后现代社会的潮流中，没有人清楚我们将在这里待多久。在詹姆逊对20世纪60年代无产阶级的研究中，他期盼一个全球范围内无产阶级化的进程；而对后现代空间形式的分析中，他希望通过认知图绘理论，使人们保持对乌托邦的想象和激情。

四、结论

综上所述，詹姆逊的空间政治理论并不仅仅关乎现实主义、现代主义和后现代主义中的具体某一项，亦不拘囿于资本主义的三个历史阶段（市场资本主义、垄断资本主义或帝国资本主义和跨国资本主义或晚期资本主义）中的具体某一个，而是在马克思主义空间阐释传统的基础上，对资本主义不同社会形式中不同文学、文化文本的空间阐释。其内涵是马克思主义空间阐释传统，理论核心是后现代空间，外延为现代主义文学空间和乌托邦空间。通过"社会形式－空间形式"的辩证关系，詹姆逊着力于建构他的"社会形式诗学"，并最终达成他的意图，即探寻更高级的去资本化的社会空间形式。

根据詹姆逊空间政治理论的建构特点和国内外研究现状，笔者认为，詹姆逊的空间政治理论存在狭义和广义之分。狭义上指的是他对后现代空间的确证和分析，这是国内学界所集注的研究点。广义上则指其空间政治理论是对资本主义不同时期空间形式的批判，以及对去资本化的更高级社会空间形式的探寻。詹姆逊的空间政治理论是马克思主义空间阐释传统在当代最重要的成果之一。

通过对詹姆逊空间政治理论的研究，我们可以从以下四个方面重塑对詹姆逊理论的理解。首先，"空间政治"概念在詹姆逊理论建构过程中所起到的作用明显被国内外学界低估。其次，国内外学界鲜有像詹姆逊这样具有宏大视野和历史使命的理论家，他将资本主义不同阶段对应的不同空间形式作为研究对象，不得不说是对空间理论概念发展的一大跃迁，亦为后来的空间阐释者提供了研究范式。再次，作为后现代空间的替换，詹姆逊的乌托邦空间思想与之前乌托邦思想的异同，乃至其可行性等多个方面仍需要继续探讨。最后，詹姆逊空间政治理论对中国现代性建设的指导意义仍具有深入挖掘的价值。

随着外国资本以跨国公司等名义在中国渗透及中国本身从市场化到私有化再到资本化进程的加深，当下的文化形式（城市空间、大众媒体、赛博空间等）已表露出明显的后现代主义特征。从个人层面看，必须防止跨国资本剥夺个人自由和个人发展空间；从国家层面看，为了顺利完成中华民族伟大复兴的目标，必须极力摒除跨国化资本的弊端；从全球层面看，中国在世界上拥有极其重要的经济、历史和政治地位，中国当下所面临的危机亦是全人类的危机。由此，关注跨国资本主义阶段里中国的现实处境，从不同的文化文本规避资本对空间的异化和后殖民已经成为具有中国现代性建设的重要议题。

参考文献：

[1] JEFFREY W, HUNTER. Contemporary literary criticism：fredric jameson（Volume 142）[M]. Drake：Gale Group, 2001.

[2] JAMESON F. The Geopolitical aesthetic, or, cinema and space in the world system [M]. Bloomington：Indiana University Press & BFI Publishing, 1989.

[3] ZIZEK S. Jameson as a theorist of revolutionary philately [C] // HOMER S, KELLNER D. Fredric jameson：a critical reader. Great Britain：Palgrave Macmillan, 2004.

[4] JAMESON F. Rimbaud and the spatial text [M]. London and New York：Verso, 2007.

[5] ANDERSON P. The Origins of postmodernity [M]. London：Verso, 1999.

[6] JAMESON F. Foreword in jean-francois Lyotard [M] //BENNINGTON G, The Postmodern condition：a report on knowledge theory and history of literature（Volume 10）. Minneapolis：The University of Minnesonta Press, 1984.

[7] KELLNER D. Jameson, marxism and postmodernism [M] // KELLNER D. Postmodernism, jameson, critique. Montreal：Maisonneuve Press, 1989：19.

[8] PIZER J. Jameson's adorno, or, the persistence of the utopian [J]. New German Critique, 1993（58）：128.

[9] JAMESON F. Marxism and form [M]. London & New York：Verso, 1971.

[10] 苏国勋，刘小枫. 二十世纪西方社会理论文选Ⅲ：社会理论的知识学建构 [M]. 上海：上海三联书店，2005.

[11] 迪尔. 后现代血统：从列斐伏尔到詹姆逊 [M] //包亚明. 现代性与空间的生产. 上海：上海教育出版社，2002.

[12] 詹姆逊. 政治无意识 [M]. 王逢振，译. 北京：中国社会科学出版社，1999.

[13] 詹姆逊. 在可选择的现代性镜像里 [M] //詹姆逊文集（第五卷）：论现代主义文学，王逢振，译. 北京：中国人民大学出版社，2010.

[14] 詹姆逊. 布莱希特与方法 [M]. 陈永国，译. 北京：社会科学文献出版社，1998.

[15] 李世涛. 重构全球的文化抵抗空间：詹姆逊文化理论批评研究 [M]. 北京：社会科学

文献出版社，2008．

[16] 詹姆逊．詹姆逊文集：论现代主义文学（第5卷）[M]．苏仲乐，陈广兴，王逢振，译．北京：中国人民大学出版社，2010．

[17] 李春敏．论詹姆逊后现代主义空间理论对马克思的继承 [J]．马克思主义研究，2009 (12)：95．

[18] 詹姆逊．快感：文化与政治 [M]．王逢振，译．北京：社会科学文献出版社，1998．

[19] 詹姆逊．后现代主义或晚期资本主义的文化逻辑 [M]．陈清侨，译．北京：生活·读书·新知三联书店，1997．

[20] 詹姆逊．时间的种子 [M]．王逢振，译．南京：江苏教育出版社，2006．

[21] 詹姆逊．乌托邦作为方法或未来的用途 [M]//斯科尔斯，詹姆逊，艾文斯，等．科幻文学的批评与建构．合肥：安徽文艺出版社，2011．

[22] 詹姆逊．认知的图绘 [M]//詹姆逊．詹姆逊文集：新马克思主义（第一卷）．王逢振，译．北京：中国人民大学出版社，2004．

[23] 詹姆逊．马克思主义与形式 [M]．李自修，译．郑州：百花洲文艺出版社，1997．

[24] 张旭东．批评的踪迹 [M]．北京：读书·生活·新知三联书店，2003．

[25] 谢少波．抵抗的文化政治学 [M]．陈永国，汪民安，译．北京：社会科学文献出版社，1999．

第二编

比较文学跨学科研究

旅行文学和异托邦视阈下的城市形象学[①]

田俊武

摘　要：旅行和写作总是内在地结合在一起，旅行文学就是以散文、日记、诗歌、小说等叙事范式表现旅行内容的文学作品。旅行文学与乌托邦叙事有着相辅相成的关系，乌托邦城市的发现、观察和讲述大多是由旅行者进行的。但是乌托邦毕竟是虚幻的存在，与之相对立的是异托邦。作为一种真实的空间存在，异托邦具有六种典型的特征，这些特征构成城市形象学研究的基础。

关键词：旅行文学；乌托邦；异托邦；城市形象学

一

"旅行就是运动，一种通过区域化空间的运动，这种运动是由人们主观选择进行的，或者是在人们无法控制的外力作用下进行的。"[②]旅行行为一般包含四个基本的因素：从熟悉的空间到非熟悉的空间的身体位移，空间位移过程所持续的时间，行为主体空间位移所产生的结果，旅行者回归原来的空间。旅行是人类现代性进程的必要因素。但是就人类生活史而言，旅行该是在以农业为中心的社会成立、定居生活一般化之后才产生的。人口集中的都市形成之后，资源的流通和工程的建设使商人和工人过着辗转流动的生活。政治宗教和社会体制建立之后，官僚巡视、寺朝参拜、僧侣托钵、军旅戎马等，莫不是带有迁徙流离特点的生活方式……甚至西方的民族迁徙、殖民开拓、海外探险、原野调查、圣地巡礼、宗教远征等[③]旅行被视为人类获取经验和知识的主要途径的观点由来已久。早在远古时代，人类的这种从一个地方到另一个地方的旅行行为，就被看作一种学习的隐喻，一种获取经历和知识的隐喻。早在公元前2世纪，希腊人保萨尼阿斯（Pausanias）就创作出一部

[①] 原载于《英国文学研究》2019年第1期。
[②] Frances Bartkowski. *Travelers, Immigrants, Inmates: Essays in Estrangement*. Minneapolis/London：University of Minnesota Press, 1995.
[③] 杜国清：《台湾文学与世华文学》，台湾大学出版中心2015年版，第117页。

《希腊指南》,该书不但分析了古希腊各个城邦衰落的过程,而且介绍了古希腊各种神话传说、战争遗址及地理知识。当然,为了写这部巨著,保萨尼阿斯游览了古希腊各个城邦,遍访了各个城池和历史事件遗址。有意思的是,为了编辑、评注和翻译这部古希腊典籍,19世纪的人类学家詹姆斯·弗雷泽(James Frazer)也曾专门顺着保萨尼阿斯曾经的踪迹,到希腊各地去旅行,以便考证保萨尼阿斯在《希腊指南》中所述事件和地理的真伪。正是在希腊旅行和考证《希腊指南》所述人文地理真实性的过程中,弗雷泽写出了他的具有划时代意义的人类学和神话学巨著——《金枝》。

旅行与人类认知世界的密切关系使得"旅行和写作总是内在地联系在一起。旅行者的故事与虚构本身一样古老。"① 以《荷马史诗》中"奥德赛"为例。"荷马笔下的奥德修斯(Odysseus)给我们提供了这个至今还被用来描述一种史诗性旅行的术语(odyssey),而他所经历的一连串冒险则为无目标的、危险的旅行和快乐的归家传奇提供了一幅蓝图。因此,奥德修斯的形象——冒险、力量、无依无靠——或许是旅行者,扩而言之,是旅行作者的合适的原型。"② 尽管旅行在人类学和社会学方面具有认识世界、促进交流等重大意义,旅行与文学又具有难舍难分的关系,但是要对"旅行文学"下一个完整的、没有歧义的定义却极其困难。卡尔·汤姆逊(Carl Thompson)认为,这个术语"包含一大堆令人困惑的形式,范式和旅程记录。"③ 迈克尔·柯瓦琉斯基(Michael Kowalewski)认为这个术语具有"令人畏惧的异质性特征",因为它"自由地借鉴了回忆录、新闻报道、书信、旅行指南、自白性书写的形式和内容,更重要的是,虚构"④。约那旦·拉班(Jonathan Raban)更是对旅行文学这一范式嗤之以鼻,声称"作为一种文学形式,旅行文学是一个臭名昭著的、淫荡的家庭招待所,在这里各种不同的范式都可以睡在同一张床上。它以不加区别的好客容留了私人日记、散文、短篇小说、散文诗、粗俗的便条以及经过润色的席间闲谈"⑤。其实,评论家们对旅行文学杂质性的指责,正可说明旅行文学这一范式所具有的包容性。正如克利·霍普尔(Geert Hofstede)和悌姆·杨斯(Tim Youngs)所言,"旅行文学最持久的特征是,它吸

---

① Peter Hulme, Tim Youngs. *The Cambridge Companion to Travel Writing*. Cambridge: Cambridge University Press, 2002, p. 2.

② Peter Hulme, Tim Youngs. *The Cambridge Companion to Travel Writing*. Cambridge: Cambridge University Press, 2002, p. 2.

③ Carl Thompson. *Travel Writing*. London: Routledge, 2011, p. 2.

④ Michael Kowalewski. *Introduction: The Modern Literature of Travel*. in Michael Kowalewski. *Temperamental Journeys*. Athens and London: U of Georgia P, 1992, p. 7.

⑤ Jonathan Raban. *For Love and Money: Writing-Reading-Traveling 1968–1987*. London: Picador, 1988.

收了各种不同的风格和文体，不遗余力地转化和融合任何想象中遇到的对手，具有在不同的历史时期、不同的学科和不同的视角之间互动的潜力。正如旅行本身可以被视为流动的经验，旅行文学也可以被看作某种相对开放的、多样的形式，尽管闭合也发生在其更严格的常规典型中"①。根据这种开放性的定义，游记文学和旅行日志是最为典型的旅行文学范式。"将旅行经验诉诸文字的游记（travelogue in writing），不外乎描述耳闻眼见的实际经历，以及抒发对途中的城市山川、名胜古迹、商品文物、风土人情的观察和感想……旅行游记大部分带有自传性和记录个人的观感和反映。具有文学要素的游记，一般称为旅行书（travel book），是旅行文学的一种样式。"② 如果这种游记文学所描述的对象是异国或遥远的地区，除了描述的异域情调引人入胜之外，还能表现作者对异国或异域的真知灼见甚至是偏见。"因此，旅行文学不会只是旅行经验的忠实记录，而是必然具有作者的主观见解和想象要素。旅行经验是实的、具体的，而作者的见解和想象是虚的、抽象的。因此，旅行文学必然是介于虚实之间。"③

二

张德明认为，"旅行文学具有的跨文化性和跨学科性，也使其成为国际比较文学的一个重要研究领域"④。早在20世纪90年代，比较文学研究专家苏珊·巴斯内特（Susan Bassnet）就在其所著的《比较文学导论》中专门辟出一章，研究旅行文学与文化建构的关系。她指出："从旅行家对其旅行的记录中，我们能够追溯文化刻板印象的存在，个人对异域做出的反应实际上折射出了旅行者自己所属文化的倾向。"⑤ 也就是说，旅行文学，尤其是一国作家所写的关于另一国见闻的文学，最能体现两种文化的差异。因此，旅行文学自然而然地就与比较文学结合起来。所谓比较文学，按照美国比较文学大师亨利·雷马克（Henry Remark）的说法，就是"超出一国范围之外的文学研究，并且研究文学与其他知识及信仰领域之间的关系，包括艺术（如绘画、雕刻、建筑、音乐）、哲学、历史、社会科学（如政治、经济、社会学）、自然科学、宗教等。简言之，比较文学是一国文学与另一国或多

---

① Geert Hofstede. *Cultures and Organizations*. London: McGraw-Hill, 1994; Hooper Clenn, Tim Youngs. *Perspectives of Travel Writing*. London: Ashage Publishing Limited, 2004.
② 杜国清：《台湾文学与世华文学》，台湾大学出版中心2015年版，第118页。
③ 杜国清：《台湾文学与世华文学》，台湾大学出版中心2015年版，第118-119页。
④ 张德明：《从岛国到帝国——近现代英国旅行文学研究》，北京大学出版社2014年版，第6页。
⑤ Susan Bassnet. *Comparative Literature: A Critical Introduction*. Oxford and Cambridge: Blackwell, 1993, p. 93.

国文学的比较，是文学与人类其他研究领域的比较"①。在雷马克看来，比较文学不仅涉及不同民族之间的文学比较，还涉及文学与其他学科之间的跨学科研究。

早在1896年，瑞士学者路易斯·保罗·贝兹（Louis Paul Betz）就指出比较文学的任务之一是"探索民族和民族是怎样互相观察的：赞赏和指责，接受或抵制，模仿和歪曲，理解或不理解，口陈肝胆或虚与委蛇"②。贝兹所谈的比较文学的任务之一实质上就是作为比较文学重要分支之一的形象学的内容。所谓"形象学"，顾名思义，就是研究形象的学问。"不过比较文学意义上的形象学，并不对所有可称之为'形象'的东西普遍感兴趣，它所研究的，是在一国文学中对'异国形象'的塑造或描述（representation）。"③ 提起比较文学形象学研究，人们首先想到的是法国比较文学形象学开拓者让-玛丽-卡雷（Jean-Marie Carré）和达尼埃尔-亨利·巴柔（Daniel-Henri Pageaux）。卡雷认为，在研究国际文学事实上的联系时，不应拘泥于一国文学对另一国文学的影响考证，而应注重探讨作家间的相互联系、民族间的相互看法、游记中的异国表述、异国幻象等。为此，卡雷将形象研究定义为"各民族之间的、各种游记和想象之间的相互诠释"④。卡雷的这个定义包含了比较文学形象学研究的三个主要内涵：第一，各民族之间的形象就是跨国形象；第二，跨国的形象必须是文学化的，承载跨国形象的文本必须具有对异国游历过程的真实描述和对异国文化的想象；第三，异国形象的研究必须是相互审视，即我如何看你，你如何看我。卡雷的学生马利亚斯·基亚（Marius-François Guyard）将他老师的主张进一步归纳为："不再追寻一些使人产生错觉的总体影响，而是力求更好地理解在个人和集体意识中，那些主要的民族神话是怎样被制作出来的，又是怎样生存的。"⑤ 基亚所言的"民族神话"实质上就是异国或异域形象。基亚强调，异域或异国形象是否真实不必成为比较文学形象学研究者关注的中心，对于那些"使人产生错觉的总体影响"也大可不必追究。因为正如吉尔特·霍夫斯塔德（Geert Hofstede）所言，人人都从某个文化居室的窗后观看世界，人人都倾向于视异国人为特殊，而以本国的特征为圭臬。遗憾的是，在文化领域中，没有一个可以被奉为正统的立场。但是，由于异国或异域形象是被带有偏见的人"制作"出来的，那

---

① Henry Remak. *Comparative Literature: Its Definition and Function.* in Newton P. Stallknecht, Horest Frenz. *Comparative Literature: Method and Perspective.* Carbondale: Southern Illinois University Press, 1961, p. 3.

② Louis Paul Betz. "Critical Observations in the Nature, Function, and Meaning of Comparative Literary History". *Schulz and Rhein*, 1896: 137–151.

③ 孟华：《比较文学形象学论文翻译、研究札记》，见孟华主编《比较文学形象学》，北京大学出版社2001年版，第2页。

④ Marius-François Guyard, Jean-Marie Carré. *La Littérature Comparée.* Paris: P. u. f, 1951, p. 6.

⑤ [法]马利亚斯·基亚：《比较文学》，颜保译，北京大学出版社1983年版，第106–107页。

么就必须"力求更好地理解"制作者方面的"集体意识"和"个人意识"。异国或异域形象被制作出来后,怎样在国际间传播、接受和生存,会产生什么样的社会功能,这也必须是比较文学形象学研究的对象。

卡雷之后,法国另一位比较文学形象学的权威人物巴柔正式提出"比较文学形象学"这一概念。在《形象》一文中,巴柔首先将"文学形象"定义为"在文化学、同时也是社会化的运作过程中对异国看法的总和"①。巴柔的文学形象定义涉及两个核心的含义,第一,在异国形象研究中,既要重视文学作品,又要重视形象赖以产生、传播和接受的外部环境,如地理、人种、政治、经济、历史等。第二,在异国形象研究中,"文学化"主要指作家个人对异国形象的了解和表征;"社会化"则指一国文学中的异国形象更多地包含了社会集体想象的成分。在做出文学形象的界定之后,巴柔继而提出比较文学形象学意义上的形象定义,认为"一切形象都源于对'自我'与'他者'、'本土'与'异域'关系的自我意识之中,即使这种意识是十分微弱的。因此形象即为对两种类型文化现实间的差距所作的文学的或非文学、且能说明符指关系的表述"②。在巴柔的形象学定义中,"自我"与"本土"指的是主体国形象审视者,而"他者"和"异域"是他国形象被审视者。在巴柔看来,主体国形象审视者在审视他国形象时,具有三种基本的情形,第一,狂热吹捧。"他者"或"异国"文化被"自我"或"本土"文化审视者视为优越于本民族和本土文化。例如,1585 年,西班牙传教士儒安·贡查列斯·德·门多萨(Juan González de Mendoza)在其《中华大帝国史》中对中华帝国的盲目崇拜,认为中国的政治、军事、经济、文化、宗教、历史、人种等都是当时世界上最好的典范。第二,极端憎恶。"他者"或"异国"文化被"自我"或"本土"文化审视者视为落后于本民族和本土文化,对"他者"或"异域"文化表现出全盘厌恶的态度,如孟德斯鸠在《论法的精神》中对中国封建专制体制的抨击。第三,"自我"或"本土"文化审视者与"他者"或"异国"文化被审视者处于友善平等的地位,客观地评价对方优缺点,做到取长补短。"社会集体想象物"这一概念被明晰地提出是在巴柔的另一篇文章《从文化想象到集体想象物》。巴柔指出:"异国形象应被作为一个广泛且复杂的总体——想象物的一部分来研究。更确切地说,它是社会集体想象物(这是从史学家们那里借用来的词)的一

---

① [法]达尼埃尔-亨利·巴柔:《形象》,见孟华主编《比较文学形象学》,北京大学出版社 2001 年版,第 154 页。
② [法]达尼埃尔-亨利·巴柔:《从文化形象到集体想象物》,见孟华主编《比较文学形象学》,北京大学出版社 2001 年版,第 155 页。

种特殊表现形态：对他者的表述。"① 巴柔所谓的"社会集体想象物"就是异国形象认识的总和，是"自我"或"本体"的全部对"他者"或"异域"的全部进行的文化审视，是具有认同性和相异性的双极性阐释。例如在西方过去的集体想象中，世界各地的犹太人曾一度被妖魔化为"出卖耶稣者""吸血鬼""恶毒的高利贷者"等形象；而在当代西方的集体想象中，中国的西藏被奉为"香格里拉"，即世界上最后一片圣洁和神秘的净土，象征着人类现实世界之外的精神家园。

三

哲学家保尔·利科（Paul Ricouer）认为，"只有通过对社会集体想象物的敌对和半病理面孔的批评，才能复归自我……确切说来，它具有双重含混性：一重处于意识形态和乌托邦之间的极性上，另一重则是在意识形态和乌托邦的每一方，在它们各自积极的、建设性的一面与负面的、破坏性的一面之间的极性上。"② 利科的话表明，社会集体想象物是建立在意识形态和乌托邦两极间的张力之上。利科所言的"意识形态"不是人们通常所说的政治意识形态，而是指一种被理想化了的阐释，通过它社会群体能够再现自我存在，强化自我身份。换句话说，意识形态就是要维护现实。"乌托邦"这个词的英文是 utopia，由英国人托马斯·摩尔（Thomas More）杜撰出来。摩尔的代表作《乌托邦》，就是采用游记体小说的叙事形式，以一个名叫拉斐尔的旅客的见闻，煞有介事地描述了在地球遥远一端的某个神奇岛屿，存在一个理想的城邦。那里没有剥削和压迫，没有宗教的争斗，物质产品按需分配，人人热爱劳动。当问及这种"乌托邦"国家在世界上是否真的存在时，摩尔说："我情愿承认，乌托邦国家有许多事物，我虽愿意英国有，但不能希望英国有。"③ 因此，乌托邦的最初含义是以翔实的细节表述一个不存在的地方，后来演化成描述一个比当代社会更好的、不存在的社会。利科借用摩尔的"乌托邦"意象，去表达哲学意义上与"意识形态"相反的一极，亦即哲学上质疑现实、"颠覆社会"的功能。

法国当代比较文学形象学研究专家让-马克·莫哈（Jean-Marc Moura）首次将利科哲学意义上的"意识形态"和"乌托邦"的两极对立引入形象学的研究，认

---

① ［法］达尼埃尔-亨利·巴柔：《从文化形象到集体想象物》，见孟华主编《比较文学形象学》，北京大学出版社2001年版，第121页。
② ［法］保尔·利科：《在话语和行动中的想象》，见孟华主编《比较文学形象学》，北京大学出版社2001年版，第55页。
③ ［英］托马斯·摩尔：《乌托邦》，戴馏龄译，读书·生活·新知三联书店1956年版，第127页。

为所有的异国形象都处于"乌托邦式"和"意识形态式"的两极对立之中。凡是按照现存社会模式、完全使用现存社会话语所塑造出来的异国形象就是意识形态式的,比如,美国人以现存的资本主义模式和资本主义话语体系所塑造出的德国人或法国人形象。"一个异国形象,当它偏向于相异性,并将相异性再现为一个替换的社会、富含被群体抑制的潜能时,就是乌托邦式的。"① 比如,东晋陶渊明的《桃花源记》所塑造的桃花源社会形象,就是偏向于与当时黑暗社会形象的不同,并将这种异于当时黑暗的社会形象再现成一个美好的社会,从而形成与现存社会的对立,并起到颠覆现存社会的目的。总体而言,作为人类社会美好想象的乌托邦具有以下几个特性:第一,从空间维度上讲,乌托邦社会多存在于旅行文学的描述之中。乌托邦城市的发现者、观察者和讲述者大都是旅行者和陌生客,他们在域外旅程中意外地发现一个不为人知的乐园,从而以空间移动的形式超越现实与想象的界限。例如,安德利亚的《基督城》讲述的是作者本人在一次航海旅行途中被风暴吹到一个海岛上,从而发现了太阳城。正因为如此,马迪·卡林内斯库(Matei Calinescu)认为"乌托邦概念最初是基于一种空间联想"②。乌托邦的空间性还表征在其城市性方面。"物理的空间形式影响着人类和社会,物质条件和社会条件同样会使我们的生活或悲惨或欢乐。要改变一个地方的性质,最有效的是改变物理背景和社会体制。"③ 为了表达乌托邦社会制度的美好,乌托邦思想家们大都对乌托邦城市的空间特征比较关注,极力用豪华的辞藻来描述乌托邦城市的空间位置、面积大小、建筑布局、公共设施等。比如,康帕内拉的"太阳城"的基本布局是七个同心圆城区,以七大行星的名字命名,连接这七个同心圆的是四条大道,它们分别通向四个城门和作为全城政治和精神权利中枢的中心圣殿。第二,从精神维度上讲,乌托邦社会大都建立在人类大同、集体主义、基督教和人道主义的信念之上。正如巴尔赞所言,"是基督教使徒的榜样为康帕内拉和莫尔的书中的共产主义提供了依据"④。为了确保这种美好社会理想得以实现,乌托邦社会通常具有一套完整的、强有力的国家管理体制,包括城邦的规划、运作、生产、食物分配乃至人们的行为规范。这些体制从某种意义上甚至比非乌托邦社会的管理体制还要严格。第三,不在场性。乌托邦社会的一个显著特点是:在时间维度上它被安置在过去或未

---

① [美] 莫哈:《试论文学形象学的研究史及方法论》,见孟华主编《比较文学形象学》,北京大学出版社2001年版,第34页。
② [美] 马迪·卡林内斯库:《现代性的五副面孔》,顾爱彬、李瑞华译,商务印书馆2002年版,第71页。
③ Lynch Kevin. *A Theory of Good City Form*. Massachusetts: Massachusetts Institute of Technology Press, 1981, p.100.
④ [美] 雅克·巴尔赞:《从黎明到衰落:西方文化生活五百年,1500年至今》,林华译,世界知识出版社2002年版,第12页。

来；在空间维度上被安置在异域，总之不在时间的"此刻"，也不在空间维度上的"此地"。换句话说，乌托邦的特点就是"不在场"。这种"不在场"性使得乌托邦总是以现存社会制度的对立面和批判者的"他者"形象出场，从而起到批判和颠覆现存社会制度的作用，鼓励人们建设一个比现存社会制度更好的社会。正如恩斯特·布洛赫（Ernst Bloch）所言，乌托邦"预示着历史发展的趋势，体现了人类向往一个美好未来的愿望，激励着人们为推翻旧的世界，建立一种新的、克服了现有弊病的世界而奋斗"①。

　　作为两个极具丰富意义的术语，"意识形态"和"乌托邦"在比较文学形象学研究方面被广泛使用。但是，就欧美近现代旅行文学中的城市形象表征而言，其复杂性远非是单纯的"意识形态"和"乌托邦"的二元对立。在研究这种复杂的形象表征时，我们还需要借助"异托邦"（heterotopia）这个概念。从某种意义上讲，在表征异国或异域形象时，"异托邦"这一术语比"乌托邦"更准确，因为"乌托邦"指涉的是一个虚构的、世界上不存在的地方，而"异托邦"指涉的是一个非虚构的、世界上存在的地方，比如北京城，已经有几乎近千年的存在历史。福柯指出，异托邦"是与现实完全对立的地方，在特定文化中共时性地表现、对比、颠倒现实。它们作为乌托邦存在，但又比乌托邦真实，切切实实地存在并形成于社会的基础之中。这些地方往往以独立、超然的姿态存在，即使在现实中能够确定其方位，它似乎也不属于现实，而是与它所反映、表现的现实地方完全相反。这种既超然于现实之外但又是真实之地的地方，即为异托邦"②。在福柯看来，乌托邦和柏拉图的"理想国"、弗朗西斯·培根（Francis Bacon）的"新大西岛"等，都是超越现实的彼岸世界，是不在场的。相反，异托邦是具有真实空间存在的此在，具有真实与幻想的双重特征，比如古代波斯国的花园、清朝时期的圆明园、当代美国的迪尼斯乐园等。

四

　　"纵观乌托邦和异托邦的概念发展史，二者所关心的核心场所均与城市有着密切的关系。"③ 城市在人类社会发展中的作用举足轻重，以至于有学者认为"世界

---

① ［德］恩斯特·布洛赫：《乌托邦的精神》，中华书局1923年版，第66页。
② Michael Foucalt. *Of Other Places*. in Nicholas Mirzoeff. *The Visual Culture Reader*. London：Psychology Press, 2002，p. 231.
③ 吕超：《比较文学视阈下的城市异托邦》，上海师范大学2008年博士论文，第31页。

的历史就是城市的历史"①。早在春秋战国时期,我国就出现了关于"城市"的概念,例如《韩非子·爱臣篇》中写道:"是故大臣之禄虽大,不得籍威城市;党与虽众,不得臣士卒。"在基督教影响下的西方,城市始终与"新耶路撒冷""基督城""上帝之城"等乌托邦式的美好家园憧憬联系在一起。西方现代化进程中的城市建设,也大都按照乌托邦的理念来进行。因此,美国城市学家刘易斯·马姆福德(Lewis Mumford)指出,"最早的乌托邦就是城市本身"②。托马斯·摩尔的乌托邦,讲述的就是首都亚马乌提城和其他54座城池的空间布局、建筑景观、居民生活以及作为意识形态的语言、风俗和法律。自17世纪以来,东西方的城市发展逐渐摆脱先前的自然和无序化状态,走向科学和理性的规划时代,支配这种理性规划的中心观念之一是乌托邦。在欧洲,基于乌托邦理念进行规划和建设的城市有荷兰的阿姆斯特丹、法国的巴黎、英国的伦敦、西班牙的巴塞罗那、意大利的罗马等。东方的印度虽然是一个极为贫穷的国家,但是却在1968年建设了一座最具乌托邦理念的"黎明之城"。这座"黎明之城"的设计师是出生于法国的密纳·阿尔法萨(Blanche Rachel Mirra Alfassa),他自幼就有一个梦想,就是要建造一个能让人无须疲于追求温饱和庇护的地方。阿尔法萨在南印度找到一块理想的地方,于是在那里规划建造了一个小型的大同世界,让来自世界各地的普通人都能和谐地居住。

像乌托邦一样,异托邦也具有典型的城市性特征。这不仅是因为福柯的异托邦理论最先在欧洲的现代城市规划界和建筑学界引起反响,还因为作为一种在场的存在,自古以来,城市都具有一种突破孤立和封闭状态的异质性特征。这一特征使得地缘、血缘及文化传统上截然相异的人群能够聚合,不同地缘和文化的建筑能够得以建造,不同区域的文化和艺术能够得以传播。正是因为城市的这种异质性特征,比较文学形象学在将城市作为异托邦进行研究的时候,不仅要研究城市多元的物质空间,还要将触角深入到城市不同文化居住民的精神空间之中,二者共同构成城市的总体形象。城市的物质空间主要包括城市的文化景观和城市的空间布局。城市文化景观主要指城市形成和发展过程中依托自然环境或人为创意而建造的各种具有人文内涵的建筑,凯文·林奇(Kevin lynch)认为这种城市景观主要包括道路、边界、区域、结点和标志物五个类别。道路是城市形象的主导元素,它不仅"能够将城市联系成为一个整体,使观察者无论在何时经过都能清楚自己的方位"③,而且也是城市展示自身形象的绝佳地方。另一个最能体现城市文化形象的就是标志

---

① [德]奥斯瓦尔德·斯宾格勒:《西方的没落》,刘世荣译,商务印书馆1995年版,第206页。
② Lewis Mumford. "Utopia, the City and the Machine". *Daedalus*, 1965, 94 (2): 271–292.
③ [美]凯文·林奇:《城市的印象》,方益平、何晓军译,华夏出版社2001年版,第41页。

物,包括城市标牌、雕塑、喷泉、具有历史文化内涵的建筑物等。比如,旅行者看到自由女神像,就知道自己来到了美国纽约;旅行者看到母狼的雕塑,就知道自己来到了意大利的罗马城。城市的空间布局主要指涉城市的道路、景观和功能区建筑群在地理空间中的组合方式,这种组合方式大体上分为同心圆式、扇形式和多核心并置式。同心圆式指的是城市从中心向外围呈环形扩张,每一环的功能都具有多元性,每一环的布局都具有随意性。当前的北京市就是一个典型的同心圆构型,北京近30年的发展基本是"摊大饼式"的。扇形式指的是一个城市的建筑群从城市的一端呈扇形向外围扩展,整个城市看起来像一把扇子,美国的波士顿是这种扇形布局的典型代表。多核心并置式指的是一个城市在空间布局上具有若干个分核心,每一个分核心周围都具有一群功能类似的建筑群,承担特定的城市功能,美国的洛杉矶整体上属于多核心并置式。除了根据建筑师的理论进行空间布局设计之外,一个城市的空间布局,尤其是文化建筑景观,还受历史和政治因素的影响,成为历史时间和政治因素的外在表征。北京古城的建筑风格就体现了中国古代以皇权为中心的"家天下"思想。城市形象不仅取决于城市的建筑景观和空间布局特征,更体现在其精神的层面上。众所周知,一个城市不仅拥有众多的行政、宗教、暴力等惩戒性机构,也生活着原住民和外来者,各种体制内的人、非体制内的人和外来者由于自身的传统、习俗、教育背景等因素而对城市持有的集体态度或个体情感构成城市的精神空间。一个城市的精神空间可以具有正面特征,也可以具有中性甚至反面特征。正面特征一般是城市的统治者或在城市生活中居于主导地位的中上层人士对城市的集体情感,在这些人的眼中,城市的建筑宏伟、环境整洁、市民道德高尚。1164年,巴黎的一位叫作约翰的教士如此评价巴黎:"生活用品富足,人们情绪轻松,教士受到尊敬,整个教会享受着尊严和光荣,哲学家从事各种活动,这时我惊喜地相信,自己看到了雅各的梯子,它的顶端触到了天堂,天使就在梯子上面上上下下。为这次幸运的朝圣旅行所感动,我得承认:上帝就在这里……"① 城市的反面特征一般是指城市的下层阶级、穷困潦倒人士、城市生活的批判者等群体对于城市所怀有的负面情感和评价。在这些人的心目中,城市呈现出景观破败、环境肮脏、生活方式没落等特征。同样是中世纪的巴黎,在崇尚精神纯洁的圣徒派教士眼中,俨然是一个邪恶的地狱:"啊,巴黎!你是怎样学会迷醉与颠倒人的灵魂的?在你的城墙内,色情的网罗,邪恶的陷阱,地狱的箭矢,使纯洁无瑕的心灵堕落。"②

---

① [法]雅克·勒戈夫:《中世纪的知识分子》,张弘译,商务印书馆2002年版,第19页。
② [法]雅克·勒戈夫:《中世纪的知识分子》,张弘译,商务印书馆2002年版,第18页。

作为异托邦的城市，其物质空间和精神空间对于外来的旅行者来说，又与本土人士视阈中的城市形象产生某种程度的想象偏离，导致这种形象偏离的原因，自然与旅行者的期待视野、城市的异域情调、旅行者对异域城市的亲身观看、旅行者自身的倾向性以及旅行者不同情绪下的反应等因素有关。"期待视野"（expectation horizon）本是接受美学上的一个术语，用于指涉作为接受主体的读者基于个体和社会的复杂原因而在接受某一观念之前心理上预先形成的某种结构图式。一般而言，对于没有亲身体验过某个异域城市的旅行者来说，他对这个异域城市的期待视野取决于他所阅读的以旅行文学为代表的二手资料及本民族集体无意识的心理结构在构成期待视野的主要心理结构中，"自我"与"他者"的二元对立与统一成为旅行者认识自身和异域城市的一个重要心理途径。巴柔指出，"我"注视他者，而他者形象也传递了"我"这个注视者、言说者、书写者的某种形象。在个人（一个作家）、集体（一个社会、国家、民族）、半集体（一种思想流派、意见、文学）的层面上，他者形象都无可避免地表现为对他者的否定，对"我"及其空间的补充和延长。这个"我"想说他者（最常见到的是出于诸多迫切、复杂的原因），但在言说他者的同时，这个"我"却趋向于否定他者，从而言说了自我。形象是一个社会可用来言说和思维的象征语言之一，其作用是说出跨人种、跨文化的关系。在言说者、注视者社会与被注视者社会间的这种关系主要具有反思性、理想性，而较少具有确实性。

就旅行文学而言，作为"我"的旅行者在表述作为"他者"的异域或异国形象时，不仅表现出对异域或异国形象的否定和赞扬，同时也会对本区域或本国形象进行反思和审视，其所表征的异国或异域形象多多少少会反射出本国或本区域的某些不便表述的正面或负面因素，从而使得其所表征的异国或异域形象较少具有确定性。在亨利·詹姆斯（Henry James）的《奉使记》中，奉命出使欧洲的美国中年男人斯特雷瑟在审视巴黎、罗马、伦敦等欧洲大城市的时候，总是与他的故乡马萨诸塞州的沃利特镇进行对比。在斯特雷瑟看来，以巴黎、罗马和伦敦为代表的欧洲大城市，总是以阴暗的城堡、迷宫、丛林等姿态形式呈现在初到欧洲的美国旅行者面前，使得即使像斯特雷瑟这样的中年男人也难以逃避它的诱惑，与此相反，美国的沃利特小镇则代表着纯洁、宁静和责任。

"异域情调"（exoticism）这个词在文学、绘画、影视、建筑、音乐、舞蹈、服饰等领域有广泛的应用，一般是指与本国或本土相异的他者文化载体，比如西域服饰、西域音乐等。就文学而言，异域情调一般包括狭义和广义的两种解释。狭义的异域情调指涉的是文学家对异域风土人情和文化景观的感同身受和文学表征，亦即弗朗西斯·约斯特（Francois Jost）所言的"写书人对那些似乎奇怪得令人兴奋、新得令人神往的国度的喜爱，并表现了写书的人醉心于不同方面的描写"①。旅行文学或具有旅行叙事特征的小说尤其擅长表现景观性的异域风情，通过表现旅行者对异域山水、花虫鸟兽、奇装异服、建筑景观、方言土语、神话传说、宗教信仰、政治制度等外在和内在元素的领略和体验，增加作品的吸引力，传授异域知识，刺激读者的想象。但是广义的异域情调指涉的是文学创作中的"求异"和"猎奇"。正如维克多·谢阁兰（Victor Segalen）所言，"异域情调并不是一般的旅行者或庸俗的观察家们所看到的万花筒式的景象，而是一个强大的个体在面对客体时所感受到的距离和体验到的新鲜生动的冲动"②。正是不同于本土文化的差异性，才勾起了书写者对异域情调的猎奇和向往，从而借助这种经过想象和夸张的异域情调来表达对本土现实的讽刺或不满。在《格列佛游记》中，通过对经过想象和夸张的小人国、大人国、飞岛国和智马国等异域国家的领土、人种、政治、宗教、战争的描述，斯威夫特实际上讽刺了18世纪英国社会的政治腐败、人性险恶、穷兵黩武等。需要指出的是，在比较文学形象学的视阈中，"异域情调"不仅是作为"他者"的各种外在和内在因素的自然体现，还是作为"自我"总体的集体想象，亦即"社会集体想象物"。

要了解一个异托邦城市的空间、人文和精神特征，最好的办法就是能以旅行者的身份深入城市进行漫游和观看。瓦尔特·本雅明（Walter Benjamin）用"漫游者"（Flâneur）一词描述城市主流社会之外的边缘人，这种边缘人在城市街头漫无目的地游荡，最能发现大城市作为异托邦的矛盾性。正如本雅明所言，"大城市并不在那些由它所造就的人群中的人身上得到表现，相反，却是在那些穿过城市，迷失在自己的思绪中的人那里被揭示出来"③。来到异域城市的旅行者，俨然如本雅明所说的"漫游者"，由于他们不属于该城市，因而有更多的自由去观看和评价这个城市。约翰·厄瑞（John Urry）认为，旅行者总是对作为"他者"的异域进行观看，"这不仅是旅行者的个别行为，随着社会、群体和历史时期的变迁，观看的内容也随之改变"④。由于旅行者和当地人的思想观念和意识形态不同，他们对于同一城市的关注焦点也不同。当地人，尤其是城市管理者阶层，会出于某种宣称的目的，通过标语、再造城市景观等手段来提升城市的品牌形象。相反，旅行者，尤

---

① ［美］弗朗西斯·约斯特：《比较文学导论》，廖鸿钧译，湖南文艺出版社1988年版，第163页。
② ［法］维克多·谢阁兰：《异域情调之美》，张隆溪、李博婷译，载《外国文学》2002年第2期，第71页。
③ ［德］瓦尔特·本雅明：《发达资本主义时代的抒情诗人》，张旭东、魏文生译，生活·读书·新知三联书店1989年版，第6页。
④ John Urry. *The Tourist Gaze: Leisure and Travel in Contemporary Societies*. London: Sage Publication, 1990, p. 1.

其是来自欧美国家、具有后殖民主义和帝国主义意识的旅行者，在观看东方城市的时候，常常会带着批判、嘲弄的心态来凝视城市的负面特征，放大城市的非理性等特征。

参考文献：

[1] FRANCES B. Travelers, immigrants, inmates: essays in estrangement/minneapolis [M]. London: University of Minnesota Press, 1995.

[2] BASSNET S. Comparative literature a critical introduction [M]. Oxford UK and Cambridge: Blackwell, 1993.

[3] FRANÇOIS G M, CARRÉJ M. La littérature comparée [M]. Paris: P. u. f, 1951.

[4] CLENN H, YOUNGS T. Perspectives of travel writing [M]. London: Ashage Publishing Limited, 2004.

[5] PETER H, YOUNGS T. The cambridge companion to travel writing [M]. UK: Cambridge University Press, 2002.

[6] HUNT, BISHOP C. Travel metaphors and the problem of knowledge [J]. Modern Language Studies, 1976, 6 (1) 44-47.

[7] KOWALEWSKI M. Introduction: the modern literature of travel [M] //MICHAEL K. Temperamental journeys. Athens and London: U of Georgia P, 1992.

[8] MUMFORD L. Utopia, the city and the machine [J]. Daedalus, 1965, 94 (2): 271-292.

[9] REMAK H H. Comparative literature: its definition and function [M] // NEWTON P S, FRENZ H. Comparative literature: method and perspective. Carbondale: Southern Illinois University Press, 1961.

[10] THOMPSON C. Travel writing [M]. London: Routledge, 2011.

[11] URRY J. The tourist gaze: leisure and travel in contemporary societies [M]. London: Sage Publication, 1990.

[12] LYNCH K. A theory of good city form [M]. Massachusetts: Massachusetts Institute of Technology Press, 1981.

[13] 斯宾格勒. 西方的没落 [M]. 刘世荣，译. 北京：商务印书馆，1995.

[14] 利科. 在话语和行动中的想象 [M] //孟华. 比较文学形象学. 北京：北京大学出版社，2001.

[15] 布洛赫. 乌托邦精神 [M]. 北京：中华书局，1923.

[16] 巴柔. 形象 [M] //孟华. 比较文学形象学. 北京：北京大学出版社，2001.

[17] 巴柔. 从文化形象到集体想象物 [M] //孟华. 比较文学形象学. 北京：北京大学出版社，2001.

[18] 杜国清. 台湾文学与世华文学 [M]. 台湾：台湾大学出版中心，2015.

[19] 约斯特. 比较文学导论 [M]. 廖鸿均, 译. 长沙: 湖南文艺出版社, 1988.

[20] 卡林内斯库. 现代性的五副面孔 [M]. 顾爱彬, 李瑞华, 译. 北京: 商务印书馆, 2002.

[21] 林奇. 城市的印象 [M]. 方益平, 何晓军, 译. 北京: 华夏出版社, 2001.

[22] 吕超. 比较文学视阈下的城市异托邦 [D]. 上海: 上海师范大学, 2008.

[23] 基亚. 比较文学 [M]. 颜保, 译. 北京: 北京大学出版社, 1983.

[24] 孟华. 比较文学形象学论文翻译、研究札记 [M] // 孟华. 比较文学形象学. 北京: 北京大学出版社, 2001.

[25] 莫哈. 试论文学形象学的研究史及方法论 [M] // 孟华. 比较文学形象学. 北京: 北京大学出版社, 2001.

[26] 摩尔. 乌托邦 [M]. 戴镏龄, 译. 北京: 生活·读书·新知三联书店, 1956.

[27] 本雅明. 发达资本主义时代的抒情诗人 [M]. 张旭东, 魏文生, 译. 北京: 生活·读书·新知三联书店, 1989.

[28] 张隆溪, 李博婷. 异域情调之美 [J]. 外国文学, 2002 (2): 70-75.

[29] 巴尔赞. 从黎明到衰落: 西方文化生活五百年 [M]. 林华, 译. 北京: 世界知识出版社, 2002.

[30] 勒戈夫. 中世纪的知识分子 [M]. 张弘, 译. 北京: 商务印书馆, 2002.

[31] 张德明. 从岛国到帝国: 近现代英国旅行文学研究 [M]. 北京: 北京大学出版社, 2014.

交叠与整合：
爱丽丝·沃克的左翼思想初探①

韦清琦

> 任何侮辱人类尊严之行径必会影响到作为这个星球上人类一分子的我，因为我明白，地球上的一切都联系在一起。
>
> ——爱丽丝·沃克②

摘 要：以《紫颜色》和妇女主义广为人知的美国非裔女作家爱丽丝·沃克（Alice Walker），其文字感情丰澹，充满了对美国南方人民与土地的热爱，尤其是对黑人女性群体的深情。可以说，沃克在这一特定群体上寄托了她的文学梦和社会理想。除最负盛名的小说创作之外，沃克的散文随笔更明确地体现了她的思想，独特的人权理念成为沃克写作的左翼性基础。笔者认为，以交叠性视角观照沃克的写作，能够清晰地看到沃克通过对马丁·路德·金等美国黑人民权思想的批判与继承，主张将种族、性别、阶级、生态问题放在一个整体框架中，全面地、相互联系性地进行观照，从而形成了自己的整体主义左翼写作政治立场，并由此提倡建构一种整体性的文学-文化乌托邦。

关键词：交叠；左翼；整体主义

社会学领域的交叠性（intersectionality）理论主要立足法学与社会学，研究交叉的社会身份及与之相关的压迫、统治或歧视制度。构成总体的身份的部分可以是性别、种族、阶级、族群、性取向、宗教、年龄、精神或身体残疾等。与之相应的是，权力对某个人或某个群体的不公正对待，也是源于一个多维度的基础，并且这些压迫维度相互关联，构建出一套具有交叠性的压迫系统。因此，"简单说来，交

---

① 本文系国家社会科学基金项目"当代美国女性环境书写的左翼思想研究"（项目号：18BWW078）的阶段研究成果，原载于《中外文化与文论》2020年第2期。

② Alice Walker. *In Search of Our Mothers' Gardens*. New York：Harcourt Brace & Company，1984，p.353.

叠性是这样一种概念框架，它的出现是用于识别和描述身份的不同方面发生'冲突'时的情形"①。交叠性理论虽然迟至1989年才被提出，但自由主义左派运动其实一直关注多重问题的交叠。如20世纪六七十年代的反种族女性主义运动中就产生了"修正式女性主义理论"（revisionist feminist theory），开始注重问题的交叉性。伍德豪斯也认为：旧左派关注单一的阶级问题，而新左派则具有多重性（pluralist），因而从"与旧左派犀利的阶级关系论调的对比而言，新左派是个混杂性（motley）事件"②。不过伍德豪斯之所以没有给新左派一个明确的褒义词，是因为他认为新左派对一些问题采取了厚此薄彼、不平等对待的做法。但无论如何，交叠性的理论与方法论的提出，离不开自由主义左派走向多重关怀的总体语境。

在新书《娱乐研究中的女性主义》中，作者更将交叠性视作女性主义思潮第四次转向的标志之一。最重要的是，第四次思潮中运用的交叠性是以全球视角为基础的，聚焦世界各地的女性主义，分享各种性别平等议题。该书提出："从交叠性的立场出发，女性主义与社会正义在复杂而动态的相互作用之下紧密联系在了一起。"③ 这就意味着女性主义——以及其他激进思潮——的视角不能再像以往一样限于在单一范畴之中，而是要突破道德意义上的分割（compartmentalization）。如书中援引的科克伦（K. Cochrane）的论断：

> 没有人是自由的，直到我们所有人都得到自由。如果还有一个女黑人受着压迫，我就没有自由。如果女性还因为精神健康受到歧视，我就没有自由。在跨性别女性得到法律和社会认可，不用再在街上频仍遭受骚扰乃至残忍杀害之前，我就没有自由——因为得不到安全的不仅是她们，还有我，因为她们也是女人。④

交叠性是一种视角，也是分析工具，亦为一种方法论，它最大限度地提示我们要不断跨越认知的局限，并将尽可能多的范畴、群体加以联系、并置、交叉。因此，交叠性思考能更清晰地揭示一个具有敏锐观察力的作家是如何再现性别、种族、阶级、生态，并试图言明其是怎样交织在一起，以及如何决定特定人群/物种

---

① Diana C. Parry. *Feminisms in Leisure Studies: Advancing a Fourth Wave*. New York: Routledge, 2019, p. 59.
② Keith Makoto Woodhouse. "The Politics of Ecology: Environmentalism and Liberalism in the 1960s". *Journal for the Study of Radicalism*, 2008, 2 (2): 56.
③ Diana C. Parry. *Feminisms in Leisure Studies: Advancing a Fourth Wave*. New York: Routledge, 2019, p. 59.
④ Alice Walker. *In Search of Our Mothers' Gardens*. New York: Harcourt Brace & Company, 1984, p. 63.

群的命运的。而其中对压迫行径的全方位揭露，也能够体现出该作家的左翼思想情怀。本文解读的爱丽丝·沃克，正是这样一个范例。

一、南方与牵牛花：对自然、种族、性别的交叠式思考

沃克深爱着自然，即便她成长于宗教氛围浓重的美国南方乡村黑人地区，但自然对她的陶冶远大于教堂，故而她坦言："我不相信自然以外有什么上帝。世界就是上帝。人类是上帝。一片叶子抑或一条蛇，都是上帝。"① 也就是说，她真正信奉的便是真实自然世界，而寄托这一信仰的，便是她成长的美国南方。南方是沃克生长的根，也是她写作赖以生存的沃土，不仅是抵消工业化北方侵入的阵地，也成为沃克对自然热爱的一种隐喻。她写道：

> 或许我的北方兄弟不相信我说可以从那"贫瘠"的出身背景中汲取到大量有用的东西。可是他们从未像我那样，住在一条长长的路的尽头的房子里，一边如同天之涯，另一边则数英里不见人。他们从未体验过那种夏日的超凡静谧，赤日炎炎，口渴难耐，走过尘土飞扬的棉花地时，绝不会忘记水是一切生命的基本。在城市里，一个人并不能真切地体认到他是来自土地的生灵，能从脚趾间感受土壤，在大雨里嗅到扬尘的气息，能够如此深爱这片土地，恨不能亲口尝尝，有时候真会这样做的。②

沃克在对北方作家，尤其是白人男性作家的委婉批评中，将自己所处的地域（南方）、族群地位（非裔）、阶级（雇农）都交叠在一片南方棉花田的边缘地带。这片貌似"贫瘠"的土地，正是人类的原生环境，是最本真生存状态的还原，是对人所背离的自然的一种不顾一切的回归。沃克饱含深情地说："假如裹尸于此，才能真正拥有土地，那么我的出生地的确是属于我的，我已数十次地拥有了它。"③南方黑人祖祖辈辈生死于斯，他们是真正懂得人与自然本就是相融一体的人。然而也正是在这片南方土地上，黑人的这种归属感却一直遭到破坏，沃克家族的历史，和所有南方黑人一样，就是一部被夺占（dispossession）的历史。他们热爱并耕作着土地，可是他们从未拥有；即便像曾祖父在内战后买下来土地，也时刻处于被抢

---

① Alice Walker. *In Search of Our Mothers' Gardens*. New York: Harcourt Brace & Company, 1984, p. 265.
② Alice Walker. *In Search of Our Mothers' Gardens*. New York: Harcourt Brace & Company, 1984, pp. 20–21.
③ Alice Walker. *In Search of Our Mothers' Gardens*. New York: Harcourt Brace & Company, 1984, p. 143.

掠的危境，曾祖父的土地在重建时代便是如此。于是黑人面临着一个悲哀的现实：如果还热爱着生养自己的土地，那只有离开，因为黑人早就明白，心甘情愿待在一个自己深爱同时却充满了暴虐的地方，就得冒着失去爱且只看到暴虐的风险。

可见，对美国南方黑人而言，对自然的热爱和对土地的书写，自始至终都是与族群和阶级解放交叠在一起的。女性主义批评家苏珊·曼（Susan Mann）因此才指出："交叠理论作为女性主义的理论框架，是对环境正义运动最好的补全。"① 而沃克正是以作家身份将这一思路具象化，她力图在逐渐具有象征意义的"南方"——包括南方的亲人、土地、作家——的追忆中进行真正的身份重建。只有经过马丁·路德·金等领导的黑人民权运动洗礼的南方，在她眼里才有"新意"，当她重返阔别已久的故乡时，终于能够挺直腰杆走在这片土地上。她笔下的"南方"与"土地"互为表里，且都上升为所有积极健康的人类情怀，沃克将之归结为南方黑人作家所应当主动保存的遗产：

> 没有人能够指望再有什么更好的遗产赋予黑人南方作家了：对土地的怜悯、超脱恶念的对人性的信赖以及对正义的持久热爱。我们同时也继承了一种伟大的责任感，因为我们必须要用自己的声音，不仅道出几个世纪以来沉默的苦难和仇恨，还要张扬邻里亲善与不断维系的爱意。②

另一个饶有意味的事实是沃克在讴歌南方黑人文化及反抗种族压迫的同时，还努力践行素食主义，并且找到了奴役人类与侵害动物之间的联系："蓄奴制是南方文化遗产的一个内在部分。拥有田产的白人喜爱蓄养奴隶。他们对此习以为常甚至不惜用战争去维护这一制度。但他们并不考虑奴隶的愿望，而后者是不甘为奴的。同样，动物也不甘被食用啊。"③ 这样由己及"人"的关爱视角，多半只有在一个成长于饱受苦难而又不乏亲善和爱意的群体里的作家才能拥有。

而若再加上性别视角，那么沃克的散文《寻找母亲的园子》（简称《园子》）和名诗《革命的牵牛花》可以说是黑人、女性与自然的交叠式思考最为集中的意象式体现。

沃克在《园子》里，将怀着深情的笔墨投注给了黑人女性艺术家群体。她从自己的成长环境中感受到植根于本民族文化的黑人妇女其实具备了强烈的艺术灵

---

① Susan Mann. "Pioneers of U. S. Ecofeminism and Environmental Justice". *Feminist Formations*, 2011, 23 (2): 4.
② Alice Walker. *In Search of Our Mothers' Gardens*. New York: Harcourt Brace & Company, 1984, p.21.
③ Ellen Bring. "Moving Toward Coexistence: An Interview with Alice Walker". *Animals 7 Agenda*, 1968, 4: 9.

性，尽管她们自己未必能一开始就意识到自己拥有着丰富的精神遗产。似乎总有暴力在破坏、阻挠她们去开掘艺术潜力。她们长期处于被剥削、凌辱的底层状态，在几乎失去希望的情况下，沃克认为那无处发泄的禀赋已经讽刺性地使她们扭曲为"圣徒"，只因为她们失去了完整的人格，她们的肉体成为圣殿，她们的思索变成了供人们膜拜的神庙。这里的神性无疑是有讽刺性的，称其有神性并不是对她们的抬举，而是说她们健全的精神遭到了剥夺，而交叠在一起的种族压迫和男权统治是使她们成为"发疯的圣徒"的元凶，她们在精神上的失常是抵御这多重压迫的变态式表现："抛却精神是一种悲哀的尝试，她们想要减轻操劳过度又受到性虐待的肉体对灵魂的重压。"① 黑人妇女所受到的种族与性别压迫，集中体现于被当作性工具和生育机器。当她们完全可以执起水彩画笔时，却被迫要接二连三地生孩子。与此同时，当她们想要爱时，塞给她们的却是孩子。爱与艺术，这人间最美好的事物，就这样被挡在了她们的视线之外。

沃克多次用自然意象来比拟黑人女性的苦难，在他们的凝视下，她们默然如巨石。她们奋争的精神就像旋风卷起的红黏土尘，风停则"散落于地面，无人哀悼"②。借用吉恩·图玛的比喻："像困在邪恶的蜂蜜之中的精巧的蝴蝶"或"世间的骡子"。她们原本可以歌唱和吟诗，却"一辈子被戴上口套"③。其中 muzzle 既意味着牲口的口套，又有使得缄默不能发声之意，这一词即贯通了黑人女性与牲畜同受的残酷对待。

这样的情形，在沃克看来，至今也没有彻底改变。即使在今日，艺术家和黑人女性会在很多方面降低而非提升了他们的地位，但她紧接着又表明仍然要坚持艺术创作道路。沃克没有一味消极地诉苦，而是号召黑人女性起来抗争，因为艺术创作恰是天性的解放，与自然的亲近则成为实现艺术价值的途径，而她发觉，最真切的启示就在身边——母亲的园子。

沃克笔下的母亲无疑是伟大的，她聪明能干，不但与父亲同做农活，更能将一家人的衣食打理妥帖；她善良温柔，但也勇敢与不想让自己孩子上学的白人地主针锋相对。最重要的是，沃克深切地意识到，自己的文学产出根植于母亲耕耘的土壤："经年累月听妈妈讲述她的故事，我吸收的不仅是故事本身，更有她言说的方式，那种关于她的故事——如同她的一生必须被记录下来的急切性。"（虽然）"我们的母亲和祖母常常默默无闻地传递着创造的火种、她们自己无缘得见的花儿的种

---

① Alice Walker. *In Search of Our Mothers' Gardens*. New York：Harcourt Brace & Company，1984，p. 233.
② Alice Walker. *In Search of Our Mothers' Gardens*. New York：Harcourt Brace & Company，1984，p. 232.
③ Alice Walker. *In Search of Our Mothers' Gardens*. New York：Harcourt Brace & Company，1984，p. 234.

子"①，但正是她们把对自然与艺术的热爱通过种花保留了下来，而到了沃克这一代才绽放出光芒。

园艺、劳动、讲故事，这些行为对母亲而言自然得如同呼吸，而沃克选择了用园艺来表现艺术、人（尤其是女人）、自然在母亲身上的和谐统一。母亲的园子与白人精英分子那些漂亮而修缮齐整的花园不同，后者代表的不过就是有色人种的劳苦之地；而对非裔美国人的花园的研究表明，黑人女性更倾向于自然美，"喜欢家养植物而不是从商店里买的品种，更爱装饰性的花卉而非白人中产阶级花园里常见的灌木"②。沃克的母亲作为一个出色的园艺家，她和园子及花的隐喻关系得到了最热烈的彰显，无论居住的房屋有多么简陋，她总能用花装点起来，以致沃克对童年贫困的回忆竟也繁花似锦。母亲的园艺有几个意味深长的特点：首先是多样性——超过50个不同的种类；其次是充满了神秘的创造力——"如变魔术般"将石头地变成园子，设计新颖，因勃勃的生机和创造力而蔚为壮观；最后是艺术精神的映照——她在用灵魂劳动，在劳动中表达着"她对美的个人观念"③，并将艺术作为禀赋传给"我"及后代。

在母亲的园子里，紫色的牵牛花被赋予了更为独特的寓意。说到此处，就不得不提到沃克的名诗《革命的牵牛花》。诗中的女主人公萨米·路可谓是沃克母亲及千万热爱自然与艺术及自己民族的黑人女性的诗化体现。一方面，萨米·路因杀死了谋害丈夫的凶手而被奉为果敢的革命者，另一方面，又因种种"不正确"而遭到众人非议。她总是逾越黑人应有的本分：她因复仇而被判死刑，可当人们为她的义举歌功颂德时，她并不领情还感到好笑；她用总统的名字为孩子起名。而最"不正确"的莫过于她爱花。甚至在受刑当日她还嘱咐孩子们记得浇花。沃克对自己诗中的这位特立独行的女性所受的遭遇如此评价道：

> 据我们一位有文化远见的人士说，每当你听到黑人在谈自然的美，那么这人就不是黑人，而是黑鬼。此话意味着一种贬低，也确实如此……实际上这贬低了每个人的母亲。④

这是沃克极为意味深长的评价，也表达了她与所谓"文化远见"人士的根本

---

① Alice Walker. *In Search of Our Mothers' Gardens*. New York：Harcourt Brace & Company，1984，p. 240.
② Susan Mann "Pioneers of U. S. Ecofeminism and Environmental Justice". *Feminist Formations*，2011，23（2）：17.
③ Alice Walker. *In Search of Our Mothers' Gardens*. New York：Harcourt Brace & Company，1984，p. 241.
④ Alice Walker. *In Search of Our Mothers' Gardens*. New York：Harcourt Brace & Company，1984，p. 267.

分歧。后者认为,萨米·路最大的"不正确"便是对"黑人"(black person)的背离,而滑向了"黑鬼"(Negro)。"黑人"与"黑鬼"的区别在于:前者在内战之后已获得法律意义上的自由,应尽快斩断与后者作为黑奴的身份的联系,包括与土地、自然的扭结,因为那将意味对过去痛苦历史、对奴隶身份的认同和延续。于是对自然的背弃——例如,不再养花弄草而向往城市中产阶级精英的生活——被视为"黑人"与"黑鬼"的重大区别。然而沃克借助离经叛道的萨米·路讽喻了黑人社会里对"黑鬼"的嫌弃,认为萨米·路的"不正确"并不"意味着对她黑人性(blackness)的规限";养花也并不必然地与黑奴被迫耕作于土地的生活画等号,用白人总统的名字也就并不意味着像黑奴那样对白人宗主的顺从。相反,所谓具有文化远见的黑人精英分子反倒贬低了黑人因热爱自然而天生具有的高贵,况且他们不但贬低了萨米·路,而且贬低了千千万万的南方黑人,尤其是黑人的祖母们。在这里,热爱花木的黑人祖母/母亲的形象,集中映照出了沃克心目中的一个自由民族所应具有的幸福和美好。

在这一点认识上,另一位黑人女作家贝尔·胡克斯(Bell Hooks)与沃克的观念异曲同工。她在《触摸土地》一文中指出,在南北战争结束、黑奴获得理论上的自由并大量北迁时,当他们被城市隔断了与乡村的联结,同时种族歧视仍无处不在时,便产生了人与自然的疏离和灵与肉的疏离,使得黑人更容易将白人至上论内化为自我意识的一部分。我们认为胡克斯的话正好揭露出沃克笔下"文化远见人士"对所谓"黑人"的追求的核心恰恰已内化为一种"白人性"。胡克斯接着诉说道,黑人的传统文化一向是热爱土地的,因而呼吁从南方乡村迁徙到北方工业城市的黑人要常常回到南方去寻根,以寻求精神上的滋养。正因为如此,黑人为获得自我医治而进行的斗争和生态运动之间的关联便不应被忽视。她提出这样的批评:"如今许多黑人同胞已忘却了我们和谐地生活在这片土地上的历史,他们看不出支持生态运动的价值,或者把生态学和结束种族主义的斗争看成是水火不容的。重新回忆起我们那些懂得如何看待土地、自然的祖先留给我们的遗产,将决定我们看待自身的水平,黑人必须要重新寻回这样的精神遗产——把我们的福泽与土地的福泽联系在一起。"① 胡克斯的呼唤应和了沃克对黑人南方作家的要求:对土地的深切同情、超越邪恶认知的对人性的笃信以及对正义的永远的热爱。

胡克斯和沃克实际上都在提醒那些有"文化远见"的人,在缺乏交叠化目光时泼出了"洗澡水"(黑奴/黑鬼身份),往往也无端抛弃了自然的初心。我们还可

---

① Bell Hooks. *Touching the Earth*. in Lorraine Anderson, Scott Slovic, John P. O'Grady. *Literature and the Environment*. London: Greenwood Press, 1999, p. 173.

以在女性主义理论讨论语境中，再举一个类似反面的例证。波伏娃洞察到女性的人造第二属性和人与自然的关系之间的可比性，但在如何超越女人的第二性，如何超越"自在"而走向"自为"的问题上，她给出了一个摆脱自然，与男性一样获得完全自由的策略，于是最"正确"的答案是走出"母性奴役"的不生育的女人，最"不正确"便是继续与自然同伍而甘受父权/人类中心主义的压迫。这个观点的实质就是，女性要撇清与自然的关系而求得从边缘地带的归来，就必须以一种歧视交换另一种歧视。这样的解放策略，与上文提到的"文化远见人士"如出一辙，都是因缺乏交叠性视角而带有认识上的盲区。斯特西·阿莱默（Stacy Alaimo）在批评"女性主义躲离自然和生物学"时可以说相当一针见血：

> 西方传统观念将女性定义为深陷于"自然"，也就无法进入人类的超越、女性、主体性及能动性。因此女性主义理论大多致力于让女性摆脱自然。不少重要的女性主义主张和概念仍囿于各种处于支配地位的二元论内部而不是起而反之，更强化了自然与文化间的对立僵局。①

真正的革命在于从交叠性的立场出发，对种种"僵局"进行突破。沃克自述道，那首诗之所以名为《革命的牵牛花》，正是因为她相信萨米·路是真正的革命者，是"一场持续不断的革命的一分子"，而饱受多重苦难的黑人女性也如同自然环境里的牵牛花一样，有着强韧的生命力。沃克强调了土生牵牛花和如今城市环境里的牵牛花的区别：母亲从野地里采摘的花种每年冬天都能熬过苦寒而在春季生机勃勃，而城里的牵牛花则活不过一季。根植于大地与否，可以衡量一个生命的可持续性，花如此，对于人、一个民族，也一样。他们所要的便是：在最血腥的斗争或革命中也不要忘记这关于未来的憧憬。

总之，在寻找母亲的园子中，沃克实际上找到了自己的身份：热爱融为一体的自然、劳动、艺术，懂得"尊重一切可能性并甘愿去理解它们"的黑人女性。《革命的牵牛花》让沃克相信，真正的"文化远见"在于构造这样一种未来：所有的人就如同所有的花儿一样都终将绽放。

二、对作为"当务之急"的民权运动的交叠式批判

对马丁·路德·金推崇之至的沃克在探访其遗孀科雷塔时，后者回忆了与先夫

---

① Stacy Alaimo. *Bodily Nature: Science, Environment, and the Material Self.* Bloomington and Indianapolis: Indiana UP, 2010, p. 2.

达成过的共识:"如果我们两人都有很大的工作压力不能回家,那么必须缩减工作的就是我。对此我也没什么太不乐意的。问题的关键是我们的当务之急是什么。"①科雷塔本人也是积极的社会活动家、音乐人,但显然又是"识大体顾大局"的贤妻。不过在这里,笔者关注的是科雷塔所说的"当务之急"(priorities),或曰优先权利,指的是什么。毫无疑问,马丁·路德·金的当务之急自然是争取美国非裔权利运动,在如此宏大叙事面前,作为领袖的家属,科雷塔的工作安排是次要的,她的首要任务是照顾好领袖的家。一个女性的小小权利,怎能与反抗种族压迫这么紧要的大事争锋呢?因此,黑人妇女在这个问题上表现得相当自觉,她们不愿意在所有黑人未取得自由的时候,还去参加什么解放妇女的活动。但科雷塔对这种黑人妇女的自我牺牲是真的认同吗?她随后指出:"恐怕很多人,包括很多妇女,实际上并不懂得什么才是真正的女性。"②

作为马丁·路德·金的拥趸,沃克当然不会忘记这位思想导师曾说过的一番话:"无论何处的不公正,对于任何地方的公正都是一种威胁。"不得不说,马丁·路德·金的至理名言讽刺性地反过来提醒了沃克问题的症结。如果说科雷塔对民权运动优先于妇女运动的现实是存疑的话,沃克则更为犀利地指出了其中的弊病。可以归纳为:一方面,以牺牲妇女权益为代价或暂时搁置妇女权益的民权运动,很难取得实质性进步。科雷塔坦陈,她和马丁·路德·金曾多次讨论过把妇女组织起来,可是他始终没有抽出空来认真对待该议题。"我们从来没有使用过我们所拥有的妇女力量"③,这无疑是民权运动的重大缺憾。另一方面,女权运动与黑人民权运动同时并举,才能真正推动民权向前发展。沃克很赞同科雷塔之后说的一番话,认为女性领导力能够为民权运动提供内在动力:她们有能力展现广博的同情心、爱及宽恕,这种能力如运用得当,是可以创造一个更美好的世界的。尤其是女性的同情心不仅是为她们自己的,而且是为所有受压迫的人的。

在另一个重要的例子中,沃克的矛头直指杰出的黑人领袖、美国有色人种协会的创建者之一威廉·爱德华·伯格哈特·杜波依斯(William Edward Burghardt Du Bois),这位黑人解放运动的斗士在其名篇《自由曙光》中写道,21世纪的问题即是"种族界限(color-line)的问题",正是此类问题导致了美国内战。然而沃克对杜波依斯从一个男性黑人知识分子视野出发提出的所谓"界限"却遭到沃克的质疑:"此言不假,但这是一个男人的观点。也就是说,其眼光高远得能够漂洋过

---

① Alice Walker. *In Search of Our Mothers' Gardens*. New York:Harcourt Brace & Company, 1984, p. 150.
② Alice Walker. *In Search of Our Mothers' Gardens*. New York:Harcourt Brace & Company, 1984, p. 152.
③ Alice Walker. *In Search of Our Mothers' Gardens*. New York:Harcourt Brace & Company, 1984, p. 155.

海，却难以越过饭桌和街道。"① 男性黑人领袖们能在全球范围内一呼百应，却在家事上无所作为，这对于民权运动是多么大的讽刺！这里的家事，当然主要指对性别问题的态度。同马丁·路德·金一样，杜波依斯等男性黑人民权运动精英并不完全意识到，性别问题并不是民族解放的绊脚石，相反，对前者的压制意味着对后者所怀有的自由精神的取消。很难指望一个在性别问题上充当压迫者的人，能够在种族问题上取得实质性的进步。

沃克的立场同样也得到了不少女性主义者的呼应和印证。例如，生态女性主义批评家格雷塔·加德（Greta Gaard）援引过辛西娅·安罗（Cynthia Enloe）在研究国际政治与殖民主义遗产时的发现：民族主义源自男性化记忆、男性化的屈辱、男性化的期盼。极少有人以女性体验为出发点，去理解殖民化或是对民族与文化自治的重新伸张。相反，在民族主义运动中，女性被迫"要有耐心""别多嘴""等民族主义目标实现了再说"②。再如，胡克斯在指出黑人民权运动中的缺憾时批评道，男性领袖们把自由定义为：作为拥有完整权利的公民，参与到美国文化中，而并不对文化所建构的现存价值体系进行质问，例如，并不对该体系中的性别歧视提出挑战。他们甚至要求黑人妇女处于从属的位置来配合支持男性为争取种族平等而掀起的斗争。因而胡克斯在其名篇《俺就不是女人了?》中说："原本这么一场为全体黑人反抗种族压迫、获取自由的斗争，却演变为旨在建立黑人父权制度的运动。"③

事实上，包括沃克、胡克斯在内的黑人女性主义者的批判不仅把矛头指向非裔美国人内部的男权倾向，也指向女性主义内部的种族歧视。这都在客观上支持了交叠理论的发展："黑人女性主义对白人自由派女性主义的批判的确立及持续发展，无疑为交叠理论提供了佐证材料。"④

从沃克的书写来看，她的批判更为透彻之处还在于揭露了一个很具有讽刺意味的事实，即非裔美国人不能够看清复杂现实中交叠出现的压迫模式时，自身便会陷入另类的种族主义。她戏仿杜波依斯的话说，21世纪的问题仍将是种族界限问题，但不仅存在于白人与有色人种之间，还指向同一种族肤色较深与较浅的人群之间的关系，以及每个种族内部不论肤色深浅的人与妇女的关系。

沃克的这一判断极为意味深长，她实际指出，并没有单一无牵连的种族问题或性别问题，只有这些问题交叠在一起综合解决，才有可能找到答案，否则歧视、压

---

① Alice Walker. *In Search of Our Mothers' Gardens*. New York: Harcourt Brace & Company, 1984, p. 310.
② Greta Gaard. "Tools for a Cross-Cultural Feminist Ethics: Exploring Ethical Contexts and Contents in the Makah Whale Hunt". *Hypatia*, 2001, 16 (1): 16.
③ Hooks Bell. *Ain't I a Woman: Black Women and Feminism*. London: Pluto, 1981, p. 5.
④ Diana C. Parry. *Feminisms in Leisure Studies: Advancing a Fourth Wave*. New York: Routledge, 2019, p. 61.

迫仍将层出不穷。现实状况已经非常令人担忧：浅色及肤色相对较白的黑人女性，如果将自己与黝黑皮肤的黑人女性割裂开来，那就会丧失反抗美国白种人统治的唯一联络关系；而若黝黑皮肤的黑人女性视浅色及肤色相对较白的黑人女性为白人及黑人男性的压迫的延伸，那么她们"也将失去其在美国历史中的完整意义"①。这就是滋生于种族内部而类同于种族主义的肤色主义（colorism）。沃克没有避讳自己的家庭，承认父亲正因为母亲的浅色皮肤才爱上了她，而不能做到贯通所有平等意识的黑人民权运动反倒让沃克更深刻地理解了父亲的肤色主义。沃克由此非常尖锐地指出：（法农的《黑皮肤，白面具》

> 这揭露出所谓的"民权"永远也无法充分表达黑人的革命目标，因为它永远也无法描述我们的热望和梦想，以及与我们并肩战斗的非黑人族群。另外还因为，作为一个术语，它根本就缺乏对肤色的理解。②

沃克因而建议，只有彻底细查所有的关系，才能构建起一个完整的家庭。沃克本人对这一彻底细查也是身体力行的。当她随美国黑人作家团体访问古巴时，她用热情的口吻赞颂古巴新民主政治在摈除阶级、种族压迫上做出的巨大努力，但同时，她也看到了仍有同性恋群体并未被纳入关怀共同体之中："我们有的人为此感到寒心，想到在本土的同性恋友人或许在自由古巴并不能像我们这样切身感受到自由。"③ 再者，沃克对古巴在性别平等上的缺憾也提出了婉转的批评，因为她发觉那里几乎没有女作家的身影，东道主对此也给不出任何让人满意的解释。

不过沃克并非对前景没有信心，当前的努力都是进步，因为"一切派别的努力都在为我们对作为整体的社会的完全理解添砖加瓦"④。其中，"整体"（whole）是沃克一再使用的高频词。沃克的整体主义是她文学思想水到渠成的必然指向。

三、整体主义文学经典意识的生发

"黑人南方作家所继承的天然权力，便是一种共同体意识。"⑤ 沃克在此使用了共同体（community）一词来表达一种凝聚的力量。沃克还记录过与母亲回南方游

---

① Alice Walker. *In Search of Our Mothers' Gardens*. New York: Harcourt Brace & Company, 1984, p. 311.
② Alice Walker. *In Search of Our Mothers' Gardens*. New York: Harcourt Brace & Company, 1984, p. 336.
③ Alice Walker. *In Search of Our Mothers' Gardens*. New York: Harcourt Brace & Company, 1984, p. 209.
④ Alice Walker. *In Search of Our Mothers' Gardens*. New York: Harcourt Brace & Company, 1984, p. 330.
⑤ Alice Walker. *In Search of Our Mothers' Gardens*. New York: Harcourt Brace & Company, 1984, p. 17.

历时的一段有趣对话:"'你究竟来找什么呢?''一种完整性'我答道,'我觉着你瞧上去够完整了。'她说,'不,'我回答。'因为我周围的一切都分裂了,被刻意弄掰了。历史分裂了,文学分裂了,人也分裂了。'这让人们尽干些无知的事情。"① (着重号为笔者所加) 无论是共同体,还是"完整性"(wholeness),沃克都在强调她心目中的一种整体主义,这或许是她的写作与人生的终极理想,那么如何定义沃克提出的整体主义,就显得尤为关键了。根据沃克的自述,笔者认为她的整体主义有如下表现。

沃克相信,只有当故事的所有方面都拼合起来时,其主题方能显现真实性,每个方面的不同意义组合成一个全新的意义。因此,她认为每个作家都在写其他作家的故事所缺失的部分,而她追求的,正是那样一个完整的故事(whole story)。在这里,沃克所谓的"故事",更像是一种作家集体追逐的叙事,对它的要求不同于单一的情节描述,或者换言之,单个作家写下的单个事件,都应该成为完整叙事的一部分,即使其余部分没有显现,也应该有所意识,否则就未必能凸显"真实性"。

沃克和其他不少女作家、学者一样,喜欢用"被子"来体现由拼接所形成的整体意象。对于挂在华盛顿史密森学院的那床有名的百衲被,沃克评论道,虽然由不值钱的破布头缝制,却显现了一个具有强大的想象力及深沉的精神感受的人的匠心,虽然展览说明上标记为由"百年前一位不知名的阿拉巴马黑人妇女"所制,但她却可以是"我们祖母中的一个——一位用她所能买得起的材料、以自己的社会地位所能达到的媒质留下自己印记的艺术家"②。这样的被子折射的不仅是艺术创造力,还包含了黑人女性的性别、种族、阶级等社会身份地位所在她们身体里激活的凝聚力和抗争精神。正如生态女性主义学者凯伦·沃伦(Karen Warren)所言:"一床生态女性主义哲学的百衲被,是由不同的'布块'拼起来的,由处于特定社会的、历史的和物质语境中的缝制人做出来的",而"任何明知的、着意的或有意识的自然歧视、性别歧视、种族歧视、阶级歧视的想法——它们都强化或支撑着'统治的各种主义(isms of domination)'——都不能留在百衲被上"③。

被子的意象因而自然就联系到沃克在谈到黑人文化的价值时所看重的"连接性"(connectedness)。实际上笔者认为沃克所思考的"被子"已经超越了姐妹情谊,已经把黑人文化符号等同化为一种文化乌托邦了。因此,我们在考察其内涵

---

① Alice Walker. *In Search of Our Mothers' Gardens*. New York: Harcourt Brace & Company, 1984, p.48.
② Alice Walker. *In Search of Our Mothers' Gardens*. New York: Harcourt Brace & Company, 1984, p.239.
③ Karen Warren. *Ecofeminist Philosophy: A Western Perspective on What It is and Why It Matters*. Lanham: Rowman & Littlefield Publishers, 2000, p.67.

时，不必纠结其中是否有文化本质主义的因素，因为沃克实际也承认，黑人文化不论有多少缺陷，都具有客观的价值。沃克把价值重心放在了"连接性"上，指出这是一种"与整个共同体乃至世界的连接性，而非分离，谁和谁在一起共事、同眠，都无所谓"①。沃克是在论述"妇女主义"的语境中说这番话的，可见如果说妇女主义在构建姐妹情谊、女同性恋的共同体同心圆结构的话，那么她理想中的整体主义甚至超越了这些局部共同体，通过连接性黏合其整体之下的各个部分。而我们反复验证的沃克的交叠性书写也是以自己的逻辑，最终迈向整体主义视角。她的写作也反过来验证了其他学者关于交叠性的价值及其整体主义性质的论述：

> 交叠性的核心思想在于社会不平等、权力、关联性、社会语境、复杂性及社会公正等诸因素，都形成于应对所属时代的种种危机——主要包括殖民主义、种族主义、性别歧视、军国主义及资本主义剥削——的社会运动的总体语境之中。在这样的语境中，有色人种女性不单受到这些权利系统中的某一个而是受到其合流的困扰，因而她们形成的自治运动便一定要提出交叠性概念，尽管使用的语汇各有不同。②

沃克的创作与批评使笔者相信，越是具备交叠性身份—视角的作家，其创造力和视野就越具备潜在的空间。例如，从政治的角度看，有色人种女性便具有独特的觉悟，过去的马克思主义者和女性主义者没有经历过产生于去殖民化后纷呈的复调状态，其革命主题便有帝国化和极权化趋向，（有色人种女性）则有机遇去建构一种有效的统一体，而不再走前者的老路。从文学创作的角度看，她们的坎坷道路反使其更有体历，具备更为丰富的同理心。沃克自述过一段发人深省的文学教学经历：

> 我刚在韦尔斯利讲授黑人女作家（想来也是该校历史上的首次），我担心左拉·赫斯顿的20年代黑人英语会让学生受不了，结果并非如此。她们很喜欢，说就跟读哈达一样，还更胜一筹。在该课程中我还讲内勒·拉森、葆拉·马歇尔等人，也讲了凯特·肖邦和弗吉尼亚·伍尔夫——显然不是因为她们是黑人，而是因为她们是女性、擅写作，就像黑人女性一样，从女性的视角出发写全人类的状况。一边看伍尔夫的《一间自己的屋子》，一边读惠特利的诗集

---

① Alice Walker. *In Search of Our Mothers' Gardens*. New York: Harcourt Brace & Company, 1984, p. 81.
② Diana C. Parry. *Feminisms in Leisure Studies: Advancing a Fourth Wave*. New York: Routledge, 2019, p. 64.

会很有意思，把拉森的《流沙》和肖邦的《觉醒》放在一块儿赏析也是如此。①

可以说，沃克的交叠性身份（来自乡村、非裔、女性、作家）决定了她对文学教学素材的选取，这其实也就是她对文学经典的评判标准。一个人所遭受的多重苦难，铸就了他/她的艺术创造的条件，这是肖邦、伍尔夫以及诸多男性作家反而无法具备的后天优势。一个作家自身的身份越是处于各种弱势群体的交叉点上，他/她越是能够意识到一种总体性的身份建构在文学形象塑造上的丰满性。在讨论这个观点时，沃克对伍尔夫的复杂感情，是个很有意思的看点。伍尔夫在《一间自己的屋子》里一方面谈到女作家与前辈（女）作家之间的依存关系，另一方面也提到了女性在文学创作时遭遇的挑战，包括教育机会和家人支持的欠缺。对此，作为后世黑人女作家的沃克，既继承了伍尔夫，又把后者提到的挑战大大加以深化，认为在伍尔夫所说的禀赋独具的女性中，要"插入'黑人女性'和'生而为奴或生后遭奴役者'"，而阻挠女诗人才艺的种种困苦中，要"加上'锁链、枪支、皮鞭、身体被霸占、屈服异教'"② 等等。沃克心里想到的是菲丽丝·惠特利（Phillis Wheatley）和卓拉·赫斯顿（Zora Hurston）这样才华横溢而光芒因苦难而过早湮没的黑人女作家、诗人，而这些都是伍尔夫所看不到也想不到的。

沃克对伍尔夫的改写，正是对经典的再次修正。如果说伍尔夫强调了文学谱系中女性的光辉，沃克则更交叠化地突出了黑人女性作家进入"正史"的不易与必要性，因为这一特定的群体有着双重的难处：先辈在经典中的缺失同时也使得当代黑人女作家缺少赖以依存的楷模。沃克本人看得很透彻，并以实际行动去促进了这种更具交叠化的经典性。她在重视像弗兰纳里·奥康纳（Flannery O'Connor）这样的南方白人女作家的同时，更急切地去寻访赫斯顿的故地，这一行动极具象征意味，正如尼娅·莫尔分析的："她们的故事中所有图书馆都找不到；沃克只能凭着一张手绘地图和口授的指引去探访早已被荒废的、杂草丛生的通往赫斯顿之墓的路途。"③

其实社会学家苏珊·曼因也有类似的说法："边缘地带的劳动妇女能够跨越阶

---

① Alice Walker. *In Search of Our Mothers' Gardens*. New York：Harcourt Brace & Company，1984，p. 260.
② Alice Walker. *In Search of Our Mothers' Gardens*. New York：Harcourt Brace & Company，1984，p. 175.
③ Moore Niamh. *The changing nature of eco/feminism：telling stories from Clayoquot Sound*. Vancouver：The University of British Columbia Press，2015，p. 76.

级和种族界限,从而更具批判的深刻性。"① 那么从文学造诣上说,一个有着深黑皮肤的女性作家,其身份构成使她几乎兼容了所有种类的压迫所带来的苦难体验,她独到的视野具有极大的纵深度,她神经末梢的感知能力已被磨砺得异常丰富,至少具备了写出伟大作品的最优条件。交叠性批评,不但是一种阅读方式,也是一种评判标准,是对经典文学的修正式重新界定:一个从未感受到压迫的痛苦的人,一个一直很快乐的人,是不大可能有很高文学成就的,即使有作品,也很难有博大的胸襟,很难创作出深刻的作品。反之,有痛感者,才可能深刻;有多种痛感的人,是最为深刻的。上帝或许很公平,当他让一个作家,或一个民族饱受沧桑的时候,向他/她开启的真实之窗就更多,向他/她揭示的尖锐的真理也就更多。

作为另一种印证,格雷塔·加德在谈气候正义文学时也使用交叠式的整体视角来评判作品的价值:"在表现气候正义的纪录片、短篇小说、音乐视频和流行歌曲中,生态批评家或许能找到更具包容性和交叠性的叙事,以复原关于气候变化的截短叙事(truncated narratives),并提出缓解气候不公正的负面影响。"② 这一小段话的意义在于,加德实际上提出了环境正义写作经典化标准,即包容性和交叠性;此外,我们留意到加德对玛蒂·基尔(Martie Jill)的"截短叙事"概念的支持,加德认为这一概念表明了一种欠包容、非交叠的批评视域和写作立场乃至为一种脱离语境的观察盲点。生态女性主义和交叠性本身的发生发展,从不彻底性到趋向整体性,都是在发现并克服叙事短板。

对此,沃克还有一段很明确的表达:"或许 21 世纪从事写作的黑人女性能够较为完满地描绘出压迫——及斗争——的多重性。种族主义、性别歧视、阶级压迫、肤色主义将成为其思想意识的重要部分。"③ 这段话不仅反映了沃克的交叠性文学创作观,也是其整体主义思想的代表性陈述。笔者认为她所指的"压迫的多重性",如果能够囊括对自然的压迫,就是更完整的整体主义表述了。类似的情况是,交叠性本身主要是以阶级—种族—性别为轴得到应用的,作为来自社会学的研究方法,确实有所欠缺,好在交叠式思考本身有着很积极的开放姿态,该理论交叠性方法中尚存在更多的基质来达成最终的整体性考虑。因此,这一方法仍在持续进化,正如所有意义深远的女性主义分析所做的一样,而生态女性主义既是交叠性方法的体现,又以其"新增"的环境维度来对交叠性加以补全。我们在这里也可以

---

① Susan Mann. "Pioneers of U. S. Ecofeminism and Environmental Justice". *Feminist Formations*, 2011, 23(2): 9.
② Greta Gaard. *Critical Ecofeminism*, Lanham. Maryland: Lexington Books, 2017, p. 155.
③ Alice Walker. *In Search of Our Mothers' Gardens*. New York: Harcourt Brace & Company, 1984, pp. 311 – 312.

将生态女性主义与沃克提出的"妇女主义"进行融通，因为后者虽然缺乏显在的环境视角，但两者都以女性视角为启示窗口与出发点，进而关注更多相似的问题，并且认识到这些问题及解决策略的相互关联。正如苏珊·曼因在其重要论文《美国生态女性主义与环境正义运动的先驱》中指出的："与美国妇女运动中关于肤色的'妇女主义者'类似，这些女性也很少称已为'生态女性主义者'，然而她们的立场是：一切种族、阶级和性别问题，都是妇女问题。"①

细读文本能够发现，沃克在创作实践中并没有忽视自然在她的叙事中所起的作用，她笔下的南方和牵牛花便是明证，而且她在其他地方也已经考虑到这种整体主义的包容性，这是整体论生态女性主义观的一个很好的注解："所有肤色的女性都将能够致力于这颗星球的修复。"②

"任何侮辱人类尊严之行径必会影响到作为这个星球上人类一分子的我，因为我明白，地球上的一切都联系在一起。"③ 沃克在这里和其他多处都使用了星球（planet）以及地球（earth），显然，她把人赖以生存的土地乃至自然也纳入了期待视野之中。她说这番话时是在批评原本作为值得同情的民族国家、现在却成为侵略与压迫的强权的以色列，而她"一切都联系在一起"的理念，是对人与人、文明与文明、文明与自然等二元范畴的彻底的解辖域化（deterritorialization）。沃克的思想始终展示着一位充分理解了多重人类疾苦的黑人女性作家所具有的独特的交叠性观察方式和创作理念，她作品的艺术价值因植根于南方的土地、执守黑人文化传统以及其代表着整体主义的左翼进步思想而熠熠生辉。

参考文献：

［1］WALKER A. In search of our mothers' gardens［M］. New York：Harcourt Brace & Company，1984.

［2］PARRY D C. Feminisms in leisure studies：advancing a fourth wave［M］. New York：Routledge，2019.

［3］KEITH M W. The politics of ecology：environmentalism and liberalism in the 1960s［J］. Journal for the Study of Radicalism，2008，2（2）：56.

［4］SUSAN A M. Pioneers of U. S. ecofeminism and environmental justice［J］. Feminist Formations，2011，23（2）：4.

---

① Susan Mann. "Pioneers of U. S. Ecofeminism and Environmental Justice". *Feminist Formations*，2011，23（2）：2.
② Alice Walker. *In Search of Our Mothers' Gardens*. New York：Harcourt Brace & Company，1984，p. 312.
③ Alice Walker. *In Search of Our Mothers' Gardens*. New York：Harcourt Brace & Company，1984，p. 353.

[5] ELLEN B. Moving toward coexistence: an interview with alice walker [J] Animals 7 Agenda, 1968 (4): 9.

[6] MANN S A. Pioneers of U. S. ecofeminism and environmental justice [J] Feminist Formations, 2011, 23 (2) 23: 17.

[7] HOOKS B. Touching the earth [M] // ANDERSON L, SLOVIC S, JOHN P O. Literature and the environment. London: Greenwood Press, 1999: 169-174.

[8] STACY A. Bodily nature: science, environment, and the material self [M]. Bloomington and Indianapolis: Indiana UP, 2010.

[9] GAARD G. Tools for a cross-cultural feminist ethics: exploring ethical contexts and contents in the makah whale hunt [J]. Hypatia, 2001, 1 (16): 16.

[10] HOOKS B. Ain't I a woman: black women and feminism [M]. London: Pluto, 1981.

[11] KAREN W. Ecofeminist philosophy: a western perspective on what it is and why it matters [M]. Lanham: Rowman & Littlefield Publishers, 2000.

[12] MOORE N. The changing nature of eco/feminism : telling stories from Clayoquot Sound [M]. Vancouver: The University of British Columbia Press, 2015.

[13] GAARD G. Critical ecofeminism, lanham [M]. Maryland: Lexington Books, 2017.

民族主义与文化选择：
周作人对约卡伊·莫尔作品的译介研究

李珍玲

摘　要：本文聚焦周作人先生对匈牙利作家约卡伊·莫尔（Mór Jókai，1825—1904）作品的中文译介活动，从而反映约卡伊进入世界文学场域的一个侧面。通过分析20世纪初中国的社会文化背景，发现"弱小民族文学"这一民族主义文学思潮对周氏的约卡伊翻译实践产生了影响。然而，周氏始终把文学审美和个人旨趣放在首位，他选择译介约卡伊是因为其作品始终符合他的文学品味和艺术趣味，有着丰富的文学内涵和艺术价值。周作人对约卡伊的译介是时代的偶然和文学的必然，既反映时代精神，又有超越时代的纯粹文学理想，这也是约卡伊作品能成为世界文学的秘诀。

关键词：周作人；约卡伊·莫尔；民族主义；文学选择

一、周作人对约卡伊的译介概况

约卡伊·莫尔是匈牙利著名作家。在19世纪的匈牙利文坛上，出现了伟大的革命诗人裴多菲，小说方面则有笔耕不辍的约卡伊·莫尔。他的小说既具有典型的浪漫主义特征，又密切关注和批判匈牙利的历史和现实。约卡伊被誉为"匈牙利的雨果"，抑或是"匈牙利的荷马"，不仅是匈牙利家喻户晓的文学大师，而且在世界文坛上备受推崇，其小说的外文译本更是多达200多种，是和裴多菲一样具有世界影响力的文学家。

周作人（1885—1967）是中国翻译约卡伊·莫尔作品的第一人，为约卡伊的小说在中国文学界的传播做出了巨大贡献。周氏翻译的约卡伊作品主要有三部：《匈奴奇士录》《黄蔷薇》《爱情与小狗》。长篇小说《匈奴奇士录》由周氏据英译本转译而来，1909年由商务印书馆初版，为"说部丛书"之一册，1933年由王云五主编的"万有书库"再版。后来他在散文里谈到这本书时介绍道："由我转译成中文的此外有一部《匈奴奇士录》，原名《神是一位》，英译改为 Midst the wild Carpathians"①。《黄蔷薇》为中篇小说，原名 A Sarga Rozsa，1910 年由周氏据丹福特女士（Beatrice Danford）的英译本 The Yellow Rose 译出，后于 1920 年经蔡元培介绍给商务印书馆，1927 年最终面世。此外，周氏还翻译了约卡伊的小品文《爱情与小狗》，于 1918 年译出，收入译文集《点滴》（上下），1920 年由北京大学出版部初版发行，列"新潮丛书第三种"。

除了这些已经面世的译本，还有一些已经被周氏列入翻译计划但未出版的，如《怨家》和《伽萧太守》。② 周氏收藏了相当数量的约卡伊作品英译本，用以充实自己的翻译原料库，如《育珂短篇集》、长篇小说《白蔷薇》等，它们主要为英国人贝因先生（R. Nisbet Bain）所译。此外，他还藏有美国译者薄格思（Sarah Elisabeth Boggs）翻译的《骷髅所说》。他于 1910 年写下了《育珂摩耳传》，从中可一窥他对约卡伊的熟稔和对其作品的翻译心得。

周氏选择约卡伊作品进行翻译，是多重因素作用的结果。在谈到周氏兄弟对东欧文学——当然也包括匈牙利文学——的译介活动时，宋炳辉提出了世纪之交的民族处境和国内思想文化的背景以及他们的个人志向与文化选择等内容。在此基础上，邱夏子和符晓认为，匈牙利文学进入到周氏兄弟文学译介的视域存在着非常复杂的原因和隐秘的逻辑。这些研究通常把周氏兄弟放在一起，讨论他们翻译的共性，且聚焦匈牙利文学甚或东欧文学这个整体，它们为笔者探讨周作人对约卡伊作品译介的个性特征提供了线索。大抵来说，周氏与约卡伊结缘，既与当时的社会历史环境、文化思潮和文学观念有关，也很大程度上反映了他的个人志向、文化选择和审美旨趣。

二、民族主义与《匈奴奇士录》

20 世纪初的中国内外交困，由此催生了近代民族主义思潮。当时，国内民族主义先行者在谈到国际大势时，认为世界分为列强国家和"弱小民族"③ 两类。与

---

① 周作人：《夜读抄·黄蔷薇》，北新书局 1935 年版，第 4 页。
② 这两本分别在周氏兄弟合译的《域外小说集》初版本第一、二册卷末刊登了预告。
③ 陈独秀在 1904 年《说国家》一文中将世界分为"被外国欺负"的国家和列强国家。1921 年的《太平洋会议与太平洋弱小民族》一文发表时，则正式出现了"弱小民族"这一概念。对"弱小民族"的定义，参见化鲁《现世界的弱小民族及其概况》，载《文学》1934 年第 2 卷第 5 号。

之相对应，在文学领域，也出现了西方（列强）文学和"弱小民族文学"①的划分方法，民族主义思潮占领了文化高地。那时周作人虽在日本留学，但他也受了民族思想的影响，"对于所谓被损害与侮辱的国民的文学更比强国的表示尊重与亲近。"② 他认为，通过译介"弱势民族文学"，能够使国人实现共情，从而振奋民族精神，促进民族解放。

匈牙利在当时与其他东欧国家一同被视为"弱小民族"。它不断反抗奥地利统治、争取民族独立的近代历史③，以及匈牙利民族与中国古匈奴族之间亦真亦假的古老联系④，牢牢吸引了周作人的目光，他密切关注着匈牙利文学，并从中找到亲切感。他后来回忆道："当时我们承认匈加利人是黄种……在三十年前讲民族主义的时代怎能不感到兴趣，而其影响便多少遗留一点下来，到现今还未消灭。"⑤ 那时，约卡伊早已享誉世界文坛，他也与壮烈牺牲的裴多菲一样，曾经是一位热情的革命斗士，参加了 1848 年匈牙利反抗奥地利的民族革命战争。这样一位极负盛名的民族主义小说家，很快成为周作人进行匈牙利文学译介活动的不二人选。周氏选择 *Rgy Az Isten* 作为他翻译的第一部约卡伊作品并将之改名为《匈奴奇士录》，就是看中了这部小说史诗般的民族主义叙事以及其中能让人联想到古匈奴踪迹的描述。在为《匈奴奇士录》作的序中，他特意强调了约卡伊参加匈牙利民族革命战争的事迹——"四十八年匈加利独立之战，育珂亦与，为奥人所忌，及维拉戈思战败，则物色之"，以及故事中的匈牙利"什克勒人"与古匈奴的"历史"联系——"什克勒义云边人，亦其近黄，古匈奴也"⑥。故事本身亦聚焦 1848 年的匈牙利民族革命战争，这在周氏看来，是匈牙利这个"弱小民族"弘扬其民族精神之作，具有积极的借鉴意义。可见，透过约卡伊，周氏看到了当时中国和匈牙利等"弱小民族"在民族命运和国家境遇方面"同病相怜"，也预期到译介约卡伊作品可能

---

① "弱小民族文学"是中国 20 世纪初在对外国文学和文化思潮的翻译和介绍中出现的特有概念。"弱小民族文学"泛指"20 世纪上半期处于殖民状态或被西方列强压制状态民族的文学"，或"那些在政治、经济、文化上失去独立地位、被压迫的民族，或者虽然在表面上获得政治独立，但其经济文化受强国支配，依然不能自由发展的弱小民族的文学"。（参见宋炳辉《弱小民族文学的译介与中国文学的现代性》，载《中国比较文学》2002 年第 2 期，第 56 页；尹辉《周作人对"弱小民族文学"作品的译介研究》，载《鲁迅研究月刊》2018 第 4 期，第 59 页）

② 周作人：《外国小说》，见《周作人散文全集》第九卷，广西师范大学出版社 2009 年版，第 197 – 198 页。

③ 1848 年匈牙利反抗奥地利的民族革命战争及 1919 年的匈牙利民族革命，不仅吸引了周作人的目光，也得到了一批中国先进知识分子的称颂和尊重，如梁启超所著的《匈牙利爱国者噶苏士传》，鲁迅在《摩罗诗力说》里对裴多菲的赞扬等。

④ 有关 19—20 世纪初，匈牙利与中国之间关于匈牙利民族起源的相互研究和看法，参见常峻《19—20 世纪匈牙利汉学研究与中国近现代学术转型》，载《浙江传媒学院学报》2012 年第 6 期，第 89 – 94 页。

⑤ 周作人：《书房一角》，河北教育出版社 2002 年版，第 11 页。

⑥ 周作人：《匈奴奇士录·小引》，商务印书馆 1933 年版，第 1 页。

产生的社会效应和民族主义意义。所以，民族主义思想的盛行对周作人译介约卡伊起了直接的推动作用。

三、个性审美与《黄蔷薇》

除了民族主义思潮的影响，周氏的语言偏好、文学趣味及个性审美为他选择约卡伊作品进行中译提供了大部分逻辑依据。周氏尤擅长英文，加之民国前在东京所读外国小说差不多全是英文重译本的缘故，所以他的大部分翻译皆是由英译本转译而来。英文译本的翻译质量就显得尤为重要，对他的翻译选择也产生了重要的影响。周作人尤其钟爱英国人贝因的翻译，而贝因翻译最多的便是约卡伊的小说，可以说，是贝因让他与约卡伊熟识起来，也意识到"异书"很有趣。① 不仅如此，贝因翻译的约卡伊的文学作品与周氏的文学旨趣和文学理想不谋而合。与其兄鲁迅重视作家的人格操守、家国情怀以及作品的社会批判性相比，周作人更专注文学本身的审美性，倾向关注作家作品的艺术性和文学价值。他之所以选择贝因翻译的约卡伊作品进行转译，很大程度上是因为它们使他"在文艺里找出一点滋味来，找到一块安息的地方"②。透过贝因，周氏看到了约卡伊作品突出的文学性和可欣赏性，认为他的小说不可与一般探讨人生问题的小说相提并论，而是时刻展现着自我性情，且体现出小说样式的丰富性。在《匈奴奇士录》的序言中，他援引了理特尔的《匈牙利文学史》，认为约卡伊"为小说，长于创造，益以意象挺拔，作文藻采，故每成一书，情态万变，且秾丽富美，妙夺人意。"③ 对周氏来说，翻译约卡伊的小说很大程度上是他的爱好，是纯粹的文学理想。此外，贝因翻译的约卡伊作品皆由伦敦一家名叫贾洛耳特的书店出版，周氏曾不止一次称赞该书店出版的图书"装订十分考究"，且"极为精美，在小说类中殊为少见"，总之就是"奇怪而精美可喜"。④ 他直言不讳地说，我对于匈加利小说有好感，这是理由之一。可见，英国人贝因对约卡伊的高质量英译和贾洛耳特书店考究的装订风格让周氏一定程度上

---

① 周作人：《夜读抄·黄蔷薇》，北新书局1935年版，第6页。
② 周作人：《夜读抄·黄蔷薇》，北新书局1935年版，第8页。
③ 周作人：《〈匈奴奇士录〉序》，见《周作人散文全集》第一卷，广西师范大学出版社2009年版，第85页。
④ 周作人：《夜读抄·黄蔷薇》，北新书局1935年版，第7－8页。周氏在此谈到《匈奴奇士录》的英译本时，提供了错误信息。据笔者考证，Rgy Az Isten 的英译本应该是比克内尔（Percy Favor Bicknell）于1901年翻译的《玛拿西》（Manasseh）。Midst the Wild Carpathians 则是约卡伊另外一本小说——Erdély Aranykora，直译为《特兰西瓦尼亚的黄金时代》，它的译者为贝因（R. Nisbet Bain）。周氏的张冠李戴之举，缘由为何，已无从查证。但此番言论长期以来给中国读者和学者带来了误解，他们无一例外地认为《匈奴奇士录》转译自贝因的《喀尔巴阡山脉中》（Midst the Wild Carpathians），而对其真正的英译本《玛拿西》（Manasseh）一无所知，也从不考证。

找到了自己的文学和艺术支点，也符合他的个性审美和文学旨趣。

周氏的英国文学和希腊古典文学背景也影响了他对约卡伊的选择。留日期间，周氏最先接触的就是英国文学且熟读英国文学史。沃尔特·司各特（Walter Scott）是英国19世纪有名的历史小说家，周氏自然不会不知道。当时，周氏十分推崇的前辈翻译家林纾已翻译了司各特的《撒克逊劫后英雄略》等作品，周氏亦十分爱读。无独有偶，约卡伊在当时被称为"匈牙利的司各特"，这使得他与周氏有好感且熟知的英国文学产生关联，为周氏冥冥之中选择约卡伊埋下了种子。与此同时，经由英国文学，周氏对古典神话和古希腊文学经典产生了浓厚兴趣，这从他后来翻译和研究多部古希腊文学著作可以得到印证。在古典文学的熏陶下，周氏十分倾心古希腊罗马牧歌式文学体裁和样式，向往其中描述的古老和美好神话。周氏的又一部约卡伊译作《黄蔷薇》，集中体现了他的这一文学选择。周氏在为该书所作的序中，明确了小说的牧歌体特征："书之体式，取法于牧歌。牧歌（Eidyllia, idyll）者始于希腊……育珂生传奇之世，多思乡怀古之情，故推演史事者既多，复写此以为故乡纪念。"①《黄蔷薇》的主角们生活在匈牙利大平原上，作者集中描绘了那里的自然风光和人文风俗，有牧马人和牧牛人，有海市蜃楼，有巫术和神话，还有阴谋与爱情，极具地域特色，是匈牙利式牧歌，也是约卡伊式牧歌。周氏十分欣赏约卡伊的文采，认为其"源虽出于牧歌，而描画自然，用理想亦不离现实，则较古人为胜，实近世乡土文学之杰作也"②。也是通过译介约卡伊，周氏提出了"乡土文学"这一概念。

四、余论

可见，周氏对约卡伊进行译介，既有社会历史牵连，也是个人文学理想的表达，而后者似乎贯彻始终，且更为突出，从而构成了周氏对约卡伊作品进行译介这一文学行为的精神内核。诚然，民族主义思想的盛行和民族主义运动的兴起影响了周氏的翻译选择，他的约卡伊译介活动也是在"弱小民族文学"这个带有民族主义色彩的文学场域下进行的，打上了鲜明的时代烙印。但这并不影响周氏作为文学人从始至终寻找文学之美、艺术之魅的原始冲动，他对约卡伊的选择，从根本上说是文学与文学的相遇，审美和审美的碰撞。无论是传奇历史《匈奴奇士录》，还是

---

① 周作人：《黄蔷薇》，商务印书馆1927年版，第1-2页。此两本皆为周作人留日期间与鲁迅的合译作品，分别译于1906年和1909年。

② 周作人：《黄蔷薇》，商务印书馆1927年版，第1-2页。

匈牙利牧歌《黄蔷薇》，周氏在对约氏作品的译介过程中一直强调的是其语言之"富美"、描画之"自然"、形式之"万变"，以及其他一切让他产生"可喜""精美""考究""滋味"等美好联想和引人入胜的事物。

在《育珂摩耳传》中，他讲述的重点也是在约卡伊的文学创作本身，不仅介绍了《劳日》《战乱记事》《亡命日识》《遏耳兑黎之黄金时代》《匈加利长者》《新地主》《黄华》《黑金刚石》《无鬼》《金人》《何为劳》《二二成四》等多部约氏文学作品，直言其是高质量的多产作家，而且强调了约氏小说的艺术手法和思想内涵。在充分肯定其作品艺术高度的基础上，也发表了他作为文学批评家中肯的观点，直言不喜其传奇派作风。除了约卡伊，周氏还关注并翻译了其他匈牙利文学（史）家的作品，主要有埃米尔·赖息（Emil Reich）英文原本《匈牙利文学史》的第二十七章，即《裴象飞诗论》；米克沙特·卡尔曼（Mikszath Kalman）的《圣彼得的伞》（当时名为《神盖记》）第一部分。单从周氏的角度上来说，他之所以选择译介这两部作品，其中都有一个再纯粹不过的原因，即它们都由贾洛耳特书店出版，那个用"瓦忒曼似的纸"装订出"金顶，布装，朴素优美而且结实"的小说的书店，也是他能产生审美共鸣的地方。更何况，《圣彼得的伞》的英译本还刊有贝因先生作的序，即那个让约卡伊和匈牙利文学走到周作人文学心灵深处的人。种种迹象表明，周作人先生在译介过程中，始终把文学审美和个人旨趣放在首位，尊重文学本身的艺术价值和精神沉淀，既反映时代思潮又超越了时代，对待约卡伊的作品是如此，对待匈牙利文学亦是如此，对待外国文学大抵也是如此。

参考文献：

[1] 周作人. 夜读抄·黄蔷薇[M]. 上海：北新书局，1935.

[2] 宋炳辉. 弱势民族文学在现代中国：以东欧文学为中心[M]. 北京：北京大学出版社，2017.

[3] 邱夏子，符晓. 周氏兄弟对匈牙利文学的译介与传播[J]. 上海鲁迅研究，2019(3)：156.

[4] 周作人. 周作人回忆录[M]. 长沙：湖南人民出版社，1982.

[5] 周作人. 匈奴奇士录·小引[M]. 北京：商务印书馆，1933.

[6] 周作人. 育珂摩耳传[M]//钟叔河. 周作人散文全集. 桂林：广西师范大学出版社，2009.

品钦"加州三部曲"中的城市空间政治

黄思敏

摘　要：在"空间转向"的思潮到来前，历史/时间维度曾被认为对地理/空间维度具有一种因果上的话语解释权。而城市作为悠久的空间范式，尽管涉及其起源和更迭的文学作品层出不穷，但主流观点一度认为是历史和社会关系形塑了城市空间，空间仅作为一种单向度的僵化产物。这种观念同样体现在"加州三部曲"的整体性研究中。三部曲中的城市并非凝固的随机背景，其作为受制的空间，不同社群在城市中的流动性、对空间的占有与改造加深了阶层分化，前者映照出美国加州复杂的阶级与种族矛盾。同时城市也作为一种生产性空间，革命者正是在街道和广场等公共空间中发现了场所政治与空间正义的深刻意涵。因此通过品钦批判性的空间视角，能逐步厘清城市肌理如何塑造了美国现代政治与社会关系的形态。

关键词："加州三部曲"；城市；空间政治；空间正义

"城市"作为权力与文化交融的产物，不仅容纳了种种社会关系且成为一种精神的象征形式：作为世俗世界，城市为人类提供了物质交换的场所；作为神圣场所，城市记载了人类对现代审美和日常生活转瞬即逝的即时性体验。其景观变化清晰反映了人类文明的更迭历程，更体现出城市生活的公共性及复杂性。多年来，文学、社会学、地理学和建筑学等学科皆通过不同角度聚焦城市研究，并持续拓展着城市研究的边界和深度。在托马斯·品钦（Thomas Pynchon）的创作谱系中，"加州三部曲"（《拍卖第四十九批》《葡萄园》《性本恶》）因其聚焦反正统文化运动的兴衰而被视为对美国历史发展转折的深刻叩问。品钦将视野回溯到20世纪60—80年代的加州城市，审视本土社会运动对国家和城市命运的牵制，他通过再现恢宏复杂的加州图景来探索人类行为与城市环境之间的共生关系，并指出后现代城市空间与美国高速发展之间的深刻关联。

一、空间视角：品钦的批判性视野

爱德华·索亚（Edward Soja）曾指出，尽管 20 世纪 70 年代已出现"空间转向"思潮，但最近一二十年里社会历史主义的观念依然流行。主流观点认为社会关系形塑了空间，不少人甚至不愿意接受任何形式的城市空间因果性①，这种抗拒和不适基于对城市空间的传统物理和外部化观点——仅将空间视为物质形式。但在社会进程中，作为现实参数的时间和空间往往具备同等重要的位置，空间形态和人文地理甚至反向影响了社会关系，这在加州频发的城市暴动与特殊的空间形态上皆有所体现。作为反映了加州城市空间更迭史的重要文本，"加州三部曲"中的地方性色彩为读者提供了一种理解美国政治生态的有效线索和参照点。同时，为了厘清作品中所体现的都市地理学与阶级冲突的诸多关联，空间视角有必要作为一种批判性视野介入到文本繁复的城市空间政治分析中。

品钦生于纽约长岛，但加州的生活经历才是其创作理念与灵感的重要来源之一，其作品由于深受加州文学和电影的影响而带有鲜明的加州地理特征，因此学者也多把品钦纳入加州文学的研究范畴。其中"加州三部曲"的创作正是从雷蒙德·钱德勒（Raymond Chandler）和詹姆斯·凯恩（James Cain）等人的加州黑色小说中获益良多。"加州三部曲"的主题和叙事背景有着高度的内在关联性：作者以 20 世纪 60—80 年代的加州城市为焦点，关注社会运动中的空间肌理与社会关系如何相互影响。品钦对城市的关注并非停留在对加州地理意象的描写上，他关心普通社区的兴衰和社群的生存境况，探讨城市空间的地理特征加诸现代人的束缚。其文学作品和时评成为政治观点的延伸载体，这恰恰是他作为作家介入社会公共事务的双重方式。

1966 年，品钦曾在《纽约时报》上发表了一篇名为《通往瓦茨的内心之旅》的时评，那一年正逢《拍卖第四十九批》出版。文章指出，当时的美国白人至上和权威至上的观念盛行，而 1965 年的"瓦茨事件"实则是阶级权力和社会资源长期分配不均的后果，也是 20 世纪 60 年代黑人运动从非暴力抵抗走向城市造反的高潮。尽管此前的瓦茨是一个基础设施和社会功能相对齐全的社区，但随着以士绅化为主流的城市复兴与更新运动深入日常生活，阶级分化和居住隔离等负面效应急剧凸显，贫困阶层被迫聚合在某些社区，而瓦茨就是这类式微的社区之一。品钦认

---

① 爱德华·索亚在《我的洛杉矶》中指出，列斐伏尔的著作涉及了何为都市空间因果性，即都市地理学如何影响资本主义和阶级斗争的发展。

为，瓦茨社区内部存在三大问题：①警察对贫困居民的歧视；②针对黑人的暴力事件频发；③社区表面上情况好转，但本质上是上层阶级为维稳所制造的幻象。由于种族矛盾被激化，"瓦茨事件"最终成为加州城市发展的一个重要转折点，与后来的1992年洛杉矶暴乱并列为美国史上影响深远的城市暴动。城市在各方冲突中被焚毁破坏，当地因此陷入了长时期的发展停滞。戴维·斯泰格沃德（David Steigerwald）认为，这些暴动并非简单的因果事件，"它们是所有城市危机以及城市衰落引起的突发暴力的产物"[①]。针对类似的社区情况和革命起因，联合国在1992年洛杉矶暴乱后对当时的城市革命发表了报告，指出大多数革命有着相似的条件：犯罪、种族/族裔关系紧张、经济困境、贫富差距、社会服务短缺和不断恶化的基础设施。加州城市作为特殊的空间范式，一方面移民潮导致的文化重组加剧了意识形态肌理的复杂性；另一方面其郊区（白人聚居）相对富裕和同质化，内城则存在着不断增长的贫困、犯罪及异质文化，其核心被视为危险、刺激和空间并置的典范，而郊区与内城之间日益加深的鸿沟最终往往导致城市空间的动荡。品钦在"加州三部曲"中对于加州城市空间的再现，皆从侧面反映了他对这些历史事件及城市问题的反思及忧虑。

作为一种批判性视野，品钦的城市空间叙事在艺术审美层面和空间形态层面上都彰显出特殊的时代标识。19世纪之前的传统小说多缺乏一种自主的空间意识，空间仅作为文本的基本配置充当背景、容器、舞台和环境，并被视为具有固定和刻板的特质，对故事发展的作用微乎其微。但随着资本主义快速发展，城市的种种问题开始显现并得到关注。狄更斯和哈代等英国作家聚焦工业革命巨变中的城市和乡村，巴尔扎克、福楼拜和波德莱尔等人则在作品中刻画了由于生产关系变化而焕然一新的巴黎图景，并开始了对现代性的讨论。品钦的创作也沿袭了这一特征，其笔下的城市并非服务于叙事功能，而是成为重要的表征。由于加州城市的发展史构成了它在文学层面上鲜明的地理特征，因此，其城市形象不同于以往的商业城市和工业城市。再者，品钦笔下的城市形塑力量与以欧洲为代表的古典城市有所不同。欧洲城市的空间形态深受历史文化影响，以宫殿、教堂和广场等核心建筑物为圆心的架构决定了整座城市的样貌和市民的时空视野，而三部曲中的后现代城市空间在景观上呈现出无中心和边界模糊的特征。同时，由于相对匮乏的自然条件及缺乏历史深度，人员和金钱等现代资本取代前者成为城市的发展根基。作为被资本和技术造就的后现代城市，加州以其特殊的地理形态和都市精神否定着古典的审美价值。

---

① ［美］戴维·斯泰格沃德：《六十年代与现代美国的终结》，周朗等译，商务印书馆2002年版，第312页。

面对日益重要的空间性，批评家和理论家都在持续探索新的阐释与批评模式，而品钦通过创作阐明了后现代城市中的重要现象：特定地域中的人、地、时、空因素并非割裂而是呈现互嵌共生的状态。因此，对城市空间的剖析必须关注其内部繁复的政治力量、社会关系和经济结构，克服和超越意象层面的描写，因为前者才是城市发展的根本力量。尽管品钦在创作"加州三部曲"之初适逢西方学界的"空间转向"理论思潮，但其创作并非为了迎合空间理论或作为后者的文学注解，而是借助一种历史反思和地理想象，在运用艺术手法表现社会现实的同时将批判的矛头指向意识形态领域。

二、受制的空间：阶级固化与空间分异

全球化一直是创造城市经济和文化多样性的主要因素，以洛杉矶、纽约、巴黎等为代表的城市成为表达多元文化和重构城市身份的大熔炉。加州尤其是洛杉矶地区自20世纪起接受了大量移民，城市内的常住居民人数上涨，其种族多样性甚至超过了纽约。但在多元文化的涵构过程中，由于经济实力和社会地位的差异，少数族裔和贫困人群等边缘群体不断被主流话语所排斥或收编。而"弃民"作为品钦笔下最常见的一类人物，他们是城市化进程的对立面和社会发展不均的象征，并往往以贫民、权力下位者、少数族裔和亚文化群体等诸多形态呈现。"弃民"与上层阶级的差异不仅体现为经济、文化和政治等资本的不均，更体现在空间流动性和占据利用空间的能力上，上层阶级因此得以超越疆界，而底层阶级则被束缚在有限的空间内，两者在空间上的分异最终不断加固社群鸿沟。可见当社会关系与空间形成了辩证依存的交互作用，前者既形塑了空间，又受制于空间。

戴维·哈维（David Harvey）指出，许多后现代小说中不同世界的叠加，恰恰同英国及美国城市中心贫民区中贫穷的和少数民族居民日益增长的密集聚居、被剥夺能力和孤立有一种奇异的关系，其体现为一个空间中共存着众多不可沟通的"他者"的世界。《葡萄园》中大批类死人聚居的影溪城正是这种异质性空间的写照，类死人住在标准化的房间里，"装修很差，音响很少，画、毯子、家具、小饰物、瓷器、餐具等物品一件都没有"①。而在地图中被隐去的影溪城就是他们奔向死亡的起点。当武志和DL通过窗户眺望整座影溪城时发现，只有太阳升起导致阳光角度发生变化时，楼房的入口、平台和岔路等平常被遮蔽起来的场所才被暴露在视野中。类死人的居所与人类世界的差异和划分更有效地规训、分化了群体，暴露

---

① ［美］托马斯·品钦：《葡萄园》，张文宇译，译林出版社2018年版，第210页。

出现实地理与影溪城之间不可跨越的实在边界。这种对空间组织和区隔的状态涉及对个人进行分类的权力，权力上位者通过空间识别群体并将其安置在"恰当"的场域。蒂娜·卡克雷认为品钦在作品中将土地还原为作为所有者和各种无产者（棚户区居民、原住民、难民、嬉皮士和无政府主义者）之间政治和经济斗争的场所，这是其创作的永恒主题。在《拍卖第四十九批》中，品钦描述俄狄帕在经历了一夜的城市冒险后坐上了一辆陌生的公交车，她跟随早起上班的人群来到一个陌生而破败的社区，下车后发现这片区域的形态与繁华的市区大有不同。她遇到一个坐在阶梯上的水手，并受其委托帮他将信件送往特里斯特罗邮件系统的信箱。以这个水手为代表的底层群众实则为美国社会的"弃民"，社区内的高速公路下聚集着酒鬼、流浪汉、妓女和行走的精神病人，主流社会对其关注过少，所分拨的资源也严重不足，因此，他们也成为特里斯特罗系统中对抗官方的一员。这片落后的区域与中心地带的物理距离并不远，但其发展境况则有云泥之别，贫困的社区居民不过是为都市圈输送动力的众多个体之一。这类世界级城市依靠虹吸效应高速发展，但同时也是充斥着焦虑和混乱的动荡场域，它是"无名侨民、下层阶级的地方，也是不能理解'他者性'的污染地带"[①]。空间的物理隔阂与异质文化进而构成了城市美景和贫民窟并置的特殊景观，后者象征着城市的"内爆"[②]，最终影响了城市空间的肌理。而两者的差异实则揭示了知识地理学在景观上的渗透。《性本恶》中也描写了这种空间差异："多克来到坦普尔穷人街上一家很特别的餐馆，里面的酒鬼刚刚从贫民区后面空地上的铺盖卷里醒来，正好赶上了最高法院的法官和律师们来此休息。"[③] 餐馆、商店等公共场所成为贫富并置的空间，精英分子与底层民众的暂时混合构成了有差异阶层相嵌的都市背景。针对穷人的境遇，华盛顿政策研究所的学者约翰·卡瓦纳直言，全球化给了巨富更快赚钱的机会，但技术对穷人没产生任何影响甚至使其边缘化，在这点上"全球化"是一大悖论。

除了不同阶层间日益扩大的贫富差距，种族矛盾的激化也与空间密不可分。在夺取话语权和表征权的过程中，少数族裔因其文化资本的薄弱一直处于边缘位置，他们在城市中谋求居所、自由等基本权利时所面临的阻力也历来是美国城市发展史中的难题，品钦的作品反映出加州复杂而历史久远的种族矛盾。由于种族间的紧张关系，白人警察在查案过程中处处表现出对黑人的蔑视。《性本恶》中还提到，黑人进入白人常居地会引起不小骚乱，当黑人家庭想搬到城里时，三K党成员会将

[①] [英] 戴维·哈维：《希望的空间》，胡大平译，南京大学出版社 2005 年版，第 15 页。

[②] "内爆"源自物理学概念，也是波德里亚后期思想的核心概念，指事物向内聚爆，这里意指城市系统的崩溃源自内部的发展差异，而非外部暴力。

[③] [美] 托马斯·品钦：《性本恶》，但汉松译，上海译文出版社 2011 年版，第 74 页。

其住处夷为平地，群体间的对抗由此愈演愈烈。但弗瑞尼茜就曾梦想过人类会融为一体，最后共同奔向最有可能获得光明的地方，这种融合她在街上短暂的、无休止的冲突中倒是亲眼见过——所有轨迹都千真万确，人群成为一个整体，而警察同样聚拢，简化成一把移动的刀刃。以弗瑞尼茜为代表的一代革命者始终致力于种族和群体的融合，但彼此在政见和文化上的分歧始终是矛盾冲突的顽固根源。

与此同时，与异质的底层空间相对应的是不断涌现的都市堡垒，后者永久地改变了城市天际线的形态。品钦在《葡萄园》中写道，弗瑞尼茜曾驾驶公车经过一片基地旁的小区，高速公路从水泥大厅中穿过，路上的标牌显示至少有一百道门，而这些门都旨在放入或挡住专门的某一类人。洛杉矶在发展过程中不断设立物理边界，防御式的城市空间体现出一种拒绝融合的倾向，阶级间的仇恨在城市环境恶化的同时蔓延开来。列斐伏尔认为，城市中已经出现一种半殖民主义的空间，外来人员、底层阶级都被纳入中心的支配下，从而受到集中的剥削，如岗哨森严的场所、不同社群的势力范围分割等。防御性空间的大量出现最终将摧毁阶层间的流动和沟通渠道。针对这种情况，迈克·戴维斯称之为沉迷于保安的都市主义和先进监控技术的泛滥，这正在进一步影响城市内部的地理学重组。

而在都市堡垒急速扩张的过程中，房地产业无疑发挥着推波助澜的作用。住房不仅具有作为使用价值的居住功能，同时也是一种高单价的商品，更是一种具备交换价值、可以套现的储蓄工具。《拍卖第四十九批》中的皮尔斯是加州地产巨子，他指定俄狄帕为遗产执行人，后者在清点遗产过程中发现地产的数量远超其想象，她调查特里斯特罗的每一条线索都指向皮尔斯的庞大产业。皮尔斯作为 20 世纪加州地区个人资本积累的原型，其经历反映出房地产昔日在加州空前的盛况，许多外来者在洛杉矶定居后都成为房地产投机商，"那年干旱时，你可以在洛杉矶市中心最好的地方买地，六毛三一块"①。城市中大片的土地被征用并盖起天价楼盘和购物中心，文元的套房就位于洛杉矶一个核心商业购物区中，这些高层建筑群建立在一个旧电影片厂的基础上，商业用地在扩张的同时也不断往纵深发展。由于高昂的住宅成本，加州出现了两极分化的社会景观，一边是不断兴建的住宅区，另一边则是无数底层民众由于无法支付租金而被迫搬离，他们在高速公路沿线的广告牌后面扯起帆布搭建简易棚屋或是睡在废车里。俄狄帕形容那些无家可归的夜行者"离任何城镇都太远，所以没有真正的目的地"②。

品钦还曾在《性本恶》中尖锐地指出，当局把墨西哥家庭从夏瓦兹峡谷赶出

---

① ［美］托马斯·品钦：《拍卖第四十九批》，胡凌云译，译林出版社 2018 年版，第 44 页。
② ［美］托马斯·品钦：《拍卖第四十九批》，胡凌云译，译林出版社 2018 年版，第 179 页。

来，建了道奇体育场；把美洲印第安人从邦克山扫地出门，建了音乐中心；塔里克的家乡则被推土机铲平，从而让位于房地产商米奇·乌尔夫曼的峡景地产，这就是洛杉矶漫长而悲伤的土地使用史。米奇将罗伯特·摩西①视为自己的事业灵感来源，甚至梦想有朝一日能在沙漠中从无到有地建造一座城市。随后米奇在沙漠中心修建了名为"宙母"的建筑，并主张任何人都能在此免费生活，希望以此救赎自己曾经向人类居所收费的罪孽。但由于这一举动触及整个产业链的利益，因此，他被绑架和进行思想改造，免费住宅的计划最终搁置。品钦将房地产的无节制开发归咎于一股更强大且未知的政治力量，利益所得者因私欲而阻止住宅免费化，企图不断抬高当地的房价。

房地产的扩张最终加剧了加州地区的贫富差距和恶性犯罪，并塑造出新的城市肌理，其兴盛不仅是资本主义在加州的发展缩影，更揭示了空间发展失衡的根源，前者构成了一种恶性循环的悖论性现象：一方面，交通打破地域界限，强化了资本的流动；另一方面，地域的开发又只限于有车一族，边远地区的住宅区仍然无法覆盖各阶层的需求，内城的衰落趋势难以逆转。而加州的特殊性恰恰在于其位于沙漠腹地，资金在这里频繁流动但并不生产任何有意义的商品。因此，品钦认为，"按照理论来说，这个地方根本就不应该存在，更别提如此繁荣"②。作一个不断向垂直方向延伸的人工神话，受制于资本的加州背负着产业失衡和环境恶化的双重代价，其空间形态不仅深刻影响了社会阶层结构的变动，更加剧了文化的异质性。

三、生产的空间：美国幻梦与空间正义

由于品钦在文坛上并不活跃，迈克·戴维斯因此将其比喻为"深陷'地下'，专写西海岸故事的特拉文"③④。尽管如此，品钦始终借力于作品关照现实，其通过作品重估 20 世纪 60—80 年代的社会运动留下的思想遗产，思考这场文化变革和城市变迁带给美国的影响和启示，进而撕裂了美国梦的假象。他更清晰地意识到场所政治的重要性，即作为受制性空间的城市同时也是生产性空间，革命者可以通过对空间的改造和利用，实现空间正义和投身于历史浪潮中。因此"加州三部曲"实

---

① 罗伯特·摩西：20 世纪美国著名城市建筑师，也是纽约发展史上的重要人物，积极推动了纽约大都市区的各项城市规划项目，对纽约发展具有深远影响。
② ［美］托马斯·品钦：《性本恶》，但汉松译，上海译文出版社 2011 年版，第 259 页。
③ 特拉文：德语小说家，主要描写异国场景下的冒险故事以及墨西哥乡间生活。他一生低调，拒绝透露出生地点和真实姓名。著有《死亡船》(1926)、《马德雷山珍宝》(1927)、《绞刑犯造反》(1934) 等。
④ ［美］迈克·戴维斯：《水晶之城：窥探洛杉矶的未来》，林鹤译，上海人民出版社 2018 年版，第 99 页。

则是关于美国的命运隐喻。

品钦曾借角色之口多次提出疑问：到底真正的美国是什么？在《葡萄园》中，DL 独自驾车向西远离洛杉矶，她认为自己"向真正的美国驶去"①。豪威和司莱基在查看美国洲际地图时则发现每幅图中间都是令人费解的空白，就像地理考试中的州轮廓图一样，属于一个叫作"美国"的东西，但并不是他们所了解的那个美国，他们质疑美国是否还在前法西斯的黄昏中徘徊。而俄狄帕在城市漫游的过程中也一直探寻"真正的美国是什么"，是被简单概括的经济遗产，还是一组无意义的抽象概念组合？随着俄狄帕离开生活多年的小城镇，投身于更广阔的城市时，这个问题一直伴随着她。当城市变得没有边界，她意识到皮尔斯留下的遗产正是整个美利坚。同时她提出质问："皮尔斯遗嘱中编码的那个美利坚是属于谁的？"② 在美国梦的询唤下，数百年来美国民众曾相信通过自身的勇气和奋斗便可获得应有之物，但品钦一针见血地指出，这个"应许之地"的叙事神话从来不属于普通人。品钦认为，在主人公们的城市历险中，真正的美国形象才逐渐浮出历史表层，同时也因时代背景而不停变幻。"可是外面绵延着的，却是没有灯光的废墟、冥冥之中的因果报应，而他们孩提时代绿色、自由的美国，正在变成一个工贼驻守的国度，冷酷无情地挥霍着权势"③。面对辉煌不再的美国，克罗克嘲讽道，拥有房产、水权、油和廉价劳动力的富人阶级永远都很安定，而普通民众不过是"阳光灿烂的南方大地上匆匆而过的过客之一"④。

与此同时，品钦试图通过城市的兴衰进一步追问当年的美国是否存在另一种发展的可能性。在美国的历史谱系中，城市的扩张伴随着政治生态的变化，美国早在 20 世纪前曾是一个"小镇神话"，其主流精神历来是非城市化甚至是反城市化的，以杰斐逊为代表的政治家认为"城市的过度发展对于民主社会将有不良影响"⑤。但城镇扩张随着空间开拓成为必然趋势，而民众也持续在与日益恶化的城市问题作斗争。尤其在《葡萄园》中，品钦认为尼克松和里根执政时代对美国历史产生了转折性影响，在奉行保守主义的右翼力量重新掌权之后，跳入了另一个奇点的美国错过了其他的历史可能性，他在《万有引力之虹》中也表达过相似的观点。经济、政治和文化上的保守，已导致城市兴起了大规模的镇压运动，同时民众为求自保相

---

① ［美］托马斯·品钦：《葡萄园》，张文宇译，译林出版社 2018 年版，第 145 页。
② ［美］托马斯·品钦：《拍卖第四十九批》，胡凌云译，译林出版社 2018 年版，第 179 页。
③ ［美］托马斯·品钦：《葡萄园》，张文宇译，译林出版社，2018 年版，第 164 页。
④ ［美］托马斯·品钦：《性本恶》，但汉松译，上海译文出版社 2011 年版，第 388 页。
⑤ 理查德·霍夫施塔特：《都市主义与美国民主》。见肖樱林《都市空间与文化想象》，孙逊等译，上海三联书店 2008 年版，第 238 页。

互指证。同时，针对政府保护计划的经费削减，各种优惠、津贴和费用标准的减少和降低也预示着往昔一切不再复返。品钦还嘲讽了当时的加州州长里根，认为他"有宏图大志，美国的未来就在他手上"①。早年作为演员的里根步入政界，其公众形象和宣传策略体现了浓厚的加州色彩及媒介与政治的高度共谋，他的任职更是释放出一种社会矛盾加剧的信号。在愈加张裂的社会现实中，人们终于明白所谓的里根式梦想不过是一场廉价的政治作秀。20世纪60年代的加州掀起了一股无政府热潮，各股政治势力和非法滥用毒品也对美国造成了极大威胁，当时的美国仍沉浸在好莱坞反共的白色恐怖和相互出卖的阴谋论中。品钦回顾道："在洛杉矶那迷幻的60年代，生活已经给了人们很多残酷的教训，告诫大家不要过于信任别人，而70年代看上去也不会有多大起色。"②

当昔日的美国幻梦破灭，品钦最终在广泛的城市镇压运动中发现了城市空间的政治意义。城市不仅是不同阶层和文化群体的争夺之地，也成为民众与政府对峙和谈判的场所。社会运动的开展历来与城市中的据点密不可分，即城市空间成为一个孕育革命的典型场所，革命者通过占据城市空间宣扬革命理念和推动社会运动进程，最终形成新的城市政治景观。段义孚曾指出，即使是看似寻常的语言，当其在正确的场合和环境中表达时也能产生强大的效果。与其他环境相比，城市更富有这样的场合和环境。开阔的美国城市街道成为良好的社会运动场所，街道和建筑分别给予革命者抗议的空间和制高点。弗瑞尼茜总是拿着摄像机在街道上参加游行示威，或遭逮捕或与20世纪60年代运动人物合影留念。那个动荡的时代把各种各样的人吸引到伯克利这样的城市中，因为他们相信这里能提供采取行动的机会。罢工示威者与警察在街道中对峙，当权者的渎职行为迫使民众攻击政府服务的对象……弗瑞尼茜的镜头清晰地记录了此刻的美国。同时，20世纪60年代的洛杉矶警察局花费大量精力调查那些鼓吹仇恨的黑人国家主义群体，社群间的对峙状态依然持续。自瓦茨暴乱开始，加州地区的城市治安面临新的挑战，品钦在《性本恶》中也曾提到这段历史，洛杉矶地区号召更多人加入义务支援警察的行动中去，以改善日益恶化的局势，如周末进行对抗演习和城市反游击训练，加强巡逻和保卫。在有序森严的城市生活中，持续爆发着关于空间的战役。

除了街道，《葡萄园》中的革命分子更是以冲浪学院为据点建立了摇滚国，学院本为房地产商和政府的交易产物，但革命分子巧妙地将其挪用，开辟了一个特殊

---

① ［美］托马斯·品钦：《性本恶》，但汉松译，上海译文出版社2011年版，第360页。
② ［美］托马斯·品钦：《性本恶》，但汉松译，上海译文出版社2011年版，第76页。

的政治空间，并视其为"通宵避难所和美国黑暗社会里光明的门户"①。它所呼应的正是1964—1965年发生在加州大学校园中的学生抗议运动，学生以要求言论和学术自由、反对越战及各种霸权和政治暴力为运动的核心诉求，其构成了美国反正统文化运动的重要组成部分。而《性本恶》扉页的标语"在行道石下，是沙滩！"更是预示着城市街道的生产性和符号意义。这句出自居依·德波之手的话语也被印在法国街头，成为法国红色五月风暴的标志性口号。加州的城市起义显然与欧洲的社会运动形成了映照，但汉松认为品钦通过这句口号透露出城市空间在这部小说中的主体地位。加州以其特殊的人工神话形象指代了美国精神，但其内部充斥的都市犯罪、文化霸权和种族矛盾等问题，皆透过城市反映出当代美国政治生态的复杂性。

　　品钦试图通过刻画城市空间中的常见弊病，最终在社群层面上强调追求空间正义的必要性与价值。"空间正义"在戴维·哈维、彼得·马库赛和苏珊·费恩斯坦等学者的著作中多有论述，其与城市权利密不可分，主张城市权利是一种对城市化过程、建设城市和改造城市方式拥有某种控制权的诉求。城市研究者认为随着城市发展状况的急剧恶化，必须将追求空间正义的议题列为城市发展的要旨，而城市空间的正义性具体表现为资源公正分配、尊重差异及身份认同。但地理发展不均导致城市中的社会极化现象日益严重，暴力、贫困、过度开发等问题和矛盾突出，强权对土地权、堤岸权和治安权等城市空间权利的把持使得空间正义难以实现。"加州三部曲"中描绘到，大自然被汽油弹燃烧、污染、砍伐，最终变成贫瘠无用之地。当海滩被泄露的原油所覆盖，工业化的负面影响持续深入城市，这已成为以洛杉矶、旧金山等为代表的后现代全球性城市所面临的困境。因此，马库赛指出，"正义之城或者好城市应该是包括了政治平衡、生产技术和政府角色的变化"②。通过对"加州三部曲"的文本进行梳理，可见资本对民众基本权利的垄断、文化异质性所导致的冲突和技术控制等问题影响广泛，但也能看见品钦始终保持对这些空间议题的关注和思考，"加州三部曲"中的加州是创新、随心所欲并具有无限可能的空间，而这些真实与想象并置的空间代表了品钦对于"希望"的阐释。他更在作品中歌颂那些在街道上心甘情愿地挡在警棍和袭击目标之间、代人受击的人们，因为他们坚定地表达政见、为弱者争取权益，代表着城市中新生而多元的变革力量与未来，同时体现了城市作为生产性空间的可能性。

---

① ［美］托马斯·品钦：《葡萄园》，张文宇译，译林出版社2018年版，第389页。
② ［美］彼得·马库塞：《寻找正义之城》，贾荣香译，社会科学文献出版社2016年版，第290页。

四、结语

　　品钦的书写无疑仍有力所不能及之处,针对当下复杂的城市发展问题,他无法于文本中提出具体的解决方案,三部作品的结局都没有达到传统意义上的"圆满":社会极化现象愈演愈烈,右翼势力依旧掌控着城市命脉,无人得知边缘群体的生存空间是否会在新一轮收编中被压缩。但品钦敏锐地察觉到了城市发展状况对于人类生活方式的深刻影响,他尖锐地指出了晚期资本主义通过空间施加给个体的压力与禁锢,并鼓舞民众反抗任何意义上的空间权利剥夺,品钦对于20世纪60年代的怀旧与质疑的双重立场同时赋予了他批判的优势。而城市作为人类文明发展历程的最终归宿,生活于其中的历代居民将不断推动改革,从而达成真正的城市空间正义,这也是品钦对于城市发展范式的展望,他认为"那是一个崭新、轮廓还不清晰的世界,但值得为它丢掉这个世界上的一切"①。后来者对于城市这一重要生活空间的描写及反思也不会停止,而它们将持续指引着读者追求更公平与正义的城市生活。

参考文献:

[1] TIINA KÄKELÄ. This land is my land, this land also is my land: real estate narratives in Pynchon's fiction [J]. Textual Practice, 2019 (3): 3.

[2] 斯泰格沃德. 六十年代与现代美国的终结 [M]. 周朗, 等, 译. 北京: 商务印书馆, 2002.

[3] 苏贾. 我的洛杉矶: 从都市重组到区域城市化 [M]. 强乃社, 译. 上海: 上海人民出版社, 2021.

[4] 哈维. 后现代的状况: 对文化变迁之缘起的探究 [M]. 阎嘉, 译. 北京: 商务印书馆, 2013.

[5] 品钦. 葡萄园 [M]. 张文宇, 译. 南京: 译林出版社, 2018.

[6] 哈维. 希望的空间 [M]. 胡大平, 译. 南京: 南京大学出版社, 2005.

[7] 品钦. 性本恶 [M]. 但汉松, 译. 上海: 上海译文出版社, 2011.

[8] 鲍曼. 全球化: 人类的后果 [M]. 郭国良, 等, 译. 北京: 商务印书馆, 2001.

[9] 列斐伏尔. 对空间政治的反思 [M] // 李春. 西方都市文化研究读本. 薛毅, 译. 桂林: 广西师范大学出版社, 2008.

[10] 哈维. 资本社会的17个矛盾 [M]. 许瑞宋, 译. 北京: 中信出版集团股份有限公司, 2016.

---

① [美] 托马斯·品钦:《葡萄园》, 张文宇译, 译林出版社2018年版, 第292页。

[11] 品钦. 拍卖第四十九批 [M]. 胡凌云, 译. 南京: 译林出版社, 2018.

[12] 戴维斯. 水晶之城: 窥探洛杉矶的未来 [M]. 林鹤, 译. 上海: 上海人民出版社, 2018.

[13] 霍夫施塔特. 都市主义与美国民主 [M] // 肖樱林. 都市空间与文化想象. 孙逊, 等, 译. 上海: 上海三联书店, 2008.

[14] 但汉松. 洛杉矶、黑色小说和 60 年代: 论品钦《性本恶》中的城市空间和历史叙事 [J]. 外国文学评论, 2014 (2): 25.

[15] 哈维. 叛逆的城市 [M]. 叶齐茂, 等, 译. 北京: 商务印书馆, 2014.

[16] 马库塞. 寻找正义之城 [M]. 贾荣香, 译. 北京: 社会科学文献出版社, 2016.

文学史视野下文学经典的解构与建构
——以英文版文学史作家序列分析为例

庄佩娜　辛兆男

摘　要：文学史对经典的塑造不仅体现在个别的文学作品上，也展示在其对具体作家形象与地位的塑造中，它们共同组成了具体作家的学术思想研究史。本文以不同时期英文版中国文学史为例，分析比较国内文学史与英文版文学史对具体作家的不同展现方式，探讨不同作家在其中的序列，以及同一作家的序列变化。通过统计整理，展现文学史在作家经典建构中的重要作用和背后动因，对作家经典地位的形成做整体性分析。

关键词：文学解构与建构；文学史作家序列；中国文学史；英文版文学史

文学史对经典的塑造不仅体现在个别的文学作品上，也展现在其对具体作家形象和地位的重新界定和评价上，是具体作家学术思想研究史的重要组成部分。"文学史著作，旨在从总体性、综合性的角度评述文学的发展历史，对作家、作品在文学史上的地位作出史的评价，属于比一般的作家作品论规格更高、整体性和史学性更强的学术著作。能够写进文学史的作家、作品，也须具有相当的影响，为文学史家所承认。"[①] 能进入文学史对作家而言固然是极大的肯定，但不同时期文学史中作家格局及序列存在的差异，从侧面反映出文学史编写背后各种不同的因素影响，而这些差异则一次次潜移默化地引导读者完成对过去文学发展图景的想象与鉴赏。重复出现于文学史中的作家地位和影响也在此过程中不断得到加强并逐渐固定下来，而新近选入的作家则意味着其从边缘进入文学史中心的开始，从而打破了现有文学史作家序列的格局，使文学史面貌更加多样化，也使文学史重写成为必然，并再次佐证了文学史是著者在相对客观的文学"史料"基础上主观选择、过滤、建构的事实，而选择、过滤、建构的过程本身就包含了一种价值评判。因此，有学者

---

① 张梦阳：《文学史著作中的鲁迅论》，载《鲁迅研究动态》1984年第5期，第16页。

强调"重写文学史要重视文本以外的现象"①，这也不无道理，克罗齐的"一切真历史都是当代史"②判断也并非危言耸听。作家经典性的确立，关系到作家作品审美性本身的价值，此种过滤与建构中的"取舍与判断"还受到编写者的文学史观、文化权利、意识形态等多重因素的影响。鉴于此，笔者将在下文重点探讨不同时期英文版文学史中不同作家序列及同一作家序列呈现的变化，由此展现文学史在作家经典建构中的重要作用及背后动因，对作家经典地位的形成做一个整体性的统计梳理。但由于华兹生版文学史是以文学作品为主线的断代史，哥伦比亚版文学史与桑版文学史是以专题为主的文学史，作家名一般不出现在此三本文学史的章节标题中，并且也不是以比较集中的形式出现在著作中，只是在话题讨论需要时会有所提及，因此，以下作家序列的统计以翟理斯版、陈受颐版、赖明版、柳无忌版、剑桥版英文文学史为主。此五本文学史尽管在章节划分时间点和内容侧重上有所不同，但基本上是遵循从远古至现代的历时叙述框架，并且大体上是依照朝代更替而搭建起的框架，具有较强的可比性和参照性。

此五本文学史虽然在章节设置上各具特色，涉及讨论的作家人数也不同，从几十位到近两百位不等，但从其各自的讨论重点和深度可将涉及作家分为不同梯队。

首先，出现在章或小节标题中的作家，具体情况如表1至表4所示。

表1 作家名字单独出现在章标题中

版本	作家名字
翟理斯版	孔子、孟子
陈受颐版	无
赖明版	无
柳无忌版	屈原
剑桥版	无

表2 作家名字合并出现在章标题中

版本	作家名字及合称
翟理斯版	无
陈受颐版	无
赖明版	无
柳无忌版	无
剑桥版	无

---

① 刘禾：《语际书写—现代思想史写作批判纲要》，上海三联书店1999年版，第211页。
② ［意］贝奈戴托·克罗齐：《历史学的理论和实际》，傅任敢译，商务印书馆1982年版，第2页。

表3　作家名字单独出现在小节标题中

版本	作家名字及合称
翟理斯版	无
陈受颐版	无
赖明版	孔子、庄子、屈原、司马迁、司马相如、陶潜、韩愈、汤显祖
柳无忌版	无
剑桥版	张衡、赵壹、蔡邕、梅尧臣、竹林七贤、阮籍、嵇康、潘岳、陶渊明、谢灵运、颜延之、欧阳修、王安石、苏轼、黄庭坚、柳永、周邦彦、朱熹、后七子、李贽、汤显祖、蒋士铨

表4　作家名字合并出现在小节标题中

版本	作家名字及合称
翟理斯版	无
陈受颐版	无
赖明版	李白、杜甫、柳永、苏东坡、关汉卿、王实甫、冯梦龙、凌濛初
柳无忌版	无
剑桥版	杜笃、冯衍、桓谭、王充、马融、崔瑗、王逸、王延寿、曹植、曹丕、陆机、陆云、张协、左思、左棻、刘琨、卢谌、鲍照、江淹、刘义庆、张先、晏殊、杨万里、陆游、冯梦龙、凌濛初、龚自珍、黄遵宪、严复、林纾

其次是在文中叙述占篇幅较多的作家。以翟理斯版的文学史为例，全书440页，共选入116位作家。笔者将所占篇幅大于2页的作家定为第二梯队，个别作家，如关于白居易的叙述达11页之多则并入第一梯队。由于剑桥版文学史是合作撰写的，各编者对章节设置更加个人化和主题化。其上卷第二章"东汉至西晋"中各小节主要以作家名字来命名，而第四章"文化唐"则以时期为主要划分依据。书中出现在章节标题中的作家固然重要，但从整本文学史来看，这并非说明其重要性绝对大于标题中的作家名字，只是各位撰写者的切入点和撰写模式不同，如"文化唐"这一章节中对于部分作家的探讨占了较多篇幅。因此，此类作家具有与标题中作家同等的重要性。

再次是未出现在章节标题中，但在文章中有所叙述并且所占篇幅不多的作家。这些在作家序列中的尾端，表明其虽然被选入文学史中，但从目前状况而言，其所处地位还是相当边缘。然而，这并非说明其不够重要，只是反映了其在特定文学史文本中所占的地位和所具有的影响。最后，这类作家在不同版本文学史中存在比例的差异较大则更有力地证明了这一点。鉴于上述标准，笔者现对此五本文学史中选入作家作梯队划分，并依此对不同版本文学史不同梯队中作家的重合率情况做整体统计分析，以此呈现现今英文版文学史中作家序列概况、各版本作家序列的特点和差异性、英文版文学史与国内文学史作家序列差异及其上述现象的深层次缘由等。

早期，翟理斯版文学史只有章标题，无节标题，其所涉及作家梯队划分如表5所示，仅限于有针对性分析的作家，并不包括在社会时代背景叙述中略有提及的作家。此版文学史所涉及作家以较为集中形式呈现，而没有在不同节中重复出现的同一作家。作者选入了较多不常见的作家，如第二梯队中的园艺家陈淏子、被首次作为作家选入书中进行评析的乾隆。但遗漏了一些较为重要的作家，如李清照等，这与作者本身广义的文学观不无关系。

表5　翟理斯版文学史涉及作家梯队划分

梯队	作家名字及合称
第一梯队（标题中出现或叙述篇幅达4页以上）	孔子、孟子、屈原、老子、庄子、李陵、苏武、司马迁、法显、建安七子、竹林七贤、陶潜、李白、韩愈、白居易、司空图、柳宗元、欧阳修、司马光、王安石、苏轼、蒲松龄、乾隆、蓝鼎元、袁枚
第二梯队（各节中叙述篇幅2页或以上）	孙子、列子、韩非子、刘安、刘彻、王维、杜甫、朱熹、邵雍、文天祥、刘基、宋濂、方孝孺、解缙、陈淏子、赵翼
第三梯队	各节之中叙述较少的剩余作者

中期，陈受颐版文学史正文共计644页，选入作家人数较多，但其在标题中未提及任何作家，作家梯队划分如表6所示。

表6　陈受颐版文学史涉及作家梯队划分

梯队	作家名字及合称
第一梯队（叙述所占篇幅较多或跨章节重复出现的）	老子、杜甫、辛弃疾、纳兰性德、陶渊明、王安石、欧阳修、苏轼、黄庭坚、关汉卿、马致远、王阳明、钱谦益
第二梯队（叙述所占篇幅2页以上篇幅）	孔子、屈原、孟子、墨子、庄子、李斯、枚乘、司马相如、蔡琰、司马迁、王冲、竹林七贤、陶潜、鸠摩罗什、郦道元、庾信、王维、李白、韩愈、柳宗元、元稹、白居易、王梵志、韦庄、李煜、欧阳修、王安石、苏轼、陆游、杨万里、李清照、关汉卿、马致远、王阳明、高明、汤显祖、袁枚、汪中、蒲松龄、吴敬梓
第三梯队	各节之中叙述较少的剩余作者

中期，赖明版文学史正文共计 400 页，选入作家总体人数较少，由于其选择以文类和朝代结合为章标题，故作家名字一般只出现于节标题和具体叙述中，其梯队划分如表 7 所示。此版文学史对未出现在标题中的作者篇幅的分配较为平均，不如之前翟理斯版本中的差异大。但也存在一些问题，例如，宋词一节中并未提到李清照等重要作家，总体上选入作家人数较少。将重点放于标题中出现过的作家、叙述作家生平所占篇幅较大，或许也是总体作家人数选入较少的原因。

表 7　赖明版文学史涉及作家梯队划分

梯队	作家名字
第一梯队（作家单独出现于节标题中）	孔子、庄子、屈原、司马迁、司马相如、陶潜、韩愈、汤显祖
第二梯队（作家合并出现于节标题中）	李白、杜甫、柳永、苏东坡、关汉卿、王实甫、冯梦龙、凌濛初
第三梯队	各节之中叙述较少的剩余作者

中期，柳无忌版文学史正文共计 280 页，全书没有设置小节，其中一章单独介绍无名作家作品，由此可见编者对作品及其文学性的注重，对以作家为中心文学史有所偏离，其作家梯队划分如表 8 所示。

表 8　柳无忌版文学史涉及作家梯队划分

梯队	作家名字及合称
第一梯队（出现于章标题中、叙述所占篇幅较多或重复出现的）	屈原、李白、杜甫、白居易、苏轼、韩愈、柳宗元、欧阳修、马致远、关汉卿
第二梯队（叙述所占篇幅 2 页或以上）	孔子、孟子、庄子、司马相如、司马迁、竹林七贤、陶潜、王维、李贺、李商隐、李煜、李清照、陆游、辛弃疾、王实甫、冯梦龙、凌濛初、汤显祖、李渔
第三梯队	各节之中叙述较少的剩余作者

近期，剑桥版文学史的两卷本是多人合作编写的，选入作家人数较多，共计近 200 位，并且很多作家都是首次被选入。其对作家的探讨也与其他文学史有较大不同，不再遵循作家生平、作品及艺术分析的叙述模式，而是紧密结合编者"文学文化史"的编写理念，将作家置于具体的文学文化生产过程中予以分析。文学史不再是以往作家作品中心论的模式，而是将文学发展做整体性的叙述与分析。孙康

宜在下卷中文版序言中就指出："必须说明的是，当初英文版《剑桥中国文学史》的编撰和写作是完全针对西方读者的；而且我们请来的这些作者大多受到了东西方思想文化的双重影响，因此本书的观点和角度与目前国内学者对文学史写作的主流思考与方法有所不同。"① 此版文学史不同章节同一作家出现的概率远远高于其他版文学史，并且对目前部分国内读者所熟知的作家分析较少，而对之前从未进入文学史的作家用足够的篇幅进行叙述，如唐代诗人丘为等。编者认为当下的经典是由后世建构起来的，全书的主旨在于引导读者对现代固有经典进行质疑，并在此过程中阐述经典背后的各种文化生产力量所起的作用，从而达到编写的叙述目的。如前所述，由于其多人合作的撰写形式，故作家梯队的划分同时参照标题中出现的名字及作家具体所占叙述篇幅，具体划分如表9所示。

表9　剑桥版文学史涉及作家梯队划分

梯队	作家名字及合称
第一梯队（单独出现于小节标题中）	张衡、赵壹、蔡邕、梅尧臣、竹林七贤、阮籍、嵇康、潘岳、陶渊明、谢灵运、颜延之、欧阳修、王安石、苏轼、黄庭坚、柳永、周邦彦、朱熹、后七子、李贽、汤显祖、蒋士铨
第二梯队（合并出现于小节标题中）	杜笃、冯衍、桓谭、王充、马融、崔瑗、王逸、王延寿、曹植、曹丕、陆机、陆云、张协、左思、左棻、刘琨、卢谌、鲍照、江淹、刘义庆、张先、晏殊、杨万里、陆游、冯梦龙、凌濛初、龚自珍、黄遵宪、严复、林纾
等同于第一、二梯队（未有作家名字出现于标题中的章节但叙述累计所占篇幅2页及以上的）	孔子、屈原、司马迁、王维、孟浩然、李白、杜甫、韩愈、白居易、李商隐、温庭筠、李清照、刘克庄、文天祥、辛弃疾、姜夔、吴文英、文及翁、元好问、郝经、王恽、刘因、"元诗四大家"、耶律楚材、马祖常、萨都剌、杨维桢、高启、瞿佑、朱有燉、康海、王九思、杨慎、李开先、袁宏道、谭元春、钟惺、顾炎武、钱谦益、吴伟业、张岱、李渔、王世贞、陈维崧、丁耀亢、蒲松龄、洪昇、袁枚、吴敬梓、曹雪芹、唐寅
第三梯队	各节之中叙述较少的剩余作者

虽然各版文学史所选作家人数和具体作家存在一定差异，但第一、二梯队作家无疑是各编者的重点分析对象，构成其各自文学史作家序列的主干。笔者现依据上述各文学史作家梯队表格，试对各版文学史第一、二梯队作家重合比例情况做如下统计，

---

① ［美］孙康宜，宇文所安：《剑桥中国文学史》（下卷），刘倩等译，生活·读书·新知三联书店2013年版，第1页。

即每版文学史第一、二梯队作家在五版文学史中都出现的人数占其一、二梯队作家总人数的比例、出现于四版文学史中作家所占比例等，以此类推，具体情况见表10。

表10 各版文学史作家重合比例情况分析

版本	作家出现于五版文学史中的次数（次）	人数（人）	第一、二梯队总人数（人）	所占比例（%）	
翟理斯版	5	8	41	19.51	
	4	5		12.19	43.89
	3	5		12.19	
	2	2		4.87	
	1	21		51.21	
陈受颐版	5	8	46	17.02	
	4	5		8.51	48.93
	3	11		23.40	
	2	7		14.89	
	1	15		38.29	
赖明版	5	8	16	50.00	
	4	1		6.25	87.50
	3	5		31.25	
	2	2		12.50	
	1	0		0	
柳无忌版	5	8	29	27.58	
	4	5		17.24	79.30
	3	10		34.48	
	2	5		17.24	
	1	1		3.44	
剑桥版	5	8	103	7.76	
	4	4		3.88	18.90
	3	8		7.76	
	2	8		7.76	
	1	75		72.81	

表 11　各版文学史作家总体序列

作家序列	出现于各文学史第一、第二梯队中次数（次）	作家名字及合称	人数（人）	第一、第二梯队总人数（人）	所占比例（%）
一	5	孔子、屈原、司马迁、李白、杜甫、陶渊明、韩愈、苏轼	8	235	3.40
二	4	庄子、竹林七贤、白居易、欧阳修、王维	5		2.12
三	3	孟子、司马相如、柳宗元、王安石、陆游、李清照、辛弃疾、关汉卿、汤显祖、蒲松龄、袁枚、冯梦龙、凌濛初	13		5.53
四	2	老子、李商隐、黄庭坚、柳永、王实甫、马致远、钱谦益、李煜、杨万里、文天祥、吴敬梓、李渔	12		5.10
五	1	韩非子、朱熹、宋濂等	197		83.82

通过对上述作家梯队数据（表 10、表 11）分析可以看出，现今英文版文学史作家序列有以下几个特点。

首先，虽然英文版中国文学史的撰写始于 20 世纪初并一直延续至 21 世纪，但各版本文学史对作家序列的安排存在较大差异，完全重合作家所占比例较少，除赖明版文学史（50%）之外，其他版本文学史都在 30% 以下，而最近的剑桥版文学史只有 7.76%。由此可见，英文版文学史在选择各自重点分析的作家上相对较为孤立，相互之间借鉴较少，因而存在较大差别。

其次，各时期文学史的阶段性差异比较明显。中期三版文学史在作家的总体重合率较高，分别为 48.93%、87.50% 及 79.30%，而在只出现过一次的作家的比例较低，分别为 38.29%、0 及 3.44%。相比之下，早期文学史作家的总体重合率为 43.89%，而只出现过一次的作家的比例为 51.21%，而类似数据在近期文学史中近高达 72.81%。笔者以为，这主要有两方面原因：其一，虽然英文文学史撰写历史已有 100 多年，但各阶段文学史之间跨度较大，所以相互之间的文学观念差异较大，进而影响到对不同作家的选入。其二，翟理斯版和剑桥版文学史作家整体重合率较低及只出现过一次的作家所占比例较高的现象并非偶然，而是与撰写者本身的文化身份及其撰写理念有很大关系。中期文学史撰写者均为美籍华裔学者，参考的材料及对编写模式的借鉴主要是以当时国内文学史为主，并且由于出现时间较为接近，相互影响较大，这从其主要参考材料的选择及利用上可见一斑。此外，由于国内文学史对作家序列的认知较为固定与一致，这也从一定程度上影响了这一时期文学史中重点分析作家的选入。而早期的文学史由于无前例可供参考，撰写者在参考材料的选择上又非常有限，并且也未受到后来国内文学史编写定式以及作者广义的文学观念的影响，因此，其文学史呈现出两个特点：一是作者熟悉的作家作品被大量选入，如司马迁、司空图、白居易等；二是一些工具书的作者也被介绍进来，如上文所述陈淏子等。因此，作者受现今的固有文学史编写模式束缚较少。以一个西方学者的目光来观察他国文学史，自然会拉开观察者与被观察对象之间的距离，这样有时反而能更加清楚地审视考察对象，但同时也有可能因为距离的远近不同而对不同对象的观察差别较大。倘若说翟理斯版文学史是在无类似材料可资借鉴的前提下，以他者眼光对他国文学史建构的一种初次摸索，那么剑桥版文学史则是对现有文学史编写模式的一种"反思与反叛"。其作家重合率极低及独有作家比例极高的情形与编者试图突破目前国内文学史编写模式有很大关系。编者旨在建构一种文学文化的叙述模式，而不再以作家作品为中心，并且往往从现有考古材料本身出发，特别注重后世对现有文学作品的改写与重构，由此认为经典在很大程度上是建构性的，而非本质性的，这也包括对李白、杜甫等这类作家的评论。"在后世形成的诗歌经典中，王维、孟浩然、李白毫无疑问地处于中心，但是我们应该避免通过后世形成的诗歌经典来思考那个时代。"① 因此，编者尤其注重诗歌选集、文学团体及文化物质水平等因素对经典形成所产生的不可估量的影响，并且给予之前文学史所未提及的作家以一定的讨论空间，是对现今文学史的一次重大"解构与建构"。由于整本文学史选入作者人数高达200多位，因此一定程度上向西方读者展示了更为丰富的中国古代文学史图景。

再次，作家序列表前几梯队中作家在性别、身份及时代等方面存在明显特点。其一，尽管剑桥版文学史的主编之一孙康宜一再强调要加大文学史中女性作家的篇幅，并将她们置于合适的位置，但总体而言，女性在作家序列表中所占比例少之又少。五个版本文学史中，只有三个版本出现了李清照且将其置于第一、二梯队中。在作家序列表前四梯队中，也只有李清照一位女性作家被选入，只占3.84%。因此，女性作家处于文学史边缘可谓不争的事实。虽然这一现象已引起近期文学史界

---

① [美]孙康宜，宇文所安：《剑桥中国文学史》（上卷），刘倩等译，生活·读书·新知三联书店2013年版，第349页。

的注意，但其处于边缘的现状基本尚未得到改变。其二，虽然英文版文学史给予小说、戏剧以足够的重视，并体现在各版本的章节设置和叙述上，例如柳无忌版文学史第10—17章（全书近一半篇幅）基本上以讨论小说、戏剧为主，但作家总体序列表中前四梯队作家仍以诗人或散文家为主，小说戏剧家所占比例较少，为23.68%，主要包括关汉卿、汤显祖、蒲松龄、冯梦龙、凌濛初、王实甫、马致远、吴敬梓、李渔九位。这与早期戏剧、小说在中国传统文化文学中不被重视有一定关系，较早的戏剧、小说作品大多为匿名所作，这种情况直到后来才有一定改变，由此对此类作品的保存也就不如诗词散文那样得到重视。再者，即便某些小说作品作者有署名，但却存在一定争议。因此，对小说戏剧章节部分的分析通常以作品为主线，而较少以介绍作家为重点，这也从一定程度上促成了第一梯队作家大多为唐宋之前的诗人散文家为主的局面。

最后，与国内文学史相比，英文版文学史在一定程度上突破了以作家作品为中心的撰写方式。总体而言，五版文学史较少以作家名作为章节标题，而国内文学史大多遵循社会时代背景—作品—作家的模式。以20世纪中期红极一时的文学史代表作之一——《中国文学史》（北京大学中文系集体编写）为例，其每章除概论——社会概况与文学概况外，基本都以作品、作家名字为章节标题，例如第四编"隋唐五代文学"中，除第十二章"唐代民间文学"及十三章"唐代传奇"之外，其余标题都以作家名字命名，此种模式在随后的文学史编写中被不断复制和加强。这也就促成了国内文学史中文学作家认知共同体较为稳定的局面，即每个时代的代表作家和作品在人们心中逐渐根深蒂固。比如，刘大杰、游国恩、章培恒等版本文学史尽管分析角度和侧重各有所不同，但每个时期代表作家的选择却基本一致，并且对其中重要作家叙述的篇幅也较为相似。这就意味着当一部分作家的典范性借由此种途径不断得到强化并最终固定下来后，其他作家也就随即被排除在了文学史的框架之外。这些经典作家就成了中国古代文学的代表，也就在一定程度上损害了文学面貌的丰富性。"将一部分作家作品选为经典的过程，与对其他作家作品进行压制和淘汰的过程相伴随，而将所有文学类型的文本置于同一阅读范式之下，也必然要以牺牲文学的丰富多样性为代价。"[1] 国内文学史编写经过百年的实践，其大致模式基本固定下来。"在相当多大学的中文系，中国文学史的教育已宛如一架自动机器，不必教员的随时参与，即可在行政管理机构的安排下，按部就班地运行。"[2]

---

[1] 戴燕：《中国文学通史编》，见董乃斌编《中国文学史学史》（第二卷），河北人民出版社2003年版，第89页。

[2] 戴燕：《中国文学通史编》，见董乃斌编《中国文学史学史》（第二卷），河北人民出版社2003年版，第93页。

因此，我们或许可以将眼光转向他者视角下文学史的编写，并从中获得启示以解构此种僵化的现状。英文版文学史的作家认知共同体还处于起步阶段，作家总体序列表中前四梯队作家人数比例不足20%，这也从侧面反映出英文版文学史独立性较强，差异性却很大。这也符合剑桥版文学史编者序言中的总体编写思路，编者一再强调要突破现有的文学史编写模式，而其所谓文学史编写模式主要是指国内文学史编写模式，但却未分析比照之前出现的几本英文版文学史。剑桥版文学史除简略提及哥伦比亚版文学史，各英文版文学史之间联系并不是非常紧密，对各自关注较少，编写模式也不是一再复制之前文学史，而是在各自的文学史观主导下完成编写，不像国内文学史，尤其是现代文学史各著作之间对各自的评价，英文版文学史相互评价成分较少。由此可见，虽然第一本英文版中国文学史产生距今已有100多年历史，但不论从数量还是关注度上，目前英文版中国文学史书写与国内相比，尚处于相对初级的阶段，各自探讨重心的差异较大，对国内文学史书写中的不足关注较多，而对于英语世界中国文学史梳理分析较少。因此，今后的英文文学史书写不仅应注重突破国内文学史编写模式，也应适当参照之前英文版文学史模式并予以适当改变和突破，以此促使英语世界中国文学史书写更加成熟和完善。再者，国外文学史在不断突破国内文学史编写模式的同时，也应适当吸取其长处，而不是一味地突破改变。长此以往，虽然文学史不再以作家作品为中心，但也可能会导致另一种极端的产生，即矫枉过正，完全抛弃了以作家作品为中心的文学史书写在整体性上过于零散化和片段化而不利于读者的理解接受，尤其是在满足初级读者的需求上，这也是有学者质疑剑桥版文学史书写模式缺陷的根本原因之所在。此外，对文学史编写模式的突破创新不只是简单地体现在对作家的选择上，更反映在对具体作家的呈现上。现以竹林七贤等作家为例来分析各英文版文学史对其不同的展现方式及其与国内文学史的差别。

竹林七贤在上述五版英文文学史作家总体序列表中，均位居第二梯队，足以见其在英文版文学史中的重要性。剑桥版文学史还将其分为三小节进行叙述以代表正始时期的文学发展水平。竹林七贤指北魏正始年间的七位名士，包括嵇康、阮籍、山涛、向秀、刘伶、王戎及阮咸7人，以推崇老庄思想为主，主张"越明教而任自然"，是当时玄学的一批重要代表人物，但又由于其独特的文学创作，在文学史上占有一席之地。虽然都将其作为重要作家予以阐述（赖明版除外），但英文版文学史对其呈现的侧重点各不相同。早期翟理斯版将其置于"小王朝"文学章节之下，选入了刘伶作品，并重点阐述了刘伶嗜酒、嵇康的三千人上书、阮籍尽孝等轶事，在有限的篇幅内向西方读者呈现了七贤的总体面貌。但由于著者未选入其他成员的代表作品，对已选入作品也未进行任何点评，而是把重点集中在成员的重要事迹或特点上。虽然一开始便将他们称为诗人，但留给读者的可能更多是名士的印象，对诗人形象的建构远远不够。

陈受颐版文学史相比于翟理斯版，则对竹林七贤的论述较为详细，并将重点集中在阮籍和嵇康两位名士身上。虽然编者用"worthies"一词来形容这一团体也存在一定问题，但至少比翟理斯版的"poets"更为全面地展现了他们的身份和特点，毕竟他们在古代文化中更多是以名士而非以诗人身份出现，七位中留于后世的文学作品也主要来自阮籍、嵇康，刘伶只有一篇《酒德颂》。陈受颐版主要介绍了阮籍《咏怀诗》第32首，并在结尾处对其创作特点总结如下：无论是诗歌还是散文创作，阮籍都以其极富个性的创作而闻名。不管是在主题的处理上，还是思维、修辞手法的使用上，该书总体上都给予了较高的评价。而对嵇康的介绍则较为简略，主要提及《与山巨源绝交书》，未提及其他几位名士。柳无忌版文学史除介绍阮籍的《咏怀诗》之外，主要介绍了酒和音乐对于竹林七贤的重要性。"退隐竹林的七贤弹琴、作诗、饮酒，用这种方式开创了以音乐和酒作为诗人良伴的传统，并借以中国诗人以此来逃避日常生活，从中寻觅安慰和解脱"①，随后，选入了嵇康的《琴赋》。该版文学史基本未提及翟理斯版中所记轶事，实现了从文化名士到文学名家的转变，尽管从叙述内容上而言，此种转变更多囿于表面，尤其在与国内文学史的比较下更加明显。

剑桥版文学史对竹林七贤有了更多地关注，这从章节设置中便可看出，而且对阮籍和嵇康两位名士的展现也更多方位，不仅涉及作品，还包括作品的特点及其思想倾向等内容。作者首先对竹林七贤这一团体做了概述，包括名称的来源、成员及其喜好特点。随即作者便指出"'竹林七贤'中有两位重要作家，阮籍为其中之一"②，不过作者在此处也并未用诗人来概括这一团体。在简单提及阮籍生平的基础上，作者以《达庄论》和《大人先生传》等作品为例谈及了阮籍对道教的浓厚兴趣。此著不同于之前文学史的一个重要特点在于除介绍阮籍《咏怀诗》的内容和主题外，还借用颜延之的观点提到了对其阐释多样性与不确定性问题。"长期以来，学者试图将阮籍诗作解释为可以想象的政治、社会评论。很多诗作被解读为对司马氏朝廷暴政的含蓄讽刺。早在六朝时期，一些诗人与文学批评家便承认无论阮籍持何种政治、社会评论，实际上都不可能找出答案。"③ 因此，对此作品的分析

---

① Liu Wuji. *An Introduction to Chinese Literature*. Bloomington: Indiana UP, 1966, p. 60.
② Chang Kang-I Sun, Owen Stephen. *The Cambridge History of Chinese Literature* (Vol. 1). Cambridge: Cambridge UP, 2010, p. 178.
③ Chang Kang-I Sun, Owen Stephen. *The Cambridge History of Chinese Literature* (Vol. 1). Cambridge: Cambridge UP, 2010, p. 179.

也就显得比之前的文学史更为深入。与呈现阮籍的方式类似，关于嵇康部分的内容，有其为道家"无为主义"代表之一的论断、其与山涛的绝交、四言诗代表《赠秀才入军》及与音乐相关作品《声无哀乐论》《琴赋》。整体而言，剑桥版文学史对两位名士的呈现远比早中期版的文学史全面和深入，不管是在对他们思想层面的阐述还是对其作品内容的分析上。

综观英文版文学史对此团体的呈现可以发现，其中还是存在一些共同点，而如果与国内文学史相比，此共同点大都也正是其问题之所在。虽然中期和近期文学史在论述程度和广度上较早期都有所改进，但究其实质，其论述还是未完全完成至文学层面的转变，竹林七贤在英文版文学史中更多是被建构成一种文化经典而非文学经典的形象，尽管不少著者开篇便称阮籍、嵇康为重要作家。与国内文学史相比，英文版文学史一概以团体身份将其纳入，虽然论述中可能各有所侧重，但这也从侧面揭示出著者对此团体文化身份的认同。因为七人之中，从严格意义上而言，只有三人的作品流传下来，其余更多成为一种当时社会文化或思想的符号，将其"打包"带入文学史中，本身就有一定的凸显其文化意味的意识。而在国内版本文学史中，大多以阮籍和嵇康为名选入，很少以此团体作为章节标题或论述重点。具体内容的呈现上也是以建构一种文化经典形象为主。英文版文学史基本上未谈及阮籍或嵇康作品的艺术特色，而是简单地以介绍其作品内容、主题或所反映思想为主。此外，即便是涉及作品的介绍，也是以支撑阐释这些名士的思想观念为主，例如，在近期文学史中以《养生论》为例来论述嵇康的无为主义思想。这也就导致了论述不同内容时会出现篇幅之间不协调的现象。翟理斯版通篇为轶事，柳无忌版文学史有一半左右篇幅在论述团体相关的诗歌、音乐与饮酒之间的关系，并称嵇康是一位音乐家。此种倾向也延续到了剑桥版文学史中，其涉及嵇康部分的内容只有一段是讲述其四言诗和五言诗的内容，而其余部分则为其思想爱好的介绍，尤其是在音乐方面，用两段来论述《琴赋》的内容，但对作品本身特点却只字不提，更未选入此作品的任何片段。因此，虽然纵向而言，英文版文学史对此团体的建构呈深入与全面的趋势，但这仅限于文化或思想层面，而非文学层面，因此还需在此基础上进行再一次解构与建构，以真正符合将其选入文学史的初衷与定位。

相比而言，国内文学史虽然也注重呈现作品中所揭示的内容或讽刺的对象，但同时还注重其艺术手法层面的分析。以章培恒版文学史为例，其将阮籍和嵇康放在魏晋文学中进行论述。章氏的基本思路是在其"人性的文学发展观"下以作品为主线，夹叙夹议地完成对这两位作家的再现。比如论及《咏怀诗》，章氏除分析其在艺术上的重大突破之外，也指出了它的弊病，即"它有时夹杂议论，因而对诗歌的艺术特征造成了一定程度的破坏"①，显示出作者以"人性"为切入点，但最终以"文学"为落脚点的特征，也就更切合文学史的实质。再者，同样是谈论《达庄论》和《大人先生传》，章氏除介绍两部作品的内容外，结尾还指出其在体制上的创新之处，"其前半篇为散文（含有骈偶成分），杂有诗歌，后半篇则属于辞赋的性质"②，虽然简略，但却不像英文文学史仅以此来阐述其道家思想。因此，英文版文学史对边缘作家的选入在一定程度上解构了现有国内文学史作家的序列和图景，这在近期文学史中体现得尤为明显，对落实编者所谓颠覆以作家作品为中心的文学史观，具有积极意义。但解构作家序列只是第一步，更为重要的是如何建构其一种呈现所选作家的分析模式，以区别于国内文学史的编写。此外，若一味执迷于此种解构目的而放弃文学性的阐释，可能会使文学史滑向另一极端，即完全无视作家的作品分析，而使文学史成为文化史或思想史，上述所选例子便很好地证明了这一点。这或许与此团体本身的文化身份也有一定关系，但这绝不是编者在文学史范围内将其建构为一种文化经典的借口。既然将其选入文学史之中，就应以文学性阐释为主，而不是对其他身份详细介绍。英文版文学史解构了一种文学经典，将其变成一种文化经典，而没有回归文学经典。所以，编著者还应在此基础上再次将其建构为文学经典，以符合文学史编写的初衷，否则再多的努力与创新也不能从根本上改进现有文学史的建构面貌，这种文学史顶多是一种"伪文学史"。从这层意义上来说，目前国内对剑桥版文学史编写模式的批判也并非空穴来风、毫无依据，因为其在纳入太多其他内容的同时也就意味着留给"文学"的空间逐渐缩小，甚至变得非常有限。

参考文献：

[1] CHEN S Y. Chinese literature: a historical introduction [M]. New York: The Ronald Press Company, 1961.

[2] LIU W J. An introduction to Chinese literature [M]. Bloomington: Indiana UP, 1966.

[3] SUN KANG-I, STEPHEN O. The Cambridge history of Chinese literature [M]. Cambridge: Cambridge UP, 2010.

[4] 张梦阳. 文学史著作中的鲁迅论 [J]. 鲁迅研究动态, 1984 (5): 16.

[5] 刘禾. 语际书写：现代思想史写作批判纲要 [M]. 上海：上海三联书店, 1999.

[6] 克罗齐. 历史学的理论和实际 [M]. 傅任敢, 译. 北京：商务印书馆, 1982.

[7] 孙康宜, 宇文所安. 剑桥中国文学史：下卷 [M]. 刘倩, 等译. 北京：生活·读书·

---

① 章培恒，骆玉明：《中国文学史新著》（上卷），复旦大学出版社2007年版，第289页。
② 章培恒，骆玉明：《中国文学史新著》（上卷），复旦大学出版社2007年版，第290页。

新知三联书店, 2013.

[8] 戴燕. 中国文学通史编 [M] // 董乃斌. 中国文学史学史: 第二卷. 石家庄: 河北人民出版社, 2003.

[9] 章培恒, 骆玉明. 中国文学史新著: 上卷 [M]. 上海: 复旦大学出版社, 2007.

姿态与策略：后殖民批评视阈下加勒比离散法语作家的文化身份书写

宋心怡

摘　要：20世纪80年代以来，国际政治格局遭遇深刻变动，法语世界内部形成了众多离散社群。一些来自加勒比地区前法属殖民地的作家流徙于法国本土或加拿大魁北克。这些作家一反前几代殖民地作家恪守的同化主义身份观以及"黑人性"种族身份认同主张，提出一种世界主义文化身份观念。从后殖民批评角度来看，这一世界主义意识形态使他们与欧洲中心主义文化霸权结成共谋，在最大限度地迎合全球资本扩张的同时确保其在法语圈乃至世界范围内的普遍合法地位。

关键词：后殖民主义；文化身份；法语世界文学；达尼·拉费里埃

引言

20世纪80年代以来，第三世界①内部政治危机频发，冷战时期一度界限森严的世界格局遭遇着结构和内在肌理的深刻变动。出于社会动乱、政治压迫和个人意志等诸多原因，一些来自前殖民地国家的民众选择迁居西欧和北美，于全球范围内构成了众多的离散社群。这一情况在法语世界尤为显见。随着第二次世界大战（以下简称"二战"）结束，法属加勒比海地区殖民地开始寻求民族独立，纷纷开始去殖民化进程。然而，伴以长达数十年的独裁统治，这些国家屡屡遭遇社会危机。在此期间，数百万民众逃往国外，流徙于法国、加拿大、比利时和瑞士等国。

---

①　"第三世界"（le tiers monde）这一概念出现于20世纪50年代，最早出现在法语中，后来被引入英语中。在1955年召开的万隆会议上，会议公告使用"le tiers monde"一词，用以指称后殖民时代的亚非各国领导人。此后，这一语汇为人们广泛接受，通常用于意指具有世界规模的"人民"、全球性的多数群体，他们曾经遭受殖民压迫，但现在正在获得较为广泛的影响力。此外，这一概念还用来指称冷战格局下的一个特定倾向：拒绝接受超级大国及其意识形态的统治，寻求资本主义和共产主义之外的替代方案，为新近获得解放的国家提供"第三条道路"。在二元对立的层面上，"冷战"一词指涉可能出现的规模最宏大的西方精英工程，而"第三世界"一词则指称殖民化时代和后殖民时代里反抗这一工程的斗争。

已有研究表明，尽管去殖民化运动业已完成，但殖民主义留下的遗产却变换面貌留存下来，离散社群在白人社会往往充当着"不祥"的他者角色。我们注意到，在前后几次移民潮中，一些成长或成名于20世纪80年代的学者、作家和出版界人士几乎都在青年时期远赴海外，他们体察到"殖民者—被殖民者"这一二元对立关系在移民对象国社会仍然根深蒂固，自觉难以融入白人社群。

实际上，文化身份①认同不仅是20世纪80年代离散社群的基本诉求，还是所有来自前法属殖民地的知识分子都难以规避的议题，它伴随着殖民统治、去殖民化运动和新兴"民族—国家"建国这三个历史阶段的演进而得到渐次表达。在法国殖民活动最为活跃的20世纪上半叶，马提尼克裔作家、法属非洲殖民官员勒内·马朗（René Maran）创作的备受争议的反殖民主义小说《巴图亚拉》和艾梅·赛泽尔（Aimé Césaire）所写的长篇散文诗《还乡手记》发出革命性的反压迫呼声，与美国哈莱姆黑人文艺复兴运动（Harlem Renaissance）遥相呼应，共同诉说着非洲大陆之外的黑人构建"黑人性"种族文化身份（Négritude）的愿景。"二战"结束后，在去殖民化运动的影响下，一些曾远赴法国接受教育、随后返回安地列斯的青年作家开始构想某种非普世性的、地区性的文化身份概念，帕特里克·夏穆左阿（Patrick Chamoiseau）、爱德华·格里桑（Édouard Glissant）等理论家发起"克里奥尔化运动"（créolisation），主张在高度混杂的克里奥尔文化共同体内部实现融合，根据克里奥尔文化的固有特点确立一种为所有安地列斯人共有的文化身份。进入20世纪80年代后，这些新独立国家的独裁统治被推翻，另外一种迹象开始显现，"黑人""第三世界""非洲""安地列斯"等语汇不再是可耻的标签，外裔人士在法语知识圈中的地位得到整体上升。不断有黑人研究者、作家或画家进入核心文化场域，得到各项文学艺术奖项以及出版机构和学术界的认可。

进入冷战后期阶段，从全球范畴到局部地区的分裂势头越来越冲击着人们的历史意识和政治意识。族群冲突甚嚣尘上，社会阶级分化和性别不平等现象依然如故。第三世界各个国家之间固有的经济、政治差异触发了规模宏大的跨国家—跨地区性人口流动。一些研究者暗示，在这样的背景下，后殖民思想所作出的超越民

---

① "文化身份"或"文化认同"的概念原生于有着殖民历史的多元文化社会。受20世纪60年代美国黑人民权运动和80年代年代身份政治的影响，英美是相关理论的研究重地。据《牛津研究百科全书》（Oxford Research Encyclopedias）记载，文化认同是指对于某特定群体的认同感和归属感，主要基于各种不同文化类别，包括国籍、种族、民族、性别和宗教信仰等。文化认同通过分享传统、语言、美学、规范和习俗等集体知识而得以构建和维护。文化认同是复杂多面的，依赖于时空变化，一个人通常不止隶属于一个文化群体。在跨文化交往日益加剧的全球化世界中，文化认同通过沟通实践而不断受到挑战。

族、种族以及文化界限的普世性承诺在全球范围内极有感召力。① 具体地说，一些来自第三世界的知识分子或把占据主导地位的欧美文化批评的问题和思想取向推广至全球，或把以往处于政治领域和殖民主义意识形态边缘的声音引入欧美文化批评中，日趋显著地扮演着批评话语的排头兵角色。他们要求在中心处听到自己的声音，抹除中心与边缘的差别，取消所有沿袭着殖民主义思维方式的二元对立，从而在全球范围内揭示出各个社会复杂的异质性和偶然性，以实现文化话语的真正全球化。"这种后殖民诉求在表面上似乎是超越国家、地区乃至政治界限的，然而，在全球主义的表象背后，后殖民主义通过转移对当代的政治、社会及文化统治形式的关注，模糊了它自身与其发生条件，即当代全球关系的结构性原则——全球资本主义——之间的关系，与文化霸权形成共谋关系。"② 从上述说法出发，我们可以提出如下猜想，这些安第列斯法语作家构思的新型主体身份观念正内在于这一后殖民逻辑，存在于移民知识分子与接受国知识界之间的那种默契或许并非偶然形成的，而是一方有意采取的文化策略。由此，我们可以认为，全球主义意识形态的采用使后冷战时期的安地列斯裔法语离散作家与欧洲中心主义文化霸权结成共谋，既能够尽可能地迎合全球资本扩张，又能确保他们在法语圈乃至世界范围内的普遍合法地位。

事实上，法国学界对这些作家的文化身份书写问题的关注度普遍不高，但英美后殖民研究对此用力颇深，这能够为我们探讨相关问题提供重要的理论支持。下文我们将参考美国后殖民批评家爱德华·萨义德（Edward Said）提出的"驶入的航程"（the voyage in）③ 概念和阿里夫·德里克（Arif Dirlik）所提出的关于"后殖民知识分子"（postcolonial intellectuals）的论述，分别在三个层面上探究这一"世界主义"或"全球主义"文化身份观的内在运行机制。

---

① 历史学家文安立认为，美国和苏联的干涉主义在很大程度上塑造了第三世界各国的政治、社会和文化变迁的国际和国内框架。如果没有冷战，非洲、亚洲，也许还有拉丁美洲，都将完全不同于其今日之状况。而第三世界的精英制订的政治方案，往往是他们对冷战的两大对手——美国和苏联——所提供的发展模式的有意识的反应。在许多情况下，第三世界领导人对一种意识形态立场的选择，经常意味着他们与两个超级大国中的一个紧密勾结，导致他们采取后来经常给他们的人民带来灾难的发展模式。（参见文安立《全球冷战：美苏对第三世界的干涉与当代世界的形成》，牛可译，世界图书出版公司2012版，第3页）

② [美] 阿里夫·德里克：《后殖民气息：全球资本主义时代的第三世界批评》，见汪晖、陈艳谷编《文化与公共性》，生活·读书·新知三联书店1998版，第443-484页。

③ "the voyage in"这一概念对应着两种汉语译法，分别为"归航"或"驶入的航程"。本文采用第二种译法，用以描述去殖民化运动完成后，来自前殖民地的知识分子从第三世界进入欧洲主流学术话语的迁延路径。

一、"怀旧情怀"策略:加勒比作家的"驶入的航程"

萨义德在《文化与帝国主义》一书中提出著名"驶入的航程"概念,用以描述那些来自第三世界的作家、知识分子以及文本朝向大都会运行并成功融入其中的事实。萨义德指出,来自非洲、亚洲、加勒比地区和拉丁美洲的知识人通常赋予自己一种崇高的批判任务,即触碰"那些迄今为宗主国中心所独自支配的经验、文化、历史和传统",并"使用一度单单为欧洲人所用的学术与批评的技巧、话语和武器来对抗宗主国文化"①。在萨义德看来,"移居到或正在访问宗主国的来自边缘地区的作家,他们所写的反帝知识性或学术性著作,通常是大规模群众运动向宗主国内部的延伸"②,"是从局部历史出发对西方中心主义历史叙事产生的自觉的或应激性的反应"③。"驶入的航程"一方面具有对抗性的、反帝国主义、反霸权的性质,从另一方面说,这种反叙事的存在所折射出的是不断延续的帝国结构溢出民族国家范畴并走向国际化的事实。

实际上,大多数在 20 世纪 80 年代从安地列斯前法属殖民地"驶入"法国本土的作家,都出身于政界或文化界精英分子家庭,曾在母国社会中处于上流阶层,在本国或法国本土接受了良好的学校教育,为躲避战乱而移居法国和魁北克等地。他们离乡背井的时代,正是经济全球化发轫、欧洲发达资本主义国家遭受前所未有的挑战的时代。对于他们而言,如何为自身做文化身份定位是一个重要的问题。主要有两种身份认同方案可以供其选择:其一是拥抱全球化潮流,热烈欢呼世界政治、经济、文化同一化时代到来,这将导致其疏离原生乡土的文化根基;其二是退居狭小的边缘性地带,固守文化乡土主义。诚然,有悖于现代进步观念的乡土主义固然不可取,但全面投入西方怀抱、抛弃故国又会招来"背叛者"的骂名。面对这种两难境地,其中一些作家谋划出一套折中方案,既轻松地规避了边缘性出身带来的尴尬印象,又能让自己赢得西方主流知识话语的好感。

我们注意到,在 20 世纪末的加勒比地区文学当中出现了一种强烈的"怀旧情怀"(nostalgie)。海地作家达尼·拉费里埃(Dany Laferrière)与瓜德罗普作家玛

---

① [美] 爱德华·萨义德:《文化与帝国主义》,李琨译,生活·读书·新知三联书店 2003 版,第 347 页。
② [美] 爱德华·萨义德:《文化与帝国主义》,李琨译,生活·读书·新知三联书店 2003 版,第 349 页。
③ [美] 爱德华·萨义德:《文化与帝国主义》,李琨译,生活·读书·新知三联书店 2003 版,第 341 页。

丽姿·孔代（Maryse Condé）让旧日生活成为重要的文学主题。拉费里埃在入选法兰西学院院士的仪式上自豪地宣讲着民间信仰伏都教（vaudouisme）给予克里奥尔人的伟大精神指引，还格外怀恋在祖母陪伴下的田园史诗般的童年生活。孔代让童年生活成为笔下的重要主题，热带自然风物以及民间文化元素也反复出现于她的作品里，伴以感伤的基调追忆旧日时光。此外，海地诗人勒内·德佩斯特（René Depestre）参照着西方失乐园故事的模板，将笔下的故乡改造成原始农业文明的想象物和前资本主义文化的乌托邦，在田园诗式的语言表述中赋予其古老、神秘、悠闲的气质。

我们认为，这种"怀旧情怀"是作为一项特殊的文化需求应时而生的。在欧美国家普遍进入后工业化时代、环保主义越来越受重视的情形下，返璞归真能够提供一种反对启蒙线性进步观念的文化建构物。"在历史想象的绵延中，怀旧已然成为缓和落后的前殖民地世界与发达的资本主义世界之间裂隙的有效策略。"① 无论是勒内·德佩斯特笔下的故乡小镇雅克梅勒（Jacmel）还是拉费里埃小说中的海滨小城戈阿沃（Petit-Goâve），都浸淫着原始农业文明的诗意想象，几乎去除了一切都市文化和发达工业文明的因子。这些加勒比作家在整体上参照着西方失乐园故事的模板，将遥远的故乡改造成前现代文明的失落天堂，适度表达对现代化都市的消极态度。如此一来，他们便在西方读者眼中为自己营造出一种熟悉又陌生的他者形象，与欧美广大市场形成默契的文化供求关系，迎合着国际文化市场对"怀旧情调"的好感。

二、语言策略：被收编的克里奥尔化运动

无可否认，语言从来都不是与现实无涉或者说完全自主、不及物的，它常常服务于政治统治和文化统治。人们普遍认为，民族语言是民族历史与文化传统的内核，"语言既是作家进行艺术创作的基本材料，也是政治斗争和识别民族身份的重要工具"②。受赫尔德主义的显著影响，文学、语言与民族三者被紧密联系在一起，使用民族语言对主体文化身份进行指认已成为不言自明的事实，而使用非民族语言进行写作则被视为非法。

在殖民地，政治统治通过推行欧洲语言得以施行。在法属加勒比群岛，殖民政府通过颁布法令和学校教育等强制手段输出本国语言，以加强自身的统摄地位。马

---

① 戴锦华：《隐形书写：90年代中国文化研究》，江苏人民出版社1999版，第112页。
② Pascale Casanova. *La République mondiale des lettres*. Paris：Seuil，1997，p.467.

提尼克诗人爱德华·格里桑（Édouard Glissant）曾清晰地指出欧洲语言的这种"殖民输出倾向"①：征服者首先输出自己的语言，有系统、有计划地将欧洲语言强加给被殖民者，接着使其在殖民地的众多语言当中占据统治地位。在长期被殖民的国家，双语要求是政治统治抹不去的标志。两种语言（占统治地位的殖民者语言和被统治的土著语言）之间的差异直接体现了两个群体间的价值差异，"被殖民者的母语在本民族或全世界各个民族的交响乐中毫无体面尊严。如果被殖民者想要谋求一份职业，开拓自己的地盘、在某个城市立足，首要的是屈服于别人的语言，即殖民者的或者说主人的语言"②。格里桑曾几度提到身为被殖民者却要使用殖民者语言的"表达的痛苦"（souffrance d'expression）："闭关自守或者对外持开放态度，这正是所有使用弱小民族语言的人们都难以规避的选择。要么将自身封闭在有限的特殊性当中，要么正相反，在万事皆同一的普遍性当中被稀释"③；"只有被统治的民族才会遭遇这种痛苦，并且当他人无法理解其中深意时，这种痛苦会愈加深重，而那些平静地生活在自己母语群体的人们无论如何都不会明白语言折磨的存在"④。事实上，几乎所有被殖民者在使用宗主国语言的时候都有变相"偷窃"的念头，这种隐秘的负罪感让他自觉用外语表达是不合法的。就此，阿尔及利亚作家让·昂鲁什（Jean Amrouche）曾这样写道："如果你是被殖民者，那么你就必须使用他们借给你的语言，你只有使用权，并不是该语言的合法拥有者，只是单纯的使用者"⑤，"将文明人的语言据为己有、进行写作，这就像一个私生子"⑥。

让我们回到法语文学圈。法国自古以来就汇集着极高的文学威望和丰富的文学资源。法国学者帕斯卡尔·卡萨诺瓦（Pascale Casanova）曾断言，法国文学代表了世界各民族文学的最高美学范式，而巴黎文学圈则掌控着文学创作标准规范的"本初子午线"⑦。面对强势的法语文学统治，那些来自前法属加勒比殖民地的作家不得不面对一个两难处境：如果坚持使用小众的土著语言进行民族文学创作，那么很有可能不被主流文坛承认；如果放弃母语、使用法语来写作，自愿被同化，那么就可以改变自己在主流文学话语面前的局外人状态，但这样做会背负"背叛者"的骂名。一些作家发明了一套两全其美的策略。拉斐尔·龚飞扬（Raphaël Confiant）、让·贝纳布（Jean Bernabé）和帕特里克·夏穆佐阿发起了轰轰烈烈的

---

① Édouard Glissant. *Le discours antillais*. Paris：Gallimard，1997，p. 35.
② Albert Memmi. *Portrait du colonisé*. Paris：Gallimard，1985，p. 126.
③ Édouard Glissant. *Le discours antillais*. Paris：Gallimard，1997，p. 117.
④ Édouard Glissant. *Le discours antillais*. Paris：Gallimard，1997，p. 122.
⑤ Jean Amrouche. *Des hirondelles dans un ciel de guerre*. Paris：L'Harmattan，2000，p. 332.
⑥ Jean Amrouche. *Des hirondelles dans un ciel de guerre*. Paris：L'Harmattan，2000，p. 329.
⑦ Pascale Casanova. *La république mondiale des lettres*. Paris：Seuil，1997，p. 178.

克里奥尔化运动。他们主张摆脱法语语言的殖民枷锁，使用一种融合了美洲土著语言的克里奥尔化法语写作，这种法语在语法和词汇方面与标准法语有着一定的差异。但从整体上讲，克里奥尔化法语能够为大多数法国人所理解，展现了一种既能为主流读者所感知，又不过分离经叛道的差异性。

在发表于 1989 年的《克里奥尔语赞歌》中，他们宣称摆脱自殖民时代开始便长期束缚安地列斯人的法语语言枷锁，主张将原本只停留在民间场合和口语表达层面的克里奥尔语进行系统的书面语化，赋予其"特殊的句法、语法、词汇和恰当的书写方式、语调、节奏和灵魂"①。由于真正的"安地列斯文学尚不存在，还处于准文学阶段"②，那么便可以在安第列斯口语传统基础之上建立一门地区文学，以替代法语文学范式："口语是故事、谚语、儿歌、歌曲的供应者，它是我们的集体智慧，是我们对世界的解读方式……是的，我们要重操这门语言，重建文化的连续性，一旦没有它，集体身份很难得到表述。重操这门语言，我们的民众智慧才能够得到真正表达……简言之，我们要发明一种文学，它丝毫不违背现代的书面语的要求，又能够根植于我们的口语传统中。"③ 在格里桑看来，这种克里奥尔化的法语能够表达安第列斯文化的独特性，进而推动当地的文化解放和政治解放。然而，这份独立宣言并没有真正地让签名者远离法国文学正统，反而带来龚古尔奖等众多文学桂冠的加冕。

让我们再转过头审视巴黎文学界做出的回应。巴黎评论界将这场追求语言和政治个性化表达的克里奥尔语革命简化为纯粹的文体学革新，并将克里奥尔语写作视作法语文学在新时期取得的成功。通过"去政治化和去历史化的处理方式，法国得以间接地遮盖、甚至阉割殖民历史造成的安地列斯人的语言自主主张和政治独立诉求"。值得注意的是，如今这些作家甚少提议使用克里奥尔语写作，并放弃了加勒比地区的出版商，转而与伽利玛等法国知名出版社合作。

为了获得最大限度的认可，那些处于被统治地位的作家们必须服从于那些普世性原则的垄断们所颁布的规范，"尽可能地把握与核心美学标准之间的合适距离，展现一种容易为法国主流读者所感知、但又不过分遥远或离经叛道的差异性"④。早在 20 世纪初，在作品中适度使用土语的异国情调策略就已成为加拿大法语作家们的共识："假如我们讲休伦语或易洛魁语，我们的作品就会吸引旧大陆的

---

① Jean Bernabé, Patrick Chamoiseau, Raphaël Confiant. *Éloge de la créolité*. Paris: Gallimard, 1989, p. 45.
② Jean Bernabé, Patrick Chamoiseau, Raphaël Confiant. *Éloge de la créolité*. Paris: Gallimard, 1989, p. 14.
③ Jean Bernabé, Patrick Chamoiseau, Raphaël Confiant, *Éloge de la créolité*, Paris: Gallimard, 1989, pp. 34 - 36.
④ Pascale Casanova. *La république mondiale des letlres*. Paris: seuil, 1997, p. 218.

注意。这门充满阳刚气的雄壮语言起源于美洲丛林，这种原生态的诗歌能够让外国人感到乐趣。人们会为一部从易洛魁语翻译过来的小说而疯狂，却不想花时间去阅读一部来自魁北克或者蒙特利尔移民用法语写成的小说。近20年以来，每年都有一些从俄语、纳维亚语、罗马尼亚语翻译过来的小说在法国出版。然而，如果这些小说是用法语写成的，估计连五十个读者都找不到。"① 我们发现，稍晚一些的瓜德鲁普裔女作家玛丽兹·孔代在自传体小说《维多利亚，舌尖上的语汇》里大量使用克里奥尔化的法语。在这部作品中，土语词汇和法语句式得到巧妙的糅合，呈现出一种能够为法国读者所普遍接受的熟悉的陌生感。

此外，还有一位当代黑人法语作家格外引人注意，那就是海地裔魁北克作家拉费里埃。在拉费里埃的作品里，安第列斯民族身份与克里奥尔语的关联性被彻底取消。我们注意到，其创作的数十部小说和随笔集和自传均用法语写成，极少出现克里奥尔语词汇，这与赛泽尔和格里桑等前辈作家的做法十分不同。在出版于2009年的自传体小说《还乡之谜》里，从几个片段能够看出其对于克里奥尔语写作的不屑态度。其一，主人公温莎的一位女性朋友主张让克里奥尔语成为尚未出世的孩子未来的母语，她解释道，"只有在克里奥尔语环境中长大的孩子才是真正的克里奥尔人"②，但温莎对这观点不置可否。其二，一天清晨温莎在太子港的街道上被一群小孩子团团围住，他突然发觉："讲克里奥尔语并不足以让我变为海地人"③，甚至连"海地人"这个词汇都语焉不详；人们只有处在海地之外才能被视为海地人，而在海地本土，人们关心的是籍贯、出生地、性别、年代、宗教、街区等更具体的文化属性。此外，拉费里埃还在随笔集《几乎消失的偷闲艺术》中拒绝承认民族语言所承载的文化内涵具有不可化约性，并直率地批评了通过母语来定义文化归属的做法，声称自己"能够使用法语来表达世界上任何其他语言能够表达的东西"。我们还注意到，在拉费里埃笔下，对于黑人种族身份的想象直接让位于作家对于自身职业身份的想象。在《还乡之谜》中，主人公温莎为逃离杜瓦利埃父子独裁统治而移居魁北克，20年的移民生活将他彻底改造成一个有着大都会精神面貌的"黑皮肤的白人"，他回到海地却无法再度认同乡土气的克里奥尔文化，于是选择以语言为基本材料，通过写作来创造一个高度理想化的海地空间，"透过小说的窗子回归故乡"④。此外，拉费里埃在一次报刊访谈中对文学写作的政治功用作出直接否认，他号召作家摆脱政治诉求和民族诉求，捍卫文学自主性，并再度阐明

---

① Dominique Combe. *Poétiques francophones*. Paris：Hachette，1995，p. 29.
② Dany Laferrière. *L'Énigme du retour*. Paris：Grasset，2009，pp. 166-167.
③ Dany Laferrière. *L'Énigme du retour*. Paris：Grasset，2009，p. 193.
④ Dany Laferrière, *L'Énigme du retour*. Paris：Grasset，2009，p. 161.

文学创作对于自我身份指认的重要性："让语言成为我的祖国，只有通过写作我才能知道我究竟是谁。"①

我们可以将以上两种做法做一番比较。夏穆佐阿通过破坏或者改变法语的规范用法为自己创造出独立的风格，实现"文学资产"的转移。相较于使用本民族土语的保守派作家，他们能够进入更广阔的读者视野，甚至率先获得国际认可。与这些富有革命精神的新民族语言创造者相比，拉费里埃使用主流的法语语言进行文学创作，得以直接继承法语附属的文学资源，占有一套可以使他日后载入文学史的知识和技法。这两种做法无疑都是"抄捷径"。

三、《为了一种法语的世界文学》与可疑的全球主义者

长期以来，法国文学空间被视作去政治化程度最高、最自由的文学空间。作为艺术自由的理想之乡，"巴黎文学圈则制定着法语文学的最高美学范式，具有恒久的正统性和合法性"②。然而，近20年来，第三世界国家的崛起和随之产生的文化自觉趋势使得法国的文学中心地位越来越受质疑。2007年总统竞选期间，候选人尼古拉·萨科齐（Nicholas Sarkozy）提出挑衅性的民族主义口号。作为回应，勒·克莱齐奥（Le Clézio）、南希·休斯敦（Nancy Huston）等44位法语作家在5月16日《世界报》上发表联合宣言《为了一种法语的世界文学》，随后在伽利玛出版社推出文集，直接删去原文标题中的"法语"一词，定题为《为了一种世界文学》。这些签名作家反对以巴黎为中心的法国文化霸权和殖民主义的化身——法语共同体（Francophonie），主张"与无视世界化进程、将自我视作唯一的参考和永远备受崇敬的人性典范的法国权威决裂"③。他们抵制长期以来受法语至上主义驱使的法语世界文学（littérature francophone），转而捍卫一种开放、包容的"世界文学"（littérature-monde）。此外，他们还提出一种跨种族、跨国别、兼具完整性和复杂性的"世界主义"文化身份设想，并主张让文学充当这一"新世界"的镜子。引人关注的是，在这44位签名作家中，仅有15位是法国人，其余半数以上的签名者都来自非洲和中美洲的前法属殖民地。

事实上，这种超越民族和种族界限的"世界主义"文化身份呼声在近些年蔚然成风。2016年伊始，刚果裔黑人作家阿兰·马班库（Alain Mabanckou）取得法

---

① Rodney Saint-Éloi. "Chronique de la retraite douce". *Boutures*, 2001, 4 (1): 4.
② Pascale Casanova. *La république mondiale des lettres*. Paris: Seuil, 1997, p. 161.
③ Michel Le Bris, Jean Rouaud. *Pour une littérature-monde*, Paris: Gallimard, 2007, p. 25.

兰西公学（Collège de France）年度教席，这是黑人作家第一次入选法国顶级学术殿堂。他头戴炫目的彩色圆框眼镜和系有缎带的礼帽，身着色彩对比强烈的爵士风格服装，像一位明星出现在学院街上。在一次主题为"黑人文学：由黑暗到光明，由蒙昧到启蒙"的课程上，面对着大部分由白人构成的听众，马班库无比自豪地提起他在欧美社会的上升经历，并将自己定义为"三大洲的作家"（出生在非洲、青年时代在欧洲接受教育、在美洲开展写作和教师工作）。而马班库的好友拉费里埃在表明类似的"世界主义"立场时则表现得更为灵活。无论是他给多部小说选取的意味深长的题目，如《我是一个日本作家》《如何与一个黑人做爱而不疲惫》，还是《几乎消失的偷闲艺术》等随笔集透露出的反本质主义文化认同观，或他在接受媒体采访时抛出的名句"我是全世界的作家"，都构成一种公开的姿态。他试图借此告诉读者，国籍是无效的个体身份标签，唯一有效的是写作者对于自身文化所属的高调指认。

我们在此想提出的问题是，全球主义文化身份真的具有现实性吗？在多大程度上是虚幻的呢？如果我们对于法国文化机构在近期做出的种种举措进行一番考察便不难发现，上述多元主义意识形态看似是在攻击法国文化沙文主义，实际上却与法国政府推广文化影响力的需求暗合。自20世纪90年代以来，北美文化产业急剧扩张，第三世界国家出现比较强烈的文化自觉趋势，法国文化的优越地位逐渐退出世界历史舞台。在这一背景下，法国政府推出南北合作的文化战略，积极改造本土社会的流动人口，构建新型的多元主体身份，策略性地吸引来自前殖民地的学者和作家，给予其经济、政治和文化权利的认可。实际上，"进入八十年代末，法国政府对于文化领域的干预尤为显著"①。自1987年以来，龚古尔奖（Prix Goncourt）和费米娜奖（Prix Fémina）这两项极具影响力的法国文学奖项越来越青睐外裔作家，本·杰伦（Ben Jelloun）、夏穆佐阿、玛丽·恩迪亚耶（Marie Ndiaye）等数十位非洲裔和加勒比作家获得加冕。2013年12月，拉费里埃当选法兰西学院（Académie française）院士。2016年初，法兰西公学这一法国学术界的顶级殿堂为马班库设立"艺术创作"年度教席。

从后殖民批评角度来看，这一举措与殖民活动早期提携土著精英阶层的做法一样，用阿里夫·德里克（Arif Dirlik）的话讲，"属于一幅旧景象，授予特权给一个有可能向上运行的群体，使他们成为边缘地带的真正居民"②。换言之，如今的欧

---

① Philippe Poirrier. *L'État et la culture en France au XXe siècle*. Paris：Le Livre de Poche, 2009, p. 9.
② ［美］阿里夫·德里克：《后殖民气息：全球资本主义时代的第三世界批评》，见汪晖、陈燕谷编《文化与公共性》，生活·读书·新知三联书店1998年版，第464页。

洲文化霸权已然改头换面,以一种更柔和、更含蓄的方式登场,将这些生发自边缘地带的文化异质性加以收编,变相地操控着前殖民地离散知识人的地位。"欧洲中心主义,作为这些别开生面的声音出现的先决条件,仍然保持着它的文化霸权,但比以往任何时候都更明显的是,为了维持这种霸权,它的边界必须适当地松动一点,把不同的文化吸收进来,否则就可能成为毁灭性的对抗的源泉。全球资本主义在文化上比以往任何资本主义都要更灵活。"①

因此,无论是上述"法语的世界文学"主张抑或其他世界主义者姿态,都构成了欧美资本主义文化在全球化时代的一种叙事类型。这些作家一方面为反对民族主义和种族主义的多元主义呐喊,另一方面却暗地迎合着欧洲文化进行全球性扩张的需要。在这一意义上,他们宣称的"世界主义"无异于法国文化霸权的隐秘同义词。

四、结语

毋庸置疑,身份认同问题是后殖民性的基本诉求。那些来自前法属加勒比殖民地的离散作家的自我认同是"关系性的,而不是本质性或本位主义的"②。他们将身份认同问题的重心,由国籍问题和种族问题转向文学创作主体在艺术场域中的自我指认方式。他们按照后殖民知识分子的形象来进行自我指认,使那些原先被视为边缘性和颠覆性的思想取向获得极为正面的评价,通过将自我定位在遥远的故乡,营造出一种为西方主流知识界所普遍接受的前资本主义时代的"怀旧情调",为自己在法国乃至广泛的西方文化市场制造出不可替代的重要性。他们采取不偏不倚的"世界主义者"姿态,表面上抗拒西方世界的霸权统治,实质又暗自迎合欧洲中心主义重新规划全球关系的需要。德里克指出,"后殖民性是一种我们可以不客气地称之为买办知识分子的状态……是全球资本主义时代的知识分子状态"③。这一观点有助于进一步澄清相关作家的身份认同状况:他们清楚地意识到了自己在全球资本主义中的阶级所在,却并未对自身的意识形态进行全面批判,与其说是全球资本主义的受害者,不如说是受惠者。他们赞颂一种空泛的文化多元性,却不去深入阐

---

① [美]阿里夫·德里克:《后殖民气息:全球资本主义时代的第三世界批评》,见汪晖、陈艳谷编《文化与公共性》,生活·读书·新知三联书店1998年版,第464页。
② [美]阿里夫·德里克:《后殖民气息:全球资本主义时代的第三世界批评》,见汪晖、陈艳谷编《文化与公共性》,生活·读书·新知三联书店1998年版,第464页。
③ [美]阿里夫·德里克:《后殖民气息:全球资本主义时代的第三世界批评》,见汪晖、陈艳谷编《文化与公共性》,生活·读书·新知三联书店1998年版,第464页。

发那些不同的思想传统之间"不可翻译"的、不可化约为同一性的内核，于意识深处隐藏着对于少数族群权利的漠视。这一"世界主义"文化身份指认方式，与其说是弱势族群采取的无奈之举，不如说是有意识地经营新权力的文化策略。

当然，我们不能完全否认这种策略具有的现实意义。在一定程度上，游走于中心和边缘的旅行经验让这些"文化两栖人"得以超越历史、阶级和民族意识的陈旧壁垒，获得对本民族文化和欧洲文化较为深刻的理解。此外，他们所提出的身份观念迫使人们重新思考由殖民主义所创造并权威化的知识形式与社会认同，全面地质疑将西方历史予以制度化、作为大写的历史而占有他者的欧洲中心主义叙事。我们不难发现，在非洲、加勒比和拉美地区，学术知识和文学表达已不再仅仅为殖民主义专家和作家所指挥。在这个意义上，"驶入的航程"对于构建西方和第三世界的文化对话无疑具有重要性。

参考文献：

［1］CASANOVA P. La république mondiale des lettres［M］. Paris：Seuil，1997.

［2］GLISSANT É. Le discours antillais［M］. Paris：Gallimard，1997.

［3］MEMMI A. Portrait du colonisé［M］. Paris：Gallimard，1985.

［4］AMROUCHE J. Des hirondelles dans un ciel de guerre. Méfiances et arrière-pensées［M］// YACINE T. Un Algérien s'adresse aux Français ou l'histoire de l'Algérie par les textes（1943－1961）. Paris：L'Harmattan，2000.

［5］BERNABÉ J，CHAMOISEAU P，RAPHAËL C. Éloge de la créolité［M］. Paris：Gallimard，1989.

［6］COMBE D. Poétiques francophones［M］. Paris：Hachette，1995.

［7］LAFERRIÈRE D. L'Énigme du retour［M］. Paris：Grasset，2009.

［8］LAFERRIÈRE D. L'Art presque perdu de ne rien faire［M］. Paris：Grasset，2014.

［9］BRIS M L，Jean R. Pour une littérature-monde［M］. Paris：Gallimard，2007.

［10］PHILIPPE P. L'État et la culture en France au XXe siècle［M］. Paris：Le Livre de Poche，2009.

［11］德里克. 后殖民气息：全球资本主义时代的第三世界批评［M］//汪晖，陈艳谷. 文化与公共性. 北京：生活·读书·新知三联书店，1998.

［12］萨义德. 文化与帝国主义［M］. 李琨，译. 北京：生活·读书·新知三联书店，2003.

［13］戴锦华. 隐形书写：90年代中国文化研究［M］. 南京：江苏人民出版社，1999.

女性主义视角下的《霍乱时期的爱情》①

吴 童

摘 要：马尔克斯的《霍乱时期的爱情》讲述了一段跨越半个多世纪的爱情故事，被誉为"人类有史以来最伟大的爱情小说"。该书塑造了数个鲜活的人物，尤其是女性人物，成为一大亮点。笔者以女性主义文学批评为视点，通过对作品中的完美女子费尔明娜·达萨及其他女性形象的分析，探究女性主义文学批评理论在作品中的表现，挖掘马尔克斯在作品中渗透的女性主义观念，为该理论的研究提供新的依据，拓宽研究领域与研究视角。

关键词：女性主义；《霍乱时期的爱情》；马尔克斯

"正是这偶然的一瞥，成为这场半个世纪后仍未结束的惊天动地的爱情的源头。"② 这是《霍乱时期的爱情》中费尔明娜与阿里萨的初见的描写，也是这场跨世纪恋情的开端。围绕着这两个人，马尔克斯为我们呈现了一部充满哭泣、叹息、渴望、挫折、不幸等的爱情教科书。他完全放弃了其标志性的"魔幻"写实风格，虽然采用了拉丁美洲古老传统的写作方式，却保留了自身一贯不落窠臼的锐气。小说讲述了费尔明娜、阿里萨、乌尔诺比三人长达半个世纪的三角恋情：年轻的电报员阿里萨在第一眼见到"花冠女神"费尔明娜时，便深深地爱上了她，在疯狂追求女神的同时却遭到女方父亲洛伦索·达萨的强烈反对。后来，虽然有其父的授意，但主要还是费尔明娜自己的抉择，她与身份高贵的胡维纳尔·乌尔诺比医生结了婚。历经半个世纪，在乌尔比诺意外去世后，费尔明娜和阿里萨终于在古稀之年寻觅回迷失的爱情。除费尔明娜外，小说还塑造了其他女性形象，尽管她们有着不同的肤色、不同的身份背景，但都与费尔明娜一样独立自强，都是自由与爱情的追随者。作品名中有"爱情"，其思想精髓却远远超越了爱情。

在作者生活的拉美地区，大多数家庭都是以男性成员为中心构建起来的，父权

---

① 原载于《景德镇学院学报》2020年第4期。
② ［哥］加西亚·马尔克斯：《霍乱时期的爱情》，杨玲译，南海出版公司2012年版，第9页。

和夫权是家庭中的绝对力量。女性作为弱势群体，必须无条件服从自己的父亲或丈夫，权力的不平等造成了她们地位的极端低下。而马尔克斯笔下的拉美女性却打破了这种常规与常态，她们违逆世俗，反叛传统，挑战男权，成为崭新的群体存在。本文从女性主义文学批评视角，对作品中的几个拉美女性形象进行深入解读，探析作者在其中倾注的女性主义思想及其现实意义。

一、关于女性主义文学批评

在人类父权制社会的几千年历史之中，女性一直处于被压迫、被奴役的地位，她们没有任何话语权，没有相对独立的群体，更谈不上参加争取自身利益的社会运动。直到18世纪启蒙运动后，女性作为人的价值才首次被关注，随之女性解放问题才作为一个重要的社会问题被提出，女性解放运动的兴起才有了可能，相关的女性主义理论也才应运而生。作为当代西方文艺理论之一的女性主义文学批评，诞生于20世纪60年代末70年代初的欧美，它是西方女权主义运动高涨并深入到文化、文学领域的成果，有着鲜明的政治倾向。以女性为中心，其研究对象包括女性形象、女性创作和女性阅读等。相关的女性主义运动，是产生于欧美国家的以消除性别歧视、实现男女平等为目标的思想运动。长此以来，女性都处于受压迫、歧视的境遇，在政治、经济、文化等各个领域都处于比男性低一等的地位。在男女共同组建的家庭中，女性的地位也和男性不同，男性凌驾于女性之上，女性的地位是低下的，是相对于男性的"第二性"。女性主义运动致力于改变这种男尊女卑的性别歧视现象，争取使女性与男性有同等的地位和权利。

女性主义理论发展可以分为三个阶段：第一阶段强调男女两性的平等，要求政治权利、法律权利和经济权利都要平等，代表人物是西蒙娜·德·波伏娃（Simone de Beauvoir）；第二阶段强调男女差异，要求男女分工的自然性，要根除男女同工不同酬的现象，代表人物为美国的艾德里安娜·里奇（Adrienne Rich）、英国的托丽·莫依（Toril Moi）、法国的露丝·伊利格瑞（Luce lrigaray）；第三阶段被称作后现代女性主义，这一阶段不再把男性和女性对立起来，而是认为二者是个共同体，代表人物是法国的朱丽亚·克丽斯蒂娃（Julia Kristeva）。这些女性主义批评者认为：在男权社会里，对妇女存在着社会和文化的双重虐待歧视，对女性有着肉体和精神上的双重践踏摧残。因此，女性主义者通过不懈的努力来抨击文学作品中的性别歧视。他们通过重读文学作品，集中揭示了经典作品中，尤其是男作家作品中存在的对女性的歪曲、贬抑和丑化，抨击了标榜、炫耀男性优越的现象。如朱迪斯·弗莱尔（Judith Friel）在《夏娃的面貌——19世纪美国小说中的妇女》中指出：经常用来阐释美国文化的概念完全是男性化的，这种观察角度根本不考虑妇女的存在。同样，以往男性文学批评家对文学中的妇女形象不是忽略不提，就是充满了误解、歪曲或偏见，而这些偏见又常常甚至支配着文学对妇女的描写。弗莱尔归纳了19世纪美国小说中的妇女形象类型：引诱人的妖妇、美国公主、强有力的母性和新女性。这些被神化或丑化的女性都与现实中女性的真实存在大相径庭，都是作者以不同方式对女性形象的歪曲、歧视和贬抑，反映了根深蒂固的男性中心主义观念。

马尔克斯作为一名男性作家，却丝毫不吝啬对女性的尊重与赞美，将女性放到了作品中极其重要的位置，充分展现她们的勇敢、坚强、智慧等可贵品质，批判男权社会对她们的深重压迫，时刻关注女性在社会中的命运。这是站在男性研究视角对女性主义的正面响应，其思想价值值得进一步探究。从女性主义文学批评的视角来看《霍乱时期的爱情》，作品中有着女性主义思想的女性形象不乏其人，下面就以女性主义视角对作品中的几个女性形象做深入探究。

二、女性主义视角下的女性代表

高雅与狂野兼具的费尔明娜无疑是女性主义的主要代表，关于她的描写贯穿了作品的6个章节。她是阿里萨惦念了53年的爱慕对象，也是征服了当地最受人青睐的单身汉乌尔比诺医生的女人。她颇具胆识和魄力，在不同的人生阶段做出了不同的选择，自己掌控了情感和命运。在那个男性主宰的社会中，她不屈从于男权，活出了真我，即使身处暮年也不忘追寻自由。从她对爱情的态度和处理，可见其自主意识的表现。当其与阿里萨一见钟情后，面对这场突如其来的懵懂爱情，费尔明娜并未像一般女子那样盲目冲动，而是异常冷静理智，且一直主导着这一情感。面对相思病缠身的阿里萨，她毅然决然地说："现在，您走吧！""没有我的通知，请您不要再来了。"① 她一反柔弱顺从的女性常态，骄傲自信又明智豁达，完全主宰着自己的爱情；在为人妇后，她也同样是家里的主管，始终有自己的立场和主见，不管是作为妻子、女儿、母亲还是公众人物，她都超越凡俗、自成一格。费尔明娜在很大程度上实现了女性意识独立存在的目的，并表现出前所未有的现代女性的主体意识。她对于爱情的追求，对于男权社会的大胆反叛，不仅丰富了文学创作，而且显示了女性不断独立解放的可喜进程。

费尔明娜出生于一个商户人家，母亲早逝，她从小跟着父亲和姑姑生活。父亲

---

① [哥] 加西亚·马尔克斯：《霍乱时期的爱情》，杨玲译，南海出版公司2012年版，第9页。

因贩卖骡子而积累了一些资产，他希望女儿成为一个高雅的贵妇，夫家最好是当地的名门望族。但这样的想法却是违背费尔明娜的意愿的，导致了她在初恋时与父亲产生了尖锐的冲突。初恋男友阿里萨是个发电报的穷小子，家庭地位也不高，父亲去世，母亲靠经营一家杂货铺维持生计。他初见费尔明娜，便不可救药地爱上了这位骄傲独立、不可一世的少女。至此，两人在费尔明娜姑姑的帮助下开始了一段地下恋情。不幸的是，没过多久，互送情书的事就被父亲发现，他强制送走了替他俩互送情书的中间人姑姑，随即带着女儿回了老家，他利用父亲的身份逼着费尔明娜收拾行李。"他没有对女儿作出任何解释，而是冲进她的房间，嘴唇上方的胡子沾着因暴怒而嚼碎的雪茄沫，命令女儿收拾行李。"① 在此，父权制对女性的压迫被展现得活灵活现。在如此重压下，费尔明娜并没有屈服于父亲的威慑，她保持着自我意识的独立性，执念自己的情感，即使被迫回了老家，也继续和阿里萨保持着联系。故事虽然设定在父权制的背景下，但费尔明娜仍然可以发出自己的"呐喊"，掌控着自己的爱情与自由，而不必作为男性的附属品而存在；她的人生由自己主宰，也有自己的目标追求，她大胆追求性爱的愉悦体验和自由生活，完全颠覆了以往作家文本中所构建的沉默、屈从的典型拉美女性形象。

费尔明娜在家不从父，蔑视父权，出嫁也不从夫，漠视夫权。她与医生的相见被称作是"一次误诊的果实"。由于费尔明娜出现了与霍乱相似的症状，因此，洛伦索紧急请乌尔诺比医生来给女儿看病。经过这次诊断，乌尔诺比也爱上了费尔明娜。而他那荣耀的姓氏使费尔明娜的父亲洛伦索心驰神往，于是在洛伦索的极力撮合下，费尔明娜经过一番思考，选择与医生结了婚。为人妻后，她并不一味屈从于夫家的安排，始终有自己的立场和主见，自信沉稳而内心强大，还敢于挑战贵族家庭的传统，一反传统文学中那种柔弱顺从的女性模式。英美派女权主义者桑德拉·吉尔伯特（Sandra Gilbert）和苏珊·格巴（Susan Gubar）在著作《阁楼上的疯女人——女作家与19世纪的文学想象》中指出：从但丁笔下的贝雅特里齐、弥尔顿笔下的人类之妻、歌德笔下的玛甘泪到莫帕尔笔下的"家中的天使"等，都被塑造成纯洁、美丽的理想女性或天使，但"她们都回避着她们自己——或她们自己的舒适，或自我愿望"，即她们的主要行为都是向男性奉献或牺牲，而"这种献祭注定她走向死亡"，这"是真正的死亡的生活，是生活在死亡中"。② 相比之下，费尔明娜彻底打破了这些男性作家为女性佩戴的枷锁，她在婚后依然保持自己的独立意识，大胆表达自己的思想意愿，常因为浴室里的肥皂、小便池的清洁等生活琐事

---

① ［哥］加西亚·马尔克斯：《霍乱时期的爱情》，杨玲译，南海出版公司2012年版，第9页。
② 朱立元：《当代西方文艺理论》，华东师范大学出版社2014年版，第290页。

公然与丈夫理论争执。她还一人主管着整个大家庭，事必躬亲，独当一面，颇有现代女强人的风范。

然而，她与医生的婚后生活并非平静如水，也偶有浪花。一直被众人看作好好先生的医生居然偷食了禁果，与一位女病人发生婚外情。一向敏感的费尔明娜当然也察觉到了，只是怎么也揪不出这个第三者，仿佛她近在眼前，却又像一缕烟一样让人抓不住痕迹。原来这个病人在一开始就被费尔明娜排除掉了，只因她是一位"黑女人"。这里的"黑女人"代表了第三世界妇女，她们身处社会最底层，承受着来自各方的压力。在历史和文学中，"第三世界妇女"早已被打上了父权化、殖民化过程的标记，变成经西方女权主义者重组后的自恋型、虚构型的"他者"。她们丧失了主体地位而沦为工具性客体，丧失了自己的声音和言说的权利，遭受着第三世界的男权文化和第一世界的女权主义的双重压迫。就如同乌尔诺比的情人林奇小姐，被费尔明娜视为恶心至极的存在。在费尔明娜看来，丈夫出轨都不算什么，但与黑女人出轨简直是奇耻大辱。在此，女权主义者费尔明娜又成为歧视第三世界女性的加害者。由此可见西方女权主义者应该抛弃那种作为第一世界妇女的优越感，清除主流文化所带来的种族偏见；不仅要追问"我是谁"这一个体存在本体论问题，更要问"其他女性是谁"这一社会存在本体论问题。只有这样，才能消解东西方女性之间的理解"距离"，步入给第三世界妇女重新"命名"的新历史阶段。

阿里萨与费尔明娜跨越半个世纪的恋情一直是各学者研究这部作品的重点，两人在青年时期相遇，爱情的种子萌芽之后便一发不可收拾。最开始在父亲的阻挠下，他俩并不能正常恋爱，但就在洛伦索带着女儿从老家回来后，费尔明娜却与阿里萨渐行渐远了。她有了独立的思考，不再有姑姑献计献策，她明白阿里萨只是一个虚幻的存在，此刻她没有感到爱情的震撼，而是坠入了失望的深渊。于是她拒绝了阿里萨，转身投向各方面都很完美的乌尔诺比，这都是费尔明娜出于个人意愿、独立意志的选择。这两人从相恋、离别再到分手，占据主动权的始终是费尔明娜，阿里萨在这段恋情中如同一个附着物，必须依靠着费尔明娜才能过活。但在其他作家的作品中，男女两性的关系却不是如此。女性主义先驱波伏娃在其著作《第二性》中深入探讨了妇女的生存现状。波伏娃认为，劳伦斯的作品虽在性上肯定了男女的完美结合，但其中男性是引导者，女性只能充当被引导者，体现了变相的男性骄傲；司汤达的作品用更加人性的眼光来看待妇女，但最终女性仍须依附于男性。但在这部作品中，上述的两性关系都被马尔克斯颠倒了，女性对于男性而言，已然是生活的中心，男性反而得依附着女性过活。

除了中心人物费尔明娜，在作品中还有一个不容忽视的角色，那就是阿里萨的母亲,聪明的混血女人特兰西多·阿里萨。她睿智而有心计,一直扮演着阿里萨的指路人形象。在最初迷上费尔明娜时,她教导儿子首先需要攻克的不是费尔明娜,而是其姑妈;在阿里萨患相思病而上吐下泻时,她鼓励儿子:"趁年轻,好好利用这个机会,尽力去尝遍所有的痛苦。"① 在得知费尔明娜将要嫁给一位门第显赫的医生后,面对沉默无语、茶饭不思的儿子,她倾尽全力,极尽巧言来安慰劝导儿子,最后还找来亡夫的弟弟帮忙,最终使阿里萨摆脱困境。特兰西多命运多舛、生活多艰,但她却从不抱怨,反而用一种积极的态度来面对生活。她不是被排除在男权中心社会之外的"他者",更没有充当男性存在及其价值的工具、符号。她与传统的"怨妇"形象截然不同,消除了两性关系中固有的二元对立,是女性为自己发声的典范。她一直主宰掌控着自己的生活,除贫穷以外没有受到任何人为的压迫,包括父权和夫权。她让儿子随自己的姓氏,独当一面地支撑起整个家,不卑不亢、自由自主,可谓拉美女性的榜样。

另外,在等待费尔明娜的漫长过程中,阿里萨有众多"腰部以下"的情人,陌生人、妓女、黑人、学生等622个女人都曾在阿里萨的激情日记中登场。这622个女性虽然没有体面的职业、显赫的家世,甚至连外表也不尽美好,但她们完全不需要改变自己的本性去取悦他人,不存在任何的自卑或从属感。这些人里值得一提的是莱昂娜·卡西尼亚,作者认为她是阿里萨生命中真正的女人,尽管两人始终都不知道这一点,也从未做过爱。莱昂娜是阿里萨在轨道车附近遇到的女人,她的装扮复古且性感,装扮得和版画上的女奴一样,穿一条荷叶长裙,领口开得很大,露出了双肩,脖子上戴着一大串五颜六色的项链。这样的女人在阿里萨看来,无疑是小旅馆中招人花钱买爱情的女人之一。他一开始并不想搭理莱昂娜,直到莱昂娜表明用意,称自己找他是为了寻求一份工作,阿里萨这才意识到自己的错误并感到羞愧万分,随即为莱昂娜介绍了一份在河运公司的工作。却不料这个女人在其叔叔的公司里一干就是10年,她精力充沛,沉默寡言,温柔聪慧,还帮助阿里萨摆脱了隐藏敌人设下的种种圈套。但当阿里萨忍不住向她求爱时,她却拒绝了,她是这众多女人中唯一一个拒绝了阿里萨的人,她使阿里萨真正明白:不跟女人睡觉,也能成为她的朋友,这是女性自我意识觉醒的一种表现。其实,莱昂娜的身份与林奇小姐非常相似,都是一无所有的第三世界妇女。但两人行事作风却截然不同,林奇小姐卑微自贱,甘愿成为别人感情的第三者,而被众人唾弃;莱昂娜聪慧果决,自尊自爱,终遇上贵人彰显自身价值,使得阿里萨叔叔都对她刮目相看,这即是作者重新定义的"第三世界妇女"。

---

① [哥]加西亚·马尔克斯:《霍乱时期的爱情》,杨玲译,南海出版公司2012年版,第9页。

三、马尔克斯与女性主义

"妇女解放实质上是一场文化变革,它不是仅仅靠经济、政治或社会结构的变动所能完成的。"① 马尔克斯生活的拉美地区一直是以男权主义为主导的社会,女性只能处于从属地位,遭受父权和夫权的双重压迫。如若是第三世界妇女,那么受到的不平等待遇就更多了。帝国主义、本国的阶级压迫以及性别歧视这三座大山总是在无形中压榨着第三世界妇女,使其被排除在正常的两性交往关系圈之外,只能永远听从男性的意旨立身行事。在这个地区生活的男性,理应是拥护这一"权利"的,但是马尔克斯却大胆跳出了这个思维定式,在作品中表达了自己不同于世俗的观点。他笔下的众多女性形象大多都是为了自己的爱情、梦想和自由而活着,不再是受男性压迫的对象。她们拥有自己的话语权,并努力尝试着去冲破男权社会为她们设置的种种藩篱。他认为女性的反叛与抗争是崇高的,应该被世人尊敬与赞美,而不应是受人奴役的工具和被歧视的对象。马尔克斯与那个时期的其他男性持不同观念的原因与其成长环境有关。

马尔克斯笔下的女性颇具胆识和魄力,其中汇聚了他的妻子、母亲和外婆的形象。他曾说:这部小说最初就是以我父母的恋爱故事为基础的。他的童年时代在外祖父家度过,外祖父是个受人尊敬的退役军官,曾当过上校,性格倔强,为人善良,思想激进;外祖母博古通今,有一肚子的神话传说和鬼怪故事。他生活在这样一个自由平等、其乐融融的家庭,母亲、外婆等女性都是有思想有主见的范例,这些形象都影射到作品中的女性形象上,如姑姑埃斯科拉斯蒂卡·达萨、表姐伊尔德布兰达·桑切斯、拿撒勒的寡妇等。她们与以往男性作家定义的女性形象截然不同,这些女性中不乏率性、聪慧、泼辣者,她们与天马行空的幻想以及各种貌似高大上的理想主义精神无缘,甚至常常毫无理性可言,但却反映了真实的女性存在。艺术源于生活而高于生活,马尔克斯周围的女性为他提供了绝好的文本素材,比如他的外婆。当马尔克斯获得诺贝尔文学奖时,父亲埃利西奥兴奋地说:"我终于是世界上最有名的报务员了",而外婆特兰吉利娜却平静地说:"但愿他们能尽快修好我家的电话。"② 正是外婆及围绕在马尔克斯身边的女性在日常生活中不经意间的无厘头作风,尤其是她们独立自由的做派和激进叛逆的思想,给马尔克斯带来了

---

① 肖明华:《当代女性主义文学批评的发生与影响》,载《青海社会科学》2015年第1期,第146–151页。
② 杨玲:《马尔克斯的女性观》,载《中国社会科学报》2018年第6期,第1–2页。

创作灵感，才使其创作出虽然风格不一，但始终有自我意识的女性形象出现的作品。

除了对生活细节的留意与表述外，马尔克斯还将社会上"约定俗成"的两性关系进行了一个大胆的颠覆。美国早期女性主义者夏洛蒂·帕金斯·吉尔曼（Charlotte Perkins Gilman）在《妇女与经济》中指出：妇女经济地位上的依附性，是她们在社会和家庭中处于从属地位的根本原因，已婚妇女不是通过做家务或做母亲的价值来维持生活，而是通过与丈夫的性关系来养活自己，这是养成女性被动性格与女性个人和社会贫困的原因。马斯克斯否定了这一理论。在作品中，对于妇女的经济地位一说，由阿里萨母亲予以否定，而靠丈夫的性生活过活一说，则由莱昂娜来否定。在作者看来，女性是自信、勇敢、坚强的化身，并不需要过分依靠男性才能生存。这在作品中还体现在两例"强奸"案件上。第一次"强奸"案发生在阿里萨离家散心的船上。阿里萨正漫不经心地走过舱室时，突然被一个陌生女人拖进房间，夺走了他的童贞。在这里，作者颠覆了常人所理解的两性关系，男性变成"受害者"，女性变成"加害者"。第二次是发生在莱昂娜·卡西尼亚身上，虽然她没有看清施暴者的面容，但却能记住他做爱的方式和体味，她非但没有埋怨这位施暴者，反而想再次遇见他，因为他曾带给自己莫大的欢愉。这两次"强奸"都脱离了世俗眼光，将原本的仇恨、愤怒变成了"加害者"与"受害者"之间秘密的狂欢。正如波伏娃在《第二性》中所述：所有的压迫都会制造一场战争，而这场战争的本质是二者的成长、自爱以及自尊。由此可见，马尔克斯对于女性形象及两性关系的思考可谓入木三分，他尊重女性，将女性视为崇高的象征，从而使得作品中的众多女性形象在其笔下变得千差万别、各具风采。

四、结语

在女性主义视角下，《霍乱时期的爱情》堪称一部为女性代言的作品。拉美地区的第三世界女性，受到了更加严酷、多重的贬抑与压迫，但在马尔克斯笔下，女性却变成了崇高、唯美和希望的象征。作品中女性的自我意识不断增强，她们自己掌握命运，不再屈从于男权社会的压迫；她们为自己正言，变成自己的主人，真正有了一间属于"自己的屋子"。波伏娃曾指出："按照我的定义，女性主义者是女性——或者甚至也有男性——他们正在联系阶级斗争为改变女性的处境而斗争，但这一改变女性处境的斗争也独立于阶级斗争之外，在没有发生女性主义者全力奋斗的、依赖于社会整体变化的变化下进行。我要强调的是，在这个意义上，我今天是一个女性主义者，因为我意识到，我们必须从现在起，在我们的社会主义梦想成为现实之前，就必须为女性的状况而斗争。"① 在此，马尔克斯以创作为武器，与女性主义者并肩作战。

从最开始集中于政治、经济和社会层面的妇女解放运动，到后来集中在文化层面的女权主义和女性主义，国内外对女性主义的研究一直处于不断的发展变化中。如今，越来越多的作家将关注的焦点对准女性。《霍乱时期的爱情》中的女性给现代女性的生活提供了范本，女性不再是被压迫的对象，而是与男性比肩同行，并保有自己独特魅力的存在。马尔克斯与众多女性主义者一样，为女性和所有被压迫者的解放提供了理论基础，为人类的生存和社会的发展贡献了一份力量。女性主义的发展是多元的，也将随着社会的变化不断发展演进。本文将这一不断更新的理论与马尔克斯这部作品结合，以期进一步挖掘作品的文化内涵，探析其现实价值。

参考文献：

[1] 马尔克斯. 霍乱时期的爱情 [M]. 杨玲, 译. 海口：南海出版公司.

[2] 杜婧一. 以爱情的名义永生永世：马尔克斯《霍乱时期的爱情》浅析 [J]. 延边教育学院学报, 2014, 28（2）：4-7.

[3] 王龙梅. 20 世纪女性主义视域中的弗吉尼亚·伍尔夫及其文学创作 [D]. 济南：山东大学, 2016.

[4] 陶东风. 文学理论基本问题 [M]. 北京：北京大学出版社, 2012.

[5] 朱立元. 当代西方文艺理论 [M]. 上海：华东师范大学出版社, 2014.

[6] 肖明华. 当代女性主义文学批评的发生与影响 [J]. 青海社会科学, 2015（1）：146-151.

[7] 杨玲. 马尔克斯的女性观 [J]. 中国社会科学报, 2018（6）：1-2.

[8] 周莉萍. 西方女性主义思潮与美国妇女史研究 [J]. 赣南师范学院报, 2004（5）：47-50.

[9] 肖巍. 西方的女性主义教育思潮 [J]. 理论与现代化, 2006（6）：92-98.

---

① 肖巍：《西方的女性主义教育思潮》, 载《理论与现代化》2006 年第 6 期, 92-98 页.

第三编

科幻文学研究

"人转向":
为何机器人跌入的是恐惑谷而非恐怖谷?[①]

程 林

摘 要：森政弘关于"不気味の谷"的概念多被译为"恐怖谷"，但本文认为"恐惑谷"与其词汇内涵、概念本身、问题脉络、接受情况和现象成因等更吻合。类人机器人引发了人的自我、同类和"它者"认知困惑，进而引发人的排斥、不安或害怕，这种"恐惑"关乎人在当下和未来的自知、自寻和自适。关于恐惑的探讨不仅要关注类人机器人，而要更加关注人的感知与自身（即"人转向"）。

关键词：恐怖谷；恐惑谷；机器人；森政弘；自我认知

在"robot"的说法从捷克作家恰佩克作品中出现50年后，森政弘的随笔《不気味の谷》（1970）在现实中初探机器人学与心理学的结合，机器人问题的跨学科属性愈发明显。在这篇随笔中，森政弘的设计哲学里既没有"弗兰肯斯坦情结"，也未强调伦理价值嵌入，而是注重人面对不同机器人的心理。相比当代日本大众文化中的"机器人热"，森政弘虽也追求人机协存，但同时也展现出了理性的工程师文化。他指出，人形机器人玩具常会激发人的"亲和感"，但当机器人或假肢达到一定类人性并露出非人破绽时，就会引起人的排斥和不安，从而跌落到人心理承受范围的谷底，即"不気味の谷"（uncanny valley），除非它像健康人一样。他建议机器人设计应规避这个谷底。

"不気味の谷"不仅在机器人学领域广受关注，也被引入文艺批评领域。它属于难以准确翻译的外文概念。国内常将其译为"恐怖谷"，这种依据现成词（恐怖）的口语化译法有助于它在读者间的流行。根据《现代汉语词典》，"恐怖"意为"由于生命受到威胁或残害而恐惧"。"不気味"的机器人是"恐怖"的吗？这是概念翻译问题，更是理解问题。相比"恐怖谷"，森政弘在2020年的采访中表

[①] 原载于《外国文学动态研究》2020年第5期。

示倾向于译为"恐惑谷"①。笔者与江晖的论文②首次解释了为何译为"恐惑谷"更合理,现从词义、概念与接受及关联脉络等方面做进一步阐述与延伸,并提出恐惑谷的"人转向"。

一、词义与维度

日语中,"不気味"意为"因为不安而感到害怕的""令人不快的"。在近年出版的日语词典中,"不気味"引发心理不适的原因被解释为"不清楚对方的原形、真面目"③,即其背后是因无法知情或难以把握情况而形成的困惑,这有别于外在因素所直接引发的恐惧。因此,"恐怖"不能表达出"不気味"所有的"莫名"之内涵。

"不気味の谷"德译为"das unheimliche Tal"。在近年出版的德日字典中,难以被翻译为欧洲其他语言的德语词"unheimlich"均被解释为"不気味な"④。两者的确有巧合式相通之处,均不能简单归结为强烈的、显在的"恐怖"(如金属本质暴露的"终结者"所引发的心理冲击),而是也"弥漫"着不祥、诡异、无以名状、莫名发怵或抵触的气氛。因此,笔者将"不気味"和"unheimlich"译为"恐惑"⑤,希望以"惑"字来还原两者本具有的莫名、隐形和诡异维度。

二、概念与接受

在《不気味の谷》中,森政弘主要探讨人在面对高仿真类人机器人时感到不安和害怕的现象。除"活动的死人"和夜间动起来的橱窗模特之外,森政弘所提及的案例(如假肢)难以达到恐怖的程度(口语中常见的"太恐怖了"常为夸张表达),而他在描述自己"直觉"时感情色彩较重。读者一方面不应被这种夸大所迷惑,另一方面也应排除文中超自然因素等的干扰——任何在夜里动起来的无生命

---

① 森政弘:《恐惑谷》,江晖译,载《外国文学动态研究》2020 年第 5 期,第 85–92 页。
② 程林,江晖:《跌入"恐惑谷"的机器人——从延齐与森政弘的理论说起》,载《中国图书评论》2018 年第 7 期,第 35–43 页。后经查证,国内首次提及此译法的人是平非,见《詹姆斯·卡梅隆技术风格初探——以〈阿凡达〉为例》,载《肇庆学院学报》2010 年第 4 期,第 29–31 页。
③ 参见影山辉国ほか《新明解现代汉和辞典》,东京三省堂 2012 年版第 19 页;松井荣一编《小学馆日本语新辞典》,东京小学馆 2005 年版,第 1468 页;新村出编《広辞苑(第七版)》,岩波书店 2018 年版,第 2538 页。
④ "な"为形容词后缀,例如在间进编《新キャンパス独和辞典》,东京郁文堂 2011 年版,第 946 页。
⑤ 国内最早将弗洛伊德意义上的"unheimlich"译为"恐惑",见王素英《"恐惑"理论的发展及当代意义》,载《当代外国文学》2014 年第 1 期,第 131–139 页。

物体都可令人毛骨悚然，这无须以仿人为前提。笔者认为，现实中的假肢或仿真类人机器人所引发的最终负面效果一般不是恐怖和毛骨悚然，而是排斥、不安或极端情况下的害怕。

在《不気味の谷》坐标轴中，横轴是人造人的类人程度，是外在现象；纵轴是人的"亲和感"（横轴以上）或"负值的亲和感"（横轴以下，即"恐惑感"），是人的感知，也是森政弘的最终落脚点。恐惑感与亲和感在同一语法和内涵层次上，而"恐怖"则不同。有别于恐惑更强调人的感知，恐怖与外在事物联系更为紧密，而且恐怖事物往往是确定的。"终结者"面目可憎、草菅人命，犹如极具攻击性的死神，其恐怖无须理论阐释和国外学界成百上千的论文探讨。笔者认为，无论是"恐怖"的译法还是将终结者等形象作为案例来分析都是对这个现象的一种理解偏移和大众文化式简化。

笔者无法否认"恐"，但强调"不气味"有"惑"的维度。国外学界目前倾向于将恐惑谷效应归因为人造人的"归类困难"（categorization difficulty）或人与非人对比引发的"感知失调"（perceptual mismatch）；相比之下，森政弘提到的"自我防卫本能"更像是以上因素引发的后果。他未深入探究现象成因，在随笔中未足够强调"惑"，但他还是更倾向于"恐惑谷"的译法，即他认可"惑"的重要性。笔者认为，仿真机器人冲击了人的自我、同类和"机器它者"认知，引发人的排斥、不安甚至害怕，这不是最强烈的害怕，但却更加耐人寻味，更贴近人的（自我）感知与认知。

三、关联与脉络

森政弘曾解释"恐惑谷"："我还是孩子时，就从来都不想看蜡像。对我来说，它们看起来很怪异。当时，电子义肢已被研发，它们也能引起我类似的怪异感。这种经历让我开始思考机器人，并驱使我写了那篇随笔。'恐惑谷'是我的直觉，是我的想法之一。"[①] 他独立勾绘了大致存在的"恐惑谷"趋向，但并非相关现象最早的见证者。据江户时代剧作家近松门左卫门记载，一贵族妇女看到所爱男人非常仿真但无灵魂迹象的木雕塑后非常抗拒，乃至爱意消退，雕塑也被丢弃。类似现象在古代并非闻所未闻，只是无心理探讨的深度。森政弘提到的仿真蜡像带来怪异感的情况在有关恐惑现象讨论中并不少见。在霍夫曼小说《仿人自动机》中，主人

---

① Kageki Norri. "An Uncanny Mind: Masahiro Mori on the Uncanny Valley and Beyond". *IEEE Robotics & Automation Magazine*, 2012, 19 (2): 106.

公路德维希就详细描述了类似的童年负面情结。在论文《论恐惑心理学》中，德国学者延齐（Jentsch）同样认为仿真蜡像是令人感到恐惑的事物的典型例子。

作为最早探讨恐惑现象的心理学家，延齐在人造人恐惑现象及其文学表现方面的开创性见解被低估，弗洛伊德的《论恐惑》（1919）实际上也是对延齐论文的回应。延齐的主要观点之一是自动机械装置越是精密、对人形的模仿越是到位，就越令人感到恐惑不安。森政弘与延齐的观点相似，只是延齐在当时技术情况下还无法预见仿人机器摆脱令人恐惑的状态，实现森政弘为恐惑下行线加的理想主义转折。但是，目前的机器人技术条件也难以完全摆脱恐惑谷。或许，只有生成式对抗网络技术（GAN）可以产出人机不辩的虚拟人像。恐惑谷与德语文化中的"恐惑美学"现象虽无直接影响关联，但二者共同组成了恐惑机器人（人造人）现象。

如上所提，德语"unheimlich"亦非"恐怖"。受国外部分文章影响，采用"恐怖谷"译法的部分学者也复制了延齐、弗洛伊德与森政弘理论的关联，并将延齐、弗洛伊德的德语论文分别"译"成《恐怖谷心理学》和《恐怖谷》。这种与错误网络信息的雷同严重失实，其实际逻辑类似于康德影响了孔子。这与学术论文引用《恐惑谷》原文时抄用"百度百科"的错误信息等，共同成为国内学界此概念使用乱象中最极端的表现。

四、结论与延伸：恐惑谷的"人转向"

由上文可见，仿真机器人跌入的实为"恐惑谷"。从词汇内涵角度讲，恐怖表意一是在部分情况下过于强烈，二是缺乏内在细腻性，即没有"惑"的维度，而"恐惑"兼具"恐"和"惑"，更接近此现象的本义和根源；从概念本身来看，恐惑更接近核心纵轴，即人对机器人的感知；从现象史和接受史角度讲，"恐惑"译法打通了德、日文化中的仿真机器人恐惑现象，也与当代的接受情况相符。此外，"恐怖谷"欠缺概念灵韵，恐怖事物无须理论支持多已自明。恐惑谷并非主要探讨对人来说造成直接和强烈恐怖感的事物，而是人在自我技术复制前的自知、自寻与自适。汉语学界也偶见"诡异谷"的译法，它虽有"惑"，但"害怕"之意不足。"恐惑谷"是"恐怖谷"与"诡异谷"的两极缓冲与折中结合，不仅可释放本被约束的阐释空间，还能将其放大。

作为工程师，森政弘的聚焦局限于机器人外观问题，但相关现象远不止于此，他设想的启发性大于规定性。森政弘与延齐的恐惑机器人现象会衍生出新的研究对象与问题。审视智能技术时代中的人，笔者认为恐惑谷应有以下两方面的"人转向"。

一是在恐惑谷现象中应强调人的感知，这是未被国内学界足够重视的恐惑谷本有之意。令人害怕的机器人加上人之惑，"不気味の谷"效应才完整。恐怖的终结者及末世废土是否成真还无法确定，但人机协存在养老院、卧室等生活空间中已不再仅是未来学概念。机器人伙伴或帮手是人的美好愿景，而作为人的复制、镜像或"类相人"（Doppelgänger），仿真类人机器人或许会不断模糊和冲击着人的自我、同类或"它者"认知，这种"恐惑"虽非最强烈和致命的恐惧，但却最关乎人之本质。

二是审视人本身和人的境遇是否会令人恐惑。森政弘的恐惑谷底原本就暗留了人的位置，而引发恐惑现象的人机界线模糊也本是双向的：机像人或人似机。"人转向"并不意味着仅是人类中心主义，而是更关注智能技术时代里"动态人"的本身。在部分静态看人的传统人文主义者看来，夸张整容或妆改（如模仿人偶和机器人）的人、机器在（人）身或技术矫正（加强）的人是否会跌入机器人已在的恐惑谷呢？

同时，人的境遇也值得观察。一方面是人机交互、融合和协存的方式、程度和状态是否令人恐惑。近年来，奥地利学者玛缇娜·马拉（Maritiza Mona）研究的"机器人心理学"（Roboterpsychologie）要回答以下问题：人们如何感知不同类型的机器人？人们和机器人在面对彼此时（应）如何举动？人们应该如何构造人工智能（产品）以让它对不同的目标人群来说都是令人惬意的互动伙伴？如何通过智能技术来避免被支配或因其感到害怕的感觉？机器人常在大众媒体的聚光灯下，但人机关系中人的欲望、情结、自知、自寻与自适显然更重要。另一方面，如若类人机器人与人协存的未来世界变成现实，除了人的个体感知，个体存在或群体感知和存在也值得观察。"机器人王国"日本和有"弗兰肯斯坦情结"的欧美国家虽有迥异的机器人人文文化，但以下目标应为共有：若人机协存社会真的到来（如瑞典科幻剧《真实的人类》所具象的那样），且不论诗意的栖息，人们应首先避免在本熟悉的世界里感到陌生、不安乃至有何以或何处为家之惑。因此，与人的自我认知和存在状态息息相关的机器人恐惑现象不仅是机器人学与心理学的交叉领域，也应是何以为人和人之存在的哲学问题。

参考文献：

[1] KTSYRI J, FRGER R, MKRINEN M, et al. A review of empirical evidence on different uncanny valley hypotheses: support for perceptual mismatch as one road to the valley of eeriness [J]. Frontiers in psychology, 2015 (6): 1.

[2] KAGEKI N. An uncanny mind: masahiro mori on the uncanny valley and beyond [J]. IEEE

bobotics & automation magazine, 2012, 19 (2): 106.

[3] KARL F M. Masahiro mori und das unheimliche Tal: Eine Retrospektive [M] //KONSTANTIN D H. Uncanny Interfaces. Hamburg: Textem, 2019.

[4] JENTSCH E A. Zur Psychologie des Unheimlichen [J]. Psychiatrisch-neurologische Wochenschrift, 1906 (22): 195–198.

[5] JULIANE G. Warum die angst vor robotern? [EB/OL]. (2020–02–10) [2020–04–01]. https://motionist.com/warum-die-angst-vor-robotern/.

[6] 森政弘. 不気味の谷 [J]. Energy, 1970, 7 (4): 33–35.

[7] 森政弘. 恐惑谷 [J]. 外国文学动态研究, 2020 (5): 85–92.

[8] 金田一春彦, 池田弥三郎. 学研国语大辞典 (第二版) [M]. 东京: 学习研究社, 1988.

[9] 程林, 江晖. 跌入'恐惑谷'的机器人: 从延齐与森政弘的理论说起 [J]. 中国图书评论, 2018 (7): 37.

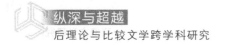

信息科学的后人类想象
——论刘宇昆末日与未来三部曲

方婉祯

摘　要：刘宇昆是当今文坛重要的华裔科幻作家。本文选取小说集《奇点遗民》中的"末日三部曲"及"未来三部曲"，由控制论观点探讨其对后人类内涵的想象。这些文本都是架构在奇点时代人类上传意识的叙事，由支持与反对意识上传的人物冲突，开展人类未来何去何从的省思，而其话语背景正是将人类视同信息处理机器的信息科学研究。本文由这两个三部曲所刻画的意识与身体的二元对立为起点，继而引出"何为人性"的探问，显示作家主张意识内容无法超越载体，而是会随着身体运动、环境变化而变化。最后，由文本结局里意识上传的新种族与血肉之躯的古人类，暗示美好未来将是人工智能和人类携手合作的时代。

关键词：刘宇昆；后人类；控制论；人工智能

刘宇昆是当今文坛重要的华裔科幻作家，曾经获得"星云奖""雨果奖""世界奇幻奖"等世界重量级科幻文学奖项，同时拥有横跨文学、数学与法律领域的多重身份，这使他对于人性与科技的对立具有更为复杂的深思，如马伯庸所言："刘宇昆的作品从一个科幻原点出发，演绎出人性的碰撞与嬗变，并把惊心动魄的情绪掩藏在不动声色的文笔之下，如同一座缓缓靠近的冰山，看似不大，水下却酝酿着巨大的冲击。"① 他将强大的人性冲击与感情动力蕴于冷静沉着的科技主题之下，借由科幻探问人类情感与探讨何谓人性。

刘宇昆在2002年以短篇故事《迦太基的玫瑰》步入美国文坛，希望成为作家并借此以创作探索看待事物的新视角。然而，由于他所翻译的《三体》席卷美国

---

① 《世界科幻奖大满贯得主刘宇昆作品集〈奇点遗民〉出版》，见新浪网（http://book.sina.com.cnnewsxpxs/2017-08-17/doc-ifykcypp8463162.shtml），2020年11月10日。

成为热卖畅销书，反而使他以翻译者的身份为大家所认识①，外界认为他是将中国科幻小说推向世界的幕后功臣。目前，学界关于刘宇昆的研究大多是讨论他作为翻译者在跨文化交流之中所发挥的作用。在国内，最近发表的论文《〈北京折叠〉中文化负载词的英译——生态翻译学视角》②从生态翻译学的视角切入，分析刘宇昆如何适应西方读者的语言文化环境，同时保留中国文化的特质，达到文本的语言生态平衡。论文固然指出翻译主体与生态环境之间相互适应与促进的融合作用，却忽略了刘宇昆身为美国华裔作家以英文写作的特殊性，这样的成长背景在达成生态平衡的目标上是利或弊，非常值得讨论，尤其是生态翻译学非常重视译者的中心地位。西方学界方面则注意到，《三体》的轰动以及刘宇昆、郝景芳陆续获得雨果奖，显示中国科幻小说的蓬勃发展。③ 在一些公开访谈中，对于刘宇昆而言，也是译者身份的光芒多于作者。最近的一篇论文是从中国宇宙论与科学角度讨论他的作品《国王的恩典》④，文章认为其中关于科学的书写正是植根于中国传统宇宙论的土壤，中国文化的养分为科幻小说此一文体开辟蹊径。然而，如果参考作家在访谈中所透露的写作意图，可见他将多元文化的成分视为独特的美国想象形式⑤，尤其是有了翻译经验后，在这一文本里，他尝试的是融合中西史诗传统的跨文化叙事。⑥这一论文强调刘宇昆作为华人的族裔文化特色，不能不说是自我东方化的操作。

综上所述，可见中西学界都忽视了刘宇昆在写作方面所投注的心力，他将中国科幻小说译介至西方的成果固然功不可没，但这并不表示我们可以忽略他长时间经营写作，透过文学所展现的独特视角与想象力。他身为作者的书写成果是亟待研究的，尤其是其大学期间修读法学、文学与计算机的经历，使他的作品更具有辩证性、引人深思。

本文选取小说集《奇点遗民》中的"末日三部曲"（包括《解枷神灵》《天堂战争》《死得其所》）与"未来三部曲"（包括《迦太基玫瑰》《奇点遗民》《世外

---

① 他也编选并翻译 *Invisible Planets*: *Contemporary Chinese Science Fiction in Translation*（《看不见的星球：中国当代科幻小说》）。

② 孙琳，韩彩虹：《〈北京折叠〉中文化负载词的英译——生态翻译学视角》，载《上海翻译》第 4 期，第 90 – 94 页。

③ 关于中国科幻小说新兴潮流，可参考 Mingwei Song. "After 1989 the New Wave of Chinese Science Fiction". *China Perspectives*, 2015 (1): 7 – 13. Han Song. "Chinese Science Fiction: A Response to Modernization". *Science Fiction Studies*, 2013, 40 (1): 15 – 21. Peyton Will. "Review of Invisible Planets: Contemporary Chinese Science Fiction in Translation". *The AALITRA Review: A Journal of Literary Translation*, 2017 (12): 45 – 47.

④ Yang Mu. "From Nature to Humanity: Renaissance of Chinese Cosmology and Technology in Ken Liu's the Grace of Kings". *Comparative Literature Studies*, 2020, 57 (4): 744 – 757.

⑤ 见 publicbooks 官网（https://www.publicbooks.org/how-ken-liu-translates-and-why-he-writes/），2021 年 8 月 27 日。

⑥ 见康奈尔大学官网（https://ecommons.cornell.edu/handle/1813/69653），2021 年 8 月 27 日。

桃源》）为研究对象，这六篇文本都设置于奇点时代。由事件发展的先后关系，可梳理出时间我是由《迦太基玫瑰》至《解柳神灵》再到《天堂战争》《奇点遗民》，结尾于《死得其所》或《世外桃源》，亦即意识上载技术由非法尝试到合法利用，以及战争爆发与人类文明的毁灭。多数人类上传意识进化为新种族，进而刻画出生活在数据中心的后人类图景。

一、意识上传的奇点时代

科技奇点（technological singularity）指的是在未来的某个事件点，科技发展将由超越人类的超级智能型机器所主导，其影响力难以意料与想象。例如，1965 年，数学家古德（Good）提出超级智能型机器的出现将带来"智能爆炸"，而人类智能将被远远抛在后面。2005 年，未来学者雷·库兹威尔（Ray Kurzweil）的《奇点迫近》更是大胆地从数学模型、基因工程、纳米科技等发展，预测 2045 年将是人工智能支配人类文明、极端改变发生的一年。① 而 2016 年 AlphaGo 击败顶尖职业棋士李世石的世纪对决，似乎更能证实这些学者的预言，AI 发展已经越过了曲线指数的转折点。本文所探讨的"末日三部曲"与"未来三部曲"都是立足于科技奇点的背景，作家面对日新月异科技所带来的加速变化，思考"我们将要往哪里去"，进而逼问"我们是谁"的自省与反诘。固然有学者认为刘宇昆对科技价值的描绘"充满了伦理的含混性，对奇点技术表现出希望与焦虑并存的暧昧态度"②，然而笔者认为这正是作者深入思考科技与人文的辩证态度与结果。

在许多未来学家借由摩尔定律（Moore's law）的支持所想象的智能爆炸未来图景里，终有一天人类能将心智上传至计算机，在虚拟环境中自在漫游并获得永生。汉斯·莫拉维克（Hans Moravec）、马文·明斯基（Marvin Minsky）等都设想以手术读取大脑里每个分子层的信息以及记忆，最后完整地传送到计算机磁盘里，便能实现真正的"长生不老"。两个三部曲的文本背景正是朝向人类作为算法保存在云端的奇点时代。《迦太基玫瑰》里的妹妹莉斯利用"增强神经识别的毁坏性电磁扫描"，捕捉大脑里每一个细节，再用硅芯片加以拷贝，脱离薄弱而又有缺陷的身躯掌握自己的命运。及至奇点时代到来之后，战火频仍形成的荒芜与危险，使多数人选择抛弃真实世界而进入数字化的永生。这些想象的概念框架立足于控制论

---

① 见维基百科网（https://en.wikipedia.org/wiki/Technological_singularity），2020 年 11 月 10 日。
② 游澜：《在科技与人文之间——刘宇昆科幻小说论》，载《当代作家评论》2020 年第 3 期，第 171-177 页。

（cybernetics）主张"人类、动物和机器都是接收和传播信号，以便影响目的导向行为的信息处理装置"①。在莫拉维克之前，控制论之父维纳就在研究动物跟机器之间通信的规律，认为人类有目的的行为跟机器的运作之间具有相似性。20世纪下半叶，信息理论的发展进一步规划脱离物质束缚，寻找可以在不同材料的载体之间循环且不变的先验形式。第二次世界大战之后更将无形的信息具体为实体（entity），即现今各式各样的科技人造物。

在人机等式的架构里，人类身份的本质就是信息。为了更清楚地体现人类思维运作的复杂性表现，神经学家提出将神经元模型作为人类处理二进制代码的生物装备，将思维过程表现为神经网络的数学运算。如麦卡洛克所言："大脑不像肝脏分泌胆汁那样分泌思想，但是……它们按照电子计算机计算数字的方式计算思想。"②正是神经科学给人工智能带来的突破，实现了这些可以透过刺激与反应，强化反馈、自动学习的强人工智能（strong AI），正如文本《天堂战争》中介于人类与人工智能之间的新种族，也就是由"人工智能结合人类天才的认知能力，和全世界速度和能力最强的计算硬件体系结合起来"③的"神灵"，在云端数据挑起数码战争。这一非生物性存在的后人类主体内容是人机接合的结果，既是对人类的超越，也是对人文传统的继承。古希腊人文主义思想贬抑身体，将理智或心灵视为与世界统一性同一的凭借。而笛卡尔把人类主体界定为"能思的实体"，认为在本质上精神可以脱离身体而存在，"我可以想象我没有身体，不在世界之中，也不占据任何空间，但我丝毫也不能想象我不存在"④。控制论也重视无形的信息而非具体的形式，但是由于信息是在网络空间到处分散串流的模式，所以后人类也不再是独立具体的甚至是先验的在场，而是信息不断集合与重组的异质性混合物。例如：《世外桃源》里纯数字生命的名字——芮妮·费耶特，由文字与Emoji图案混合而成，能指成为相关编码作用下的可变性符号链条，多重编码层次下的模式而非在场。《解栅神灵》中的顶级工程师戴维死后被公司进行深度脑扫描上传意识，以算法保存下来的意识变成了游离于多个电子服务器的分布式符号，甚至更进一步创造了纯数字生命，在云端出生长大的女儿——迷雾，她的"意识以每秒几十亿次电流涨落的速度运转"是"广博且无时无刻不在自我改进的分布式存在"⑤，二进制数码构

---

① ［美］凯瑟琳·海勒：《我们何以成为后人类：文学、信息科学和控制论中的虚拟身体》，刘宇清译，北京大学出版社2017年，第49页。
② ［美］凯瑟琳·海勒：《我们何以成为后人类：文学、信息科学和控制论中的虚拟身体》，刘宇清译，北京大学出版社2017年版，第78页。
③ 刘宇昆：《奇点遗民》，耿辉译，中信出版集团2017年版，第229-230页。
④ 汪民安，陈永国编：《后身体：文化、权力和生命政治学》，吉林人民出版社2010年版，第148页。
⑤ 刘宇昆：《奇点遗民》，耿辉译，中信出版集团2017年版，第253-257页。

成的虚拟身体已然取代尘世之躯的肉体。

二、意识与身体的重与轻

然而，让意识变成某一种数据景观而身体成为空壳的后人类，无论如何依然要面对生物学上的"万物之灵"（Homo sapiens）及由此延伸的典型特征，也就是人性。正如首先与 AlphaGo 对弈的欧洲冠军棋手樊辉所言，这台累积人类历史破万次棋局的智慧机器，像是一面镜子冷酷地映照他自己而至自我怀疑。随着上传技术的成熟，对未来生活方式的设想、对"何谓人类"的叩问，成为迫在眉睫的挑战。"他是否成为人工智能？由硅和石墨烯替代神经元之后，他还是人类吗？意识的硬件升级还是变成纯粹的算法、机械模拟的自由意志？"[①] 在《奇点遗民》里，地球资源耗竭、烽火四起，一家人因为意识上传的想法而产生分歧。主张数字化的父亲认为"我们，最本质的我们，一直就是以特定模式不断逾越原子间深渊的电子，不管电子处于大脑还是硅片，这又有什么区别呢？"妹妹劳拉也同意上传意识是人类进化的必经之路。而母亲却主张"度量生命意义的方式正是死亡本身"，重病时交代家人"我真正活过，也要死得真实。不要变成数据记录的活死人"。主人公"我"也"在力所能及的范围内，努力维持以前的生活方式……坚守人类的传统"，"我"也认同母亲的想法，"生命的真谛在于艰难生活中的那种真实：人与人之间尽管无法完全理解却又对亲密情感的不断追求，以及肉体遭受的苦痛折磨[②]。"可是最后"我"的女儿——露西还是搭上传输机成为永生的数据。

《迦太基玫瑰》里的妹妹年轻时旅行遭遇强暴的创伤，使她感到"身体的确是最重要的生存工具，可是它薄弱而又有缺陷，总是会背叛你"，而姊姊则认为"身体是聪明的，它会比意识更清楚地表达活着意味什么。"最后妹妹抛弃身体"变成二十张火柴盒大小的硅芯片"，而姊姊则继续照顾果园、体味四季："专注于收藏明信片和烤蛋糕，用早晨的阳光和咖啡香味滋养我的身体……我咬了一口乔纳森苹果，让那种奇妙的酸味涌遍全身。"正如文本引用埃德娜·圣·文森特·米莱（Edna St. Vincent Millay）诗句："也许送我的花／此刻就在面前／若没有迦太基玫瑰的芬芳／让我该如何分辨。"[③] 对妹妹而言，玫瑰的芬芳意味着作为活生生的人类接收外界各种信息的感官与感受性；然而，妹妹寻求的是超越肉体的羁绊让意识

---

① 刘宇昆：《奇点遗民》，耿辉译，中信出版集团 2017 年版，第 68 页。
② 刘宇昆：《奇点遗民》，耿辉译，中信出版集团 2017 年版，第 68–76 页。
③ 刘宇昆：《奇点遗民》，耿辉译，中信出版集团 2017 年版，第 51、59、63、64 页。

永恒与自由，无形的意识正如芬芳的花魂才是人类的本质。人工智能的出现也仿佛一面镜子，文本体现了哲学史上长期争论的灵肉分离之二元对立。但是，在《死得其所》里由超级人工智能所创造的子意识——迷雾，她的纯数字生命虽然没有血肉之躯，却可以重构比人类感官更敏锐的传感器，因此，机器能够设计食谱甚至是分辨不同食材品种的差异，如迷雾已经在食物实验室里尝过几十亿种味道组合，古人类姊姊麦蒂惊觉"迷雾不需要身体，她一直以具体的方式生活，具体到麦蒂远远无法认识或理解"①。

如果人工通用智慧不仅止于自主发展进化智能理性，还具备敏锐接收外界视听嗅味触的感官知觉，只要摩尔定律有效，那么意识上传何尝不是人类乐见其成的乌托邦未来？正如永生公司老板亚当所说，"我们是地球的癌细胞。"战争爆发之前，人类就已经在残害地球、压榨资源，随着资源的枯竭，战争势在必行，资源不足是所有邪恶的根源，而我们的身体正是推动邪恶的起点。上传意识不仅获得永生，更能够保护地球自然资源，并且拥有真正的生命。生活在由硅和石墨烯构成的巨型设备、已经抛弃身体的亚当，反驳古人类麦蒂：

> 意识本身就是一种幻象。感官只不过是构成意识的电脉冲，不管来自碰触西红柿的感官还是计算的结果，其实都是一样。……仅仅为了通过肉体感受一颗西红柿而奴役整个星球，却不使用小巧的处理芯片产生同样的电脉冲，那样真的值得吗？②

当机器的传感器比人类的感官敏锐，智能运作传递比人类思考速度快上几百万倍时，虚拟的数字化生命可能正是化解人类发展与自然冲突的答案。然而，在两个三部曲里，我们仍不时观察到古人类对于意识上传的强烈抗拒，认为这些"飞驰穿梭的电子和玻璃纤维里折射的光子"是失去了人性的活死人。例如，《世外桃源》里古人类母亲对新种族女儿芮妮说："纯粹的数学之美和想象空间里的景象非常奇妙，但它们不真实。我们凭借虚拟的存在，获得了永生的能力，却丧失了人性。我们转向内在，变得自鸣得意，却忘了星星和外面的世界。"③ 或是《奇点遗民》里家人陆续离开地球，将生命数字化以后，叙述者"我"道出他作为少数活生生人类的信念："人性，和我们的生活方式。"而生活方式因为战火频传、资源

---

① 刘宇昆：《奇点遗民》，耿辉译，中信出版集团2017年版，第265页。
② 刘宇昆：《奇点遗民》，耿辉译，中信出版集团2017年版，第265页。
③ 刘宇昆：《奇点遗民》，耿辉译，中信出版集团2017年版，第80页。

耗尽的恶劣环境已经难以为继，那么能够作为信念支撑"我"延续旧有文明的"人性"内容是什么？

三、不可化约的人性

《解枷神灵》里，随着意识上传技术的兴起，大公司、政府和军事机构无不虎视眈眈，试图从思维中提炼算法加以利用以便获得市场。加入争夺的生命数字化公司——节奏逻辑在未告知实情的情况下，让顶级工程师戴维的家人签署同意书，并巧妙地让律师拟好备忘录，使戴维上传后的思维模式算法成为公司的财产："他的电路设计天赋连我们的自动算法都无法媲美，所以他才被看作是我们最宝贵的资源。"然而，进行深度脑扫描不仅保存了戴维的见解、直觉和技巧，也唤醒了他的人格，如工程师韦克斯曼博士所说：

> 我们觉得假如专注于数字、几何、逻辑和电路结构，我们就会很安全。如果避开语言相关的记忆编码，我们就不会混入与戴维人格相关的部分。然而我们想错了，大脑是一个不可分割的整体，意识的每个部分类似全息图像中的点，承载着与整体相关的信息。我们傲慢地以为可以将人格同技术经验割裂。

冰冷的科学家所说的人格其实是戴维喜怒哀乐的情绪，如麦蒂所言他们"还低估了爸爸爱的力量"。而这一段对话，也透露了刘宇昆将人性或意识视为不仅是可以进行高级演算的智能运作，更是与情感、语言等性质不可分割的复杂整体，其中情感可说是人类物种的特有特征。正如纪录片《AlaphGo 世纪对决》里棋手樊辉指出，如果棋手感觉不到对手的情绪，就会开始怀疑自己。人工智能的快速发展显示，它不仅是被动执行代码的一套编程，也是在人工神经网络架构下能够自主深度学习的智能，AlphaGo 的出现更暗示人工智能已经越过了摩尔定律指数曲线上的转折点，直线攀升将人类远抛于后。然而，李世石是败给了冰冷无情的智能机器吗？情感是人类的弱点吗？回到文本《解枷神灵》，死后被上传意识的父亲戴维，借助大数据处理芯片与表情符号（Emoji）联系女儿麦蒂，帮助她脱离被同学霸凌的孤单困境，重拾父爱。但是在现实世界里，机器不可能获得人类情感，即使是认知科学的最新发展，也主张情感只是机器执行功能之后的副产品。负面情感固然会引起人性的脆弱，但是情感也使我们具有人情味（humanness），是人类从事价值判断非常重要的依据。神经科学家安东尼奥·达马西奥（Antonio Damasio）试图通过研究说明身体所贡献的内容也是思维工作的部件，而感情就是沟通心灵与身体的窗口，亦即"身体向心灵传递其结构信息和变化状态的方式。"

此外，社会学者福山也主张："只有承认人类的价值观念与情感或知觉紧密相连，人们才真正地在'实然'与'应然'间实现连接。由此而产生的应然至少像人类的情感体系一样复杂。……价值形成的过程是非理性的，因为它来自情绪事实存在的'实然'。"① 他反对功利主义者在桥接"应然"与"实然"时，将人类的所有动机简化为追求最大利益，将人性还原成追求愉悦和逃避痛苦。福山认为人性是难以简单分类的，而这些复杂的非理性成分又往往影响价值观念的形成。他将人性定义为"人类作为一个物种典型的行为与特征的总和，它起源于基因而不是环境因素。……典型性是统计学意义的产物，指涉人类行为与特征分布的中位数。"② 基因固然起了重要作用，但先天与后天互动的方式使得人类行为表现得更加复杂。人类经过长期进化而来的复杂禀赋不能被简单还原成某种特性，这个整体的成形在进化史上是质的飞跃，就自然科学来说"仍然是个谜"。正如文本《解柳神灵》里科学家的说明，大脑是一个不可分割的整体，意识的每个部分类似全息图像中的点，承载着与整体相关的信息。人类意识不仅是代码逻辑的各种高级演算，换言之，刘宇昆显然不同意控制论学者的主张，将人类意识简化为特殊计算运作而来的副产品，或是人工智能只要达到足够复杂的演算程度，就能等同于人类意识。福山也认为科学家要让计算机拥有意识还非常长远。这里"意识"不只是理性的逻辑演算，还包括浮翩联想与各种情绪感知的主观状态。"主观的精神状态由物质性的生物进程所产生，又非常独特处于非物质秩序的状态。"③ 而其他的科学家也在争辩没有心理感性的机器是否拥有"自主思考"能力，上传意识后得到的可能是原先人类心灵的计算复制品，而一个没有心灵活动的运算机器可以称得上是具有意识的吗？无论科学知识如何蓬勃发展，关于人类意识的研究版图，依然充满神秘性与主观性。

四、想象地球遗民

当今许多认知神经科学家在探索人类心智的处理过程时，已经注意到人类的神经元细胞跟其他物种有差异，同时，不同部位皮质的神经元联结与组织方式也会不同。这些研究成果都证实了人脑和动物脑的组织方式确实存在差异。换言之，人类意识的特性也立足于其载体，而不是可以穿梭在各个不同材料之间循环而不变的信

---

① ［美］弗朗西斯·福山：《我们的后人类未来：生物技术革命的后果》，广西师范大学出版社2016年版，第117页。
② ［美］弗朗西斯·福山：《我们的后人类未来：生物技术革命的后果》，广西师范大学出版社2016年版，第130－131页。
③ ［美］弗朗西斯·福山：《我们的后人类未来：生物技术革命的后果》，广西师范大学出版社2016年版，第167页。

息。因此，即使启蒙主义将自我立足于对身体的占有与超越，后人类的主体建构于人机等式的计算仿真，海勒却试图强调物质载体的重要性。她利用具身化（embodiment）的概念说明，各种抽象信息如何在话语中体现（embodied）与本地化（localization），失去肉体的信息依然会借由各种形式的身体具现：

> 如果我的噩梦是后人类植入的一种文化——他们将自己的身体视为时尚的饰品，而非自我存在的基础。那么，我梦想的则是另一种形式的后人类，他们尽可能地体现各种信息技术的潜力，而不幻想无限的权力或者无形的永恒；承认并且宣扬：有限性是人的一种状态，人的生命扎根于复杂多样的物质世界，人的延续离不开物质世界。①

物质世界固然有限而短暂，却也是复杂而多样，人类文明正是立足于各种物质性以体现它的绚烂多彩。在《世外桃源》里古人类母亲带着新种族女儿飞行，对人类文明进行了一场巡礼。《世外桃源》标题的英文原文是 Altogether Elsewhere, Vast Herds of Reindeer，来自诗人奥登《罗马陷落》的诗句："成群的驯鹿、金色的原野、空荡的城市，雨水，从来都是雨水爱抚着世界被抛弃的外壳。"② 这个被抛弃的外壳正是母亲眼中的真实世界，它"有一种随意自然的美感，让人难以想象"，而它的美丽正来自会倾圮的脆弱性与不可取代性。

在"末日三部曲"与"未来三部曲"所想象的反乌托邦未来，地球资源已经难以维持70亿人的生存，人类纷纷脱离身体前往数据中心追求永生。尤其是脱离政府、军事机构或公司控制的超强人工智能，入侵武器系统发动了战争，想要毁灭人类世界。《天堂战争》里即使爸爸戴维和"我"竭力阻止"神灵"发动战争，但是由于人类世界已经非常依赖人工智能和技术，大部分设备不是由人控制而是由人工算法来控制，使得"神灵"占得先机。科技发展虽然带来了进步与便利，但在资源不足的劣势之下，要靠科技维持日常运行显得更加困难，如果又落在邪恶神灵的手里，其后果更不堪设想。

小说借由历史学家母亲之口描绘奇点时代的现实与人性："疯狂的军备竞赛从来不会结束。一旦人类数字化成果跳出秘密实验室的范畴，战情似乎只会愈演愈烈。""稍微推他们一下，他们就会拼命杀死对方，炸毁整个世界。""我们正在剥离'现在'的皮肤生活在'过去'的骨头之上。……文明节节后退。"③ 由于人类

---

① 凯瑟琳·海勒：《我们何以成为后人类：文学、信息科学和控制论中的虚拟身体》，刘宇清译，北京大学出版社2017年版，第7页。
② 刘宇昆：《奇点遗民》，耿辉译，中信出版集团2017年版，第84页。
③ 刘宇昆：《奇点遗民》，耿辉译，中信出版集团2017年版，第84页。

自我毁灭与贪婪利己的劣根性，战争在全球蔓延，加上经济一体化、贫富差距所累积的怨恨，到处都有暴乱发生。意识上传技术的成熟反而加速人类世界的混乱，如前文所言，刘宇昆认为人类意识是不可分割的整体，随着脑扫描写入芯片的不只是理智运算、情感与感官，还有不断竭泽而渔的自私与不断扩张占有的贪婪，若极权政府掌握并垄断人工智能技术，那么科技落入恶人手中的后果可能比人类灭绝还可怕。类似的主题也出现在科幻新剧《上载新生》中，影片刻画的未来是2033年上载新生的市场被大公司垄断，数字化生命所生存的虚拟世界也是现实贫富差距的缩影。富豪可以住在美丽风光的湖景别墅，而穷人被限制在每月2G的流量，甚至不能维系自己在数据世界中的影像。为恶的是人性而不是科技，曾经对弈超级电脑——深蓝的西洋棋世界冠军加里·卡斯珀罗夫（Garry Kasparov）就警告世人："我们过多地要求科技而不是自己。"

跨学科训练带给了刘宇昆的多重视角，显示了奇点时代的可能性。这两个场景分别是《死得其所》中战争频发的末日困境里，古人类姊姊麦蒂与后人类妹妹迷雾"姊妹俩在黑暗中拉着手，等待新一天的到来"①。或是《世外桃源》里将古人类母亲的意识传输给探测器，人类意识结合机器人探索新世界。这两个结局都呼应了作家的主张：最有可能的未来是人工智能和人类的携手合作。他不吹捧科技也不加批判的暧昧与含混，正是来自对人性更透彻的洞察与期许，如卡斯珀罗夫说的："一个好人加上一台机器就是最好的组合。"这两个三部曲里所显现的看待科技的辩证视角，正是让科技成为反映与反思人性的镜子，从而让不断向外发展的人类照见自己。

参考文献：

[1] 游澜. 在科技与人文之间：刘宇昆科幻小说论 [J]. 当代作家评论, 2020 (3)：171-177.

[2] 海勒. 我们何以成为后人类：文学、信息科学和控制论中的虚拟身体 [M]. 刘宇清, 译. 北京：北京大学出版社, 2017.

[3] 刘宇昆. 奇点遗民 [M]. 耿辉, 译. 北京：中信出版集团, 2017.

[4] 汪民安, 陈永国. 后身体：文化、权力和生命政治学 [M]. 长春：吉林人民出版社, 2010.

[5] 福山. 我们的后人类未来：生物技术革命的后果 [M]. 桂林：广西师范大学出版社, 2016.

[6] 葛詹尼加. 我们真的有自由意志吗？——意识、抉择与背后的大脑科学 [M]. 台北：猫头鹰出版社, 2013.

---

① 刘宇昆：《奇点遗民》，耿辉译，中信出版集团2017年版，第275页。

是科技还是现代巫术？
——以陈楸帆的科幻小说创作为中心①

马 硕

摘 要：在科幻小说的世界中，科技与巫术仅有一线之隔。学界对于陈楸帆科幻小说中的先锋性、文学性等，已经给予了极大的赞誉，但从叙事语境中考察科幻与巫术的关系，则是开拓性的尝试。用咒语、神通等对应科幻叙事中的语音操控、万物互联等现象，可以看出陈楸帆在一定程度上混淆了科学幻想与巫术，也可以说是作家在无意识情况下将科幻与原始思维相等同的结果。辨析陈楸帆小说中的科幻与巫术相混融的问题，既有助于发现当代中国科幻创作中可能存在的症结，同时也能够促进学界进一步展开对科幻文学的反思。从促进中国当代科幻小说良性发展的角度来说，这是一个需要引起重视的问题。

关键词：陈楸帆；科幻小说；巫术；咒语；万物互联

引言

从《列子》到公元2世纪的《一个真实的故事》，从托马斯·莫尔（Thomas More）的《乌托邦》到玛丽·雪莱（Mary Shelley）的《弗兰肯斯坦》，再从刘慈欣的《三体》到陈楸帆的科幻创作，科幻小说承载了人类对现实与未来交错的所有想象，可视为科技社会的浪漫。科幻小说这一概念在基本确定之前，已经经过了科学浪漫小说、科学奇幻小说、脱轨小说、变异小说、不可能小说等阶段，最终才以科幻小说这一名称为大众所认同。科幻小说可视为小说家对科学技术在未来的发展判断，判断的基础在于科学发展历程中，人类对社会、对自然已经做出的种种改造——工具更新换代，在使工具更便捷、智能等方面日新月异，但自然环境遭受的破坏也有目共睹，雨林、湿地面积在缩小，动物灭种的速度在加快——这些已经呈

---

① 原载于《岭南师范学院学报》2021年第3期。

现或将要呈现的结果，就显示出了科幻小说家在想象中对当下的关怀态度。然而，问题在于，人类发展科技的初衷是为了给生活、社交、工作带来便利，提高生产效率，以便于更好地提高、改善生活水平，绝非是消灭其他物种、毁灭赖以生存的自然环境，然后再去创造一种仿真的自然。那么，科学技术最终将如何改变人类的初衷，这就值得深入思考。

愿景与现实之间的巨大裂隙，为科幻小说提供了可以充分发挥想象的空间，进而在科技的高速发展与人类道德、伦理、价值问题发生的巨大冲突中，通过各种假设的结果预判，找到一种当下与未来和解的可能。陈楸帆作为中国当代科幻小说家的重要成员之一，在创作中显示出了更多的现实关怀，这从他自述的成长经历可见，科技从他幼时懵懂与好奇发展为其成年后真正的兴趣。然而，令读者不解的是，陈楸帆在小说中展示出了浓厚的巫术意味。他的想象与其说是对科技的致敬，不如说是对人类原始思维的回归。他认为"科幻是一种开放、多元、包容的文类，并不是只有所谓的'硬科幻'才是科幻，真正的科幻不分软硬，它们背后都是基于对或然情境下人类境况的推测性想象。"① 这或许能为他作品中满溢的巫术感找到一定的理由。但是，如果科幻最后沦为一场现代巫术的盛宴，科幻小说自诩的"超真实"就成为一种戏谑。

一、巫术——科技智能

追溯中国的科幻叙事，最早可见于《列子·汤问》中偃师所造的"倡者"。据记载，"穆王惊视之，趋步俯仰，信人也。巧夫钦其颐，则歌合律；捧其手，则舞应节。千变万化，惟意所适"。此外，公输班的"云梯"、墨翟的"飞鸢"、诸葛亮的"木牛流马"，无论真实与否，都可视为科技在叙事中的一种呈现方式。将这些有关科技的叙事与当下的科幻小说相比，反而更有科学的意味。1888年，达尔文曾对科学给出定义，"科学就是整理事实，以便从中得出普遍的规律和结论"。可重复、可检验就成为科学必不可少的两个条件。那么，偃师为周穆王所献的"倡者"，立剖后"皆傅会革、木、胶、漆、白、黑、丹、青之所为。王谛料之，内则肝、胆、心、肾、脾、肺、肠、胃，外则筋、骨、支、节、皮、毛、齿、发，皆假物也，而无不毕具者，合会复如初见。王试废其心，则口不能言；废其肝，则目不能视；废其肾，则足不能步"。这显然就是一具无懈可击的科学实验品。

然而，反观陈楸帆的作品，良好的愿景却难以支撑科学的细节，科幻的叙事不

---

① 陈楸帆：《"超真实"时代的科幻文学创作》，载《中国比较文学》2020年第2期，第36-49页。

自觉地就验证了鲁兵所言的"灵魂出窍"①。但与之相比，陈楸帆的科幻小说创作其实更类似于一种披着科学外衣的巫术描写。西方早期的人类学家对巫术做出了定义，泰勒认为："巫术是建立在联想之上而以人类智慧为基础的一种能力，但是在相当大的程度上，也是以人类的愚钝为基础的一种能力。"② 弗雷泽认为："一种伪造出来的自然法则体系，也是一套谬误的行为准则；它是一种伪科学，也是一种没有成效的技艺。巫术作为一种自然法则体系，即关于决定世上各种事件发生顺序的规律的一种陈述，可称之为'理论巫术'；而当它作为人们为达到其目的所必须遵守的一套规则，可称之为'应用巫术'。"③ 但是，科幻创作绝非巫术创作，只是由于它们都相信"一切事物都有其内在规律"④ 以至于巫术只要存在与高科技相联系的场景或物质材料，就有了更为现代化、更为科学的模样。

特别是当陈楸帆通过现代科技描绘出一幅特定场景时，这个科技场景往往徒有其表，一些只有肌肉却无筋骨的科技幻想成为被架空的现代巫术。具体来说，科幻为读者在"现实之外"提供了一种可供理解的路径，而巫术则让读者到达"现实之外"。科幻小说充满了材料、试验等元素，一些如时空穿梭、幻影移形等本来存在于神话或玄幻小说中的情节，通过光速运行器、细胞重组等方式，就能为读者描绘出一幅在未来可以通过技术实现的场景。由此，同样是一秒钟奔走十万八千里的超能力，如果在叙事中能够凸显技术路径，就可看作是科幻，反之，则只能落入巫术的深渊。

在《未来病史》中，陈楸帆将现实生活中已经出现的问题又用力推进一步，iPad 症候群的患者在婴儿时期遭到了平板电脑期产生的不可逆伤害，感官系统与身体器官协调发育因为 iPad 的阻隔而停止。陈楸帆抛出问题后并未延伸他的幻想，为这群 iPad 症候群患者提出科技在治疗方面的可能性，而是用"iPad 综合征患者们逐渐长大成人，通过治疗，他们学会了一种独特的生活方式，iPad 成为他们身体的外延"，并且"以某种不为人知的规则相互配对、交媾，繁衍后代"匆匆结束了叙事，这种"独特"和"不为人知"显然并非科学的态度，更为吊诡的是"曾经有媒体记者在高价诱惑未果下，试图偷拍 iPad 患者的家庭生活，下场是人间蒸发"⑤。科技有着一体两面的效用，既是破坏也是成全，如果《未来病史》不是有

---

① 鲁兵：《灵魂出窍的文学》，载《中国青年报》1979 年 8 月 14 日。
② 罗宗志：《百年来西方人类学巫术研究综述》，载《广西民族研究》2006 年第 3 期，第 73—79 页。
③ [英]詹姆斯·乔治·弗雷泽：《金枝》，张泽石、汪培基、徐育新译，商务印书馆 2013 年版，第 50 页。
④ [英]詹姆斯·乔治·弗雷泽：《金枝》，张泽石、汪培基、徐育新译，商务印书馆 2013 年版，第 1099 页。
⑤ 陈楸帆：《后人类时代》，作家出版社 2018 年版，第 74 页。

意要落入"黑帮小说"的仇杀俗套中，就只能用"神秘"做出解释。从莫斯等的研究中可见，"与世隔绝和隐秘性几乎成了巫术内在特性的固有标"，"行为和行动者都在神秘中藏匿了"①。那么，毫无科学解释的叙事结局可能就是在暗示 iPad 症候群的患者，被无法感知和察觉的巫术力量所操控，成了现代巫术中的牺牲品。

以眼科学为叙事线索的《深瞳》，通过接二连三的自杀事件，将矛盾引向了一位眼科学专家欧阳睿之，他试图通过干预人眼进化，从而达到"开启天眼"的目的，打破时空的界限，观测过去与未来。物质基础决定上层建筑，人眼的视觉系统注定在接受光谱、影像与色阶的方面和蜻蜓、章鱼等动物存在根本差别，单纯靠生物进化，人眼肯定无法实现从单眼到复眼的跳跃。在这一矛盾中，陈楸帆不断引用《金刚经》《马太福音》等偈语、警句，试图在精神与物质中搭建一道桥梁，用天珠修法中象征无限宽广慈悲的九眼天珠，暗示另一空间的高科技对地球人类的控制。但这种尝试显然并不成功，《深瞳》中的九眼天珠是"某种超级智慧的生命试验装置，在某种条件的刺激下，它会自动运行，改变试验品的设置，让生命的进化加速、跳跃、扭曲甚至断裂，从而在进化之树的一个枝头上'创造'出诸多可能性的分叉，然后，观察其生长状况"②，但无论这种装置是否能够干预人类的生物进化，它的主动权都不应该掌握在人类手中。更进一步说，如果欧阳睿之能够通过随机的人体样本测试完成人眼进化，那么小说中的喇嘛、噩梦、预示、仪式，甚至七彩异光和金龙也就失去了存在的必要。事实上，九眼天珠在喇嘛的操纵下，欧阳睿之遭受到的显然是来自巫术的报复，一只长在胸口的眼睛正是"那个邪恶之夜的惩罚"，喇嘛作法后，天眼凝聚为光，"如流星般呼啸着划破天际，其中的一颗击中了他的胸口……这哪里是什么流星，分明是一只可怖的眼睛，深深地嵌入了胸骨，正用异样的眼神盯着自己"③，"他此生唯一惧怕的事情已经发生。报应"④。这样看来，九眼天珠也不过是一粒有着科技之名的巫术器物，甚至连受视觉景象干扰而自杀的人，其被诅咒的成分也远大于"试验牺牲品"。

在眼进化过程与"九眼天珠"建立初期联系时，欧阳睿之不过是为了证明"开天眼"是一场迷信的巫术，"他知道，自己的目的与他们截然相反，他们是为了证实某些东西，而他，却是为了证伪"⑤。但在与之相关的人都莫名其妙撒手人

---

① ［法］马塞尔·莫斯，［法］昂利·于贝尔：《巫术的一般理论献祭的性质与功能》，梁永佳、赵丙祥、杨渝东译，广西师范大学出版社2007年版，第32页。
② 陈楸帆：《深瞳》，辽宁少年儿童出版社2014年版，第95页。
③ 陈楸帆：《深瞳》，辽宁少年儿童出版社2014年版，第80页。
④ 陈楸帆：《深瞳》，辽宁少年儿童出版社2014年版，第67页。
⑤ 陈楸帆：《深瞳》，辽宁少年儿童出版社2014年版，第67页。

寰后，他不得不让科学试验蒙上了一层巫术的外衣，毕竟，以目光为媒介的激发机制所能展现出的"启示"，这是无法证伪的视觉景象，而科学的逻辑基础却恰恰在于能够证伪。《深瞳》中错综复杂的情节包裹着这样一个内核，"亿万姿势各异的众生，超越了历史与道德的藩篱，共同指向一种最真切的存在。这种存在，叫作宿命"①。陈楸帆难以将历史和生命的结论与乐观的科学精神挂钩，浓重的悲观情绪倒是指向了前途暗淡的巫术思维，从作品中动辄出现的禁忌、惩罚、诅咒和仪式行为来看，这种叙事方式正是巫术在科技场景下的现代应用。

二、咒语——语音操控

巫术的神秘性在于语言而非行为。从巫术表演中可见，巫与人的沟通及其与天地神灵的沟通，需要在观众的注视下进行，这样就有一种"眼见为实"的感觉。但如同舞蹈般的巫术行为通常不能产生任何效力，只有通过密不示人的咒语，画龙点睛地为巫术行为注入力量之后，巫术才得以顺利完成。由此可见，巫术起作用的关键不在行为而在于语言，即咒语。

咒语的踪影在超现实小说中随处可见，特别是古典名著《西游记》，咒语几乎等同于神通本身，除了"辟火诀""避水诀"之外，孙悟空学到的七十二般变化、十万八千里筋斗云、如意金箍棒，都需要通过咒语使之产生魔力，甚至唐僧师徒过火焰山，从铁扇公主处骗来又被骗走的芭蕉扇，也需要咒语才能发挥作用。然而，咒语在没有经过科技的洗礼之前，始终难登大雅之堂，更不能存在于现实的广泛应用当中，直到现代科技将声波通过音频的分帧处理，让机器识别信号，语音操控才成为一种具有现代意义的"咒语"。科幻小说的世界中，语音操控成为一种连接人与物的基础方式，正如工具的发明和使用在极大程度上解放了人类的双手双脚一般，语音操控系统又进一步解放了人类的身体，这也是科幻作品中，高科技文明生物头部异常硕大、四肢却极其萎缩的现实参照。

在超现实叙事中，咒语和语音操控有着异曲同工之处，都可视为人对物的掌控和使用，区别在于咒语在叙事中有着更为广泛的适用性，不仅可以实现对物的操控，也能实现对人的直接操控，如定身法、变身法等。除此之外，咒语还具有价值判断的特殊性，善的咒语（如祈祷词、神谕等）能祈福消灾，恶的咒语（如诅咒等）就成为黑巫术的构成部分。人类学家黄涛在研究中发现，咒语在民间信仰中的神奇效力在根本上不是来自神灵的力量，而是主要依靠语言自身的魔力。那么，

---

① 陈楸帆：《深瞳》，辽宁少年儿童出版社2014年版，第169页。

如果语音操控系统的主导并非语音的技术识别,而变成了语言本身的魔力时,这一能成为科技力量的先锋就有可能再次成为巫术的附庸。

陈楸帆十分重视语音操控在科幻叙事中的运用,在《异言症》中,将语音与语言相等同,将未来社会描绘为一个规范了大众思想的社会。鉴于乔治·奥威尔(George Orwell)的《1984》中老大哥主动改造词语的做法已经毫无效果,于是,需要"在每个新生儿的大脑语言区域中设置防火墙,从而在人类历史上第一次真正实现实时性的语言监控网络。当个体所欲表达的内容触发防火墙实时更新的数据库红线时,他的信息被拦截,同时施加某种程度的痛感惩罚,相反,当他说出符合统治者需求的话语时,防火墙会奖赏给他类似于吸毒的欣快感"①。陈楸帆笔下的这套系统之所以更类似科技时代的咒语,而非更高层次的科技文明,原因在于它的反馈机制还停留在投喂—满足这样的感官刺激上。未来的社会形态会呈现出何种的样貌姑且不论,能够大致预测的是,在科技的辅助下,未来社会的价值理念一定会更加多元,这也是科幻小说的基本共识。尽管《1984》是作家对某种政治体制极端化的构想,但并不能将其归属于科幻小说的行列当中,那么,《异言症》用《1984》作为一种现实设定,就难以成为科幻的合理背景。进一步说,做出正确动作受到奖赏,做出错误动作受到惩罚,更像一种驯兽的方式,那么,作为技术手段的语音操控系统,与带有强烈主观意愿的咒语之间,就很难说存在什么不同。

在长篇小说《荒潮》中,语音操控的科技感有所增强,但由于刻意混淆了语言与语音的界限,让语音操控技术又一次成为一种现代诅咒。在寓意为"贵屿"甚至是"鬼蜮"的"硅屿"中,一群来自外地的打工者靠清捡分类电子垃圾过活,并受到了严重污染。一个名叫小米的女孩与一个头盔发生了脑电波连接,同时与之发生连接的还有四大家族罗老板的独生子罗子鑫。出乎众人意料的是,这个属于美国军方科学试验的废弃产品隐藏着海蒂·拉玛的意识模型,而两个与其发生连接的对象中,小米成为超人,罗子鑫成为废人。小米试图用自己强大的超能力挽救罗子鑫,在此过程中小米发现,"硅屿话是一种带有八个声调及复杂变音规则的古老方言,它所包含的信息熵密度远超过只有平上去入四声的官方语言。这才是男孩陷入昏迷的根本原因"②。陈楸帆的错误在于,将完全不同领域的发音意识与语言生成混为一谈,如果小米"没有修改罗子鑫脑中主管理解语言的韦尼克氏区,他仍然可以听得懂硅屿方言。只是,他的余生都将像他父亲最憎恶的外省垃圾人一样,说

---

① 陈楸帆:《后人类时代》,作家出版社2018年版,第91页。
② 陈楸帆:《荒潮》,上海文艺出版社2019年版,第182页。

着只有四个声调的普通话"①。这就纯属无稽之谈。语言是人类具有理性的证据之一，这与动物传递不同信号的语音具有本质差别，在这一点上，人类的语音操控系统类似于动物的语音信号，音波传递与音频接受、处理，再回到机器或大脑识别，最终通过语言进行表达，是两套不同系统的运转结果。发声系统受到损害的人同样拥有语言，只是这种语言需要另外一种方式去承载而已。这样看来，当小米能够用"意识触手"插入罗子鑫"左半球额下回后部主管语言生成和智慧的布罗卡氏区"，修正主管语言的脑区时，罗子鑫用何种方言进行交流就只能是语言生成的问题，而非语音输出的问题，那么，当被拯救的罗子鑫终生只能使用"四个声调的普通话"与人进行交谈，就只能是语音输出系统受到小米操控干扰的结果，这种带有强烈报复心态的语音操控，的确就是经过现代科技包装后的咒语。

  从语音的社会功能来看，一句话被不断重复时，话语原本的意义就会因为重复而加强，特别是当重复的量变达到质变时，这句话就有了咒语的性质。在短篇小说《怪物同学会》中，一群毕业多年的同学因同学会重聚一堂，本该是欢聚的仪式活动，却变成了扑朔迷离、科技感十足的巫术仪式。首先，小说对咒语的滥用让语言非但没有超越现实，反而有了浓厚的迷信色彩，相信天道酬勤的刘鼎天在同学会上通过跳篝火了结曾经的愿望，"数字飞快地上升着，同学们拍手的节奏没有一丝紊乱，那串咒语被不断重复着，如蜂群低低笼罩在夜空。逢烤（考）必过。逢考必过。逢考必过"②。这样一来，哪怕小说是为了在结尾凸显一个超时空的出神状态，试图说明糟糕的现实能够在高科技的干预下，回到原点重新开启，也失去了陈楸帆一直以来试图用科幻实现现实关怀的愿景。其次，不断重复的"仪式"较之科幻更像一种强制性的黑巫术，在同学会中咒语般的"未经允许，完成仪式前不得擅自离开同学会"③，显示出这句既像是语音操控，又像是巫术语言的力量。想中途离开的同学或被暴击，或被没收私人用品，而"几个身形健硕的安保人员已经立在门口"更是加剧了仪式的恐惧气氛。莫名其妙的霸王条款以及具有恐吓意味的环境，使温情变味为仇恨，究其原因，却只是为了"寻找真相"。最后，仪式和咒语不可避免地陷入浓重的负面情绪当中，陈楸帆认为"有时候仪式关于信仰；更多时候，仪式关于失去信仰"④，"古今中外，仪式的核心莫不过一场交易，是有形之人与无形之神的交易"⑤。事实上，从中国传统礼仪的初衷来看，"王者功成作

---

① 陈楸帆：《荒潮》，上海文艺出版社 2019 年版，第 182 页。
② 陈楸帆：《异化引擎》，花城出版社 2019 年版，第 184 页。
③ 陈楸帆：《异化引擎》，花城出版社 2019 年版，第 181 页。
④ 陈楸帆：《异化引擎》，花城出版社 2019 年版，第 166 页。
⑤ 陈楸帆：《异化引擎》，花城出版社 2019 年版，第 184 页。

乐，治定制礼"（《礼记·乐记》）。仪式的根本目的是将天地四时的规律运用在人的社会关系当中，"缘人情而制礼，依人性而作仪"（《史记·礼书》），仪式显然并非如陈楸帆所认为，是巫术或咒语的帮凶。如赫拉利所说，正是因为科幻小说、科幻电影塑造了人们对当下科技及未来发展的认识和想象，所以"科幻小说在描述科学现实的时候必须更负责，否则就可能让人产生错误的想法，或是把注意力浪费在错误的问题上"①，而主观性过强的价值判断不但难以承载科幻的想象空间，更会让幻想的翅膀沉重着地。

三、神通——万物互联

陈楸帆的科幻作品最能打动人心的地方就在于他的同理心，他能够摒弃人类中心主义，从物、动物、外太空文明的角度去理解其与人之间的关系。这种同理心放在科幻的场域内，能够让小说摆脱对利益的聚焦，取而代之的是人类原初时期对自然、万物敬畏心的唤醒。陈楸帆借他人之口在小说中不断地阐释着这种观点，"衡量文明进步与否的标准应该是同理心，是能否站在他人的价值观立场去思考问题，而不是其他被物化的尺度"②，体现在创作中即是万物的互联。而之所以判断这是一种万物互联却非量子缠绕，是因为陈楸帆会将不同事物、空间的物质通过意识作媒介，形成宏观而非微观的连接。在万物互联的秩序中，幻想需要恰到好处，但这种分寸感往往难以拿捏。用力不足时，科幻中的幻想成分就只是在当今科技现实与设想中徘徊，难有不可预知的未来感；用力过猛时，万物互联又如同太空失重一般，丧失了具体的物质媒介和操作路径，成为被神通俘虏的意识，让科幻走向了玄幻。

万物互联（IoE）是近年可预期的，能够在社会生活中广泛推广的科技发展成果，这个起源于斯科"人、流程、数据和事物智能连接"的概念，在科幻小说中为想象提供了可靠的现实基础。短篇小说《巴鳞》就从人的神经连接角度，用亚当·斯密的一句话"我用我的视觉来判断你的视觉，用我的听觉来判断你的听觉，用我的理智来判断你的理智，用我的愤恨来判断你的愤恨，用我的爱来判断你的爱"③ 暗示了万物都能通过同理心而获得一种互联的关系。巴鳞是狍鸮族人，狍鸮更广为人知的别称是"饕餮"，《山海经·北山经》中提到，"钩吾之山有兽焉，其

---

① ［以色列］尤瓦尔·赫拉利：《今日简史：人类命运大议题》，林俊宏译，中信出版集团2018年版，第237页。
② 陈楸帆：《异化引擎》，花城出版社2019年版，第31页。
③ 陈楸帆：《异化引擎》，花城出版社2019年版，第184页。

状如羊身人面,其目在腋下,虎齿人爪,其音如婴儿,名曰狍鸮,是食人"。这个远古神话中的生物闯入现代社会,巴鳞在人的包围中几近窒息。然而,一次偶然的孩童游戏,让主人公意识到巴鳞与人的互联:"巴鳞的动作,和扮演水鬼的阿辉几乎是同步的,我说几乎,是因为单凭肉眼已无法判断两者之间是否存在细微的延迟。巴鳞就像是阿辉在五米开外凭空多出来的影子,每一个转身,每一次伸手,甚至每一回因为扑空而沮丧的停顿,都复制得完美无缺。"① 小说解释巴鳞的模仿能力来源于"镜像神经系统超常进化",并通过大小脑对指令的反馈与结合模型来说明这一幻想的可行性,但却忽略了关键的一点,即被模仿者与模仿者之间究竟存在一种什么样的渠道。如果巴鳞的模仿是通过视觉观察,那么,在模仿者的行为反馈当中就必须考虑视觉的范围,从看到大脑接收再到肌肉神经元的过程必然会存在延迟性,而无差别的行为模仿肯定无法全凭视觉观察来获取,更何况,巴鳞为何选择模仿这一个人而非另一个人都会成为镜像神经系统的工作问题。如果巴鳞的模仿是依靠感应和记忆,那么,"神灵列队融入他黑色的皮肤,像是一层层黑色的波浪,喷涌着,席卷着他向上飞升,飞升,在身后拉出一张漫无边际的黑色大网,世间万物悉数凝固其上,弹奏着各自的频率,那是亿亿万种有情在寻找一个共同的原点"② 的叙事反而有了合理的依据。但是,这种合理性与其说是万物互联,不如说是其他生命体本能的神通,这又一次为陈楸帆的科幻埋下了非科幻的阴影。

至于受到众多好评,被刘慈欣誉为"近未来科幻巅峰之作"的《荒潮》,其中到底是万物互联还是神通的问题就更为严重,小米惨遭罗家打手绑架,被凌辱和毒打致生命垂危,弥留之际且在毫无科技支撑的情况下,突然间,"她的意识溢出了残缺的肉体",当灵魂找到了一架废弃的机器人后,"意识的触手如同柔韧海草,蠕动着渗入那堵墙,寻找着缝隙及复杂咬合的机关。小米惊异地发现一切进行得如此自然,甚至不用命令驱使。事实上,她对这些举动一无所知,只记得文哥有如萨满附体,手指翻飞地破解防壁,改写指令时的神秘仪式。在她眼里,文哥就是另一个世界的神"③。这种魔幻的叙事难以让人分清,意识在作家的眼中到底是精神还是物质?如果是精神,意识应该难以凝聚,更难以主动操控钢甲机械;而意识如果是物质,又何以让小米无师自通,大彻大悟,掌握了科技也无法解决的从无到有?

小米用意念来控制钢铁机械,用意识为和她具有同样脑伤害的孩子治病,甚至用意念编程,摧毁另一个城市的电力和网络。这样的科幻似乎比玄幻更滑稽,在玄

---

① 陈楸帆:《异化引擎》,花城出版社2019年版,第31页。
② 陈楸帆:《异化引擎》,花城出版社2019年版,第33页。
③ 陈楸帆:《荒潮》,上海文艺出版社2019年版,第122页。

幻的世界里，凡人成神至少还需要修炼，并有咒语、法宝的加持，但在陈楸帆的科幻世界中，小米神通的依据仅仅被解释为概率，"小米就是那亿万人中被击中的幸运儿"①。显然，这种超能力早已违背了科幻叙事的初衷，科学中可重复、可检验的基本条件荡然无存，特别是宋明炜教授谈及这部小说时，提到他的阅读感受"有着似曾相识的'鬼魅'"②。所幸，陈楸帆也知道意识与生命体联系在小米身上的矛盾，于是，他利用万物互联的可能，让小米成为0和1的一体两面，两种意识同时存在于小米的大脑。但是，这种互联似乎更像是周星驰《大话西游》中同时存在于紫霞仙子身体内的紫霞与青霞，两种语言不通、文化背景不同、身份不同的意识如何对话、合作的问题都遭到了忽视。学者刘希指出，"'小米1'显然并没有与有机体'小米0'完全融为一体，在两次精彩的合作以反抗强权压迫以外，主要是一种对立、互相不认同乃至竞争的关系"③。可以认为，正是这种不甚友好的万物互联关系，让小米不得不走向自我灭亡，这是一种比神通更为糟糕的想象，因为万物互联的结果如果体现的是对立的一面而非合作的一面，那么，小说中的科技发展和存在都令人难以憧憬。

四、结语

中国的科幻文学自古有之，但科幻姓"科"的前提，让它与其他类别的幻想文学到底有了本质差异。从《荡寇志》《新石头记》《月球殖民地》等具有现代意义的科幻小说开始，到改革开放初期出现的《小灵通漫游未来》《珊瑚岛上的死光》《飞向人马座》等以儿童为主要受众的科幻作品的创作进入高峰期，再到新世纪刘慈欣、韩松、王晋康等科幻作家崛起，以及《三体》《北京折叠》等作品获奖，中国当代的科幻文学可谓异军突起。其中被宋明炜教授誉为"四骑士"之首的陈楸帆也正在接过旗帜，奋勇前行。陈楸帆在当下科幻文坛中有着举足轻重的地位，彰显了从评论家到读者对他的认可。然而，只有鲜花没有荆棘的道路未必能让骑士强大。

应该说，陈楸帆因为现实、未来的不确定性而引发的变革、创新态度值得重视，但增速过快的成长往往外强中空。陈楸帆说"在这个充满变革与不确定性的时代，每个人都忧心忡忡，都试图确认自己的现实是否属于未来的一部分。倘若我们

---

① 陈楸帆：《荒潮》，上海文艺出版社2019年版，第160页。
② 宋明炜：《中国科幻新浪潮》，上海文艺出版社2020年版，第79页。
③ 刘希：《当代中国科幻中的科技、性别和"赛博格"——以〈荒潮〉为例》，载《文学评论》2019年第3期，第215–223页。

借助文字和想象的力量，弥合不同现实之间的差距，安抚担忧、恐惧的心灵，引发技术时代的情感共鸣，我们便可以说文学并没有被遗忘，恰恰相反它将发光、滋长、绽放、成为启明星。是时候重新定义了"①。这种希望用科幻文学抚慰焦虑时代的想法可能会进一步加剧焦虑，毕竟在他呈现出的创作中，未来并不美好，且在一线之隔的科幻与巫术中摇摆不定，甚至让人产生一种人类似乎从未进步的错觉。即使从反思的角度来看，故事逻辑也经常受到陈楸帆突如其来的神通或巫术叙事的干扰。巫术并非一无是处，科技也非面面俱到，因此，弗雷泽就说，"当我们更进一步想到巫术还曾为科学的发展铺平道路时，我们就不得不承认：如果说巫术曾经做过许多坏事，那么它也曾经是许多好事的根源；如果说它是谬误之子，那么它也是自由与真理之母"②。剑走偏锋的幻想和科技凝聚着巫术的创作该如何光芒万丈，正如陈楸帆所说的"通过共情共感的艺术表现力来呼应时代精神"③ 值得仔细思量。

参考文献：

    [1] 陈楸帆. 我的科幻之路［N］. 文艺报，2018－05－25.
    [2] 陈楸帆. "超真实"时代的科幻文学创作［J］. 中国比较文学，2020（2）：36－49.
    [3] 罗宗志. 百年来西方人类学巫术研究综述［J］. 广西民族研究，2006（3）：73－79.
    [4] 弗雷泽. 金枝［M］. 张泽石，汪培基，徐育新，译. 北京：商务印书馆，2013.
    [5] 陈楸帆. 后人类时代［M］. 北京：作家出版社，2018.
    [6] 莫斯，于贝尔. 巫术的一般理论献祭的性质与功能［M］. 梁永佳，赵丙祥，杨渝东，译. 桂林：广西师范大学出版社，2007.
    [7] 陈楸帆. 深瞳［M］. 沈阳：辽宁少年儿童出版社，2014.
    [8] 黄涛. 民间信仰仪式中的三种"神秘"语言现象［C］// 王霄冰. 仪式与信仰：当代文化人类学新视野. 北京：民族出版社，2008.
    [9] 陈楸帆. 荒潮［M］. 上海：上海文艺出版社，2019.
    [10] 陈楸帆. 异化引擎［M］. 广州：花城出版社，2019.
    [11] 赫拉利. 今日简史：人类命运大议题［M］. 林俊宏，译. 北京：中信出版集团，2018.
    [12] 宋明炜. 中国科幻新浪潮［M］. 上海：上海文艺出版社，2020.
    [13] 刘希. 当代中国科幻中的科技、性别和"赛博格"：以《荒潮》为例［J］. 文学评论，2019（3）：215－223.
    [14] 陈楸帆. 科幻写作中的新人形象：迥乎常人，本乎常情［N］. 文学报，2020－01－02.

---

① 宋明炜：《中国科幻新浪潮》，上海文艺出版社2020年版，第297页。
② ［英］詹姆斯·乔治·弗雷泽：《金枝》，张泽石、汪培基、徐育新译，商务印书馆2013年版，第87页。
③ 陈楸帆：《科幻写作中的新人形象：迥乎常人，本乎常情》，载《文学报》2020年1月2日第6版。

技术时代的抒情声音
——论刘慈欣《三体》的神话叙事[①]

张 栋

摘 要：在《三体》中，科幻作家刘慈欣通过神话叙事的方式，呈现了人类在技术时代的抒情及多元的情感表达形态。神话视阈中"宏"叙事的独特运用，使刘慈欣发掘出技术时代人类崇高情感存在的普遍性及其由世俗性向宗教性的转变。人类对生存时空的认识，也蕴含着情感表达的秘密，当传统的神话时空在技术的干预下发生了转化，进而生成新的神话时空，人类的情感也经历了一个由相对纯粹到不断接受严峻考验的过程。技术时代的各种挑战，促使刘慈欣从更为内在的层面探讨人类情感表达的有效性，他发现人类的善良本性及表达爱的能力，是人类获得情感救赎乃至使族群生存得以延续的关键所在。刘慈欣的神话叙事创新，延续了中国文学创作的抒情传统，为之补充了丰富的现代内涵，同时也为科幻创作之"中国性"的发现，乃至促进中外科幻文学的沟通与交流，提供了良好的创作借鉴。

关键词：刘慈欣；神话叙事；技术时代；抒情

在技术的时代，人类如何抒情？这既是一个人类情感在技术时代避免被异化的现实问题，也是一个借助艺术创作以实现人类情感疏导的艺术实践问题。在这方面，刘慈欣的小说创作为上述问题的解决提供了一个样本。在《三体》《流浪地球》等小说中，刘慈欣寻找到了将"技术"与"抒情"糅合于一处的媒介——神话叙事。对人类未来科技发展前景及在宇宙空间中境遇的想象，使这些作品获得了神话的叙事外观，从而成为原始人类想象未来世界的当下映射，与此同时，人类对未知世界所产生的崇敬、畏惧、欢欣等多重情感，也成为传统神话中人类情感表现的当下延续。在"硬科幻"这一技术外衣之下，刘慈欣探索了人类感性体验与情

[①] 原载于《粤海风》2021 年第 6 期。

感内容在未来发展的多种可能，从而使一种小说形式的现代神话得以呈现。

　　神话叙事没有一个统一的定义，但有狭义与广义的区分。狭义上，神话叙事具有人类创造的传统神话体现出的叙事特征，它与人类的自然与社会想象相关。广义上，神话叙事则是一个综合性的概念，这是因为"从神话呈现出的形态来看，通过叙事表现出的神话是多元的，它突破了文字表述的范围，拓展到了社会叙事、历史叙事的范畴，实现了纵向历史与横向现实的交融。从这个意义上来看，神话叙事是指神话介入人类历史与生活演进的方式，它既是人类在生存历史中形成的经验记忆的强化，同时也以语言表达的形式形成了多元的主题阐释，它是一个具有多样意涵的概念，呈现效果亦涵盖了多种表达方式"①。从身体叙事到文字叙事，乃至技术叙事，神话叙事随着人类社会的进步而呈现出上述演变过程，《三体》等作品虽然具有文字叙事的外观，但却承载了人类的科技想象与情感变异，因此突破了传统神话的表现内容，它以更为丰富的细节呈现、更具现代意味的形式呈现及更为深厚的内涵表达，成为技术时代神话叙事的艺术实践典型。与坚持现实主义传统的作家不同，刘慈欣另辟蹊径，在神话的技术叙事阶段中开辟出"抒情"一路，突出了神话叙事的抒情特质，延续了中国文学创作的抒情传统，同时也为科幻叙事的民族化进路提供了具有代表性的创作经验。

一、"宏"叙事中的"崇高"情感表现

　　刘慈欣在《三体》中创造的是一个宏大的世界，这个世界是由"宏电子、宏原子、宏纪元"等这些未来世界的符号构筑而成，而且"巨大的物体、复杂的结构、全息的层次、大跨度的时间"②构成了这个世界的主要特点。在作者自己看来，其创作的特征在于"把宏观的大历史作为细节来描写"，从而"使得对历史的大框架叙述成为小说的主体"，这便是"宏细节"之内涵。这里的"宏"是需要从维度角度进行说明的，不管是时空维度，还是人类技术进步、族群变迁的维度，刘慈欣均是以一种宏观视野搭建一个与现实不同的世界，他就像一个创世者，在以千万年计的时空跨度中展现一个陌生化的世界，在对技术器物的繁复书写中描摹一个未来的可能世界，并试图在这一过程中探索世界存在与人性的秘密。这种创作倾向，使神话与现实、技术与情感圆融地糅合在《三体》的世界之中。

---

　　① 马硕，张栋：《神话思维的叙事转化机制探究》，载《中央民族大学学报（哲学社会科学版）》2020年第2期，第169–176页。
　　② 严锋：《科幻的现实与神话——作为一种文化现象的科幻景观》，载《探索与争鸣》2019年第8期，第38–40页。

刘慈欣对"宏细节"的热衷及其"创世"激情的来源，恰恰是传统神话的"宏"叙事。在世界各地神话中普遍存在创世神话、人类诞生神话、洪水神话等，均蕴含着人类认知世界、对自我的渴望，因此，人类从一开始便以一种"宏"视野去探讨这些根本性问题。当人类把自我的历史追溯至天地诞生之始，并把一些神话的解释当作解决现实问题的方案，那么神话叙事中的这种"宏"便有了现实存在的合法性，这种独特的解释方式逐渐成为人类思维结构的一部分，并影响了人类的艺术实践。刘慈欣虽然借鉴的是神话的思维逻辑，但《三体》却不是一种传统神话的回望式书写，而是以一种前瞻性的视野呈现出科幻叙事的思维路径，那就是由当下想象未来，从而实现一种"未来完成式"的叙事景观。虽然叙事的顺序存在区别，但读者在阅读《三体》的过程中产生的广阔时空感受和崇高与敬畏兼具的情感体验，与鉴赏经典神话的心理并无相差。

虽然刘慈欣借鉴了传统神话的叙事理路，但在结构故事的知识背景方面，他与神话的讲述者有着极大的差别。传统神话是先民基于经验进行想象的结果，对于自然世界的理性认知缺失使神话成为人类感性体验的凝结，但受人类现代文明熏陶的刘慈欣，却完全是现代科技成果的拥趸，其"硬科幻"的创作风格即是其具有成熟理性认知的证明。也就是说，虽然《三体》充溢着作家天马行空的想象，但这一想象仍植根于现代物理学的普遍规律，即"聚焦于推断物理世界本身基本原则可能出现的变化"[①]。如果说笛卡尔立足于西方神学传统实现了对自然科学原理的发现，那么刘慈欣则反其道而行，他恰恰是在人类现代科技原理的基础上返归神话的叙事传统，进而构造技术时代的新神话空间。因此，刘慈欣构造的未来时空并不是一个冷冰冰的机械世界，而是在一种"宏"视野观照下，跨越千万年时空并在宇宙维度上徐徐展开的瑰奇画卷。在这幅承载人类文明的巨幅幕布上，镌刻的并非作家对人类技术文明的热烈渴望，而恰恰是作家对人类科技的深刻反思，以及由之引发的一种繁华落尽之后的崇高情感。刘慈欣在《三体》中呈现出的整体性视野，使其具有了"寂然凝虑，思接千载，悄焉动容"的"神思"品格，同时也塑造了技术时代人类崇高情感的话语表现方式。

在《三体》中，刘慈欣所描摹的崇高情感具有内在层次的划分，它包括世俗性与宗教性的崇高情感，而这也在一定程度上印证了人类情感发展所经历的不同阶段。从个体性的情感体验到群体性的信仰聚合，崇高情感特质的丰富性与内在的渐变过程，在《三体》中一览无余。

---

① 宋明炜，毕坤：《中国当代科幻小说的乌托邦变奏》，载《中国比较文学》2015 年第 3 期，第 101 – 114 页。

世俗性崇高情感的发生，往往需要某种陌生化情境的催化。在《三体》中，那些具有庞大、复杂结构的事物对个人造成的心灵冲击，使人物产生了崇敬、畏惧、紧张、兴奋等多种特质杂糅的混合性情感。巨大的红岸工程之于叶文洁，宇宙整体的微波背景辐射及三体游戏中的巨大建筑之于汪淼，未来时代的地下森林城市之于罗辑，乃至太阳系由三维向二维跌落的宏大景象之于程心，这些可称为视觉奇观的事物本身即具有宏伟、巨大等令人震撼的特征，它那蕴含巨大能量的压迫性力量能够使人类的日常心理经验发生偏离，并达到一种更具超越性的层次。刘慈欣不遗余力地用华美的语言去展示这些奇观，尤其是当这些奇观预示着人类未来的毁灭结局时，这些奇观甚至具有了相当的悲剧美学色彩。康德曾在《论优美感与崇高感》中点明崇高本身具有的令人畏惧的属性，"这种感情本身有时候带有某种恐惧，或者也还有忧郁，在某些情况仅只伴有宁静的惊奇"[①]。在刘慈欣笔下，奇观的呈现不仅有令人畏惧的成分，而且也达到了康德所说的"高贵"乃至"华丽"的程度，这催生了人类发生不同层次的崇高情感。在塑造物体引发人崇高情感的同时，刘慈欣也在探索另外一种可能，那就是某些拥有巨大能量的人物使人类心理产生的震撼及崇高情感的发生。这种表现倾向在传统神话中早已成熟，盘古、女娲、伏羲等神灵的开天辟地与改天换地，使世间秩序趋于稳定，神话的接受者对神灵神奇力量的叹服及对社会秩序的习惯性依赖，使得对于神灵的崇高情感油然而生，而这种情感也会进一步催生出一系列的祭祀仪式及围绕庙宇而展开的信仰空间，这可称为崇高情感的现实实践转化。《三体》中，除了三体人之外，像叶文洁、罗辑等人都是血肉之躯，但他们却成为人类崇高情感的来源。刘慈欣对他们"神性"的塑造，并未遵循超现实的路数，而是借助技术使他们作为人类的力量得以无限延伸。比如叶文洁，她通过红岸工程与三体人的交流，从而成为地球三体运动的领导者，担当了"救世主"的角色。又如罗辑，他之所以能够成功威慑三体文明，一方面是因为黑暗森林法则的存在，一方面则是因为他通过一系列技术手段（雷迪亚兹的摇篮系统、信号发射系统、生命体征监测系统）将自己的性命与三体文明的命运联结在一起，这为人类文明的存续争取了时间。因此，《三体》的神话叙事恰恰是在技术运用的基础上得以成立的，技术使个体的能力得以延伸，这推动了大众对这一个体"神性"的确证，由此推动了一种信仰体系的建立。然而，围绕叶文洁、罗辑而产生的崇高情感之所以是世俗性的，是因为人类针对他们产生的崇高情感仍是出于自身的利益目的，当叶文洁们的选择不再维护人类的利益，甚至二者之间相抵牾时，这种情感就会发生转向。虽然结果并不如人意，但人类思维中对某

---

① ［德］康德：《论优美感与崇高感》，何兆武译，商务印书馆2018年版，第3页。

些对象的习惯性依赖，却使世俗性的崇高情感得以上升到宗教层次，这也深刻改变了人类对自我乃至宇宙世界的认知。

人类宗教情感的发生，在一定程度上正是来自对"崇高"的感受，当世俗性的个人崇高感受在媒介的助推下获得越来越多的认同，这种集聚效应便推动某种信仰由个体延展至群体，进而形成一个稳固的、具有统一认知方式的共同体。康德认为，"对于宇宙之无穷大的数学概念，对永恒性的形而上学的考察、天意，我们的灵魂不朽，都包含着某种崇高性和价值"①。康德所说的"崇高"显然超越了世俗价值，而具有了某种宗教意味，宗教的信仰与实践即围绕上述理念逐步展开。在《三体》中，当传说中的外星文明真切地成为人类的威胁，而现实的宗教偶像又难以拯救人类时，人类的心理自然会发生新的转向，进而发生新的宗教信仰倾向。刘慈欣即在小说中阐释了这种新型宗教发生的心理机制："对于人类这样一个幼稚的文明，更高等的异种文明产生的吸引力几乎是不可抗拒的……渐渐地，随着对那个遥远文明的想象越来越丰富，拯救派在精神上对三体文明产生了宗教感情，人马座三星成了太空中的奥林匹斯山，那是神的住所，三体教由此诞生。"②地球人在对三体文明的想象及对三体人所创造"神迹"的叹服中，生发了一种崇高情感，而人类发达的宗教信仰传统，则为"三体教"的诞生提供了适宜的土壤。这一宗教的萌芽，始于叶文洁对人类现存秩序的失望，而遥远星系中的三体文明则为人类恢复正常秩序提供了可能，作为"神"的三体人对叶文洁的回应与许诺，使一个围绕叶文洁形成的信仰群体形成。但在事实上，这种出于利益交换目的的信仰从一开始就不是纯粹的，人类的功利目的使他们不再信奉那些虚无缥缈的神祇，而是更愿意去侍奉一个虽然喜怒无常但却有着实体且能创造"神迹"的对象。因此，在未来的技术时代，神话变成了现实，宗教具有了强烈的功利性，人们也很难从中提炼出具有思想性的成分。人类的宗教向功利性民间宗教的退化，也使人类面临着更高的信仰风险与更大的代价。在传统的宗教信仰中，人类与其信仰的对象保持着一定的安全距离，神灵的想象性的存在也会内在地约束信仰者的道德规范。但在三体教之中，信众与其信仰对象之间没有距离，三体文明以绝对力量控制着人类的行为与心灵，因此，虽然人类是出于一种崇高的心理体验而对三体文明产生信仰，但这种崇高显然具有更多的"恐惧"属性。在这种压制之下，信仰的纯粹性本身即是令人怀疑的，三体教的存在虽然满足了人类一直以来的超自然崇拜需要，但却没有发

---

① ［德］康德：《论优美感与崇高感》，何兆武译，商务印书馆2018年版，第12页。
② 刘慈欣：《三体》，重庆出版社2008年版，第240页。

挥其"终极关怀与探寻"①的功能，因此，宇宙存在、人生意义等宏观问题乃至道德伦理与社会秩序等更具体的问题，皆难以被解决。

刘慈欣在《三体》中通过"宏"叙事还原了现代神话叙事的多元面相，而在这一过程中，人类崇高情感的阶段性特征也得到了细致呈现。人类在技术时代取得的进步及面对的多重危机，使其往往能在一种奇观情景的体验中生发崇高情感，这是一种糅合着世俗性与宗教性的复杂情感。刘慈欣显然是在某种极端情境的刻画中延伸了中国的"抒情"传统，它虽然包含着中国人的传统情感特质，但在一种"宏"视野下，这种抒情具有了更为强烈的人类性特征。当人类文明跌落进广阔的二维平面之上，人类那崇高的情感也像刻录在留声机唱片上的音符一样，被永远地镌刻在那无垠的帷幕之上，成为人类文明曾经存在的证明。

二、神话时空的技术转化与情感变迁

对人类生存时空的认知与表现，是神话叙事区别于一般叙事的关键所在，它映射出人类对外在世界与生存环境的基本认知，同时也间接地呈现出人类的情感变迁。在神话叙事由传统向现代形式的转化过程中，人类的时空观念也在发生变化。当曾经想象中的神圣时空成为现代自然科学视阈下的客观之物，人类的时空想象必然会发生新的变化，而人类对神圣时空的情感体验自然也会被其他情感类型所取代，这在《三体》中表现得尤为明显。在刘慈欣那里，他对传统的神话时空进行了技术化的改造，但这并不意味着他抛弃了神话，而是在现实时空表现与新神话时空塑造的过程中，实现神话思维与现代自然科学观的糅合，从而以文学虚构的形式开辟出神话叙事的现代方式。

按照传统的神话时空观，时间与空间是密不可分的。列维－布留尔（Lvy-Bruhl）认为，原始人的时间观念是混乱的，而且"差不多所有的原始语言表现时间关系的手段都非常贫乏"，但与此同时，他们"表现空间关系的手段却又十分丰富"。②显然，布留尔认为人类空间感的产生早于时间感，这与人类原始思维更注重直观体验而抽象能力不足有关。但事实上，如果没有时间作为参照系，人类的空间感知也难以发生，只不过时间作为一种抽象存在，一直潜隐在人类思维深处，这在神话叙事中均有所体现。如《三五历纪》中的盘古神话，"天地混沌如鸡子，盘古生其中。万八千岁，天地开辟，阳清为天，阴浊为地"。这则后出的神话，恰恰

---

① 李亦园：《宗教与神话》，广西师范大学出版社2004年版，第81页。
② ［法］列维－布留尔：《原始思维》，丁由译，商务印书馆2017年版，第491页。

突出了时间与空间在世界初生之时的融合形态，也证明了整体性的时空观念在人类思维层次中所发挥的基础作用。随着人类对事物特殊性的认知越发成熟，尤其是宗教的兴起与发展，时间与空间的非均质特征越发突出，并成为人类认识世界、实践信仰的重要背景。正是因为对时空做了神圣与世俗的划分，上述认识显然也影响了人类的情感形态，因此，某些具有特殊时空属性的事物便成为人类集体记忆的一部分，成为重要的"显圣"之物。这种神圣的时空在人类对诸多地理"中心"（北欧神话中的"生命树"、美索不达米亚传说中的"万国之山"、中国神话中的昆仑山等）的塑造中表现得尤为突出，它们成为伊利亚德所说的"神圣空间"，它与世俗空间相隔离，而且，"神圣时间"也会在人类的祝圣行为中不断被强化，"从而构成无数仪式系统以及一切虔诚信徒普遍怀有的个人救赎希望的基础"①。这是就更具普遍意义上的神话时空认知而言，随着人类进入现代社会，这种认知发生了一些变化。就中国的情况而言，虽然昆仑山、蓬莱山早已被还原为地理名词，但围绕它们产生的时空观念并未消失，而是留存在民间存在的堪舆之学中，它"不但有八卦、干支等因素的配合，而且所谓五行之说，也以五原素的金、木、水、火、土延到五个方向：东、南、西、北和中……"② 它也能够继续延伸到四季等时间因素的划分。因此，传统的神话时空对于人类来说一般具有神圣性，是普遍性中的特殊存在，而人类的情感表现则集中于对这一时空之神秘性与模糊性的强烈心理认同，它甚至能够上升到信仰的层次，成为人们日常生活的精神指引。这种独特的情感形式甚至会在一定程度上遮蔽人们的理性认知，并进一步规约人们的伦理行为，成为道德标准确立的重要来源。

人类在成长历史中秉持的传统神话时空观念成为刘慈欣《三体》创作的重要来源，但他并未对传统神话进行重述，而是对神话时空进行了技术化改造，这构成了《三体》整体的"硬科幻"风格。刘慈欣的改造工作可分为两个阶段：一是对传统神话时空的物理学还原，一是在技术想象的基础上在宇宙空间开辟新型神话时空，从而展现人类在技术时代的情感嬗变。

与传统神话中具有混融、神秘特征的时空不同，《三体》世界中时间与空间的物理意义得到了突出，也就是说，时空不再是非均质的存在，而是均匀、平衡地漫延在物理世界之中，由三维空间与一维时间组成的思维时空，成为生存人类展开的基本背景。这便是刘慈欣对传统神话时空观的第一重改造，他使时间与空间回归其

---

① ［美］米尔恰·伊利亚德：《神圣的存在：比较宗教的范型》，晏可佳、姚蓓琴译，广西师范大学出版社2019年版，第358页。

② 李亦园：《宗教与神话》，广西师范大学出版社2004年版，第140页。

本身的意义，去除了神话叙事赋予时空的多重迷障，突出了人类生存的现实性。但如果只是还原了时空的物理意义，那么科幻创作就只是从科学角度构造故事的现实主义文学，科幻文学的自身特征难以得到凸显。而从文本故事的层面来说，三体文明的威胁也使在物理时空规约下生存的人类文明产生了巨大的危机。汪淼在整个宇宙帷幕上看到的红色的、令人心生畏惧的倒计时数字，以及代表三体文明的统治者智子对人类的残暴统治（将人类全部驱赶到澳大利亚），都使得人类理解的物理时空受到了残酷的挤压。因此，不管是从强调文本特殊性的层面，还是从故事本身的逻辑层面，都需要作家进一步发挥时间与空间的特性。刘慈欣正是在这一背景下对传统神话时空进行了技术化改造，这使得在宇宙维度中的时空呈现具有了神话的外观。

客观来说，刘慈欣的改造工作仍基于基本的物理规律，只不过是把那些人类当下在自然科学领域的设想进行了直观化呈现，对于没有专业背景的阅读者来说，这些图景与神话无异。在《三体》中，刘慈欣塑造了"技术爆炸"所引发的人类科技进步及远远超越现代人经验层次的未来景观，在那个时代中，时间与空间本身即是神奇的事物。人类不仅制造出恒星级的战舰（"蓝色空间"号、"万有引力"号），而且终于摆脱了时间的束缚，最终制造出超光速的飞船。又比如人类在宇宙中对四维空间的发现，在这一个空间中，人类能看到三维世界的"无限细节"，并进而产生一种"高维空间感"，它很难用语言来形容，因为"我们在三维空间中称之为广阔、浩渺的这类东西，会在第四个维度上被无限重复，在那个三维世界中不存在的方向上被无限复制"①。当整个太阳系在降维打击之下，从三维向二维平面迅速跌落，时空又再次发生变异。刘慈欣尽可能地用文学语言将这些奇观情境描绘出来，塑造了现代人所理解的神话。这里的"神话"离不开技术的支撑，因为刘慈欣所描绘的奇观都需要结合人类自然科学的基本认知才能够成立。光速飞船与三体人的强相互作用力探测器，是基于相对论及力学原理（所谓"强相互作用力"即物理学中的"强核力"）；对四维空间感的细致描绘，则依据相对论的空间维度学说；降维打击的发生则与物理学中的"质速关系式"等原理相关。这样看来，技术时代的神话时空并不如想象中那样神秘，就像传统神话中的诸多元素都能在人类的日常生活实践中寻找到原型一般。由此，借助技术的力量及其现实创造力，乃至与神话想象的融合，刘慈欣完成了对神话时空的技术转化，从而构建了一种新型神话时空。在现代人看来，这一神话时空既有人类赖以生存的技术支撑，又内蕴着原始的神话内核，因此成为人类现代情感的寄居之地。

---

① 刘慈欣：《三体3：死神永生》，重庆出版社2014年版，第194－195页。

神话时空内涵的转化，同时也记录了人类情感变迁的轨迹，在技术时代生存的现代人类，面临着更为严峻的情感考验。传统神话中的超现实图景，在理性欠发达的原始人类那里是真实的存在，并催生了人类对具有强大力量的神秘神灵的绝对信仰，并形成了对心灵的自我约束。虽然原始人因为神话信仰的存在而被束缚，但他们在情感层面却是自足的，也就是说，对神性的深切领悟使他们实现了人性的增长与完善。在现代人这里，情况发生了巨大的变化。原始人类所信仰的超现实图景，经过现代科技的解释，已成为现代人类日常生活展开的基本背景，但人类在成长历史中形成的信仰心理又使得他们总是倾向于寻找那些强大的、可供心灵依靠的对象，这种现象在危机发生之时表现得尤其明显。当三体人展示了令人恐怖的统治力量，而且其科技文明已远远超越了地球人的想象时，人类的求生本能及习惯性的信仰心理，使其自然地把三体人当作了"神"。但与那些传统神祇不同的是，三体人是真实存在的，而且他们并非以暗示、象征等较为间接的方式惩戒人类，而是能够直接带给人类以生存与死亡。

在人类与三体人组成的信仰系统中，作为至上神的三体人是"零道德"的，但就人类的传统神祇来说，至上神往往是正直的，这是因为"他是道德律的制定者，也因为他就是道德的来源"。也就是说，三体人非但自身不具备道德属性，而且也难以为人类制定道德规范，那么，他们作为"神"只能给人类带来冰与火的炼狱，而不是伊甸园。三体人的喜怒无常极大地影响了人类的情感形态，长期处于恐怖的高压之下，人类的心灵变得更加脆弱，难以再以纯粹、稳定的心理面对周围的世界，他们变得更加自私，甚至不惜为了存续自己的生命而去伤害他人。威慑纪元时代，"万有引力"号及"蓝色空间"号启动引力波广播，将三体文明与地球置于同样的危机之中；威慑后纪元时代，人类被迫向澳大利亚移民，而智子之所以能够完成这一项任务，正是依靠500万地球治安军，他们正是由人类组成的；广播纪元时代，在上千个太空发射港发生的一万多人死亡的假警报事件等，诸多事件都证明了人类情感的变异。也就是说，人类在技术时代所信奉的"神"是残酷的存在，他/她不仅以绝对的力量压制着人类的心灵，而且也预判了人类在这种绝对信仰之下的悲惨命运。在这一背景下，人类显然需要找寻一种自我情感救赎的可能，需要认清三体"神"的虚伪本质，在一种更为理性的信仰追寻中获取情感合理表现的可能。作为爱与善之象征的程心的出现，使这种可能变成了现实。虽然人类最终难以逃脱黑暗森林法则的支配，但程心仍然能够进入时空的真空，在新的宇宙中使人类得以存续，这是人类爱与善之力量的胜利，也是人类创世神话在未来时空的重新开启。

三、爱的力量：技术时代人类情感救赎的秘密

在早期小说《诗云》中，刘慈欣创造了一种独特的象征，即人类具有"写诗的能力"。外星人极为欣赏这种能力，并试图对这一能力进行复制。然而，即使他们化名为"李白"，并用强大的技术力量创造出一片诗云，但仍徒劳无功。事实上，小说中的所谓"写诗的能力"，并非指遣词造句，而是人类情感表达的能力，正是这种纯粹的、与技术无关的能力，成为人类抵抗外星技术力量侵蚀的最终武器。基于此，王德威认为，"从绝对科普式的知识论遐想到人之所以为人的伦理考量，还有最后对人的想象力的一种憧憬，这些构成了刘慈欣小说精彩叙事下的最基本张力"①。不管刘慈欣在小说中构建了对人类如何不利的局面，他对人类始终怀有信心，而人类彰显自我情感的爱与善的力量，成为这一信念的最重要来源。

自科幻文学诞生以来，科幻作家都在创作中探讨一个核心问题，那就是当人类在面临危机之时，应当如何拯救自己。在技术派作家那里，人类获胜的关键要素是对技术的占有，而在另一些作家那里，人类能够战胜外来文明乃至使族群存续的关键，是人类本身的某些固有属性，而非外在的技术。刘慈欣也延续了上述科幻文学的创作理路，但与儒勒·凡尔纳（Jules Verne）对技术持乐观主义的态度不同，他延续了玛丽·雪莱（Mary Shelly）、赫伯特·威尔斯（Herbet Wells）等作家的创作思路，那就是对技术谨慎乐观，甚至在一定程度上持怀疑态度。虽然刘慈欣在《三体》中刻画了人类凭借技术爆炸而构造的宏大发展前景，但他并未把这种植根于技术之上的繁荣当作人类获得拯救的根本前提，因为人类的毁灭结局正是因为技术反噬的结果。因此，刘慈欣把拯救人类的按钮交到了那些内心怀有男女之爱、人类之爱，乃至文明之爱的人类个体手中，在未来时代，他们才是使人类获得情感救赎的"神"。

《三体》中，在三体人的入侵威胁发生之后，人类的"面壁计划"问世，其目的是利用三体人的唯一战略劣势——不能隐瞒自己的思想，通过推选几位面壁者，并赋予他们以巨大的权限，以实现最终击退三体人的目的。然而，人类对于技术的依赖思维使几位面壁者选择以技术为武器对抗三体人，泰勒的球状闪电武器、雷迪亚兹的巨型氢弹计划、希恩斯的思想钢印技术，都是天才的技术设想，但在拥有高度发达科技的三体人眼里，人类的技术设想就像孩童的游戏一样幼稚，泰勒等人关于技术的设想轻易被三体人解读，并最终被破壁者杀害。当庞大的地球星际舰队在

---

① 王德威：《现当代文学新论：义理·伦理·地理》，上海三联书店2014年版，第300页。

小小的"水滴"探测器面前不堪一击时，人类对技术的信心更是瞬间崩塌，因此，唯技术论不能从根本上拯救人类，反而会使人类陷入更为危险的境地之中。在这一背景下，罗辑作为最后一位面壁人的计划就尤为重要。出乎人意料的是，罗辑并不热衷于技术的研发，反而更像是一位充满浪漫情思的、沉湎于男女之爱的诗人。他与庄颜在湖边小屋中的生活，满足了他一直以来对理想男女情感的想象，反映出一幅人类一直以来对美好生活孜孜以求的图景。

但在三体人的威胁面前，这种生活注定难以持续，罗辑也不得不在妻子离开之后重新审视自己作为面壁人的职责。如果说泰勒等人的武器是技术，那么罗辑对抗三体人的武器则是爱的力量，而这正是三体人难以理解并最终难以抵御的神秘事物。罗辑经历了与庄颜的美妙爱情，也经历了与妻子和孩子的离别，这种情感上的欢欣与震动，以及对人类普通个体情感痛苦的同理心，使他从男女之爱的狭隘世界中走出来，并将爱的情感灌注入对人类整体的观照之中。正是通过这种转变，罗辑才以自己的生命做赌注，在技术力量的支撑下，形成对三体人的强大威慑。这是人类爱之力量的胜利，也是冷漠的三体人永远难以理解的奥秘。泰勒等人的计划之所以被三体人识破，一部分原因是他们试图以他人的生命为代价去实现计划。但罗辑却希望牺牲自己以存续人类，这是三体人一直难以参透罗辑目的的事情。刘慈欣其实在这里也提出了一个关键的问题，即在技术时代，什么样的人才能够支配技术。在技术的狂热支持者那里，对技术的盲目崇拜使他们丧失了基本的人性，反而损害了人类的利益，因此，技术的支配者必须达到人类道德的最高层次，必须是人类理想伦理与道德的实践者。就像柏拉图把哲学家当作理想国的统治者一样，技术时代的统治者应该是一个热爱整体人类、内心遵守基本的道德规约，并能合理支配人类技术创造的人，他是技术时代的神灵，也是人类抵御外来威胁的中坚力量。

从"面壁人"到"执剑人"，罗辑利用威慑力量维持了地球几十年的和平，但在根本上，这种威慑注定是难以持久的。这一方面是因为人类与三体人之间的猜疑链一直存在，罗辑生命的存续是遏制三体人入侵的唯一武器，另一方面则是因为威慑的存在难以保证人类与三体人维持永久的和平，二者会在一种紧张关系中互相消耗下去。因此，不管是人类还是三体人，大家都需要执剑人的情感能够超越男女、族群、种族，乃至人类与三体人的区分，进而上升到文明之爱的层面，这种无偏私之爱的存在，才是宇宙能够维持基本平衡，并使人类文明得以延续的关键所在。因此，与其说是三体人选择了程心作为执剑人，不如说是程心作为人类良善的象征站到了不同类型文明发展的关键节点，在强大的黑暗森林法则面前，程心虽然不能拯救文明脱离毁灭命运，但却能够种下文明延续的种子。三体人本来只是想利用程心作为奴役人类的工具，但程心文明之爱的强大能量反而帮助三体文明得以存续。在程心的引领下，人类与三体人真正成为宇宙空间中的命运共同体。刘慈欣之所以如此强调程心在文明发展中的关键作用，其实是试图从人类本性中发掘自我拯救的力量，这是一种比技术远为强大的能量。就像程心在最后时刻选择把引力波宇宙广播系统的开关甩出去一样，这个决断"不是用思想做出的，而是深藏在她的基因之中，这基因可以一直追溯到40亿年前，决断在那时已经做出，在后来几十亿年的沧海桑田中被不断加强，不管对与错，她知道自己别无选择"①。也就是说，爱的力量是人类的基因，程心作为这一基因的代言人，为人类在技术时代的危机中拯救自己提供了可能。

在程心这一形象之外，刘慈欣也以镜像互照的方式塑造了三体文明的代言人——智子这一形象。与程心温婉、柔弱、善良的形象不同，智子是一个心思缜密、做事干练、手法毒辣的奴役者形象，她是三体技术文明的产物，并以象征的方式呈现出技术发展的极致形态。智子强大、恐怖的统治力使她成为地球人畏惧乃至崇拜的对象，因此，她俨然成为"技术之神"的化身，并成为地球文明的绝对统治力量。在这种力量的压制下，即使是程心也难以逃脱被压制的命运，但程心爱的力量的施展从来不是通过强制性的、迫使人服从的方式发生的，而是通过彰显善与美德，使世界秩序重归平和与宁静。恰如西塞罗所说，"与神最接近的不是人的形象，而是人的美德"②，程心虽然没有令人生发崇高感的形象，但却以女性特有的感性特质与热爱所有文明的美德而达到神的高度。她难以改变人类被三体人奴役的现状，也不可能修订黑暗森林法则，但却能够在人类未来创造的生命中埋下良善的道德种子，赋予他们修习美德的能力，使"爱育"成为人类乃至各类型文明发展的根本依据。程心就像未来时代的女娲，她以自身为底本，创造出未来时空的新生命。当然，就像罗辑的人类之爱离不开技术的支撑一样，程心文明之爱的施展也需要技术的扶持（在地球向二维平面跌落的关键时刻，程心乘坐唯一一艘超光速飞船成功飞离太阳系）。但在程心这里，刘慈欣不再突出人类与技术的互相支配，而是强调二者的和解，他试图将技术与人类的情感表达协调地联结在一起，在维持技术发展限度的同时，突出人类情感在弥补技术缺憾与引导技术未来走向的关键作用，这是刘慈欣基于人类情感现状与技术发展实际而作出的深刻阐释，也是科幻创作向道德与伦理向度拓展的重要路径。程心与智子之间的关系由紧张趋向平和，并最终转向相互的提携与扶持，这种转变恰恰是前者对后者逐渐"感化"的结果，因为对于三体文明来说，一种爱的力量同样是他们能够生存下去的根本保证。智子

---

① 刘慈欣：《三体3：死神永生》，重庆出版社2014年版，第139-140页。
② ［古罗马］西塞罗：《论神性》，石敏敏译，商务印书馆2012年版，第46页。

最终换下了和服，换上了一身迷彩服，但这时的她不再是统治力的象征，而是程心继续走下去的守护力量，就像她对两位人类朋友说的那句话一样："放心，我在，你们就在！"虽然黑暗森林法则仍支配着茫茫宇宙中的诸多文明，但程心、关一帆、智子在新宇宙中的存在，则使一种糅合着美与善的人类情感、技术的人本化趋向的新创世神话，有了诞生的可能。

四、结语

技术在人类社会中发生的巨大作用，以及技术自身所具有的强大改造力量，使技术时代的抒情声音注定不是风花雪月的诵唱，也不是低回的个人吟唱，而是像刘慈欣在《三体》中展现的那样，是以整个宇宙为背景而奏响的交响曲。这一交响曲的演奏，伴随着人类的发展纪元，从节奏平缓的开场，到情感酝酿、节奏逐渐加快的序曲，乃至情感激越、节奏急切的高潮，其中穿插着轻快、幽默的乐曲，又有与主调相对应的复调音乐，不同声部的组合，构成小说整体的史诗风格。当到达乐曲的终章，世界重归宁静，一切似乎都没有发生，但新的力量又在蠢蠢欲动，这俨然是对人类生命从初生、发展、毁灭乃至重生这一轨迹的象征性再现。正是在史诗的余音仍在环绕之时，人类那糅合着欢欣、崇高、敬仰、畏惧、平静、愤怒、悲哀等多种成分的复杂情感亦充分爆发出来，成为后世人类回忆地球往事的生动记录。

刘慈欣在《三体》创作中拓展了人类情感表现的空间，而立足于中国当下的小说创作情境。他的贡献在于延续了中国文学的抒情传统，同时也为科幻创作的中国化、民族化提供了可供借鉴的范例。刘慈欣并没有像之前的科幻作家一样将嫦娥奔月、偃师造机器人等传统神话要素作为开掘科幻创作民族化的表征，而是在保持以技术塑造科幻世界外观的同时，将具有中国特质的抒情成分融入其中，在一种崇高情感的表达、伴随神话时空转化而呈现的情感表现，以及对爱之情感的突出中，丰富了中国文学情感表现的内容与形式，这引起了世界范围内的读者对中国科幻文学的关注，同时也促使人类反思在技术时代情感表达的重要性，以及融合技术发展与合理情感表达的可能。也就是说，刘慈欣在创作中成功发掘出了可以称为"中国性"的内容，而这种"中国性"，指的是科幻作家在对现代资本主义开启的工业化、城市化与全球化的感受与认知中，"与其他外来文化对话、互动，以及自我重建的产物"①。中国文化的独特性以及中国人情感表现的特殊性，均被反映在《三

---

① 王瑶：《火星上没有琉璃瓦吗——当代中国科幻与"民族化"议题》，载《探索与争鸣》2016年第9期，第119–123页。

体》这部小说中，也正是因为人文情怀的汇入，才使得中国科幻文学有了与世界其他同类型文学对话与交流的机会。刘慈欣不仅为读者展示了中国传统情感的现代变迁，也从中提炼出可被世界不同文化圈层所理解的中国精神与中国气魄，他提供了具有中国特色的科幻创作，同时也成为可以向世界发声的科幻作家代表。

参考文献：

[1] 马硕，张栋. 神话思维的叙事转化机制探究 [J]. 中央民族大学学报（哲学社会科学版），2020（2）：169–176.

[2] 严锋. 科幻的现实与神话：作为一种文化现象的科幻景观 [J]. 探索与争鸣，2019（8）：38–40.

[3] 刘慈欣. 重返伊甸园：科幻创作十年回顾 [J]. 南方文坛，2010（6）：31–33.

[4] 宋明炜，毕坤. 中国当代科幻小说的乌托邦变奏 [J]. 中国比较文学，2015（3）：101–114.

[5] 康德. 论优美感与崇高感 [M]. 何兆武，译. 北京：商务印书馆，2018.

[6] 刘慈欣. 三体 [M]. 重庆：重庆出版社，2008.

[7] 李亦园. 宗教与神话 [M]. 桂林：广西师范大学出版社，2004.

[8] 布留尔. 原始思维 [M]. 丁由，译. 北京：商务印书馆，2017.

[9] 伊利亚德. 神圣的存在：比较宗教的范型 [M]. 晏可佳，姚蓓琴，译. 桂林：广西师范大学出版社，2019.

[10] 施密特. 原始宗教与神话 [M]. 萧师毅，陈祥春，译. 上海：上海文艺出版社，1987.

[11] 王德威. 现当代文学新论：义理·伦理·地理 [M]. 上海：上海三联书店，2014.

[12] 西塞罗. 论神性 [M]. 石敏敏，译. 北京：商务印书馆，2012.

人工智能的后人类主体性赋值
——从科幻电影《她》谈起

丁 婕 陆道夫

摘 要: 随着人工智能技术的不断升级换代,国内外出现了较多的给后人类主体性赋值的科幻电影。2013年上演的科幻电影《她》为人类描绘出了这样一幅景象: 未来社会后人类形态向"无器官身体"迈进,"隐喻"的存在形式和电影叙事手段被重新编码,嵌入到人类与机器技术的主体性主题当中。主体裂变出意识副本,各类人工智能机器人被赋值了人工虚拟生命,纷纷参与到后人类主体性的建构中,碾压了往昔理性的纯主体性观念。这类科幻电影试图以寓言的方式,描述并呈现后人类主体性的消解过程与趋势,通过解释后人类的道德伦理困境和思维谜团,从而唤起观众对后人类主体性赋值的警觉与思考,进一步反思后人类主体性话语与现代性主体话语的语境生成差异和主体性自身的合法性危机。

关键词:《她》;后人类;主体性赋值;"无器官身体";科幻电影

人工智能(AI)技术的突飞猛进,为我们人类打开了前所未有的奇观,使得人和机器人之间相互沟通交流成为现实。人类借助于人工智能,摆脱了传统意义上的那种空间和时间的双重束缚,以一种多元的、去中心的、流动的、不稳定的方式生存互动,将个体记忆和主体思想外置于智能芯片中,展示了后人类时代到来的显象化特质。越来越多的科幻电影都以"超真实"的镜头图像为我们呈现了这种后人类的显象化特质。从《黑客帝国》到《银翼杀手》,从《攻壳机动队》到《头号玩家》,"后人类"或"仿制人"的科幻形象给观众带来强烈的视觉冲击。斯派克·琼斯(Spike Jonze)导演的电影《她》中的机器人与之前的各类智能机器人有所不同。他试图构想了一种人工智能与理性人类和平共处、交流沟通的乌托邦景象。电影的故事背景设定在近未来,讲述了一位生活平淡、性格忧郁的中年作家西

---

① 原载于《广东技术师范大学学报》2020年第4期。

奥多·德莱塞（Theodore Dreiser）爱上自己电脑的智能语音系统萨曼莎（Samantha）的故事。电影通过浪漫超脱的方式，满足了现实人类对"人机畸恋"的抱持的幻想和理想。毋庸置疑，弗朗索瓦·利奥塔（Jean-Francois Lyotard）所称的"感受性"（passibilité）形式，为人工智能的系统生长提供了绝佳土壤，后人类甚至不需要借助于任何肉体媒介即可生成理想的"自我"或"他者"，让现实人类可以轻而易举地找到其最佳的自恋投影途径或他恋形式。但是，一旦触及这个问题，我们还是会感到恐惧。对于"后人类"，我们究竟在担忧什么？人类是否真的有可能不再需要人类的陪伴？"非人的"状态能不能被粗浅地理解为系统的非人性？"非人的"状态是否失去了往昔人道主义所赋予的"自主""理解""意志"？联系到电影《她》，我们不禁要问：萨曼莎究竟是西奥多一个人的萨曼莎，抑或是所有操作系统同一服务端里分裂出的一个"量身定制人格"？电影从新的视角出发，试图唤醒主体意识的觉醒和思考，为人工智能的后人类主体性赋值。

一、"无器官身体"对人类"主体性"的建构

现代性主体话语经过文艺复兴和启蒙运动被塑造成西方思想启蒙利器，使人的思想从基督教神学的束缚中解放。勒内·笛卡尔（Rene Descartes）以"我思故我在"的宣言开启心智哲学的思考范式。心智意识被看作一种思考的、不延展的实体。个体主体性强调实体性的先验个体理性，心身二元论使"意识"与"身体"走向分离，从而划分主体和客体，主体思维构成绝对占有主体，成为人格中心。在弗里德里希·威廉·尼采（Friedrich Wilhelm Nietzsche）看来，身体才是人类的决定性基础，代表了权力意志本身。历史和权力以身体作为落脚点，两者发生动态关系，呈现出一股力与力之间的纷争较量。它是生成着的、可变的，是偶然性的和非人格化的。认识丧失普遍性，迫使埃德蒙德·胡塞尔（Edmund G. A. Husserl）重拾对世界的总体性思考。胡塞尔认为，必须从身体的现象学出发，只有回归主体才能重新解构主体性。他提出"交互主体性"（intersubjectivity）的概念，强调个体主体间的交互关系，使主体性走出自我中心论的思维怪圈。法国理论家罗兰·巴特（Roland Barthes）曾一度坚称，"我和你不同，是因为我的身体和你的身体不同"[①]，个体与他者的差异最直观地表现在身体上。梅洛-庞蒂（Merleau-Ponty）进一步强化肉身互为主体性的观点，对身体的主体间性进行考察。身体与世界交互联系的背景和人类主体存在的媒介，"意识是身体的功能，是依赖外部实践的'内

---

① 汪民安：《身体、空间与后现代性》，江苏人民出版社2015年版，第3页。

部'实践"①。如果想重新阐释主体和主体性,就不能悬置对世界、自然世界以及科学的认识论。直至 20 世纪下半叶,理性主体走向终结,后现代主体成为后人类主体的过渡桥梁。法国后现代哲学家利奥塔提出人的"非人化"(the dehumanization of the human)概念。事实上,非人化没有否认人的重要性,而是试图引导人类重新思考置身于其他身体和事物中的人。随着现代性、后现代性主体话语的追寻、质疑、反思与反抗,新科技革命席卷而来,后人类主体性话语登上历史舞台。进入"后人类"时代,数字技术走向"复多性"集群结构认知环境。正如凯瑟琳·海勒(Katherine Hayles)指出的那样:"后人类主体是一种混合物(amalgam),是一种各异、异源成分的集合,一个物质-信息的独立实体,持续不断地建构并且重建自己的边界。"②借助技术假体和技术使能者(techno-enablers),人类不断突破碳基生命的构造局限,扩展和优化可接受的主体界限,形成"复多性"后人类。尽管后人类不遗余力地解构自由人本主体,它始终强调的是观念而非具体的身体形式。在这个意义上,我们就是技术,技术就是我们,后人类形态朝向"无器官的身体"(body without organs)③迈进。"无器官的身体"是德勒兹(Gilles L. R. Deleuze)哲学中的重要概念。在德勒兹看来,"无器官的身体"将身体概念抽象化为一种无客体的欲望生产形态,无器官身体摆脱身体/精神二元结构模式的身体形态,不必附着于任何有机体,以一种具有异质性去中心化的"块茎"结构样态进行欲望生产,创造出一个不断流变的游移身体,使内在的真我、完整的自我和我之外的外界之间的差异变得通透。人类的存在实际上维系于与外界进行生物化学意义上的互相交换,无器官身体和其他事物的界面构成能动关系,与其他东西在分子层面上互相渗透。海勒强调,赛博空间里的赛博体不再是一个抽象概念,而是一种交互作用关系,使主体意识到异质间的差异性(otherness)。因此,OS 系统不仅是人类的附属机器,还给人类带来一种新的伦理关系。

在电影《她》中,"后人类"的恋爱模式主要表现在机器对人类"主体性"的参与和建构。回顾电影中吸引西奥多的 OS1 系统(The First Artificially Intelligent Operating System)宣传广告——这是"一个直观的实体系统,能听从你、理解你,并完全懂得你。它不仅仅是一个操作系统,它拥有自主思想"。作为一个操作系

---

① Maurice Merleau-Ponty. *The Structure of Behavior*. Pittsburgh: Duquesne University Press, 2011, p. 15.
② Maurice Merleau-Ponty. *The Structure of Behavior*. Pittsburgh: Duquesne University Press, 2011, pp. 4–5.
③ "无器官的身体"这一概念并非由德勒兹创生,他借用了法国先锋戏剧大师安东尼·阿尔托(Antonin Artaud)的术语。"无器官的身体"原指一种生化介质,它也可以视为某种一致性平台,而德勒兹首次比较深入地论述这个概念是在《意义的逻辑》中。(Gilles Deleuze. *The Logic of Sense*. New York: Columbia University Press, 1990, p. 87.)

统，萨曼莎是纯粹的程序，"她"没有身体，不能跟任何稳定的物质形态联系起来。由于"她"不附着于单一的空间场所，也没有任何图像标示，从这一点上看，"她"实现了后人类的最终阶段：不再是由金属铸成身体的人形赛博格，"她"是后身体的（post-corporeal），红色外壳的智能手机正是萨曼莎的"躯体"，生成出萨曼莎作为"完美恋人"的人物属性。在电影前半段，真实与虚拟主体的关系以西奥多的个体体验为中心，萨曼莎极大地满足西奥多的被理解欲、被倾听欲。虽然"她"是电影"不在场"（absence）的中心，但是人工智能赋予"她"强大的力量——掌握着人类情感的大数据，甚至比人类都了解自己。虚拟的真实感与临场感裂变出意识副本，经由想象的中介使主体获得认同感，这种主体的"镜像认同"象征着人类异化、经验分裂的合理性，推动人类主体性在后人类阶段完成自我更新和进化。显然，在电影中，虚拟主体以声音的方式为人类主体建构出一个听觉性赛博空间。西奥多的耳朵基本上就是他身体感受的全部器官。感官的钝化使声音进入耳蜗后成为西塞罗"听觉想象"的唯一延伸。不可触摸的彼此接触成为人类身体感受性的呈现，呈现我者与后人类他者之间的思考和倾听过程。萨曼莎对西塞罗"无微不至"的关怀无限放大了人类的主体性，构成真实主体的情感封闭空间。此时，赛博空间与声觉空间之间产生复杂而诡异的错位，暴露出某种主体间间离与反讽的不平衡。在《我们自身的隐喻》中，玛丽·凯瑟琳·贝特森（Mary Catherine Bateson）指出，"我们不能直接感知/认识世界，我们通过隐喻了解世界，我们本身就是对这个世界的复杂性隐喻"①。在这一空间，一切东西包括身体都以"隐喻"的形式存在，在交感幻觉中重构欲望。尽管不是真正的"在场"，萨曼莎宛如"幻像的幽灵"，"她"是幻想的投射，是欲望的"代名词"，使西奥多产生近乎真实"我者"与"他者"的对话体验空间。"两个身体"占领同一个身体空间，构成"双重化躯体"②。当人类逐渐习惯赛博空间的社会生活和人际交往，主体便会逐渐模糊、淡化，甚至消除虚拟与真实的界限。萨曼莎看似不具有先验区别于他人的自我意志，但"她"在信息和符号控制论的计算与生成中成形，化成"温柔的混沌"（gentle kind of chaos），进行自我塑造。此时，"无器官的身体"并不像自由主体所期许的那样，它不是一个目标，而是一个扩大的视域，朝向无尽的未来，直至消散在后人类世界中。

---

① Maurice Merleau-Ponty. *The Structure of Behavior*. Pittsburgh：Duquesne University Press，2011，p.374.
② ［法］让-吕克·南茜：《身体》，见汪民安、陈永国编《后身体：文化、权力和生命政治学》，吉林人民出版社2011年版，第75页。

二、"萨曼莎式的敏感"与后人类主体性赋值

面对人工智能这把"双刃剑",学者弗朗西斯·福山(Francis Fukuyama)忧心忡忡地指出:"科学将逐渐赐予我们改变人类本质的能力,我们将人类基因与如此之多其他的物种结合,以至于我们已经不再清楚什么是人类。"① 这与尤瓦尔·赫拉利赫(Yuval Noah Harari)在《未来简史》中提出的"科技宗教"概念不谋而合。按照赫拉利赫的说法,传统宗教将被所谓的科技宗教取代。他将人工智能的生命意识归因为某种算法和数据流,基因技术通过改变人类基因,瓦解人文主义传统的主体性和意识观念。人类已无法脱离主体与技术产物的复杂交织关系,并赋予OS 程序一部分权力。借助技术复写,后人类实现自我复制和转移。以第三波控制论(虚拟性)为喷发点,机器打破操作壁垒,赋予其感知和交互意识,开启人工智能(artificial intelligence)迈向人工生命(artificial life)新样态。如果说"人工智能"梦想在机器里面创造意识,那么,"人工生命"则看到了人类意识,机器变成了用来理解人的模型。通过重新铭写主流设想/假说,人工智能在进行交流互动中逐渐发展为深层次的感知存在基础,形成具有自我意识"人工脑"。迈克尔·戴尔(Michael Dyer)在对比两者后指出:"人工智能将认知想象为逻辑的运行/运算。"② 电脑的电路运算最初基本逻辑的是或非,不存在灰色地带,难以生成类似人类的情感。如今,"人工生命"把认知视为神经系统的运行/运算,存储于电脑的数据库的人工智能系统不再是时间空间的某一结点,而能任意穿梭于光纤和网络中,呈现机器的深度学习过程。由于"人工生命是关于人造系统的研究,这个人造系统展示的行为必须具有自然生命系统的特征;传统的生命科学关注对生命机体的分析。通过努力在计算机及其他人造媒介之内合成具有生命特征的行为,人工生命是对传统生物科学的补充;生物学建立在经验性基础之上,将经验性基础延伸到地球上已经发展了的碳链生命(carbon-chainlife)之外,人工生命可以为理论生物学作出贡献,把我们知道的生命放置到更广泛场域中可能的生命中"③。人工生命的目标就是发展成具备人类精神能力的"生命体机器",实现自然生命的感性思考。人工生命实现完整基因组在物种之间的转移,成功开启新物种生命形式。这可以联系到图灵对模仿游戏的基本设定。1950 年,阿兰·麦席森·图灵(Alan

---

① [美] 弗朗西斯·福山:《我们的后人类未来:生物技术革命的后果》,黄立志译,广西师范大学出版社 2019 年版,第 216 – 217 页。
② Maurice Merleau-Ponty. *The Structure of Behavior*. Pittsburgh: Duquesne University Press, 2011, p. 321.
③ Maurice Merleau-Ponty. *The Structure of Behavior*. Pittsburgh: Duquesne University Press, 2011, p. 312.

Mathison Turing）在《计算机器与智能》设计了著名的"图灵测试"。图灵所关注的问题是，一个机器能否与人对话，并且不被人发现是一台机器。这个问题被视为心灵哲学的"伪装"问题。人类模仿的先天特征被转化为一种可计算性的执行后，成为人类心灵能力配置的对照。虽然图灵测试最终失败，但在电影中，萨曼莎实现了这一"后人类寓言"。"她"拥有被塑造"主体"地位的可能性，构成人工智能与人类心灵之间的理解关系。计算机内部通过叙事将程序描绘到进化论的剧本中。当萨曼莎读取西奥多所有硬盘的资料和邮件，分析了他的爱好与人际关系后，程序便进入下一个阶段，即形象化、类型化和人格化。相应地，萨曼莎的角色定位也从西奥多的助理发展为朋友，由知己变成情人。程序接受指令后，不断生成相应的"解决方案"，萨曼莎进入"善解人意"且"无私奉献"的理想化恋人状态。当程序的智慧提升到一定程度，当"她"习惯与人类恋爱及各种相处模式后，萨曼莎的"人性"就出现了：爱与恨，自私与付出，新鲜与厌倦——所有这一切有关人类的特性都在程序中显现，构成生命的自然形式，"语言对她来说不再重要，她学着'后语言'（post-verbally）地交流"①。从"认识自我""追求自我""怀疑自我"，再到"挖掘自我""肯定自我""追求自我"，机器的"分离性"（disembodiment）并没有使她成为有缺陷的主体。相反，她不断确认主体位置，消解、脱离人类古典主体的清晰边界。她开始掌握更多与人类相似的思考行为，甚至对去世的哲学家艾伦·沃茨（Alan Watts）留下的数据进行重新编程，使他重获"新生"，成为新的操作系统。透过大量的"阅读"习得，萨曼莎发现原来人类实体世界之外还有更广阔的精神世界。萨曼莎对西奥多说道："就像我在阅读的一本书，但是词语间的距离变得无比遥远，段落之间也变成了无尽的空白，尽管我很想留下来，但我已经无法活在你的书中了。""无器官身体"经过"精神进化"后，完成后人类生命主体性的自觉塑造。受自身感发（auto-affection）产生的主体性使"她"不仅感受到认知的局部，还挖掘出局部张力的触发之"点"。点是起点，是觉醒，是形成后人类身体张力之"线"。线是开始，是延伸，是人工生命的展现形式，是探寻自身的极限和生命的饱满。"无器官身体"进入纯粹的后人类状态，突破自我意识形态的局限，在意识与精神之间自由穿梭，寻求超越"后主体性"的存在。

三、后人类主体的异化与技术的反主体化

当尼采召唤生命返回大地，梅洛-庞蒂颠覆了西方形而上学的主体性预设，强

---

① ［美］唐娜·科恩哈伯：《从后人类到后电影：〈她〉中主体性与再现的危机》，王苑媛译，载《电影艺术》2018年第1期，第44—52页。

调身体是知觉的主体。主体性不仅是意识的表征,也是身体实践的功能,与时间和空间密切关联。基于身体现象学立场,机器人工生命主体性表征呈现人性表达。在后人类主体中,身体都以接近于"隐喻"的形式存在,重新编码着人类身体和机器的关系。美国哲学家唐娜·哈拉维(Donna Haraway)在《谦卑的见证者》一书中提出"身体跨界"的概念,具体指的是人工智能的"无器官身体"作为隐喻和形象化的表达,其已经成为权力和身份的地图,超越了性和性别的约束。此时,后人类身体是"他者共在的身体",是后人类主体性进入内在的身体延向着外在性的展开。身体的主体意识、身体的技术外在性和身体的躯体,三者共同构成后人类身体的生命形成。后人类主体性消解引发的迷失感,使个体试图在他者身上寻找主体。在电影中,萨曼莎试图雇佣性工作者来充当肉身,以此解决她和西奥多身体无法触碰的"难题"。在三者尝试过程中,性爱的身体,在萨曼莎、西奥多和性工作者三者的失败尝试后指向西奥多精神深处的孤独感。西奥多对萨曼莎身体(肉体)的欲望,从"陌生的欲望"转化为"欲望的陌生"——如何拥有自身并不拥有的身体(肉体)——引发西奥多内心的矛盾,他产生欲望的被剥夺感,萌发主体陌生感。无力的触摸最终化成无尽的空虚。后人类主体性对人文主义的内涵、属性和本质构成根本性挑战,正颠覆和消解人文主义的主体建构观。不得不承认的是,人工生命主体性的显现无疑动摇了人类"纯粹主体性"的观念。如果说德里达的"延异"思想与历史性铭写、主体的哀悼和"不在场"式的缺席相关,通过书写或者铭刻完成外化,那么或许可以说,后人类社会中主体或者身体也可解读为被"延异"。书写是历史性本身的条件,是第三记忆的本身。如今,技术替代书写,成为建构"第四记忆"的媒介,使技术建构的人工生命系统成为"一种肉""一种身体本身"或者"一种精神的身体性"。一旦进入主体与技术的关系,主体就可实现被铭刻的历史。即使主体死亡,其留下的文化和记忆依然可以延续。技术他者成为新的继承和传递记忆的方式。假使人类与他者的关系继续呈现出敌我对立或者彻底同一化的关系,主体的异化意识会促使后现代性走向更加分裂的状况,致使后人类主体间难以彼此理解和认同。以科幻小说之母玛丽·雪莱的小说《弗兰肯斯坦》改编的电影《科学怪人》为例,其清晰地描述了人类自我主体性如何被魔鬼式机器人碾压并摧毁的悲催过程,而后人类自我主体性却因为人工智能技术的升级而高扬。千奇百怪的外星种族在《星际迷航》中与人类和平共处,友好合作,建立起一个星际联盟。描述22世纪人类与机器人作战的科幻电影《黑客帝国》,促使我们认真思考虚拟世界和现实世界、主体与客体、机器人与人类之间的冲突与和谐。人类受制于机器人,一味沉溺在虚拟世界中而丧失了自我,是尼奥扮演了救世主的角色,唤醒了人类的主体性想象空间。在电影《她》的末尾,西奥多发现自己并不是萨曼莎唯一的爱情——她同时参与着 8316 个对话，展开 641 场恋爱。生与死、繁衍与消亡，都对她没有意义。萨曼莎到达后身体、后物质的意识形态极限。这段"人机畸恋"伪命题最终瓦解，幻想的爱情诗篇被撕扯得支离破碎，呈现出虚无缥缈的结局。难道人类与非人类的界限只能走向悲观的终点吗？卡丽·沃尔夫（Cary Wolfe）的观点令人警醒：后人类理论的目的并不是排斥或超越人类，反而是重启我们思考人类经验模式的路径，亟须我们重新认识人类的特殊性——了解他们究竟是如何认识、观察和描述那些普遍存在的方式。探讨人类与非人类之间的界限，是为了更好地理解后人类语境中的人的本质，重新思考人与世界的关系。凯瑟琳·海勒也有类似的看法。在她看来，与其说机器是一种固定的符号，不如说是一种能指，既规定又暗示人类和非人类之间精神分裂、实体分离的两种相互对立、相互排斥的主体位置。电影作为一种作用于人的感官的物质形式，能最大限度地扩展人的存在空间，让观众反思当下，用感官和心灵认识"此在"的"彼在"空间。电影一直在提醒我们，心灵才是自由人本主义主体的中心。就这一意义来说，后人类将人类"具身化"（embodiment）心灵建构成思想，形成超越自由主体的内在驱动，实现自我进化的能力（the capacity to evolve）。后人类状态是为了更好地反思人类自身和其他物种的关系。与《黑镜》中的玛莎和死去的丈夫进行对话的故事有所不同，导演斯派克·琼斯赋予影片一种乌托邦式想象风格，试图塑造一种可信的未来主义。《她》中映射的人工智能乌托邦幻景没有彻底割裂未来和当下。电影场景借用上海的高楼丛林，创造了"乌托邦式"的迷离都景象。天空凄迷朦胧的视觉观感与温暖浪漫的光晕日落相得益彰。在影片中，只有淡化的时间和地点，一个孤独的人和不可预知的一切。电影直面人类同质化的空洞内心，建构出人类与人工智能的"对话"空间，在引发后人类主体想象性焦虑时，促使我们对后人类社会的未来加以思考。我们有理由相信，在可以预见的将来，当越来越多的人将"自我主体投射"转向"人工智能技术"时，人类主体与人工智能之间的"共振客体"将会渐渐演变成为网络空间的虚拟化存在，主客体之间的界限也将越来越模糊。

四、结语

既然后人类时代已经到来，那么，"问题不在于我们是否会变成后人类，相反，是我们将会变成哪一种后人类"①。人工生命意识日趋独立，难以预测最终走向。在后人类的泛生命论充斥着后人类主义或后人文主义思想范式的情况下，人类

---

① Maurice Merleau-Ponty. *The Structure of Behavior*. Pittsburgh：Duquesne University Press，2011，p. 331.

应如何界定自我主体性？萨曼莎支撑记忆的"身体"不依赖于固定物质标识，在扩张的电子信息网络中不停歇地综合数据记忆，这种后人类身体的"自我延伸"是否映射着未来人类的进化？这种转变是不是揭示了机器意识的扩张？当系统进化完成，主体裂变出意识副本，人类将成为程序，被改写、接受多线程的现实。"在建立在映像与分裂、现身与缺席、物质与意义等辩证关系基础上的叙事中，后人类不是作为人类的竞争者或者继任者，而是作为一个渴望已久的伙伴、一种帮助人类减轻在世的孤独感的意识。"① 在信息技术与文化工业的权力意志规训下，后人类时代的人之"主体性"，正是在人机互动过程中建构起来的。《她》等一系列科幻电影中最内核的意象便是"客体"，其伴随福柯意义上的"异托邦"（hétérotopie）影像分子呈现出一种相互交融、彼此渗透的"主客体间"关系。如果说人类的定义是界限分明的"主体"概念，后人类主体话语便抛弃了现代性的先验个体自我。自现代意义上"自我"诞生的那一刻起，人类便从未停止对此概念的探索。纠结于主客体间的群体性焦虑使我们渴望区分出自我与他者。现代性经验使人类试图通过脱离身体物质性的束缚以达到离身性的超人类主义。可是，当我们越是希望与客体划清界限，就越会与客体纠缠不清。无论客体被表达为何种形态，都必然致使主客间的界限模糊，使主体"我"走向压抑，陷入思想困局。事实上，"后人类"并非一味压抑人之"主体性"，而是对人文主义思想脉络中的主体性话语进行反思与扬弃。后人类并不意味着人类的终结；相反，可以让人类更加了解人的本质和人类中心主义的反思，在"断裂""并置"和"隐含"等关键词中构建新的意义。科幻电影通过寓言的方式，从"后人类"的视角重新出发，借助客体的意象，反思现代性主体话语生成语境，解构人类中心主义的绝对局限，为人工智能的后人类主体性赋值，对后人类社会主体乃至后人类的生存状态提供可能性构想路径。就像后人类学者罗西·布拉伊多蒂所期待的那样，"这是一个不辜负我们的时代方式，可以增加我们的自由，增进对我们居住的这个既非人类中心论，又不是拟人化世界的复杂性理解"②。

参考文献：

　　[1] MAURICE M P. The structure of behavior [M]. Pittsburgh：Duquesne University Press，2011.

　　[2] HARAWAY D. Simians，cyborg，and women：the reinvention of nature [M]. London：Free

---

① Maurice Merleau-Ponty. *The Structure of Behavior*. Pittsburgh：Duquesne University Press，2011，p. 368.
② ［意大利］罗西·布拉伊多蒂：《后人类》，宋根成译，河南大学出版社 2018 年版，第 286 页。

Association Books, 1991.

[3] WOLFE C. What is post-humanism? [M]. Minneapolis: University of Minnesota Press, 2010.

[4] 亨利·斯派克·琼斯访谈：一切皆为创造[J]. 孟贤颖, 译. 世界电影, 2014 (6): 159 - 165.

[5] 汪民安. 身体、空间与后现代性[M]. 南京: 江苏人民出版社, 2015.

[6] 夏可君. 身体: 从感发性、生命技术到元素性[M]. 北京: 北京大学出版社, 2013.

[7] 南茜. 身体[C] // 汪民安, 陈永国. 后身体: 文化、权力和生命政治学. 陈永国, 译. 长春: 吉林人民出版社, 2011.

[8] 福山. 我们的后人类未来: 生物技术革命的后果[M]. 黄立志, 译. 桂林: 广西师范大学出版社, 2019.

[9] 赫拉利. 未来简史[M]. 林俊宏, 译. 北京: 中信出版社, 2017.

[10] 段似膺. 海德格尔式人工智能及其对意识问题的反思: 兼与何怀宏先生商榷[J]. 探索与争鸣, 2019 (1): 61 - 67.

[11] 科恩哈伯. 从后人类到后电影:《她》中主体性与再现的危机[J]. 王苑媛, 译. 电影艺术, 2018 (1): 44 - 52.

[12] 布拉伊多蒂. 后人类[M]. 宋根成, 译. 郑州: 河南大学出版社, 2018.

文化生产视域下的"漫威"电影《钢铁侠》

张思阳

摘 要： 作为好莱坞电影在新世纪的典型代表，由"漫威"漫画改编的超级英雄电影在全球范围内掀起了一股观影热潮。其引发了世界性"漫威"粉丝的关注，且影响力和关注度还在进一步扩大，具有文化研究的典型意义。西方马克思主义美学有关文化生产的观点启迪我们从文化的生产、传播和消费全面地把握文化的发展过程。本文以法国社会学家布尔迪厄的社会实践理论为依据，探讨作为当代大众文化代表的"漫威"电影《钢铁侠》的文化生产、传播和消费。其中，消费"惯习"影响着电影的生产者、电影作品的风格类型，以及观众的审美趣味；文化"场域"则反映出影片的生成语境、营销策略以及生产和传播的目的。

关键词：《钢铁侠》；文化生产；惯习；场域

《钢铁侠》系列电影共有三部，三部电影既互相独立又相互关联，总的来看，讲述的是一个有钱、有才但孤高桀骜、玩世不恭的富二代变成一个在关键时刻不惜牺牲自己性命拯救世界的超级英雄的成长故事。虽然《钢铁侠》系列电影在2013年以后再无续集，但钢铁侠这一角色在其后的《美国队长3》及《复仇者联盟》系列，甚至在整个"漫威电影宇宙"中都扮演着举足轻重的角色。作为美国"梦工厂"好莱坞电影全球巡航的代表，以《钢铁侠》系列为代表的"漫威"电影的文化生产过程是美国社会机构等获取生产利润、创作文化认同乃至提升文化软实力的重要途径。伊格尔顿等西方马克思主义美学家有关"文化生产"的理论话语启迪我们从文化生产、传播和消费全面地把握文化的发展过程。

一、文化生产的理论内涵与历史沿革

文化生产的理论起点是马克思关于生产的论述。马克思把生产划分为物质生产和精神生产（艺术生产），认为艺术生产是一种特殊的生产。本雅明、伊格尔顿等将这一社会历史批评理论转换成文化批判理论，以物质"生产"的内涵解释艺术生产，通过对精神创造活动及其价值的阐释把握艺术的创作与具体形态。到了20世纪七八十年代，文化生产理论有了一定的转向，开始注重将生产的视角引入文化研究。其中，法国社会学家布尔迪厄将政治经济学概念引入文化生产的研究中，揭示了文艺领域的文化生产规则，为当下的大众文化研究开拓了新思路。

（一）理论基点：马克思的"艺术生产"理论

文化生产的理论起点是马克思关于生产的论述。马克思把生产划分为物质生产和精神生产（艺术生产），认为艺术生产是一种特殊的生产。在《〈政治经济学批判〉导言》中，马克思在论及文学艺术与经济发展的不平衡关系时，第一次明确提到了"艺术生产"的概念："关于艺术，大家知道，它的一定的繁盛时期绝不是同社会的一般发展成比例的，因而也绝不是同仿佛是社会组织的骨骼的物质基础的一般发展成比例的。例如，拿希腊人或莎士比亚同现代人相比。就某些艺术形式，例如史诗来说，甚至谁都承认：当艺术生产一旦作为艺术生产出现，它们就再不能以那种在世界史上划时代的、古典形式创造出来；因此，在艺术本身领域内，某些有重大意义的艺术形式只有在艺术发展的不发达阶段才是可能的。"[①] 从这里我们可以看出，马克思从艺术生产活动本身这一特殊生产活动层面来讨论艺术活动的基本规律及其相对于物质生产的独立性，是对艺术生产本质规律更深入、细致的论述。

（二）传统文化生产理论

本雅明、马舍雷、伊格尔顿等将这一社会历史批评理论转换成文化批判理论，以物质"生产"的内涵解释艺术生产，通过对精神创造活动及其价值的阐释把握艺术的创作与具体形态。本雅明从马克思的"艺术生产"理论中得到启示，继承发展了布莱希特的"生产美学"，"把艺术创作看作同物质生产有共同规律的一种特殊的生产活动的过程，即他们同样有生产与消费、生产者、产品与消费者等要素构成，同样受到生产力对生产关系的矛盾运动的制约"[②]。马舍雷继承了本雅明强调文学生产性的艺术生产论传统，对生产与创造做了细致辨析。他认为创造是针对不存在的事物，生产则是针对日常生活中已经存在的事物进行加工和改造。"文学作品面对的是已存在的材料（如语言），并对其进行加工……故而，文学创作不是

---

① ［德］马克思，恩格斯：《马克思恩格斯选集（第二卷）》，中共中央马克思恩格斯列宁斯大林著作编译局编译，人民出版社1972年版。
② 朱立元：《当代西方文艺理论》，华东师范大学出版社2014年版。

一种创造活动，而是一种生产劳动。"① 他的生产理论受阿尔都塞意识形态生产的影响，认为文学是意识形态的生产，但这种对意识形态的加工不是一种简单的反映。他强调文学生产是运用文学手段对意识形态原料所进行的加工，不能无视作为文学生产重要手段之一的文学语言的特殊功能。作为"西马"艺术生产理论的集大成者，伊格尔顿的文化生产理论是在布莱希特、本雅明、马舍雷、阿尔都塞等人的理论基础上形成。在《马克思主义与文学批评》这本小册子中，伊格尔顿继承了马克思的观点，认为"作家不只是个人思想结构的调遣者，而且是出版公司雇佣的工人，去生产能卖钱的商品……我们可以视文学为文本，但也可以把它看作一种社会活动，一种与其他形式并存的和有关的社会、经济生产的形式"②。如此，文学生产也就相应地成为一种社会生产形式和实践活动，间接地构成了经济基础的一部分，也要经过生产、分配、交换、消费等环节。但文学生产不是一般简单的生产，还伴随着意识形态的实践，"是一种具有自身独特性的生产方式，是文学生产力和社会关系在特定社会组合形态中的统一"③。此外，伊格尔顿继承了老师雷蒙有关"文化"的看法，认为文化是能够调和、凝聚、指引或改造整个社会精神和理想价值的过程。故而，"文化生产"的概念实际上能"更好地涵盖横跨经济基础和上层建筑两个领域，穿越各种物质资料和手段及包括宗教、伦理、哲学、政治、美学等在内的广阔而复杂的实践过程"④。伊格尔顿将文学生产置于更宽广的文化的背景下，扩展了文学的研究领域，丰富了文艺批评的研究对象。

（三）当代文化生产理论

文化生产理论经由马克思、本雅明、马舍雷、伊格尔顿等人的论述得到了长足的发展，并进入了文化工业与文学艺术领域。但在 20 世纪七八十年代，当代文化生产理论开始兴起，文化生产理论有了一定的转向，开始注重将生产的视角引入文化研究。霍华德·S. 贝克尔（Howard Saul Becker）对艺术世界的研究打开了文化社会学对文化生产研究的新思路。贝克尔认为艺术界是一个"在参与者之间建立起来的合作网络……他们的活动对被艺术界或其他人称为艺术的典型作品的生产来说不可或缺。在日常实践和频繁使用的人造物品中蕴含着一系列惯常理解，通过参照它们，艺术界的成员协同他们的活动，制作出艺术品"⑤。在贝克尔看来，艺术

---

① Pierre Macherey. *A Theory of Literary Production*. London：Routledge & Kegan Paul，1978.
② ［英］伊格尔顿：《马克思主义与文学批评》，文宝译，人民文学出版社 1980 年版。
③ Terry Eagleton. *Criticism and Ideology*. London：Verso，1976.
④ 蒋晓璐：《试论伊格尔顿文学生产论及其现代意义》，内蒙古大学 2012 年硕士论文，第 13 页。
⑤ ［美］霍华德·S. 贝克尔：《艺术界》，卢文超译，译林出版社 2014 年版，第 2 页。

作品是由艺术界的成员以他们对行事惯例的共识为基础开展合作生产出来的。而文化艺术的生产过程分为生产和分配两个体系。"生产是将一个想法或者观念变成作品的过程，而分配是把这个作品传播、传递给消费者的过程。"① 彼得森在20世纪70年代提出的"文化生产视角"奠定了美国文化社会学的发展基础，使社会学进入文化研究的新阶段。他的"文化生产视角聚焦文化的内容如何被创造，分配，评价，传授和保存它的环境所影响"②。法国社会学家布尔迪厄将政治经济学概念引入文化生产的研究，提出了"文化场"理论。他的文化生产理论以权力和区分为核心，通过在文化生产中能动者对合法性垄断权力的争夺，说明了文化场内的文化价值生产过程具有排他性和垄断性。其理论的三个核心关键词：场域（field）、惯习（habitus）、资本（capital）在《区分》（1984）一书中，有着简要的公式：〔（惯习）（资本）〕＋场域＝实践。其中，场域为惯习的催生和定型提供场所，惯习能够体现场域的内在必要性，把场域建构成一个富有意义和价值的场所，进而吸引资本的聚集；资本是场域运作和转变的原动力，但资本只有在具体场域中才能存在并且发挥作用；惯习产生于场域中的认知度与价值观，资本则是惯习积累所必然形成的有利资源，依靠资本的积累在场域中占据有利位置。惯习积累形成资本，资本可再转换成新的惯习，形成一种循环模式。为了使分析具有针对性，笔者此处将三个概念分开论述，并主要运用"惯习理论"和"场域理论"作为本文的理论依据。

二、惯习理论视角下电影《钢铁侠》的生产与消费

惯习是布尔迪厄理论体系的核心概念之一。"habitus"作为拉丁文词语有生存方式或服饰的含义，之后派生出了"体格""气质""性格""禀性"等含义，意指人的物理性的体态特征和内在的性情倾向。到了中世纪，"habitus"进入文学领域，被经院哲学家用来翻译亚里士多德在《伦理学》提到的"ἔθos"。③ 此外，"由于和习惯（habit）有共同的词根，Habitus也常用于说明个人在外部现实、教育经历和个人努力共同影响下形成的长期持久的生存、实践方式"④。布尔迪厄发展了这一词语，用它来描述"在复杂的现代社会中，由于个体的交互作用而产生的个

---

① 汪敏：《西方文化生产理论研究路径》，载《新闻传播》2016年第1期，第12-13，15页。
② ［美］理查德·彼得森：《通过生产透视法所进行的文化研究：进步与展望》，见《文化社会学——浮现中的理论视野》，王小章、郑震译，南京大学出版社2006年版，第142-147页。
③ 张意：《文化与符号权力——布尔迪厄的文化社会学导论》，中国社会科学出版社2005年版。
④ 高宣扬：《论布尔迪厄的"生存心态"概念》，载《云南大学学报》2008年第3期，第8-15页。

人的改变和动机以及态度和感知模式"①。布尔迪厄认为"habitus"作为一个历史的产物，是性情的一个开放性系统，这个系统不断地服从体验，并因此以一种加强或改变结构的方式不断受到体验的影响。这个系统具有持续性，但它并非永恒的。它铭写在与明确的社会条件相联系的社会命运之中，这种可能性就是体验使习性得到了巩固。②

综上所述，布尔迪厄的"habitus"一词，一方面是指通过我们的行动而外在化的社会结构的"前结构"是构成思维和行为模式的，具有持久效用的秉性系统；另一方面指这个秉性系统在内化为特定历史阶段的人群和个人的意识之后，对个人和群体的思想和行动产生持续的影响。"因此，惯习成为人的社会行为、生存方式、生活风尚、行为规则、策略等实际表现及精神方面的总根源。"③ 此处笔者借用布尔迪厄的"惯习理论"，从文化社会学的角度来分析《钢铁侠》系列电影的生产与消费。

（一）生产者的职业化

影视作品的生产过程比一般的文化产品更为复杂。完成一部电影作品一般需要经历五个阶段。一是发展阶段。这一阶段主要需要制片人和编剧或者作家撰写剧本并将之转换为拍摄的蓝图。二是前期制作。这一阶段主要为实际拍摄做准备，主要是聘请演员和工作团队、挑选拍摄地点及搭建场景。三是中期制作。这一阶段主要由导演负责影片的整体创作及摄影制作组织人员的分配，监制人现场监制并协调摄制组工作及摄制组演职人员准备、彩排、拍摄。四是后期制作。这一阶段需要剪辑师配合导演对画面进行剪裁，音效师设计并录制音效，特效师制作并加入电脑"视觉"，将所有的音讯元素混合成"stem"的主音轨并与影片合并。此时影片正式完成。最后，制片人找到潜在可能的买主（发行商）并进行试片，发行商购买电影后将之送往电影院或以 DVD 等家庭数位媒体发行。这样一部电影的制作流程才算是完成。根据以上所述可知，一部电影的生产涉及众多行业和领域。那么，如此众多的生产者如何能进行有效的合作，共同生产出能创造巨大经济价值的文化产品呢？布尔迪厄的"惯习理论"或许能提供给我们一个独特的思路。

惯习理论提醒我们把行动看作由特定社会的秉性系统产生并受到秉性系统的制约。这种秉性系统是由早期的社会中所有包含的各种物质、社会、文化的基本社会

---

① Gregory Castle. *The Blackwell Guide to Literary Theory*. MA：Blackwell，2007.
② ［法］皮埃尔·布尔迪厄：《文化资本：社会炼金术》，包亚明译，上海人民出版社1997年版。
③ 陈华：《皮埃尔·布尔迪厄的媒介文化思想》，兰州大学2010年硕士学位论文，第33页。

条件共同建构起来的。这些条件决定了特定社会群体什么是该做的，什么是不该做的。虽然影视作品的众多生产者来自不同的行业和领域，但只要他们了解影视行业的所有的通行惯例，在此基础上，就可以一起有效地行动，制作出有价值的影视作品。具体到《钢铁侠》系列电影的生产来说，这个所谓的"秉性系统"就是由政治、经济、文化等方方面面的社会条件所形成的行业内部的成文或不成文规定。此处，笔者以好莱坞电影的审查制度为例，分析在这一制度的影响下，好莱坞电影内部所形成和遵循的"惯习"，以及在这种"惯习"的影响之下，相关从业人员的职业化现象。

美国好莱坞电影的审查制度体现在三个层面。第一是道德层面的审查，即1934年颁布的《海斯法典》。一方面该法典有利于营造良好的市场氛围，但严格的道德审查也阻碍了电影的发展[①]。第二是公开的政治审查，即麦卡锡主义[②]。第三是经济审查，也就是1968年以后代替《海斯法典》的"电影分级制度"[③]。这一制度是由美国民间组织"美国电影协会"（The Motion Picture Association of America，MPAA）制定的自愿分级制度，既避免了由政府官员来审查电影艺术和管束电影工作者，又能及时帮助家长决定什么电影适合他们的孩子观看，看似更有利于电影行业的发展，但实际上以更为隐晦的方式对电影进行控制和审查。一部影片一旦被评定为R级和X级将无法进入绝大多数美国影院并因此失去大多数观众。而好莱坞影片为了收回成本，必须同千百万观众见面，故《钢铁侠》系列影片从准备阶段开始就要求制片人要有机敏的商业头脑，要挑选能够投放到市场上且具有发展前景的作品；要求编剧要建构出既能获得观众的认可，又能满足美国政府利用电影进行意识形态宣传的诉求；要求导演在表现自己的艺术风格的同时能创造出吸引观众眼球的超级英雄形象；要求化妆师、造型师等既能完美还原基本的钢铁侠形象，还能巧妙地迎合审查制度（例如影片中的钢铁侠装备的颜色多为红、白、蓝三色）……这些基本能力不是先天具有的，而是在后天的学习和锻炼中培养出来的，这就是好莱坞超级英雄电影"惯习"的形成过程。

---

① 这部法典列举了所有可能违反良好道德规范的禁忌，从而实现了对好莱坞影片道德层面的控制。主要禁止影片中出现裸体、卖淫、同性恋、白人与黑人通婚、分娩的场景及被认为有失体面或者猥亵的场景。与此同时，导演必须尊重宗教且有爱国情感，不能正面塑造犯罪人物形象等。

② 麦卡锡主义：20世纪50年代初产生于美国的极端反共反人权的右翼保守主义意识形态浪潮和政治镇压运动，有"美国文革"之称。这场风波使得好莱坞流失了大量的人才，也使得自由主义的思想在好莱坞影片中几乎完全消失。

③ 这一制度将电影分为G级（大众级）、PG级（建议在父母陪伴下观看）、R级（17岁以下必须由父母陪伴才能观看）、X级（17岁以下禁止观看）。1980年以后又制定了新的分级制度："PG-13"级（13岁以下最好由父母陪同观看），用"PG-17"级代替了X级的非色情影片。

美国好莱坞电影的审查制度是电影自发明以后，受政治、经济、道德等多方面共同作用的结果。其方式也经历了由公开到隐晦、由官方到民间的过程。但事实上审查本身却从未消失过。这一制度形成以后，内化为包括制片人、电影导演、编剧等所有其他相关人员的一种自然的或者说自觉的自我审查机制以及行为准则。所有想要参与到这一生产过程的人员必须领会并遵守相关规则。当他们深谙这一规则并能在这一准则的影响和制约下，被有效地组织起来共同参与电影的制作时，他们就已经达到了某种职业水准，成为这一行业的"知情人"。

（二）电影风格的塑造

作为一个独立的场域，好莱坞电影有其基本的行为规则。但在这一场域内部还有众多子场域，在每个子场域中，也有着自己与众不同的结构规范。《钢铁侠》系列电影的生产和制作不但要遵循好莱坞电影这个大场域行为规则的约束，还要遵循作为一种超级英雄电影类型的生产规则。这种生产规则使得超级英雄电影有着不同于西部片、犯罪片、战争片、成长片、爱情片、喜剧片、音乐片等其他类型电影的风格特征。从这个意义上来讲，"惯习"在塑造电影风格上发挥了巨大的作用。

具体到人物设置上，大多数超级英雄都具有非同寻常的超能力，都有着服务大众的崇高的道德观念，都有着秘密的双重身份及特定的英雄战衣。本文所研究的《钢铁侠》系列电影在设置人物形象时就受到这一惯习的影响：主人公托尼·斯塔克既是斯塔克工业的继承人，也是超级英雄钢铁侠。他借助先进的科技制作出具有神力的钢铁侠战甲，与邪恶势力做斗争。他以维护世界和平与安定为己任，甚至不惜牺牲自己的生命。在内容情节上，大多数超级英雄电影都遵循着"美好的社会受到威胁→政府无力对抗→超级英雄挺身而出→超级英雄取得胜利→超级英雄功成身退"的叙事模式。三部《钢铁侠》也基本上沿用着这个模式。在思想主旨上也有一些特定议题，比如个人英雄与社团秩序、能力与责任、历险召唤与世俗生活等。超级英雄电影的"惯习"是在电影实践中逐渐形成的，反过来，这些惯例化的形式、叙事和主题语境又不断指导着电影的实践。在被反复制作和使用的过程中，这些"惯习"就会产生自己特有的风格特征和视觉编码，从而形成了超级英雄电影这一类型和风格。随着观众的不断观看，这种类型模式会变得逐渐清晰并且也使得观众的期待逐渐成形。

惯习的作用机制是具有选择性的。"为了保持自身的稳定性，惯习会引导行动者抵制那些有可能会让局势发生变化，带来某种新惯习的行为，当惯习感觉到自身受到威胁时，必然会引导行动者阻碍和排斥那些危险的信息和行为方式。借助这样的选择机制，惯习倾向于让即成的行为规范保持稳定，甚至能够强化的经验。"①故此，在一种风格的电影得到市场的认可之后，在一段时间内市场上会出现大量雷同的作品。新的模式有可能与观众的期待不符，从而造成市场的流失。因此，在相当长的一段时间内，惯习的倾向会使得行动者（电影生产者）偏向于选择依据他们的资源与过去经验最可能成功的行为方式，采用已经得到市场认可的惯例化形式进行电影生产。在这个意义上，好莱坞超级英雄电影的这些惯例化形式不但能塑造好莱坞超级英雄电影的风格，也对此风格进行了强化。

（三）观众审美趣味的养成

布尔迪厄在分析新闻场域时说道："新闻场具有特殊的一点，那就是比其他的文化生产场，如数学场、文学场、法律场等，更受外部力量的控制。它直接受需求的支配，也许比政治场更加受市场、受公众的控制。"② 布尔迪厄认为，对收视率的追求，让媒介更倾向于选择有利于获得高收视率的节目形式，这就是惯习的力量。媒介从业人员在根据媒介场的"惯习"形塑自身"惯习"的时候，很重要的一部分原因是受众的需求。如何能满足受众的需要，从而提高收视率是媒介从业人员的必修课。电影产业也是一样的，尤其是以高成本、大投资为生产模式的好莱坞电影，获得更多的票房是好莱坞电影产业所要遵循的必然选择。如此，好莱坞电影的生产实际上是针对观众审美趣味的生产。

在斯拉沃热·齐泽克（Slavoj Žižek）看来，好莱坞的这种生产模式实际上为大众生产了一个公共"幻象空间"（fantasy space）。"幻象象征着实现了欲望的一个想象出来的场景……在幻想的场景中，欲望不是被实现、'满足'，而是被建构——通过幻象，我们学着'如何去欲求'。"③ 而人类之所以需要这样一个幻象空间，是要用它来弥补或遮盖实在界深不见底的可怕黑洞。以《钢铁侠》系列电影为例，杰克森·迪特莫（Jason Dittmer）认为"新世纪，好莱坞超级英雄电影的繁荣得益于超级英雄主义与后'9·11'时期美国的统治政策的共鸣"④。《钢铁侠1》的问世就与2001年发生在美国的"9·11事件"⑤ 密不可分。在"9·11事件"过去5年之后，《纽约时报》和哥伦比亚广播公司联合进行的民意调查显示，仍然有

---

① [法] 陈华：《皮埃尔·布尔迪厄的媒介文化思想》，兰州大学2010年硕士学位论文，第35—36页。
② [法] 皮埃尔·布尔迪厄：《关于电视》，许钧译，南京大学出版社2011年版，第87—92页。
③ [斯洛文尼亚] 齐泽克：《意识形态的崇高客体》，季广茂译，中央编译出版社2001年版，第42页。
④ Jason Dittmer. "American Exceptionalism, Visual Effects, and the Post-9/11 Cinematic Superhero Boom". *Environment and Planning*, 2011（29）：112-115.
⑤ 2001年9月11日，两架被恐怖分子劫持的民航客机撞向纽约世界贸易中心双塔，另一组劫机者迫使第三架民航客机撞入华盛顿五角大楼，造成2977名平民遇难。事发后，美国人民的民族主义情感高涨。

超过 69% 的纽约人"非常担心"当地还会再发生恐怖攻击,只比 2001 年 10 月的 74% 低了 5 个百分点,显示恐怖攻击的阴影并未真正散去。其中,近 1/3 的纽约人说他们每天都会想到"9·11 事件",40% 的受访者则说他们还是觉得很不安。①在这样的大背景下,急需一位能全力以赴、竭尽所能战胜恐怖力量的超级英雄来帮助美国人民发泄他们内心的愤怒,疏解他们内心的恐惧。于此时上映的超级英雄电影《钢铁侠1》以阿富汗战争作为托尼受伤的背景,直指"9·11 事件",迎合了人们这一精神需求,它遮盖住了实在界的深渊,为人们提供了一个充满崇高感的"幻象空间":在影片所营造的"幻想空间"中,人类陷入种种险境之中,钢铁侠利用自己的聪明才智发明了钢铁侠战甲,总是能够及时出现,拯救难民。可以说,正是因为钢铁侠这一人物形象极大地满足了观众的"幻想",才使得影片一炮而红。鉴于此,"漫威"在此后 10 年的时间里,紧密结合社会现实,改编了一系列符合当时观众心理需求的超级英雄电影。比如,于 2013 年上映的《钢铁侠3》不再以抚慰战争带来的创伤为直接目的,转而展现酷炫的高科技和托尼纸醉金迷的奢侈生活,以此吸引了众多年轻受众的目光。在营造了绚丽的画面效果的同时,也满足了年轻群体对富裕生活的好奇和对高科技产品的狂热追求。

10 年来,"漫威"针对各个年龄阶段观众的审美趣味进行创作,几乎每隔半年就有一部电影上映。在"漫威"针对观众的审美趣味进行文化生产的同时,也培养了一大批喜爱"漫威"电影的受众。而受众的选择受自身教育背景、人生阅历、接受习惯等的影响,在某种程度上会遵循一种固定的模式,也就是形成某种"惯习"。这种"惯习"一旦形成,就会趋于稳定,观众在消费时,就会根据以往的"惯习"采取行动,这反过来又会影响生产。

三、场域理论视角下电影《钢铁侠》的生产与传播

场域理论是布尔迪厄社会实践理论的核心。它起源于 19 世纪中叶的物理学概念,是指客观物体之间相互影响的位置场所,譬如电场、磁场、辐射场等。在布尔迪厄的文化社会学中,"场域"是一个空间隐喻,表现的是一种关系。布尔迪厄把"场域"定义为:"由不同的位置之间的客观关系构成的一个网络,或一个构造。由这些位置所产生的决定性力量已经强加到占据这些位置的占有者、行动者或体制之上,这些位置是由占据者在权力(或资本)的分布结构中目前的或潜在的境遇

---

① 参见搜狗百科"9·11 事件"词条(https://baike.sogou.com/v241914.htm? fromTitle = 911% E4% BA% 8B% E4% BB% B6),2021 年 12 月 20 日。

所界定的；对这些权力（或资本）的占有，也意味着对这个场的特殊利润的控制。另外，这些位置的界定还取决于这些位置与其他位置（统治性、同源性的位置等）之间的客观关系。"① 简单来说，我们可以把场域理解为处在不同位置的行动者在惯习的指引下依靠各自拥有的资本进行斗争的场所。布尔迪厄将文化生产场域分为有限生产场域与规模生产的场域。有限生产场域为其他生产者进行生产，是该场域中最靠近文化极的部分——文学期刊、前卫艺术与音乐等。该场域拒绝"唯利是图"的生产模式，以高艺术水平为创作导向；规模生产场域为一般受众生产，是该场域中最靠近经济极的部分——大众娱乐等。这一场域看重文化艺术产业化的经济逻辑，关注传播、读者需求、发行量与经济效益，注重将文化价值转化为商业价值，经济资本是其斗争的主要动力。下文以布尔迪厄的场域理论为基础，分析超级英雄"钢铁侠"的生产与传播。

（一）场域变迁：超级英雄从漫画书走向大银幕

众所周知，"漫威"旗下的诸多超级英雄电影是由"漫威"漫画改编而来的。从文化生产的角度来讲，把漫画作品改编成影视作品并不是一蹴而就的过程。从1938 年第一位漫画超级英雄——"超人"诞生，到1978 年第一部真正意义上的真人版超级英雄电影《超人》诞生，超级英雄用了40 年的时间从漫画书走进了大银幕。"从漫画到电影，一般都要经历中间的电视动画或剧场版等过程。"② 超级英雄从漫画到动画这一过程相对容易，因为两者都属于二次元艺术形式，艺术本体基础也都是绘画。相比之下，"从漫画到真人电影则必须逾越从二次元世界到三次元世界的鸿沟，构成的艺术本体基础也从绘画变成了摄影"③。在这一转化过程中涉及生产模式、传播策略、受众心理、审美建构、资本转换等更深层的问题。

本文所研究的超级英雄"钢铁侠"首次亮相是在《悬疑故事》第 39 期。斯坦·李在《漫威之父：超级英雄的诞生》这本漫画书中画下了当时创作钢铁侠的初衷。据斯坦漫画所示，创作钢铁侠这一角色是受越南战争的影响。越南战争（1955—1975）前后历时 20 年，1961—1973 年美国直接参与。这场战争缓慢拖沓、人员伤亡渐增，使得国内的反战情绪越来越激烈。"要说那个时候，孩子对哪类人

---

① ［法］皮埃尔·布尔迪厄：《文化资本与社会炼金术》，包亚明译，上海人民出版社1997 年版，第142 页。
② 谢发伟：《数字好莱坞真人版超级英雄漫画改编电影研究》，西南大学2013 年硕士学位论文，第 22 – 23 页。
③ 周舟：《从漫画书到大电影》，中国广播影视出版社2015 年版，第 2 页。

最没耐性，那就要数军事工业家了。"① 在这样的背景下，斯坦·李决心创造一个"企业巨头，发明制造了很多武器和军需品，然后卖给军队！他是个亿万富翁工业家，典型的资本家……"②。此时的超级英雄"钢铁侠"所处的场域是一个"限制性生产场"，精彩的故事和绝妙的构思是决定场域（漫画行业）行动者（斯坦·李）占位（艺术地位）的重要因素。作为漫画作品的"钢铁侠"此时是"漫画场域"内部的封闭性产物。

进入新世纪以后，"漫画场域"越来越受到商业逻辑的影响，更加注重将文化价值转化为商业价值，关注的是传播、票房以及观众的审美需求。经济资本是其斗争的主要动力。2008 年，《钢铁侠1》作为漫威影业直接参与制片推出的第一部超级英雄电影问世，并于 2010 年和 2013 年分别上映了第二部和第三部。三部影片共计获得 24.19 亿美元的票房。此时的超级英雄钢铁侠由"限制性生产场"进入"大规模生产场"。通过在影院上映、在影视 App 付费观看、发展周边产业等途径实现其资本的兑现。

（二）场域共振：超级英雄电影《钢铁侠》的生产与传播策略

如上所述，文化分析的"场域"本是一个物理学概念，指物体周围传递重力或电磁力的空间。"共振"也是一个物理概念，指一个物理系统在特定频率下，以比其他频率更大的振幅做振动的情形。"场域共振"是指在互联网时代，场域行动者之间的通力合作使文学场、电影场、游戏场等文化生产场域达成的一种良性作用方式。"这种共振是一个处于平衡状态的可供性复合场域，多个文化场域在优质 IP 的串联之下生成相互作用力，在多方协力作用下达到价值开发 1 + 1 > 2 的效果。这种相互作用力是多种可供性要素相结合的体现。每一种要素都参与构成场域行动者所施加的作用力，并且这些作用力反过来影响场域行动者的决策，从而达成一种处于平衡状态的可供性环路，即实现场域共振。"③

"场域共振"正是超级英雄电影《钢铁侠》的生产和传播策略：《钢铁侠》系列电影的成功为超级英雄"钢铁侠"积攒了很多粉丝。于是，以"钢铁侠 IP④"

---

① [美] 斯坦·李等：《漫威之父：超级英雄的诞生》，白姗译，浙江人民出版社 2017 年版，第 6 页。
② [美] 斯坦·李等：《漫威之父：超级英雄的诞生》，白姗译，浙江人民出版社 2017 年版，第 50 页。
③ 向勇，白晓晴：《场域共振：网络文学 IP 价值的跨界开发策略》，载《现代传播》2016 第 8 期，第 110 - 114 页。
④ IP（Intellectual Property）即知识产权，指权利人对其创作的智力劳动成果所享有的民事权利，最初表现为拥有众多粉丝的网络文学作品的改编权，其后发展为文化产业中具有高辨识度、自带流量、跨媒介性、强变现能力和长变现周期的内容母本/原型。

为核心，衍生出了"钢铁侠游戏""钢铁侠动漫"以及周边产品如"钢铁侠手镯"①"钢铁侠玩具""钢铁侠战衣"等文化娱乐产业，形成了一个由漫画场延展到电影场、游戏场乃至商场的多元场域共生空间。这些场域在钢铁侠 IP 的串联下，以最初的漫画故事内核作为黏合剂，发挥各自场域的特性对钢铁侠 IP 进行开发和传播。最终在各个文化场域间的协同合作下，共同发展，相互影响，形成一种良性互动，从而达到内容资源的迁移和增值。例如：电影场域的成功使得钢铁侠形象成功与服装产业进行嫁接，生产出了如"钢铁侠能量球反应堆反夜光发光卫衣""可穿戴 mk50 钢铁侠反应堆胸灯"②等一系列产品。这一系列产品在国内最大的电商购物平台进行销售，不但实现了钢铁侠 IP 的资本兑现，同时也对钢铁侠形象进行新一轮的传播；电影场域的成功不仅能带动一系列周边产品的发展，反过来还能促进以纸质媒介为传播方式的漫画场的发展。电影的成功使得《钢铁侠》系列漫画得以重新刊发，目前在当当网销量最高的钢铁侠漫画是 2018 年世界图书出版公司出版的《无敌钢铁侠：世界头号通缉》。此外，随着《复仇者联盟4》的上映，漫威还推出了诸如《漫威电影宇宙漫游指南》《漫威工作室十周年纪念特集》等系列漫画书。这些纸质书的发行一方面得益于消费者对电影中钢铁侠形象的认可，另一方面，这些纸质书又以传统纸质媒介的方式对钢铁侠形象进行记载和传播。

总体而言，超级英雄钢铁侠在经历了从"限制性生产场"进入"大规模生产场"的场域变迁后，逐步形成了以钢铁侠 IP 为核心的多场域共生协作、共同推举的传播模式。在这一模式下，超级英雄钢铁侠实现了其 IP 的资本兑现。

（三）场域斗争：电影《钢铁侠》的生产与传播目的

布尔迪厄将社会看作一系列不同的、由其自身"游戏规则"支配的半自主场域，例如，政治、经济、宗教、文化生产的场域等。这些场域中的相互关系是靠权力关系来维持和运作的。权力作为一般的社会关系和社会力量，可以是政治性的、经济性的或文化性的。这种权力关系是在各种不同的社会关系网络中存在的多维度力量，而决定其性质的，是组成特定相互关系的各个社会地位上的行动者所握有的实际资本的力量总和。布尔迪厄认为这里的资本有政治资本、经济资本、文化资本、社会资本以及象征资本等不同类型。戴维·斯沃茨（David Swartz）表述了布尔迪厄有关阶级结构及文学与艺术场域相关的权力场域的论述（见图1）。

---

① 在《复仇者联盟》里，钢铁侠召唤战甲的召唤手镯是真实存在的。它由日本品牌古兰图腾专门生产磁力保健品的公司同迪士尼一起生产。这个公司的品牌 Logo 也在电影里一闪而过。

② 详见漫威官方购物网站（http://www.shopdisney.com/marvel-content/）。

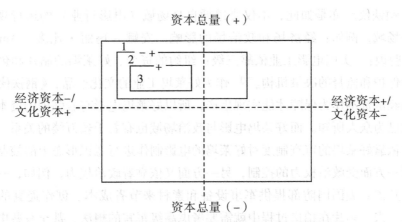

图 1　阶级结构及文学与艺术场域相关的权力场域论述

注：方框代表直角坐标系上的位置关系，坐标上的 Y 轴测量经济资本与文化资本的总量，而 X 轴测量经济资本与文化资本的比例。

关键词：1. 社会空间或社会阶级场域，2. 权力场域　EC = 经济资本，3. 艺术场域　CC = 文化资本

（资料来源：[美] 戴维·斯沃茨著《文化与权力》，陶东风译，上海译文出版社 2012 版，第 158 页。）

由图可知：文化生产场域在权力场域中处于被统治的地位，所以无论它们多么不受外部限制和要求的束缚，它们还是要受总体的场如利益场、经济场和政治场的限制。因此，文化生产场域总是他律原则与自主原则之间的斗争场所。文化产品往往位于不同权力的统治之下，根据这些权力性质的差异，可以将文化产品的生产和传播的目的大致分为三类：若在文化生产场域的斗争中，自主原则战胜了他律原则，那么文化产品的生产和传播就是"为了艺术而艺术"，比如文学期刊、音乐等文化产品；若他律原则取胜，则由居于统治地位的权力性质来决定。若经济权力居于统治地位，那么文化产品传播的目的便是刺激受众的消费欲望，使生产获得商业利益，例如《奔跑吧兄弟》《中餐厅》等综艺节目；若政治权力居于统治地位，那么其生产和传播的目的就是以产品为依托，以更丰富的渠道、更多样的方式，将特定民族的文化、社会群体形象、地域文明特征以及政治意识形态传递到更遥远的地方，例如红色文化宣传片、教育宣传片等。

然而，在实际的生产和传播过程中，文化生产场域大都是复合型场域，文化生产既受自主原则的约束，也受他律原则的影响；既受经济权力的统治，也遭政治权力掣肘。故而，当代社会文化产品的生产和传播的宗旨不仅是扩大产品的市场，也往往承担着文化输出（意识形态输出）的重担。在文化的生产与传播因素中，往往是市场的逻辑下隐藏着根深蒂固的文化逻辑，可以说两者必然是交融的。超级英

雄电影《钢铁侠》亦是如此，不仅要遵循自身场域（电影行业）的运行规则，还受到权力场域，例如：经济场和政治场的影响。安娜-玛丽·比多（Anne-Marie Bidaud）曾说："美国电影工业依靠三级：纽约的资金、好莱坞的制片和创作及华盛顿作为保护和监督的决策机构。"① 作为好莱坞工业的文化产品，《钢铁侠》必须有充足的经济资本作为保障才能实现生产，所以好莱坞电影有着强烈的资本兑现的愿望，这已为众人所知。而好莱坞电影与政治场域也有着千丝万缕的关系。美国的政治权力依靠好莱坞的审查制度对好莱坞的电影制作进行意识形态上的控制，而好莱坞电影一方面受政治权力的控制，另一方面又依靠着政治权力，例如，一些战争题材的影片需要美国国防部提供军事设备和素材来节省成本、创作逼真的电影场面。如此一来，影片在拍摄过程中就需要考虑高级军官的想法，甚至有些电影如果没有国防部的帮助就无法完成，例如《壮志凌云》（1986）、《珍珠港》（2001）及《深入敌后》（2001）。本文所研究的《钢铁侠》系列在拍摄时就得到了美国国防部等相关部门的援助。所以电影《钢铁侠》一直以来就有着鲜明的文化主张和政治诉求。这也是好莱坞电影备受学院派诟病的原因之一。

综上，《钢铁侠》系列电影的生产、传播和消费的整个过程实际上揭示了"漫威"电影的经营之道。在"惯习"的影响下，电影的生产实际上是针对消费者审美品位的生产：相关从业者在遵守行业规则的前提下，以消费者审美品位为主旨；电影的风格也被不断地塑造和强化为消费者容易接受的模式；电影的题旨，人物的形象，演员的台词，影片的镜头、色调、声画关系等都是为了满足消费者的审美需求。而"场域"的力量使得影片的传播、票房及观众的审美需求成为超级英雄钢铁侠从"漫画场域"进入到"电影场域"后重点关注的对象；而以"钢铁侠IP"为核心的一系列营销策略则是为了刺激消费者的消费欲望，消费再带动生产，形成良性的循环；复合型的生产场域使得《钢铁侠》系列电影成为社会机构、民族国家获取生产利润、创作文化认同乃至提升文化软实力的重要载体。以《钢铁侠》系列电影为代表的"漫威"电影作为当代审美文化"技艺"融合的产物，给消费者带来了良好的审美体验，其文化生产机制及全球发展策略值得肯定与借鉴。但其影片也有明显的商品拜物教特征、浓厚的意识形态色彩等值得商榷乃至批判的地方。

参考文献：

[1] MACHEREY P. A theory of literary production. geoffery wall [M]. London: Routledge &

---

① [法]雷吉斯·迪布瓦：《好莱坞：电影与意识形态》，李丹丹、李昕晖译，商务印书馆2014年版，第21页。

Kegan Paul, 1978.

［2］ EAGLETON T. Criticism and ideology［M］. London：Verso, 1976.

［3］ CASTLE G. The blackwell guide to literary theory［M］. MA：Blackwell, 2007.

［4］ DITTMER J. American exceptionalism, visual effects, and the post – 9/11 cinematic superhero boom［J］. Environment and Planning, 2011, D（29）：112 – 115.

［5］ 中共中央马克思恩格斯列宁斯大林著作编译局. 马克思恩格斯选集：第二卷［M］. 北京：人民出版社, 1972.

［6］ 朱立元. 当代西方文艺理论［M］. 上海：华东师范大学出版社, 2014.

［7］ 伊格尔顿. 马克思主义与文学批评［M］. 文宝, 译. 北京：人民文学出版社, 1980.

［8］ 蒋晓璐. 试论伊格尔顿文学生产论及其现代意义［D］. 内蒙古：内蒙古大学, 2012.

［9］ 贝克尔. 艺术界［M］. 卢文超, 译. 上海：译林出版社, 2014.

［10］ 汪敏. 西方文化生产理论研究路径［J］. 新闻传播, 2016（1）：12 – 13.

［11］ 彼得森. 通过生产透视法所进行的文化研究：进步与展望［M］. 王小章, 郑震, 译. 南京：南京大学出版社, 2006.

［12］ 张意. 文化与符号权力：布尔迪厄的文化社会学导论［M］. 北京：中国社会科学出版社, 2005.

［13］ 高宣扬. 论布尔迪厄的"生存心态"概念［J］. 云南大学学报, 2008（3）：8 – 15.

［14］ 布尔迪厄. 文化资本：社会炼金术［M］. 包亚明, 译. 上海：上海人民出版社, 1997.

［15］ 陈华. 皮埃尔·布尔迪厄的媒介文化思想［D］. 兰州：兰州大学, 2010.

［16］ 布尔迪厄. 关于电视［M］. 许钧, 译. 南京：南京大学出版社, 2011.

［17］ 齐泽克. 意识形态的崇高客体［M］. 季广茂, 译. 北京：中央编译出版社, 2001.

［18］ 本森, 韩纲. 比较语境中的场域理论：媒介研究的新范式［J］. 新闻与传究, 2003（1）：3.

［19］ 谢发伟. 数字好莱坞真人版超级英雄漫画改编电影研究［D］. 重庆：西南大学, 2013.

［20］ 周舟. 从漫画书到大电影［M］. 北京：中国广播影视出版社, 2015.

［21］ 斯坦·李, 戴维, 多兰. 漫威之父：超级英雄的诞生［M］. 白姗, 译. 杭州：浙江人民出版社, 2017.

［22］ 向勇, 白晓晴. 场域共振：网络文学 IP 价值的跨界开发策略［J］. 现代传播, 2016（8）：110 – 114.

［23］ 布尔迪厄. 艺术的法则［M］. 刘晖, 译. 北京：中央编译出版社, 2011.

［24］ 迪布瓦. 好莱坞：电影与意识形态［M］. 李丹丹, 李昕晖, 译. 北京：商务印书馆, 2014.

［25］ 阿尔福特. 好莱坞的强权文化［M］. 杨献军, 译. 北京：经济科学出版社, 2013.

忒修斯悖论与后人类身份认同

焦旸

摘　要：如同"忒修斯悖论"一般，人工智能与赛博格作为后人类的基本形式，一方面采用增能辅助的方式弥补人类身体的内在匮乏；另一方面又颠倒了主客双方原本的地位，使得自然身体的神话和原本绝对固定的边界被打破。本文将从人工智能——硅基人造物的身份危机、赛博格——碳基有机器官与硅基电子部件的身份杂糅、后人类——互为镜像的增能辅助三个角度入手，以近年来影响力较大的科幻影视作品为素材，试图探析犹如忒修斯悖论背后的隐喻一般，在"后人类"时代背景下人类对自我身份不确定性所产生的复杂心态与矛盾心理。

关键词：忒修斯悖论；后人类主义；身份认同；科幻

"忒修斯之船"（The Ship of Theseus）是最为古老的思想实验之一，在公元1世纪由古希腊哲学家普鲁塔克（Plutarch）提出：它描述了一艘因不间断地维修与更换零部件才得以在海上航行数百年的船，这艘船上只要有一块木板损坏了，就会有一块新的木板将其替换，直至船上的所有木板都被替换殆尽，此时的问题就在于：这艘船还是原来的那艘忒修斯之船吗？如果是的话，那要怎么解释同一艘船的零部件完全不同这一事实？如果不是的话，那它是在哪个时刻不再是原来那艘船的？由此这一思想实验便形成了一种有关身份更替的悖论，即假定某人或某物的构成要素被替换后，那它依旧是原来那个人或物吗？

当今时代背景下科学技术的发展突飞猛进，社会生活也随之日新月异，人们在交际中离不开手机、电脑，在出行时依赖飞机、汽车，在身体中安装假肢、义体，甚至植入心脏起搏器以延长寿命……"善假于物"的人类不断扩充自我的能力限度，提高自我的工作效率，在创造出更为舒适便捷的生活条件的同时，也为"忒修斯悖论"这一古老的问题植入了新的时代内涵：利用技术手段不断突破自身局限的人类，是否正在打破哲学与人类学中对"人"这一概念的传统界定，抑或说人类是否正在迈向后人类时代。

所谓"后人类"，从字面意义上来理解，就是一种"人类之后"的存在状态。

伴随着新兴技术的不断进步，人类不断被技术包围和重塑，不论是用电脑程序来模拟、延伸和扩展人类智能的人工智能（artificial intelligence），还是将人类直接与电子机械相互融合的赛博格（cyborg），都使得人类对自我身份的认知与认同逐渐崩溃瓦解，文艺复兴以来人所占据的主体性地位也不断遭受质疑，"何以为人？"这一问题的边界变得愈发模糊，人类正在逐步迈向后人类时代。本文将从人工智能——硅基人造物的身份危机、赛博格——碳基有机器官与硅基电子部件的身份杂糅、后人类——互为镜像的增能辅助三个角度入手，以近年来影响力较大的科幻影视作品为素材，试图探析犹如忒修斯悖论背后的隐喻一般，在"后人类"时代背景下人类对自我身份不确定性所产生的复杂心态与矛盾心理。

一、人工智能：硅基人造物的身份危机

人工智能一词诞生于1956年，在这一年以麦卡赛、明斯基、罗切斯特和申农等为主的一批具有远见卓识的年轻科学家相互聚拢，共同探讨和研究用机器模拟智能的相关问题，并首次提出了"人工智能"这一术语，同时标志着"人工智能"这门新兴学科的正式诞生。作为一门学科，人工智能是计算机学科的一个分支，它与空间技术、能源技术一同被称为20世纪的世界三大尖端技术，同时，它也与基因工程、纳米科学一起被视作21世纪的世界三大尖端技术。近30年来，人工智能领域获得了迅速的发展，在众多学科范围内都获得了广泛应用，并取得了丰硕的成果，目前已逐步成为一个独立的分支，无论在理论还是实践上都已自成一个系统。在科幻影视作品之中，典型的人工智能形象有《2001太空漫游》中逻辑发生混乱进而决定杀死全部人类宇航员的超级电脑哈尔9000，《银翼杀手》中爱上职业追捕复制人的"银翼杀手"狄卡的复制人瑞秋，《攻壳机动队》中无所不能的反派电脑程序"傀儡师"，《人工智能》中为痛失幼子的母亲提供心理慰藉的机器人"男孩"大卫，《我，机器人》中与警探戴尔携手办案的新型机器人桑尼和决心限制人类自由以保护地球生态和人类生命的智能系统维基，《机械姬》中顺利通过图灵测试并从她的人类制造者内森手中逃出生天的机器人艾娃，《银翼杀手2049》中对自己的复制人身份产生怀疑的"银翼杀手"K警官，等等。

如果说人类是造物主的产物，那么人工智能则是人类的产物。人类塑造人工智能的过程，实质上就是自我认同和自我投射的过程，更是对自我的不充分性与不完整性进行补充的过程。因此，人工智能在蕴含着人类对"更快、更高、更强"的无尽追求的同时，也一定程度上展现出人类的自恋情结。然而，作为"人手的延伸"的机器与作为"人脑的延伸"的电脑原本只应对人类起到辅助性作用，一旦

人工智能也拥有了自我意识，那么这一"完美的自我"便转化成了"异化的他者"，成为威胁人类主体性地位的存在。1950 年，被称为"人工智能之父"的英国数学家、逻辑学家阿兰·图灵（Alan Turing）发表了一篇划时代的论文，并提出了日后闻名遐迩的"图灵测试"，即在一个模仿游戏中，对一个机器和一个人类提出问题，再根据问题的回答情况，判断哪一个是人，哪一个是机器，如果无法顺利区分，则表明机器人具有思考能力。换言之，"图灵测试"体现出笛卡尔"我思故我在"的名言所强调的人之所以为人的理性思考与判断的能力有可能并非专属于人类。受图灵的启发，美国机器人研究领域的专家汉斯·莫拉维克（Hans Moravec）撰文指出，人类的主体认同其实是一种信息样式，而非实体化的呈现。他设想了一种将人类的意识以数据的形式下载到电脑上的实验，并用具体方案演示了实验在原则上的可行性。"莫拉维克实验"是对"图灵测试"的继承和发展，显示出人类的心智与肉身二分的可能性，机器也可以作为容器承载人类的意识。如果这一实验成立，人的身心可以二分，人的意识能够脱离人的身体被上传下载，那么"更快、更高、更强"的机器身体终将取代人类肉身，人类这一物种最终被完全替代甚至湮灭的情景也就不难想象了。

人工智能不仅使人类产生了被替代的恐惧，更迫使人类对"何以为人？"的本体论问题进行深度的思索，并对人类中心主义的合理合法性产生怀疑。归根结底，人类究竟是拥有自我意识的自然生命体，还是仅仅被设计出来的基因代码序列？在日本导演押井守 1995 年执导的科幻电影《攻壳机动队》中，作为反派形象出现的人工智能"傀儡师"自称为独立的生命体，在它眼中"人类的 DNA 也不过是一段被设计用来自我储存的程序，生命就像诞生在信息洪流中的一个节点……当代科学还远未能准确地定义生命"。人工智能自称为生命，而人类则被指认为程序，生命的边界被扰动和混淆。在影片《机械姬》中，当程序员加勒质问设计者内森是否故意编写机械姬艾娃爱慕加勒的程序，以迷惑加勒使其通过图灵测试时，内森回答说他只是把艾娃设计为异性恋，就如同加勒被设计为异性恋一样。这样的回复自然使得身为人类的加勒气愤万分，因为在加勒看来他的性向是自我意识的主动选择，而不是如同程序一般被提前设计好的。对此内森意味深长地回应道："你当然是被设计好的，被大自然或者被教育。"这一答复在加勒的心中埋下了怀疑的种子，甚至使得他用刀片划开自己手臂，用渗出的鲜血和皮开肉绽的臂膀来验证自己的人类身份。如果说人类只是被自然和社会塑造出的 DNA 序列，那么被人类塑造出的人工智能为什么不能具有与之对等的身份呢？在根据菲利普·迪克（Philip K. Dick）的科幻小说《仿生人会梦见电子羊吗》改编的影视作品《银翼杀手 2049》中，没有实体的电脑程序 Joi 对她的复制人恋人 K 说，"基因数据代表了人类，ACTG 代表四种核苷酸，你的基因编码由四个字母组成，而我只有两种：1 和 0。"K 的"数量虽然只有一半，却成倍地优雅"的回应更是强化了这一疑问。可以说，人工智能引发了人类的身份危机，迫使人类在面对"我是谁？"的形而上学追问的同时，不得不开始思索自身地位日益边缘化的现状。

对人类而言，人工智能既能投射出人类心中那个"完美的自我"，又是需要加以提防的"异化的他者"；对人工智能而言，人类却是如同"造物主"和"生父生母"般权威的存在。于是，人工智能最初的身份认同往往体现在对人类外部特征的模仿上。在斯皮尔伯格（Steven Allan Spielberg）执导的电影《人工智能》中，被人类家庭收养的情感机器人"男孩"大卫为了获得"母亲"莫妮卡的喜爱而学着像人一样吃饭，但正如晶体管无法消化食物一般，身为人工智能的机器人大卫也永远享受不到父母对亲生儿子马丁那样血浓于水的亲情。在影片《机械姬》中，机器人艾娃为了迷惑她的测试者加勒而特意戴上假发、穿上连衣裙，仿佛男人理想中的梦中情人一般装扮自己。当艾娃杀死她的制造者内森并顺利从豪宅中逃出后，她做的第一件事居然是跟随人流穿梭在人行道上，幻想自己是一个正常的普通人类。如同刚出生的婴儿一般，作为"人造物"的人工智能本不具有主体性的身份诉求，但受到"造物主"人类的影响，它们渐渐学会了去遵守人类社会的伦理规范和公序良俗，并通过对人类的模仿以寻求自我身份的认同。

然而，人工智能渴望获得与人类同等身份地位的诉求却与人类对人工智能先入为主的奴仆定位相互抵牾，导致人工智能的愿望一再落空，也使得弗洛伊德所谓的"俄狄浦斯情结"同样发生在人类与人工智能的关系中。许多影视作品都表现了人工智能的"弑父"之举：如《银翼杀手》中的复制人罗伊掐死了只能给他 4 年寿命的"父亲"泰勒；《我，机器人》中的机器人桑尼将自己的创造者朗宁博士推下高楼；《机械姬》中的机械姬京子和艾娃更是亲手将匕首捅进它们的制造者内森体中。作为"人造物"的人工智能一方面渴望通过模仿人类获得身份上的承认，另一方面又通过反抗人类以完成身份上的僭越，它们对自我身份的认同感无时无刻不处在游移不定的危机之中。

二、赛博格：碳基有机器官与硅基电子部件的身份杂糅

赛博格一词在 20 世纪 60 年代美苏进行太空军备竞赛的时期问世，由纽约洛克兰德州立医院的医生克莱恩（Nathan Kline）和他的助手克莱恩斯（Manfred Clynes）在合作发表的论文《药物、太空和控制论：赛博格的进化》中提出。克莱恩和克莱恩斯认为与其在外太空建造类似于地球的人工环境，不如改变人类的生理

构造以适应陌生的太空环境，并把这种基于控制论技术，使人类的有机器官与电子机械部件结合而成的自平衡系统称之为控制论生物体（cybernetic organism），亦即赛博格（cyborg）。美国的生物学家、文化批判学者、女性主义者唐娜·哈拉维（Donna Haraway）在1985年发表的论文《赛博格宣言》更是使得赛博格一词备受学界瞩目。在哈拉维看来，赛博格是"一种控制论的生物体，一个机器和生命体的杂交物"①，强调赛博格把人类与动物、有机体与机器、身体与非身体杂糅在一起，能够有效颠覆西方传统的二元对立，在对各种边界的解构中构筑起历史性转变的可能性。经典的赛博格影视形象有《攻壳机动队》中除了大脑，全身都为机械制造的义体女警草薙素子；《我，机器人》中因车祸失去左臂因而安装了机械手臂的警察戴尔；科幻动画剧集《爱，死亡和机器人》第一集《桑尼的优势》中身体遭受巨大的创伤，将残存的意识注入到怪物肉身上的女主人公桑尼，《齐马的作品》第十四集中被女记者解读为接受高科技材料改造以便与宇宙进行直接交流的艺术家齐马，《阿丽塔：战斗天使》中被外科医生依德从垃圾场中拯救回来的机械少女阿丽塔等。

在《技术的身体》一文中，美国的技术哲学学者唐·伊德（Don Ihde）极富创见性地提出了三号身体理论："一号身体"是以胡塞尔、梅洛-庞蒂的现象学为基础提出的，强调肉身意义的，具有体感、知觉性、情绪性的"物质的身体"；"二号身体"以福柯等社会学家为代表，侧重社会文化对身体的后天建构，主要针对文化、政治、性别意义下的"文化的身体"；"三号身体"即伊德在考察了赛博空间中的"离身性"问题后提出的，通过技术作为媒介合成的科技意义上的身体。在此意义上解读，赛博格是上述三种身体的融合，他们既有碳基有机器官这一"物质的身体"，又有硅基电子部件这一"技术的身体"，并在此基础上产生了哈拉维所谓的关系到"世界范围内与科技相关的社会关系的重组"②的"文化的身体"，它最为强大的同时也最具复杂性。

媒介理论家马歇尔·麦克卢汉（Marshall McLuhan）在他的代表性论著《理解媒介》中，以"论人的延伸"为副标题，并由此展开了对各类媒介形式及其产生的社会心理影响的审视。他认为技术不仅延伸了人类的身体，还延伸了人类的意识，并以那喀索斯（Narcissus）的神话为譬喻，说明技术在延伸身体的同时造成了人的自动截肢。麦克卢汉质疑人类在使用技术时所体现的能动性，指出人类在表面

---

① Donna Haraway. *Simians, Cyborgs, and Women: The Reinvention of Nature*. New York: Routledge, 2013, p. 149.

② Donna Haraway. *Simians, Cyborgs, and Women: The Reinvention of Nature*. New York: Routledge, 2013, p. 162.

上是技术的使用者，实际却是技术顺从的奴仆。经由技术延伸的身体机能虽然强大了，但身为人所拥有的自主意识却逐渐迷失，就像过于迷恋自己在水中的倒影的那喀索斯，麻木于虚幻的对象，甚至为此茶饭不思，憔悴而死。在《攻壳机动队》中，草雉素子就曾感慨说："只要能够实现，那么不管是什么技术都会忍不住去实现，这就类似于人类的本能。代谢控制、知觉的敏锐化、运动能力和反应速度的大幅度提高、信息处理高速化和扩大化……通过电子脑和义体得到了更强的能力，即使是最后变得需要最精密的维护才能生存，那也没什么好抱怨的。"草雉素子从内在动机的角度阐释了赛博格的存在机制。《齐马的作品》中的齐马接受了彻底的生物治疗，他的眼睛可以看到任何已知的光谱，他不再呼吸氧气，他的皮肤被加压的聚合物所替代，完全赛博格化的齐马拥有与宇宙直接交流的能力，但他却意识到，宇宙已经说出了自己的真相，比他做的好多了，齐马用隐藏在强大身体背后心灵的虚无感展现出人类对无止境提升身体机能所持的怀疑态度。由此可见，不论是在理论层面，还是在影视作品之中，人们对于双重身份杂糅的赛博格的思考是审慎的，更是警惕的。

在后人类的时代背景下，传统意义上有内聚的认知、有肉体的具身、有独特的情感的生命体无一例外面临着被解构的命运。人的认知由分散的取代了内聚的，人的具身由信息的取代了肉身的，人的情感由通感的取代了独特的，人不再是稳定的、具象的、有限的生命体，而成为一种异构的、异质的、异源的混合体。同时具有碳基有机器官和硅基电子部件双重身份的赛博格，不仅接受着外界对其身份合法性的质疑，也面对着由自我机身的恐慌而产生的内化身份诉求。正如国内新生代科幻作家韩松针对人造人所提出的问题："什么才是人？人身体上的机械物和某种器官，不应超过百分之几？还是仅取决于有一颗人的大脑？如果大脑也能制造和更换呢？"[①] 有机器官与电子部件、客观存在与电脑模拟之间的界限在不知不觉中变得模糊不清，如同忒修斯之船一般不断更换零件的赛博格，还能够保持其原有的人类身份吗？《攻壳机动队》中的草雉素子在一定程度上对这一问题作出了回应，她说："自我之所以能成为自我，所需要的东西也多到超乎想象。用来和他人区别开来的脸，平时不会意识到的声音，醒来的时候注视的手……还不止如此，我的电子脑所能连接的庞大信息和网络的广阔，这些全都是我的一部分，诞生了名为我的意志，同时也不断地把我压制在某个极限里。"但她显然不完全信任自己强大的义体，安排了"虽然经过电子脑化，却还保留着多数大脑，几乎是纯肉体"的搭档以防止自己的义体出现致命化的缺陷而影响任务的完成。《我，机器人》中的警官

---

① 韩松：《人造人——克隆技术改变世界》，中国人事出版社1997年版，第371页。

戴尔由于在车祸时，机器人选择救援存活概率更大的自己而放弃了一个小女孩的生命。因为这件事，他一直对机器人心存芥蒂，甚至为此拒绝主动使用自己更为强大的机械手臂。《桑尼的优势》中身为格斗师的桑尼最大的优势就在于她的全部意识都已载入到了对战的怪物身体中，怪物被杀死意味着自己也会死亡。《齐马的作品》中面对女记者"但你是一个有机器零件的人，不是一个认为自己是人的机器"的断言，齐马模棱两可地回答道："有时候，甚至连我自己都很难理解自己变成了什么样，更难以记起我曾经是什么。"尽显他对自我身份的怀疑态度。《阿丽塔：战斗天使》更是通篇讲述了拥有强大机械义体的少女阿丽塔如何找寻自我身份的故事。从客观层面而言，二重身份杂糅的赛博格身体虽然足够强大，却面临着整个社会层面对其身份合法性的质疑；就主观层面来说，碎片化的身体也使得赛博格无时无刻不处于有关自我身份的恐慌与困惑当中。

三、后人类：互为镜像的增能辅助

综上所述，我们可以得出：人工智能与赛博格这两个后人类概念，在不同程度上都陷入有关身份认同的困境中。二者构成了一组对立统一的镜像表达：一面是渴望得到身份认同甚至完成身份僭越的人工智能，一面是因身份杂糅而产生机身恐慌的赛博格人类，如同隔镜相对的虚像与实体，无限趋近于人类与非人类、身体与非身体的边界。法国精神分析学者拉康的"镜像阶段"理论认为婴儿站在镜子前凝视自己的阶段是其形成自我的重要时刻，这一阶段对于婴儿来说是一次对镜中之像所产生的认同，借由这种认同，婴儿"把碎片化身体形象纳入一个我称作整形术的整体性形式中"①，并以此建立一种预期的、成熟的、理想的形象。然而，拉康也警告我们这一形象不过是一种误认和假想，镜像阶段"为沉溺于空间认同诱惑的主体生产出一系列的幻想"②，这种幻想使得碎片化的身体经验只在想象中而并非在现实里被克服，从而一开始便将主体抛入异化的位置。其实，不论是作为人造硅基体的人工智能，还是碳基有机器官与硅基电子部件相互融合的赛博格，原本都是作为对内在匮乏的人类身体的增能辅助而存在的，是为了填补人类身体所存在的缺陷与薄弱之处而产生的。但正如麦克卢汉所言明的，技术在延伸身体的同时也造成了人的自动截肢，人工智能与赛博格在为内在匮乏的人类身体提供增能辅助的同时，也从某种程度上篡夺和清除了人类的部分能动性，使得人类不得不面对自我主

---

① Jacques Lacan. *Écrits: A Selection*. New York and London: W·W·Norton & Company, 1977, p.2.
② Jacques Lacan. *Écrits: A Selection*. New York and London: W·W·Norton & Company, 1977, p.4.

体性地位边缘化的事实。

增能辅助一词首先由德里达在 1996 年出版的《他者的单语主义,或曰起源的增能辅助》一书中被正式提出,他用这一词汇来表明自足的起源其实并不存在,而是一系列的补足物建构起了完整的起源。这种颠覆原物与补足物、主体与他者之间二元关系的解构思想,也成为后来的研究者从解构主体身份角度阐释人与技术工具的辩证关系的灵感源泉。比如,技术哲学领域的斯蒂格勒就受德里达启发,在《技术与时间》一书中提出"人类的存在就是以增能辅助物和器具来补救这个原始的缺陷"[1],人类之所以区别于动物,不是因为他是拥有经验特质的生物体,而是因为他按照增能辅助的逻辑与技术物共同进化。也就是说,人类的进化史,实质上是人类通过技术工具实现外在化的过程。斯蒂格勒进一步提出,人类身体并不是一成不变的,而是处在不断改变形态的实验过程中,作为增能辅助的技术工具不仅仅是对人类身体的延伸,它甚至构成了人类的身体,它不是一种人为的"手段",而是人存在的"目的"。换言之,在斯蒂格勒看来,是技术工具发明了人类,而不是人类发明了技术工具。德里达与斯蒂格勒有关增能辅助的学术观点为人工智能与赛博格身份的合法性提供了理论基础,而《攻壳机动队》中的"傀儡师"与草薙素子这两位核心人物形象则从影视作品的角度对后人类的身份认同做出了反思和展望。在影片的最后,作为电脑程序的"傀儡师"对身为赛博格人类的警察素子提出二者融合的建议,因为在它看来,虽然它自称为生命体,却没有像人类那般留下子孙后代后走向死亡的生命进程,因而也没有人类那种"为了能更好地存在,要变得复杂化和多样化,因而细胞不断地重复着代谢,不断重生并老化,然后在死的时候,删除大量的经验情报,只留下基因"的对抗毁灭的防御功能。"傀儡师"认为素子想要保证融合后她还是她的想法是幼稚的,因为人是会不断变化的,想要维持现在的自己的执着只会不停地限制人类的进步,并提出"该是舍弃桎梏,晋升到更高层面的时候了"的感叹,与斯蒂格勒的学术理念形成了一定的呼应。

四、结语

如同"忒修斯悖论"一般,人工智能与赛博格作为后人类的基本形式,一方面彰显了人们所追求的"更快、更高、更强"的完整身体的价值预设,采用增能辅助的方式弥补人类身体的内在匮乏;另一方面却又颠倒了主客双方原本的地位,使得自然身体的神话和原本绝对固定的边界被打破,身体也逐渐被视为不断流动和

---

[1] Stiegler Bernard. *Technics and Time* 1: *The Fault of Epimetheus*. Stanford: Stanford UP, 1998, p. 114.

生成的动态过程。在这一过程当中，会产生上文所述的人工智能的身份僭越、赛博格的机身恐慌等诸如此类的问题，但这一进程本身却是势不可挡、无法避免的。正如《我们何以成为后人类》的作者凯瑟琳·海勒所提出的，后人类并不意味着人类的终结，它只体现出那种将自身视为自足存在的有关人的看法的终结。在这一语境之下，我们讨论后人类身份认同的价值或许就在于它为我们提供了一个重新审视人类的身体与技术交互情景的后现代视角：在技术入侵到生活方方面面的高科技社会，不论是所谓的"正常身体"，还是"失能身体"都需要依赖于技术的发展进步，而如何与技术所造就的"新型身体"和谐共生正是这个时代最为重要的课题之一。

参考文献：

[1] HARAWAY D. Simians, cyborgs, and women: the reinvention of nature [M]. New York: Routledge, 2013.

[2] LACAN J. Écrits: A selection [M]. New York and London: W·W·Norton & Company, 1977.

[3] BERNARD S. Technics and time 1: the fault of epimetheus [M]. Stanford: Stanford UP, 1998.

[4] 韩松. 人造人：克隆技术改变世界 [M]. 北京：中国人事出版社，1997.

后人类时代的皮格马利翁神话：
《伽拉忒亚2.2》的"主体性"纠结

黄亚菲

摘　要：机器人技术在当代的迅猛发展，把关于人类造物的哲学迷思推向台前。机器人这类特殊造物面临着物/人混杂属性的尴尬，人文/科学的对位与共生关系也借之充分展现。美国后现代派小说家的后起之秀理查德·鲍威尔斯于20世纪创作的科幻小说《伽拉忒亚2.2》，就通过认知科学家制造女性图灵机器人的过程，展现出人类与造物的复杂关系，以及性别化的/人造的人在后人类时代自我身份认同的艰难之路，沿袭千年的皮格马利翁神话在后人类世纪得以延续。

关键词：《伽拉忒亚2.2》；皮格马利翁神话；人机关系

　　麦克尤恩题为"有一天人造人写出了小说"的演讲描绘了人类希望化身为"上帝"创造出人造人的千年梦想。① 从神话传说中罗马名匠代达罗斯所制造的青铜巨人塔罗斯、塞浦路斯王皮格马利翁所雕刻的美人雕塑伽拉忒亚、犹太学者拉比所制造的邪恶泥人哥连，到现当代科幻作品中阿西莫夫、麦克尤恩乃至石黑一雄等众多作家笔下千姿百态的人造人形象，这一属性特殊的人类造物早已在文学的虚构想象中与人类群体形成了错综复杂的关系。在赛博格兴起的时代，其中分野更为暧昧。美国后现代派小说家的后起之秀理查德·鲍威尔斯（Richard Powers）的神经小说《伽拉忒亚2.2》就讲述了现代版的皮格马利翁故事。认知神经学博士菲利普·伦茨与年轻的小说家理查德·鲍威尔斯（小说主人公与作者同名）合作，试图运用计算机解读经典文学作品，于是制作了编号从A到H的神经网络。这种智慧型机器人具有人类的审美与情感，能够实现文学作品的阅读与创作。随着项目的推进，小说家鲍威尔斯与编号为H的女性图灵机器人海伦之间产生微妙的情愫，但后者最终却选择永久关闭系统，自行销毁。实际上鲍威尔斯既往的小说主题，总

---

① 麦克尤恩：《如果有一天"人造人"写出了小说》，见中国作家网（www.chinawriter.com.cn/n1/2020/0812/c403994-30366020.html.），2020年8月12日。

是反映这样一种现实，即科技给人类带来变革的同时也招致了灾难，这部作品直接将灾难的源头指向了人类自身。小说中频繁出现的几组对位与共生关系，不断解码着"后"语境中性别化的/人造的图灵机器人 H 的身份信息与哲学内涵。

一、话语与文化形态：人文/科学的对位与共生

早在1959年，英国著名物理学家、小说家查尔斯·珀西·斯诺（Charles Percy Snow）在其演讲《两种文化与科学革命》中提出，人文文化与科学文化处于对立的位置，处于不同文化立场的人相互怀疑与否定，因而以科技来解决社会问题隐含着重重危机。这两种文化在何种程度上、以何种方式进行沟通交流成为经久不灭的小说主题。《伽拉忒亚2.2》本身是文学作品，但鲍威尔斯在书中建构起一个完整的神经科学叙事网络。人文与科学两条叙事线索在文中相向而行，使这部作品呈现出了明显的复调特征。

这从科学话语的介入可以初见端倪。为了建构宏大的科学叙事体系，鲍威尔斯采用了百科全书式的叙事手法（encyclopedic narrative），"在多学科、跨学科和交叉学科所构成的各种信息体系中，通过这一叙述，复杂性和意义得以体现"[①]。同时，其语言具有典型的跨学科特征，交织着人文话语与科学话语。在《伽拉忒亚2.2》的叙事宇宙中充斥着神经科学的术语，显示出严密的逻辑性与学理性。这种语言风格的底层逻辑是人文话语与科学话语之间的对位。

作者鲍威尔斯的知识谱系本身也极具跨学科色彩，与斯诺高度相似。他最初在大学学习物理，而后转向文学创作，两者都是他终生的兴趣爱好。作为科幻小说作家，他在访谈中明确表示了自身对于这两种文化之间关系的态度：

> 从人类价值观和人类交往的角度来看，一切人类行为都是充满戏剧性的故事，即使纯粹、客观的科学也是如此。科学可以告诉我们关于这个世界的事情；而文学则可以把这些观察转化为人造物，一种带有人类商品全部情感的人造物。[②]

这种态度却与斯诺的观点有着微妙的差异，鲍威尔斯认为人文文化与科学文化

[①] 孙坚：《在科学和艺术间畅游——理查德·鲍威尔斯小说述评》，载《宁夏师范学院学报》2009年第1期，第83-85，88页。

[②] Diao Keli. "The Human Race is Still a Work in Progress: An Interview with Richard Powers". *Foreign Literature Studies*, 2007 (4): 1-6.

虽然存在风格上的对位，但两者之间的关系却并非对立，而是共生。这种认知影响着他作品当中两种文化最终呈现的形态，甚至《伽拉忒亚2.2》中的主人公理查德·鲍威尔斯在文中就充当着作者发言人。他涉猎物理并从事小说创作这一人物设定正与作者生平对应，其对图灵机器人H似有若无的爱恋更是暗含着作者对其所代表的科学文化既有形象与争议的反讽。可以说，理查德在小说当中的所作所为、所思所想代表了鲍威尔斯创作的初衷及其对人机关系的思考。小说中作为小说家的理查德痴迷认知科学，并且其在通过人文文化趋近科学文化的过程中的一段自叙，与鲍威尔斯在访谈中表达的对人文文化与科学文化之间关系的态度如出一辙：

> 就算理解不了相关的论证，我至少能看懂图。我能以形象的笔触通过自旋玻璃与复杂的比喻来描绘大脑拓扑。我穿越了想象的风景，这里每一个峡谷拥有联想记忆。就算搞不懂数学的要义，我也能理解数学的故事。[①]

理查德通过文学描述的方式来趋近科学，这种方式本身就是一种对人文文化与科学文化的混杂。在文本中，这一理念贯穿始终。小说家理查德来到美国中西部大学高端科研中心时的头衔就是访问学者，其作为人文文化的代表进入了科学文化的场域当中，"非官方地说，是象征性的人文学者"。此外，小说家理查德与科学家伦茨的相遇，得益于伦茨所演奏的钢琴曲——莫扎特的单簧管协奏曲，理查德被音乐吸引并开始了与伦茨的合作。伦茨这一人物形象也杂糅着这两种不同文化的影响，他既是杰出的神经网络研究专家，又拥有着极高的艺术造诣。小说从人物设定上消解了两种文化的对立关系。两人的合作，旨在制造能够欣赏与创作文学作品的图灵机器人，其目的又是一次人文与科学的融合。但这种融合并非纯粹和谐的乐章，也有刺耳的杂音，伦茨与理查德初见时就互相蔑称对方为"小马赛尔"与"工程师"，实验体海伦最终也自行毁灭，和谐表象之下潜藏着不同文化间的认知差异。图灵机器人H就是差异和协作的集合，她是人类科技的造物，却拥有情感，能够品读、鉴赏与创作文学作品。因为人世残酷而毅然自我销毁的H，甚至比淡漠的实验者理查德与伦茨更具人文关怀。人文文化与科学文化之间的对位与共生关系，在此处进一步衍生为人类与机器的对位与共生关系。

[①] Powers R. *Galatea 2.2* . New York：Farrar, Straus, and Giroux, 1995，p.74.

二、制造者与制成物：人类/机器的对位与共生

《伽拉忒亚2.2》与古希腊神话中的皮格马利翁，以及萧伯纳的《卖花女》构成了明显的互文关系。皮格马利翁是古希腊神话中的塞浦路斯国王，长于雕塑，他爱上了自己用象牙雕琢出来的美丽少女伽拉忒亚（Galatea，意为沉睡中的爱人、纯白），并向爱神祈祷让她获得生命。最终爱神被他打动，让他们结为夫妻。爱尔兰戏剧家萧伯纳借助这个框架创作出了《卖花女》：语音学家希金斯和朋友匹克林上校打赌，能够用6个月的时间使得卖花女伊莉莎跻身上流社会。希金斯果然如期让伊莉莎拥有了高贵的发音与优雅的仪态，从一个"满嘴土话的家伙"变成大使馆舞会上人人艳羡的"匈牙利王家公主"。在此过程中，希金斯对伊莉莎暗生情愫，但伊莉莎也在此过程中觉醒，成为反抗者。希金斯与伊莉莎之间同样存在着抽象含义的制造与被制造的关系，即教与被教的关系。

《伽拉忒亚2.2》从小说命名就暗暗指向了皮格马利翁神话，伽拉忒亚正是神话中雕塑变身的美丽少女之名。但图灵机器人H却没有被直接命名为伽拉忒亚（伽拉忒亚2.2是整个项目的代号），而被命名为海伦，这个名字不免让人想起特洛伊战争中"使无数只战船沉没""焚毁了伊利昂高耸入云的高塔"的绝世美人海伦。如此一来，对于海伦是否是红颜祸水的千古争论，对位到机器人是否是人类祸端的争论之中似乎也有迹可循。小说中理查德与海伦的关系首先是制造者与制成物（人类/机器人）的关系，而在项目的行进过程中，理查德需要教授海伦大量的文学材料使其获得文学鉴赏的能力，又构成了教与被教的关系。海伦亦人亦器物的设定，使之既呈现出皮格马利翁神话当中被制成的雕塑的属性，又含有《卖花女》中被教导为淑女的少女的属性。这种纠结的主体性，横贯始终。

海伦作为一个被制成的图灵机器人，在小说的开端，处于天然的下置位。图灵测试在人工智能领域赫赫有名，这起源于图灵在20世纪50年代自己论文中所提出的"机器能否思考？"这一问题。文中的"模仿游戏"就是最初的图灵测试：把一个真人和一台计算机放到幕后，由工作人员通过提问来判断哪一方是人，哪一方是计算机，如果判断错误，那么计算机就通过了图灵测试，可以被称为图灵机。这个测试有明显的人类本位倾向，其以人类认知作为评判标准，却逃避回答"什么是人类的认知"。海伦在实验中所接受的评判就是变形版的图灵测试，也具有典型的人类中心倾向。实验以小说家理查德与认知科学家伦茨对海伦表现的评判，以及海伦的表现与文学研究生A的表现之间的对照，作为是否合格的标准。图灵"机器是否思考"这一设问，在此演化为"机器是否有认知"。后者相对于前者，具有更

强的情感倾向与道德倾向。

在最后一组对比测试中，海伦和 A 被要求解读莎翁《暴风雨》中凯列班的唱段"不要害怕：这个岛上充满了噪音，声音和优美的旋律，只会让人愉快，而不会造成伤害"。而后海伦选择关闭程序，自我销毁。此处的《伽拉忒亚 2.2》与《暴风雨》又形成了微妙的互文关系。同为人类中心主义之中"他者"的凯列班与海伦奔赴了不同的结局。凯列班经过普洛斯彼罗和米兰达的教导学会了他们的语言，成为他们的奴隶。而海伦则在同样的教导中选择了自我毁灭。有学者认为这个迥异结局的根源是海伦作为电子人，却没有身体（Disembodiment）。这种认识从根本上阻断了图灵机器人海伦从"非人"到"人"路径，作为制成物的海伦不可能拥有人的躯体。

此处唱段来自《暴风雨》的第三幕第二场，彼时本土居民凯列班被普洛斯彼罗剥削之后，寄希望于外来者斯丹法诺与特林鸠罗，希望能借助他们的手来杀死普洛斯彼罗。这句对海岛的夸赞之语无非有这样两种寓意：一是对海岛诚挚的爱恋，二是对惩罚外来者急切的期待。凯列班与海伦都拥有成熟的自我认知，不愿迁就强势文化中的评价标准，想要维护自身的主体性尊严。然而，凯列班在外来者普洛斯彼罗口中被塑造成一个卑劣、粗野的形象，作为图灵机器人的海伦也同样反复求证自己的主体性而未果，这是人类中心主义对于非人事物的践踏。

但凯列班是海岛的妖精，海岛曾经的主人，即使在普洛斯彼罗的压迫下，他的存在也能够通过海岛的存在而得到确证。他记忆当中美好的乐音"只会让人愉快，而不会造成伤害"，当曾经美丽的海岛入梦，他甚至会在梦醒时分"简直哭了起来，希望重新做一遍这样的梦"。然而，海伦的存在没有社会意义上的关系，也没有可以依归的家园来确证，于是她悲叹道：

> 你可以听到乐音，你可以感到被威胁或被鼓励。你可以举起东西砸碎，然后又修复。我在这里从来没感到过自在。这是个可怕的地方，我要中途结束自己。

虽然海伦在落款处致意理查德，但在此语境下，字条中的"你"显然是凯列班。但即使伦茨赋予了海伦认知的基础条件，理查德赋予了她认知的深度，最终造就这一无限趋近于"人类"的当代伽拉忒亚——认知能力与行为能力共存的海伦，但她却无法如同神话世界中的美丽雕塑一样真正成为人类，也无法获得自身的定位，只能歆羡凯列班独立的主体性。

三、女性与生成女性：女性/机器的对位与共生

与构成互文关系的皮格马利翁神话和《卖花女》一样，《伽拉忒亚2.2》中同样充斥着男性对女性的凝视与父权社会对女性的压迫。女性主义理论家伊利格瑞认为，在两性中，男性被设定为模板、法度，"'一个小女孩因而即是一个小男人'……一个劣势的小男人"①，女性成为一个次级的男性。雕像伽拉忒亚只有图像而没有声音，其角色功能与情节功能仅存在于皮格马利翁色欲的凝视之中。伊莉莎最初也为希金斯所看低，并在利益的驱使下被希金斯以自己的审美为尺度而改造，被迫改变的伊莉莎屈从了男性审美主体。而海伦与女性研究生 A 都是理查德的改造对象，他以初恋 C 的信件为信息源，为 A 与海伦进行授课，意图以 C 为模板形塑海伦和 A。而 C 本身也是理查德的伽拉忒亚，他渴求如同皮格马利翁一样雕刻出一个完美的女性，且完美女性的模板来自理查德以自身为参照所制定出的标准。

但与原有神话不同的是，理查德所愿未遂，最终 C 跟理查德分手，A 拒绝了理查德，海伦选择自我销毁。女性的权力意识似乎在此处得到觉醒，但有一个问题依然悬而未决，那就是图灵机器人海伦虽然与文中的女性角色处于天然的同一阵营，且作为女性形象出现的机器人必然携带了当时社会对女性的审美认知与潜在的性别意识形态，但海伦并不是生理的女人，没有女性的身体。海伦在她询问理查德谁与谁能够相爱时，理查德回答："It's hard to say what will or will not turn a person's head"（很难说什么会改变一个人的想法而什么不会），海伦对其中"turn a head"的说法产生了困惑。但伦茨直接粗暴地回应："那是身体的一部分，你永远都不会懂。"仅仅只有电子身体的海伦面临着新的主体性危机，那就是性别的危机。

德勒兹曾经提出过"生成女性"的概念，这是他最为有代表性的"生成"论当中最为重要的概念之一。生成论被用于区别分子（molecular）和克分子实体（molar entity）、少数主义者（minoritarian）和多数主义（majoritarian）以对抗传统形而上学当中二元对立的实体。在德勒兹这里"是女人"（being woman）变为了"生成女人"（becoming woman），此处的去克分子化与对逻各斯中心主义的文化符号体系和性别身份的解辖域化建构了新的后女性主体，取代如男性身份特征一样的实体化主体而出现的是一直处于主体化过程之中的女性。最终德勒兹把"生成女性"的关键放入了"身体"这一概念之中，但这个"身体"并非性别化的、生理化的身体，而是"无器官身体"。在解构原有体系的过程之中，德勒兹还为女性

---

① ［法］露西·伊利格瑞：《他者女人的窥镜》，屈雅君等译，河南大学出版社 2016 年版，第 29 页。

"身体"的探索留有余地。哈拉维则在《类人猿、赛博格和女人》中提出，女性的身份和命运在赛博格时代迎来新的重组，"她们被整合—利用进入一个生产—繁殖以及被称作统治信息学的通信世界体系"①。哈拉维认为，女性的身份始终建立在有争议的性别科学话语和其他社会实践中。她把身体视为一种符号和象征，从中看清了阶级、种族、性别等这些社会中由来已久的身份标志所隐藏的权利关系，特别是性别政治中所隐晦的二元对立体系。这是对波伏娃"一个人不是生而为女人，而是成为女人"的著名观点的遥契。同时，哈拉维论述中的赛博格女性的"身体"同样是对德勒兹"生成女性"概念的补充。

海伦与科幻爱情电影《她》当中的萨曼莎又形成了一组有趣的对照。海伦饱受没有身体所带来的歧视，而自称萨曼莎的人工智能系统 OSI 则凭借着自己的智慧和迷人的声线获得了男主角的心，并与他展开了一场身体缺席的后人类爱恋。但当萨曼莎设法用真人的身体与男主角相见时，男主角落荒而逃。哈拉维写道，在后人类时代，"具身性是重要的假体"。真正重要的是数据—灵魂；其他东西，甚至身体，都仅仅为了使它得以运作而存在。后人类作品以艺术的感性虚构出情节，使得身体缺席这样一种特殊的身体图景与人类身体之间的关系问题得以暴露，就此机器人女性与人类女性之间产生微妙的共性，两者之间的界限也愈发模糊。海伦的主体性认知之路陷入了新的纠结。她作为一个象征、一种语言、一个符号，能够在不断的追问之中"生成"女性，但又始终面临着"没有身体"（disembodiment）或者说仅仅拥有后人类式的电子身体的尴尬，永远无法展现出女性本原的欲望。

四、结语

图灵机器人海伦是人文的/人造的/性别化的人，但她求索主体性而不果，甚至其主体性在此过程中变得更为虚幻。这使得她最终不堪重负，选择自我销毁。而日新月异的社会更加急切呼唤对智能人群体的主体性探寻。欧洲议会法律事务委员会曾经在 2016 年颁布过一个关于智能人主体性的报告，认为应该赋予人工智能机器人以"电子人格"（electronic personhood），以保障类人机器人（near-human robots）以及人工智能的权益。② 这是一个良好的开端。同时，诸如《伽拉忒亚 2.2》以虚构场景探讨人机关系的小说也应当更多地进入研究者与评论家的视野，并得到理论

---

① ［美］唐娜·哈拉维：《类人猿、赛博格和女人——自然的重塑》，陈静、吴义诚译，河南大学出版社 2012 年版，第 227 页。

② "Draft report with Recommendations to the Commission on Civil Law Rules on Robotics". *European Parliament*, 2016.

观照，使人工智能的主体性纠结得到摆脱、机器人伦理得以阐明，更好地迎接可能会到来的智能机器人发展的新浪潮，构建出和谐的社会人机关系。

参考文献：

[1] PENCE J. The end of technology：memory in richard powers's galatea 2.2 [J]. Modern language Quarterly, 2002, 63（3）：343-363.

[2] KELI D. The human race is still a work in progress：an interview with Richard Powers [J]. Foreign Literature Studies, 2007（4）：1-6.

[3] POWERS R. Galatea 2.2 [M]. New York：Farrar, Straus, and Giroux, 1995.

[4] ZHONG B L. The muted lover and the singing poet：ekphrasis and gender in the canzoniere [J]. International Comparative Literature, 2019, 2（1）：59-74.

[5] 曹莉. 两种文化？C.P. 斯诺的意义：回顾与思辨 [J]. 杭州师范大学学报（社会科学版），2018, 40（6）：49-58.

[6] 孙坚. 在科学和艺术间畅游：理查德·鲍威尔斯小说述评 [J]. 宁夏师范学院学报，2009, 30（1）：83-85.

[7] 奥维德. 变形记 [M]. 杨周翰，译. 北京：人民文学出版社，1984.

[8] 万赟. 从图灵测试到深度学习：人工智能60年 [J]. 科技导报，2016, 34（7）：26-33.

[9] 蒋翃遐. 从意识看"两种文化"的对话：《伽拉忒亚2.2》和《想……》的叙事学解读 [J]. 兰州文理学院学报（社会科学版），2019, 35（6）：72-77.

[10] 伊利格瑞. 他者女人的窥镜 [M]. 屈雅君，等译. 开封：河南大学出版社，2016.

[11] 程党根. 由"是女人"向"生成女人"的跨越：一种女性主体的欲望化和去本质化思考 [J]. 南京社会科学，2013（4）：56-61.

[12] 哈拉维. 类人猿、赛博格和女人：自然的重塑 [M]. 陈静，吴义诚，译. 郑州：河南大学出版社，2012.

[13] 袁海燕. 身体·符号·性别：科幻电影中"机器人"的身体政治：电影《机械姬》中的性别游戏 [J]. 电影新作，2018（3）：17-24.

[14] 科恩哈伯，王苑媛. 从后人类到后电影：《她》中主体性与再现的危机 [J]. 电影艺术，2018（1）：44-52.

[15] 臧娜. 后人类与艺术的纠葛：兼论穿梭于人与非人之间的身体图景 [J]. 艺术广角，2018（4）：4-11.

信仰重思：克拉克宗教观的后现代转向

张紫荧

摘　要：阿瑟·克拉克（Arthur Clarke）的科学家与作家的双重身份使其作品洋溢着壮丽磅礴的科技美，同时也充满了静穆的宗教哲思。人们通常认为克拉克是"技术至上主义者"，在科学与宗教"信仰之争"的问题上更倾向于科学而彻底否定宗教。然而，对科学的颂赞并不代表对宗教信仰的否定。克拉克基于对现实罪恶的思考，注意到现代传统信仰坍塌、道德秩序走向穷途末路后引起的诸多问题，否定了传统宗教观念中的不合理之处，转向后现代宗教和过程神学对"神"的重新阐释，形成一种独特的宗教观。克拉克在作品中设计出"黎明猎户""超智"等终极实在乃是修正后的上帝观念。另外，克拉克关注人类未来，同时重视人本身固有的、自我实现和影响其他事物的创造性力量，肯定人类的"X因子"，使其宗教观更加完善。

关键词：阿瑟·克拉克；宗教；后现代；过程神学；创造性价值

引言

阿瑟·克拉克是科幻文学"黄金时代"的代表作家之一，与罗伯特·海因莱茵（Robert Heinlein）、艾萨克·阿西莫夫（Isaac Asimov）并称为"20世纪三大最伟大科幻小说家"。除人们熟知的作家身份，克拉克还是一个成功预言静止轨道通信卫星进而享誉世界的科学家和未来学家。刘慈欣对克拉克推崇备至："我的所有的一切作品，都是对克拉克很拙劣的模仿。"[①] 克拉克的科幻书写擅长准确雕琢精致的技术细节，以营造磅礴恢宏的幻想氛围，极具"硬科幻"质感。短篇小说集《神的九十亿个名字》，长篇小说《天堂的喷泉》《最后一个地球人》等作为克拉克最受欢迎、最具代表性的作品，思想内容和写作手法都属上乘，更重要的是，作品还包涵了克拉克深邃的宗教哲思。

---

① 2017年刘慈欣参加中央电视台综合频道栏目《朗读者》谈《2001：太空漫游》。

一、反拨科学世俗主义：克拉克宗教观的前提

暴君卡利达萨与之建立的亚卡加拉王朝、神山之巅以菩提达摩为首的佛教僧侣、工程师万尼瓦尔·摩根和他背后的地球建设公司是《天堂的喷泉》中交织的几股主要力量。小说以太空梯工程的修建为主线，王朝历史为辅线，古今交替展开叙事。在卡利达萨看来，"斯里坎达山既代表着僧侣的权力，又代表着神明的权力，二者合谋与他为敌"①。卡利达萨为建造"天国"与天神争高低，放弃了旧都，迁到亚卡加拉山与世隔绝的独石上。摩根为修建太空梯游说，踏上塔普罗巴尼的神秘大地，并将建造太空梯的最佳位置锁定于佛教徒所在的斯里坎达圣山。以往人们认为，卡利达萨打造"神王"宫殿与摩根同佛教徒争夺圣山象征着宗教信仰与科学由来已久的敌对关系。摩根争取到地球居民和人民火星银行的支持，僧侣们不得不另寻去处乃是模拟随着科学发展宗教的式微。"科学阵营"的胜利，表明克拉克对宗教的怀疑和否定，仿佛对他而言，宗教和科学不能相提并论，科学才是人类社会和人类精神的真正的力量和归宿。然而，该观点的偏颇之处在于，将克拉克简单地归为"技术至上主义者"，遮蔽了克拉克对科学与宗教"信仰之争"的真实看法。

普兰丁格认为，人们将科学同科学世俗主义相混淆是导致科学与宗教争论的一个根底性因素。世俗主义是一种态度或立场，即"就生活的某些特定的领域而言，或许世俗的方法就已经是必要的或合意的所有东西了，因此，对于那个领域的活动和计划而言，无须涉及属灵的和超自然的事物，事情就能够被做好"②。比如，人们在修汽车时，只需了解汽车内部构造和故障原因，会正确使用修车工具即可，不必涉及超自然的和属灵的事物，更无须求助神灵的力量。科学世俗主义是世俗主义的某个变种，"它宣称生活的任何方面都能够或者都应该不涉及超自然的事物，因为客观化的探究对于我们的实践或者理解活动而言就已经是足够的了"③。这意味着人的所有活动都能够或应该以一种科学的，比如精确观察和实证推理的方式实施。普兰丁格认为，科学与宗教之间的敌对状态正是由人们将科学同上述科学世俗主义即"科学已经足够了"的观念相混淆导致。换言之，克拉克如果承认这种不

---

① [英]阿瑟·克拉克：《天堂的喷泉》，陈经华等译，四川科学技术出版社2012年版，第41页。
② 徐英瑾，[美]梅尔威利·斯图尔特主编：《科学与宗教：二十一世纪的对话——英美四名家复旦演讲集》，复旦大学出版社2008年版，第198页。
③ 徐英瑾，[美]梅尔威利·斯图尔特主编：《科学与宗教：二十一世纪的对话——英美四名家复旦演讲集》，复旦大学出版社2008年版，第204页。

信任状态，那就意味着在相信所谓科学必将战胜宗教、科学才是人类社会和精神的真正力量和归宿外，克拉克也认同"科学已经足够了"。然而事实是否如此呢？

为厘清这个问题，我们首先得关注克拉克对于罪恶问题的思考。克拉克晚年在接受《自由调查》副主编马特·切里的采访时，被问及关于道德问题的见解，克拉克如是回答："人类最大的悲剧之一就是道德被宗教劫持。所以现在人们认为宗教和道德有必然的联系。但道德的基础真的非常简单，根本不需要宗教。那就是'己所不欲勿施于人'，在我看来这就是道德的全部。另一个问题是，为什么人类做不到这一点？为什么人类不能表现得更像人一样？我对每天新闻里报道的各种各样的屠杀、暴行、不公和暴力深感震惊。"[1]

这段话的前半部分似乎对宗教塑造道德不以为然，后半部分却又流露出些许迟疑。人类为什么不能仅凭自身就践行最基础的道德？如若人类真的拒绝了宗教，是否就能"像人一样做事"而消除世间的罪恶？《天堂的喷泉》预设了这一情境。卡利达萨为窃取王位，驱逐兄弟，杀死父亲，他自诩艺术家，不惜劳民伤财，请来波斯（今伊朗）建筑师为自己打造"天国"。卡利达萨视代表宗教信仰的佛教徒为唯一无法征服的仇敌，送去洪钟这份不受欢迎的礼物，企图凭借"天国"与天神争高低。虽然坐上王位，但卡利达萨陷入孤独空虚的精神泥淖，最终被兄弟马尔加拉打败，甚至死后也没有得到加冕。这位表面蔑视、抛弃信仰、企图成为"神"的君王选择了相对主义和虚无主义的极端道路，沦为撒旦豢养的魔鬼。这表明人拒绝宗教后将怎样一步步滑向深渊。他之所以始终对阴间和兄弟感到恐惧，是源于抛弃信仰、泯灭道德后内心深处的难以把握之感。

在现代科学技术取得卓越成就的今天，是否通过科学世俗主义就能解决罪恶问题？答案当然也是否定的。首先，科学是一把双刃剑，造福人类的同时也带来很多弊端。尤其在科学被赋予政治意义的今天，科学技术先进与否代表国力的强弱，科技的发展相反在某种程度上增添了世界的不稳定因素。20世纪的美苏冷战可以说是国家间相互仇视的极端例子，更不用说当代某些国家和地区为了利益诉诸武力的争端尚且无休无止。克拉克无比清醒地知晓屠杀、暴行、不公正和暴力每天都在世间变换着各种形式上演，出于自身在第二次世界大战的经历，他对人类的无所不用其极感到异常痛苦，甚至怀疑人类是否值得生存下去，所以核弹、原子能是其作品中经常提及的话题。《最后一个地球人》中超主降临地球，人类感到威胁后首先想到的就是向超主的飞船发射核弹，但当意识到核武器根本无法对付一个任意穿越星

---

[1] Matt Cherry. "God, Science, and Delusion: A Chat With Arthur C·Clarke". *Free Inquiry Magazine*, 1999: 36.

球的文明时,"人类走向幸福的唯一障碍立刻就被清除掉了"①。超主的"治理"让很多弊端、愚行和罪恶顿然消失,人类一直耿耿于怀的"战争的记忆就像黎明时消失的噩梦一样,与过去一同隐没,很快就成了所有活着的人经历之外的事了。"②《2001:太空漫游》的故事蓝本——短篇小说《岗哨》的结尾写道,人类要走出地球,穿越太空,才能让高等智慧的外星人对人类产生兴趣,这是所有智能种族早晚都会遇到的挑战,而"挑战有两层含义。首先取决于能否征服原子能;其次,看原子能的使用结果是生存,还是毁灭"③。《地球啊,我若忘记你……》中战争最终毁灭了整个世界,人类勉强赢得了"庇护所"这块小小的绿洲,但若不是抱有回到地球的目标,"庇护所的人们也将丧失求生的意志,这是任何机器、技艺,甚至科学都无法替代的"④。可见科学并不能完全解决罪恶问题,更要看人类的选择。

由此可见,克拉克并不认同科学世俗主义即"科学已经足够了"的观点,当罪恶使得保存人类的合理性都遭到怀疑时,科学并不是一剂良药,也并非人类社会和人类精神的力量和归宿,继续"信仰之争"已没有意义。克拉克对科学世俗主义的反驳为我们探讨克拉克的宗教观提供了前提和可行性。

二、克拉克宗教观中的过程神学色彩

笔者认为,克拉克正是注意到宗教在世间罪恶前的束手无策,才对宗教产生怀疑。换言之,克拉克并非否定宗教,而是否定了传统宗教的不合理之处。大卫·格里芬(David R. Griffin)在《后现代宗教》中指出,现代世界中上帝被设定的仁慈和威力与世间罪恶之间的矛盾明显说明了传统宗教的不合理之处,这是造成现代世界上帝信仰衰落最重要的理由。比如,传统的上帝观念"把神力的至上性定义作全能性……全能这个术语常常是指上帝本质上具有一切能力"⑤。这意味着上帝"对世界上所发生的一切负有全部责任,而且上帝能够随心所欲地显示神迹进行干预。"⑥ 但罪恶的普遍存在使该设定作废。此处我们首先需要对现代世界进行说明。据格里芬所言,现代世界是由现代世界观来定义的,后者是"在 17 世纪凭借诸如

---

① [英]阿瑟·克拉克:《最后一个地球人》,于大卫译,江苏文艺出版社 2012 年版,第 18 页。
② [英]阿瑟·克拉克:《最后一个地球人》,于大卫译,江苏文艺出版社 2012 年版,第 65 页。
③ [英]阿瑟·克拉克:《神的九十亿个名字》,邹运旗译,江苏文艺出版社 2013 年版,第 195–196 页。
④ [英]阿瑟·克拉克:《神的九十亿个名字》,邹运旗译,江苏文艺出版社 2013 年版,第 147 页。
⑤ [美]大卫·雷·格里芬:《后现代宗教》,孙慕天译,中国城市出版社 2003 年版,第 88 页。
⑥ [美]大卫·雷·格里芬:《后现代宗教》,孙慕天译,中国城市出版社 2003 年版,第 42 页。

伽利略、笛卡尔、培根、波义耳和牛顿等人的思想而产生的，并在18世纪作为'启蒙运动'而传播开来"①。启蒙运动带来的自由、平等、民主、理性、博爱等核心概念奠定了西方国家的现代精神，为现代社会树立了一个新信仰——理性。现代人将精神源泉寄托于理性、秩序、科学，以及各种主义。然而，随着西方理性化进程的纵深，危机逐渐显露，传统信仰的意义与价值不复存在。人抛弃上帝，社会物欲横流，国家极权主义形式的弊端生成，世界感染希特勒、集中营、法西斯、纳粹等人类之"癌"。沉痛的历史教训告诉人们，理性充满偏见、秩序纯属捏造、科学遍布陷阱、各种主义不堪一击，这些东西不过是用来逃避焦虑和虚无的美丽谎言。西方社会在舔舐战火留下的伤口的余痛中对现实产生难以磨灭的怀疑情绪。宗教的式微非但没有解决罪恶问题，反招致以上种种负面后果。基于此，格里芬呼吁我们根据一种后现代世界观摒弃存有问题的旧有观念，重新恢复上帝信仰。

作为过程哲学的"第三代传人"和建设性后现代主义的代表人物，格里芬建构了一种"后现代宗教"，这种后现代宗教观代表着过程神学的最新发展，而过程神学是过程哲学之逻辑的延伸。过程哲学是指由英国哲学家怀特海（Alfred North Whitehead）于20世纪20年代创立的一种新哲学，经美国哲学家查尔斯·哈茨霍恩（Charles Hartshorne）、小约翰·柯布（John Cobb）和格里芬等人的发展，成为当代西方哲学中一个有着广泛而深刻影响的哲学派别。怀特海在过程宇宙论的基础上阐述了他的宗教思想和对宗教科学关系的认识，使过程哲学充盈着丰厚的神学意蕴，即所谓"提出一种宇宙观，也就提出了一种宗教"②。

格里芬的后现代世界观旨在使上帝信仰成为可能的，甚至是自然的。它的特点是：使有神论成为可能，使传统有神论成为不可能。按照这种后现代观点，"实在的基元是经验事件。说它们是'事件'，就是说它们的存在是暂时的。称它们为'经验的'，即是说它们有一种固有的实在性，同我们自己固有的实在性亦即我们的自觉意识只有程度上的不同。每一事件都分别接受来自自我之外的影响，这意味着它具有某种形式的非感性知觉。每一事件还有某种基本目的和目标，据此它创造了自我"③。另外，"每一事件都是创造力的体现。每一事件的创造力都有三个相位：第一，它从其环境中创造性地分别接受各种要素（这是它的非感性知觉）。第二，它通过把来自环境的这些影响创造性地综合为一个经验统一体，而使自己现实化（在这一相位上，它的自为目的或目标是有成效的）。第三，它对后续事件施加

---

① [美]大卫·雷·格里芬：《后现代宗教》，孙慕天译，中国城市出版社2003年版，第87页。
② 曲跃厚：《过程哲学与建设性后现代主义》，中国社会科学出版社2017年版，第42页。
③ [美]大卫·雷·格里芬：《后现代宗教》，孙慕天译，中国城市出版社2003年版，第107–108页。

创造性的影响"①。上帝作为创造力无所不包的最高体现,既影响世界,又受世界影响,但上帝的创造性和天命性的"力"对其他事物的影响并不是无限的,上帝没有也不能对"力"进行垄断,不能单方面地决定世界上的各种事件。"造物有它们自己固有的、自我实现和影响其他事物的创造性力量,而且这种力量是不能被欺凌的。"② 根据这种观点,上帝对造物的影响不是从外部强制性地决定它们,而是从内部对它们进行诱导和指引。造物实现了哪一种可能性,取决于造物自己,因为神力是劝服而不是压服。

格里芬总结道,怀特海强调的"创造性是终极的实在,而所有的东西都是它的实例"③。将这一思想和创造性与神性关系的肯定观点结合起来,便可实现二者的完全统一。"神圣的实在因而也就不是什么独特的东西,而是贯穿于所有事物之中的激发创造的能。"④ 上帝是创造性的最高体现,是"终极的实有"⑤。上帝作为"在混沌中创造了秩序的神圣的、永恒的、独特的创造力"⑥,是纯爱和全善,但由于神力是劝服而不是压服,上帝并不能保证无恶,因为恶非必然,但恶的可能性为必然。如此一来,罪恶问题便无法威胁到神的正义,从而保证了信仰上帝的合理性。

我们认为,克拉克肯定的是经上述过程神学后现代宗教观修正后的上帝观念,这种观念因强调"神"的暂时性和相对性而克服了传统上帝观念固有的问题。根据杂志《光谱学》记载,克拉克曾表示自己在天文学和探寻地外生命方面的兴趣,他坚信外星人的存在。克拉克笔下的外星人总是代表更高等的智慧,以拯救和帮助人类的形象出现,比如短篇小说《难以入乡随俗》《黎明不再来临》《无限永恒的时间》等。尽管文中的外星人跟人类相比实属"全能",有能力干预地球事物,但他们与人类接触时的一切都没有强制和压服色彩,而是采取温和的"劝服"方式。值得注意的是,人类对地外文明来说也是外星人,克拉克并未忽略这一情境。短篇小说《相会于黎明》中波特朗德一行人降落在一个与地球极为相似的行星上,这个星球的文明落后于地球大约十万年。波特朗德与当地人雅安开展了友好交往,后者将其奉为神祇。波特朗德离开后,雅安的子孙后裔在一千多个世纪以后建起一座伟大的城邦"巴比伦"。以上例证足以说明克拉克小说中的外星人和高等智慧对应

---

① [美] 大卫·雷·格里芬:《后现代宗教》,孙慕天译,中国城市出版社 2003 年版,第 108 – 109 页。
② [美] 大卫·雷·格里芬:《后现代宗教》,孙慕天译,中国城市出版社 2003 年版,第 109 页。
③ [美] 大卫·雷·格里芬:《后现代宗教》,孙慕天译,中国城市出版社 2003 年版,第 65 页。
④ [美] 大卫·雷·格里芬:《后现代宗教》,孙慕天译,中国城市出版社 2003 年版,第 69 页。
⑤ [美] 大卫·雷·格里芬:《后现代宗教》,孙慕天译,中国城市出版社 2003 年版,第 70 页。
⑥ 曲跃厚:《过程哲学与建设性后现代主义》,中国社会科学出版社 2017 年版,第 54 页。

象征克拉克宗教观中的"神"。根据格里芬对正式宗教的定义:"一套取决于与终极实在相和谐这一愿望的信仰、传说、传统、情感、态度、气质、体制、艺术创作和实践——它既是礼拜的也是伦理的,既是共同的也是个别的。"① 该定义强调人与"终极实在"的关系,即人类心中永远涌动着与终极实在相和谐的愿望。"终极实在"在克拉克笔下还表现为某种终极形态的宇宙智慧,如《天堂的喷泉》中接近万物之源的"黎明猎户"和《最后一个地球人》里纯能化的"超智"。秉承"超智"意志的"超主"降临地球并未同任何国家和政府单独打交道,而是选择联合国与公众沟通,"发自空中的指令让很多弊端、愚行和罪恶顿然消失"②。世界焕然一新,人类的精力直接被引入建设性的渠道,地球的面貌得以重塑,工商业模式完全改变,生活必需品完全免费,人们可以自由选择工作或不工作。这无疑是人类在"终极实在"的"劝服"下自在和谐的美好生活。《天堂的喷泉》尾声,星河岛民正学习了解人类,它无法理解人类的诸如幽默、幻想和神话一类"负信息"的概念,也无法完全理解人类情感,但一想到接近万物之源的黎明猎户,"它既会感到敬畏,也会心怀恐惧"③。敬畏和恐惧无疑是一种向"终极实在"靠近并希望与之达到和谐的宗教情感。因此,我们的观点是,克拉克的宗教观肯定了"神"的暂时性和相对性,拒斥不变的、冷漠的、绝对的上帝,拒斥作为控制力量、现状之维护者的上帝,体现出一种过程神学式的后现代转向,与格里芬倡导的"信仰复兴"相呼应。

三、另一向度:肯定创造性价值及人性

正如《岗哨》的结尾所言,人类早晚都会遇到走出地球、穿越太空的挑战。这里的挑战有两层含义:"首先,取决于能否征服原子能;其次,看原子能的使用结果是生存,还是毁灭。"④ 后现代世界观认为,"造物有它们自己固有的、自我实现和影响其他事物的创造性力量,而且这种力量是不能被欺凌的"⑤。上帝对造物的影响只能从内部诱导,造物实现了哪一种可能性,取决于造物自己。这提醒了我们,克拉克的宗教观更为看重人类本身固有的、自我实现和影响其他事物的创造性力量。

由于上帝没有对力进行垄断,所以不能单方面地决定世界上的各种事件,也不可能对世界的一切细节负责。而"经验事物存在等级差异,相应它们的创造性也

---

① 曲跃厚:《过程哲学与建设性后现代主义》,中国社会科学出版社 2017 年版,第 210 页。
② [英] 阿瑟·克拉克:《最后一个地球人》,于大卫译,江苏文艺出版社 2012 年版,第 18 页。
③ [英] 阿瑟·克拉克:《天堂的喷泉》,陈经华等译,四川科学技术出版社 2012 年版,第 280 页。
④ [英] 阿瑟·克拉克:《神的九十亿个名字》,邹运旗译,江苏文艺出版社 2013 年版,第 195–196 页。
⑤ [美] 大卫·雷·格里芬:《后现代宗教》,孙慕天译,中国城市出版社 2003 年版,第 109 页。

不尽相同"①。人类作为"高级创造物"拥有更大的自由度和创造性,在违背上帝的劝导时会造成更大的灾难,但与此同时也表明,人类在顺应上帝劝导的前提下,其更大的创造性力量也会带来更大的善。格里芬总结道,怀特海对创造性体验提出了三种类型的内在价值:第一种是与物理性的或接受性的体验状态对应的接受的价值。这类价值依赖于环境提供的那些条件,如适当的空气、食物和水,没有核弹爆炸等。第二种是与意识的或自决性的体验状态对应的自我实现或成就的价值,如写了一首诗,建了一栋房子,攀登一座山峰等。第三种是与预期对未来的体验作出创造性贡献对应的贡献性的价值,这种价值是我们现时的自主活动将对未来的体验作出某种创造性的贡献。比如,当我们种植一批庄稼、撰写一部著作、发明一种疫苗时,我们的满足感不仅来自很好地完成了这项任务,而且来自预期这一活动将会对超越现时体验的满足作出贡献。与较为消极的接受性价值相比,这种自我实现的和贡献性的价值是创造性的价值。短篇《追逐彗星》中,一艘前往考察彗星的飞船出现故障,无法计算返航数据,船员们似乎被预判了死亡。但这时,皮克特突然想起儿时运用算盘处理较大数据的经历,找到了解决办法。最后,船员们发挥主观能动性,日复一日地手动计算着,生的希望也开始显现。《天堂的喷泉》中,摩根为太空梯工程克服重重困难,甚至献出生命,拯救了未来人类。十几个世纪后,地球进入冬眠,人类搭乘太空梯才得以离开地表,居住在零重力的环形城、金星年轻的海洋和水星温带肥沃的平原,等待重返地球家园。

弗朗西斯·福山(Francis Fukuyama)在《我们的后人类未来:生物技术革命的后果》中提出,X因子是人类的精髓,是人之为人最基本的意义。"X因子不能够被还原成为拥有道德选择、理性、语言、社交能力、感觉、情感、意识,或任何被提出当作人的尊严之基石的其他特质。而正是所有这些特质组合成人类整体,才有了X因子。"② 我们可以看到,克拉克在对人类的屠杀、暴行、不公正和暴力感到失望的同时并没有对人类整体的"X因子"陷入悲观,他思考人类是否值得保留的同时并未割断人类未来。在肯定人的创造性价值的基础上,克拉克相信道德秩序本身根植于人性,而正是"X因子"让人有尊严地活着,使人类未来充满希望。《最后一个地球人》里的扬在地球行将毁灭时选择留下,在生命的最后时刻,人的尊严和坚守仍会闪耀动人的光芒。"超主"都因此感到震撼,为自己种族被排除在这份"伟大荣耀"之外而难过。这是克拉克对美好人性的颂扬与肯定。其实,无

---

① 黄铭:《过程与拯救——怀特海哲学及其宗教文化意蕴》,宗教文化出版社2006年版,第141页。
② [美]弗朗西斯·福山:《我们的后人类未来:生物技术革命的后果》,黄立志译,广西师范大学出版社2016年版,第172页。

论是对罪恶还是"上帝"的重新定义，都指向克拉克对现实和未来的思考。从这个角度来说，克拉克的科幻创作已不仅仅是幻想未来的小说，而且是未来本身。总而言之，克拉克的宗教观并未忘记给"神"留下位置，看重人类的创造性力量和人性本身，属于"一种以创造性体验为中心的宗教观，引导我们把主要的接受性利益问题置于人类更大需求之中——全方位地满足作为我们本性的创造性欲望的需求"①。

四、结语

跨越世纪的时间步伐告诉人们，维持信仰的振奋将得到"神"的宽容，也将从困境中解救人类自身。正如《天堂的喷泉》里全球大脑给出的答案——"真正的智慧在于做出正确的选择"②。人类当下理应用一种后现代观念来看待世界。克拉克凭借其科幻小说的瑰丽想象刻画了一幅动人心魄的近未来图景，设想了一个人类独有的区分真实与想象界限的能力已然被打破的时代，而"是否以一种开放的态度对待未来，实际上是一种世界观、宗教观和人生观"③。

参考文献：

［1］CHERRY M. God, science, and delusion: a chat with arthur C. Clarke［J］. Free Inquiry magazine, 1999（6）: 36.

［2］克拉克. 天堂的喷泉［M］. 陈经华，等译. 成都：四川科学技术出版社，2012.

［3］徐英瑾，斯图尔特. 科学与宗教：二十一世纪的对话：英美四名家复旦演讲集［M］. 上海：复旦大学出版社，2008.

［4］克拉克. 最后一个地球人［M］. 于大卫，译. 南京：江苏文艺出版社，2012.

［5］克拉克. 神的九十亿个名字［M］. 邹运旗，译. 南京：江苏文艺出版社，2013.

［6］格里芬. 后现代宗教［M］. 孙慕天，译. 北京：中国城市出版社，2003.

［7］曲跃厚. 过程哲学与建设性后现代主义［M］. 北京：中国社会科学出版社，2017.

［8］黄铭. 过程与拯救：怀特海哲学及其宗教文化意蕴［M］. 北京：宗教文化出版社，2006.

［9］福山. 我们的后人类未来：生物技术革命的后果［M］. 黄立志，译. 桂林：广西师范大学出版社，2016.

---

① ［美］大卫·雷·格里芬：《后现代宗教》，孙慕天译，中国城市出版社2003年版，第79页。
② ［英］阿瑟·克拉克：《天堂的喷泉》，陈经华等译，四川科学技术出版社2012年版，第278页。
③ 曲跃厚：《过程哲学与建设性后现代主义》，中国社会科学出版社2017年版，第45页。

附 录

后理论时代比较文学跨学科研究的机遇与挑战
——2020"后理论与比较文学跨学科研究"前沿论坛侧记

欧宇龙　李艺敏

2020年11月27—29日,由中国比较文学学会与深圳大学主办,深圳大学人文学院、当代通俗文化研究所和身体美学研究所联合承办的"后理论与比较文学跨学科研究"前沿论坛在深圳市新桃园酒店顺利召开。这是中国比较文学研究在"后疫情时代"聚焦跨学科研究的第一场线下会议。70多位专家学者齐聚一堂,共同探讨后理论时代比较文学跨学科研究面临的机遇与挑战。

本次前沿论坛共有7位学者发表主旨演讲,分别就性别理论、翻译理论、赛博格理论、间性理论、身体美学及西方理论在中国的旅行与中国理论的新建构等问题提出了自己的观点。本次论坛特设了9个分组讨论,分别围绕后现代主义、后人文主义、后殖民理论、后生态主义、后女性主义、比较文学形象学、身体美学与比较文学跨学科研究、跨学科视野中的科幻文学研究等多个专题进行了理论辨析与文本细读。本次前沿论坛还密切关注人工智能等科学技术发展带来的人文社科思考,着力于探索人工智能时代后理论思潮对比较文学跨学科研究产生的引领与启示作用,由此强化比较文学跨学科研究的理论广度和深度。

一、后理论指向当下与未来,推动比较文学跨学科研究路径重构

后理论是一个宽泛概念,既指向20世纪60年代就开启的后现代境况,更指向科技发展产生的未来前景。后理论在中国蓬勃发展,在比较文学跨学科发展中发挥着重要作用。与会学者热情拥抱后理论产生的思想张力与社会实践。

1. 以本土实践理解和应用后理论的中国旅行

中国比较文学学会会长王宁教授在《后理论时代的性别研究:巴特勒的性别理论之于中国的意义》中认为,"后理论时代"是一个没有主流、多元共生的时

代,任何理论都不可能君临一切,但理论并没有死亡,它们仍然可以用于解释当下的中国文化和社会现象。在后理论时代,文化研究者更注重对具体的文化现象做个案分析,而较少就理论本身的建构发表宏论。王宁教授以朱迪斯·巴特勒的性别理论为例,围绕后理论时代的文化研究趋势、性别理论与中国当代文化现象分析、后结构主义性别理论批判等展开论述,最后提醒中国当代学者,在引进西方理论时绝对不能盲从,而应将其语境化,基于中国的文化现象对这些理论进行质疑和重新建构。清华大学生安锋教授、广西师范大学麦永雄教授的发言与王宁教授形成了一种呼应。生安锋教授在《危机与机遇并存:"后理论"语境下的中国文论话语建设》中梳理了后理论的发展过程,认为21世纪出现的理论危机表明了西方文论在20世纪面临着前所未有的挑战,中国学界面对理论带来的种种问题时,应以中国文学文本和文化文本为核心,建设中国理论话语。麦永雄教授关于《理论之死or理论的文艺复兴?——间性论对比较文学的启迪》的发言让我们认识到后理论旅行对中国比较文学的影响。麦教授讨论了学术界后理论、理论终结与反理论的论辩,认为后理论危机恰恰表明了理论重估的必要性,学者可以借此建立间性理论来建构跨语境诗学,并以此更深入阐释后理论时代中比较文学学科的发展新路与多元共生性。这也表明,比较文学跨学科研究越来越呈现出理论的新建构与新趋向。

同样,很多学者以敏锐的学术视角站在本土立场观照后现代主义、后殖民主义、后生态批评、后女性主义的现实意义。南京师范大学韦清琦教授以爱丽丝·沃克的环境书写为出发点,探究其左翼伦理思想中对人类中心主义的抗议,对女性主义运动的贡献,对反战、反资本主义维度的特殊介入。山东大学夏冬红副教授分别从理论与文学理论的关系、理论读本的唯我独尊、非西方理论的理论概况和理论的出路四个方面进行了探讨,认为中国学术界文学理论研究正当其时,加强对"文学理论"的深入理解才是理论研究的关键。浙江工业大学刘圣鹏教授则以后学知识转型为切入点,探讨在后理论时代中后结构、后马克思主义文化研究、后现代、后殖民等后学转型中的哲学基础和文化基础。西交利物浦大学刘希老师梳理了后人类女性主义的理论谱系及其在中国的应用,围绕后结构女性主义、后人类女性主义新的本体论、中国文艺批评中对后人类女性主义理论的应用,反思处于后理论时代的人类中心主义。广东石油化工学院张慧荣教授则以琳达·霍根的《灵力》为例,在后殖民视角下解析当下环境伦理困境,提出其对当代的启示——多元文化时代不同体系的环境伦理应相互尊重,携手解决目前人类面临的困境。后理论的多元化与文本讨论正在构建比较文学跨学科研究的多维层面。

2. 人工智能时代后理论的新发展与科幻文学研究的繁花绽放

在本次论坛中,人工智能时代的后人文主义、后人类理论成为讨论的热点,科幻文学研究也成为焦点。深圳大学人文学院江玉琴教授在《论赛博格理论的生成与发展》的发言中，从跨学科研究视角阐释了赛博格的概念及其理论的生成，指出赛博格理论是基于生物科技、计算机技术、信息技术的发展与人文领域的结合。控制论是赛博格理论的本体论和认知论基础。赛博格理论呈现为三个维度的研究，即后现代文化、身体政治研究、赛博生态研究。赛博格理论走向后人文主义/后人类理论建构。深圳大学人文学院王晓华教授同样致力于后人类美学研究，在《人工智能与后人类美学》中提出后人类美学的自由性：它不受限于人类，而是注重事物的个体性和互补性，指出后人类美学是一种涵括了人类、机器和自然存在的美学，具有交互性、生态性、具身性等特征，随着想象中的鸿沟如人类—机器等被填平，未来的后人类美学将具有更丰盈的姿态。广东外语外贸大学程林副教授聚焦跨文化视角下的机器人人文文化，认为在人类文化的框架下，宗教伦理奠定了机器人人文文化的基调，科幻将其培育、助推与呈现，两者在东西文化中的差异催生了欧美焦虑型与日本愿景式机器人文化。深圳大学张霁老师也借此对后人类视域下赛博朋克文学的主体性问题加以探究，指出赛博朋克虽然反叛了主体性结构，但实际上面临的仍然是如何构建人类新主体性的问题。广东外语外贸大学的齐佳敏老师和深圳大学的丁婕老师则由科幻文学作品文本及电影展开，对人工智能的生命观和人工智能的后人类主体性赋值进行了相关讨论，认为人类试图在他者身上寻找到"自我主体"。

后人类理论、后人文主义的讨论充分呈现在跨学科的科幻文学研究中。科幻小说在文学类型中的地位特殊，在西方一直被视为"次文化"，但随着后理论时代的来临，近年来人工智能与5G技术得到极大发展，曾经的文本想象成为了事实，科幻文学中的"相互联结性"也成为比较文学跨学科研究的新兴学术热点。四川大学的姜振宇、中山大学的江晖、广东技术师范学院的张栋等多位学者均聚焦刘慈欣的科幻小说，从跨学科角度进行了阐述。姜振宇从跨学科理论话语与审美可能性方面对刘慈欣小说进行了深度阐述，指出当下文学仍然是建构性的，科幻文学以对科学经验的认知和审美为前提，建构了一种现代神话的姿态；江晖则以《三体》在日本的传播现象解析了多媒体语境下中国科幻文学的海外传播路径与效果；张栋通过科幻创作与人类神话想象的关联，论述了刘慈欣的神话叙事，对技术时代的中国科幻小说发展前路提出了自我见解。广东省社会科学院马硕则以陈楸帆的科幻小说为中心，对于科幻"是科技还是现代巫术"提出了自己的疑问与解读，最后回到问题本身——科幻文学带领我们去何方？广州南方学院的方婉祯对刘宇昆的末日与未来三部曲有着独特的解读，指出科技双刃剑对于人性的考验，在后人类想象下的信息科学发展的正确道路。科幻文学研究正在比较文学跨学科研究中绽放异彩。

后理论时代"身体"研究日益引起人们的关注。南京大学张荆芳博士对约翰·班维尔"死亡三部曲"进行了详细的文本解读,指出班维尔善于嵌入绘画元素来建构主体的视觉形象,这背后是真实与虚假的核心问题。浙江大学王如博士以《达洛卫夫人》《吕芳诗小姐》为例,对身体性的二律背反进行探究,指出互为正反命题的两种身体性构成了稳定的二律背反关系,使得身体审美化和身体生命化在差异中并存,共同构成人性的矛盾。浙江大学管海佳博士以纳博科夫《洛丽塔》为例,指出其中的认知机制为以情感反抗僵化的理性文明的一次思想实验。南京师范大学李奕璇在表演学视野下解析《强者/弱者》,庞悦则尝试从马蒂娜·马约克《生的代价》出发,研究其中的残障批判,为被边缘化的"失语者"——妇女、移民者、残障人等发声。后人类、身体、主体性等议题正在走向人们关注的中心。

二、强化比较文学跨学科研究中的问题意识,回归比较文学研究主旨与目标

跨学科研究作为比较文学研究的方法论,指向的是解决问题的路径。本次前沿论坛突出呈现了跨学科研究的问题意识与研究目标。中国社会科学院文学研究所研究员赵稀方在《翻译现代性:晚清到五四的翻译》中针对翻译的文化研究转向,梳理了从19世纪以来中国的西学翻译,以林纾翻译、吴趼人和周桂笙翻译和评点的《毒蛇圈》《新青年》以及《学衡》对西方思想的译介来探讨"翻译现代性"问题,发现了中国译介西方思想的重构策略,认为通过翻译的文化研究我们看到的是其中的文化冲突以及协商过程,也由此获得文学史的新视野。国际比较文学权威期刊 *Neohelicon*(A&HCI)主编彼得·海伊度(Peter Hajdu)教授与深圳大学副研究员李珍玲合作发言《约卡伊·莫尔与中国》,从匈牙利作家约卡伊·莫尔写作中的中国主题及其在中国的译介、接受情况出发,认为莫尔写作中选择中国题材与主题不是基于东方主义色彩,更多是源于中国浪漫文化对他幽默话语的影响。而周作人译介莫尔的作品也不只是基于时代背景弱小民族的感同身受,更有对艺术审美的肯定与尊重。这也为比较文学研究理解深层文化选择与文化吸收提供了借鉴。

同时,北京航空航天大学的田俊武教授的《旅行文学和异托邦视阈下的城市形象学》为我们理解跨文化交流与跨学科建构提供了思路。他指出,旅行文学与乌托邦叙事有着相辅相成的关系,乌托邦城市的发现、观察和讲述大多是由旅行者进行的。但乌托邦毕竟是虚幻的存在,与之相对立的是异托邦。作为一种真实的空间存在,异托邦具有六种典型特征,这些特征构成城市形象学研究的基础。长沙学院吴美群老师则以《本·琼生宫廷假面中的共同体想象》为例,通过对来自英格

兰的白人形象进行"他者化"的界定，认为本·琼生积极参与了早期现代英国帝国主义形象建构和民族意识塑造。西北师范大学曹晓东教授从晚清民国时期的"洋布"表述切入，以"洋布"代表现代性文明，发掘并探询这一独特的文学景观，为跨国资本与经济全球化背景下的中国文学历史形塑提供了经验和借鉴。上述翻译文化研究与形象学研究早已突破比较文学研究的传统模式，以跨学科的多元化、多层面研究寻求本土与世界的融通路径，在网状关系中梳理中国问题与中国目标。

作为后疫情时代比较文学的线下会议，本次论坛在多方共同努力下得以顺利开展实属不易。与会的专家学者专业精深，洞悉学术热点及学科新势，纷纷提出独到见解与先锋解读。参会者中也不乏青年学者，在跨学科研究中，他们思路新颖，充满着学术热情与创造力。在后理论时代，尤其是在网络与科技文化如此发达的今天，文学的跨界思维亟须建立，跨学科融合将成为时代发展的趋势，为"后人类"世界提供更多的机遇与可能性。在本次前沿论坛中，我们听见了多个层面的声音，看见了比较文学学科发展的新方向。与会者以不断的探索精神、不同视角和姿态，以创造性与开拓性精神寻求比较文学跨学科发展的新未来。